U0031052

喚醒你的英文語感！

Get a Feel for English !

Collector's Edition

Understanding English Grammar

Verbs·Nouns·Pronouns·Adjectives·Adverbs·Conjunctions
Prepositions·Articles·Grammar and Rhetoric

王復國
理解文法

典藏版

作者◎王復國

【作者序】

筆者自開始從事英語教學工作迄今已逾三十載。這三十多年的經驗讓筆者了解到一件事，那就是絕大多數人在使用英文時的最大障礙並非字彙，亦非發音，而是「文法」。許多人認爲只要多記幾個單字（即便發音不好）就可以與母語人士溝通。理論上似乎是如此，但是問題是好不容易鼓起勇氣想使用英文時卻仍開不了口。爲什麼？因爲怕講錯！而怕講錯的原因是無法將認識的單字（不論發音如何）正確地組織起來形成有意義、足以傳遞自身思維的結構。而會出現這種情況的原因正是英文文法概念薄弱。須知，如果無法有效表達自己的意思，知道再多的單字亦是枉然。

事實上，依筆者的觀察，許多人雖然知道文法很重要，但是卻不願意（甚至討厭）學習它，這又是爲什麼呢？原因有二：一是對於英文文法的誤解；二是學習方法不正確。筆者出版本書的最重要目地就是要導正這兩個錯誤，進而幫助讀者確實掌握英文文法的精髓。當然，學習語言的最終目的在於能夠自然、流暢地使用該語言。只要讀者給自己一些時間，細心地「品味」本書，相信在不久的將來您一定會是一位英文頂呱呱的人士。

本書的前身爲「王復國理解式文法系列」，該系列包含了《動詞篇》、《名詞與代名詞篇》、《形容詞與副詞篇》、《連接詞、介系詞與冠詞篇》以及《文法與修辭篇》等共五冊。而爲了讓讀者在研讀時能有「一氣呵成」的感覺，且能較容易做前後對照，筆者於是決定將原五冊書集結成爲一大冊。原系列的各主題在書本中則分成動詞、名詞、代名詞、形容詞、副詞、連接詞、介系詞、冠詞及文法與修辭等九個部分討論。除此之外，爲了讓讀者不致覺得本書理論性過強，筆者在此新版本的各個章節中穿插常見易混淆字詞的分析與說明。相信對讀者而言，這應是在嚴肅研習過程中的一種調劑。另外，雖然本書的目的在於幫助讀者「理解」英文文法，但畢竟內容仍屬「紙上談兵」，而以中文爲母語的人士在「實戰」上總是會「不由自主」地受到母語的影響，因此，在本書的末尾，筆者特別附加了「這樣說 O 不 OK ？」的篇章。此部分共列出 100 個典型的中式英文單句，文中除了說明各單句的錯誤，也提供正確的說／寫法，希望能對研讀本書者有加乘的助益。

王復國

2020 年 10 月

【理解式文法系列序】

從理解到活用文法
「知其然亦知其所以然」的英文學習饗宴！

大多數的人對英文文法都有兩種誤解，其一是以爲英文文法就是一大堆教條式的規定；其二是認定文法規則是硬性的限制，毫無道理可言。其實任何語言的文法都只是文法學家依母語人士使用語言的方式歸納出來的一些規律。文法的原始目的並不在於「限制」語言的使用方式，而在於「提醒」正確的使用方向。換句話說，是先有語言，後有文法，而不是先文法、後語言。至於認爲文法沒有道理，則不外乎兩個原因：一、因爲與自己的母語有差異；二、因爲搞不懂那些規則。當知一個語言的運作有一定的規律，必須在一個完整、合理的系統下才可能被使用者「共同」使用，做有效的溝通。因此，在所謂的文法規則背後基本上都會有一定的邏輯。很不幸地，不論是教英文的人或是學英文的人都缺乏這些認識，結果是教的教不好，學的學不會，雙方互相抱怨，你怪我，我怪你，最後就殃及了無辜的文法。

不過，雖然英文文法本身很無辜，但是英文文法書的優劣卻關係著學習成果的好壞。坊間的文法書可說是五花八門、琳瑯滿目。有用中文寫的，有用英文寫的；有的厚厚一大本，有的薄薄一小冊。但不論是哪一種都有一個共同的缺點：只列規則，不做解說。只有極少數的文法書試圖針對某些文法規則做出說明，可惜卻常過度簡化，甚至有避重就輕之嫌。當然，坊間也偶爾看得到一些相當具學術水準之文法書，不過其深奧程度並非一般學習者所需，且其中的專業術語多艱澀難懂，這類書具研究價値卻不實用。

「理解式文法系列」叢書恰好能解決以上這些問題。首先，爲了不讓讀者看到一大本文法書而倍感壓力，我們特別做了分冊處理。從最重要、最令人頭痛的動詞開始，依次針對名詞與代名詞、形容詞與副詞，以及介系詞、連接詞與冠詞做各別分析探討，並以難度較高的文法與修辭做爲結尾。如此，不但可以幫助學習者將各種文法難題各個擊破，提高學習的成就感，而且可以按部就班，全面性地掌握英文文法的精髓。本系列文法書用字淺顯，條理分明；筆者刻意將文法術語的數量減至最低，並將每一條重要的文法規則都做了最詳細、合理的說明；書中例句的內容也儘量符合一般的日常生活經驗。本系列書最大的目的就是讓讀者「了解」英文文法，希望能幫助讀者達到知其然亦知其所以然的境界，最終能夠把「死」的文法自然而然地「活」用於英文中，不再老是擔心犯錯誤。

筆者執教二十餘年，屢屢被學生問及何時可將教學內容集結成書。由於多年來一直忙於教學、翻譯、編審等工作，始終沒有太多餘力從事寫作。最近機緣巧合，剛好有了空檔，於是下定決心開始動筆。筆者秉持文法是要被理解而不是用死記的這個原則，盡所能將各種文法規則做詳盡合理的解釋說明。希望本系列能對本地及各地以中文爲母語的人士在英語學習的過程中有所助益。

寫於 2008 年

CONTENTS 目錄

PART 1 動詞篇

PART 3 代名詞篇

PART 6 連接詞篇

PART 7 介系詞篇

PART 8 冠詞篇

PART 9 文法與修辭篇

PART 1

動詞篇

【前言】

動詞搞定了，英文就搞定了一大半！

1. 何謂動詞？

動詞是什麼？相信絕大多數學過英文的人都會回答：「動詞是表示動作的詞類」。如果你的答案也相同，就表示你也陷入英文學習的迷思；對於初學英文的人而言，更可能是錯誤學習的開始。那動詞到底是什麼呢？

其實說「動」詞是表示「動作」的詞類並非全然錯誤；最起碼在「說文解字」的層次上算是合情合理。問題出在所謂的動詞並不一定要和「動作」相聯結。有許多動詞表達的是「狀態」，或用來表示事物與事物間的「關係」。注意，英文 verb 這個字的原始拉丁文 verbum 是 word 的意思，與動作毫無干係。因此，如果一定要把 verb 譯成動詞的話，我們就得把動詞分成兩類：動態動詞和非動態動詞。這樣的分類有實質上的好處，比方在討論動詞進行式的時候，這個區別就可以用來解釋爲什麼有些動詞沒有進行式（詳見第 4 章「英文的時態」）。

2. 動詞的重要性

不論一個動詞表達的是動作或是狀態，它都是一個句子的重心，這一點在所有人類的語言中皆然。我們就以讀者們最熟悉的語言中文來做例子，就可以看出動詞的重要性。大家都知道中文是最常省略（或最簡潔）的語言了，不過不管怎麼省，動詞可不能亂省。請看下列的例子：

甲：你喜不喜歡英文？

乙：喜歡。

從這個例子，我們都看得出來，在乙的回答中不但主詞（我）省略，連受詞（英文）也都省略了。相較於中文，英文的省略沒有這麼徹底，但畢竟在某些情況之下還是允許的。英文中最常見的省略是祈使句或命令句中的主詞：(You) Get out ！另外，在某些受詞被談話雙方理解 (understood) 的情況下，受詞也會被省略：We're eating (lunch, supper, etc.)。（詳見第 1 章「及物動詞與不及物動詞」）

從以上的討論，我們看出一個事實，那就是在人類使用語言來溝通時，動詞極為重要。一個句子可以沒有主詞，沒有受詞，但是沒有了動詞，溝通也就沒有了意義。

3. 英文的動詞與句型

學過英文文法的人都應學過以下五個英文基本句型（詳見第 3 章「英文的動詞與句型」）：

A. **S + V**〔主詞＋動詞〕
B. **S + V + C**〔主詞＋動詞＋（主詞）補語〕
C. **S + V + O**〔主詞＋動詞＋受詞〕
D. **S + V + O + C**〔主詞＋動詞＋受詞＋（受詞）補語〕
E. **S + V + O + O**〔主詞＋動詞＋（間接）受詞＋（直接）受詞〕

如果讀者稍微留意一下，一定會發現所謂的五大基本句型其實都環繞在動詞這個概念上，意即，因動詞種類的不同，產生了不同的五大句型。這一點從上一節動詞重要性的討論來看，一點都不令人驚訝。

的確，不論學過或正在學英文的人都會同意，要學好英文，最重要的就是要把動詞弄懂。本篇的目的就是要幫助讀者搞定動詞，因為動詞搞定了，英文也就搞定了一大半！我們將從最基本的「動詞分類」與「相關句型」開始，循序漸進地討論與動詞相關的各個重要課題，包括許多人認為最麻煩的「時態」和最難搞懂的「假設語氣」，以及「主動」、「被動」、「動名詞」、「不定詞」和「分詞」，最後，我們會談一談略為複雜但相當有趣的「助動詞」。由於本書著重的是理解而非死記，因此在學習者容易產生混淆、困惑之處會提供比一般文法多，甚至是一般文法書無法提供的詳盡說明，以期幫助讀者確切了解英文的動詞，進而在需要的時候運用自如。

第 1 章 及物動詞與不及物動詞

一般的文法書在區別及物動詞 (transitive verb) 與不及物動詞 (intransitive verb) 時，都只簡單地用其後接不接受詞 (object) 來劃分。就理論而言，這樣的區分方式並無不妥，但是在實用上這看似簡易的「規則」卻幫助不大。因爲學習者縱使能夠分析「已寫成」的句子，卻不一定有能力「寫出」正確的句子。換言之，學習者需要知道的是哪些動詞後面要接受詞，哪些動詞後面不可接受詞。筆者在二十多年的教學過程中就碰過好幾個學生問同樣的問題：英文爲什麼不能說“I like.”？，或者“She's listening music.”爲什麼不對？可見上述的簡易規則對了解及物動詞與不及物動詞，以至於是否能寫出正確的英語句子，助益有限。

1 何謂及物動詞與不及物動詞？

要了解及物、不及物動詞最好的方式就是從語用學 (pragmatics) 的角度切入。任何一個動詞（不論是否爲動態動詞）一定有一個主事者 (agent)。如果這個動詞傳達的動作或狀態只須主事者單獨即可完成，這個動詞就是不及物。例如：

a He died.（他死了。）
b She cried.（她哭了。）
c He has arrived.（他已經到了。）
d I'm listening.（我在聽。）

反之，如果一個動詞，除了主事者之外，還需要另外一個人、事、物來接受或幫助完成這個動作或狀態，這個動詞就是及物動詞，例如：

e I like English.（我喜歡英文。）
f He has a son.（他有一個兒子。）

g We're discussing the problem.（我們在討論那個問題。）

h You've made a mistake.（你犯了一個錯誤。）

2 及物、不及物兩用動詞

除了及物動詞與不及物動詞之外，英文還有一類動詞可當及物用亦可當不及物用；這類動詞叫做「兩用動詞」(ambitransitiveverbs)。換句話說，在這種動詞之後可以接受詞，也可以不接受詞。例如：

i I'm reading. / I'm reading a book.（我在看書。／我在看一本書。）

j They're eating. / They're eating dinner.（他們在吃飯。／他們在吃晚飯。）

k The glass broke. / I broke the glass.（玻璃杯破了。／我打破了玻璃杯。）

l The ship sank. / They sank the ship.（船沉了。／他們把船弄沉了。）

注意，在 i 和 j 的兩組句子中，是否要加受詞取決於說話者與聽話者之間的理解與默契；但是 k 和 l 中的句子則不然。在 k 和 l 中第一句話的主詞其實是第二句話裡的受詞。[註1]

3 雙受詞之及物動詞

英文的及物動詞中有一類其後可以接兩個受詞，這種動詞稱之爲「雙受詞動詞」(ditransitive verbs)。[註2] 受詞之一叫「直接受詞」(direct object)，另一個則爲「間接受詞」(indirect object)。所謂直接受詞，指的是先與主事者接觸或產生關係的受詞；所謂間接受詞，則指透過直接受詞，後與主事者產生關係的受詞。通常直接受詞爲事物，而間接受詞爲人。例如：

m He gave <u>me</u> <u>a book</u>.（他給了我一本書。）

n I lent <u>him</u> <u>some money</u>.（我借給他一些錢。）

o He bought <u>her</u> <u>a ring</u>.（他為她買了一只戒指。）

p She cooked <u>him</u> <u>a meal</u>.（她為他煮了一頓飯。）

注意，所謂直接受詞、間接受詞並不能由它們在句子中的位置來判斷。若把上面四句改寫成下面四句，動詞與受詞間的關係便一目了然。

m' He gave a book to me.

n' I lent some money to him.

o' He bought a ring for her.

p' She cooked a meal for him.

很明顯地，若換成這樣的句型，直接受詞必須先出現，而在間接受詞之前則必須使用介系詞 to 或 for。一般而言，to 用來表純粹的對象（如：I talked to him.），而 for 則除了有表對象之功能外，還有「爲」、「幫」的意思（如：He spoke for us.）。註 3

4 避免受中文影響

很多人在判斷英文動詞是否爲及物或不及物時，會受到中文的影響。來自中文的影響可分爲兩個層次。第一是受中文使用習慣的影響。正如前面提到過的，如果有人問你喜不喜歡英文，你回答「（我）喜歡」，非常自然，但是如果你回答「（我）喜歡英文」或「（我）喜歡它」就顯得奇怪。反觀英文，因爲 like 是及物動詞，其後必須接受詞，所以說 "I like." 是錯誤的，一定要說 "I like it." 或 "I like English."。我們可以做這樣的結論：英文的文法要求比中文嚴格。這點不可不注意。

第二個來自中文的影響比較複雜。大部分的人在學英文的時候都免不了會使用中文翻譯。中譯固然有其方便之處，但也常使人掉入某些陷阱而不自知。

因中譯的緣故而影響到對英文動詞的理解與判斷，最典型的例子是把 listen 和 hear 都譯成「聽」。但就英文而言，listen 是不及物動詞，而 hear 是及物動詞。請看下面這個句子：

q I listened but I didn't hear anything.（我聽了，可是什麼都沒聽到。）

中文常說「有聽沒有到」，這個句子表達的就是這個意思。換句話說，listen 不須受詞，而 hear 一定要有受詞。因此，listen 譯成「聽」基本上是正確的，但是 hear 就應譯成「聽到」或「聽見」。注意，在上句中縱使說話者「什麼都沒聽到」，但 hear 既爲及物動詞，其後一定要有受詞—anything。反之，listen 爲不及物動詞，因此下面這個句子（筆者有不少學生都這樣用過）是錯誤的：

誤 r I like to listen music.（我喜歡聽音樂。）

許多人之所以會說出像 r 句這樣的句子，就是因爲他們只知道 listen 可以譯成「聽」，但是卻忽略了（或不知道）listen 是不及物動詞。那「聽音樂」的英文到底要怎麼說呢？是不是 "hear music" ？顯然不是，因爲如果 "hear music" 成立的話，其正確中譯應說是「聽到音樂」而不是「聽音樂」。「聽音樂」正確的說法是 "listen to music"，所以 r 句應改成：

r' I like to listen to music.

請再看看下列幾個句子：

s He is looking at us.（他正在看著我們。）
t He'll come to Taipei.（他會來台北。）
u He has arrived in Tokyo.（他已經抵達東京。）

就以上句子中英文劃底線的部分來比較，我們不難發現，英文的不及物動詞後面如果加上適當的介系詞，其功能就相當於及物動詞。反過來說，如果一個動詞是不及物，其後則不應加受詞，而這一點絕不能因中文翻譯或習慣的關係任意改變！

註解

1 兩用動詞 (ambitransitive verbs)：其實許多動詞都是兩用動詞，而一個動詞之後接不接受詞得看該動詞要表達的是什麼意義。比如，sell 這個動詞就有兩個意思，一個是賣（東西），所以動詞後面要接受詞，另一個是（東西）賣出去，所以動詞後面不接受詞：

① I sold my car.（我賣了我的車子。）
② The book sells well.（這本書賣得很好。）

2 雙受詞動詞 (ditransitive verbs)：傳統文法書稱之為「與格動詞」(dative verb)。所謂「與格」指的就是「被給予的事物」所屬之「格」(case)，這是拉丁文法中的一個「格」，拉丁文叫做 "casusdatives"。在拉丁文裡每一個名詞和代名詞依其在句中的功能都有一個「格」來表示，而且必須在字尾做變化，也因為有了字形的變化，該名詞的功能一目了然，所以不論擺放的位置為何，其功能不會變。例如：Canis hominem mordet 是「狗咬人」，而 Canem homo mordet 則為「人咬狗」。（canis 是「狗」的主格，其受格為 canem；hominem 為「人」的受格，homo 則是主格。）由於現代英文裡名詞並沒有「格」的區別（英文只有代名詞的主格、受格和所有格），因此本書不用這個名稱。

3 (1) 雙受詞動詞所接的介系詞：間接受詞之前用 to 的雙受詞動詞有 give、lend、bring、hand、pass、send、write、show、tell 等。如：give it to him 中的 him 為間接受詞。

(2) 間接受詞之前用 for 的雙受詞動詞有 buy、cook、choose、do、make、get、pick、order 等。如：buy them for you 中的 you 為間接受詞。

(3) 注意，有一個特殊的雙受詞動詞 ask，需要的介系詞不是 to 也不是 for，而是 of。下列例句 1 中 a favor 為直接受詞，me 為間接受詞。在例句 2 中，間接受詞 me 之前所需的介系詞則為 of。

① **He asked me a favor.**

② **He asked a favor of me.**（他請我幫忙。）

3分鐘英文 搞懂易混淆字詞用法！

動詞❶ come / go

大家都知道 come 指「來」，go 指「去」，但有趣的是有時 come 表達的是 go 的意思，例如，I'm coming with you. 就是 I'm going with you. 之意。事實上，中文也有這種「來」、「去」不分的情況，例如，「我馬上就來。」其實是「我馬上就去。」的意思。不過注意，英文 go 與中文的「去」並不能用來表示 come 及「來」。

動詞❷ bring / take

bring 和 take 都可以指「帶」，但 bring 指的是「帶來」，而 take 則指「「帶去」。二者的用法分別為：bring sth. / sb. here 及 take sth. / sb. there。不過，如同 come 的情況，bring 有時也可以指「帶去」，例如，I'm bringing my wife to the party. 就是 I'm taking my wife to the party. 之意。

動詞❸ close / shut

close 和 shut 都是「關」的意思，在一般情況下（如關門、關窗等）二者相通，不過 close 比 shut 來得正式些，而 shut 則有時顯得較「粗魯」，例如叫人「閉嘴」，若說成 Close your mouth. 就不如說 Shut your mouth. 來得「達意」。另，在某些情況下只能用 close 而不用 shut，例如，道路、機場等的「關閉」只能說 The road / airport is closed.，而不可說成 The road / airport is shut.。

動詞❹ begin / start

begin 和 start 都可以用來指活動的「開始」，例如，The concert has already begun / started.，但一般認為 begin 比 start 要來得正式一些。另，只有 start 可以用來表示「啓動」（如 start a car）或「創始」（如 start a restaurant）。

第 2 章 完全動詞與不完全動詞

動詞除了分及物和不及物外，還有一個重要的區別，那就是完全 (complete) 與不完全 (incomplete)。需要注意的是，這樣的區別與及物或不及物的區別並不衝突；或者說，這兩種動詞的差異分屬兩個不同的層面。因此，不論一個動詞為及物或不及物，都有可能是完全或不完全。所謂「完全動詞」指的是句意完整、不需要補充說明的動詞；相反的，所謂「不完全動詞」指的是句意不完整、需要補語 (complement) 做補充的動詞。

1 完全與不完全動詞之差異

一個完全動詞可能是及物也可能是不及物。請看下列兩個例句：

a **He died.**（他死了。）
b **I like English.**（我喜歡英文。）

在前一章我們看過，動詞 die 是不及物動詞，因此沒有受詞，like 則為及物動詞，因此其後有受詞。但是不論有沒有受詞，這兩句話的語意都很完整，因此這兩個動詞就是完全動詞—die 為「完全不及物動詞」，like 為「完全及物動詞」。再看下列這兩個例句：

c **He seems stupid.**（他似乎笨笨的。）
d **We made him happy.**（我們使他高興。）

很明顯地，c 句中的動詞 seem 為不及物（沒有受詞），而 d 句中的動詞 make 為及物（有受詞 him）。但是如果把兩個句子中標示成色字的 stupid 和 happy 拿掉，兩個句子的語意就不完整了。換句話說，seem 和 make 就是不完全動詞；而 seem 為不及

物，所以是「不完全不及物」，而 make 爲及物，所以是「不完全及物」。[註1]

不完全不及物動詞需要主詞補語 (subject complement)，而不完全及物動詞則需要受詞補語 (object complement)。我們再看兩個例子：

e **He is a teacher.**（他是老師。）

f **They call me Johnny.**（他們叫我強尼。）

同樣地，e 句中的 be 動詞爲不及物，而 f 句中的 call 爲及物；e 句中的 a teacher 指的是主詞 he，所以爲主詞補語，而 f 句中的 Johnny 指的是受詞 me，所以是受詞補語。另外，從這個句子中我們發現，補語不一定是形容詞，名詞也可以當補語。

2 補語與受詞不可混淆

由於受詞是名詞，而補語也可以是名詞，因此有些人會把二者混淆。試比較這兩個句子：

g **I am Johnny.**（我是強尼。）

h **I hit Johnny.**（我打強尼。）

在 g 句中 Johnny 是主詞 I 的補語，h 句中的 Johnny 則是動詞 hit 的受詞。在前句中 I 就是 Johnny，Johnny 就是 I；在後句中 I 和 Johnny，一爲做動作者，一爲接受動作者，一主一客，爲兩個不同的個體。再看看下面兩個例句：

i **I consider that a house.**（我認為那是一棟房子。）

j **I gave him a house.**（我給了他一棟房子。）

在 i 句中 that 爲受詞，a house 爲受詞 that 之補語；換言之，a house 指的就是 that。在 j 句中 a house 是動詞 gave 的直接受詞，與間接受詞 him 是兩個不同的個體。

3 連綴動詞

學過英文的人都應該聽過連綴動詞 (linking verb) 這個詞彙，但是它到底是什麼東西、有什麼功能與作用，很多人可能都搞不清楚。就字面上來看，連綴動詞就是指具「連綴」功能的動詞，而所謂「連綴」指的則是把主詞和它的補語串聯起來。**連綴動詞就是不完全不及物動詞，它的主要作用是表達主詞所呈現的狀態，而非主詞做了什麼動作**。我們可以把連綴動詞分成三類：be 動詞、表示狀態的動詞，以及表示結果或變化動詞。

A. Be 動詞

be 動詞之後的補語可以是名詞或形容詞，如下列兩個句子：

k He is a doctor.（他是醫生。）

l She is smart.（她很聰明。）

有時 be 動詞之後可以出現表地方的副詞：

m They are upstairs.（他們在樓上。）

B. 表示「狀態」的連綴動詞

這一類連綴動詞多以形容詞為補語，請看下列例句：

n He looks angry.（他看起來很生氣。）

o She seems happy.（她似乎很快樂。）

p The cake tastes sweet.（蛋糕嚐起來很甜。）

q The music sounds beautiful.（音樂聽起來很美。）

值得強調的是，連綴動詞表達的是主詞所呈現的狀態，而非主詞所做的動作，因此連綴動詞之後應接形容詞作為補語，不可接副詞。[註2] 試將上列 q 句與下面 r 句做一比較：

r The band plays beautifully.（樂隊演奏得真美。）

r 句中的動詞 plays 非連綴動詞，指的是主詞所做的動作，因此用副詞 beautifully 來修飾。

C. 表示「結果或變化」的連綴動詞

這一類動詞可以用形容詞或名詞作爲補語，請看下面例句：

s She's growing old.（她漸漸老了。）

t He has become a lawyer.（他已經成為了律師。）

u This book proved useless.[註3]（這本書證明是沒有用的。）

連綴動詞其實相當重要，但是卻常遭到誤解，相信以上的說明有助讀者掌握它們確實的意義與功能。

註解

1 完全與不完全動詞的差異：正如許多動詞可作及物亦可作不及物用，許多動詞可以是完全也可以是不完全。試比較下列兩句：

① We made some sandwiches.（我們做了一些三明治。）

① We made him very angry.（我們使他非常生氣。）

例句 ① 的動詞 made 後面接受詞 some sandwiches 之後，意思上就完全了。但相對地，例句 ② 的動詞 made 後面接了受詞 him 之後，須再加上受詞補語 very angry 來加以補充。

2 有些文法書把這一類表達個人感覺、感受、意見等個人經驗的連綴動詞稱之為「感官動詞」，其實並不恰當，因為這些動詞所表達的是說話者的感受，而非生理上的反應，尤其這類動詞的主詞常常不是「人」，而是「事物」，例如本章 p、q 兩個例句，因此用「感官」二字容易產生誤導。

3 我們要再一次提醒，英文的動詞常常不只有一種用法，比如 u 句中的 prove 亦可作完全及物動詞用：

I can prove my innocence.（我可證明我的清白。）

3分鐘英文 搞懂易混淆字詞用法！

動詞⑤ stop / cease

stop 與 cease 都是「停止」的意思，但 cease 比 stop 來得正式。注意，stop 可以「人」作為其受詞，但 cease 則無此用法。另，stop to do sth. 指「停下來去做某事」，而 cease to do sth. 則指「停止做某事」。不過，stop doing sth. 則與 cease doing sth. 同義。

動詞⑥ disturb / bother

disturb 和 bother 都可指「打擾」，但前者著重於「打斷」、「擾亂」某人（思考、活動等），而後者則多指「煩擾」某人、「使（某人）苦惱」，意思與 annoy 或較口語的 bug 接近。另外，「騷擾」叫 harass，而 sexually harass sb. 就是「性騷擾某人」。

動詞⑦ scare / startle

scare 和 startle 皆具「驚嚇」的意涵，但精確地講 scare 指的是「使害怕」、「使驚恐」，意思與 frighten 相近，而 startle 則指「使嚇一跳」、「使大吃一驚」。

動詞⑧ understand / comprehend

understand 和 comprehend 都可指「了解」、「理解」，但 comprehend 只用於「事」而不用於「人」，而 understand 則可用於「人」或「事」。另外，realize 也可指「了解」，但表達的是對事情的「知曉」或對狀況的「領悟」、「認知」。

第3章 英文的動詞與句型

從前面兩章對及物動詞與不及物動詞、完全動詞與不完全動詞的討論，我們可以歸納出五種動詞：

1. 完全不及物動詞 (complete intransitive verb)
2. 不完全不及物動詞 (incomplete intransitive verb)
3. 完全及物動詞 (complete transitive verb)
4. 不完全及物動詞 (incomplete transitive verb)
5. 雙受詞及物動詞 (ditransitive verb)

以下就針對五種動詞的特性，以及相對應之句型再作進一步的說明。

1 完全不及物動詞

所謂完全不及物動詞，指的是沒有受詞（不及物），也不需要補語（完全）的動詞。以這種動詞爲重心所呈現的句型是：**S + V**。請看例句：

a He died.（他死了。）
b He died happily.（他很快樂地死了。）
c He died in the accident.（他在車禍中死了。）
d He died in the middle of the night.（他在半夜時死了。）

以上四句話都是由 S + V 這個句型所衍生出來的句子。注意，b、c、d 句中劃底線的部分既非受詞亦非補語，而是用來修飾動詞 died 的副詞或副詞片語。

2 不完全不及物動詞

所謂不完全不及物動詞，指的是沒有受詞（不及物），但是需要補語（不完全）的動詞。這種動詞呈現的句型是：**S + V + SC**（SC = subject complement，主詞補語）。請看例句：

e He seemed **angry.**（他似乎很生氣。）

f He seemed **angry** at everyone.（他似乎對每個人都很生氣。）

g He seemed **angry** this morning.（他今天早上似乎很生氣。）

h He seemed **angry** because I was there.（因為我在那兒，他似乎很生氣。）

e、f、g、h 句中的 angry 當主詞補語，而 f、g、h 中劃底線的部分則是用來修飾動詞 seemed 的副詞或副詞片語。無論句中是否有副詞片語或副詞子句作修飾語，以上四個句子的基本句型都是 S + V + SC。

3 完全及物動詞

完全及物動詞顧名思義就是，有受詞但是不需要補語的動詞。其句型爲：**S + V + O**（O = object，受詞）。

i I loved **swimming.**（我喜歡游泳。）

j I loved **swimming** very much.（我非常喜歡游泳。）

k I loved **swimming** very much when I was a kid.（我小時候非常喜歡游泳。）

從這三個例句可以發現，不論動詞有無修飾語或不論修飾語有幾個，皆不影響原來的句型 S + V + O。

4 不完全及物動詞

不完全及物動詞就是需要受詞也需要補語的動詞。這種動詞的句型是：**S + V + O + OC**（OC = object complement，受詞補語）。

l The couple named their baby Oliver.
（這對夫妻把他們的寶寶命名為奧立佛。）

m The couple named their newborn baby Oliver.
（這對夫妻把他們的新生寶寶命名為奧立佛。）

n The happy couple named their newborn baby Oliver.
（這對快樂的夫妻把他們的新生寶寶命名為奧立佛。）

o The happy couple living next door named their newborn baby Oliver.
（住在隔壁的這對快樂的夫妻把他們的新生寶寶命名為奧立佛。）

以上這四個句子都從 S ＋ V ＋ O ＋ OC 這個句型衍生出來。在 m 句中，我們看到受詞 baby 前多了一個形容詞 newborn；在 n 句中，我們看到主詞 couple 前也多了一個形容詞 happy；在 o 句中，主詞 couple 之後又多加了一個形容詞片語 living next door。但是不論句中加了幾個形容詞修飾語，基本句型 S ＋ V ＋ O ＋ OC 完全不受影響。

5 雙受詞及物動詞

雙受詞及物動詞是相當特別的動詞，因爲它有兩個受詞：直接受詞與間接受詞。直接受詞英文叫 direct object (DO)；間接受詞叫 indirect object (IO)。雙受詞及物動詞的基本句型是：**S + V + IO + DO**。請看下面例句：

p My friend gave me the book.（我朋友把書給我。）

q My best friend gave me the book.（我最好的朋友把書給我。）

r My best friend gave me back the book.（我最好的朋友把書還給我。）

s My best friend gave me back the book (that) I lent him.
（我最好的朋友把我借他的書還給我。）

t My best friend gave me back the book (that) I lent him because he no longer needed it.
（我最好的朋友把我借他的書還給我，因為他已經不需要它了。）

以上五句的基本句型都是 S ＋ V ＋ IO ＋ DO。在 q 句中，主詞 friend 前加了形容詞 best；在 r 句中，加入副詞 back 修飾動詞 gave；在 s 句中，直接受詞 the book 加了形容詞子句（that）I lent him；在 t 句中，在句尾又加了表原因的副詞子句。我們再一次看到，不論原句中添加了幾個修飾語（形容詞或副詞皆然），並不會影響到原始句型。

在本章中我們依照動詞的五種形態，分別介紹英文的五個基本句型。整理如下：

1. **S + V**（主詞＋動詞）
→ 動詞爲完全不及物

2. **S + V + SC**（主詞＋動詞＋主詞補語）
→ 動詞爲不完全不及物

3. **S + V + O**（主詞＋動詞＋受詞）
→ 動詞爲完全及物

4. **S + V + O + OC**（主詞＋動詞＋受詞＋受詞補語）
→ 動詞爲不完全及物

5. **S + V + IO + DO**（主詞＋動詞＋間接受詞＋直接受詞）
→ 動詞爲雙受詞及物

3分鐘英文 搞懂易混淆字詞用法！

動詞 ⑨ remember / recall

二者皆可指「記得」，但 remember 還可指「想起（某事）」，而 recall 則可指「回憶起（往事）」。另外，remember to do something 指「記得要做某事」，但 recall 卻沒有這種用法。不過，remember doing sth.「記得做過某事」可以用 recall doing sth. 表示。

動詞 ⑩ guess / suppose

guess 和 suppose 都可以做「猜想」解，但使用 guess 時「猜測」的程度較大，而 suppose 則比較接近「推斷」之意。另外，若是要表示純粹的「猜」，只能用 guess，不能用 suppose。相反地，suppose 可指「假定」，而 guess 卻不具此意。

動詞 ⑪ doubt / suspect

doubt 和 suspect 都具「懷疑」的意涵，但 doubt 指的是對某事的「不相信」（如 doubt sb.'s ability「懷疑某人的能力」）或對某人的「不信任」（如 doubt oneself「懷疑自己」），而 suspect 則指覺得某人或某事「可疑」、「有問題」（如 suspect sb. of sth.「懷疑某人做了某事」、suspect sb.'s motives「懷疑某人的動機」）。

動詞 ⑫ recognize / identify

二者皆具「識別」之意，不過僅止於對事物（如 sb's signature「某人的簽名」），若對象是「人」時，recognize 指「認出」，identify 則指「指認」。

第 4 章 英文的時態

幾乎所有學過英文的人都認爲英文文法中最麻煩的就是動詞，而動詞中最令人頭疼的就是時態。這一點很容易理解，因爲基本上中文這個語言是沒有時態的。而所謂「中文沒有時態」並不表示使用中文的人沒有時態概念，而是說中文的「時態」不像英文一樣一定要表示出來，而且必須在動詞上做某些調整，以反映不同的時態。換言之，對使用中文的人而言，時態之所以難不是因爲我們的腦袋長得跟外國人不一樣，而是因爲語言使用的習慣不同使然。因此，只要把英文的時態搞清楚並找機會多練習，英文使用起來自可得心應手。本章的目的就是要幫助讀者確實了解英文的時態，養成自然而然「使用英文就會使用時態」的習慣。

英文動詞的「時」與「態」

傳統的文法書通常把英文動詞的時 (tense) 與態 (aspect) 混合在一起討論。這樣的做法不能說不對，但是有明顯的缺點。想想看，對一個不太注重時態表達的中文使用者而言，忽然之間要學十二個「時態」，數量顯然過多，再加上書上的說明解釋不夠清楚，學習的效果肯定要大打折扣。比較好的方式是把時和態分開來討論。

英文動詞的「時」其實就是時間的概念。一般而言，人類都把時間分成三個概念：現在 (present)、過去 (past) 和未來 (future)。英文的動詞也必須反映這三個概念。只要一個動詞與現在時間扯上關係就是「現在式」(present tense)，與過去時間有關的就是「過去式」(past tense)，而與未來有關的動詞就屬於「未來式」(future tense)。

所謂的「態」指的則是動詞發生的狀態。英文的動詞有四個「態」，分別是簡單 (simple)、進行 (progressive)、完成 (perfect) 和完成進行 (perfect progressive)。英文動詞在使用時除了必須表明發生的時間外，也必須表示發生的狀態。如果一個動詞表達的是一般事實，就用所謂的簡單式 (simple aspect)；如果表達的是動作的進行或持續，就用進行式 (progressive aspect)；如果要表達動作或狀態的完成，就必須使用完成式 (perfect aspect)；如果一個動作到某個時間已經完成，但並未停止而繼續進行著，此時就得使用完成進行式 (perfect progressive tense)。

本章將以動詞的三個「時」為基準，分別探討四種可能發生的「態」。換言之，在讀完本章之後，讀者將能完全掌握傳統文法書中所謂的十二個時態。

1 現在時式

與「現在」這個時間概念發生關係的四個可能狀態分別為：

- 現在簡單 (present simple)
- 現在進行 (present progressive)
- 現在完成 (present perfect)
- 現在完成進行 (present perfect progressive)

A. 現在簡單式

原則上簡單式表達的是一般事實，但是與過去簡單式和未來簡單式比起來，現在簡單式卻顯得略為複雜。一般文法書都會列出好幾個必須使用現在簡單式的狀況，而一般學習者也就囫圇吞棗地把這些規則強行記憶起來。但是因為未經充分理解並消化吸收，在實際使用英文時自然會猶疑躊躇，舉棋不定。本書強調的是用理解方式學習，而最有助於理解的方法之一就是用圖表來說明。首先，請看下面的時間示意圖：

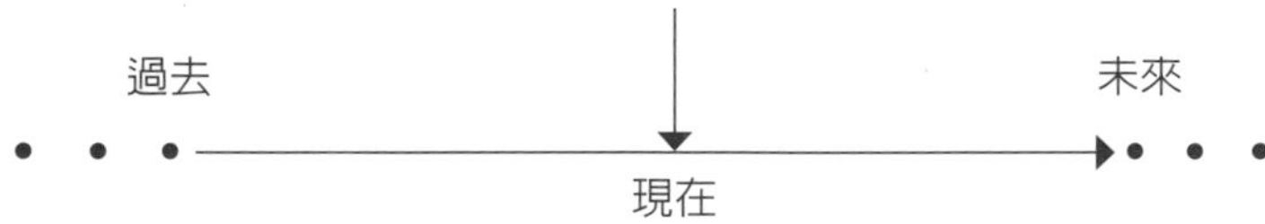

時間本為抽象概念，無始亦無終，但為了說明之便我們把它具象化。我們假設時間自左而右流逝，水平線左邊三點表示無限之過去，右邊箭頭三點表示無限之未來。垂直線箭頭指示之處為現在，其前為過去，其後為未來。下頁示意圖即為現在簡單式之圖解：

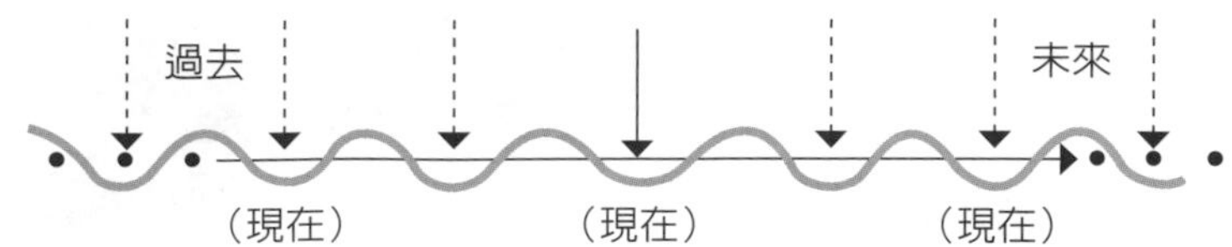

一般文法書都會提到現在簡單式用來表示不變的眞理、事實、狀態或習慣等，而本圖表達的正是這個概念。有兩點需要注意：第一、現在簡單式雖然與「現在」有關，但這並不表示動作現在「正在」發生；第二、由於時間是不斷向前流動的，因此所謂的「現在」從廣義地來看，應該包括已經過去的現在和還未到來的現在。圖中波紋線表示某事實、狀態等在過去、現在與未來都存在著，箭頭處則指不論在任何時候提及，此事實或狀態皆爲眞。請看下列例句：

a1 The sun rises in the east.（太陽從東邊升起。）

a2 He lives in Taipei.（他住在台北。）

a3 I remember your name.（我記得你的名字。）

a4 Karen gets up at 5:30 every morning.（凱倫每天早上五點半起床。）

a5 Professor Wang teaches English at Fu Jen University.（王教授在輔仁大學教英文。）

a6 David loves his wife very much.（大衛很愛他太太。）

從某個角度來看，現在簡單式所表達的眞理、事實或習慣等並不受時間的限制。比方說，三千年前太陽就是從東邊升起的，而三千年後太陽依舊會從東邊升起。又比方，王教授在輔仁大學教英文，如果情況許可，二十年後他還是可能繼續執教。但是嚴格來看，縱使是所謂的「不變的眞理」也有可能出現變化。比如，根據科學家的說法，太陽是四十五億年前誕生的，而距今五十億年之後太陽會死亡，一旦太陽死亡或消失了，上列 a1 句中所表達的所謂「眞理」自然不再成立。同樣地，五年之後王教授可能決定退休，不再教英文，a5 句自然就會成爲一個純粹的「過去」事實，當然也就不能再用現在簡單式來表達。

因此，我們應該說，現在簡單式所要表達的訊息，其有效性可以涵蓋過去、現在以及未來，至於能涵蓋多久以前的過去和多遠以後的未來，則需依說話者與聽話者相互間的認知與默契而定。換個方式說，學習者不必、也不應用嚴格的邏輯來看待英文文法。正確的態度應該是：理解它、欣賞它、接受它。

B. 現在進行式

現在進行式用來表示某動作目前正在進行或持續中。一般而言，該動作在說話前就已開始，而可能在說話後不久就會結束。請看現在進行式之圖示：

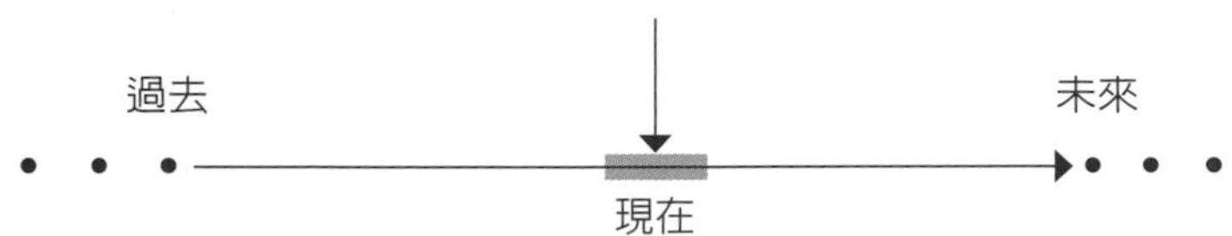

由於進行式表達的是動作的進行與持續，因此只有所謂的「動態動詞」(dynamic verb) 才有進行式。例如：

b1 It's raining outside.（外面正在下雨。）
b2 John is standing in front of me.（約翰站在我前面。）
b3 The children are playing in the garden now.（孩子們現在在花園裡玩耍。）

反之，如果動詞爲「靜態動詞」(static verb) 則不應使用進行式。下列三例句爲錯誤的用法：

誤 b4 He's owning ten cars.（他擁有十輛車子。）
誤 b5 I'm seeing a tree.（我看到一棵樹。）
誤 b6 Annie is loving her children very much.（安妮非常愛她的小孩。）

由於靜態動詞表達的不是動作而是狀態，而狀態本身就包含持續的意涵，因此靜態動詞不應也不需使用進行式。另外還有一點值得注意，前面我們提到過，一個正在進行的動作應該是在說話前就開始，而可能在說話後不久結束。因此，就 b4 句而言，一旦「正在擁有」成立，就暗示不久之後就「不擁有」；就 b5 句而言，看到了樹就是看到了樹，不可能「停止看到」；就 b6 句而言，母親愛孩子更不應該一下愛，一下不愛。

偶而我們會看到或聽到下面這類的句子：

b7 He is being polite.（他是在客氣。）
b8 I'm loving it.（我正在愛它。）

b7 句中的 is being 是 be 動詞（作爲主要動詞）的現在進行式。正如同上面討論的，這句話表達的是「暫時」的客氣，過一會兒就不見得還是如此。（試將本句與“He is polite.”做個比較。）b8 句是麥當勞的電視廣告標語，大家都耳熟能詳。嚴格講，這句話是不通的（試與 b6 做一比較），但是因爲它是廣告詞，自然有「標新立異」的權利。[註1] 這句話想表達的大約是：我現在很「哈」麥當勞，我覺得麥當勞非常好吃。如果讀者要使用類似句子，應謹愼爲之。

C. 現在完成式

現在完成式用來表達從過去某個時間開始做的動作，到目前已完成，或在過去某個時間所做的動作，其結果影響到現在或其狀態一直持續到現在。我們可以利用下圖來說明：

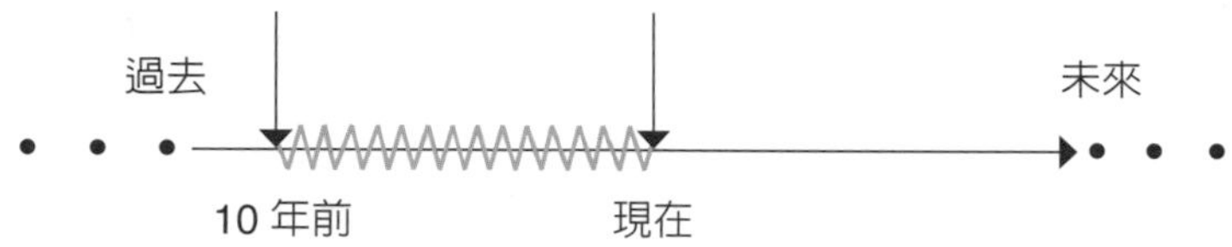

請看下列例句：

c1 **He has lived in Taiwan for ten years.**（他已經在台灣住了十年。）
c2 **I have known him for ten years.**（我已經認識他十年了。）

c1 句表達的是：他從十年前開始住在台灣，一直住到現在一共十年；c2 句表達的是：我十年前認識了他，一直到現在已經有十年之久。換言之，前者講的是動作的完成，後者指的是狀態的持續。再看兩個例子：

c3 **She has lost her job.**（她已經丟了工作。）
c4 **He has left the company.**（他已經離開公司了。）

注意，雖然 c3 句中提到的失去工作和 c4 句中提到的離開公司這兩個動作事實上都發生在過去，但是這兩句話表達的重點在於：過去動作或事件的結果影響到現在，意即，c3 中的她「現在」沒有工作，而 c4 句中的他「如今」已不在公司。

從以上幾個句子的分析討論不難發現，所謂的「現在」完成式其實與「過去」時間息息相關（動作皆發生於過去），我們之所以稱其為「現在完成」是因為這個動作的「態」既以「現在」為基準點，它的「時」當然就屬於「現在」。

正因為現在完成式與過去息息相關，我們常會看到現在完成式與表示「從過去到現在」的時間副詞結構連用。例如：

c5 He has eaten nothing since yesterday.（他從昨天起就沒有吃東西。）
c6 They have worked in this company for fifteen years.
（他們已經在這家公司工作了十五年。）

c5 句中的 since yesterday 和 c6 的 for fifteen years 和現在完成式一起出現，表達了「從過去一直到現在」的概念。我們再看下面兩個例子：

誤 c7 He has died since last night.（？他從昨天晚上就已經死了。）
誤 c8 I have graduated for five years.（我已經畢業五年了。）

c7 和 c8 兩個例句都是錯誤的。為什麼呢？問題就出在 since last night 和 for five years 這兩個表「從過去到現在」的副詞片語。須知，並不是所有的完成式動詞都可以和這類時間副詞連用。比方，c7 句中使用的 die 和 c8 句所使用的 graduate 這兩個動詞，所表達的動作基本上是「瞬間」完成的，意即，一個人死了就死了，不能一直在死；同理，一個人畢業就畢業了，沒有理由一直在畢業。換句話說，可以和此類副詞一起用的完成式動詞一定得表達出「持續」的意涵，比如 c5 句中的 has eaten 或 c6 句中的 have worked。像 die、graduate 這類動作在瞬間完成的動詞叫做「瞬間動詞」(momentary verb)；像 eat、work 等動作可以持續一段時間的動詞則稱之為「持續動詞」(duration verb)。這兩類動詞的差異特別值得以中文為母語的學習者注意，因為在中文的許多句子裡（包括 c8 句的中譯）是不做這個區分的。試比較下列的例句與其中文翻譯：

誤 c9 How long have you come here?（你來這裡多久了？）
誤 c10 I have bought this book for one month.（這本書我已經買了一個月了。）

縱使 c9 和 c10 這兩個例句是錯的，但是它們的翻譯卻是相當自然且正確的中文句子。這一點證明了中文也是有「完成」這個概念的，只是在用法上不像英文的完成式那樣受到較多的限制。

如果我們回頭看 c7 和 c8 兩句，把劃底線的時間副詞部分拿掉，這兩句就合文法了。

c11 He has died.（他已經死了。）

c12 I have graduated.（我已經畢業了。）

此外，我們還可以把 c7 和 c8 修改成下列兩句：

c13 He has been dead <u>since last night</u>.（他昨天晚上就已經死了。）

c14 It has been five years <u>since I graduated</u>.（我已經畢業五年了。）

雖然 die 是瞬間動詞，動作在瞬間就會完成，但是形容詞 dead 表達的卻是一個狀態，而狀態是可以持續的，因此 c13 是正確的句子；graduate 也是瞬間動詞，但是因爲它沒有相對應的形容詞，所以我們把 c8 改成 c14 的句型，意思是：自從我畢業（用過去式），時間（用 it 表達）已經過了五年。同樣地，c9 和 c10 也可以改成：

c15 How long have you been here?（你來這裡多久了？）

c16 It has been one month since I bought this book.（這本書我已經買了一個月了。）

D. 現在完成進行式

現在完成進行式用來表示從過去某個時間開始的某動作，一直持續到現在依然在進行。請看圖示：

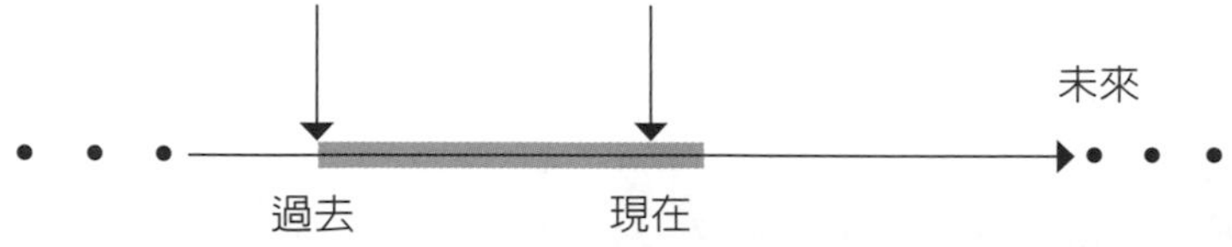

現在完成進行式比現在完成式更強調動作的持續（注意上圖中粗線部分與現在完成式示意圖中曲線部分的比較），而且還表達出動作在說話時依然在進行的概念，因此只有動態動詞才適用這個時態。試比較以下這兩個例句：

d1 I have seen this movie.（我看過這部電影。）

d2 I have been watching this movie.（我一直在看這部電影。）

d1 句中的動詞 see 屬靜態動詞，可用完成式，但不適用完成進行式；d2 中的 watch 則爲動態動詞，可以使用進行式，當然也可以用在完成進行式。

從意義上來看，我們可以說現在完成進行式（下列 d5 句）是現在完成式（d3 句）與現在進行式（d4 句）的組合體。請看下列兩句話：

d3 He has learned English for ten years.（他學英文已經十年了。）

d4 He is learning English.（他在學英文。）

把 d3 和 d4 組合在一起就成了：

d5 He has been learning English for ten years.（他十年以來一直都在學英文。）

就形式而言，我們可以更清楚地看出現在完成進行式就是現在完成式與現在進行式的結合。現在完成式的形式是，在助動詞 have/has 後加上過去分詞 (V-en)，而現在進行式則是在 be 動詞後接現在分詞 (V-ing)。至於現在完成進行式則是取 have/has，後接 be 動詞的過去分詞 been，再加上現在分詞 V-ing，即：have/has ＋ been ＋ V-ing。

許多學習者常會有不知道應該使用現在完成式或現在完成進行式的困擾。其實這兩個時態並沒有太大的差異。正如上面討論到的，現在完成進行式包含了現在完成式的意涵，只是前者較強調動作的持續。試比較以下兩個例句：

d6 I have taught at Fu Jen University for 23 years.
（我在輔仁大學教書已經二十三年了。）

d7 I have been teaching at Fu Jen University for 23 years.
（二十三年來我一直在輔仁大學教書。）

d7 句的意思可以這樣詮釋：我在輔仁大學教書已經二十三年了，現在還在教。d6 句雖然用的是現在完成式，但並沒有「已經不教了」的意思，它只表達「到現在爲止已經教了二十三年」。換句話說，要選擇 d6 或 d7 句端看說話者是不是想「強調」教書這個動作的持續進行。

2 過去時式

過去時式與現在時式基本上相同，只是基準點從現在變成了過去。

與「過去」這個時間概念發生關係的四個動詞的狀態爲：

- 過去簡單 (past simple)
- 過去進行 (past progressive)
- 過去完成 (past perfect)
- 過去完成進行 (past perfect progressive)

E. 過去簡單式

過去簡單式用來表達在過去所發生的動作或某狀態的存在。請看圖示：

圖中箭頭處指在過去某一時間發生的動作，波紋線則表示在過去時間某一狀態的存在。請看例句：

e1 **He went to Tainan yesterday.**（他昨天去台南。）
e2 **I hated English when I was in junior high.**（我國中的時候討厭英文。）

e1 句所表達的是動作，e2 則表示狀態。

前面說過，英文是重時態的語言，一個動作或狀態是現在發生還是過去發生，原則上需要靠動詞的變化來表示。例如：

e3 Mark plays golf.（馬克打高爾夫球。）

e4 Mark played golf.（馬克打高爾夫球。）

由於動詞的變化，我們知道 e3 句講的是現在，e4 句說的是過去。但是這個不同在中文裡卻顯現不出來，因爲中文的動詞本身是不隨時態變化的。這一點學習者必須特別注意。當然，英文和中文一樣，可以在句子裡加上一些表示時間的副詞，讓意思更明確，如：

e5 Mark played golf last weekend.（馬克上週末打高爾夫球。）

但是，該有的動詞變化卻不可少，這一點在英文裡是不可以任意打折扣的。

過去簡單式是使用頻率相當高的一個時態，舉凡我們在敘述事情，看、聽新聞報導，閱讀小說等時，都用得到這個時態，雖然有時也有以現在式陳述過去事件的情況。[註2] 如何正確使用過去簡單式，自然是一個重要的課題。

以中文爲母語的人士經常碰到的一個狀況是，不知該選用過去簡單式還是現在完成式。比方說，使用中文的人在碰到朋友時，常會問對方：「吃過飯沒？」。有許多學生問過筆者，這句話英文到底應該怎麼說，應該用過去簡單式還是現在完成式？亦即，應該用下列 e6 句還是 e7 句？

e6 Did you eat yet?

e7 Have you eaten yet?

其實，這兩個句子都說得通。e6 句把「吃飯」當作一個純粹的動作：如果我問你「吃過飯沒？」，你就一定不可能是在吃飯；如果你吃了，一定是發生在過去。e7 句則把「吃飯」視爲一個「過去所做的動作，其結果影響到現在的狀態」；換言之，問話者想知道的是你（到現在爲止）吃過飯了沒有。

我們在討論現在完成式的時候，就強調過「從過去一直到現在」的概念。嚴格講起來，現在完成式裡的動作應該都發生在過去，之所以稱之爲「現在」完成式，是因爲我們以現在爲基準點，來看動作是否已經完成。我們再看兩個例句：

e8 I saw him before.（我以前看過他。）

e9 I <u>have seen</u> him before.（我以前<u>有看過</u>他。）

同樣地，這兩個句子時態不同，但是意思上並沒有什麼差別。（注意，在 e9 的中譯裡我們刻意多加了一個「有」字。）所以可以看得很清楚，縱使在 e8 和 e9 句中都使用了表示過去的時間副詞 before，但是只有 e8 句是過去式，而 e9 句至少就文法來看，則是現在式。

過去簡單式和現在完成式的密切關係，還可以從幾個錯誤的現在完成式句子看出一些端倪。還記得這兩個句子嗎？

誤 c7 He has died <u>since last night</u>.

誤 c8 I have graduated <u>for five years</u>.

這兩個句子錯在不該使用劃底線部分的時間副詞，因為 die 和 graduate 都是瞬間動詞，它們所表達的動作不能持續。但是，雖然這兩個動作不能夠持續，我們卻可以確定它們都發生在過去。因此，我們可以把這兩個句子改成：

e10 He died last night.（他昨天晚上死了。）

e11 I graduated five years ago.（我是五年前畢業的。）

這麼一來，不但符合了瞬間動詞的使用原則，我們還用了正確的時間副詞，明確表示動作發生的（過去）時間。

F. 過去進行式

過去進行式用來表示某個動作在過去的某一時刻正在進行或持續。

過去進行式的用法與功能基本上與現在進行式相同，但是就動作發生的「時刻」而言，現在進行式非常明確，就是在說話的同時，也就是現在；對於過去進行式而

言，通常就得指明動作發生於過去的什麼時候。例如：

f1 She was reading at 3:30 yesterday afternoon.
（昨天下午三點半的時候，她在看書。）

f2 I was just talking about him when he came in.
（他進來的時候，我正好在講他。）

f1 句裡用副詞片語 at 3:30 yesterday afternoon 指出她那時「正在」看書；f2 句裡用副詞子句 when he came in 表示在那一刻我「正在」談論他。

與現在進行式一樣，過去進行式也可以表達動作的持續。請看下面例句：

f3 It was raining the whole time we were there.
（我們在那兒的期間，一直在下雨。）

有時過去進行式可以用來表達「剛剛在」做某事的意思，如：

f4 I forget what I was saying.（我忘了我剛剛在說什麼。）

G. 過去完成式

過去完成式與現在完成式的用法大體上相同，只是二者的基準點不同：現在完成是以現在為時間基準點，表示動作已完成或狀態一直持續到現在；過去完成式則以過去某一時間點作為基準，表達動作的完成或狀態的持續。過去完成式的圖示如下：

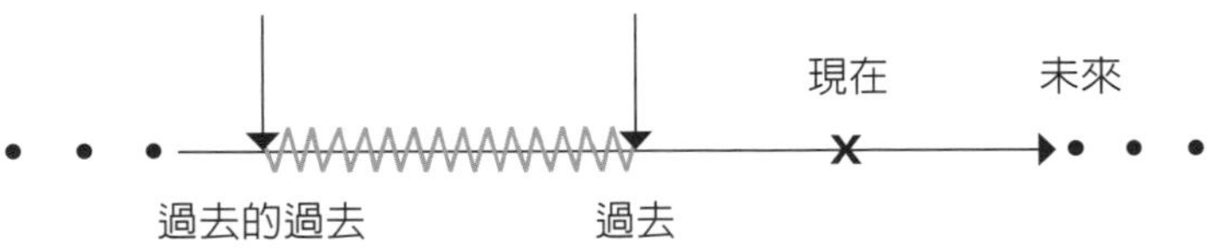

現在完成式的動作起始於過去，但是過去完成式的動作卻始於「過去的過去」。請看例句：

g1 They had lived there for ten years when the war broke out in 1939.
（當戰爭在 1939 年爆發的時候，他們已經在那兒住了十年。）

g2 We had known each other for ten years before we got married.
（在結婚之前，我們倆已經認識了十年。）

在 g1 句裡，戰爭發生的時間在過去（1939 年），而在十年之前（1929 年）他們就開始住在那兒了。同樣地，在 g2 句裡，在結婚（過去）之前，兩個人就已經認識了（過去的過去），而彼此認識的狀態持續了十年。

過去完成式是許多考試非常喜歡考的一個時態，不過出題者經常把考題的重點擺在過去完成式的另一個用法上。過去完成式除了用來表達過去動作的完成之外，還可以用來表示「在過去發生的兩個動作中，先發生的那一個」，而後發生的動作則用過去簡單式表示。我們看幾個例句：

g3 He found the book which he had lost.
（他找到了他弄丟的那本書。）

g4 I didn't go with them because I had broken my leg.
（我沒跟他們去，因為我摔斷了腿。）

g5 He had saved the document before the computer crashed.
（在電腦當機之前，他就把資料儲存起來了。）

以上三句話都包含兩個發生在過去的動作；一般而言，兩個動作中先發生的要用過去完成式表示。

過去完成式的這種用法其實相當合理。如果讀者回頭去看一下過去完成式的圖示，在過去的時間線上有兩個箭頭處，即「過去」與「過去的過去」。過去完成式的原始用法是說：動作起始於過去的過去，完成於過去。過去完成式的第二個用法是說：**發生在過去的兩個動作，先發生的用過去完成式，後發生的用過去簡單式**。這兩種用法完全吻合，意即，過去的過去＝過去完成式，過去＝過去簡單式：

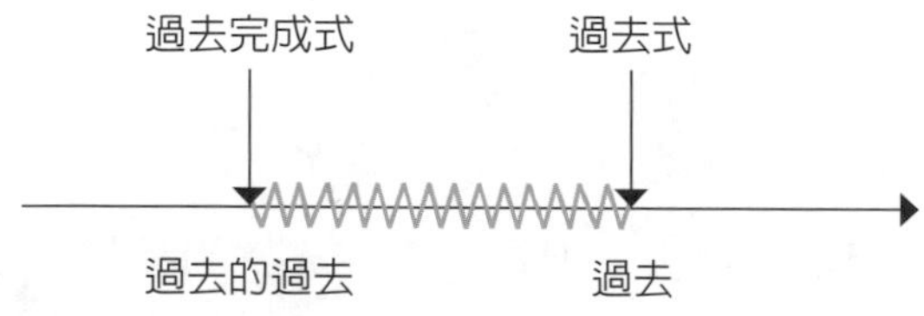

我們以 g3 句為例。在過去的過去發生了一個動作 (he had lost the book)，而這個動作的結果一直存在到過去發生了另一個動作 (he found the book) 的時候為止。

其實英文過去完成式的使用並不是絕對地嚴格。在一般的日常生活中，許多以英文為母語的人士並不很常用這個時態，尤其是當句子中出現能表示先後的詞語時。比如：

g6 **He locked the door <u>before</u> he went to bed.**（他在上床睡覺前把門鎖上。）

g7 **I went home <u>after</u> I finished my work.**（工作做完之後我就回家了。）

從 g6 句中的 before 和 g7 句中的 after，很明顯地可以判斷哪一個動作先發生，哪一個動作後發生，如果再使用過去完成式反而會顯得累贅。[註3]

曾有學生問筆者，如果一個句子中出現三個或三個以上的動詞，要如何表示先、後？這個問題很有趣，但是答案卻很無趣，因為英文裡並沒有其他的時態可以用來表達三個或三個以上動詞的先後。請看下面這個例子：

g8 **He opened the door but saw no one, and he realized that his wife had left.**
（他打開門但是沒看到人，於是意識到他的妻子已經離開了。）

在這個句子中一共出現四個動詞，但是只有一個動詞使用過去完成式 (had left)。前面三個過去的動作，哪一個最先發生，哪一個其次，哪一個又是最後發生，其實並不會產生混淆。[註4] 不過從 had left 這個動詞的使用來看，顯然是要表達這個動作比 realized 這個動作先發生。我們再看一個例子：

g9 **When they had finished supper, they went into the living room and sat down to talk.**
（用過晚飯之後，他們就到客廳坐下來談話。）

這個句子中有三個動詞，也只有一個使用過去完成式 (had finished)。就整個句子的句型來看，When they had finished supper 是表時間的副詞子句，而既然這個子句的動詞是過去完成式，當然也就意味這個動作先於主要子句裡的動作 went 和 sat。

基於以上的觀察，我們可以做出這樣的結論：過去完成式可用來凸顯一過去動作先發生，而相對於它所謂後發生的動作可能只有一個，也可能不只一個。換個方式說，英文的過去完成式只能跟「一個」過去式或「一群」過去式相比較。因為英文裡沒有任何其他時態可以用來表達三個或三個以上過去動作的先後順序，我們唯一能做的就是一個一個比，或是拿一個和一群比。

H. 過去完成進行式

過去完成進行式表達的是，從過去的過去開始做的動作，一直持續到過去某一時間依然在進行。請看下圖：

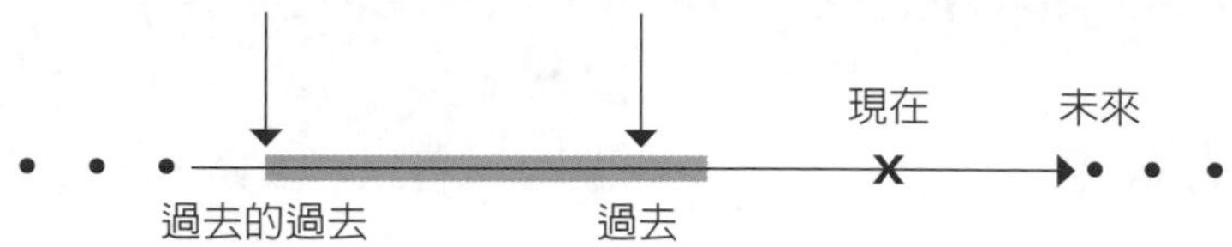

過去完成進行式常和表示時間的副詞片語或副詞子句連用。請看例句：

h1 By 1997, he had been living in Hong Kong for 25 years.
（到 1997 年時，他已經在香港住了二十五年。）

h2 We had been talking for two hours when he called.
（他打電話來的時候，我們已經講了兩個鐘頭的話。）

過去完成式表達動作的完成或先發生，過去完成進行式則強調動作的持續與進行。試比較：

h3 The ground was wet because it had rained.（地上是濕的，因為下過雨。）

h4 The ground was wet because it had been raining.
（地上是濕的，因為一直在下雨。）

過去完成進行式也可以用來表達一個在過去持續進行的動作被另一個動作打斷。例如：

h5 Tom had been sleeping for three hours when his father woke him up.
（他爸爸叫醒他的時候，湯姆已經睡了三個鐘頭。）

過去完成進行式還可以用來表達一個原本持續的過去動作在另一個動作發生前不久剛結束。例如：

h6 When I saw Teresa, I could tell that she had been crying.
（我見到泰瑞莎的時候，看得出來她剛哭過。）

3 未來時式

未來時式與現在時式或過去時式基本上相同，只是時間基準點在未來。

與「未來」時間發生關係的四個動詞狀態分別是

- 未來簡單 (future simple)
- 未來進行 (future progressive)
- 未來完成 (future perfect)
- 未來完成進行 (future perfect progressive)

I. 未來簡單式

未來簡單式用來表達未來的動作或狀態。圖示如下：

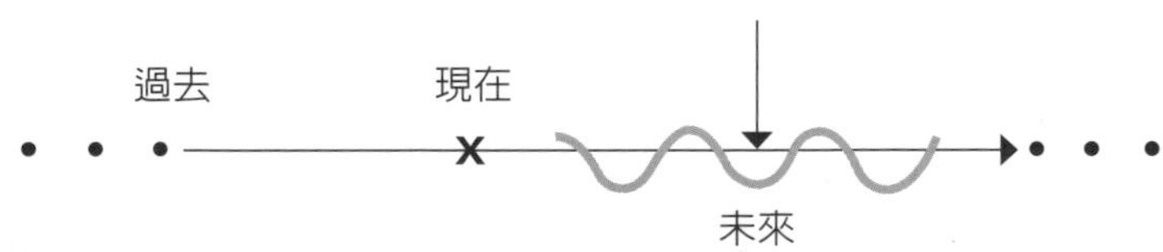

未來簡單式的形成方式與現在簡單式或過去簡單式不同，動詞本身並不變化，而是必須在動詞前加上助動詞 will 來表示該動作「將」發生在未來。[註5] 請看例句：

i1 I will call you tomorrow.（我明天會打電話給你。）

i2 He will stay here for three months.（他會在這裡待三個月。）

未來簡單式可用來表達意願、承諾、計劃或預測等，助動詞 will 可以用 be going to 來取代（尤其是在非正式英文裡），不過 be going to 可用來表達較強烈的「意向」。試比較：

i3 She will get married in June.（她會在六月結婚。）

i4 She is going to get married this June.（她打算今年六月結婚。）

除了 be going to 之外，be about to 和 be to 也可以用來表示未來。例如：

i5 The plane is about to take off.（飛機即將起飛。）

i6 He is to retire next year.（他預定明年退休。）

如 i5 句所示，be about to 通常用來表達「立即的未來」，而 i6 句中的 be to，則有「預定」的意思。

另外值得一提的是，有些動詞，包括表示「往、返」和具「預定」意涵的動詞，可以用現在簡單式或現在進行式來表示「即將」或「一定會」在未來發生的事情。例如：

i7 The train arrives in twenty minutes.（火車二十分鐘後到站。）

i8 The department store opens at ten tomorrow morning.
（百貨公司明天早上十點開門。）

i9 He is leaving for Japan next Monday.（他下星期一要動身前往日本。）

i10 We're having a party this weekend.（我們這個週末要開派對。）

這種以現在時態表達未來的情況，說明了一個有趣的事實，那就是：英文並沒有純正的未來式。換個方式來說，英文的現在式與未來式其實是混和在一起，不容易區分的。這一點也可以從下列這兩個句子看出一些端倪。

i11 Will you come tomorrow?（你明天會不會來？）

i12 Will you come now?（你是不是現在來？）

理論上用了助動詞 will 應該表達的是未來的動作，i11 句符合這個原則，因爲句中用了表未來的時間副詞 tomorrow「明天」；i12 句卻不然，因爲句中的時間副詞用的是 now「現在」。這是爲什麼呢？

其實英文的這個現象眞正反映出時間的概念。我們在前面提到過，時間是不斷向前流動的；換言之，我們在任何時刻都在由「現在」持續地進入「未來」。同樣的概念也反映在中文的句子裡。比如說，「我現在就去。」這句話裡的「去」這個動作，嚴格講應該是在「現在」說完話之後的「未來」才會發生的動作。又比如，很多人在應門時說「來了，來了。」事實上說話的人不見得「已經」來了，比方他／她可能先洗一下手或先放下手邊的事再行動。把這兩句話換成英文就是"I'll go right now."和"I'm coming"。不論從中文或英文，我們都可以明顯感受到「現在」和「未來」這兩個時間概念的密不可分。

像這樣既「現在」又「未來」的現象，英文裡有兩種句子表現得最淋漓盡致，一是包含時間子句的句子，二是包含條件子句的句子。[註6] 如：

i13 When he comes tomorrow, I will talk to him.
（他明天來的時候，我會跟他談談。）

i14 If you turn to page 25, you will see a chart.
（如果你翻到二十五頁，就會看到一個表。）

許多文法書都把這點明訂爲一個規則：在表時間或表條件的副詞子句中，必須用現在式來「代替」未來式。多數學習者不知道爲什麼如此，但是卻得強行把這個「規則」記起來（因爲考試會考）。其實這個「規定」並不難理解。雖然時間子句與條件子句中的動作尚未發生，但是它們一定要先發生，主要子句的動作才會發生，因此，**正如有預定意涵的動詞，我們用現在式來代替未來式。**

最後，我們發現英文裡還有一個「現在」與「未來」難分難解的情況，那就是：現在式動詞和未來式動詞居然都有「過去」式。請看例句：

i15 I see you. → I saw you.（我看到你。）

i16 I will see you. → I would see you.（我會看到你。）

這正是爲什麼許多現代語言學家認爲英文其實只有兩個時式：過去式與非過去式 (past tense and non-past tense)。

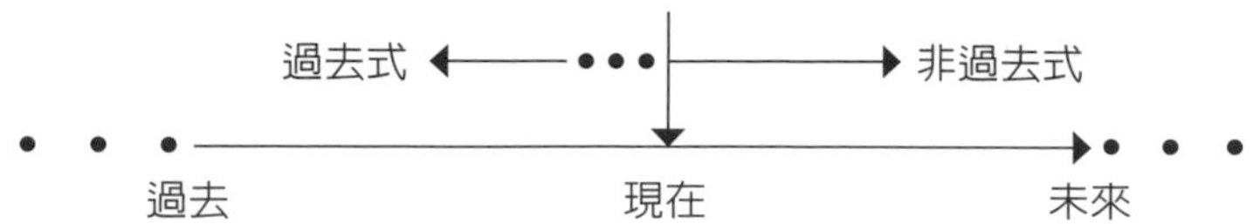

如上圖所示，所謂的非過去式當然包括了傳統上的現在式與未來式。從我們對英文未來式所做的分析來看，它和現在式的關係的確非常密切，但是否就因此必須「認定」英文只有兩個時式其實是另外一個層次的問題。就學習而言，不論是兩個或三個時式，能夠眞正體會箇中奧妙，進而使用正確的動詞形式，才是重點。本書最主要的目的與功能，就是要幫助讀者「理解」英文，因此兼顧了傳統與現在，至於何者優何者劣的價值評斷，就留給讀者自行定奪。

J. 未來進行式

未來進行式是用來表達某一個動作將在未來的某一個時間進行或持續著。請看下面圖示：

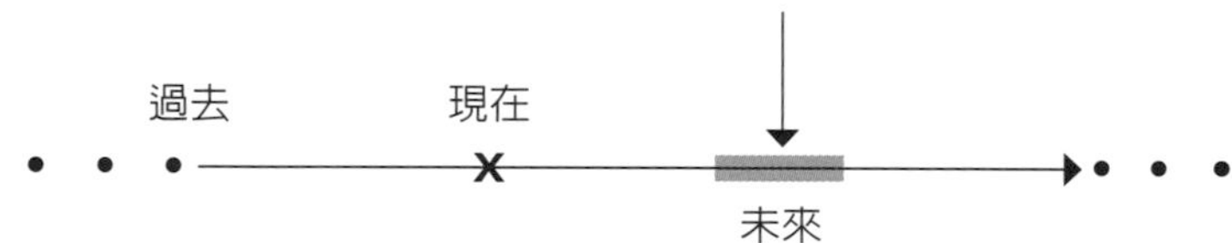

未來進行式的形式是在 be 動詞前加助動詞 will，在 be 動詞後再加現在分詞 V-ing，即：**will be V-ing**。請看例句：

j1 I will be sleeping when you come back.（你回來的時候，我會在睡覺。）

j2 We will be taking our midterm at this time tomorrow.
（明天的這個時候，我們會在考期中考。）

相對於現在進行式與過去進行式，未來進行式並不常用，而且常可用其他時態來取代。試比較下列四個句子：

j3 I'll be leaving in a few minutes.

j4 I'll leave in a few minutes.

j5 I'm leaving in a few minutes.

j6 I leave in a few minutes.

以上四句話大同小異，皆表未來，意思都是「我幾分鐘後會離開。」

前面提到過，在表時間和表條件的子句中不用未來式，這當然也包括未來進行式。試比較 j7、j8 與 j7'、j8' 四句：

誤 j7 While we will be cleaning the house, she will cook.
（我們在打掃房子的時候，她會去煮飯。）

誤 j8 If you will be working tomorrow, I will go alone.
（假如你明天要工作，我會自己一個人去。）

j7' While we are cleaning the house, she will cook.

j8' If you are working tomorrow, I'll go alone.

K. 未來完成式

與現在完成式和過去完成式相同，未來完成式也是用來表達動作的完成或狀態的持續，只是基準點由現在或過去時間變成未來時間。請看圖示：

和其他兩個完成式一樣，未來完成式中的動作或狀態也是起始於基準點之前的「過去」，但是現在完成式的「過去」當然是過去時間，過去完成式的「過去」是過去的過去，而未來完成式的「過去」如圖示，有可能涵蓋現在和過去。換句話說，未來完成式的動作或狀態可能始於過去，經過現在，然後持續到未來的時間點爲止。請看下面兩個例句：

k1 I will have saved enough money to buy a house when we get married.
（我們結婚的時候，我會已經存夠了錢買房子。）

k2 He will have lived in Beijing for six months by the end of this year.
（到今年年底，他會已經在北京住了六個月。）

未來完成式常用來表達某件事情到現在尚未完成，但是會在未來的某一時刻完成。例如：

k3 She will have reached America by this time tomorrow.
（到明天這個時候，她將會已經抵達美國。）

k4 I will have completed the report when you get back.
（你回來的時候，我將會已經完成報告。）

注意，未來完成的動作出現在表時間的子句裡時，要用現在完成式來表達。

k5 He will go abroad after he has graduated.（他畢業之後會出國。）

k6 When I have finished the book, I'll lend it to you.
（我把書看完的時候會借給你。）

L. 未來完成進行式

未來完成進行式用來表達在未來之前就開始的動作，一直持續到未來某一時間依然在進行。圖示如下：

請看例句：

l1 I will have been teaching English for thirty years when I am sixty.
（當我六十歲的時候，將會已經教了三十年英文。）

l2 We will have been driving for fifteen hours by the time we arrive in New York.
（當我們抵達紐約的時候，將會已經開了十五個鐘頭的車。）

有些時候使用未來完成式或未來完成進行式差異並不大。例如：

[I3] **By 2022, he will have lived / been living in Los Angeles for fifty years.**
(到 2022 年時，他將會已經在洛杉磯住了五十年。)

[I4] **I will have studied / been studying for five hours by the time you return.**
(到你回來的時候，我會已經唸了五個鐘頭的書。)

以上我們就英文動詞，或甚至是整個英文文法中最麻煩的課題——時態，做了完整的解析。我們以動詞的三個「時」爲基準，分別探究了四個可能的「態」。三乘四等於十二，我們一共討論了英文的十二個時態。如讀者所見，本書避開了條列式的歸納，而採用論理的分析方式幫助讀者「理解」各個時態的不同及其用法。相信讀者曾有過的困惑或可能會遇到的困擾，大多都可以從本章中得到解答。

註解

1 注意，麥當勞的廣告詞用的是口語式的表達方式：I'm lovin' it.

2 以現在式陳述過去事件的情況：有些以英文為母語的人士在敘述「過去」發生的事情時，會用現在式來表達，這是因為使用現在式讓人有「身臨其境」之感，意即，用現在式來描述事情會比較生動、鮮活。比如，一個在敘述遭人搶劫的受害者可能會這麼說："... Suddenly this guy jumps out of nowhere and blocks my way. He pulls out a gun, aims it at me, and says, 'Give me your wallet.'"（……突然間這傢伙不知從哪裡跳出來，擋住了我的去路。他掏出一把槍，對準我，然後說：「把你的皮夾給我。」）但是這並不意味這些母語人士英文不好，現在與過去不分。因此，這一點並不能當作正在學習英文的非母語人士不好好學文法的藉口。另外，我們偶爾也會讀到完全使用現在式來表達的小說，理由基本上亦相同。

3 表示動作發生的先後：有時縱使沒有這類詞語，只要能合理判斷哪一個動作先、哪一個動作後，就不須使用過去完成式。例如，g6 和 g7 二句可以改成下列兩句，而意思不變：

① **He locked the door when he went to bed.**

② **I went home when I finished my work.**

4 多個動作先後發生的表示法：只要句子表達的是一連串的動作，動詞皆可用過去簡單式表示。例如：

I got up at six, took a bath, brushed my teeth, got dressed, and went downstairs to have my breakfast. (我六點起床，洗了個澡，刷了牙，穿好衣服，然後下樓去吃早餐。)

5 現代的英文，尤其是美式英文，通常不再就應該選用 shall 或 will 來表未來這個問題上打轉；一般在無特殊情況下，一律使用 will。（shall 和 will 的用法，請參見第 10 章「助動詞」。）

6 本書將條件句與假設句分開處裡。請參見第 5 章「條件式與假設語氣」。

3分鐘英文 搞懂易混淆字詞用法！

動詞⑬ influence / affect

influence 和 affect 都指「影響」，但 influence 表達的影響可能造成好的或是壞的結果（例如，Weather can influence people's health.「天候情況可能會影響人的健康。」），而 affect 則較多指造成負面後果的影響（例如，Smoking can affect your health.「抽菸會影響你的健康。」）另外，也具「影響」意涵的 impact 則用來表示「對……造成衝擊」。

動詞⑭ compare / contract

compare 與 contract 都具有「比較」的意涵，但是 compare 指的是在互相比較之下顯示出二者相同與不同之處，而 contrast 則指在兩相對照之下顯示出二者間的差異。

動詞⑮ own / possess

own 和 possess 都可以指「擁有」，但一般而言，後者比前者來得正式。而嚴格講，own 多用來指對一些具體事物（如房屋、車子等）的「擁有」，possess 則著重對事物負有管理、控制責任的「擁有」。另，possess 也常用來指「持有」（如持有槍械、毒品等）或是「具有」（如具有知識、才智等）。

第 5 章 條件式與假設語氣

本章要討論的是許多學習者認爲很困難的條件式 (conditional) 和假設語氣 (subjunctive mood)。有些文法書選擇「條件式」這個名稱來概括條件句和假設句，有些則採用「假設語氣」來涵蓋這兩種句子，還有些一下用條件式，一下用假設語氣，來討論同樣的句式。但是，不論採用哪一種方法，結果通常是越說越複雜，搞得學習者一個頭兩頭大，有學等於沒學。其實，條件和假設在邏輯上是兩個不同層次的概念，應該分開來討論，也唯有分開討論才能有效幫助學習者正確無誤地掌握英文。

1 條件式

我們先看條件式。所謂條件式指的是，在句子中由從屬子句 (subordinate clause) 表達某種可能發生的條件（即所謂條件子句），由主要子句 (main clause) 表達如果這個條件一旦成立，會發生的結果。條件式的句子可以是現在式、未來式，或者是過去式。請看例句：

a **If Mom doesn't cook, we go out to eat.**【現在】

b **If Mom doesn't cook, we'll go out to eat.**【未來】

c **If Mom didn't cook, we went out to eat.**【過去】

就中譯而言，a、b、c 三句都可以翻成「如果媽不煮飯，我們就出去吃。」但是仔細看這三個英文例句裡所用的動詞，我們卻發現它們分屬不同的時態。a 句中主要子句用的是現在式，條件子句也是用現在式，很明顯這個句子表達的是現在的狀況；b 句中的主要子句用的是未來式，條件子句用的是現在式，我們因此判斷這個句子表達的是未來的狀況（條件子句中以現在代替未來）；c 句中的主要子句是過去式，條件子句也用過去式，無庸置疑，這個句子表達的當然是過去的狀況。雖然這三個句子的時態不同，但是它們呈現的邏輯卻相同：只要條件（媽不煮飯）成立，結果（我們出去吃）就會發生。

其實，要表達條件和結果，連接詞 if 並不是唯一的選擇。[註 1] 比方，as long as 就常用來表示這樣的關係。例如：

d My parents don't care what I do as long as I stay out of trouble.
（只要我不惹麻煩，我父母就不在意我做些什麼。）

甚至一般用來表時間的連接詞 when 也具有類似的功能。在上一章我們討論未來式時，提到在時間子句和條件子句中應用現在式代替未來式，當時我們舉的是這兩個例子：

i13 When he comes tomorrow, I will talk to him.
i14 If you turn to page 25, you will see a chart.

有趣的是，如果我們把這兩句話改成：

e If he comes tomorrow, I will talk to him.
f When you turn to page 25, you will see a chart.

在意思上並無多大的差異，因為不論是 i13、i14 或 e、f 句，都同樣表達「只要 A（條件）發生，B（結果）就會發生」的邏輯。

從以上的討論可以發現，所謂的「條件」是指「可能」發生的一些情況且只要這些條件成立，結果就一定會發生。這和表達「不可能」發生的「非事實」之假設不同，不應混為一談。接下來我們就來看所謂的「假設語氣」。

2 假設語氣

所謂假設語氣表達的是一種虛擬的「非事實」狀態。假設句也有現在、過去和未來三種，分別說明於下。

A. 對現在所做之假設

與現在事實相反之假設語氣，要用「過去式」來表達。其句型如下：

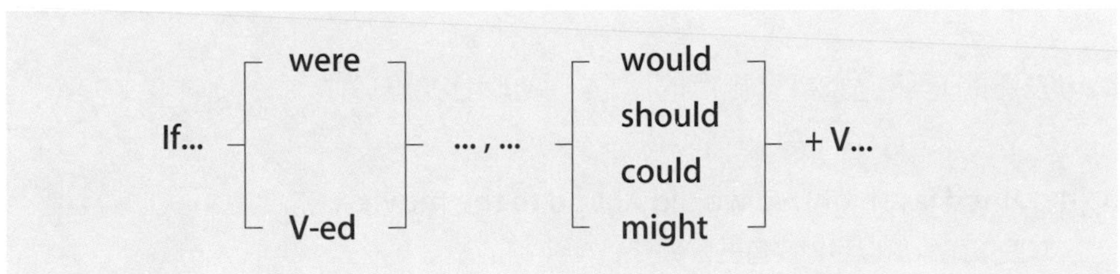

請看例句：

[g] **If I were you, I would marry her.**（假如我是你，就會娶她。）

[h] **If he had enough money, he could buy the house.**
（假如他有足夠的錢，就能把房子買下來。）

g 句和 h 句表達的都是與現在事實相反的一種虛擬狀態[註 2]，在邏輯上相當於：

[g'] **I'm not you, so I will not marry her.**（我不是你，所以我不會娶她。）

[h'] **He doesn't have enough money, so he can't buy the house.**
（他沒有足夠的錢，所以不能夠把房子買下來。）

B. 對過去所做之假設

與過去事實相反的假設語氣，要用「過去完成式」來表達。其句型如下：

If... had + V-en... , ... [would / should / could / might] + have + V-en...

請看例句：

[i] **If it had not rained last night, we would have gone to the movies.**
（如果昨晚沒有下雨，我們就會去看電影了。）

j If I had gone to the party, I should have had a chance to talk to him.

（如果我有去參加派對，就應該會有機會和他說話。）

i、j 兩句表達的是與過去事實相反的狀態，邏輯上就等於：

i' It rained last night, so we did not go to the movies.

（昨晚下雨，所以我們沒有去看電影。）

j' I did not go to the party, so I did not have a chance to talk to him.

（我沒去參加派對，所以沒機會和他說話。）

C. 對未來所做之假設

由於未來時間尚未到來，會發生什麼或不會發生什麼實難以斷言，所以我們不用「與未來事實相反」這種說法，而改以「對未來強烈地懷疑」來表示。對未來強烈懷疑的狀況，用以下句型表示：

If... should + V... , ... [would / should / could / might] + V...

請看例句：

k If it should snow tomorrow, we would stay at home.

（萬一明天下雪，我們就會待在家裡。）

l If I should fail, I might have to try again.

（萬一我失敗了，我可能就必須再試一次。）

這兩句表達的意思是：

k' I don't think it will snow tomorrow, so we probably will not stay at home. But if it does, we will.

（我並不認為明天會下雪，所以我們可能不會待在家裡。不過如果真的下雪，我們就待在家裡。）

l' **I don't think I will fail, so I probably will not have to try again. But if I do fail, I may have to try again.**

（我並不認為我會失敗，所以我可能不必再試一次。但是如果我真的失敗了，我可能就得再試一次。）

注意，在 k 句和 l 句的假設子句中所使用的 should，其意思和功能相當於中文的「萬一」，用來表示事情發生的機率不大。註 3

其實除了用 should 表達「萬一」的情況之外，英文還有一種方式可以用來表達「極不可能發生」的狀態，其句型如下：

If... were + to + V... , ... — [would / should / could / might] — + V...

請看例句：

m **If the sun were to disappear tomorrow, most living things would soon die.**

（假若太陽明天消失的話，大多數的生物將會很快死亡。）

n **If I were to become a billionaire, I would stop working.**

（假若我成了億萬富翁，我就會停止工作。）

m.、n. 表達的是極不可能發生的狀況，即：

m' **The sun is not likely to disappear tomorrow, so most living things will not die soon.**

（太陽不大可能明天會消失，所以大多數的生物並不會很快死亡。）

n' **It's not likely for me to become a billionaire, so I will not stop working.**

（我不太可能變成億萬富翁，所以我不會停止工作。）

以上我們分別針對英文的條件句和假設句的使用做了說明。除了各自表達的狀態不同之外，我們發現條件句裡的動詞與一般動詞的使用方式並無差異，但是假設句中的動詞，不論現在、過去或未來，似乎都以「過去時態」呈現。這是爲什麼呢？

在下一節中我們就將針對這個問題，做深入的探討。

3 假設語氣與動詞時態之比較

英文其實有三種基本的語氣 (moods)，分別是「直述語氣」(indicative mood)、「祈使語氣」(imperative mood) 和我們現在正在討論的「假設語氣」(subjunctive mood)。直述語氣用在對一般事物的陳述，動詞依一般動詞的時態變化。祈使句用來表達命令、請求、禁止等，動詞必須用原形。註4 假設語氣，如前一節所述，用來表達非事實的狀態，動詞則必須以「過去」的形式出現。

爲了凸顯假設語氣的這種「奇異」現象，下面我們分別就現在、未來和過去的狀態，拿使用「正常」時態的條件句和假設句做一個比較。我們先看 o、p 這兩句與現在有關的條件句和假設句。

o **If I have more time, I drive slowly.**【條件】

p **If I had more time, I would drive slowly.**【假設】

o 句是現在式的條件句，意思是「(現在) 如果我有較充裕的時間，(都) 會慢慢地開車。」; p 句的假設表達的是與現在事實相反的狀態，意思是「(現在) 假如我有時間的話 (但是我沒有)，我會慢慢地開車。」此外，我們發現假設子句中的動詞由現在退到了過去，即由 have 變成了 had，而主要子句中也不用 will 而用過去式的 would。注意，此時動詞不可以用 drove，因爲這是主要子句，一旦使用 drove 就會成了「過去的事實」，這與原句的語氣和時間皆不符。當然，這裡的 would 並非表示「過去的未來」，它表達的是在對現在的非事實所做的假設之後，「將會」呈現的虛擬狀態。

接下來我們看與未來有關的條件和假設句。

q **If I have more time, I will drive slowly.**【條件】

r **If I should / were to have more time, I would drive slowly.**【假設】

q 句是未來式的條件句，意思是「(未來) 如果我有較充裕的時間，(就) 會慢慢地開車。」; r 句表達的是未來強烈／極度懷疑的狀態，意思是「(未來) 萬一／假若我有較充裕的時間 (但是我不太可能有)，我會慢慢地開車。」我們看到，假設子句中必須用 shall 的過去式 should，或者是把原本用來表示未來的 be to 以過去式 were to 呈現[註5]，主要子句中也由 will 變成了過去式的 would。

讀者一定注意到了在 r 句主要子句的部分和 p 句主要子句的部分完全相同。這是因為不論是對現在做假設或是對未來做假設，與之呼應的不可能或不大可能發生的結果，自然會都指向「假設」的未來。

最後我們比較過去式的條件句和與過去事實相反的假設句。

s **If I had more time, I drove slowly.**【條件】

t **If I had had more time, I would have driven slowly.**【假設】

s 句是過去式的條件句，意思是「(過去) 如果我有較充裕的時間，(都) 會慢慢地開車。」；t 句表達的則是與過去事實完全相反的狀態，意思是「(過去) 假如我有較充裕的時間 (但是我並沒有)，我就會慢慢地開車了。」注意，在與過去事實相反的假設句中，所使用的動詞形式非常特別 (因此考試也特別愛考)。因為要表達與過去事實「相反」，所以當然不能使用一般的過去式。如 t 句所顯示的，我們必須從過去往後退到「過去的過去」，意即，我們必須使用過去完成式。假設子句中用 had ＋ V-en，主要子句則用過去式的助動詞 (would、should、could、might) 加上原形完成式 have ＋ V-en。另，主要子句裡不可以用一般的過去完成式，因為如果使用一般的過去完成式，就會變成「過去之過去的事實」。我們一定要先用一個「過去式」的助動詞，「營造」出虛擬的情境，再使用完成式的原形 (助動詞之後必須用原形動詞) 來表達非事實狀態的過去。

從以上條件句與假設句的對照比較，我們發現，**條件句中所使用的動詞形式其實屬於所謂的直述語氣，至於假設句裡的動詞則必須使用假設語氣來表現**。條件句的動詞依一般動詞的使用規則變化，假設句的動詞卻籠罩在「過去」的氛圍當中：與現在和未來 (即非過去) 相反的時候，要往後退，使用過去式；與過去相反的時候，再往後退，使用過去完成式。這種「倒退嚕」的情況就是英文表達「非事實」狀態的方式。

乍看之下，以這種方式來表示「非事實」似乎沒什麼道理，但是和許多西歐語言比較起來，英文的假設語氣動詞卻簡單多了。比方，學過法文的人都知道。法文的「虛擬式」(subjonctif) 動詞有特別的一套字形變化，不同人稱、單複數、各種虛擬的時態都必須用不同的字形來表示。光是要把這些字形記清楚就是一件極其辛苦的事，更不用提是否有能力在需要時正確地使用它們。反觀英文，只要學習者知道動詞的三態變化，在使用假設句的時候把原來的時態向後退一步，就大功告成了。所以，各位讀者，停止抱怨，試著理解它、欣賞它、接受它吧！

4 假設語氣的應用與變化

假設語氣除了用在「標準句型」的假設句之外，還可以用在其他的一些句式裡。請看以下說明。

首先，假設語氣可以使用在不同的兩個時間範圍內。例如：

u If I had worked harder in high school, I would be studying in a better university now.
（假如我高中的時候用功一些，現在念的就會是一所比較好的大學。）

這個假設句涵蓋了兩個時間：過去 (in high school) 和現在 (now)。即，過去的狀態影響到了現在的狀態：因為「以前」不夠用功，所以「如今」讀不到好的大學。要注意的是，這種混和時間的假設只有一個方向：過去影響現在（或未來），反之並不亦然，因為現在（或未來）是不可能影響過去的。

其次，標準型假設句中的 if 可以省略，但是一旦省略 if，主詞和動詞就必須倒裝。例如剛剛的 u 句就可以改成：

u' Had I worked harder in high school, I would be studying in a better university now.

另外，英文裡有幾個特殊句型需要用假設語氣來表達，包括 wish 之後的名詞子句、It's time 之後的名詞子句，以及 as if/though 之後的副詞子句。[註6]

v I wish (that) I were a bird.（真希望我是一隻鳥。）

w It's time (that) we went home.（是我們該回家的時候了。）

x He talks as if/though he knew everything.（他說起話來好像什麼都知道似的。）

以上三個句子中的從屬子句，都表達了「與現在事實相反」的假設狀態。v 句中的 I were a bird 的意涵其實是「我並不是一隻鳥」；w 句的 we went home 則表示「我們還沒有回家」；x 句的 he knew everything 是說「他並非什麼都知道」。

其實，像這類的句型有時也用來表達與「過去事實相反」的情境。例如：

y I wish I had gone to Japan with you last year.
（真希望我去年有跟你一起去日本。）

y 句呈現的是，「現在」回頭希望「過去」曾做了什麼。與 v 比較，我們發現 wish 之後的子句可以表達與現在事實相反的假設，也可以表達與過去事實相反的假設。但是要注意，如果 wish 已經是過去式的話，其後的子句只能用來表示與過去事實相反的情況：

z I wish I had studied hard when I was a student.
（真希望我做學生的時候有用功讀書。）

以上我們針對英文文法中最不容易搞懂的條件句與假設句作了詳盡的比較分析。筆者採用的方式是將兩種句子分開討論，如此避開不必要的混淆。我們也針對假設語氣的動詞做了特別的說明。最後我們還看了假設語氣在其他一些句型中的應用與變化。希望本章已經幫助讀者釐清條件式和假設語氣的觀念，並解決了相關的疑問。

註解

1 表達條件和結果的其他連接詞：在引導條件子句的連接詞當中，最有趣的一個應該是 unless 這個字。就邏輯而言，unless 表達的是 if … not 的概念。例如本章 a、b、c 三個例句可變換成：

① Unless Mom cooks, we go out to eat.【現在】
② Unless Mom cooks, we will go out to eat.【未來】
③ Unless mom cooked, we went out to eat.【過去】

2 表達與現在事實相反之假設語氣中的 be 動詞：依照文法，不論人稱、數，一律使用 were，但有些母語人士卻喜歡用 was，尤其是在非正式的口說時。

3 以 should 表示「萬一」時的助動詞用法：有些母語人士認為，縱使用 should 表示事情發生的機率不大，但是總還不至於是完全不可能，因此有些人在主要子句裡並不使用過去式的助動詞（would、should、could、might 等），比如 k、l 兩句可以說成：

① If it should snow tomorrow, we will stay at home.
② If I should fail, I may have to try again.

4 英文的祈使句分兩種：一種是說話者針對聽話者所下達的命令、請求等；另一種祈使句的對象則包括說話者自己以及聽話者。例如：

① **Sit down.**（坐下。）

② **Let's go.**（咱們走吧。）

因為祈使句與假設句比較起來相對地簡單，所以本書不多著墨。

5 與未來事實相反的假設語氣中的 be to：與註 2 相同，有些母語人士習慣用 was to 來取代 were to。

6 關於假設語氣特殊句型，這裡有三點需作說明，請讀者務必留意：

(1) 不可將 wish 和 hope 搞混，前者表達的是不可能實現的希望，後者則表達有可能實現的希望。比方，你這個週末要開派對，你希望你朋友能來參加，這時你可以說："I hope you can come." 但是千萬不要說："I wish you could come."，因為這是個假設語氣的用法，聽起來像是你根本不希望對方來。

(2) 在 It's time 之後也有人用直述語氣。

(3) 在 as if/though 之後可不用假設語氣，端看說話者是否在做與事實相反的假設而定。

3分鐘英文 搞懂易混淆字詞用法！

動詞⑯ decide / determine

decide 與 determine 皆可譯作「決定」，但前者一般用來指「做出某個選擇」的決定，而後者則指「下定決心（做某事）」的決定。不過無論是 decide 或 determine 都可以用來指法院對於案件的「判決」或「裁定」。

動詞⑰ send / deliver

send 與 deliver 都具「發送」的意涵，但是 send 指的是「寄送」，而 deliver 則指「送交」。例如，你可以 "send" 一份禮物給朋友，但是該禮物不見得會被 "delivered" 到朋友的手上。

動詞⑱ resign / quit

resign 和 quit 都指「辭職」，但 resign 為正式用詞，quit 則較為口語。注意，quit 還常用來指「放棄」或「戒除」，例如 quit school 就是「棄學」，而 quit smoking 就是「戒菸」。

第 6 章 主動語態與被動語態

相信主動改被動是絕大部分學過英文的人都很熟悉的練習。主動與被動的概念對以中文爲母語的人士而言，算是簡單易懂的文法課題。不過許多文法書在討論所謂語態 (voice) 時，都會把重點擺在由主動語態 (active voice) 改成被動語態 (passive voice) 的形式上，而忽略這兩種語態使用時的實質內涵。本章將就如何選擇正確語態以及使用不同語態，特別是被動語態時，應該注意的事項做分析說明。

1 主動與被動的選擇

一般而言，主動式永遠比被動式來得直接、有力。因此，在可以選擇的情況下，如果沒有特殊的理由，應該選用主動式。試比較下列兩個句子：

a **I like dogs.**（我喜歡狗。）

b **Dogs are liked by me.**（狗被我喜歡。）

a 句簡單明瞭，b 句相對顯得很不自然。除此之外，英文教科書裡主動改被動（或被動改主動）的練習常使得許多人產生一種錯覺，以爲主動句和被動句相等。比方，很多人都會認爲下面 c 句等於 d 句：

c **John killed Mary.**（約翰殺死了瑪麗。）

d **Mary was killed by John.**（瑪麗被約翰殺死了。）

就形式而言，或許可以這麼說，但是從語言實際使用的情況來看，其實並不然。從語用學 (pragmatics) 的角度來分析，c 句的焦點是 John，而 d 句卻以 Mary 爲重心。換個方式來說，c 句告訴我們的是 John 做了什麼，d 句的重點卻在於 Mary 發生了什麼事。意即，如果有人問："What did John do ?"「約翰做了什麼？」，回話者應以 c 句作答，如果用 d 句作爲回應，就會顯得失焦。相反地，如果有人問："What happened to Mary ?"「瑪麗發生了什麼事？」，就應以 d 句作答，如以 c 句回應，雖然不至於雞同鴨講，但多少會讓問話者覺得答話者並未搔到癢處。

除了上述因爲「語用」的關係有時候需要用到被動式之外，在下列幾種情況之下則常用被動式：

(1) 當主事者 (agent) 身分不詳時。
(2) 當主事者身分不重要時。
(3) 當說話者因爲某種原因不願意指出主事者是誰時。

請看下面例句：

e He was murdered (by someone).（他被〔某人〕謀殺了。）
f He was elected (by the voters).（他被〔投票者〕選出來。）
g He was scolded (by the boss).（他被〔老闆〕罵了。）

這種偏向使用被動的情況也常出現在以下句型的句子裡：

h It is said that the oil price will continue to rise.（據說油價會持續上揚。）
i It is rumored that there will be a war soon.（據傳很快將會發生戰爭。）
j It is estimated that about one billion people in the world suffer from hunger.
（據估計世界上大約有十億人口為飢餓所苦。）

在 h、i 和 j 句裡，是誰「說」、是誰「謠傳」、是誰「做估計」顯然不是重點，因此採用省略「by ＋ agent」的被動式。

2 可使用被動式的動詞

一般的文法書都會告訴我們，只有及物動詞才可以有被動式。這個說法原則上是對的，但是有兩點要注意：

(1) 並非所有的及物動詞都有被動式。
(2) 有許多不及物動詞加上適當的介系詞之後，其功能就相當於及物動詞，即可用被動式。

我們先看及物動詞的部分。

絕大部分的及物動詞都可以用主動式或被動式，但是有些靜態的及物動詞卻沒有被動用法。例如：

k I have two children.（我有兩個小孩。）

誤 k' Two children are had by me.

l He resembles his father.（他像他爸爸。）

誤 l' His father is resembled by him.

m She lacks confidence.（她缺乏自信。）

誤 m' Confidence is lacked by her.

k、l 和 m 句中的動詞在形式上都是及物動詞，但是如果我們仔細觀察這幾個動詞就會發現，它們主要的功能在於表示主詞和受詞之間某種靜態關係的存在，而不在於呈現主詞對受詞所做出的任何積極行爲，因此不適合使用被動式。

接下來我們來看不及物動詞的部分。我們在討論及物與不及物動詞時就曾提到過，不及物動詞之後加上適當的介系詞，就相當於及物動詞的用法。正因如此，許多原本是不及物的動詞就有機會改成被動式來使用。例如，先前提到過的 look 和 listen 就可以這樣用：

n He was looked at as a hero by many people.（他被許多人視為英雄。）

o He is listened to with respect by young people.
（年輕人都尊敬他，願意聽他的話。）

我們再看幾個例子：

p The terms were agreed on by both parties.（雙方都同意這些條件。）

q She was never talked to about her real parents.
（從來沒有人跟她談過她親生父母的事。）

r He is depended on by the whole team for his great skills.
（全隊都依賴他精湛的技巧。）

3 用動詞 get 形成的被動式

許多人或許不知道動詞 get 也可以取代 be 動詞來形成被動式。[註1] 不過用 get 形成的被動和用 be 動詞形成的被動在意義上有些差異。一般而言，用 **get 形成的被動較強調結果，通常被用來表達突發的事件或原先沒有意料的狀況。**[註2] 例如：

s He got hit by a car.（他被車子撞到。）

t I got lost in the city.（我在市區迷了路。）

相對地，用 **be 動詞形成的被動，則常用來陳述某個發生的事實。**例如：

u Our job is done.（我們工作做完了。）

v This product was made by their company.（這項產品是他們公司製造的。）

當然，同樣一件事可以用 get 也可以用 be 動詞形成的被動來表達，但是在語氣上以至於在意義上，會有一些差異。試比較：

w He got fired.（他遭到解僱。）

x He was fired.（他被解僱了。）

w 句較著重於事件的發生及所產生的結果，x 句則偏向事實狀態的陳述。我們再看一個例子：

y They got married.（他們結了婚。）

z They were married.（他們結婚了。）

y 句強調的是結婚這個動作及其結果，z 句則陳述了已經結婚的事實。

4 英文時態與被動式的使用

如前所述，英文一共有十二個時態，但並非每一個時態都適合使用被動式。以下我們將以第一人稱單數代名詞“I”為例，先列出全部十二個時態的被動形式，再挑出不適用的幾個時態並解釋其原因。

現在	簡單式	I am V-en
	進行式	I am being V-en
	完成式	I have been V-en
	完成進行式	I have been being V-en ★
過去	簡單式	I was V-en
	進行式	I was being V-en
	完成式	I had been V-en
	完成進行式	I had been being V-en ★
未來	簡單式	I will be V-en
	進行式	I will be being V-en ★
	完成式	I will have been V-en
	完成進行式	I will have been being V-en ★

理論上十二個時態都應該可以有被動式，但是就如打了星號★的幾個時態所顯示的，在形成被動形式之後，其結構中出現了尷尬的組合：been being 和 be being，因此，一般在使用被動語態時，這幾個時態是被排除的。我們做一下整理。沒有被動式的時態包括：現在完成進行式、過去完成進行式、未來進行式，以及未來完成進行式。

註解

1 注意，用來形成被動式的 get 與一般作為及物動詞的 get 不同，此時的 get，就像 be 動詞一樣，是連綴動詞。試比較：

① **He got a present.**【及物動詞】
（他得到一件禮物。）

② **He got fatter.**【連綴動詞】
（他變胖了。）

2 以 get 來表達被動的情況：有些文法學家認為用 get 形成的被動式常用來表達不幸或令人不愉快的事。的確有這個傾向，不過並非絕對。試比較下列四個例句：

① He got killed in the accident.（他在車禍中喪命。）

② He got caught cheating.（他作弊被逮到。）

③ She got dressed for work.（她穿好衣服準備去上班。）

④ She got promoted to manager.（她被升為經理。）

我們發現例句 1、2 的確表達負面的事件，但是例句 3 為中性，而例句 4 則具正面的意涵。

3 分鐘英文 搞懂易混淆字詞用法！

動詞 ⑲ endure / tolerate

endure 與 tolerate 都有「忍受」的意思，但 endure 用來指忍受艱難、痛苦等，而 tolerate 則多指忍受不喜歡的人或事，因此常譯作「容忍」、「寬容」。

動詞 ⑳ avoid / evade

avoid 與 evade 都具有「避開」的意涵，但 avoid 常指「避免」不好的事，而 evade 則多指「規避」該做的事。注意，字義類似的字還包括 shirk「逃避（義務、責任等）」及 shun「（刻意）迴避（某人、事或地方）」。

動詞 ㉑ use / utilize

二者都指「用」，但 use 多指一般性的「使用」，如使用工具、方法、技巧等，而 utilize 則指「利用」，尤其是可達到實際目的者，例如 utilize solar energy「利用太陽能」。

動詞 ㉒ keep / maintain

二者皆可以用來指「維持（某種狀態）」，例如，keep / maintain a good work-life balance「維持工作與生活的良好平衡」。除此之外，keep 還可以用來指「繼續」、「持續」，如 keep doing sth.「繼續做某事」，而 maintain 則還可以指「維修」、「保養」，如 maintain a car「保養一輛車子」。

第 7 章 動名詞

英文的動詞常須轉變成其他詞類使用（包括名詞、形容詞、副詞），但是在做轉換時字形必須做些許變化。由動詞衍生出來作爲其他用途的字詞稱之爲「動狀詞」(verbal)。[註 1] 動狀詞一共有三種：動名詞 (gerund)、不定詞 (infinitive) 以及分詞 (participle)，而其中分詞又可分爲現在分詞 (present participle) 和過去分詞 (past participle)。動名詞和現在分詞的形式皆爲 V-ing；不定詞的形式爲 to V；過去分詞的形式爲 V-en。[註 2] 三種動狀詞各有其功能與差異。在以下三章我們將分別做分析討論，並探究其間之異同。

1 何謂動名詞？

所謂動名詞顧名思義就是把動詞當作名詞使用的語詞。但是，要眞正了解動名詞就必須知道動名詞如何由動詞演化而來。請看下面這句話：

a **I teach at Fu Jen University and I enjoy it.**
（我在輔仁大學教書，而且我教得很愉快。）

很明顯地，a 句中的 it 指的就是 I teach at Fu Jen University 這件事。因此，我們可以做這樣的邏輯轉換：

a' **I enjoy I teach at Fu Jen University.**

當然，a' 句並不合英文文法，因爲在 enjoy 後面只能接名詞，而不能接句子（子句）作爲其受詞。這樣的文法規則仔細分析起來其實挺合理的。第一，enjoy 的主詞是 I，被 enjoy 這件事的主詞也是 I，顯然有重複的問題。第二，如果把第二個 I 拿掉，就會出現 enjoy ＋ teach 這樣雙動詞的違規情況。此時英文的解套方式是將第二個 I 省略，再將第二個動詞 teach 改成動名詞 teaching，作爲第一個動詞 enjoy 的受詞。即：

b I enjoy teaching at Fu Jen University.（我在輔仁大學教書教得很愉快。）

如果我們把 a 句和 b 句拿來做一個比較就會發現，其實這兩句話的邏輯意義相同，不過就英文文法的句型而言，b 句顯然比 a 句來得簡潔。因爲 a 句用了兩個子句，而兩個子句就意味兩個主詞、兩個動詞；反觀 b 句，它卻只有一個主詞、一個動詞。從修辭的角度來看 a 句顯得冗長，不如 b 句來得言簡意賅。

2 動名詞保有動詞原有的特性

動名詞由動詞演化而來，因此保存了動詞原有的一些性質。首先，動詞有及物與不及物之分，動名詞亦如此。例如：

c I hate eating sushi.（我討厭吃壽司。）
d I don't mind waiting.（我不介意等候。）

c 句中的 eating 爲及物，而 d 句中的 waiting 爲不及物。

其次，動名詞和動詞相同，也有完全、不完全的差別。請看下面例句：

e He is afraid of dying.（他怕死。）
f She is proud of being a woman.（身為女人她覺得驕傲。）

e 句中的 dying 爲完全，f 句中的 being 則爲不完全。

另外，和動詞一樣，動名詞也可以有修飾語，如：

g You should keep working hard.（你應該持續努力工作。）
h I avoid driving at night.（我避免在晚上開車。）

g 句中的 hard 爲副詞，修飾 working；h 句中的 at night 爲副詞片語，修飾 driving。

動名詞也可以有被動式和完成式。請看例句：

i I don't like being forced to study.（我不喜歡被迫讀書。）

j He regretted having stolen that car.（他後悔偷了那輛車子。）

i 句中的 being forced 是被動式，而 j 句的 having stolen 則爲完成式。

最後，和所有動詞一樣，動名詞可以是否定的。例如：

k He insists on not leaving his position.（他堅持不離開職位。）

注意，動名詞爲否定時，否定詞 not 應置於動名詞之前。

3 動名詞在句子中扮演的角色

因爲動名詞當名詞用，所以和名詞一樣，可以作爲主詞、受詞和補語。請看以下例句：

l Collecting stamps is fun.（集郵很好玩。）

m I love collecting stamps.（我非常喜愛集郵。）

n My hobby is collecting stamps.（我的嗜好是集郵。）

在 l 句中 Collecting stamps 爲主詞；在 m 句中 collecting stamps 爲動詞 love 的受詞；在 n 句中 collecting stamps 則是主詞 My hobby 的補語。[註3]

此外，動名詞既然可當名詞用，因此也可加冠詞、可置於所有格之後，甚至有可數、不可數之分。我們先看可以加冠詞與所有格的動名詞。例如：

o The killing of the old lady shocked the whole community.
（老太太的遇害震驚了整個社區。）

p His going abroad upset his parents very much.
（他的出國讓他父母非常煩心。）

由於動名詞名詞化的程度相當徹底，有些動名詞甚至已經演化成一般（動）名詞，有可數和不可數的區別。下列兩個例子中的（動）名詞即爲可數名詞：

q Taipei 101 is one of the world's tallest buildings.
（台北 101 是世界上最高的建築物之一。）

r He sold two of his paintings last week.
（他上禮拜賣出了他的兩幅畫。）

下列兩個句子的（動）名詞爲不可數：

s I've been doing some thinking lately.（我最近以來一直在思考。）

t You need more training if you want to win.（如果你想贏就需要更多訓練。）

4 動名詞與名詞之比較

雖然動名詞可當名詞用，但是它們畢竟是從動詞衍生出來的，所以和一般的名詞在意義上還是有些差異。與名詞相較，動名詞較著重「動作」。請看下面這一句話：

u Planning is important, so let's make some plans.
（策劃很重要，所以我們擬定幾個計劃吧。）

在 u 句中動名詞 planning 是「做」計劃的意思，而名詞 plans 則指做出來的「計劃」。換言之，planning 指的是「事情」，而 plans 指的是「事物」。我們再來看一個例子：

v I don't fear death, but I'm afraid of dying.（我不恐懼死亡，但是我怕死。）

v 句中的名詞 death 表達的是死亡這個「概念」，但是動名詞 dying 指的卻是死的「過程」。換句話說，說話者說到「死亡」時並不害怕，但是想到自己眞的要「死掉」的話就會有恐懼感。

下面我們提供幾個對照組，供讀者參考。

w She enjoys singing. / She likes Jolin's songs best.
（她很喜歡唱歌。／她最喜歡蔡依林的歌。）

x He is in advertising. / He has created a lot of great advertisements.
（他從事廣告業。／他創作了許多非常棒的廣告。）

y I am crazy about cooking. / I'm not a good cook.
（我非常喜歡烹飪。／我並不是一個好廚師。）

注意，x 句中的 advertising 原來是「做廣告」的意思，這裡指「廣告業」；y 句中的 cook 如果當動詞是「烹飪、煮飯」，但是當名詞指的是「廚子、廚師」。

註解

1 動狀詞 (verbal) 在語言學裡稱之為「非限定動詞」(non-finite verb)。非限定動詞是相對於限定動詞 (finite verb) 的一個概念。所謂限定動詞指的就是一般句子裡所使用的動詞；之所以稱之為「限定」是因為它們在句子裡必須受到主詞（人稱、單複數）、時態、語氣等的限制而做適當的變化。相反地，非限定動詞就不受限制，無須改變其形式。例如，不論主詞是第幾人稱，在句中出現的動名詞永遠都是同一形式：V-ing。不過由於非限定動詞這個名稱會讓人覺得是在講「動詞」，而且它的英文 “non-finite” 又與不定詞 “infinitive” 太相近，因此本書不採用。

2 傳統文法書習慣用 p.p. (past participle) 來表示過去分詞，但是 p.p. 容易讓人聯想到介系詞片語 (prepositional phrase)，所以本書不採用。本書採用的是較近代的表達方式：用 V 表原形動詞；用 V-ed 表過去式；而 V-en 則指過去分詞。這樣也比較能和大家熟悉的 V-ing 相呼應。

3 動名詞除了當及物動詞的受詞之外，也可以當介系詞的受詞。例如：

① **I'm fond of collecting stamps.**（我喜歡集郵。）

事實上，在介系詞後如果碰到動詞要用 V-ing 是許多老師喜歡強調的一點，在考試時也常出現在考題中，尤其是在介系詞 to 之後。例如：

② **I'm looking forward to hearing from you.**（我期待能收到你的回音。）

③ **In addition to singing, she plays the piano.**（除了唱歌，她還彈鋼琴。）

介系詞 to ＋ V-ing 和不定詞 to V 非常容易讓人混淆，這點我們將在下一章繼續討論。

3分鐘英文 搞懂易混淆字詞用法！

動詞㉓ stay / remain

二者皆可指「逗留或停留（在某處）」（例如，stay / remain in the room），但是 stay 還可以用來指「暫住」（例如，Why don't you stay at my place?「你何不暫住我那兒？」），而 remain 卻無此用法；反之，remain 還可以指「仍然存在」（例如，Many problems remain to be solved.「仍然有許多問題需要解決。」），但 stay 並不具此義。另外注意，stay 與 remain 都可以指「保持（某種狀態）」，例如，stay / remain healthy「保持健康」。

動詞㉔ cooperate / collaborate

cooperate 與 collaborate 都是「合作」的意思，但是 cooperate 通常指與他人合作以達到共同目標，著重「協力」與「互相配合」，而 collaborate 則指與他人「聯手」以獲得特定利益。注意，collaborate 還可以用來指「通敵」，亦即與敵人「勾結」合作。

動詞㉕ overcome / conquer

overcome 與 conquer 皆可指「克服」，但是 overcome 一般指的是克服「困難」、「障礙」，而 conquer 則多用來指「征服」、「戰勝」，其對象可為「敵人」或是「高山」、「重病」等。

動詞㉖ surrender / yield

二者都可以指「投降」，但 surrender 一般用來指向「敵人」投降，而 yield 則指因某原因而跟對方「屈服」或「做出讓步」。

第 8 章 不定詞

不定詞 (infinitive) 是由動詞衍生出來的另外一個動狀詞。有別於其他動狀詞是在動詞之後加上字尾變化（如動名詞 V-ing、過去分詞 V-en），不定詞的形式相當特別，它是在動詞之前加 to，形成 to V。[註1] 相較於動名詞及下一章要討論的分詞，不定詞的功能比較多元。下面就來認識不定詞。

1 何謂不定詞？

不定詞爲什麼叫做不定詞？就 infinitive 這個英文字的字源來看，它是由字首 in-，加上字根 finit，再加上字尾 -ive 組合而成；in- 是「不」的意思，finit 指「限定」，而 -ive 則爲名詞結尾（一般 -ive 多作爲形容詞結尾）。換言之，infinitive 是「不受限定之詞」的意思，而所謂「不受限定」指的是在使用時不受人稱、時態等限制，意即，它不須依不同人稱或時態等做字形變化。[註2] 不過，就不定詞實際使用時所表達的意義而言，我們卻發現它具有一種「不確定」的成分。例如，如果一個人說：

a **I want to go home.**（我要回家。）

我們可以判定，他一定還沒有回家，即 to go home 所表達的動作尚未發生，也不見得「絕對」會發生。這種「尚未發生的不確定性」與未來式動詞所表達的動作異曲同工，正好可以用來解釋爲什麼 be going to、be about to 以及 be to 都可以取代 will 來表示未來。因此，把不定詞詮釋爲「不確定之詞」或許更能表達出它的實際意涵，也更有助於學習者了解並掌握正確的使用方式。

2 不定詞與動詞的關係

不定詞既然是由動詞所衍生出來的，它與動詞的關係自然相當密切。我們先看一下剛剛提到的 a 句：

a I want to go home.

這句話就邏輯而言，表達的是：

a' I want I will go home.

不過 a' 這個句子並不符合英文文法，因為在同一個句子裡不但出現了兩個相同的主詞 "I"，而且還用了兩個動詞 want 和 will go。依照英文文法，一個句子只能有一個主詞、一個動詞；如果我們把重複的第二個 "I" 去掉，把第二個動詞 will go 改成同樣具未來意涵，但非動詞形式的不定詞 to go，冗長又不合文法的 a' 句就會變成簡潔且合文法的 a 句。[註3] 從這樣的分析，我們不難發現一個事實，那就是，不定詞和動詞一樣，是有主詞的，只不過不定詞的主詞是邏輯上的主詞，必須從上下文來判斷。我們再看另外一個例子：

b I want you to go home.（我要你回家。）

b 句表達的邏輯意義是：

b' I want you will go home.

b' 裡出現的是兩個不同的主詞 I 和 you，因此不能省略，不過第二個動詞 will go 還是必須改為不定詞的形式 to go。雖然 b' 句不是一個「正常」的英文句子，但是卻很清楚地告訴了我們「誰」要回家。

不定詞除了跟動詞一樣有（意義上的）主詞之外，它也和動詞相同可以有被動式。例如：

c Most women like **to be looked at.**（大多數女性喜歡被人看。）

d He was nowhere **to be found.**（不論在哪裡都找不到他。）

不定詞也可有進行式和完成式。例如：

e He seems to be sleeping.（他似乎是在睡覺。）
f I don't want to be sitting here all day.（我不想整天坐在這兒。）
g She pretended to have read the book.（她假裝已經看過那本書了。）
h I'm very sorry to have let you down.（非常抱歉讓你失望了。）

e、f 兩句中的不定詞是進行式；g、h 兩句中的不定詞則為完成式。

最後，不定詞和動詞一樣有否定式。例如：

i I planned not to go to the party.（我計劃不去參加派對。）
j She asked me not to be late.（她要求我不要遲到。）

注意，否定詞 not 必須置於不定詞之前。

3 不定詞的功能

在前一章裡我們提到動狀詞之一的動名詞，其主要功能是當名詞用，所以在句子裡可以作為主詞、受詞與補語，同樣屬於動狀詞的不定詞也可以當名詞用，所以同樣可以作為主詞、受詞和補語。不過除了當名詞之外，不定詞還可當形容詞和副詞，這兩項功能是動名詞所沒有的。我們先來看看不定詞當名詞用的一些情況。

A. 不定詞當名詞

k1 To do thorough research takes time and effort.
（做徹底的研究需要花時間和力氣。）
k2 Alan has decided to study abroad.（艾倫已經決定要出國留學。）
k3 His plan is to continue his research.（他的計劃是繼續他的研究。）

在 k1 句中 To do thorough research 是全句的主詞[註4]；k2 句中的 to study abroad 則是動詞 has decided 的受詞；k3 句中的 to continue his research 是主詞 His plan 的補語。

接下來我們來看當形容詞和副詞用的不定詞。

B. 不定詞當形容詞

不定詞當形容詞的情況比不定詞當副詞的情況來得單純，因爲形容詞只用來修飾名詞，而副詞則可用來修飾動詞、形容詞、其他副詞，甚至可用來修飾全句。請看下列幾個不定詞當形容詞修飾名詞的例子：

l1 **I have one thing** to tell you.（我有一件事要告訴你。）

l2 **Joe is the man** to talk to **if you have any problem.**
（如果你有任何問題，喬是你諮詢的對象。）

l3 **Your eagerness** to start your own business **is understandable.**
（你想自己創業的渴望是可以理解的。）

在 l1 句中不定詞 to tell you 修飾名詞 one thing；在 l2 句中的不定詞 to talk to 修飾名詞 the man；在 l3 句中的不定詞 to start your own business 修飾名詞 Your eagerness。

C. 不定詞當副詞

不定詞當副詞有四種情況：一、用來修飾動詞；二、用來修飾形容詞；三、用來修飾表程度的副詞 too 和 enough；四、用來修飾整個句子。我們先看不定詞修飾動詞的例子：

m1 **He came** to see me **last night.**（他昨晚來看我。）

m2 **We eat** to live, **not live** to eat.（我們為生存而吃，不是為吃而生存。）

m1 句中的 to see me 是用來修飾 came；m2 句中的 to live 和 to eat 分別修飾 eat 和 live。

接下來我們看不定詞修飾形容詞的例句：

m3 **I'm happy** to hear the news.（我很高興聽到這個消息。）

m4 **She's anxious** to meet her new friends.
（她急切地想趕快和她的新朋友見面。）

m3 句中的 to hear the news 是修飾 happy；m4 中的 to meet her new friends 是修飾

anxious。

不定詞還可以用來修飾表程度的副詞 too 和 enough。例如：

m5 **He is too smart** to be fooled.（他太聰明了，不會上當。）

m6 **The hall is large enough** to hold five hundred people.
（大廳夠大，足以容納五百個人。）

m5 句中 to be fooled 用來修飾 too (smart)；m6 句中 to hold five hundred people 修飾 (large) enough。

當然，因爲 too 和 enough 本身是副詞，所以除了修飾 m5、m6 句中的形容詞 smart 和 large 之外，也可以用來修飾副詞。例如：

m7 **It was raining too hard** to see clearly **at that time.**
（那個時候雨下得太大，以致於視線不清。）

m8 **The rescue team didn't get there soon enough** to save him.
（救援小組未能及時趕到那裡救他。）

在 m7 中 to see clearly 是用來修飾 too (hard)；m8 中的 to save him 則修飾 (soon) enough，而 hard 和 soon 爲副詞。

最後，我們來看用來修飾整個句子的不定詞。

m9 To tell the truth, **nobody likes him.**（說實話，沒有人喜歡他。）

m10 To do him justice, **he is an intelligent person.**
（平心而論，他是個聰明的人。）

如 m9 和 m10 兩句所示，用逗號標開出現在句首的兩個不定詞，並不用來修飾其後句子中的任何字詞，而是表達說話者對於自己的陳述，做了某種程度的評論。換句話說，這種不定詞的功能是修飾全句。還有一種修飾整句話的不定詞，用來表示說話者在敘述或討論中的轉折，例如：

m11 To make a long story short, **they just packed up and left.**
（長話短說，他們把東西收一收就離開了。）

m12 To change the subject, **are we going to have lunch here?**
（換個話題，我們是不是要在這裡吃午飯？）

這一類修飾全句的不定詞非常好用，只要直接加在要說的話之前即可，因此有些文法學家把它們稱之為獨立不定詞 (absolute infinitive)，意思是，它們是獨立於主句之外的一種附加的不定詞。而所謂的獨立不定詞一定要跟另一種形式相同但並非附加於句子之上的不定詞結構做區分。

在英文裡還有一種用逗號與主句分開的不定詞，這種不定詞也具有副詞的功能，不過它們並不是被附加於句子上的，而是由原句中移至句首所形成。這類的不定詞通常是修飾動詞，用來表示目的和條件的不定詞。請看下面兩個例句：

m13 (In order) to please his wife, Ted bought her a diamond ring.
（為了要討老婆歡心，泰德買了一個鑽戒送她。）

m14 To get better results, you should wait for the right time.
（想得到較佳的結果，你就應該等待正確的時機。）

m13 和 m14 句其實是從下面兩句變化而來：

m13' Ted bought his wife a diamond ring (in order) to please her.

m14' You should wait for the right time to get better results.

如果我們拿 m13'、m14' 二句與 m13、m14 二句做一個比較，就不難發現，把不定詞移到句首較能凸顯其表目的或表條件的功能。[註5] 非常值得讀者注意的一點是，這種前移不定詞的主詞一定要是原句的主詞；如果不是，就犯了修辭上所謂孤懸 (dangling) 的錯誤。

我們在前面提到過，任何一個不定詞都會有其意義或邏輯上的主詞、就 m13 或 m13' 而言，to please his wife 的主詞就是原句的主詞 Ted，即 Ted 是想討老婆歡心的人；就 m14 或 m14' 來看，to get better results 的主詞是原句的主詞 you，也就是說，you 是想獲得較佳結果的人。換句話說，m13 句和 m14 句都合乎文法修辭的要求。而一旦出現在句首的不定詞有主詞錯誤或不合的情況，就會構成了孤懸的不定詞 (dangling infinitive)。例如：

誤 m15 To pass the exam, these books must be studied.
（想通過考試，這些書一定要讀。）

誤 m16 To wash the car, soap and water are needed.
（要洗車子，肥皂和水是需要的。）

假如 m15 這句話成立，to pass the exam 的主詞就會是 these books；同樣地，假如 m16 句成立，to wash the car 的主詞就是 soap and water 了。這樣的邏輯當然不通。我們可以把 m15、m16 二句改成：

m17 To pass the exam, **you must study these books.**
（想通過考試，你一定要讀這些書。）

m18 To wash the car, **we need soap and water.**（要洗車子，我們需要肥皂和水。）

如此一來，孤懸的不定詞 To pass the exam 和 To wash the car 就有了合理的主詞：you 和 we。

我們現在回頭看看剛才提到的獨立不定詞，並把它們和孤懸不定詞做一個比較、我們再看一次 m9 句和 m11 句：

m9 To tell the truth, **nobody likes him.**

m11 To make a long story short, **they just packed up and left.**

由於 To tell the truth 和 To make a long story short 這兩個不定詞是說話者「附加」於原句之上，而非由後移至前，所以它們邏輯上的主詞是 I（即說話者），與原句中的 nobody 和 they 無關。這一點與 m13、m14 以及 m17、m18 等句中的情況不同，應予以區分。也正因如此，m9、m10、m11 和 m12 也不應與錯誤的 m15 和 m16 相提並論。

4 省略 to 的不定詞

在某些特殊動詞之後，要把標示不定詞的 to 省略掉，即使用所謂的原形動詞。[註6] 這類動詞包括部分使役動詞 (causative verb) 和所謂的知覺動詞 (verb of perception)，分別說明於後。

A. 使役動詞

所謂使役動詞簡單講就是表達主詞使受詞做某事的動詞。使役動詞屬於不完全及物動詞，受詞被「使役」所做的動作就作為受詞補語。一般常看到的使役動詞包括：let、get、make、allow、permit、have、help、force、assist、encourage 等，但是只有其中四個動詞其後的動詞必須使用原形動詞。這四個使役動詞為：let、make、have 和 help。[註7] 請看例句：

n1 My brother let me drive his new car.（我哥哥讓我開他的新車。）

n2 The teacher made him apologize for what he had done.
（老師使他為自己所做的事道歉。）

n3 He had his secretary send me an email.（他要他的祕書寄一封電子郵件給我。）

n4 She helps her mother take care of her sick father.
（她幫忙她媽媽照顧生病的爸爸。）

為什麼只有在這四個使役動詞之後要把 to 省略掉呢？如果我們把 n1、n2、n3、n4 四句和下面四個使用其他使役動詞的句子做個比較，就可以看出一些端倪。

o1 My brother allowed me to drive his new car.（我哥哥允許我開他的新車。）

o2 The teacher forced him to apologize for what he had done.
（老師迫使他為自己所做的事道歉。）

o3 He got his secretary to send me an email.
（他促使他的祕書寄一封電子郵件給我。）

o4 She assists her mother to take care of her sick father.
（她協助她媽媽照顧生病的爸爸。）

我們發現，與 allow、force、get、assist 相較，let、make、have、help 的語意內涵 (semantic import) 顯然較弱，因此整句話的重心就傾向其後動詞所要表達的動作。像這樣重點在第二個動詞所表達的動作的情況，以下面這兩個句子最為典型：

p1 Come sit beside me.（來坐我旁邊。）

p2 Why don't you go get some sleep?（你何不去睡個覺？）

表面上，p1 和 p2 裡都出現了兩個動詞，其實是各句第二個動詞 (sit 和 get) 前的 to 被省略掉了。很清楚地，p1 中的第一個動詞 come 和 p2 中的第一個動詞 go 並沒有什麼實質內容，充其量它們只提供了「方向」，兩句話的重點其實都在第二個動詞。如果我們把這兩個句子還原成：

p1' Come to sit beside me.

p2' Why don't you go to get some sleep?

重點當然就會回到第一個動詞上。但是，縱使這兩句話的意思和 p1、p2 二句相同，它們總讓我們覺得不夠清楚、有力。

同樣的道理，因爲 let、make、have 和 help 這幾個動詞的語意較弱，所以給了其後動詞「一嶄頭角」的機會，把它們從不定詞 (to V) 升格成動詞 (V)。[註 8] 反觀 allow、force、get、assist 等動詞，由於它們的語意內涵較強，意思較明確，跟在後面的動詞只能以不定詞的形式出現。

B. 知覺動詞

所謂知覺動詞指的是像 see、watch、hear、feel、look at、listen to、notice、observe 等表達經由知覺（如視覺、聽覺）而感受到某人做了某事或某事物發生了某狀況的動詞。與使役動詞相同，知覺動詞屬及物不完全動詞；又，與 let、make、have、help 相同，上列知覺動詞之受詞必須用原形動詞作其補語。請先看幾個例句：

q1 I saw kate cross the street.（我看到凱特過街。）

q2 We heard the dog bark all night.（我們整晚都聽到狗在叫。）

q3 I felt the house shake and the window rattle.
（我感覺房子震動、窗戶嘎嘎作響。）

q4 The teacher noticed Roy sneak into the classroom from the back door.
（老師注意到羅伊偷偷從後門溜進教室。）

知覺動詞之後必須使用原形動詞的理由，較使役動詞之後使用原形動詞的理由明顯。不論一個人看到、聽到、感覺到、注意到任何事，這些事必然已經發生，這與不定詞「尚未發生的不確定性」之意涵有明顯衝突。因此，在知覺動詞之後，應將 to 省略，使用原形動詞以避免矛盾。當然，從整個句子的語意來看，看到、聽到等動作顯然沒有被看到、聽到等的事情來得重要。這一點與使用語意較弱之使役動詞的 n1、n2、n3 和 n4 四句相類似。

不過有一點要注意，如果這些動詞轉變成被動式，它們之重要性立即提升，而其後被省略的 to 必須還原。試比較：

n2 The teacher made him apologize for what he had done.
（老師使他為自己所做的事道歉。）

n2' He was made (by the teacher) to apologize for what he had done.
（他被〔老師〕迫使為自己所做的事道歉。）

很明顯地，n2' 句中的 was made「被迫使」的語意要比 n2 句中的 made「使」來得強，當然重要性也跟著提高，因此後面的動詞就必須「弱化」成不定詞形式。我們再看看下面這兩句：

q4 **The teacher noticed Roy sneak into the classroom from the back door.**
（老師注意到羅伊偷偷從後門溜進教室。）

q4' **Roy was noticed (by the teacher) to sneak into the classroom from the back door.**
（羅伊被〔老師〕發覺偷偷從後門溜進教室。）

q4 句中的 noticed 是「注意到」，但是 q4' 句中的 was noticed 的語意就較強烈，是「被發覺」的意思，所以其後的動詞以不定詞形式呈現。

在結束本節討論之前，我們要特別提醒讀者，不可以把「知覺動詞」和表達個人感受的「連綴動詞」混爲一談。前者爲及物動詞，所以後面有受詞；後者爲不及物動詞，所以後面不接受詞。而雖然二者皆爲不完全動詞，但因爲前者是及物不完全，所以需要的是受詞補語；後者爲不及物不完全，故需要主詞補語。筆者有許多學生常把這兩種動詞搞混，因而造成學習上的許多困擾。可能的原因之一是，有些老師和文法書把這兩種動詞都稱爲「感官動詞」。在第 2 章的註解 2 就表示過，把表達個人感覺、感受、意見等個人經驗的連綴動詞稱之爲「感官動詞」並不妥當，更何況把兩種用法不同、意義不同的動詞都叫做「感官動詞」。

5 不定詞與動名詞之比較

不定詞與動名詞都可以當名詞用，但是二者在用法和意義上不盡相同。在前一章我們提到過，動名詞「名詞化」現象相當完全（比方動名詞可置於所有格之後），但是不定詞作爲名詞僅止於功能性的調節。本節的重點將擺在於句中使用不定詞或動名詞時的異同。我們先看下面兩個例句：

r **I'm learning to swim.**（我在學游泳。）

s **I enjoy swimming.**（我很喜歡游泳。）

r 句中的不定詞 to swim 暗示說話者目前並不會游泳，但是 s 句中的動名詞卻明顯地表達說話者一定會游。爲什麼呢？因爲有些動詞，比方 r 句中 learn，本身就帶有「某事尚未發生的不確定」意涵；反之，有些動詞，如 s 句中的 enjoy，卻表達出「已經做了或做過什麼」的意思。像 learn 一樣的動詞包括：want、decide、promise、seek、hope、wish 等，其後應搭配使用不定詞。像 enjoy 一樣的動詞則有：keep、quit、finish、deny、avoid、miss 等，其後應搭配使用動名詞。

有些動詞接不定詞或動名詞都可以，但是意思不同，甚至完全相反。例如：

t We stopped to eat lunch.（我們停下來吃午餐。）

u We stopped eating lunch.（我們停止吃午餐。）

t 句的 stopped to eat 指的是「停止原來在做的事去吃午餐」，u 句的 stopped eating 則是說「原來在吃午餐但是停止這個動作」。類似 stop 的動詞還有 remember、forget 和 try，分別說明如下：

- remember to do sth. 是「記得去做某事」
  remember doing sth. 是「記得做了某事」
- forget to do sth. 是「忘記要做某事」
  forget doing sth. 是「忘記做過某事」
- try to do sth. 是「嘗試去做某事」
  try doing sth. 是「試試做某事」

還有些動詞接不定詞或動名詞意思只有些微差異。例如：

v I liked swimming.（我喜歡游泳。）

w I like to swim.（我喜歡游泳。）

v 和 w 兩句幾乎沒有差別，但是動名詞畢竟較強調動作，而不定詞則多少帶有「不確定」的成分。試比較：

v' I like swimming better than jogging.（與慢跑相較，我比較喜歡游泳。）

w' I'd like to swim this afternoon.（今天下午我想游泳。）

與 like 類似的動詞還有：love、prefer、hate、dislike，用法如上列說明。

最後我們來看四個非常特別的動詞：start/begin、continue 和 cease。這四個分別表開始、繼續和停止的動詞，其特別之處在於，不論其後接不定詞或動名詞，在意思上沒有差異。以 start 為例，請看例句：

x They started to talk.（他們開始談話。）
y They started talking.（他們開始談話。）

這兩句話在實際使用時是沒有什麼差別的，如果一定要說出二者的差異，大概就是在於說話者對 start 等動詞之後的動作所抱持的態度了。如果使用 to V，說話者傾向認為這個動作「尚未」發生；如果使用 V-ing，說話者則把這個動作視為「已經」發生了。

6 To V 還是 to V-ing？

由於動名詞的名詞化比不定詞來得完全，所以只有動名詞可以出現在介系詞之後，作介系詞的受詞。但是如果介系詞碰巧是 to 的話，就容易和不定詞搞混。要解決這個困擾最直接的辦法就是，辨識出哪一個 to 是介系詞，哪一個 to 屬不定詞。而要分辨 to 到底是介系詞還是不定詞的 to，最簡單的方法是看看 to 後面可不可以用名詞。如果可以，這個 to 就是介系詞；如果不行，這個 to 就是不定詞的 to。請看：

誤 z1 I want to sth.（我要去某事。）
z2 I'm used to sth.（我習慣於某事。）
誤 z3 I used to sth.（我以前常某事。）
z4 I object to sth.（我反對某事。）
誤 z5 I'm expected to sth.（我期待去某事。）
z6 I'm looking forward to sth.（我期待某事。）

z1、z3、z5 三句告訴我們的是，在這幾個句子之中的 to 後面不可以用名詞，也就是說，應該用原形動詞。z2、z4、z6 三句告訴我們的是，在這幾個句子中的 to 是介系詞，可以接名詞，因此也可以接動名詞。[註9]

以上我們針對不定詞做了詳細的分析說明。我們發現，與動名詞比較起來，不定詞的用法相對顯得「不定」。除了當名詞用之外，不定詞還可作形容詞和副詞使用，而光作為副詞就有四種不同的情況。最特別的一點是，在某些情況下不定詞必須省略 to，使用原形動詞。一般文法書只把這個現象當作一個「規定」，並不做任何說明或解釋，學習者通常只得硬生生地把它死記下來。本書嘗試用理性的探討方式，找出它的原由，希望有助於學習者理解，並清除對文法規則「權威性」的反感與排斥。

註解

1 有許多人直接把 to 稱之為「不定詞」，這其實是一個錯誤。所謂的不定詞指的是 to ＋ V 這個動狀詞的「組合」；換句話說，to 只是一種標示 (marker)，正如動名詞的 -ing，只不過這個標示必須置於動詞之前且必須與動詞分開而已。正因如此，說「在不定詞之後要用原形動詞」也同樣不妥。一個動詞如果要變成動狀詞就必須加標示，而加標示本來就必須加在原形動詞之前（如不定詞）或之後（如動名詞）；既然是 to ＋ V 才叫做不定詞，當然沒有理由把 to V 說成「在不定詞之後要用原形動詞」。

2 試將 “infinitive” 與第 7 章「動名詞」註解 1 中所談到的 “non-finite verb” 做一比較。

3 有些動詞之後可直接接（名詞）子句，例如：

① **I hope (that) I will become a great musician.**（我希望我會成為一個偉大的音樂家。）

同樣地可以改成較簡潔有力的：

② **I hope to become a great musician.**（我希望成為一個偉大的音樂家。）

4 從修辭的角度來看，不定詞當主詞與一般名詞當主詞相較起來顯得冗長，因此可以用假主詞 It 來代替不定詞，再把不定詞（真主詞）往後移，形成：

It takes time to do thorough research.

如此，可避免因主詞太長而產生溝通上的困擾。

5 在 m13 和 m13' 句中不定詞前的 “in order” 可以用來強調該不定詞表「目的」的意涵。

6 省略 to 的不定詞英文叫做 “bare infinitive” 或 “to-less infinitive”。

7 有些文法書只列出這幾個使役動詞，強調在其後必須使用原形動詞，這樣做其實不夠周延。另，有些母語人士在 help 之後仍然使用完整的不定詞 (full infinitive)，即不省略 to，例如：

He helped me to carry the heavy box upstairs.
（他幫忙我把那個笨重的箱子搬上樓。）

8 像這樣因為要凸顯某個動作而把不定詞的 to 省略的情況，也出現在其他句型裡：

① All you have to do is tell the truth.（你只要講實話就可以了。）

② The only thing he did yesterday was listen to rap music on his ipod.
（昨天他做的唯一一件事就是聽他 ipod 上的饒舌音樂。）

③ I couldn't help but laugh at their stupid idea.
（我禁不住嘲笑他們愚蠢的主意。）

④ She can do everything except make her bed.
（她什麼都會做，就是不會鋪床。）

我們可以很清楚感受到，以上四句話中標示成藍字的原形動詞正是句意要強調的部分。

9 其實 z3 句中的 used to 是一個助動詞，用來表達「過去的習慣或過去常做的事」。而 used to 並非唯一一個包含 to 的助動詞；與 to 結合而成的助動詞還有 have to 和 ought to。（有關助動詞的討論，請見第 10 章「助動詞」。）

3 分鐘英文　搞懂易混淆字詞用法！

動詞 ㉗ supply / provide

supply 與 provide 都指「供給」，而 supply 多用來指供應他人所需之物品，provide 則除了用於指供應物品外還常用在提供「協助」、「建議」時。另，offer 也可以指「提供」，如 offer services、offer help 等。

動詞 ㉘ describe / depict

describe 與 depict 都可以指「描寫」，但 describe 指用「文字」來描述，而 depict 則可指用「圖」、「文」、「聲音」、「影像」等來描繪、刻畫。另注意，relate 這個字可以用來指「講述」（故事等），而 narrate 則指「敘述」（事件等）。

動詞 ㉙ notice / note

notice 和 note 都可以指「注意到」，但 note 比 notice 來得正式。不過嚴格講，notice 多指「看到」、「聽到」或「察覺到」，而 note 則多用於表達「意識到」之意。

第 9 章 分詞

分詞 (participle) 是由動詞衍生出來的第三種動狀詞。分詞有現在分詞 (present participle) 和過去分詞 (past participle) 兩種。現在分詞的形式與動名詞相同為 V-ing，過去分詞則為 V-en。現在我們就來討論分詞。

1 分詞的由來與功能

分詞由動詞演化而來，與當助動詞用的 be 或 have 連用，構成複合動詞 (compound form of verb) 的一部分。複合動詞可用來表達：一、動作的進行；二、被動；三、動作的完成。如：

a The baby is sleeping.（寶寶正在睡覺。）
b The glass was broken.（玻璃杯被打破了。）
c The teacher has retired.（老師已經退休了。）

從文法結構的角度分析，a 句中的 is sleeping、b 句中的 was broken 和 c 句中的 has retired 都是動詞，但是從語用的觀點來看 (pragmatically)，我們卻不難發現 a 句的 sleeping、b 句的 broken 和 c 句的 retired 似乎都具有修飾語的功能。即，a 句說的是一個正在睡覺的寶寶—a sleeping baby；b 句說的是一個破的玻璃杯—a broken glass；c 句說的是一個已經退休的老師—a retired teacher。

的確，英文的分詞可以當形容詞用，但是畢竟它們是由動詞演化而來，所以必須注意不同分詞所內含的意義與功能。現在分詞通常用來表達主動、進行的狀態，過去分詞則表達被動、完成的情況。一般而言，如果一個現在分詞形容詞有進行的意涵，就具主動的功能，例如：

a dying man → a man who is dying（一個垂死之人）

a sinking ship → a ship which is sinking（一艘快要沉沒的船）
melting snow → snow that is melting（正在融化的雪）

不過並不是每一個現在分詞形容詞都表示進行，例如：

a flying squirrel → a squirrel that flies（一隻飛鼠）
the leading actor → the actor who leads（男主角）
a trading company → a company which trades（一家貿易公司）

由於過去分詞原本就可以用來表被動或完成，所以在當形容詞時自然會反映出這個差別。不過，在實用上表被動的過去分詞形容詞通常也會帶有完成的意思，例如：

a spoiled child → a child who is / has been spoiled（一個被寵壞的孩子）
a delayed flight → a flight which is / has been delayed（一班被延誤的飛機）
a fried egg → an egg which is / has been fried（一顆煎蛋）

但是原本表完成的過去分詞當作形容詞用的時候，卻只能用來表完成的概念，不能表示被動，例如：

fallen leaves → leaves that have fallen（落葉）
an escaped prisoner → a prison who has escaped（一個逃脫的犯人）
a grown man → a man who has grown（一個成人）

2 分詞的修飾語

分詞原本是動詞，所以應該用一般的狀態副詞、頻率副詞、時間副詞和地方副詞來修飾。例如：

d She is always singing happily.（她總是快樂地唱著歌。）
e He was brutally murdered yesterday.（他昨天遭凶殘地殺害。）
f I have never been there before.（我先前從來沒去過那裡。）

但是有些分詞已經完全形容詞化，因此可以用程度副詞來修飾，甚至還可以出現在表比較的結構裡。我們先看現在分詞形容詞：

g This novel is very interesting.（這本小說很有趣。）
h This novel is more interesting than that one.（這本小說比那本更有趣。）

同樣地，有些過去分詞也已經完全形容詞化：

i I was very surprised.（我很驚訝。）
j I was more surprised than you.（我比你更驚訝。）

● 完全形容詞化的現在分詞有：

amazing、boring、charming、confusing、embarrassing、exciting、frightening、insulting、pleasing、promising、rewarding、satisfying、shocking、surprising、tiring 等。

● 完全形容詞化的過去分詞則包括：

amazed、bored、conceited、concerned、disappointed、embarrassed、excited、interested、pleased、relaxed、satisfied、surprised、tired、worried 等。

有些較傳統的文法書中有這麼一條規則：作形容詞用的現在分詞用 very 修飾，過去分詞則須用 much 修飾。這樣的規定與現在一般實用的英文有些衝突。正如我們前面的說明，現代英文所依循的標準在於一個分詞是否已達完全形容詞的狀態 (full adjective status)；如果是，就可以用 very 來修飾，不論該分詞爲現在分詞亦或過去分詞。在現代英文中的確有些過去分詞必須用 much 來修飾，不過那是因爲它們並未完全形容詞化的關係。比如：

k Your kindness is much appreciated.（多謝您的好意。）
l You are much mistaken.（你嚴重地錯誤。）

有些人認爲 k、l 兩句稍嫌正式，因此會選擇在 much 前再加上 very：

k' Your kindness is very much appreciated.
l' You are very much mistaken.

3 分詞與分詞片語

到目前爲止，我們所討論作形容詞用的分詞都是個別的單字，其實分詞也可以是片語的形式。[註1] 不過片語形式的分詞和單字形式的分詞在修飾名詞的時候，所在的位置不同。單字分詞必須置於被修飾的名詞之前，作爲前位修飾語 (premodifier)；片語分詞則出現在被修飾的名詞之後，作後位修飾語 (postmodifier)。試比較：

a running river → a river that is running（一條流動的河）

a river running across the city → a river that runs across the city（一條流經該城市的河）

a frozen lake → a lake which is frozen（一座結冰的湖）

a lake frozen year round → a lake which is frozen year round（一座終年結冰的湖）

4 分詞的特殊功能及特殊的分詞

一般的分詞若當修飾語，絕大多數是作形容詞修飾名詞，但是有些分詞卻具副詞的功能，可以用來修飾形容詞，這一點相當值得注意。例如：

burning hot 「像火燒一樣熱」
freezing cold 「像結冰一樣冷」
soaking wet 「濕透透」
sparkling white 「白得發亮」
shining bright 「亮得發光」

又，有些分詞並非由動詞衍生而來，而是由「名詞」仿造動詞，加上 -ed 變化而來。這分詞叫做「擬似分詞」(pseudoparticiple)，例如：

talented 「有才華的」
gifted 「有天分的」
moneyed 「有錢的」
spectacled 「戴眼鏡的」
bearded 「留鬍子的」
wooded 「樹木繁茂的」

還有些擬似分詞必須在前面加上某些形容詞讓意思更爲清楚，比如：

cold/warm-blooded「冷／溫血的」
long/short-legged「長／短腳的」
blue-eyed「藍眼睛的」
gray-headed「頭髮灰白的」
hot-tempered「脾氣火爆的」
good-natured「性情溫和的」

5 現在分詞與動名詞之比較

因爲現在分詞和動名詞的形式相同，都是 V-ing，所以有時很難區分。在這一節裡我們將從幾個不同的角度來看這兩者之間的差異。

首先，如果現在分詞當動詞用，與動名詞較容易區分。例如：

m He is fishing.（他正在釣魚。）
n He enjoys fishing.（他很喜歡釣魚。）

m 句中的 fishing 和 be 動詞連用，構成現在進行式，因此是現在分詞；n 句中的 fishing 則是及物動詞 enjoy 的受詞，因此是動名詞。

接下來我們來看「現在分詞＋名詞」和「動名詞＋名詞」的結構。由於動名詞當名詞用，所以可以和其他名詞組合，構成複合名詞 (compound noun)，但是這樣的結構很容易和現在分詞形容詞與其修飾的名詞之組合混淆。不過因爲動名詞與現在分詞的功能不同，所以還是可以做區分。我們先分析由「動名詞＋名詞」組成的複合名詞。請看：

a sleeping bag → a bag which is used for sleeping（一個睡袋）
dancing shoes → shoes which are used for dancing（舞鞋）
writing paper → paper which is used for writing（書寫用紙）

現在我們把這幾個複合名詞拿來和以下「現在分詞形容詞＋名詞」的組合做一個比較。

a sliding door → a door that slides（一個滑門）
living creatures → creatures that are living（活的生物）
boiling water → water that is boiling（正在沸騰的水）

很清楚地，動名詞在複合名詞裡的作用是表達某種「用途」，而現在分詞形容詞的功能則在表現某種「動作」。注意，雖然在書寫時我們無法立即看出兩者間的差異，但是在口說時這兩種結構卻有明顯的不同：**動名詞＋名詞，主重音 (primary stress) 落在動名詞上，名詞則接受次重音 (secondary stress)**，即：a `sleeping ˏbag、`dancing ˏshoes、`writing ˏpaper；**現在分詞＋名詞，現在分詞與名詞都接受主重音**，即：a `sliding `door、`living `creatures、`boiling `water。

最後我們來觀察現在分詞和動名詞在某些句子裡的用法。請看下列這幾個句子：

o1 Some students have difficulty (in) pronouncing that English word.
（有些學生發那個英文字音有困難。）

o2 Lucy has spent a lot of time (in) learning French.
（露西花了很多時間學法文。）

o3 He's busy (with) working on his new project.
（他正忙著做他的新企劃案。）

o4 I'm fed up (with) doing the same thing day in, day out.
（我對一天到晚做同樣的事感到很厭煩。）

有許多人覺得上面幾個句子中括號裡的介系詞相當累贅，因此選擇不用。注意，如果用了介系詞則其後的 V-ing 為動名詞；如果不用，該 V-ing 就可以視為現在分詞。但是，有時候動名詞和現在分詞並不好區分。請看這兩個句子：

p1 He came running.（他跑過來。）

p2 She went shopping.（她去購物。）

在 p1 句裡 running 似乎在強調「動作」，感覺上像是被用來「修飾」動詞 came，因此比較接近現在分詞；p2 中的 shopping 則較接近動名詞的功能。其實這兩個句子都屬慣用法；除了 p1 句中的 come running 之外，還有 come rushing「衝過來」、come flying「飛過來」、come strolling「漫步過來」等說法；除了 p2 句中的 go shopping 之外，還有 go swimming「去游泳」、go dancing「去跳舞」、go hunting「去打獵」等等。既然是慣用法，come 和 go 之後的 V-ing 到底是動名詞還是現在分詞就顯得沒

有那麼重要了。註 2

6 作補語的分詞

分詞和不定詞一樣，可以作爲受詞補語，即可以用在不完全及物動詞之後。不定詞當受詞補語時，要考慮的是在受詞之後該用完整的不定詞 (full infinitive) 還是省略 to 的不定詞 (bare infinitive)，而分詞作受詞補語時，要考慮的則是要用現在分詞 V-ing 還是過去分詞 V-en。

我們先回顧一下不定詞當受詞補語的兩種情況。請看：

q1 **I asked him to come in.**（我叫他進來。）

q2 **I saw him come in.**（我看到他進來。）

由於 q2 句中的 saw 是知覺動詞，因此把不定詞 to come 的 to 省略；q1 句則沒有這個問題，因爲 ask 是個普通動詞。

現在我們把 q2 句和下面的 q3 句做一個比較。

q3 **I saw him coming in.**（我看到他正好進來。）

q2 句講的是我看到他進來這件「事」；q3 句則強調我看到他進來的那個「動作」。換個方式說，原形動詞 come 表示主動，而現在分詞 coming 則除了表示主動之外，還表達了「進行」的意思。

接下來我們比較一下這三個句子：

r1 **I'll ask him to check my computer.**（我會要求他檢查一下我的電腦。）

r2 **I'll have him check my computer.**（我會要他檢查一下我的電腦。）

r3 **I'll have my computer checked (by him).**（我會把我的電腦〔讓他〕檢查一下。）

r1 句中的動詞 ask 是普通動詞，句中並沒有什麼特殊狀況；r2 句中的 have 是後面接原形動詞的使役動詞，而受詞 him 則爲檢查電腦的人；r3 句中的 have 仍作使役動詞，但是受詞 computer 則爲「被」檢查的對象，因此用過去分詞 checked 來做補語。

從以上兩組句子的簡單比較中可發現，分詞（不論是現在分詞或過去分詞）與不定詞（不論 to 有沒有被省略）當受詞補語時的意義並不相同。以下我們就針對分詞作受詞補語時的一些狀況做分析討論。

A. 以現在分詞為受詞補語的動詞

以現在分詞爲受詞補語的動詞有下列幾種：

(1) 知覺動詞 (verbs of perception)，如：see、feel、hear、watch、notice、observe。
(2) 遭遇動詞 (verbs of encounter)，如：catch、discover、find。
(3) 記憶動詞 (verbs of memory)，如：remember、forget。[註 3]
(4) 使役動詞 (causative verbs)，如：have、get、keep。

請看例句：

s1 I heard the train coming into the station.（我聽到火車駛進站。）

s2 The teacher caught Peter smoking in the lab.
（老師逮到彼得在實驗室裡抽菸。）

s3 I remember him coming home with a stray dog.
（我記得他帶著一隻流浪狗回家。）

s4 They kept me waiting for one whole hour.（他們讓我等了整整一個鐘頭。）

B. 以過去分詞為受詞補語的動詞

以過去分詞爲受詞補語的動詞包括：

(1) 知覺動詞，如：see、hear、feel、watch。
(2) 意志動詞 (verbs of volition)，如：want 、need、like。
(3) 遭遇動詞，如：find、discover。
(4) 使役動詞，如：have、make、get。

請看例句：

t1 I saw this problem discussed in many newspapers.
（我看到這個問題在許多報紙上被討論。）

t2 He wants his room cleaned daily.（他希望他的房間每天都打掃。）

t3 The police find the money hidden under the rug.
（警方發現錢被藏在地毯下面。）

t4 We had our house repainted last year.（去年我們把房子重漆了一遍。）

注意，如果這些動詞為被動式，並不影響其後的現在分詞或過去分詞。例如：

s2' Peter was caught smoking in the lab.（彼得被逮到在實驗室裡抽菸。）

t3' The money was found hidden under the rug.（錢被發現藏在地毯下面。）

7 分詞構句

動名詞、不定詞和分詞都是由動詞衍生而來，但是與動名詞和不定詞比較起來，分詞與動詞之間的關係似乎更為密切。這一點可以從分詞構句中得到最好的印證。所謂分詞構句 (participial construction) 其實是一種分詞片語，但是這種形式的分詞片語與一般作形容用的分詞片語不同。分詞構句原則上必須用逗號與主句分開；最重要的是，分詞構句的基本功能是副詞，用來表示時間、原因、條件或讓步。因此，分詞構句和副詞子句的關係幾乎就是一體的兩面。下面我們就依分詞構句的四個基本功能來檢視它們與副詞子句間的密切關連，並討論幾點必須注意的事項。

A. 表「時間」的分詞構句

試比較下面這兩句話：

u1 Arriving at the airport, he found his friend had left.
（到了機場，他發現他的朋友已經離開了。）

u1' When he arrived at the airport, he found his friend had left.
（當他到機場的時候，發現他的朋友已經離開了。）

就意思來看，這兩句話並無太大差異，雖然 Arriving at the airport 只是一個片語，而 When he arrived at the airport 是一個子句。從修辭的角度來看，u1 顯然比 u1' 句來得簡潔有力。事實上，我們可以把 u1 句視為 u1' 句的簡化：因為 when 子句中的主詞與主句的主詞相同，故將其省略，但因為沒了主詞，所以動詞必須改為分詞，又因為原來動詞是主動式，所以改為現在分詞，而既然由 when 引導的結構已經沒有了主詞和動詞，即，已經不是一個子句，因此 when 必須刪除，留下來的就是 arriving at the airport。

我們再看一個例子：

u2 Walking on the street, **I ran into an old friend.**

（在街上走著，我巧遇一位老朋友。）

u2' **While I was walking on the street, I ran into an old friend.**

（當我在街上走著的時候，巧遇一位老朋友。）

與 u1、u1' 二句的情況相同，u2 句也可以視為是 u2' 句的簡化：走路的人和碰到朋友的人是同一人，所以在主句裡提及即可，把 While I was walking on the street 簡化成分詞形式的構句 Walking on the street。

B. 表「原因」的分詞構句

請比較下面這兩個句子：

v1 Having stayed up all night, **he decided to skip school the next morning.**

（整晚熬夜，他決定第二天早上蹺課不去學校。）

v1' **Because he had stayed up all night, he decided to skip school the next morning.**

（因為他整晚熬夜，所以決定第二天早上蹺課不去學校。）

從前後文來判斷，v1 句的分詞構句 Having stayed up all night 表達的應該就是他決定蹺課的原因。換言之，這個片語就意義來看與 v1' 句的 Because he had stayed up all night 並沒有差別，但是卻顯得較為簡潔。值得注意的是，由於原來動詞是（過去）完成式 had stayed，所以改為分詞時也必須使用完成式分詞 having stayed。

再看看下面這一組句子：

v2 Not knowing what to do, **Steve chose to walk away from the scene.**

（不知道怎麼辦，史帝夫選擇離開現場。）

v2' **Since Steve did not know what to do, he chose to walk away from the scene.**

（因為史帝夫不知道怎麼辦，所以選擇離開現場。）

v2 句爲 v2' 句的簡化，不知道怎麼辦是史帝夫離開的原因，可以用完整的子句 Since Steve did not know what to do，也可以用分詞構句 Not knowing what to do 來表達。注意，原來的子句爲否定，因此分詞也爲否定。

C. 表「條件」的分詞構句

請看下面這一句話：

w1 Turning to the right, **you will see the bank.**（往右轉，你就會看到銀行。）

w1' **If you turn to the right, you will see the bank.**
（如果你往右轉，就會看到銀行。）

w1 句的 Turning to the right 與 w1' 的 If you turn to the right 作用相同，都是用來表示要看到銀行的「條件」。

同理，下面的 w2 句和 w2' 句的意思也相仿。

w2 Compared with his brother, **Tom is a lot taller.**
（與他哥哥相比，湯姆高得多。）

w2' **If Tom is compared with his brother, he is a lot taller.**
（如果拿湯姆和他哥哥比較的話，湯姆高得多。）

但是請注意，w2 句中的分詞爲過去分詞，因爲 Tom 是「被」拿來和他哥哥比較的對象。這一點在 w2' 句的 If Tom is compared with his brother 這個子句中一目了然。

D. 表「讓步」的分詞構句

請比較下面這兩個句子：

x1 Even admitting what you say, **I still think you should go.**
（即使承認你所說的，我還是認為你應該去。）

x1' **Even though I admit what you say, I still think you should go.**
（縱使我承認你所說的，我還是認為你應該去。）

x1 句的分詞構句 Even admitting what you say 和 x1' 句的子句 Even though I admit what you say 在邏輯上的功能是相同的，都用來表示「讓步」。注意，x1 句的 even 爲副詞（用來修飾分詞 admitting，有強調的作用），而 x1' 句的 even though 則爲連接詞（引導讓步子句）。

我們再看一組句子：

x2 Born and raised in Taiwan, **he talks and acts like an American.**
（在台灣出生、長大，他說話和動作卻像個美國人。）

x2' **Although he was born and raised in Taiwan, he talks and acts like an American.**
（雖然他在台灣出生、長大，可是說話和動作卻像個美國人。）

x2 句和 x2' 句意思相同，但是要注意，由於 x2 句的分詞 born and raised 並不像 x1 句中有副詞來修飾，所以整個構句與主句之間的邏輯關係並不是很明顯，此時就必須仔細地從前後文「體會」出其眞正的功能。

E. 使用分詞構句時須留意的事項

其實，英文有一種機制可以用來避免因分詞構句與主句間邏輯或語意不夠清楚而可能產生的誤解。如果擔心一個分詞構句的功能不容易辨識，可以在分詞前加上適當的連接詞，明確地表示出該分詞構句的使用目的。例如，剛才 x2 句中的 born and raised 之前就可以加上連接詞 Although：

x3 Although born and raised in Taiwan, **he talks and acts like an American.**

如此一來，整句話的意思會較爲清晰。

有時分詞構句加或不加連接詞並不會影響判讀，但是有些人爲了讓句型較富變化，還是會選擇使用連接詞。例如，先前的 u2 句就可以改成 u3 這句，而意思完全不變：

u3 While walking on the street, **I ran into an old friend.**

另外，由於有些副詞子句會出現在主要子句之後，因此與該副詞子句相呼應的分詞構句自然就會出現在句尾。例如，w2' 句可以變成：

w3' Tom is a lot taller, if he is compared with his brother.

而與 w3' 句中 if 子句對應的分詞構句就會出現在主句之後：

w3 Tom is a lot taller, compared with his brother.

最後，在使用分詞構句時特別要留意的一點是，必須避免分詞形成「主詞不明」的狀況，即，不可出現孤懸分詞 (dangling participle)。

如本節中做的分析說明，分詞構句應以主句的主詞爲其邏輯上的主詞；一旦這個條件不符，就會形成所謂的孤懸分詞。與前一章中提到的孤懸不定詞相同，孤懸分詞在修辭學上是不被允許的。請看下列兩個例子：

誤 y1 Waiting for the train, it suddenly began to snow.
（？等著火車，突然下起雪來。）

誤 y2 Broken into by a thief, we found the store a mess.
（？遭小偷闖入，我們發現店内一片凌亂。）

在 y1 句等火車的是「人」，不可能是「天氣」(It)；在 y2 句中被小偷闖入的當然是店舖，不是我們 (We)。因此，這兩個句子必須做修正。我們可以把它們改成：

y3 Waiting for the train, <u>they</u> found it suddenly began to snow.
（等著火車，他們發覺突然下起雪來。）

y4 Broken into by a thief, <u>the store</u> was a mess.
（遭小偷闖入，店内一片凌亂。）

這麼一來，分詞 waiting 和 broken 就有了明確意思上的主詞，因此也就符合了文法修辭的要求。[註 4] 不過，孤懸的分詞不應與另外一種分詞結構混淆。英文中有一種分詞是外加於句子之上的，意即，並非經由省略相同主詞而來。與獨立不定詞相同，這樣的分詞結構用來修飾全句，表達的是說話者個人的意見或評斷。例如：

y5 Frankly speaking, she has no credibility at all.
（坦白說，她一點可信度都沒有。）

y6 Granted that he should come, it doesn't mean he will.
(就算他應該來，也並不意味他會來。)

我們看得出來，y5 句的 Frankly speaking 和主句的主詞 she 無關，y6 句的 Granted that... 也與後面的主詞 it 沒有瓜葛，但是這兩句話還是成立。像 frankly speaking 和 granted that... 這種分詞結構，基本上屬於慣用語，許多人在做某一陳述前或後會加上這類的分詞構句。我們看兩個出現在句尾的例子：

y7 Boys are more active than girls, generally speaking.
(一般說來，男孩子比女孩子活潑。)

y8 You can take the umbrella, provided that you return it.
(只要你會拿回來，你可以把傘帶走。)

如同獨立不定詞，我們也可以把這種分詞稱之為獨立分詞，但是要注意，不可以把它們和下一節我們要討論的「獨立分詞構句」搞混。

8 獨立分詞構句

在英文裡還有一種分詞構句，叫做「獨立分詞構句」(absolute participial construction)。所謂獨立分詞構句指的是擁有自己個別主詞之分詞構句。如前所述，一般分詞構句是把與主句之主詞相同的主詞省略所形成，但是一旦前後兩個主詞不相同，當然就不能做省略。在主詞不省略而動詞以分詞的形式出現時，就會形成獨立分詞構句。試比較：

z1 Being sick, Ben can't come to the meeting.（生病了，班不能來開會。）

z2 His mother being sick, Ben can't come to the meeting.
(他母親生病了，班不能來開會。)

在 z1 句中生病的人和不能參加會議的是同一人——Ben，但是在 z2 句中生病的人是 Ben 母親，不能來參加會議的則是 Ben。

與分詞構句相同，獨立分詞構句也可以被視為是副詞子句的減化。試比較：

z1' **Since he is sick, Ben can't come to the meeting.**
(因為他生病了，所以班不能來開會。)

z2' **Since his mother is sick, Ben can't come to the meeting.**
(因為他母親生病了，所以班不能來開會。)

z1' 句中的 he = Ben，副詞子句經省略、減化之後就變成 z1 句中的分詞構句；z2' 句中 his mother ≠ Ben，副詞子句可以減化，但必須保留主詞 his mother，結果就是 z2 句中的獨立分詞構句。我們再看一組例句：

z3 Having done the laundry, **Jessica started to cook.**
(洗完了衣服，潔西卡開始煮飯。)

z4 The laundry having been done, **Jessica started to cook.**
(衣服洗完了，潔西卡開始煮飯。)

在 z3 句中洗完衣服的人就是 Jessica；在 z4 句中 The laundry 和 Jessica 卻是兩個不同的主詞。z3 句可以視爲下面 z3' 句的減化；z4 句則從 z4' 句變化而來：

z3' **After she had done the laundry, Jessica started to cook.**
(在她洗完衣服之後，潔西卡開始煮飯。)

z4' **After the laundry had been done, Jessica started to cook.**
(在衣服洗完之後，潔西卡開始煮飯。)

以上我們針對動詞的第三種動狀詞——分詞，做了完整的說明。分詞，尤其是分詞構句部分，在寫作上非常重要。除了與動詞息息相關之外，分詞的使用也有助於做句型的變化。讀者可以好好地利用本章，確實掌握它們的來龍去脈，以提高自己的寫作水平。

註解

1 動名詞與不定詞也有片語的形式。尤其是不定詞，如果 to 不省略，一定是成片語的狀態，因為至少會有兩個字。但是因為動名詞和不定詞不論是否為片語形式，其功能皆相同，位置亦不變，因此本書並未予以區分。

2 注意，come 和 go 的慣用語不可與上一章提到的，在 come 和 go 之後省略 to 的情況混為一談。

3 有些人會把 remember 和 forget 這兩個動詞當作一般完全及物動詞來用。比如：

① **I remember his coming home with a stray dog.**
（我記得他帶著一隻流浪狗回家那件事。）

② **I will never forget her winning the speech contest.**
（我永遠不會忘記她在演講比賽中獲勝那件事。）

在這兩句話中，由所有格 his 和 her 所引導的兩個動名詞分別作為 remember 和 forget 的直接受詞。讀者可以拿這兩個句子與本文中的 s3 句做一個比較。

4 注意，修辭學允許下面這樣的句構：

① **Driving on the superhighway, it is important to keep the seat belt fastened.**
（在高速公路上開車，隨時繫上安全帶很重要。）

同樣地，下面這個句子也可以被接受：

② **To learn a foreign language, it is important to have a good teacher.**
（要學外語，有個好老師很重要。）

例句 1 中的分詞和例句 2 中的不定詞不算孤懸，理由是：主句的主詞 it 雖然不是「人」，但是其後繫安全帶和有好老師的卻是人。換一個方式說，it 是假主詞，代表的是後面的真主詞，即，不定詞 to keep the seat belt fastened 和 to have a good teacher，而做這兩個動作的，雖然沒有明白表示出來，但一定是「人」。如果我們把這兩句改成下列 3、4 兩句，就應該更可以看出來其中的「奧妙」。

③ **Driving on the superhighway, it is important <u>for you</u> to keep your seat belt fastened.**
（在高速公路上開車，對你而言隨時繫上安全帶很重要。）

④ **To learn a foreign lamguage, it is important <u>for me</u> to have a good teacher.**
（要學外語，對我而言有個好老師很重要。）

3分鐘英文 搞懂易混淆字詞用法！

動詞 30 **study / research**

除了指「學習」、「讀書」外，study 也可以用來指針對某一個問題做「調查研究」，而 research 則一般用來指做「學術性的研究」。另外，examine 這個字則可用來指針對某一事仔細地「分析研究」。

動詞 31 **investigate / survey**

二者皆具「調查」的意思，不過 investigate 指的是為「查明真相」而去做調查，而 survey 則指為「探究民意」而去做調查。另外，probe 則常用來指針對某事進行「探查」。

動詞 32 **accuse / charge**

二者皆指「指控」，但精確地講，accuse 指的是某人對他人的「指責」、「控訴」，而 charge 則指執法單位（如警方）對某人提出「控告」。（注意，若是個人對他人提出「告訴」，則用 sue 表達。）另注意，prosecute 則指針對犯嫌做「起訴」（因此「檢察官」叫 prosecutor）。

第 10 章 助動詞

助動詞 (auxiliary / helping verb) 顧名思義就是幫助動詞的語詞。英文的助動詞相當多，而各種助動詞的功能與意義亦不盡相同，爲了方便說明與學習，本書將助動詞分爲三大類：

一、功能助動詞 (functional auxiliary)；
二、情態助動詞 (modal auxiliary)；
三、邊際助動詞 (marginal auxiliary)。

以下我們將分別探討這三類助動詞。

1 功能助動詞

所謂功能助動詞我們指的是本身並沒有明顯意義，但具有清楚「助」動詞功能的 be、have、和 do。[註 1] 助動詞 be 和 have 具有幫助主動詞 (main verb) 構成不同時態、語態、語氣等功能；助動詞 do 則可用來幫助主動詞形成否定、問句等，並可用來強調主動詞。我們先看 be。

A. 助動詞 be

a1 Paul is studying right now.【現在進行式】(保羅現在正在念書。)
a2 We were chatting at that time.【過去進行式】(那個時候我們正在聊天。)

助動詞 be 可以幫助主動詞形成被動式：

a3 She is admired by everyone.【現在被動式】(她受到每一個人的讚賞。)
a4 I was fooled by his innocent looks.【過去被動式】(我被他無辜的外貌所騙。)

由助動詞 be 形成的進行式與被動式可以合在一起構成進行被動式：

a5 The patient is being examined.【現在進行被動式】(病人正在被檢查。)

a6 They were being misled by the speaker.【過去進行被動式】
(他們當時正被演說者誤導。)

在假設句裡，were V-ing 的進行形式可以用來表示與現在進行相反的狀態：

a7 If I were living in New York, I would go to Yankee Stadium and watch my brother pitch.
(假如我現在住在紐約的話，就會到洋基球場看我弟弟投球。)

接下來我們看 have 的用法。

B. 助動詞 have

助動詞 have 可以幫助主動詞構成完成式：

b1 They have just finished their supper.【現在完成式】(他們剛剛吃完晚餐。)

b2 George had taken a shower before bed.【過去完成式】
(喬治上床睡覺前洗了個澡。)

助動詞 have 可與進行式合用形成完成進行式：

b3 I have been preparing for the exam.【現在完成進行式】
(我一直在準備考試。)

b4 They had been working very hard.【過去完成進行式】
(他們一直非常努力工作。)

助動詞 have 與被動式合用構成完成被動式：

b5 One person has been killed in the accident.【現在完成被動式】
(這場意外中有一人喪命。)

b6 The construction had been completed by then.【過去完成被動式】
(到那時建築工程業已完成。)

在假設句裡，過去完成式的 had V-en 可以用來表達與過去事實相反的情況：

b7 If he had tried a few more times, he probably would have succeeded.
（假如他多試幾次，說不定就已經成功了。）

最後我們看助動詞 do。

C. 助動詞 do

助動詞 do 可以用來幫助一般動詞構成疑問句：

c1 Do you like animals?【現在式】（你喜不喜歡動物？）

c2 Did Tony show up last night?【過去式】（東尼昨晚有沒有現身？）

助動詞 do 可以幫助一般動詞形成否定式：

c3 He doesn't know her at all.【現在式】（他一點都不了解她。）

c4 Amy didn't say anything.【過去式】（艾咪什麼話都沒說。）

助動詞 do 可以用來強調一般動詞：

c5 We do want you to leave.【現在式】（我們的確希望你離開。）

c6 The teacher did mention this.【過去式】（老師的確有提到這件事。）

助動詞 do 可以用來代替一般動詞：

c7 Do you smoke? / Yes, I do.【現在式】（你抽菸嗎？／是的，我抽。）

c8 You run faster than he does.【現在式】（你跑得比他快。）

c9 He went to the game, and so did she.【過去式】（他去看比賽，而她也去了。）

c10 They didn't get a reply, and neither did we.【過去式】
（他們沒有得到回覆，而我們也沒有。）

助動詞 do 可以用來形成附加問句 (tag question)：

c11 Alex hates cats, doesn't he?【現在式，否定】(艾力克斯討厭貓，不是嗎？)
c12 You didn't say that, did you?【過去式，肯定】(你沒那麼說，有嗎？)

助動詞 do 的否定式 don't 還可用來表達否定的命令：

c13 Don't talk so loud.(不要那麼大聲講話。)

注意，do 幫助的對象是「一般」動詞，本身是助動詞的 be 和 have 可以直接形成問句、否定等，不須借助 do。例如，a1 句和 b1 句的 be 和 have 可以直接移至句首形成問句：

a1' Is Paul studying right now?(保羅現在正在念書嗎？)
b1' Have they just finished their supper?(他們剛剛吃完晚餐嗎？)

a2 句和 b2 句的 be 和 have 之後可以直接加 not，表示否定：

a2' We were not chatting at that time.(那個時候我們並沒有在聊天。)
b2' George had not taken a shower before bed.(喬治上床睡覺前並沒先洗個澡。)

若是要形成附加問句，也是直接利用 be 和 have，例如 a3、b3 二句可以改成：

a3' She is admired by everyone, isn't she?(她受到每一個人的讚賞，不是嗎？)
b3' I have been preparing for the exam, haven't I ?(我一直在準備考試，不是嗎？)

接下來，我們討論情態助動詞。

2 情態助動詞

所謂情態助動詞指的是可以賦予主動詞某些特殊語意功能的助動詞，這些功能包括：意願、義務、能力、許可、可能、必要等。情態助動詞與功能助動詞 do 相同，其後必須接原形動詞，有現在和過去兩種形式；但是與 do 不同，情態助動詞並無第三人稱單數的變化形。我們要討論的情態助動詞有九個：will、would、shall、should、can、could、may、might 和 must。以下我們就依序分別檢視這些助動詞的用法與注意事項。

D. 情態助動詞 will

在現代英文中 will 通常被置於主動詞前，表示未來將發生動作或狀態。但是，除了表「未來」之外，will 也可能被賦予以下這些意涵：承諾、決心、意向、意願、預測和指示。請看例句：

d1 **We will wait here until you return.**〈承諾〉(我們會在這兒等到你回來。)

d2 **I will study harder from now on.**〈決心〉(從今以後我會努力用功。)

d3 **Vicky will find a job first after graduation.**〈意向〉
(維琪畢業後會先找個工作。)

d4 **I will be happy to take you there myself.**〈意願〉
(我會很高興親自帶你去那兒。)

d5 **It will rain tomorrow.**〈預測〉(明天會下雨。)

d6 **You will give this to the manager and wait for his answer.**〈指示〉
(你把這個拿給經理並等他的回答。)

當然，以上這些 will 用法也同時表達了「未來」的概念，至於說話者用 will 時還表達哪一種意涵，則必須依說話者說話時的主、客觀情勢而定。

E. 情態助動詞 would

首先，would 可以作爲 will 的過去時式。例如：

e1 **He said he would be home by seven tonight.**(他說他今晚七點前會到家。)

e2 **I asked him if he would go to the gym first.**(我問他是不是會先去健身房。)

注意，e1、e2 二句屬間接引句，因爲主要子句的動詞爲過去式，所以從屬子句中的動詞也必須爲過去時式。但若爲直接引句，則引句中動詞必須依說話者當時說話時所使用的時態來表示。如 e1、e2 二句可改成：

e1' **He said, "I will be home by seven tonight."**
(他說：「我今晚七點前會到家。」)

e2' I asked him, "Will you go to the gym first?"
（我問他：「你是不是會先去健身房？」）

would 可以用來表達「未來可能會發生的狀況」。請看例句：

e3 This new policy would help to keep the cost down.
（這項新政策對於減低成本會有幫助。）

e4 I think Terry would not come to the party.（我想泰瑞不會來參加派對。）

would 也可以用來表「決心」、「意向」：

e5 They would go in spite of the rain.（儘管下雨，他們還是要去。）

e6 I would never talk to him again.（我再也不會跟他說話了。）

would 可以用來表示「客氣的請求」：

e7 Would you pass me the pepper?（請你把胡椒遞給我好嗎？）

e8 Would you please close the door for me?（麻煩你幫我把門關上好嗎？）

would 可與 like、love 等字連用，表達「客氣的意願」：

e9 I would like to introduce you to my best friend Henry.
（我想把你介紹給我最好的朋友亨利認識。）

e10 We would love to hear from you as soon as possible.
（我們很希望儘快聽到您的回音。）

would 可以用來表示「過去的習慣」：

e11 When I had time, I would go mountain climbing.
（我有空的時候，會去爬山。）

e12 He would sleep until noon when he was in college.
（他念大學的時候，常會睡到中午才起床。）

最後，would 還可以用來表示「非事實的狀態」：

e13 Suppose you had been there, what would you have done?
（假設你當時在那兒，你會怎麼做？）

e14 If he were here now, I would simply leave.
（如果他現在在這裡，我二話不說就會離開。）

F. 情態助動詞 shall

在現代英文中，尤其是美語，很少用到 shall 這個助動詞。[註2] 今日會用到 shall 的時候，通常是下列兩種情況：一、用來探詢對方的意向；二、用來表達要求或規定。

用 shall 表「探詢對方的意向」時，主詞可以是 I 或 we：

f1 Shall I turn on the light?（要不要我把燈打開？）

f2 Shall we go now?（我們要不要走了？）

用 shall 來表示「要求或規定」時，主詞通常爲第三人稱之名詞：

f3 A special committee shall be formed to decide the matter.
（應該組一個特別委員會來決定此事。）

f4 All products shall meet the specifications listed in this catalog.
（所有產品都應該符合這個目錄上列出的規格。）

事實上，f3 和 f4 句中的 shall 也可以用 will 取代，不過 shall 給人一種較正式的感覺。

G. 情態助動詞 should

should 最常被用來表示「義務」：

g1 You should listen to your parents.（你應該聽父母親的話。）

g2 Students should respect their teachers.（學生應該尊敬老師。）

should 可以用來表「該做而未做之事」：

g3 You should have told me that before he did.
(你應該在他告訴我那件事之前先告訴我才對。)

g4 I should have gone to bed earlier last night.
(昨天晚上我應該早一點上床睡覺才對。)

注意,要表達該做而未做之事時,should 之後要用 have V-en。
should 可以用來表達「期待」:

g5 They should be having their lunch right now.(此刻他們應該是在用午餐。)

g6 The plane should have taken off by now.(飛機現在應該已經起飛了。)

某些形容詞或動詞可以搭配 that 子句中的 should,來表達「某種感覺或態度」,例如:

g7 It's only natural that people should turn to their family for help when they are in trouble.
(當人們遭遇困難時,求助於家人是件再自然不過的事。)

g8 That he should fail surprised everyone.(他竟然失敗了,令每個人都很驚訝。)

在某些動詞,如 urge、request、order、recommend、propose、insist 等之後加 that 子句中可以用 should 來表達「迫切性或必要性」。例如:

g9 The board of directors urged that the issue should be resolved soon.
(董事會督促該問題應及早解決。)

g10 He insists that we should go home.(他堅持我們應該回家。)

另外,在某些形容詞,如 important、essential、necessary、imperative 等之後的 that 子句中,同樣可以用 should 來表達迫切或必要。例如:

g11 It is essential that you should remember your PIN code.
(記住你個人的密碼極為重要。)

g12 It was necessary that we should be notified beforehand.
(我們預先被告知是必要的。)

但是，在美式英文裡，以上四句話中的 should 皆應省略：[註3]

g9' **The board of directors urged that the issue be resolved soon.**

g10' **He insists that we go home.**

g11' **It is essential that you remember your PIN code.**

g12' **It was necessary that we be notified beforehand.**

注意，不論前面的動詞為現在式或過去式（甚至未來式），並不影響在 that 子句中使用原形動詞的狀況。

在 for fear that 和 lest 之後用 should 來表達「否定的目的」，例如：

g13 **We spoke quietly for fear that the children should hear us.**
（我們輕聲講話惟恐孩子們聽見。）

g14 **Teresa studies hard lest she should fail in the exam.**
（泰瑞沙努力用功以免考試不及格。）

與 g9、g10、g11、g12 相同，在美式英語裡 g13 和 g14 中的 should 也應省略：[註4]

g13' **We spoke quietly for fear that the children hear us.**

g14' **Teresa studies hard lest she fail in the exam.**

同樣地，主動詞的時式並不影響其後的原形動詞。

最後，should 還可以用在假設法的假設子句中，表達「對未來強烈的懷疑」:

g15 **If he should come, tell him I'm not in.**（萬一他來了，就告訴他我不在。）

should 也可用在假設法的結果子句中，表示「未發生的狀況」:

g16 **If I had taken his advice, I should have moved to America a long time ago.**
（如果我聽了他的勸告，我早就應該搬到美國去。）

H. 情態助動詞 can

can 可以用來表示「能力」：

h1 He can jump very high.（他能夠跳得很高。）

h2 I can't speak Japanese.（我不會說日文。）

can 可以用來表「許可」：

h3 You can open the window if you want.（如果你要的話，可以把窗戶打開。）

h4 You can't smoke here.（你不可以在這裡抽菸。）

can 可以用來表「請求」：

h5 Can you do me a favor?（你能不能幫我一個忙？）

h6 Can you please hold on?（能不能請你等一下，不要掛斷？）

can 用在疑問句裡可以表示「懷疑」；用在否定句裡則可以表示「否定的推測」，例如：

h7 Can what he said be true?（他說的會是真的嗎？）

h8 The news can't be true.（這消息不會是真的。）

如果是對過去發生的事表示懷疑，在 can 後用 have V-en；如果要表達對過去否定的推測用 can't have V-en：

h9 Can my son <u>have said</u> such a thing?（我兒子會說這樣的話嗎？）

h10 Jonathan can't <u>have done</u> such a thing.（強納森不可能做這樣的事。）

I. 情態助動詞 could

could 可為 can 的過去式：

i1 I couldn't fall asleep last night.（昨晚我無法入睡。）

i2 We didn't know that he could be so mean.（我們不知道他竟可以那麼惡毒。）

could 可以用來表示「客氣的請求」：

i3 Excuse me, could I use your bathroom?
（對不起，我能不能用一下你們的廁所？）

i4 Could you please tell me where the MRT station is?
（能不能請你告訴我捷運站在哪兒？）

could 可以用來表達「可能性」：

i5 Things could go wrong, if we are not careful.【現在】
（如果我們不小心，事情有可能會出錯。）

i6 Could we have missed the exit?【過去】
（我們會不會是錯過了出口？）

could 可以用來表示「本來可能發生卻未發生的事」：

i7 She could have lied, but she didn't.（她原本可以說謊，但是她並沒這麼做。）

i8 I wish I could have done more to help them.
（真希望我原本可以做得更多去幫助他們。）

J. 情態助動詞 may

may 可以用來表示「許可」：

j1 May I come in?（我可以進來嗎？）

j2 You may go now.（你現在可以走了。）

may 可以用來表示「可能性或推測」：

j3 His story may or may not be true.【現在】（他的故事也許是也許不是真的。）

j4 Mr. Brown may have been a rich man.【過去】（布朗先生以前或許是個有錢人。）

may 可以用來引導表示「祈願」的句子：

j5 May you be happy and healthy!（祝你快樂、健康！）

j6 May your father's soul rest in peace!（希望你父親的靈魂安息！）

K. 情態助動詞 might

might 可以是 may 的過去式：

k1 I asked my boss if I might leave early.（我問我老闆我可不可以提早下班。）

k2 We know he might not be home.（我們知道他可能不在家。）

might 亦可表「許可」，但比 may 客氣：

k3 Might I come in?（我可以進來嗎？）

k4 Might I offer some advice?（我是不是可以提供一些忠告？）

might 也可用來表「推測」，但語氣較弱：

k5 His story might be true.（他的故事或許是真的。）

k6 Mr. White might have been an actor.（懷特先生以前也許是個演員。）

might 與 would、should 和 could 相同，也可以用來表達「非事實的狀態」，包括在假設句裡頭：

k7 We might have been hurt too, but we were luckier.
（我們也可能也會受傷，但是我們比較幸運。）

k8 If I were him, I might just quit smoking.
（假如我是他，我可能就會把菸給戒了。）

L. 情態助動詞 must

must 在情態助動詞當中是較獨特的一個，因爲並沒有相對應的過去形式。must 基本上有兩種用法：一、表必要；二、表推測。我們先看第一種用法：

l1 You must follow the instructions.（你必須遵循指示。）

l2 Everyone must hand in their term paper before this Friday.
（每一個人都必須在這星期五之前交期末報告。）

否定式 must not 則用來表「禁止」，例如：

l3 You must not drink and drive.（你不可以喝酒又開車。）

l4 One must not lose confidence in oneself.（一個人不可以失去對自己的信心。）

must 的第二種用法是表示「推測」：

l5 You must be out of your mind.【現在】（你一定是頭殼壞去了。）

l6 We must have made the wrong turn.【過去】（我們一定是轉錯彎了。）

注意，must not 不可用來表示否定推測；否定推測只能用 cannot (can't)。

l7 That cannot be real.【現在】（那不可能是真的。）

l8 Things can't have been that simple.【過去】（事情不可能那麼簡單。）

最後，我們討論邊際助動詞。

3 邊際助動詞

所謂邊際助動詞指的是：need、dare、used to、ought to 和 have to 這幾個功能與情態助動詞相似，但是用法卻不盡相同的助動詞。我們先看 need。

M. 邊際助動詞 need

need 表「必要」，通常用於否定句與疑問句，例如：

m1 He need not go if he doesn't want to.（如果他不想去的話，可以不必去。）

m2 Need I come?（我需要來嗎？）

need 後面用 have V-en 表示「過去不必做而做了的事」：

m3 You need not have raised your voice.（你沒有必要提高你的聲音。）

need 也有普通動詞的用法，其後接不定詞：

m4 He needs to come here.（他必須到這兒來。）

m5 Do I need to go?（我必須去嗎？）

注意，助動詞 need 通常不用於過去式，若須表達過去，可用普通動詞的 need：

m6 You didn't need to do this.（你並不需要這麼做的。）

m7 Did he need to say that?（他有必要說那種話嗎？）

N. 邊際助動詞 dare

dare 的意思是「敢」，用法大致與 need 相同，可出現在否定句與疑問句中：

n1 He dare not come.（他不敢來。）

n2 How dare you speak to me like this?（你怎麼敢這樣跟我說話？）

dare 亦可做普通動詞用，但其後不定詞的 to 可以省略：

n3 He doesn't dare (to) talk to her.【現在】
（他不敢和她說話。）

n4 Did you dare (to) express youself?【過去】
（你敢表達自己的意思嗎？）

注意，助動詞用法的 dare 可以有過去式：

n5 No one dared speak.（沒有人敢發言。）

n6 Dared he go there?（他敢去哪裡嗎？）

O. 邊際助動詞 used to

used to 是一個相當特別的助動詞，因爲它只有過去的形式。used to 用來表示「過去的習慣或經常做的事」。例如：

o1 I used to play soccer.（我以前常踢足球。）
o2 Used you to smoke?（你以前抽菸嗎？）
o3 He used not to drink.（他以前是不喝酒的。）

used to 也可當普通動詞用，即在疑問句與否定句中使用助動詞 do：

o4 Did she use to go to church?（她以前常上教堂嗎？）
o5 I didn't use to play tennis.（我以前不打網球。）

一定要注意不可以把 used to 和 be used to 搞混。**used to 是助動詞，其後接原形動詞；be used to 爲慣用語，後接名詞或動名詞**。used to 的意思爲「過去常……」，而 be used to 則指「習慣於……」；前者一定指過去，後者指何時則必須看 be 動詞的時式。試比較：

o6 I used to live alone.（我以前一個人住。）
o7 I'm used to living alone.（我〔現在〕習慣一個人住。）

因爲 o7 句中的 be 動詞爲現在式，所以說話者指的是現在的狀況。若要指過去或未來，則 be 動詞必須改成過去式或未來式：

o8 I was used to living alone.（我〔過去〕習慣一個人住。）
o9 I will be used to living alone.（我〔未來〕會習慣一個人住。）

P. 邊際助動詞 ought to

ought to 表示「應該」，相當於情態助動詞 should：

p1 You ought to (= should) work harder.（你應該更努力工作。）

p2 Ought I to go?（我應該去嗎？）

p3 He ought not to come.（他不應該來。）

若是要對過去的事表示應該或不應該時，則在 ought to 或 ought not to 後用 have V-en：

p4 You ought to have told me sooner.（你應該早些告訴我的。）

p5 She ought not to have married him.（她不應該跟他結婚的。）

Q. 邊際助動詞 have to

have to 表示「必須」，相當於情態助動詞 must[註5]：

q1 You have to (= must) come on time.（你必須準時來。）

q2 He has to leave right now.（他現在就必須離開。）

注意，have to 的否定式與 must 的否定式所表達的意念不同。試比較：

q3 You don't have to go.（你不必去。）

q4 You mustn't go.（你不可以去。）

q3 句中的 don't have to 指「沒有必要」，而 q4 句中的 mustn't 表達的則是「禁止」。q3 句等同於：

q5 You don't need to go.（你不需要去。）

此外，還要注意 have to 有過去及未來形式：

q6 She had to work part-time when she was in college.
（她在念大學的時候必須打工。）

q7 We will have to stick together if we want to win.
（如果我們要贏，就必須團結一起。）

在本單元中，我們依其功能與用法，將英文的基本助動詞做了詳盡的說明。註6 雖然助動詞的主要功能是「幫助」動詞，但是它們的重要性絕不亞於一般動詞。在日常生活當中，舉凡要表達不同的時態、語態、語氣等都需要借助於助動詞。因此，助動詞的使用是否合宜恰當，關係著說話者或寫作者是否能明確無誤地把自己的意思傳達給聽話者或閱讀者。

註解

1 當然，這三個助動詞也有一般動詞的用法：

① **Me. Lin is a lawyer.**（林先生是律師。）

② **He has many clients.**（他有很多客戶。）

③ **He does a great job.**（他做得非常好。）

2 在傳統文法書中，把未來時式分成單純未來與意志未來兩種。單純未來中的第一人稱 I 和 we 就必須用 shall 來表示，而意志未來的第二人稱 you 和第三人稱 he、she、it 和 they 也必須用 shall 來表達。如今這些用法都可以用 will 來取代。

3 許多文法學家把這種必須使用原形動詞的情況稱之為現在假設 (present subjunctive)。在英文裡還有些特殊的句型必須使用現在假設，比如：

① **God bless you.**（上帝保佑你。）

② **Suffice it to say that ....**（說……就夠了。）

③ **So be it.**（那就這樣了。）

注意，不要把這種假設與第 5 章中討論的假設語氣弄混淆。其實從語意學的角度來看，g9、g10、g11 和 g12 四句中的 should 是多餘的 (redundant)，因為動詞 urge、insist，形容詞 essential、necessary 本身的語意就包含「應該」要做的成分。把其後子句中的 should 省略，較符合修辭學中「精簡」的原則。

4 省略 should 就是等於使用原形動詞，因此這樣的句子也屬於現在假設。另，與註解 3 中所說明的道理相同，從語意學與修辭學的角度來看，省略 should 是合理的，句子也較為精簡：g13 和 g14 二句中的 should 做「萬一」解，但是由於 for fear that「惟恐」和 lest「以免」本身就表達了這個意涵，所以將之省略。

5 在口語或非正式的英文中，常用 have/has got to 來代替 must：

① **You've got to come.**（你一定要來。）

② **He's <u>got to</u> leave.**（他一定得離開。）

6 有些文法書把 had better「最好」、would rather「寧可」，以及用來表未來的 be going to、be about to、be to，甚至於用來表能力的 be able to、表應該的 be supposed to、表可能的 be likely 等都列為助動詞。由於這些語詞的意思較為固定，用法無太大變化，本書並不把它們視為助動詞，而把它們看成慣用語。

3分鐘英文 搞懂易混淆字詞用法！

動詞㉝ translate / interpret

translate 與 interpret 都是「翻譯」，但是 translate 可指文字上或口頭上的翻譯，interpret 則指他人說話時直接地「口譯」。不過 interpret 也常用來指「詮釋」（某人的作為、說詞或詩、音樂等）。

動詞㉞ draw / paint

draw 和 paint 都有「畫圖」的意思，但是 draw 指的是用鉛筆、鋼筆、粉筆等「畫畫」，而 paint 則指用顏料和畫筆來「作畫」。另外，sketch 則指「素描」。順便一提，「油畫」叫 oil painting，「水彩畫」則叫作 watercolor。

動詞㉟ repair / mend

二者皆具有「修理」的意涵，但 repair 主要用來指針對損壞事物的「修繕」，而 mend 則指針對破損衣物的「縫補」或針對破裂關係的「修補」。（不過，在英式英文中 mend 可以指 repair。）另外，較口語的 fix 則可用來泛指「修理」、「修復」。

★ Verbs ★ Nouns ★ Pronouns ★ Adjectives ★ Adverbs ★ Conjunctions ★ Prepositions ★
Articles ★ Grammar and Rhetoric ★ Verbs ★ Nouns ★ Pronouns ★ Adjectives ★ Adverbs ★
Conjunctions ★ Prepositions ★ Articles ★ Grammar and Rhetoric ★ Verbs ★ Nouns ★
Pronouns ★ Adjectives ★ Adverbs ★ Conjunctions ★ Prepositions ★ Articles ★ Grammar
and Rhetoric ★ Verbs ★ Nouns ★ Pronouns ★ Adjectives ★ Adverbs ★ Conjunctions ★
Prepositions ★ Articles ★ Grammar and Rhetoric ★ Verbs ★ Nouns ★ Pronouns ★ Adjectives
★ Adverbs ★ Conjunctions ★ Prepositions ★ Articles ★ Grammar and Rhetoric ★ Verbs ★
Nouns ★ Pronouns ★ Adjectives ★ Adverbs ★ Conjunctions ★ Prepositions ★ Articles ★
Grammar and Rhetoric ★ Verbs ★ Nouns ★ Pronouns ★ Adjectives ★ Adverbs ★
Conjunctions ★ Prepositions ★ Articles ★ Grammar and Rhetoric ★ Verbs ★ Nouns ★
Pronouns ★ Adjectives ★ Adverbs ★ Conjunctions ★ Prepositions ★ Articles ★ Grammar
and Rhetoric ★ Verbs ★ Nouns ★ Pronouns ★ Adjectives ★ Adverbs ★ Conjunctions ★
Prepositions ★ Articles ★ Grammar and Rhetoric ★ Verbs ★ Nouns ★ Pronouns ★ Adjectives
★ Adverbs ★ Conjunctions ★ Prepositions ★ Articles ★ Grammar and Rhetoric ★ Verbs ★
Nouns ★ Pronouns ★ Adjectives ★ Adverbs ★ Conjunctions ★ Prepositions ★ Articles ★
Grammar and Rhetoric ★ Verbs ★ Nouns ★ Pronouns ★ Adjectives ★ Adverbs ★
Conjunctions ★ Prepositions ★ Articles ★ Grammar and Rhetoric ★ Verbs ★ Nouns ★
Pronouns ★ Adjectives ★ Adverbs ★ Conjunctions ★ Prepositions ★ Articles ★ Grammar
and Rhetoric ★ Verbs ★ Nouns ★ Pronouns ★ Adjectives ★ Adverbs ★ Conjunctions ★
Prepositions ★ Articles ★ Grammar and Rhetoric ★ Verbs ★ Nouns ★ Pronouns ★ Adjectives
★ Adverbs ★ Conjunctions ★ Prepositions ★ Articles ★ Grammar and Rhetoric ★ Verbs ★
Nouns ★ Pronouns ★ Adjectives ★ Adverbs ★ Conjunctions ★ Prepositions ★ Articles ★
Grammar and Rhetoric ★ Verbs ★ Nouns ★ Pronouns ★ Adjectives ★ Adverbs ★
Conjunctions ★ Prepositions ★ Articles ★ Grammar and Rhetoric ★ Verbs ★ Nouns ★
Pronouns ★ Adjectives ★ Adverbs ★ Conjunctions ★ Prepositions ★ Articles ★ Grammar
and Rhetoric ★ Verbs ★ Nouns ★ Pronouns ★ Adjectives ★ Adverbs ★ Conjunctions ★
Prepositions ★ Articles ★ Grammar and Rhetoric ★ Verbs ★ Nouns ★ Pronouns ★ Adjectives
★ Adverbs ★ Conjunctions ★ Prepositions ★ Articles ★ Grammar and Rhetoric ★ Verbs ★
Nouns ★ Pronouns ★ Adjectives ★ Adverbs ★ Conjunctions ★ Prepositions ★ Articles ★
Grammar and Rhetoric ★ Verbs ★ Nouns ★ Pronouns ★ Adjectives ★ Adverbs ★
Conjunctions ★ Prepositions ★ Verbs ★ Nouns ★ Pronouns ★ Adjectives ★ Adverbs ★
Conjunctions ★ Prepositions ★ Articles ★ Grammar and Rhetoric ★ Verbs ★ Nouns ★
Pronouns ★ Adjectives ★ Adverbs ★ Conjunctions ★ Prepositions ★ Articles ★ Grammar
and Rhetoric ★ Verbs ★ Nouns ★ Pronouns ★ Adjectives ★ Adverbs ★ Conjunctions ★
Prepositions ★ Articles ★ Grammar and Rhetoric ★ Verbs ★ Nouns ★ Pronouns ★ Adjectives
★ Adverbs ★ Conjunctions ★ Prepositions ★ Articles ★ Grammar and Rhetoric ★ Verbs ★
Nouns ★ Pronouns ★ Adjectives ★ Adverbs ★ Conjunctions ★ Prepositions ★ Articles ★
Grammar and Rhetoric ★ Verbs ★ Nouns ★ Pronouns ★ Adjectives ★ Adverbs ★
Conjunctions ★ Prepositions ★ Articles ★ Grammar and Rhetoric ★ Verbs ★ Nouns ★
Pronouns ★ Adjectives ★ Adverbs ★ Conjunctions ★ Prepositions ★ Articles ★ Grammar
and Rhetoric ★ Verbs ★ Nouns ★ Pronouns ★ Adjectives ★ Adverbs ★ Conjunctions ★
Prepositions ★ Articles ★ Grammar and Rhetoric ★ Verbs ★ Nouns ★ Pronouns ★ Adjectives
★ Adverbs ★ Conjunctions ★ Prepositions ★ Articles ★ Grammar and Rhetoric ★ Verbs ★

PART 2

名詞篇

【前言】

名詞是英文的基本字詞

1. 何謂名詞？

如果我們說動詞是語言的關鍵詞，那名詞就是語言的「基本詞」了，因為一個人出生後學說話時，一定是先從名詞開始。一般都是先學叫爸爸、媽媽，然後陸續學習各種簡單人、事、物的名詞，比如，姊姊、哥哥、車車、狗狗等等，再學習使用其他的詞類，進而學會用完整的句子表達完整的概念。

一般的文法書都把名詞定義為人、事、地、物以及抽象概念的名稱。英文 noun 這個字的原始拉丁文 nomen 就是「名字」的意思。不過，從文法學習的角度來看，這樣的定義略顯粗糙。比較完整的定義也應該考慮所謂名詞在句子裡的功能：名詞可以當動詞的主詞、動詞或介系詞的受詞，名詞還可以當補語或同位語。

2. 名詞的重要性

在「動詞篇」裡我們強調了動詞的重要性。我們提到人類在使用語言做溝通時，要是沒有了動詞，溝通很可能受到阻礙，但是要做到有效、精確的溝通卻必須藉助於名詞。

雖然在某些語言裡，作主詞、甚至作受詞的名詞常被省略，但那是因為在說話者與聽話者之間有共通的語境 (universe of discourse)。比如，中國人在見面時的招呼用語「吃過飯沒？」就沒有主詞，但是說話者和聽話者都知道被問的對象是誰。而當聽話者回答「吃過了。」或是「還沒有。」時，雙方同樣知道主角是誰。如果問話的對象非說話者或聽話者，而是第三者時，主詞當然就不會也不可能省略了：「你爸爸吃過飯沒？」又比如，如果我問你喜不喜歡英文，你可能回答「喜歡。」或「不喜歡。」我當然知道你講的是你，而你喜歡或不喜歡的當然是英文。但是，如果你沒來由地對我說「喜歡」或「不喜歡」，我肯定是丈二金剛摸不著頭腦，甚至覺得你莫名其妙。

因此，我們可以說，雖然動詞非常重要，但是名詞才是讓句意更清楚表達的基本字詞。這個情況在英文裡更是如此，因為英文除了祈使句外，主詞通常不能任意省略，英文的受詞亦同，頂多只能用代名詞取代原來的受詞。這一點從英文的基本句型中，可以看得很清楚。

3. 英文的名詞與句型

英文的五大基本句型爲：

A. **S + V**〔主詞＋動詞〕
B. **S + V + C**〔主詞＋動詞＋受詞〕
C. **S + V + SC**〔主詞＋動詞＋主詞補語〕
D. **S + V + O + OC**〔主詞＋動詞＋受詞＋受詞補語〕
E. **S + V + IO + DO**〔主詞＋動詞＋間接受詞＋直接受詞〕

我們清楚地看到，每一個動詞都需要一個主詞，有的動詞還需要受詞、補語等等。不論哪一種句型，如果句意要完整，句子要合文法，主詞、受詞、補語皆不可任意省略。

本篇將從名詞的分類開始，依序討論可數名詞、不可數名詞、名詞的複數、特殊的複數名詞、名詞的性別、名詞的功能、名詞片語以及名詞子句。本書強調的是理解，我們在多數英語學習者搞不懂或弄不清楚的地方，例如何謂不可數名詞、爲何有些複數名詞的結尾不規則、名詞片語是如何形成的等等，都會做詳細的分析說明。

第1章 名詞的分類

學過英文的人都知道英文的名詞分爲可數和不可數兩種。這兩個看似簡單的概念，事實上造成了許多學習者的困擾。在我們正式討論這兩種名詞之前，有必要先弄清楚它們所代表的眞正意義。

1 「可數名詞」與「不可數名詞」的差異

對於一個使用中文的人而言，舉凡眼睛所看得到的人、事、物似乎都可以拿來數一數。例如我們說：一本書、兩張紙、三根粉筆、四隻狗、五匹馬、六位老師、七個學生、八塊蛋糕、九片麵包、十顆蘋果等等。換句話說，對使用中文的人而言好像所有的名詞都「可數」。對使用英文的人而言，是不是也如此呢？我們現在把上面這幾個帶有名詞的語詞換成英文，並做一個比較：

一本書 → one book
兩張紙 → two pieces of paper
三根粉筆 → three pieces of chalk
四隻狗 → four dogs
五匹馬 → five horses
六位老師 → six teachers
七個學生 → seven students
八塊蛋糕 → eight pieces of cake
九片麵包 → nine pieces of bread
十顆蘋果 → ten apples

我們發現，不論是什麼東西，在英文裡也都「可以數」，只是有些東西的數法和其他東西不太一樣。我們看得很清楚，book、dog、horse、teacher、student、apple 這幾個名詞可以直接在前面加數字，而 paper、chalk、cake 和 bread 就必須使用

piece 這個字才能數。依照英文文法，前一組字就是可數名詞，後一組字則爲不可數名詞。

2 可數／不可數針對的是英文的「名詞」

不知道讀者有沒有看出以上「說明」中的一些「玄機」。其實很多學習者就是受到「沒有把話說清楚、講明白」的文法規則的誤導，而產生困惑，進而造成了學習上的障礙。首先，許多人沒有搞清楚可數／不可數的對象爲何。須知，英文文法裡所說的可數／不可數針對的是英文的「名詞」，而不是名詞所指涉的人、事、物。正如我們前面列出的十個例子所顯示的，各種人、事、物不論用中文或英文都是「可以數」的，只是在英文這個語言裡，「名詞」被分爲兩類：一類可以「直接」數，另一類則必須加上量詞 (measure word)「間接」數。前者稱之爲可數名詞 (countable noun)，後者稱之爲不可數名詞 (uncountable noun)。因此，「麵包不可數」這種說法是錯誤的，說「錢不可數」更是荒謬。正確的說法應該是：「Bread 這個英文字屬不可數名詞」或「Money 這個英文字是不可數名詞」。

不過，如果讀者就因此而認爲英文很麻煩，甚至很奇怪，那恐怕就大錯特錯了。首先，表面上看起來，中文的名詞似乎很好數，但是如果讀者稍加留意，就會發現，其實中文的名詞比英文的名詞難數多了。就以我們舉的十個例子來看，英文的部分只分兩種，但是中文的部分卻有「十」種不同的「數法」。英文的名詞不是直接加數字來數，就是間接用數字來數量詞。[註1] 反觀中文，除了每一個名詞都必須「間接」數之外，每一個名詞還必須「搭配」不同的量詞：一「本」書、兩「張」紙、四「隻」狗、五「匹」馬、八「塊」蛋糕、十「顆」蘋果等。大家都知道，中文的量詞不但爲數不少，而且用法上多所限制。比方，我們說一匹馬，卻不說一匹牛；我們可以說一頭豬，卻不可以說一頭人。當然英文的量詞也不僅限於 piece 這一個，但是 piece 卻是英文裡最常用的，而且它還可以與許許多多的不可數名詞連用，如 a piece of string「一條細繩」、a piece of meat「一片肉」、a piece of wood「一塊木材」、a piece of clothing「一件衣服」、a piece of furniture「一件家具」，甚至於 a piece of information「一則消息」、a piece of advice「一個忠告」、a piece of music「一曲音樂」等等。[註2]

中文名詞在使用時所顯示的複雜性還不僅止於量詞的搭配。在許多情況下，所謂的量詞其實是必須省略的。這種不用量詞的結構最常出現在成語當中，例如：一石二鳥、三頭六臂、五湖四海、七手八腳、九牛二虎等。但是在日常生活中我們也有一些用語是將量詞省略不用的，例如：一票難求、一國兩制、三人同行兩人免費等。

還有些名詞是習慣上不使用量詞的，例如三天、兩週、五年、七分鐘等。注意，這種不用量詞的情況與英文可數名詞的用法就相當類似，試比較：

一石二鳥 → **one stone, two birds**
一國兩制 → **one country, two systems**
三天 → **three days**
五年 → **five years**

以上我們針對中、英文名詞所做的分析比較之目的並不在於「證明」中文的名詞比英文的名詞複雜，而是要突顯不同語言的個別特徵 (language-specific features)。相信各位讀者在使用中文名詞的時候，對於該不該使用量詞、應該使用哪一個量詞，必定了然於胸。同樣地，以英文為母語的人士在使用英文名詞之時，何者為可數名詞、何者為不可數名詞，肯定不會猶豫不決、舉棋不定。每一個語言的形成都有其特殊的歷史背景、地理環境，每一個族群也有各別的生活經驗、文化傳承，因此對各種人、事、時、地、物的表達方式自然也就會有所不同。任何一個語言，對於以它為母語的人而言，一定是最「合理」的，在學習外國語的時候，一定要體認到 這一點。正確的態度是：多接觸、多了解，一直到「習慣成自然」為止。

註解

1 當然，若數量超過「一」，則可數名詞須用複數形，而不可數名詞的量詞也必須用複數形。（名詞複數的形成請參見本篇第 4 章「名詞的複數」）

2 其他較常見的英文量詞有：bag、bottle、box、bowl、can、carton、cup、drop、glass、grain、jar、pack、slice、tank 等。例如：

a bag of flour「一袋麵粉」
a bottle of wine「一瓶酒」
a box of candy「一盒糖果」
a bowl of rice「一碗飯」
a can of beer「一罐啤酒」
a carton of milk「一盒牛奶」
a cup of coffee「一杯咖啡」
a drop of water「一滴水」
a glass of champagne「一杯香檳」
a grain of wheat「一粒小麥」
a jar of peanut butter「一罐花生醬」
a pack of chewing gum「一包口香糖」
a slice of pizza「一片比薩」
a tank of gasoline「一箱汽油」

注意，這些英文的量詞都有其對應的中文量詞。

3分鐘英文 搞懂易混淆字詞用法！

動詞 36 rent / lease

rent 和 lease 都指「租」，而 rent 一般指的是定期（如每個月）支付使用金的「租借」（房子、辦公室等），也可以用來表示暫時性的「租用」（車子、器材設備等）。（注意，若要表達「出租」之意，可以用 rent out 這個片語，例如，He rent out rooms to students.。）lease 則通常指長期或固定期間內的「租賃」（土地、建築、車輛等）。（注意，lease 可用來表示「租用」或「出租」。）

動詞 37 emigrate / immigrate

二者都是「移民」的意思，但是 emigrate 指的是「移民到外國」（注意，字首 e- 指 out），而 immigrate 則指「自他國移入」（字首 im- 指 in）。同樣道理，export 指「出口」（ex- 與 e- 同，都指 out），而 import 則指「進口」。

動詞 38 endanger / jeopardize

endanger 與 jeopardize 都指「危及」、「危害」，但是 endanger 的對象可以是事物也可以是人或其他生物（注意，所謂的 endangered species 即為「瀕危物種」），而 jeopardize 的對象則常為事物，且多為重要事物（如工作、地位、健康等）。另一相關的字 risk 則指「使遭受危險」，例如，risk one's life 就是「冒著生命的危險」之意。

動詞 39 run / jog

run 和 jog 都是「跑」的意思，但是 run 基本上指快速地跑動，即「奔跑」之意，而 jog 則指「慢跑」。另外，相關字 dash 指「飛奔」，sprint 指「衝刺」。（注意，比賽的「短跑」叫 dash，而「短跑選手」叫 sprinter。）

動詞 40 hit / beat

hit 與 beat 都指「打」，而 hit 除了「打」之外還可以指「撞擊」，beat 則為「接連地打」之意，常用來指「毆打」、「揍」。另外，相關字 strike 的意思與 hit 意思接近，但較為猛烈。

第 2 章 可數名詞

可數名詞可細分為普通名詞 (common noun)[註1] 和集合名詞 (collective noun) 兩種。普通名詞指的是同一類人、事、物的共同名稱，如 boy、dog、table、teacher、car 等。[註2] 集合名詞指某人、事、物之集合的名稱，如 family、herd、army、class、committee 等。我們先討論普通名詞。

1 普通名詞

英文裡大多數的名詞為普通名詞。因為普通名詞為可數名詞，所以有單數和複數的區別。使用於句子中時，普通名詞前可加冠詞或數字詞，例如：

a I have a / one car.（我有一輛車。）
b He bought three books.（他買了三本書。）

注意，單數普通名詞不可單獨存在，但複數名詞可以：

誤 c She is novelist.（她是小說家。）
d She writes novels.（她寫小說。）

普通名詞為單數時，必須在前面加冠詞，或其他合適的限定詞 (determiner)，如指示形容詞 this、that，數量形容詞 every、each，所有形容詞 my、your，和數字形容詞 one：[註3]

e Where is the restaurant?（那家餐廳在哪裡？）
f This restaurant is not very good.（這家餐廳不太好。）
g I have tried every restaurant in town.（我試過城裡每一家餐廳。）
h Your restaurant is the best.（你的餐廳最棒。）

i There is only one restaurant on this street.（這條街上只有一家餐廳。）

普通名詞的用法對一般學習者而言，應該不算太難掌握。眞正會造成困擾的其實是判斷哪一個名詞是普通名詞（可數），哪一個不是普通名詞（不可數）。有些名詞在中文的使用上，感覺像是普通名詞，但是在英文裡卻不可數。較令人困惑的英文名詞包括：bread、chalk、paper、news、information、advice、clothing、furniture、jewelry 等。以上這些名詞對使用中文的人而言，很容易產生誤解；許多人以爲它們是普通名詞，任意在它們前面使用 a / an 或加上 -s 形成複數。其實這些都是可以理解的錯誤。相信絕大多數的人在學習英文的時候，都會先把單字翻譯成中文，再設法記起來，可是就在這個過程當中，種下了錯誤的因。我們在前一章提到過，只要加上適當的量詞，中文的名詞似乎都可以拿來數一數，比方我們會說：兩個麵包、一則新聞、三件珠寶。如果一般日常生活中大家都是這麼說的話，要叫以中文爲母語的人接受麵包、新聞、珠寶爲不可數名詞的說法顯然會有困難。撇開中文不談，一旦這個觀念被移植或嫁接到英文上，錯誤就產生了。

如果我們從正確使用英文的角度來分析，英文不可數名詞所指涉的事物通常都：一、沒有特定形式，二、重整體，不重個體。

● Bread

我們先以 bread 這個名詞爲例。西方人看待 bread 就像東方人看待「米」一樣，把它視爲一種「物質」。對我們而言，麵包是一個一個算的。比方說，你可以到麵包店買一個菠蘿麵包、兩個紅豆麵包、三個肉鬆麵包和四個奶酥麵包。對西方人而言，bread 基本上並沒有固定的形狀。它可以是一條（吐司），一根（法國麵包）、一塊（德國麵包）、一片（法式吐司），當然也可以是一個（餐包），重點是不論是哪一種或者有幾種，通通都叫做“bread”。

● Chalk

接下來看 chalk 這個字。許多人以爲這個字就只指「粉筆」，卻不知它原本是道道地地的一種物質，中文叫做「白堊」。白堊也沒有固定的形狀，它可以製成書寫黑板用的粉筆、打撞球時塗抹於球桿前端以防止擊球滑桿的「巧克」、裁縫師傅用來在布料上劃線的「餅筆」，甚至是體操選手塗於手掌以防滑的粉末（現今已用碳酸鎂取代）。如果學習者確實了解 chalk 這個名詞的眞正意涵，相信就不會再認定它是個可數名詞了。

● Paper

現在我們看 paper。「紙」這個東西在我們的日常生活中的確常被拿來數。但是以英文爲母語的人卻不是這樣來看待 paper 的。Paper 對他們而言，是一種材料，就像 cement「水泥」、plastic「塑膠」或 wood「木材」。比方，paper 可以做書、可以印傳單、可以折飛機、可以做紙杯，甚至可以做衣服。Paper 可大可小、可厚可薄、可硬可軟，不論哪一種、做何目的用，都叫做 paper。當然 paper 也可以被「數」，只是須要加量詞，比如，ten pieces of paper「十張紙」。

● News / Information / Advice

下面我們來檢視 news、information 和 advice 這三個名詞。這三個名詞有一個共同的特徵，那就是，它們並不一定指具像的事物，也就是因爲如此，它們符合不可數名詞的條件。News 可以是聲音也可以是文字；可以出現在收音機上、電視機上或報章雜誌上。同樣地，information 和 advice 也可以以不同的形式出現。注意，從英文使用者角度來看，news、information 和 advice 這類名詞重「量」而不重「數」。這一點和中文使用者看待新聞、資訊和忠告的角度大異其趣。不過，我們說過，不可直接數的英文名詞在必要之時還是可以採取「間接」的方式來數。如同 a piece of paper「一張紙」、a piece of chalk「一根粉筆」、a piece of bread「一片麵包」，我們也可以說：a piece of news「一則新聞」、a piece of information「一則資訊」或 a piece of advice「一個忠告」。

● Clothing / Furniture / Jewelry

最後我們來看一下 clothing、furniture 和 jewelry 這三個字。如果我們把這三個字譯成中文：衣物、家具、珠寶，相信大多數使用中文的人都會「感覺」它們是可數名詞。但是要注意，首先，這三個英文名詞所指涉的事物並沒有一定的形狀。其次，它們指的是整體的概念，而不是個別的物體。以 clothing 爲例，襯衫、外套、背心，甚至裙子、褲子都是衣物類。Furniture 亦同，因爲家具包括桌子、椅子、沙發、床、茶几等等。Jewelry 的種類也不少：戒指、項鍊、耳環、手鐲，更不要提各類寶石、珍珠、鑽石等。有趣的是這三個名詞本身雖然不可數，但是它們所代表的事物則可數。我們不可以說 one clothing、two clothings，[註4] 卻應該說 one shirt、two jackets；我們不說 one furniture、three furnitures，卻說 one table、three chairs；不講 one jewelry、four jewelries，[註5] 卻必須講 one ring、four necklaces。當然，如果使用量詞就另當別論。我們還是可以用 piece 這個「萬用」量詞來「數」這幾個不可數名詞：two pieces of clothing「兩件衣物」、three pieces of furniture「三件家具」、

four pieces of jewelry「四件珠寶」。

從以上針對九個容易被誤解爲普通名詞的英文名詞所做的分析討論，我們發現許多人之所以會誤把不可數名詞錯當作可數名詞的主要原因在於沒有眞正了解這些名詞所代表的意義。大多數人犯的錯誤就是以中文的觀點看英文，而這其中最大的關鍵則在於使用「英翻中」的方式來學英文。很不幸地，英文名詞的中譯卻常常無法體現出這名詞的眞正意涵，結果導致受誤導而不自知。雖然在學習英文的過程中難免需要用到中譯，但是學習者一定要學習從英文的角度去了解英文，設法跳脫英譯中的死框框。

2 集合名詞

集合名詞顧名思義就是指人、事、物的集合體。如同普通名詞，集合名詞也有單數與複數之分，使用於句子中時也可以加冠詞或數字詞。例如：

j This is a big class.（這是一個大班級。）

k Two committees were formed.（組成了兩個委員會。）

注意，集合名詞除了可以用來指個別的集合體之外，也可用來指一個集合體中的成員。若爲後者，則該集合名詞必須視爲複數，採用複數形動詞。[註6] 試比較：

l There is a crowd outside.（外面有一大群人。）

m The crowd are now on their feet.（群衆們現在都站起來了。）

l. 句中的 crowd 指的是一個群體，所以用單數動詞 is；m. 句中的 crowd 指的是群體中的成員，所以用複數動詞 are。我們再看一個例子：

n His family is from Europe.（他一家人是從歐洲來的。）

o His family are always fighting among themselves.（他的家人老是在相互爭吵。）

n. 句中的 family 指的是「一」家人；o. 句中的 family 則指家裡的個別成員。

有許多集合名詞常被拿來當作數量單位，例如：

a herd of cattle「一群牛」
a flock of sheep「一群綿羊」
a school of fish「一群魚」
a group of people「一群人」
an army of soldiers「一群士兵」
a crew of sailors「一群水手」
a band of robbers「一群強盜」
a swarm of bees「一群蜜蜂」
a colony of ants「一群螞蟻」
a bundle of letters「一捆信件」
a bunch of grapes「一串葡萄」
a fleet of ships「一隊船艦」

當然，因爲集合名詞本身爲可數名詞，所以作爲單位時亦可以爲複數，例如：

two flocks of sheep「兩群綿羊」
three groups of people「三群人」
four bundles of letters「四捆信件」
five fleets of ships「五隊船艦」

注意，不要把作爲單位數量的集合名詞與上一單元註解 2 中提到的英文量詞搞混。雖然二者的功能類似，但形成的原因並不相同。集合名詞用來表達可數名詞作爲集合的數量；量詞則用來作爲不可數名詞的代理單位詞。試比較：

six bunches of grapes「六串葡萄」
和
six glasses of champagne「六杯香檳」

grapes 爲可數複數名詞，champagne 則爲不可數名詞。

註解

1 許多文法書把名詞分為普通名詞 (common noun) 和專有名詞 (proper noun) 兩大類，再把普通名詞分為可數名詞和不可數名詞。本書不採用此種分類。原因有二：一、對於以中文為母語的人士而言，在學習英文名詞的用法時最容易造成學習障礙的是可數與不可數這兩個概念，而非普通名詞與專有名詞的差異；二、若把名詞先分為普通名詞與專有名詞，則普通名詞就必須涵蓋可數與不可數名詞，而所謂專有名詞又屬不可數名詞，這樣的分類較為複雜，因此也較容易造成混淆。

2 有些文法書把這類名詞稱為個體名詞 (individual noun) 。雖然這個名稱可以用來和集合名詞作為對照，但是因為它本身可以有複數而且容易和專有名詞混淆，因此本書沿用較為普遍、一般學習者較為熟悉的「普通名詞」。

3 有關限定詞的使用，請參見本篇第 8 章「名詞片語」之第一節「以名詞為主體的名詞片語」。

4 注意，clothing 有一個同源字 clothes，屬可數名詞，但是只有複數形。

5 Jewelry 亦有同源字：jewel。注意，jewel 為可數名詞，有單數形：a jewel，亦有複數形：jewels。

6 有些文法書把這種用法的集合名詞稱為群集名詞 (noun of multitude)。因為這樣的名稱與集合名詞本身並無太大差異，而且對於理解亦無太多助益，本書並不採用。

3分鐘英文 搞懂易混淆字詞用法！

動詞 41 drop / fall

drop 與 fall 都具「落下」的意涵，但 drop 指的是「從手中掉落」（如 He dropped the ball. 是「球從他手中掉下來。」的意思），而 fall 則指「跌落」（如 The cup fell off the table. 指「杯子從桌上掉了下來」。不過若用來指「下降」，二者用法相同：The temperature has been dropping / falling.「氣溫一直在往下降。」

動詞 42 help / assist

help 和 assist 都有「幫助」的意思，但 help 多指「幫忙」他人做某事，而 assist 則多指他人做某事時從旁「協助」。（正因如此，helper 一般指「幫手」，而 assistant 則指「助手」。）另外，相關字 aid 也可以指「幫助」、「協助」，但較為正式，不如 help 與 assist 那麼常用，而事實上 aid 多用來指「提供援助」。

動詞 43 limit / restrict

limit 與 restrict 都指「限制」，但前者著重於「數量」、「程度」等方面的限制，而後者則具「約束」之意涵，也就是較為強調「管控」的一面。另外一個也可表達「限制」之意的單字 confine 則多用於指「侷限在某一範圍之內」。

動詞 44 prohibit / forbid

prohibit 與 forbid 都有「禁止」的意涵，但前者通常指依法令、規定等禁止某事（如禁菸、禁酒），與常見的 ban「明令禁止」意思接近，而 forbid 則除了可指法律上的禁止外，也常用來指某人「不允許」某事，相當於 not allow。

動詞 45 live / survive

live 與 survive 都有「活著」的意思，但 live 指的是「生活」、「過活」，具正面意義，而 survive 則指「存活下來」，有消極的意涵。（注意，survive 還可用來指「倖存」。）

第 3 章 不可數名詞

不可數名詞有三類：物質名詞 (material noun)、抽象名詞 (abstract noun) 和專有名詞 (proper noun)。我們先看物質名詞。

1 物質名詞

所謂物質名詞指的是某種物質或材料，包括食物類、金屬類、建材、液體、氣體、化學元素等。例如：bread、butter、rice、flour、wheat、sugar、salt、iron、gold、silver、stone、steel、wood、cement、sand、water、coffee、tea、gasoline、oil、air、smoke、steam、oxygen、hydrogen。

在句子中使用時，物質名詞不可加不定冠詞 a/an：

誤 a **I want to eat a bread.**（我要吃麵包。）
誤 b **An air is important to us.**（空氣對我們很重要。）

a. 句中的“a”和 b. 句中的“an”必須刪除，這兩句話才合文法。但是，若物質名詞指的是特定的事物，則可使用定冠詞 the：

c **The sand on this beach is white.**（這個海灘的沙是白色的。）

物質名詞有「量」而沒有「數」，但是可以藉所謂的量詞作爲單位來表其量之多寡，而這些量詞則爲可數名詞。例如：

d **She put two spoonfuls of salt in the soup.**（她在湯裡放了兩滿匙的鹽。）
e **He drinks three cups of coffee every morning.**（他每天早上都喝三杯咖啡。）

d. 句中的 spoonful 和 e. 句中的 cup 雖爲單位詞，但在文法上屬普通名詞，因此可數。

我們在第 1 章中提到，英文的量詞其實為數不少，而一般量詞都是借用原有的普通名詞，但是也有一些，像 d. 句中的 spoonfuls，是由名詞加上表示「滿……之量」的字尾 -ful 而形成。常見的例子還有：mouthful「一滿口」、handful「一把」、armful「一滿懷」、glassful 或 cupful「一滿杯」、bottleful「一滿瓶」、canful「一滿罐」等。比如，我們可以說：

one mouthful of food「一滿嘴的食物」
two handfuls of rice「兩把米」
three glassfuls of wine「三滿杯的酒」

到目前為止，我們似乎一直不斷地在強調英文名詞的可數與不可數這兩個概念，尤其是不可數名詞部分，占據了不少的版面。我們這樣做的目的是要突顯這個與中文名詞用法不盡相同的情況，除了希望把這個情況牢牢地刻印在讀者的腦中之外，更希望經由我們的解說，讀者可以真正體會中英名詞間的差異，進而在使用英文名詞的時候可以正確無誤，不受中文母語的干擾。不過，就像我們先前提到過的，這並不意味英文的名詞在使用上就一定比中文「麻煩」。就以物質名詞來說，它們也常有「簡單」的用法。

在以下這些情況下，英文的物質名詞其實可以轉為普通名詞用：一、表示「製品」時；二、表示「種類」時；三、表示「個體」時；四、表示「個別單位」時。

● 表「製品」的物質名詞：

f I bought a wine glass yesterday.（我昨天買了一個酒杯。）
g He has two papers to write.（他有兩份報告要寫。）

● 表「種類」的物質名詞：

h Puer Tea is an expensive tea.（普洱茶是一種很名貴的茶。）
i This store sells only two wines.（這家店只賣兩種酒。）

● 表「個體」的物質名詞：

j I've got a stone in my shoe.（我的鞋子裡有一顆石頭。）
k He saw two lights in the darkness.（他在黑暗中看到兩盞燈火。）

● 表「個別單位」的物質名詞：

l I'd like to have a beer.（我想來杯／瓶／罐啤酒。）

m She takes her coffee with two sugars.（她喝咖啡放兩塊糖。）

以上各句中套色字體的「普通」名詞原本皆為不可數的「物質」名詞。

2 抽象名詞

抽象名詞一般用來指無具體形象的狀態、性質、感覺、概念等。例如：honesty、poverty、kindness、happiness、wisdom、freedom、importance、hunger、thirst、knowledge、success、failure、life、death、friendship、love、independence、confidence、difference、equality、beauty、courage、truth。另外，一般的學科名稱也視為抽象名詞，例如 chemistry、physics、biology、literature、history、geography 等。

抽象名詞原則上不與冠詞連用，但若要表特定之意，可以使用冠詞 the。試比較：

誤 n A / The kindness is the highest virtue.（仁慈是最高尚的美德。）

o The kindness that you show is really exceptional.
（你所展現的仁慈真的非常不平凡。）

n. 句中的 kindness 表達的是一般性的性質，不需冠詞；o. 句中的 kindness 則為某一特定之性質，因此必須使用定冠詞。

注意，與物質名詞類似，在某些情況下，英文的抽象名詞可轉為普通名詞用。這些情況包括：一、抽象名詞表示狀態、性質等的「種類」時；二、抽象名詞表示狀態、性質等之「實例」時；三、抽象名詞表示狀態、性質等之「所有者」時。

● 表「種類」的抽象名詞：

p It's a happiness that I have never experienced before.
（這是一種我以前從來沒有經驗過的快樂。）

● 表「實例」的抽象名詞：

q Our project was a total failure.（我們的企劃案完完全全地失敗。）

● 表示「所有者」的抽象名詞：

k Annabel is a real beauty.（安娜貝兒是個大美人。）

依照以上對物質名詞與抽象名詞的分析說明，除了作普通名詞用的部分之外，我們發現它們有兩個共通的特性：一、所指涉的事物並沒有固定的形狀；二、所表達的意涵著重整體的概念。有些文法學家用「質量名詞」(mass noun) 來統稱具有這兩個特色的不可數名詞。這樣做有一個優點，除了把物質名詞和抽象名詞包括在內之外，所謂的質量名詞還可以涵蓋一些較難定位的不可數名詞，例 如：work、poetry、[註1] music、mail、behavior、money、luggage、equipment、harm、rubbish 等，以及在前一單元中提到的 information、advice、和 news 等。上列這些名詞有些像物質名詞卻又不完全相同，有些感覺像抽象名詞卻又不是很抽象；而「質量名詞」這個概念恰好可以解決這個難題。因此，在本單元中我們除了討論較傳統、讀者也較為熟悉的物質名詞與抽象名詞之外，還必須特別介紹這個較新穎、較合乎邏輯的分析方式供讀者參考。[註2]

3 專有名詞

所謂專有名詞指的是特定之人、事、地、物所專有的名稱。例 如：Tom、Jill、Christmas、Thanksgiving、China、Boston、Lake Michigan、Mount Fuji 等。專有名詞的第一個字母必須大寫，除了一些特殊用法之外，一般不加冠詞，也沒有複數形。

在以下這些情況下，專有名詞也必須加定冠詞 **the**：[註3]

● 海、海洋、海灣、海峽之名稱

例如：the Black Sea、the Red Sea、the Pacific Ocean、the Atlantic Ocean、the Gulf of Mexico、The English Channel

● 河流名稱

例如：the Yellow River、The Mississippi River、the Nile、the Amazon

● 山脈名稱

例如：the Alps、the Andes、the Himalaya Mountains（the Himalayas）、the Rocky Mountains (the Rockies)

● 群島名稱

例如：the Philippines、the Pescadores「澎湖群島」

● 船名

例如：the Queen Elizabeth、the Titanic、the Mayflower

● 建築物、橋樑、塔等之名

例如：the Empire State Building「帝國大廈」、the statue of Liberty「自由女神像」、the Golden Gate Bridge、the Eiffel Tower

● 機關、單位等之名

例如：the Department of Agriculture、the White House、the Pentagon「五角大廈」、the Federal Bureau of Investigation「聯邦調查局」

● 旅館名

例如：the Hilton、the Ritz、the Grand Hotel

● 報紙名

例如：the New York Times、the Washington Post、the Baltimore Sun

● 經典名

如：the Bible、the Koran「可蘭經」

● 國名

例如：the United States (of America)、the Soviet Union、the Republic of Korea

● 國際組織名

例如：the United Nations、the European Union、the Red Cross

● 專有名詞之全體

例如：the Americans、the Chinese、the Wangs、the Smiths

另外，**專有名詞在下列四種情況下，可轉爲普通名詞用**：一、表示與某專有名詞類似的人、事、地、物；二、表示名字爲某專有名詞的人；三、表示某人的作品；四、表示某廠牌的製品。

● **表與某專有名詞類似之人、事、地、物：**

s He is the Edison of our age.（他是我們這個時代的愛迪生。）

t Tokyo is the New York of Japan.（東京是日本的紐約。）

● **表名字為某專有名詞的人：**

u There are three Michaels in my class.（我們班上有三個叫麥可的人。）

● **表某人的作品：**

v He bought a Picasso last year.（去年他買了一幅畢卡索的畫。）

● **表某廠牌的製品**

w My new car is a Toyota.（我的新車是一輛豐田。）

在本單元中我們探討了物質名詞、抽象名詞以及專有名詞等三種不可數名詞。我們發現所謂的不可數名詞其實並非絕對地不可數，在某些情況下這些不可數名詞是可以當作可數名詞用的。但是這並不表示英文漫無章法。須知語言的使用「位階」是高於文法規範的。不要忘了，是先有語言、後有文法，而不是先訂下文法，然後語言再予以配合。換言之，因爲英文是如此地被使用，英文文法當然就必須反應出這個現象。學習者只能學著去區分並試著習慣不可數名詞的兩種用法。或許將來有一天文法學家或語言學家可以找出一個較符合邏輯的說法，訂出更合理的規則！

註解

1 注意，poetry 的同源字 poem 為普通名詞。比方，我們可以說：

He wrote two poems last night.（他昨天晚上寫了兩首詩。）

2 如果我們採用「質量名詞」這個名稱，不可數名詞就會只分為質量名詞與專有名詞兩種。

3 許多文法書都把專有名詞加定冠詞的情況列為「例外」。其實除了少數幾個特殊「個案」，例如為了要突顯其獨一性及重要性而加定冠詞的“the Bible”和“the Koran”「可蘭經」，以及由荷蘭文“Den Haag”直譯過來的“the Hague”「海牙」之外，大多加上定冠詞的專有名詞都屬“the ＋（專有）形容詞＋普通名詞”的結構，換言之，皆為名詞片語。例如，the Pacific Ocean、the Mississippi River、the Rocky Mountains 等。至於像 the Hilton 和 the Ritz，其實都是省略了其後的 Hotel。（注意，the Pacific Ocean 也可說成 the Pacific，the Mississippi River 簡稱就叫 the Mississippi。）另外，像 the Philippines 指的就是 the Philippine Islands，the Piscadores「澎湖群島」也可說成 the Piscadore Islands，甚至像 the Titanic、the Mayflower 都可以視為是省略了其後的 Ship。

3分鐘英文 搞懂易混淆字詞用法！

動詞 46 hurt / harm

hurt 與 harm 都可以指「傷害」，但 hurt 多用於指對人造成生理的傷害（如 hurt sb's fingers）或心理的傷害（如 hurt sb's feelings），而 harm 則常用於指對事物造成的「危害」（如 harm the environment「危害環境」）或「損害」（如 harm sb's interest「損害某人的利益」）。

動詞 47 injure / wound

二者皆指「受傷」，但 injure 通常是指在意外事故（如車禍）或活動（如運動）中受到傷害，而 wound 則指受攻擊或在戰鬥中的受傷。

動詞 48 force / compel

force 和 compel 都可作「強迫」解，但是 force 除了可指強迫某人做某事外，還可以用來指「強行」做某事（例如，He forced the door open.「他強行把門打開。」），而 compel 則只能指迫使某人做某事。

動詞 49 threaten / bully

Threaten 和 bully 都可指「威脅」，一般而言 threaten 都帶有「恐嚇」的意味，而 bully 則具脅迫以達到目的的意涵。除了「威脅」、「恐嚇」外，threaten 也常用來指「揚言要……」，例如，He threatened to sue the city government.「他揚言要告市政府。」，而 bully 則常用來指所謂的「霸凌」。

動詞 50 distinguish / discriminate

distinguish 與 discriminate 二者皆可以指「區分」，但現今 discriminate 更常被用來指「歧視」（後接介系詞 against）。另注意，distinguish 的用法有二：distinguish A from B，以及 distinguish between A and B。（注意，此兩種用法與 discriminate（指「區分」時）及同樣表「區分」的 differentiate 的用法相同。）

第 4 章 名詞的複數

英文名詞由單數形成複數分為規則變化和不規則變化兩種。所謂的規則變化指的是在名詞字尾加上 -s 或 -es 的情況，但是由於語音和拼字的關係，其中的「規則」與「例外」常會讓學習者覺得相當困擾。不規則變化部分則分為兩類。第一類不規則變化的名詞本身是英文名詞，但是保留了中古英文的單複數變化形式。第二類名詞則為外來語，這些名詞雖然被英文借用，但仍維持原語言的單複數變化形式。在本單元中我們將針對這幾種名詞複數的形成方式做詳細的分析說明。

不過，在正式介紹這些所謂的「規則」之前，我們必須提醒讀者，以下所列出的並非英文的「規定」，而是依母語人士使用英文的方式與習慣所做的「歸納」。語言是一種習慣，既然要學習英文當然要對英文的「特殊」部分習以為常。只要讀者持之以恆，經常性地接觸英文，一回生、兩回熟，這些規則（或不規則）定可「習慣成自然」。

1 規則變化

英文名詞單數變複數加 -s 或 -es 的規則如下：

● 在一般的單數名詞後加 -s

例如：girls、books、dogs、cats、months、mouths、fingers、toes、bananas、horses、houses 等。[註1]

● 若單數名詞以 s、z、x、sh、ch 結尾時，加 -es

例如：buses、classes、buzzes、quizzes、boxes、foxes、dishes、brushes、watches、churches 等。[註2]

但是要注意，如果 ch 唸成 [k] 時，則只加 -s

例如：stomachs、monarchs「君主」、epochs「紀元」等。

● **若單數名詞的字尾是子音＋ y 時，須把 y 改為 i，再加 -es；若為母音＋ y 時，則直接加 -s**

例如：babies、ladies、parties、copies、countries；days、keys、boys、guys、monkeys 等。注意，以 y 結尾的專有名詞若作普通名詞用，其複數形直接加 -s。例如：Marys、Julys、Germanys 等。

● **若單數名詞的字尾是子音＋ o 時，通常加 -es；若為母音＋ o 時，則加 -s**

例如：heroes、potatoes、tomatoes、echoes、vetoes「否決權」；zoos、bamboos、tattoos「紋身」、radios、studios 等。

注意，在以下幾種情況下，縱使名詞字尾是子音＋ o，形成複數時，只加 -s：

★ 單數名詞為縮寫之名詞時，如 photos (＝ photographs)、kilos (＝ kilograms)、logos (＝ logograms)「標誌」、memos (＝ memoranda)「備忘錄」等。

★ 單數名詞為源自義大利文之音樂用語時，如 pianos、solos、concertos「協奏曲」、sopranos「女高音」等。

★ 單數名詞為外來語時，如 kimonos（日文）「和服」、espressos（義大利文）「濃縮咖啡」、amigos（西班牙文）「朋友」等。

另外還可注意，以下這些以 o 結尾的名詞加 -s 或 -es 皆可：mosquitos / mosquitoes、volcanos / volcanoes「火山」、cargos / cargoes「載貨」、mottos / mottoes「座右銘」、mementos / mementoes「紀念物」、tornados / tornadoes「龍捲風」、zeros / zeroes 等。

● **若單數名詞以 f 或 fe 結尾時，通常須改為 v 加 -es**

例如：leaf → leaves、thief → thieves、wolf → wolves、half → halves、wife → wives、knife → knives、life → lives 等。注意，下列幾個以 f 或 fe 結尾的名詞較特殊，只加 -s：

chief → chiefs、handkerchief → handkerchiefs、roof → roofs、proof → proofs、safe → safes「保險箱」、fife → fifes「橫笛」、gulf → gulfs 等。

另外，若名詞以 ff 結尾時，通常只加 -s，例如：cliffs「懸崖」、tiffs「小口角」、sheriffs「警長」、tariffs「關稅表」、handcuffs「手銬」等。

最後，注意下列幾個名詞有兩種複數形：

scarfs / scarves、wharfs / wharves「碼頭」、dwarfs / dwarves「侏儒」、hoofs / hooves「蹄」等。

2 不規則變化

A. 英文名詞

● 母音變化

例如：foot → feet、tooth → teeth、goose → geese、man → men、woman → women、mouse → mice、louse → lice「蝨」[註3]

● 字尾＋ en

例如：child → children、ox → oxen

B. 外來語

● 拉丁文

★ -us → i

例如：stimuli「刺激」、foci「焦點」、fungi「菌類」、cacti「仙人掌」、alumni「男校友」、nuclei「(原子)核」、radii「半徑」等。[註4]

★ -us → -ora 或 -era

例如：corpora「軀體」、genera「(動、植物的)屬」等。

★ -a → -ae

例如：formulae「公式」、vertebrae「脊椎骨」、alumnae「女校友」、amoebae「變形蟲」、larvae「幼蟲」、algae「海藻」等。[註5]

★ -um → -a

例如：media「媒介」、bacteria「細菌」、memoranda「備忘錄」、curricula「課程」、strata「層」等。[註6]

★ -is → -es

例如：bases「基礎」、crises「危機」、diagnoses「診斷」、oases「綠洲」、

parentheses「圓括弧 」、hypotheses「假設」等。註 7

★ **-ex / -ix → ices**

例如：index → indices「索引」、appendix → appendices「附屬物」等。

● 希臘文

★ **-on → -a**

例如：criteria「標準」、phenomena「現象」等。

★ **-ma → -mata**

例如：stigmata「恥辱」、schemata「綱要」等。

● 義大利文

★ **-o → -i**

例如：libretti「歌劇腳本」、tempi「拍子」、virtuosi「名家」等。註 8

● 法文

★ **-eau → -eaux**

例如：bureaux「辦公室」、tableaux「活人畫」、plateaux「高原」、trousseaux「嫁妝」等。註 9

由於上列外國語的複數變化頗爲複雜，因此有些人將這些外來名詞的複數「規則化」，例如 focuses、formulas、memorandums、criterions、bureaus、vertebras 等都有愈來愈普遍的趨勢。不過在學術上，一般多依原語言的變化來構成複數名詞。在結束本單元針對名詞單複數變化所做的討論之前，我們必須補充一個特殊的現象，那就是，單複數同形。

英文名詞單複數同形的情況有三種：一、單複數皆爲單數形，如 sheep、deer、fish 等註 10；二、單複數皆爲複數形，如 means「手段」、species「物種」、series「連續」等；三、某些表示國籍的名詞，如 Chinese、Japanese、Swiss 等。以上三類名詞的單、複數間雖然沒有變化，但是還是值得一提，因爲畢竟「沒有變化」也是一種變化。

註解

1. 原則上，若名詞字尾為無聲子音時，加上的 -s 唸無聲的 [s]；若為有聲子音或母音時，則唸有聲的 [z]。但是要注意，若名詞以 th 結尾，則 ths 多唸成 [ðz]，如 mouths [maʊðz]、baths [bæðz]、youths [juðz]、oaths [oðz]「誓言」等；不過若字尾為 nth 則不在此限，如 months [mʌnθs]。另外，要特別注意 house 之複數 houses 並不唸成 [ˋhaʊsɪz]，而唸 [ˋhaʊzɪz]，即原字尾 se 的 [s] 音應改為 [z]。
2. 在 s、z、x、sh、ch 之後的 -es 要唸 [ɪz]。注意，quiz 這個字在加 -es 之前須重複字尾的 z：quizzes。
3. 注意，這兩個字的字尾必須由 se 改成 ce。
4. 此處的 -i 唸成 [aɪ]。另注意，foci 可唸成 [ˋfosaɪ] 或 [ˋfokaɪ]；fungi 可唸成 [ˋfʌŋgaɪ] 或 [ˋfʌŋdʒaɪ]。
5. -ae 唸 [i]。注意 alga 唸 [ˋælgə]，但 algae 唸 [ˋældʒi]。
6. 原屬相同變化的 agenda「議程」和 data「資料」在現代英文中用法已改變；前者常作單數解，後者則除可作複數名詞外，亦可作不可數名詞用。
7. 注意，原字尾 -is 唸 [ɪs]，複數字尾 -es 則唸 [iz]。
8. 此處的 -i 唸 [i]。
9. -eau 唸 [o]，-eaux 則唸 [oz]。
10. 若要指不同種類的魚可以用 fishes。

3分鐘英文 搞懂易混淆字詞用法！

動詞 51 introduce / present

二者皆可指「介紹」，但 introduce 用於一般的介紹而 present 則多用於正式介紹（特別是重要人物）時。另注意，introduce 除了用於指「介紹」外，還常用來指「引進」（如 introduce a new technology「引進一項新科技」），而 present 則除了可用來指「介紹」外，更常用來表「提出」、「提交」、「出示」等。

動詞 52 celebrate / observe

一般的「慶祝」（如慶祝生日、勝利等）多用 celebrate 來表示，而 observe 則特指為了「紀念」具有歷史意義的節日、事件而做的慶祝。當然，observe 還有其他的用法，包括指「觀察」、「遵守」、「評述」等。

動詞 53 wear / put on

wear 和 put on 都可指「穿、戴（衣物）」，但精確地說，wear 指的是穿、戴的「狀態」，而 put on 指的則是穿、戴的「動作」。例如，She's wearing a coat. 指「她穿著大衣。」，而 She's putting on a coat. 則是「她正把大衣穿上。」

動詞 54 become / turn into

become 和 turn into 都可以用來表示「變成」，但是 become 一般指過程緩慢、須逐漸發展的「成為」（例如，John has become a lawyer.「約翰成為了律師。」），而 turn into 則多指速度較快而且牽涉到形狀或狀態之改變的「轉變」（例如，The caterpillar turned into a butterfly.「毛毛蟲變成了蝴蝶。」）另外注意，become 之後可接形容詞（例如，He has become stronger.），但 turn into 則須接名詞。

動詞 55 continue / go on

continue 和 go on 都指「繼續」，但是 continue 之後可接 to V 或 V-ing 來表示繼續該動詞的動作，但在 go on 之後卻只能接 V-ing。一旦 go on 之後出現 to V，則表示「接著去做另一動作」之意，例如，After dinner, I'll go on to work. 指的是「用完晚餐之後，我會接著去工作。」

第 5 章 特殊的複數名詞

在上一個單元中，我們分析了英文複數名詞的形成方式，在這個單元裡我們將討論一些特殊複數名詞的用法。在英文裡有些名詞一定要使用複數形，而且接複數的動詞；有些則為複數形，但須依其所指稱的對象選擇使用單數或複數動詞；另外，還有些名詞雖然形式上是複數，表達的卻非複數的概念，這類名詞必須使用單數形動詞；最後，有些名詞表面上是單數形，其實指的是複數，必須接複數動詞。以下是我們的分析說明。

1 必須使用複數形而接複數動詞的名詞

有些名詞所指的事物由兩個部分所組成，這種名詞通常沒有單數形，例如：glasses、binoculars「雙筒望遠鏡」[註1]、pants、jeans、shorts「短褲」、panties「女性內褲」[註2]、scissors、pliers「鉗子」、tweezers「鑷子」等。以上名詞在使用時必須接複數動詞。請看例句：

a My glasses are new.（我的眼鏡是新的。）

b Your jeans are too tight.（你的牛仔褲太緊了。）

c These scissors are not sharp enough.（這剪刀不夠利。）

這些由兩個部分所組成之事物的名稱如果要「數」的話，必須借助表數量的字詞 pair：

d I've got a pair of binoculars.（我有一付望遠鏡。）

e He bought two pairs of pants.（他買了兩條褲子。）

f We need three pairs of tweezers.（我們需要三把鑷子。）

注意，有些成「對」的事物雖然常用複數形，但有時也會出現單數形，例如：

shoe(s)、boot(s)、sock(s)、stocking(s)「絲襪」[註3]、glove(s)、chopstick(s) 等。試比較 g. 和 h.：

g My shoes are wet.（我的鞋子濕了。）

h My right shoe is wet.（我右腳的鞋子濕了。）

當然，這些名詞也可以和 pair 一起用，例如：

i I hate this pair of boots.（我很討厭這雙靴子。）

j Please give us two more pairs of chopsticks.（請再給我們兩雙筷子。）

另外，還有些名詞雖非成雙成對，但是在意義上或習慣上通常要使用複數，其後也必須跟複數動詞，這類名詞包括：goods、proceeds「收益」、riches「財富」、remains「遺跡、遺體」、leftovers「剩菜剩飯」、clothes[註4]、odds「可能性」、thanks、congratulations、savings「存款」、earnings「收入」、belongings「財物」、surroundings「周遭環境」[註5]、times「時代」[註6] 等。請看例句：

k All kinds of consumer goods are sold in this shop.
（各式各樣的消費商品這家店都有販售。）

l Heavy clothes are needed in this weather.（這種天氣需要穿厚重的衣物。）

m Times have changed.（時代改變了。）

2 依對象選擇單數或複數動詞的複數形名詞

依指涉對象做單數或複數解的複數形名詞有：means「方法、手段」、species「物種」、series「系列」、gallows「絞刑架」、barracks「兵營」、bellows「風箱」等。以上這些名詞可視爲單、複同形字，不過是呈現複數形。[註7] 我們可以比較一下這些名詞單、複數的用法。比如，在 n. 句中 means 爲單數，在 o. 句中則爲複數：

n They are trying to find a means of solving this problem.
（他們正試著找出一個解決這個問題的方法。）

o There are actually many means of solving this problem.
（事實上要解決這個問題有許多方法。）

又比如，barracks 在 p. 句中是單數，在 q. 句中則是複數：

p **Our barracks is on the other side of the river.**（我們的兵營是在河的那一邊。）

q **There are several barracks in this area.**（這個區域有數個兵營。）

注意，有些複數形名詞本身可接單數動詞，也可以接複數動詞，例如：headquarters「總部、司令部」、whereabouts「下落」、works「工廠」等等。請看下面例句：

r **Their headquarters is / are in London.**（他們的總部在倫敦。）

s **His whereabouts is / are kept secret.**（他的下落被保密。）

t **The steel works is / are located in the southern part of this island.**
（該鋼鐵工廠位於這座島的南部。）

3 必須使用單數動詞的複數形名詞

這類名詞通常只是具有複數的形式，表達的卻非複數的概念。英文中的許多學科名稱都屬這類名詞，例如：mathematics、physics、politics、economics、statistics「統計學」、ethics「倫理學」、aesthetics「美學」、linguistics「語言學」、phonetics「語音學」、acoustics「聲學」、optics「光學」等。[註8] 原則上這些名詞都應接單數動詞，但是若不當學科解，上述名詞有些可接複數動詞，作它義解，例如：

u **His politics are very different from his opponent's.**
（他的政見與對手的政見大不相同。）

v **The statistics show that fewer people are buying cars this year.**
（統計數字顯示今年購車人數較少。）

w **The acoustics of the new music hall are very good.**
（新音樂廳的音響效果非常好。）

u. 句中的 politics 不是「政治學」，而是「政見」的意思；v. 句中的 statistics 並非「統計學」，而是「統計數字」；w. 句中的 acoustics 指的並不是「聲學」，而是「音響效果」。

注意，除了學科名稱外，以下這些複數形名詞通常也必須接單數動詞：measles

「痲疹」、mumps「腮線炎」、billiards「撞球」、summons「傳票」[註9]、lens「透鏡」[註10]、news 等。

4 意思為複數須接複數動詞的單數形名詞

這類名詞包括：people、police、clergy「神職人員」、cattle、vermin「有害的小動物」等，因爲這些名詞實際上表達的是複數，故應接複數動詞。請看例句：

x The police have solved the case.（警方已經破了那個案子。）

y There are more than one hundred cattle on the farm.
（該農場有超過一百頭的牛。）

注意，有些表達複數的單數形名詞，如 public、audience、staff 等，可接單數動詞或複數動詞：

z The audience was / were pleased with the performance tonight.
（觀衆對今晚的表演感到滿意。）

以上我們針對英文的一些特殊複數名詞做了分類的探討。從中文的角度來看，有些較爲合理，有些則顯得武斷，但是既然是學英文，也就應該習慣英文的「邏輯」。記得，在學習這些名詞時，首先要掌握它們的眞正意涵，進而選擇正確的動詞形式以作爲呼應。

註解

1 單筒望遠鏡叫“telescope”。

2 一般而言，英文中的褲類衣物都用複數形，但是時下流行的「丁字褲」“thong”則用單數形。注意，若 thong 指「人字拖鞋」時卻常用複數 thongs，或 a pair of thongs。

3 注意，英文的褲襪 pantyhose 不須使用複數形，但後接複數動詞。例如：Her pantyhose are too tight.「她的褲襪太緊了。」

4 注意，clothes 的同源字 clothing 為不可數名詞。

5 注意，與 surroundings 意義相仿的 environment 則不須使用複數。又，surroundings 常指周遭的「事物」，environment 則著重周遭的「狀況」。

6 注意，time「時間」則為不可數名詞。

7 別忘了英文有些單、複數同形字為單數形，如 deer、sheep、fish 等。

8 注意，logic「邏輯學」和 arithmetic「算術」為單數形。

9 其實 summons 為單數名詞，其複數形為 summonses。

10 lens 亦為單數名詞，其複數為 lenses。

3分鐘英文 搞懂易混淆字詞用法！

動詞 56 exercise / work out

exercise 與 work out 都是「運動」的意思，但精確地說，exercise 指一般為了健康而去做各種運動（如跑步、打球、游泳等），而 work out 則指做體能訓練或健身運動。

動詞 57 die / pass away

die 和 pass away 可以指同一件事：死亡，但是 die 較為直接，而 pass away 則為較委婉的用詞，因此 die 一般可直譯為「死」，而 pass away 則可譯作「過世」。（其實英文裡有許多表「死亡」的說法，其中一個有趣的說法就是 croak（原指「蛙叫」），與中文說的「嗝屁」異曲同工。

動詞 58 look like / take after

二者皆指「像」，不過 look like 的意思是「看起來像」（比如，He looks like an old man.），而 take after 則指「長相、性格像長輩」（例如，She takes after her grandfather.「她的長相 / 性格像她的祖父。」）

動詞 59 get on / get in

get on 與 get in 都可以指「上車」，但 get on 指的是上「大」車（如 bus、train），而 get in 則指上「小」車（如 car、taxi）。

動詞 60 get off / get out of

二者都指「下車」，但 get off 用於下「大」車時，而 get out of 則用於下「小」車時。

第 6 章 名詞的性別

英文名詞的性 (gender) 分爲四種：陽性 (masculine gender)、陰性 (feminine gender)、中性 (neuter gender) 及通性 (common gender)。陽性名詞指雄性的人或動物之名詞，例如，man、boy、lion、tiger、dog、horse 等。陰性名詞指雌性的人或動物之名詞，例如，mother、sister、bitch、mare、hen、cow 等。中性名詞則指沒有性別的事物之名詞，例如，table、chair、book、tree、window、door、school、house 等。通性名詞指的則是可以是雄性或雌性的人或動物之名詞，例如，student、teacher、parent、child、bird、fish、spider、snake 等。

在英文裡陽性和陰性名詞所占的比例並不高。註 1 大多數的英文名詞屬中性或通性，但是容易造成困擾的名詞卻是陽、陰性名詞，尤其是由陽性名詞變化成陰性名詞的情況。本單元的重點就在於討論陽性名詞與陰性名詞之間的關係。

英文陽性名詞與陰性名詞之間的變化可歸納成：陽性名詞與陰性名詞完全不同、陰性名詞由陽性名詞變化而來、陽性名詞由陰性名詞變化而來，以及加上表示性別的字語以區分陽、陰兩性名詞等四種情況。

1 陽性名詞與陰性名詞完全不同

例如：

陽性	陰性
father	mother
brother	sister
son	daughter
husband	wife
uncle	aunt
king	queen
monk	nun

wizard「男巫」	witch
bull	cow
horse	mare
fox	vixen「雌狐」
buck「公鹿」	doe「母鹿」
boar「公豬」	sow「母豬」
cock	hen
drake「公鴨」	duck
gander「公鵝」	goose

2 陰性名詞由陽性名詞變化而來

A. 在陽性名詞之後加 -ess

例如：

陽性		陰性
poet	→	poetess
host	→	hostess
prince	→	princess
god	→	goddess
lion	→	lioness
tiger	→	tigress
actor	→	actress
waiter	→	waitress
director	→	directress
emperor	→	empress「皇后、女皇」
duke	→	duchess「公爵夫人、女公爵」
master	→	mistress「女主人」

注意，有些陰性名詞由陽性名詞直接加 -ess 形成，如 poetess、lioness，有些則須先將陽性名詞稍加變化，再加 -ess，如，actress、empress。

B. 在陽性名詞後加 -ine 註 2

例如：hero → heroine

C. 在陽性名詞後加 -e 註 3

例如：fiancé → fiancée

3 陽性名詞由陰性名詞變化而來

例如：bridegroom ← bride
widower「鰥夫」← widow

4 加上表示性別的字詞來區分陽、陰

例如：

陽性	陰性
boy student	girl student
baby boy	baby girl
boyfriend	girlfriend
landlord	landlady「女地主、女房東」
manservant「男僕」	maidservant「女僕」
washerman「男洗衣工」	washerwoman「女洗衣工」
peacock	peahen「母孔雀」
cock pigeon	hen pigeon
bull elephant	cow elephant「母象」
bull whale	cow whale
he-goat	she-goat「母山羊」
tomcat「公貓」	she-cat
jackass「公驢」	she-ass

注意，雖然許多表動物的名詞有陽性與陰性的區別，但是如果動物的雌雄不重要時，一般用陽性名詞代表，如用 dog 指 bitch、用 horse 指 mare、用 fox 指 vixen 等。不過也有用陰性名詞作代表的，如用 duck 指 drake，或用 goose 指 gander。

註解

1 這一點與許多西方語言不同。比方在西班牙語裡，每一個名詞都有其固定的性別（包括表無生命之事物的名詞），非陰即陽，不可混淆。因此，相對而言英文明顯得較容易學習。

2 此表陰性名詞之字尾原始來源為希臘文。

3 此為法文之字尾變化。

3分鐘英文 搞懂易混淆字詞用法！

名詞❶ medicine / drug

medicine 指一般用來治病用的藥，而 drug 雖然可指「藥物」，但在日常生活中則多用來指 narcotic「麻醉藥品」，例如常見的反毒警語 Don't do drugs. 意思就是「勿沾毒品」。

名詞❷ wine / liquor

一般而言，wine 指的是酒精濃度較低的葡萄酒類，例如 red wine「紅酒」、white wine「白酒」，反之 liquor 則指含較高比例酒精的烈酒類，如 brandy「白蘭地」、whisky「威士忌」或 vodka「伏特加」等。

名詞❸ dinner / supper

dinner 與 supper 基本上都指一天中的最後一餐飯，不過前者比後者要來得正式些，因此 dinner 可以譯成「晚餐」而 supper 則可稱之為「晚飯」。注意，許多正式的宴會都使用 dinner 而不用 supper，例如 state dinner「國宴」、dinner party「社交晚宴」等。

名詞❹ bread / toast

bread 泛指所有的麵包，包含本地所謂的「土司麵包」而 toast 正確而言應指「烤麵包片」。另外，注意台灣麵包店中常見的一個一個販售的麵包應叫 buns 或 rolls。

名詞❺ cookie / biscuit

cookie 和 biscuit 都用來指「餅乾」，但基本上 cookie 是美語用字，biscuit 則為英語用字。另，在英國 cookie 指的是一種較大、含水分較多的軟餅乾，而在美國 biscuit 則被用來指類似英國的 scone「司康」的「比司吉」。

第 7 章 名詞的功能

我們在前面提到過，如果說動詞是最重要的詞類，那名詞就是最基本的詞類。這個事實從英文的五個基本句型中也可以看得很清楚。英文的五個基本句型如下：

A. **S + V**【主詞＋動詞】

B. **S + V + C**【主詞＋動詞＋受詞】

C. **S + V + SC**【主詞＋動詞＋主詞補語】

D. **S + V + O + OC**【主詞＋動詞＋受詞＋受詞補語】

E. **S + V + IO + DO**【主詞＋動詞＋間接受詞＋直接受詞】

請看例句：

a **Money talks.**〔S + V〕
（錢會說話。）

b **Dogs eat bones.**〔S + V + O〕
（狗吃骨頭。）

c **Lisa is a good mother.**〔S + V + C〕
（莉莎是個好母親。）

d **Those students call their teacher "Boss."**〔S + V + O + OC〕
（那些學生叫他們的老師「老闆」。）

e **Dennis wrote his brother a letter.**〔S + V + IO + DO〕
（丹尼斯寫了一封信給他哥哥。）

在以上的五個句子中，除了動詞之外，其他的部分都劃了底線。我們發現除了主詞和動詞的受詞（直接及間接）必須是名詞外，不論是主詞補語或受詞補語也都可以是名詞。

名詞除了在基本句型中扮演關鍵的角色之外，在另外兩種結構中也少不了它們：介系詞片語與同位語 (appositive) 。以下三句中劃底線部分爲介系詞片語：

f Carol is talking to Richard.（卡羅正在和李察說話。）

g The book is on the desk.（書在書桌上。）

h That boy hit the dog with a stick.（那個男孩用一根棍子打狗。）

介系詞片語由介系詞加上其受詞所組成，而與動詞的受詞相同，介系詞的受詞亦必須是名詞。

以下兩句中劃底線部分爲同位語：

i Mr. Chang, our next-door neighbor, passed away last night.
（張先生，我們的隔壁鄰居，昨晚過世了。）

j Amanda is going to marry my friend Robert.
（亞曼達將要和我的朋友羅伯特結婚。）

在 i. 句中 our next-door neighbor 指的就是主詞 Mr. Chang，二者皆爲名詞；在 j. 句中 Robert 則等同於 marry 的受詞 my friend。[註1]

注意，嚴格講，在 a. 到 j. 句中有許多的名詞並非「詞」而是「片語」，包括 c. 句中的 a good mother、d. 句中的 those students 和 their teacher、e. 句中的 his brother 和 a letter、g. 句的 the desk、h. 句中的 a stick，以及 i. 句中的 our next-door neighbor 等。由於這些名詞都超過了一個字，因此精確地說，應該叫「名詞片語」。

其實除了名詞片語之外，名詞子句也同樣具備名詞的功能，即，可作爲主詞、受詞、補語及同位語。請看下列例句：

k What they said is true.（他們說的是真的。）

l I don't know who he is.（我不知道他是誰。）

m The fact is that she has failed.（事實是她已經失敗了。）

n The report that he had been murdered was false.
（說他被謀殺身亡的報導是不正確的。）

k. 句中的 What they said 是整句話的主詞；l. 句中的 who he is 是動詞 know 的受詞；

m. 句中的 that she has failed 是主詞 The fact 的補語；n. 句中的 that he had been murdered 是主詞 The report 的同位語。

在下兩個單元中我們將分別針對名詞片語與名詞子句做較詳盡的分析說明。現將本單元所討論之名詞功能做一整理。我們發現名詞可作爲：

1. 句子的主詞
2. 動詞的直接／間接受詞
3. 主詞／受詞補語
4. 介系詞的受詞
5. 同位語

註解

1 用逗號標示開來的同位語為非限定同位語 (non-restrictive appositive)，其功能是提供額外資訊，如 i. 句中的 our next-door neighbor，具有補充說明專有名詞 Mr. Chang 的作用。未用逗號標開的同位語則為限定同位語 (restrictive appositive)，其功能在於限定另一名詞，如 j. 句中的 Robert 就是用來明確指出是哪一位 friend。

3分鐘英文 搞懂易混淆字詞用法！

名詞 ⑥ cook / cooker

「廚師」英文叫 cook，而不是 cooker（雖然 cook 當動詞用時指的是「烹煮」）。事實上，cooker 指的是「炊具」，如我們用來煮飯的「電鍋」就叫 rice cooker，「壓力鍋」叫 pressure cooker，「慢燉鍋」則為 slow cooker。

名詞 ⑦ jacket / coat

jacket 和 coat 都是「外套」，但原則上長度至腰部者稱之為 jacket，長度超過腰部者則叫 coat，不過這並非絕對標準，比如說西裝上身就叫 suit jacket（注意，suit 指「全套西裝」而不光只是上身），而長度相當一般稱之為「獵裝」的西裝式外套叫作 sport(s) coat。順便一提，「牛仔外套」叫 denim jacket，而現在相當普遍的「羽絨外套」則叫 down jacket（在此 down 是指「絨毛」）。

名詞 ⑧ shirt / blouse

原則上 shirt 指一般男性穿著的「襯衫」，而 blouse 則為「女用襯衫」。blouse 通常比 shirt 來得寬鬆，花色也較繁多。

名詞 ⑨ T-shirt / sweatshirt

T-shirt 與 sweatshirt 都指「運動衫」，但 T-shirt 是指攤開時呈 T 字形的「短袖運動衫」，而在冬天時穿、比較厚重的棉製「長袖運動衫」則應叫作 sweatshirt。另外，與 sweatshirt 同材質，所謂的「帽 T」英文叫 hoodie。

名詞 ⑩ sweater / cardigan

sweater 和 cardigan 都指「毛線衣」，但 sweater 通常指「套頭毛衣」（即所謂的 pullover），而「開襟毛衣」則應稱為 cardigan。另外，「高領毛衣」叫 turtleneck，「毛背心」則為 sweater vest。

第 8 章 名詞片語

在上一單元中我們討論了英文名詞的功能，我們提到，名詞在被使用時常呈現片語的狀態，即，名詞經常不是單獨存在，而是與其他字詞一同出現，構成所謂的名詞片語 (noun phrase)。在本單元中我們將詳細地探討名詞片語的形成與其結構。

事實上，名詞片語有兩種。第一種就是我們在上一單元中看到的，以一個名詞爲重心，再加上其他字詞所形成。另一種名詞片語則由非名詞之文法結構，依其在句中所扮演的角色，權宜而成。以下我們先討論以一名詞爲主體的名詞片語。

1 以名詞為主體的名詞片語

名詞之所以常以片語形式的情況出現，原因有三：第一，名詞常須表達其指稱 (reference)；第二，名詞常須表示其數（可數名詞）或量（不可數名詞）；第三，名詞常須加上修飾語 (modifier) 以表現其特質或屬性。用來顯示一個名詞之指稱與數量的字詞稱爲限定詞 (determiner)；用來修飾名詞的字詞則必須爲形容詞、形容詞片語或形容詞子句。

A.【限定詞 + 名詞】的名詞片語

首先我們來分析英文的限定詞並檢視它們與英文名詞間的關係。英文的限定詞一共有六種：

● **冠詞 (article)**

a / an、the

● **指示詞 (demonstrative)**

this、that、these、those

● 所有格 (possessive form)

my、your、his、her、our、their、John's、Mr. Smith's 等

● 疑問詞 (interrogative word)

which、what、whose

● 數量詞 (quantifier)

all、some、any、many、much、a lot of、a few、a little、each、every、most、both、either、neither、no 等

● 數字詞 (cardinal number)

one、two、three、ten、twenty-five、one hundred、six million 等

請看例句：

a The teacher is coming.（老師來了。）
b I don't like these books.（我不喜歡這些書。）
c His father is a lawyer.（他爸爸是律師。）
d Which shoes should I wear?（我該穿哪雙鞋子？）
e She spends a lot of money on clothes.（她花很多錢買衣服。）
f He bought three newspapers yesterday.（他昨天買了三份報紙。）

以上各句中劃底線的部分即爲名詞片語。a. 句中的 teacher、b. 句中的 books、c. 句中的 father 和 d. 句中的 shoes 這些名詞（不論單數、複數）之指稱，分別受冠詞 the、指示詞 these、所有格 his 和疑問詞 which 的「限定」。註[1] e. 句中的名詞 money 與 f. 句中的名詞 newspapers 則分別由數量詞 a lot of 和數字詞 three 來表示它們各自的量 (amount) 與數 (number)。

B.【修飾語 + 名詞】的名詞片語

名詞除了會受限定詞限定其指稱和數量之外，還常會用修飾語來表現其特殊的性質或屬性。名詞修飾語若爲單字，必須置於名詞前，做前位修飾 (premodify)；若爲

片語或子句，則採後位修飾 (postmodify)。意即，一般形容詞爲前位修飾語 (premodifier)，形容詞片語與形容詞子句則爲後位修飾語 (postmodifier)。請看下列的例句：

g Men love to watch beautiful women.（男人愛看美麗的女人。）

h Dogs with long hair are hard to care for.（長毛的狗很難照料。）

i Children who have lost their parents are called orphans.
（失去父母的孩童稱之為孤兒。）

以上三句中劃底線的部分皆爲名詞片語。g. 句中的 women、h. 句中的 dogs 和 i. 句中的 children，分別受形容詞 beautiful、形容詞片語 with long hair[註2] 以及形容詞子句 who have lost their parents 的修飾。[註3] 注意，beautiful 爲前位修飾語，with long hair 與 who have lost their parents 則爲後位修飾語。

當然，一個名詞可以同時受限定詞的限定與修飾語的修飾。例如：

j I don't like these old books.（我不喜歡這些舊書。）

k Most dogs with long hair are hard to care for.（大部分的長毛狗很難照料。）

j. 句中的 these 爲限定詞，old 爲修飾語；k. 句中的 most 屬限定詞，with long hair 則爲後位修飾語。

另，有時一個名詞可以接受兩個，有時甚至是三個，限定詞的限定。[註4] 例如：

l All those books were poorly written.（那些書都寫得很差。）

m Both my shoes are wet.（我的兩隻鞋子都濕了。）

n He decided to buy all the three newspapers.（他決定那三份報紙都買。）

同樣，一個名詞也可有兩個或兩個以上的修飾語。例如：

o Big dogs with long hair are hard to care for.（大型的長毛狗很難照料。）

p Men love to watch beautiful young women who look confident.
（男人愛看年輕、美麗、看起來有自信的女人。）

當然，一個名詞可以同時接受兩個以上的限定詞與修飾語，例如：all those twenty beautiful young women with long hair who look very confident of themselves「所有那二十個年輕、美麗，留長髮，看起來對自己非常有自信的女人」。在這個名詞片語當中，一共有三個限定詞 (all、those、twenty) 和四個修飾語 (beautiful、young、with long hair、who look very confident of themselves)。相信所有的讀者都感受到這個名詞片語相當冗長 (lengthy)，雖然它是個合文法的結構，但是從修辭的角度來看並不高明。就語用或溝通的層次而言，像這樣冗長的名詞片語很容易失焦，讓讀者或聽者感到困惑。須知，一個名詞片語的主要功能是當作「名詞」，而一個名詞片語之所以當作名詞用是因爲在該名詞片語中有一個中心名詞 (head noun)；換言之，不論是限定詞或是修飾語只具輔助的功能。一個名詞片語，不論長短，應以其中心名詞爲主。比如，若一個名詞片語爲主詞，句子的動詞就應與這個名詞片語中的中心名詞一致。試比較：

q　**A number of students were absent.**（有些學生缺席。）

r　**The number of the students was fifteen.**（學生的人數是十五。）

在 q. 句中，中心名詞爲 students，a number of「一些」爲限定詞，因此動詞與複數的 students 一致，爲 were；在 r. 句中，中心名詞爲 number，the 爲限定詞，of the students 爲修飾語，因此動詞與單數的 number 一致，爲 was。找出一個名詞片語的中心名詞並使用正確的動詞形式是英文考試中出現頻率相當高的一種題型。這意味著許多人對中心名詞的概念並不熟悉，或是忽略了它的重要性。讀者不可不愼。

以上我們介紹的名詞片語可以說是簡單名詞的擴大版，只要能夠掌握中心名詞，辨識出名詞片語並不困難。其實，在英文裡還有另外一種名詞片語。這類名詞片語純粹是功能性的，即，它們本身並不屬於名詞的範疇。這些原本非名詞的文法結構之所以被稱爲名詞片語理由很簡單：因爲它們在句子裡當名詞用。我們可以稱這一類名詞片語爲「功能性名詞片語」(functional noun phrase)。[註5]

2 功能性名詞片語

可作爲功能性名詞片語的結構有：動名詞片語、不定詞片語、介系詞片語、省略式間接問句 (reduced indirect question)、the ＋ 形容詞與 the ＋分詞。分別討論如下。

A. 動名詞片語

由於動名詞是從動詞轉化而來，因此若一個動詞有受詞、補語或修飾語，由該動詞轉化成的動名詞就會形成片語。又，動名詞當名詞用，故動名詞片語的功能就相當於名詞片語。請看例句：

s1 Eating too much is bad for your health.（吃太多對你的健康有害。）

s2 He enjoys walking in the rain.（他喜歡在雨中漫步。）

s3 My hobby is collecting stamps.（我的嗜好是集郵。）

s4 She insisted on going alone.（她堅持一個人去。）

以上四句中劃底線的部分皆爲動名詞片語。在 s1. 句中 Eating too much 爲主詞；在 s2. 句中 walking in the rain 爲動詞 enjoys 的受詞；在 s3. 句中 collecting stamps 爲主詞 My hobby 之補語；在 s4. 句中 going alone 則爲介系詞 on 之受詞。

B. 不定詞片語

在本書「動詞篇」對動詞所做的討論中我們就提到過，所謂不定詞指的是「to＋原形動詞」的結構。嚴格講，任何一個不定詞都應該算是一個片語，因爲它至少包含了兩個字。當然，不定詞的長短要看原形動詞是否有受詞、補語或修飾語而定。以下是含不定詞片語作爲名詞片語的例句：

t1 To succeed in modern society is not easy.（在現代社會中要成功並不容易。）

t2 I want to improve my language ability.（我想加強我的語文能力。）

t3 His goal is to become a billionaire.（他的目標是成為億萬富翁。）

t4 Her father asked her to work in his company.（她父親要她在他的公司上班。）

t1. 句中的 To succeed in modern society 是該句的主詞；t2. 句中 to improve my language ability 爲動詞 want 的受詞；t3. 句中的 to become a billionaire 是主詞 His goal 的補語；t4. 句中的 to work in his company 則是動詞 asked 之受詞 her 的補語。

C. 介系詞片語

大家都知道介系詞片語是由介系詞加上名詞作爲其受詞而來。通常介系詞片語在句子中多作爲修飾語，修飾名詞或動詞，例如：the man in the room 或 stay in the room，即，介系詞片語具形容詞或副詞的功能。但是在少數情況下，介系詞片語也可「客串」當名詞片語用。請看下面例句：

u1 My brother suddenly jumped out from behind the door.
（我弟弟突然從後門跳出來。）

u2 The boss will be back in about twenty minutes.
（老闆大約二十分鐘後會回來。）

在 u1. 中介系詞片語 behind the door 是介系詞 from 的受詞，因此應視爲名詞片語；同樣地，在 u2. 中 about twenty minutes 是 in 的受詞，因此亦應視爲一名詞片語。

D. 省略式間接問句

所謂間接問句指的是用疑問詞所引導的一種子句，通常在句子裡作名詞用。註6 如果一個間接問句的動詞前出現表「義務」的情態助動詞 should，例如：what I should do、where he should go、when she should leave 等，而該間接問句的主詞又與主要子句的主詞或動詞的受詞相同時，可以把間接問句簡化成「疑問詞＋不定詞」的形式：what to do、where to go、when to leave。請看下列例句：

v1 I really don't know what to do (= what I should do).
（我真的不知道該怎麼辦。）

v2 You can tell him where to go (= where he should go).
（你可以告訴他該去哪裡。）

v3 She is wondering when to leave (when she should leave).
（她在想，不知道該何時動身。）

在 v1. 句中原間接問句的主詞 I 與主要子句的主詞 I 相同；在 v2. 句中原間接問句的主詞 he 與主要子句中動詞 tell 之受詞 him 爲同一人；在 v3. 句中原間接問句的主詞 she 指的就是主要子句的主詞 she。間接問句原爲名詞子句，一旦省略了主詞，動詞又改爲不定詞，就成了名詞片語。

E. the ＋形容詞

在英文的某些形容詞前面若加上定冠詞 the，這些形容詞即具名詞的功能。常見的有：the rich「富人」、the poor「窮人」、the young「年輕人」、the old「老人」、the English「英國人」、the French「法國人」。以上這些名詞片語結構一般視爲複數，作爲主詞時，接複數動詞：

w1 **The rich are getting richer and the poor are getting poorer.**
（富者愈來愈富有，貧者愈來愈貧困。）

w2 **The English have always been competing with the French.**
（英國人一直以來都在跟法國人競爭。）

有些形容詞加定冠詞表達的是可用該形容詞來描述的某一類事物，例如：the impossible「不可能的事」、the unthinkable「不可想像的事」、the unmentionable「說不出口的話語」、the supernatural「超自然的現象」等。若這些名詞片語爲主詞，通常接單數動詞：

w3 **The impossible is now possible.**（不可能的事現在變可能了。）

w4 **The unthinkable has happened.**（不可想像的事已然發生。）

還有些形容詞加上冠詞之後，表達的是抽象的概念，例如：the true「眞」、the good「善」、the beautiful「美」。請看例句：

w5 **I believe in the true (= truth) , the good (= goodness) , and the beautiful (= beauty).**
（我相信真、善、美。）

F. the ＋分詞

由於分詞可以當形容詞，因此與形容詞相同，在某些分詞前加上定冠詞，可以形成名詞片語、例如：the living「活著的人」、the dying「垂死的人」、the starving「飢民」、the injured「傷者」、the disabled「殘障人士」、the disadvantaged「弱勢族群」等。以上這些名詞片語結構一般視爲複數，若爲主詞，接複數動詞：

x1 **The living often do not cherish life.**（活著的人常不懂得珍惜生命。）

x2 **The injured were rushed to the hospital.**（傷者被緊急送往醫院。）

有些「the ＋分詞」表示「人」的名詞片語可作單數亦可作複數解。常見的有 the accused「被告」和 the deceased「死者」：

x3 **The accused was/were taken to the court.**（被告被帶到法庭。）

x4 **The deceased is/are buried in this cemetery.**（死者葬在這個墓園裡。）

有些「the ＋分詞」的結構表達的是呈現某種狀態的「事物」，例如：the unknown「未知之事物」、the unanswered「未解答之事物」、the unexpected「未預料之事物」、the unsolved「未解決之事物」、the untold「未說出之事物」等。這類名詞片語一般作單數解，接單數動詞：

x5 **The unknown is usually scary.**（未知之事物通常令人覺得恐懼。）

x6 **The unexpected has become reality.**（意想不到的事已成為事實。）

為了幫助讀者確實了解英文名詞片語的形成與功用，在本單元中我們特意將英文的名詞片語分成兩類，即，以名詞為主體的名詞片語與功能性的名詞片語，二者的來源雖然不同，但在句子中所扮演的角色卻是相似的。在下一單元中我們將討論具同樣功能的文法結構：名詞子句。

註解

1 名詞的指稱分特定 (definite) 與不特定 (indefinite) 兩種。所謂特定指的是一名詞所指涉的人、事、物有明確之對象，如 the teacher、those students、my school 等。而不特定則指——名詞指涉的人、事、物並無明確之對象，如 a student、teachers、some schools 等。

2 with long hair 本身的結構屬介系詞片語，但在此作形容詞使用，故稱之為形容詞片語。

3 who have lost their parents 原為關係子句 (relative clause)，在此功能是形容詞，因此可稱為形容詞子句。

4 注意，表指稱的限定詞（如，a、this、your、which）在一個名詞片語中只能出現一個。

5 近代文法家常把這類名詞稱之為 “nominal”「名詞功能語」，但也有文法學家用 nominal 來指所有作為名詞的結構，包括名詞、名詞片語與名詞子句。為避免產生混淆，本書暫不使用此名稱。

6 有關間接問句的形成與功能，請見下一章：名詞子句。

3分鐘英文 搞懂易混淆字詞用法！

名詞⑪ hat / cap

hat 和 cap 都是「帽子」，但是 hat 應指周圍皆有帽簷的帽子，如 cowboy hat「牛仔帽」、bucket hat「漁夫帽」，而在台灣一般稱為「鴨舌帽」的帽子則不叫 hat，應叫作 cap，而最常見的 cap 就是 baseball cap「棒球帽」。另外，時下相當流行的那種許多男生用來造型的包頭式線織帽叫作 beanie。

名詞⑫ helmet / hard hat

helmet 與 hard hat 中文都叫「安全帽」，但前者指的是騎機車時所戴的安全帽，而後者則為在工地時戴的安全帽。當然，helmet 也可以指「頭盔」或「鋼盔」。

名詞⑬ slippers / flip-flops

slippers 原則上指的是在室內穿的「拖鞋」，而時下到處可見的「人字拖」則應叫作 flip-flops。而由於外國並沒有所謂的「藍白拖」，因此只能直譯成 blue-and-white slippers。順便一提，「涼鞋」的英文是 sandals。

第 9 章 名詞子句

與功能性名詞片語相同，名詞子句 (noun clause) 之所以具名詞的功能，並不是因爲本身包含一個重點名詞，而是因爲整個子句在句子中作爲主詞、受詞、補語或同位語等。而子句與片語不同，子句是包含主詞＋動詞的結構。換個方式說，如果一個子句爲主詞或受詞等，我們指的是「某一件事」是一個子句的主詞或受詞。英文的名詞子句有三種：以連接詞 that 引導的名詞子句、以疑問詞 who、what、when、where 等所引導的所謂「間接問句」(indirect question)、以及用不定關係代名詞 (indefinite relative pronoun) 所引導的名詞性關係子句 (nominal relative clause)。分別介紹於下：

1 以 that 引導之名詞子句

以連接詞 that 所引導的名詞子句可以說是最「純粹」的名詞子句，因爲這種名詞子句的形成是直接把一個句子（即，一件事）拿來當作另一個句子的主詞、動詞的受詞或補語，或者是作爲該句子中某個名詞的同位語。請看例句：

a That Jack and Jill have gotten married is true.
（傑克和姬兒已經結婚這件事是真的。）

b Everyone knows that Jack and Jill have gotten married.
（每個人都知道傑克和姬兒已經結婚了。）

c The fact is that Jack and Jill have gotten married.
（事實是，傑克和姬兒已經結了婚。）

d That fact that Jack and Jill have gotten married is known to everyone.
（傑克和姬兒已經結婚的事實每個人都知道。）

e Everyone knows the fact that Jack and Jill have gotten married.
（每個人都知道傑克和姬兒已經結婚的事實。）

在 a. 句中 That Jack and Jill have gotten married 這個名詞子句是全句的主詞；在 b. 句中同一子句則為動詞 knows 的受詞；在 c. 句中為主詞 The fact 的補語；在 d. 句中為主詞 The fact 的同位語；在 e. 句中則為動詞 knows 之受詞 the fact 的同位語。另，由於以一個子句當主詞可能會使整個句子顯得「頭重腳輕」，因此 a. 句中的原（真）主詞 That Jack and Jill have gotten married 可以移至句尾，空下來的主詞位置則由所謂的假主詞 (dummy subject) It 來填補，而句意不變：[註 1]

f It is true that Jack and Jill have gotten married.

前面我們提到，以 that 引導的名詞子句是最純粹的名詞子句，而 that 是一個純粹的連接詞，它本身並不具任何語意，只有標示出名詞子句的功能。（注意，在把句子翻成中文時，that 通常不須譯出。）也就是因為 that 不具語意，所以有時可以把它省略掉。問題是，that 在什麼情況下可以省略，又，是否所有的 that 都可以省略？

就前面 a.、b.、c.、d.、e. 以及 f. 句而言，除了 a. 句中當主詞之 that 子句的 that 絕對不可以省略之外，其他句中的 that 理論上都可以省略，尤其是在口語或非正式寫作之時。而 a. 句中的 that 之所以不可省略的原因在於，一旦把 that 省略，讀者或聽者很可能會誤把該子句錯當成主要子句，或以為該子句是一個「句子」，而造成溝通上的障礙。試比較 a'. 與 b'.、c'.、d'.、e'.、f'.：

誤 **a'** Jack and Jill have gotten married is true

b' Everyone knows Jack and Jill have gotten married.

c' The fact is Jack and Jill have gotten married.

d' The fact Jack and Jill have gotten married is known to everyone.

e' Everyone knows the fact Jack and Jill have gotten married.

f' It is true Jack and Jill have gotten married.

一般而言，在不會造成理解困難或導致溝通障礙的前提下，that 都可以省略。上面的 a'. 句很明顯地不符合這個條件。下面 g. 句同樣也不妥當：

誤 **g** Everyone knows Jack and Jill have gotten married and that they now live in L.A.

（每個人都知道傑克和姬兒已經結婚而且他們現在住在洛杉磯。）

PART 2 名詞篇

在這個句子中使用了對等連接詞 and，而既然 and 之後的子句 they now live in L.A 有 that 引導，基於對等的原則，and 之前的子句 Jack and Jill have gotten married 也應由 that 引導，即 g. 應改成 h.：

h Everyone knows <u>that</u> Jack and Jill have gotten married and <u>that</u> they now live in L.A.

當然，在理論上我們也可以把 that they now live in L.A. 的 that 省略，以達到對等的原則：

i Everyone knows Jack and Jill have gotten married and they now live in L.A.

但是這麼一來，讀者或聽者可能會搞不清楚這句話到底是 h. 那句話的意思，還是下面 j. 這句話的意思：

j Everyone knows <u>that</u> Jack and Jill have gotten married, and they now live in L.A.
（每個人都知道傑克和姬兒已經結婚了，而他們現在住在洛杉磯。）

在 h. 句裡動詞 knows 有兩個對等的名詞子句：that Jack and Jill have gotten married 和 that they now live in L.A. 作爲其受詞；而 j. 句則是由 Everyone knows that Jack and Jill have gotten married 和 they now live in L.A. 這兩個獨立子句 (independent clauses) 所構成。換言之，在 h. 句中每個人都知道「兩」件事，一是傑克和姬兒結了婚，二是他們住在洛杉磯；但是在 j. 句中每個人都知道的只有「一」件事，那就是傑克和姬兒結了婚，至於這些人知不知道傑克和姬兒住在洛杉磯就不得而知了。

如以上說明，不應省略 that 的理由都非常清楚，讀者不可不慎。至於在允許省略 that 的前提之下，讀者還是可以斟酌是否要保留 that。大原則是，如果句子較短而且 that 子句結構簡單，就可以把 that 省略掉（例如，I know he's dead.）；如果句子較長而 that 子句的結構也較複雜，就可以考慮保留 that（例如，I heard the news on the radio that Martin and his wife were killed in a car accident when they were on their way to New York.「我在收音機上聽到新聞說馬丁和他太太在前往紐約的途中發生車禍身亡。」）當然，萬一讀者沒有把握或不知道可不可以把 that 省略，最安全的辦法就是不省略。

2 間接問句

所謂間接問句並非疑問句，而是指由疑問句（直接問句）轉變而來的一種名詞子句形式，可用在句中作爲主詞、受詞、補語等。我們首先來看一下疑問句和間接問句之間的轉化關係。

大家都知道疑問句有兩種，一種帶有疑問詞（interrogative word），另一種則不帶疑問詞。以疑問詞起頭的疑問句稱爲 Wh- 問句 (Wh-question)，不以疑問詞起頭而由 be 動詞或助動詞起頭的問句叫做 Yes / No 問句 (Yes / No question)。[註2] 由 Wh- 問句轉化而來的間接問句以原疑問詞作爲連接詞，引導該名詞子句；若原疑問詞爲 Yes / No 問句，轉化成間接問句時則必須加上連接詞 whether 作爲引導。以下分別舉例說明兩種疑問句與其間接問句間之轉化。

A. Wh- 問句 → 間接問句

Who are you? → who you are
（你是誰？→ 你是誰）

What did the teacher say? → what the teacher said
（老師說什麼？→ 老師說什麼）

When will we leave? → when we will leave
（我們何時動身？→ 我們何時動身）

Where does she live? → Where she lives
（她住哪裡？→ 她住哪裡）

Why has he lied to us? → why he has lied to us
（他為什麼對我們說謊？→ 他為什麼對我們說謊）

How was the concert last night? → how the concert was last night
（昨晚的演唱會如何？→ 昨晚的演唱會如何）

從上列的例子中我們可以看出來，在結構上間接問句與眞正疑問句之間的最大差異在於：在間接問句中主詞與（助）動詞並不採取倒裝形式 (subject-verb inversion)，意即，主詞出現在（助）動詞之前。其實，按照英文的基本句構，主詞本來就應該出現在動詞前；換句話說，是疑問句改變了英文原有的詞序 (word order)，而間接問句反倒是「維持」了這個詞序。[註3] 好不容易才習慣英文疑問句特殊詞序的學習者要特別留意這個「變化」。

B. Yes / No 問句 → 間接問句

Was Kevin sleeping? → whether Kevin was sleeping
（凱文是不是在睡覺？→ 凱文是否在睡覺）

Did Grace go to the party? → whether Grace went to the party
（葛瑞絲有沒有去參加派對？→ 葛瑞絲是否有去參加派對）

Can he come tomorrow? → whether he can come tomorrow
（他明天能不能來？→ 他明天是否能來）

Has the report been finished? → whether the report has been finished
（報告是不是已經做完了？→ 報告是否已經做完了）

注意，連接詞 whether 本身就具有「是否」的意涵，但有時爲了強調也可以在整個子句之後或 whether 之後加上“or not”，例如，whether he can come or not、whether or not he can come。另外，與由 Wh- 問句轉化而來的間接問句一樣，在由 Yes / No 問句衍生出來的間接問句中，主詞和動詞也不須倒裝。

接下來，我們就來看幾個包含間接問句的例句，並檢視它們在句中所扮演的角色功能。

k Who you are is none of my business.（你是誰不關我的事。）

l Nobody cared what the teacher said.（沒有人管老師說什麼。）

m The question is why he has lied to us.（問題是，他為什麼對我們說了謊。）

n The argument whether Kevin was sleeping is meaningless.
（凱文是否在睡覺的爭論是無意義的。）

o It all depends on whether the report has been finished or not.
（事情全看報告是否已經做完了。）

在 k. 句中間接問句 Who you are 爲句子的主詞；在 l. 句中 what the teacher said 爲動詞 cared 的受詞；在 m. 句中 why he has lied to us 是主詞 The question 的補語；在 n. 句中間接問句 whether Kevin was sleeping 是主詞 The argument 的同位語；在 o. 句中 whether the report has been finished or not 則作介系詞 on 的受詞。

注意，表「是否」的 whether 有時可以用 if 來代替。例如：

p Tell me whether / if Grace went to the party.
（告訴我葛瑞絲是否有去參加派對。）

q I wonder whether / if he can come tomorrow.（不知道他明天是否能來。）

但是，在以下情況下，不可用 if 代替 whether：一、該子句爲句子的主詞時；二、該子句爲介系詞之受詞時；三、該子句爲名詞之同位語時：註 4

誤 r If he can come tomorrow is not clear.
（他明天是否能來並不明朗。）

誤 s It all depends on if the report has been finished.
（事情全看報告是否已經做完了。）

誤 t The argument if Kevin was sleeping is meaningless.
（凱文是否在睡覺的爭論是無意義的。）

另外，or not 不可直接置於 if 之後。試比較 u. 句與 v. 句：

正 u Tell me if Grace went to the party or not.

誤 v Tell me if or not Grace went to the party.

3 名詞性關係子句

所謂名詞性關係子句指的是用不定關係代名詞所引導，作爲名詞子句用的一種特殊關係子句。而所謂的不定關係代名詞則指 whoever、whomever、whatever 及 whichever 這幾個兼具「不特定指稱」之先行詞與關係代名詞功能的關係代名詞。註 5 意即：

whoever = anyone who
whomever = anyone whom
whatever = anything that
whichever = any (one) that

一般而言，以不定關係代名詞作爲連接詞所引導的名詞性關係子句，在句中通常做主詞或受詞。請看例句：

w Whoever did this will definitely be punished.
（這事不論是誰幹的，一定會受到處罰。）

x You can give this book to whomever you like.
（你可以把這本書送給你喜歡的任何一個人。）

y Whatever you say will be recorded.（不論你說什麼都會被錄下來。）

z You may pick whichever you want.（你可以挑任何一個你想要的。）

在 w. 句中 Whoever did this 爲句子的主詞；在 x. 句中 whomever you like 爲介系詞 to 的受詞；在 y. 句中 Whatever you say 爲主詞；在 z. 句中 whichever you want 爲動詞 pick 的受詞。

在本單元中，我們將名詞子句做了完整的分析整理。大體上，名詞子句很容易辨識，因爲大多數的名詞子句都有連接詞在前引導（雖然純連接詞 that 有時會被省略，但必須是在不會影響句型判斷之下才可行）。最重要的是要能夠掌握一個名詞子句在句子中所扮演的角色，也唯有如此才能確實理解整個句子的眞正意涵。

註解

1 假主詞也常用來代替不定詞片語。例如：

To finish everything in one day is impossible. → It is impossible to finish everything in one day.
（要一天完成所有的事是不可能的。）

有時也可代替動名詞片語。例如：

Spending all your money on one single item is not wise. → It is not wise spending all your money on one single item.
（把你全部的錢花在一項物品上是不智的。）

2 筆者有許多學生都誤以為所有英文疑問詞的語調在句尾處都要上升。其實只有 Yes / No 問句句尾的語調才須上揚，Wh- 問句的語調與平述句同。

3 注意，其實並非所有疑問句皆須改變原有的詞序。例如在 "Who loves you?"「誰愛你？」這個疑問句中，疑問詞 who 原本就是主詞，因此詞序不變。換言之，是在疑問詞非主詞的情況下，如 "Who do you love?" 才會出現倒裝。

4 若 whether 子句簡化成不定詞形式時，亦不可用 if 來取代 whether。試比較以下兩句：

正 **I can't decide <u>whether</u> to study abroad or not.**

誤 **I can't decide <u>if</u> to study abroad or not.**

（我不能決定是否該出國讀書。）

5 有關關係代名詞與關係子句之用法，請參閱「代名詞」篇第 5 章「關係代名詞」。

3分鐘英文 搞懂易混淆字詞用法！

名詞⑭ socks / stockings

socks 指一般的「短襪」，stockings 則指女性穿的「絲襪」。另外，所謂的「褲襪」英文叫作 pantyhose。（注意，由於鞋、襪常為一雙，因此用複數形，但 pantyhose 則無須用複數。）

名詞⑮ handbag / purse

andbag 和 purse 都是女士用的包包，但前者是「手提包」，而後者則可指「手提包」也可指「肩背包」。注意，purse 除了指女生用的包包之外，還可以指「小錢包」，而男士用的「皮夾」則為 wallet。

名詞⑯ makeup / cosmetics

makeup 和 cosmetics 都作「化妝品」解，但 makeup 的範圍較小，一般只指臉部所使用的化妝品，而 cosmetics（多用複數）則指一切可用於臉部、頭髮、身體的化妝品。

★ Verbs ★ Nouns ★ Pronouns ★ Adjectives ★ Adverbs ★ Conjunctions ★ Prepositions ★
Articles ★ Grammar and Rhetoric ★ Verbs ★ Nouns ★ Pronouns ★ Adjectives ★ Adverbs ★
Conjunctions ★ Prepositions ★ Articles ★ Grammar and Rhetoric ★ Verbs ★ Nouns ★
Pronouns ★ Adjectives ★ Adverbs ★ Conjunctions ★ Prepositions ★ Articles ★ Gramma
and Rhetoric ★ Verbs ★ Nouns ★ Pronouns ★ Adjectives ★ Adverbs ★ Conjunctions ★
Prepositions ★ Articles ★ Grammar and Rhetoric ★ Verbs ★ Nouns ★ Pronouns ★ Adjective
★ Adverbs ★ Conjunctions ★ Prepositions ★ Articles ★ Grammar and Rhetoric ★ Verbs ★
Nouns ★ Pronouns ★ Adjectives ★ Adverbs ★ Conjunctions ★ Prepositions ★ Articles ★
Grammar and Rhetoric ★ Verbs ★ Nouns ★ Pronouns ★ Adjectives ★ Adverbs ★
Conjunctions ★ Prepositions ★ Articles ★ Grammar and Rhetoric ★ Verbs ★ Nouns ★
Pronouns ★ Adjectives ★ Adverbs ★ Conjunctions ★ Prepositions ★ Articles ★ Gramma
and Rhetoric ★ Verbs ★ Nouns ★ Pronouns ★ Adjectives ★ Adverbs ★ Conjunctions ★
Prepositions ★ Articles ★ Grammar and Rhetoric ★ Verbs ★ Nouns ★ Pronouns ★ Adjective
★ Adverbs ★ Conjunctions ★ Prepositions ★ Articles ★ Grammar and Rhetoric ★ Verbs ★
Nouns ★ Pronouns ★ Adjectives ★ Adverbs ★ Conjunctions ★ Prepositions ★ Articles ★
Grammar and Rhetoric ★ Verbs ★ Nouns ★ Pronouns ★ Adjectives ★ Adverbs ★
Conjunctions ★ Prepositions ★ Articles ★ Grammar and Rhetoric ★ Verbs ★ Nouns ★
Pronouns ★ Adjectives ★ Adverbs ★ Conjunctions ★ Prepositions ★ Articles ★ Gramma
and Rhetoric ★ Verbs ★ Nouns ★ Pronouns ★ Adjectives ★ Adverbs ★ Conjunctions ★
Prepositions ★ Articles ★ Grammar and Rhetoric ★ Verbs ★ Nouns ★ Pronouns ★ Adjective
★ Adverbs ★ Conjunctions ★ Prepositions ★ Articles ★ Grammar and Rhetoric ★ Verbs ★
Nouns ★ Pronouns ★ Adjectives ★ Adverbs ★ Conjunctions ★ Prepositions ★ Articles ★
Grammar and Rhetoric ★ Verbs ★ Nouns ★ Pronouns ★ Adjectives ★ Adverbs ★
Conjunctions ★ Prepositions ★ Articles ★ Grammar and Rhetoric ★ Verbs ★ Nouns ★
Pronouns ★ Adjectives ★ Adverbs ★ Conjunctions ★ Prepositions ★ Articles ★ Gramma
and Rhetoric ★ Verbs ★ Nouns ★ Pronouns ★ Adjectives ★ Adverbs ★ Conjunctions ★
Prepositions ★ Articles ★ Grammar and Rhetoric ★ Verbs ★ Nouns ★ Pronouns ★ Adjective
★ Adverbs ★ Conjunctions ★ Prepositions ★ Articles ★ Grammar and Rhetoric ★ Verbs ★
Nouns ★ Pronouns ★ Adjectives ★ Adverbs ★ Conjunctions ★ Prepositions ★ Articles ★
Grammar and Rhetoric ★ Verbs ★ Nouns ★ Pronouns ★ Adjectives ★ Adverbs ★
Conjunctions ★ Prepositions ★ Verbs ★ Nouns ★ Pronouns ★ Adjectives ★ Adverbs ★
Conjunctions ★ Prepositions ★ Articles ★ Grammar and Rhetoric ★ Verbs ★ Nouns ★
Pronouns ★ Adjectives ★ Adverbs ★ Conjunctions ★ Prepositions ★ Articles ★ Gramma
and Rhetoric ★ Verbs ★ Nouns ★ Pronouns ★ Adjectives ★ Adverbs ★ Conjunctions ★
Prepositions ★ Articles ★ Grammar and Rhetoric ★ Verbs ★ Nouns ★ Pronouns ★ Adjective
★ Adverbs ★ Conjunctions ★ Prepositions ★ Articles ★ Grammar and Rhetoric ★ Verbs ★
Nouns ★ Pronouns ★ Adjectives ★ Adverbs ★ Conjunctions ★ Prepositions ★ Articles ★
Grammar and Rhetoric ★ Verbs ★ Nouns ★ Pronouns ★ Adjectives ★ Adverbs ★
Conjunctions ★ Prepositions ★ Articles ★ Grammar and Rhetoric ★ Verbs ★ Nouns ★
Pronouns ★ Adjectives ★ Adverbs ★ Conjunctions ★ Prepositions ★ Articles ★ Gramma
and Rhetoric ★ Verbs ★ Nouns ★ Pronouns ★ Adjectives ★ Adverbs ★ Conjunctions ★
Prepositions ★ Articles ★ Grammar and Rhetoric ★ Verbs ★ Nouns ★ Pronouns ★ Adjective
★ Adverbs ★ Conjunctions ★ Prepositions ★ Articles ★ Grammar and Rhetoric ★ Verbs ★

PART 3

【前言】

代名詞最大的功能是化繁為簡

1. 何謂代名詞？

代名詞的英文叫做“pronoun”，而 pronoun 這個字中的字首 (prefix) “pro-” 原本拉丁文的意思就是 instead of「代替」，因此我們可以說，所謂代名詞就是「代替名詞的字詞」。在八大詞類中，代名詞屬於功能詞 (function word)。雖然它們不像動詞、名詞、形容詞與副詞等所謂的實詞 (content word) 具有清楚、明顯的語意內涵，但是代名詞在語言中卻也扮演著一個不可或缺的角色。沒有了代名詞，人類說的話、寫的文章將會冗長不堪，甚至難以理解。一般而言，代名詞多用來取代說話者或作者先前提到的人、事、物（即，文法中所謂的先行詞 (antecedent)），但是有時它們也可以用來代替不知道的人、事、物（疑問代名詞）或指稱不明確的人、事、物（不定代名詞）。有些代名詞（例如，人稱代名詞）有所謂「格」(case) 的區別，意即，必須依該代名詞在句中所擔任的職責（比方，主詞或受詞）而有所變化。

2. 代名詞的重要性

剛提到，如果沒有代名詞，人類的語言文字將會過度冗長而阻礙意思的傳達。的確，我們很難想像，每次當我們要提及某個人、某件事或某項物品的時候，都必須把那個人、那件事或那項物品從頭到尾敘述一遍的景況。比如說，我要告訴你關於「我高中時代早上常跟我一塊兒走路上學的一個老同學」的事。如果沒有代名詞「他」，每一次我要提到這個人，我就都得重複說「我高中時代早上常跟我一塊兒走路上學的一個老同學」，這麼一來我的話一定會又臭又長，而你也一定會聽得又煩又膩，而我們之間的溝通肯定會受到相當程度的影響。中文如此，英文亦然。因此，簡單地說，代名詞的最大功能就在於「化長爲短」、「化繁爲簡」以增加語言使用的效率。在本篇我們將依序介紹英文的七種代名詞，並討論它們個別的用法與應該注意之事項。英文的七種代名詞分別是：人稱代名詞 (personal pronoun)、所有代名詞 (possessive pronoun)、反身代名詞 (reflexive pronoun)、指示代名詞 (demonstrative pronoun)、關係代名詞 (relative pronoun)、疑問代名詞 (interrogative pronoun)，以及不定代名詞 (indefinite pronoun)。

第 1 章 人稱代名詞

嚴格講，英文的人稱代名詞並不是一個很精確的語詞，因為除了用來指「人」之外，所謂的人稱代名詞也可以用來指「動物」，甚至於是「無生物」。不過，這個歷史悠久的詞彙延用至今似乎並未引起太多的爭議，在本書中我們也將繼續採用。

英文的人稱代名詞除了有「格」的變化之外，還有第幾人稱、單數複數以及陽性陰性的差別。以下我們分別以三個「格」——主格、受格、所有格——為分類基準，介紹英文的人稱代名詞及其功能。

1 主格人稱代名詞

		單數	複數
第一人稱	通性	I	we
第二人稱	通性	you	you
第三人稱	陽性	he	they
	陰性	she	
	無性	it[註1]	

主格人稱代名詞在句中做主詞或主詞補語。例如：

a We are going to Hong Kong tomorrow.（我們明天要去香港。）
b The only person having experience was he.（唯一有經驗的人是他。）

在 a. 句中第一人稱複數代名詞 We 為句子之主詞；在 b. 句中第三人稱單數陽性代名詞 he 則為主詞 The only person having experience 的補語。

2 受格人稱代名詞

		單數	複數
第一人稱	通性	me	us
第二人稱	通性	you	you
第三人稱	陽性	him	them
	陰性	her	
	無性	it	

受格人稱代名詞在句中做動詞或介系詞的受詞。例如：

c Philip took her to a basketball game last night.
（菲利普昨晚帶她去看了一場籃球賽。）

d The little girl has decided not to play with them anymore.
（那小女孩已經決定以後不再跟他們玩了。）

在 c. 句中第三人稱單數陰性代名詞 her 爲動詞 took 的受詞；在 d. 句中第三人稱複數代名詞 them 爲介系詞 with 的受詞。

在現代英文中有一個很有趣的現象，那就是，在某些情況下，原本應該使用主格代名詞，但許多人卻常用受格代名詞。請看以下對話：

甲：Who is it?（誰呀？）
乙：It's me.（是我。）

在這個簡短的對話中，甲和乙在他們的句子中使用的都是簡單句，動詞則都爲 be 動詞。須知，be 動詞爲「不完全、不及物動詞」，意即，它沒有受詞，但是須要主詞補語。換言之，在甲的句子中，It 爲主詞（指「身分」），疑問詞 Who 則爲補語（雖依文法，它必須移至句首）。同樣地，在乙的句子中，It 爲主詞，呼應疑問詞 Who 的 me 則爲補語。但是注意，me 爲受格而非主格。前面提到，作爲主詞補語應使用主格代名詞，因此，若要正確回應甲的問話，乙應該說：It's I。有趣的是，今日以英文爲母語的人士，十個人中超過九個在這種情況下會說 It's me 而非 It's I。若有人堅持使用「正確」的 It's I，反而必須冒被指爲“stilted”「矯揉造作」或“pedantic”「迂腐」的風險，因爲絕大多數的人認爲說 It's me 才自然。的確，語言是一種習慣，既爲約定俗成之事，就無所謂的對錯。事 實 上，除了“It's me.”之 外，像“That's him.”「就是他。」、“Me and John went to the concert last night.”「我和約翰昨晚一起去聽演唱會。」等這類似乎違反文法規則的句子，在英文裡相當普遍，尤其在口語中。不過要注意，如果代名詞是出現在下面這種情況下，就必須小心：

e It was **he** that won the game.（贏得比賽的人是他。）

在 e. 句中，he 除了當主詞 It 的補語外，也同時是「贏得」比賽的人，因此應使用主格。當然，如果 he 不做動詞的主詞，而是受詞，則應改爲 him：

f It was **him** that got beaten.（被打敗的人是他。）

3 所有格人稱代名詞

		單數	複數
第一人稱	通性	my	our
第二人稱	通性	your	your
第三人稱	陽性	his	their
	陰性	her	
	無性	its[註2]	

注意，人稱代名詞之所有格用來表示「所有者」，但是它們本身並不當名詞用，而是作爲「限定詞」，用來限定其後之名詞之指稱。[註3] 這一點與主格和受格人稱代名詞大不相同。請看例句：

g **Your** car is being towed away.（你／你們的車子正被拖走。）

h The plan has **its** merits and demerits.（這個計劃有它的優缺點。）

在 g. 句中第二人稱單（複）數代名詞之所有格 Your 限定其後的名詞 car；在 h. 句中第三人稱無性單數代名詞之所有格 its 限定其後之名詞 merits and demerits。

以上是我們針對英文的人稱代名詞所做的簡單分析與比較。大體而言，英文人稱代名詞的學習不算困難，但是由於第三人稱無性單數代名詞 it 有幾個特殊的用法常造成學習者的困擾，因此在結束本單元的討論之前，我們有必要針對這幾種用法做解析說明。

4 it 的特殊用法

A. 表天氣、季節、時間、日期、距離

首先，除了前面提到表身份的用法外，it 還可以用來表示天氣、季節、時間、日期、距離：

i It was very cold yesterday.（昨天很冷。）

j It's spring now.（現在是春季。）

k It's ten o'clock.（現在十點。）

l It was January 1 when he died.（他死的那天是一月一日。）

m It's about three miles from here to the next town.
（從這裡到下一個城鎮大約有三英哩。）

B. 假主詞

其次，it 可以用來做形式上的主詞（假主詞），代替實際上的主詞（眞主詞）——不定詞、動名詞或名詞子句：

n It's important to come to class on time.（準時來上課很重要。）

o It was fun watching them play.（看他們玩很有趣。）

p It is still not clear who is going to win.（誰會贏還不明朗。）

C. 假受詞

另外，如果一個不完全、及物動詞的原受詞爲不定詞、動名詞或名詞子句時，必須用 it 來做形式（假）受詞代替原（眞）受詞。註 4

q I make it a rule to study English for two hours everyday.
（我訂下一個規則，每天都要讀兩小時的英文。）

r He found it useless trying to please her.（他發現試圖取悅她是沒用的。）

s I consider it odd that they didn't notify you.
（我認為他們沒有通知你很奇怪。）

在 q. 句中 make 之原（眞）受詞 to study English for two hours everyday 被移至受詞補語 a rule 之後，原來受詞的位置由形式（假）受詞 it 填補；在 r. 句中 found 之原（眞）受詞 trying to please her 移至受詞補語 useless 之後，原位置由 it 取代；在 s. 句中 consider 之原（眞）受詞 that they didn't notify you 移至其補語 odd 之後，用 it 作爲形式受詞。

PART 3 代名詞篇

D. 強調句子中的名詞或副詞結構

最後，it 還可以用來強調句子中的名詞或副詞結構。例如，在下面 t. 句中劃底線的部分皆可被強調：

t Adam hit Zack with a baseball bat yesterday.（昨天亞當用棒球棒打柴克。）

分別成爲：

t1 It was Adam that hit Zack with a baseball bat yesterday.

t2 It was Zack that Adam hit with a baseball bat yesterday

t3 It was with a baseball bat that Adam hit Zack yesterday.

t4 It was yesterday that Adam hit Zack with a baseball bat.

在 t1. 句中被強調的是原句之主詞 Adam；在 t2. 句中被強調的是原句動詞 hit 之受詞 Zack；在 t3. 句中被強調的是表「工具」的副詞片語 with a baseball bat；在 t4. 句中被強調的是表「時間」的副詞 yesterday。[註5] 又，我們亦可把原句副詞片語 with a baseball bat 中的名詞部分 a baseball bat 分出，做個別強調：

t5 It was a baseball bat that Adam hit Zack with yesterday.

不過要記得介系詞須保留在原處。

註解

1 it 可用來指無生命的事物或有生命的動植物；前者當然是「無」性，但後者許多都有性別之分，尤其是動物類。如果知道某動物之性別，可以使用 he/she 來區分，不過一般在不知其性別或不強調其性別時，還是用無性的 it 來表示。

2 注意，it 的所有格為 its，而非 it's。it's 為 it is 或 it has 的縮寫。

3 傳統文法書多把人稱代名詞之所有格視為形容詞，名為「代名形容詞」(pronominal adjective)。

4 所謂不完全、及物動詞指的是有受詞但需要受詞補語的動詞。例如下列兩句話中的 make 和 consider：

① **They try to make their parents happy.**（他們努力地使父母高興。）

② **I consider you a good friend.**（我視你為好朋友。）

在 ① 句中 make 的受詞為 their parents，happy 則為受詞補語；在 ② 句中 consider 的受詞為 you，a good friend 為受詞補語。有關動詞之分類及其用法，請參見本書「動詞篇」之第 1 章：「及物動詞與不及物動詞」與第 2 章：「完全動詞與不完全動詞」。

5 這種使用 it 來當形式（假）主詞，目的在強調 be 動詞之後、連接詞 that 之前的字或字組的特殊句型稱為「分裂句」(cleft sentence)，意即，把要強調的部分與原句其他部分「切割」(cleave) 開來，分裂出去。

3分鐘英文 搞懂易混淆字詞用法！

名詞⑰ beard / mustache

beard 指下巴、臉頰上的「鬍子」，mustache 指嘴唇上方的「八字鬍」。另，goatee 為「山羊鬍」，而 sideburns 則指「鬢鬍」。

名詞⑱ hairband / headband

hairband 和 headband 常被混淆，前者指的是綁頭髮用的「束髮帶」，後者則指「髮箍」、「頭箍」或者是運動員戴的「頭帶」。另外，現今相當流行許多人用來包頭的「印花大頭巾」叫 bandana。

名詞⑲ sunglasses / shades

大家都知道「太陽眼鏡」英文叫 sunglasses，但有些人可能不知道 shades 也可以用來指「太陽眼鏡」。shade 原指「蔭涼處」，後被用來指「遮光物」（如簾子、燈罩），而使用複數形之後則可用來指「墨鏡」。

名詞⑳ environment / surroundings

environment 和 surroundings 都可指「環境」，但前者除了可以表「自然環境」外還可用來指周遭的「狀況」（如家庭環境、學習環境），而後者則基本上用來指周圍的事物（如房舍、樹木）。注意，surroundings 通常為複數形。

第 2 章 所有代名詞

所有代名詞 (possessive pronoun) 與上一單元中討論的代名詞之所有格 (possessive case) 不同；所有代名詞爲「代名詞」，用來代替名詞，而代名詞之所有格則爲「限定詞」，用來限定其後名詞的指稱；但是兩者間卻有著相當密切的關係。下面我們先介紹英文的所有代名詞，再分析兩者間的關係。

1 所有代名詞

英文的所有代名詞如下：

		單數	複數
第一人稱		mine	ours
第二人稱		yours	yours
第三人稱	陽性	his	theirs
	陰性	hers	

注意，一般而言無性人稱代名詞 it 沒有所有代名詞。

2 「所有代名詞」與「代名詞之所有格」的關係

所有代名詞的主要功能是代替「所有者＋所有物」，因此，我們可以說：所有代名詞＝人稱代名詞所有格＋名詞，意即：

單數	複數
mine = my ＋ 名詞 yours = your ＋ 名詞 his = his ＋ 名詞 hers = her ＋ 名詞	ours = our ＋ 名詞 yours = your ＋ 名詞 theirs = their ＋ 名詞

請看例句：

a This is my seat and that is yours (= your seat).
（這是我的座位，那是你的。）

b The man is their teacher, not ours (= our teacher).
（那個男的是他們的老師，不是我們的。）

需要注意的是，所有代名詞依所代替之名詞的單、複數，有單、複數之分，但其本身形式不變。例如：

c This notebook is hers. Where is yours?（這是她的筆記本。你的在哪裡？）

d His grades are good, but yours are not.（他的成績很好，但是你的不好。）

在 c. 中 yours 指的是 your notebook，為單數，因此動詞用單數形的 is；在 d. 句 yours 指的是 your grades，因此動詞用複數形的 are。

由於所有代名詞代替的是「所有格＋名詞」，因此在其後不可再用名詞；相反地，因為所有格做限定詞用，所以其後一定要跟名詞。下列兩句中劃底線部分為錯誤用法：

誤 e <u>Mine</u> house is large than his.（我的房子比他的大。）

誤 f His house is more expensive than <u>my</u>.（他的房子比我的貴。）

e. 句中的 Mine 應改為 My；f. 句中的 my 則應改為 mine。

3 雙重所有格

我們在本書「名詞篇」之「名詞片語」單元中曾提到，原則上一個名詞只能受一個限定詞的限定，[註1] 例如以下這些名詞片語結構皆不合文法：

誤 a my friend

誤 my a friend

誤 this her friend

誤 her this friend

誤 those your friends

誤 your those friends

誤 some their friends

誤 their some friends

但這些錯誤的名詞片語可改成合文法的：

a friend of mine（我的一個朋友）
this friend of hers（她的這個朋友）
those friends of yours.（你〔們〕的那些朋友）
some friends of theirs.（他們的一些朋友）

以上四個名詞片語結構即所謂的「雙重所有格」(double possessive construction)。這種結構之所以被稱爲「雙重所有」是因爲在其中有兩個表「所有」的字詞：介系詞 "of"，意思爲「……的」(例如，the color of this shirt「這件襯衫的顏色」、the center of the universe「宇宙的中心」，和結尾的「所有」代名詞（mine、hers、theirs 等)。

英文的雙重所有格有一個非常重要的功能，那就是，可以用來釐清某些使用所有格之名詞片語可能造成的意義上的模糊性 (ambiguity)。比如當我說："This is his picture."「這是他的照片。」時，his picture 到底指的是「照片中的人是他的照片」還是「他所擁有的照片」呢？若是前者，我們最好說："This is a picture of him."；若是後者，我們就可以用"This is a picture of his." 來表達了。

不可以和人稱代名詞所有格並用而必須和所有代名詞組成雙重所有的限定詞包括：表指稱的 a、this、that、these、those 和表數量的 some、any、no、several、many 等。特別值得注意的是，定冠詞 the 則不可用在雙重所有的結構中。理由是：「定冠詞＋名詞」所表達的是所謂「特定」(definite) 指稱之名詞，而所有代名詞（＝所有格＋名詞）的指稱本身已內含了「特定」的概念。舉個例子來說，在 the friend of mine 這個組合中，the friend 和 mine (=my friend) 所指的都是特定的那個 friend，而既然 mine (=my friend) 已經表示出特定的意涵 (definiteness)，再使用定冠詞 (definite article) 就失去了意義。換言之，說 the friend of mine 等於說 my friend，那又何必多此一舉。

至於其他限定詞與所有代名詞的組合就沒有這個問題。例如前面舉過的例子 a friend of mine 中的 a friend 爲非限定指稱之名詞；this friend of mine 中的 this friend 雖爲特定指稱，但 this 另有「指示」之功能；some friends of mine 中的 some friends 則表達非特定複數指稱。

在本單元中，我們介紹了英文的所有代名詞。由於中文並不區分所有代名詞與代名詞之所有格（至少形式上是如此），因此讀者必須留意它們在英文中的差異。記得，前者是眞正的代名詞，其後不接名詞；後者爲限定詞，其後必須跟名詞。

註解

1 有關限定詞的種類及用法，請參閱本書 p.175～176。

3分鐘英文 搞懂易混淆字詞用法！

名詞㉑ house / home

house 與 home 都可以指「家」，但 house 較著重家的實體，也就是「房屋」，而 home 則為一涉及個人情感的概念，表達的是「住宅」、「住家」，甚至是「家庭」的意涵。（注意，foster home 就是「寄養家庭」的意思。）

名詞㉒ house / apartment

house 基本上指的是獨立式的房子，常會有庭院，而 apartment 則指「公寓」。注意，整棟公寓叫 apartment house 或 apartment building。

名詞㉓ floor / story

floor 和 story（英式英文拼成 storey）都指「樓層」，但前者用來表示樓層的「順序」（如 the fifth floor「第五樓」），而 story 則用來表示樓層的「數目」（如 five stories「五層樓」）。

名詞㉔ floor / ground

on the floor 和 on the ground 都可譯成「在地上」，但 floor 指的是建築物內或車內、飛機內等的「地板」，ground 則指室外的「地面」，不可混淆。

名詞㉕ bath / shower

bath 和 shower 都是「洗澡」的意思，但 bath 指的是「盆浴」，而 shower 指的是「淋浴」。另，「浴缸」叫作 bathtub，而「蓮蓬頭」叫 shower head。

第 3 章 反身代名詞

所謂反身代名詞 (reflexive pronoun) 指的是在同一子句內指回 (refers back) 其前已出現過之名詞或代名詞之代名詞。反身代名詞一般作爲動詞的直接或間接受詞，或作爲介系詞的受詞，而其指稱必須與主詞相同 (co-referential)。意即，主詞與受詞指的是同一人、事、物。英文的反身代名詞有人稱和單、複數的區別，但是並無主格與受格間的差異。

1 反身代名詞可指回同一子句中的主詞

		單數	複數
第一人稱		myself	ourselves
第二人稱		yourself	yourselves
第三人稱	陽性	himself	themselves
	陰性	herself	
	無性	itself	

請看例句：

a The man killed himself yesterday.（那個人昨天自殺了。）

b I bought myself a nice watch. / I bought a nice watch for myself.
（我幫自己買了一只好錶。）

c Jenny is always mumbling to herself.（珍妮老是在喃喃自語。）

在 a. 句中主詞 The man 與動詞 killed 之直接受詞 himself 爲同一人；在 b. 句中主詞 I 與動詞 bought 之間接受詞 myself 爲同一人；在 c. 句中主詞 Jenny 與介系詞 to 的受詞 herself 爲同一人。

注意，在某些情況下縱使在同一子句內出現兩個指稱相同的名詞或代名詞，但是第二個名詞或代名詞並不須使用反身代名詞。例如：

d Frank asked Steve to look after him.（法蘭克要史帝夫照顧他。）

e She caught me staring at her.（她發覺我在盯著她看。）

在 d. 句中雖然 Frank 和 him 的指稱相同，但是動詞 asked 的受詞是 Steve 而非 him，him 是不定詞 to look after 的受詞，而 to look after 邏輯上的主詞為 Steve，因此 him 雖然指的是 Frank 但並不須使用反身代名詞。註 1 同理，在 e. 句中 She 和 her 雖指同一人，但是 her 為分詞 staring at 的受詞而非動詞 caught 的受詞，因此無須使用反身代名詞。

當然，如果兩個指稱相同的名詞或代名詞出現在不同的子句或不同的句子中，第二個名詞或代名詞更沒有必要使用反身代名詞。例如：

f Because Dennis was clumsy, they wouldn't allow him to play.
（因為丹尼斯很笨拙，他們不讓他玩。）

g We stood outside in the cold for almost two hours. Finally she decided to invite us in.
（我們在冷颼颼的外頭站了幾乎兩個鐘頭，最後她終於決定請我們進入屋內。）

在 f. 句中主要子句的 him 指回從屬子句中的 Dennis，而在 g. 裡第二個句子中的 us 指回第一個句子中的 We。由於這樣的指稱關係已超越子句界限 (clause boundary) 和句子界限 (sentence boundary)，意即，相同指稱的兩個名詞或代名詞出現在不同的子句或句子當中，因此第二個名詞或代名詞不使用反身代名詞，而用一般人稱代名詞。

2 反身代名詞可置於名詞或代名詞之後作為強調

反身代名詞除了上述用來指回同一子句中的主詞這種功能之外，還可以直接置於一個名詞或代名詞之後來強調該名詞或代名詞。例如：

h We ourselves will attend the meeting.（我們會親自參加會議。）

i I saw the president himself.（我見到了總裁本人。）

注意，用來強調主詞的反身代名詞亦可置於句尾。例如 h. 句可改成：

j We will attend the meeting ourselves.

而意思不變。

一般而言，反身代名詞不可單獨使用（即，必須搭配相同指稱之名詞或代名詞使用），但是在口語中常見下列用法：

k For a rich man like yourself, money shouldn't be an issue at all.
（對一個像你這樣富有的人而言，錢根本不應是個問題。）

l My wife and myself have decided to move to Canada.
（我太太和我已經決定搬到加拿大。）

在較正式的英文中，k. 句的 yourself 應用受格人稱代名詞 you；l. 句中的 myself 則應用主格人稱代名詞 I。註 2

3 「反身代名詞」的所有格表達

由於英文的反身代名詞本身並沒有所有格（見 p.206 反身代名詞列表），因此許多人都不知道或忽略了「反身」這個概念其實也可以用在所有格的表達上。英文反身代名詞的所有格借用人稱代名詞的所有格加上 own 這個字而形成：

		單數	複數
第一人稱		my own	our own
第二人稱		your own	your own
第三人稱	陽性	his own	their own
	陰性	her own	
	無性	its own	

「人稱代名詞所有格＋ own」可以當限定詞或代名詞用：

m This is my own car.（這是我自己的車子。）

n They treat the child as if he were their own.
（他們把那個孩子當作自己的小孩看待。）

m. 中的 my own 爲限定詞用法，限定其後的名詞 car；n. 中的 their own 則爲代名詞用法，代替 their own child。

另外，反身代名詞的所有格與人稱代名詞的所有格相同，不可與其他表指稱之限定詞（如 a、this、those 等）或表數量之限定詞（如 some、many、no 等）並用，但可以與這些限定詞結合，形成雙重所有。試比較：

誤 o We have a our own house.（我們有一棟自己的房子。）

誤 p Judy has no her own will.（茱蒂沒有自己的意志。）

與

q We have a house of our own.

r Judy has no will of her own.

有趣的是，錯誤的 o.、p. 兩個英文句子中的字序排列與中文非常相似。讀者務必小心，寫英文或說英文時切忌用直譯的方式將中文的文法邏輯強套用在英文的句子上。

註解

1 注意，若將 d. 句中的 him 改為 himself，則整句話的意思會大不相同。試比較：

① **Frank asked Steve to look after him.**（= d. 句）
（法蘭克要史帝夫照顧他。）

② **Frank asked Steve to look after himself.**
（法蘭克要史帝夫自己照顧自己。）

在第一句話中，被照顧的人是 Frank；在第二句話中，被照顧的人則是 Steve（自己）。

2 另，在英文中有許多用到反身代名詞的慣用語 (idiom)，例如 “by oneself”「獨自地」、“beside oneself”「發狂」、“enjoy oneself”「玩得愉快」、“devote oneself to”「致力於……」等，但因這些慣用語的用法固定，且較不具文法性，所以本書不予討論。

3分鐘英文 搞懂易混淆字詞用法！

名詞㉖ bathroom / toilet

bathroom 除了指「浴室」外，在美式英文中還可用來指「廁所」，英式英文則用 toilet (room) 表示。須注意的是，toilet 在美語中指的是「馬桶」。另，W.C. (water closet) 是已經過時的用法。

名詞㉗ carpet / rug

carpet 和 rug 都用來指「地毯」，但原則上 carpet 指的是鋪滿整個地板的地毯，通常是固定式的，而 rug 則指用來鋪在部分地板上（如茶几下）的小地毯。

名詞㉘ hall / hallway

hall 和 hallway 都可以指「走道」，但前者還指「會堂」、「廳堂」、「門廳」，而後者則只指「走道」、「走廊」。注意，corridor 這個字也可用來表示「走廊」、「通道」。另，「大禮堂」叫 auditorium，飯店、戲院等的「大廳」叫 lobby，而機場或火車站內的大廳則叫 concourse。

名詞㉙ door / gate

door 指的是進入房屋裡或屋內房間的門，而 gate 則指在房子以外，通常連接圍牆的「大門」。另注意，gate 也用來指機場的「登機門」。

名詞㉚ ditch / sewer

ditch 指的是一般的「排水溝」，而 sewer 則是「下水道」的意思。另外，「排水管」叫 drain，而房屋的「排水簷溝」則叫作 gutter。

第 4 章 指示代名詞

指示代名詞 (demonstrative pronoun) 指的是具有「直指」(deictic) 功能的代名詞。而所謂「直指」則指在說話者／作者與聽話者／讀者所共知的情境／上下文 (context) 中明白指示出人、事、物之時 (temporal) 與空 (spatial) 的位置關係。註 [1] 英文一共有四個指示代名詞：this、that、these、those。this 和 that 爲單數，代替單數名詞；these 和 those 爲複數，代替複數名詞。

1 可表達空間位置關係

一般而言，this 和 these 指較近的人、事、物，而 that 和 those 則用來指較遠的人、事、物。例如：

a This is my seat and that is yours.（這是我的座位，那是你的。）

b These are our tickets; those are theirs.（這些是我們的票；那些是他們的。）

注意，指示代名詞也可做限定詞用，即，作爲指示形容詞。例如：

c This seat is mine and that seat is yours.（這個座位是我的，那個座位是你的。）

d These tickets are ours; those tickets are theirs.
（這些票是我們的；那些票是他們的。）

2 用來表示時間的遠近

除了表達空間位置關係外，指示代名詞也常用來表示時間的遠近。例如：

e This is the twenty-first century.（現在是二十一世紀。）

f That was more than thirty years ago.（那是三十多年前。）

另，試比較下面兩個狀況：

g Let me show you. This is how it's done.（讓我示範給你看。要這樣做才對。）

h Now you know. That is how it's done.（現在你知道了。要那樣做才對。）

在 g. 句中 This 指即將要發生的動作；在 h. 句中 That 則指已經發生的動作。

3 表示句子中的前者、後者

在文句中，指近者的 this 和 these 可用來表示「後者」(the latter)，指遠者的 that 和 those 則用來表「前者」(the former)。請看例句：

i The antithesis of hate is love; this brings joy and happiness to life while that brings only misery.
（恨的相反是愛；後者帶給生命喜悅和幸福，而前者只會帶來不幸。）

j Wolves and dogs are both canines; these have been domesticated by humans for thousands of years, but those are still considered wild animals.
（狼和狗都是犬科動物；後者已經被人類馴養了好幾千年，但是前者仍被視為野生動物。）

在 i. 句中 this 指的是 love，that 指的是 hate；在 j. 句中 these 指的是 dogs，those 則指 wolves。

4 代替提過的子句或句子

另外，this 和 that 可以用來代替前面提過的子句或句子，以避免重複。例如：

k He ignored our warning, and this made us very worried.
（他不理會我們的警告，這讓我們非常擔憂。）

l She didn't study at all. That is why the teacher failed her.
（她根本沒唸書。那就是老師把她當掉的原因。）

在 k. 中 this 指 He ignored our warning 這個子句；在 l. 中 That 則代替前面的句子 She didn't study at all.。

5 代替提過的名詞，避免重複

有時爲了要避免重複前面提到過的名詞，該名詞可用 that 或 those 來代替。不過，此時在 that 或 those 後面一定要接一個修飾語。請看例句：

m **The population of China is much larger than that of the United states.**
（中國的人口比美國的人口多得多。）

n **The living styles of Asians are very different from those of Europeans.**
（亞洲人的生活方式和歐洲人的生活方式非常不同。）

在 m. 中 that 代替前面提到的單數名詞 the population；在 n. 中 those 則代替複數名詞 the living styles。另外，由於在 m. 句中比較的是中國的人口和「美國的」人口，因此在 that 後面需要修飾語 of the United States；同理，在 n. 句中相對照的是亞洲人的生活方式和「歐洲人的」生活方式，所以 those 必須接修飾語 of Europeans。[註2] 注意，這種指示代名詞的用法僅限於 that 和 those，而不可使用 this 或 these。

6 介紹雙方認識時的指稱

指示代名詞 this 和 these 亦有其特殊用法。在介紹某（些）人與某（些）人認識時，被介紹的雙方都用 this（單數）或 these（複數）來表示，而不用 that 和 those。例如：

o **Children, this is your new tutor, Miss Green. Miss Green, these are my sons, Tommy, Eddy and Joey.**
（孩子們，這是你們的新家教老師，葛林小姐。葛林小姐，這幾個是我兒子，湯米，艾迪和喬伊。）

PART 3 代名詞篇

7 電話中表示身分

最後，在電話用語中，this 常用來表示身分。例如：

p **Hello, is this Mr. James Baker?**（喂，請問是詹姆士·貝克先生嗎？）

q **Hello, this is Rita Hopkins speaking.**（喂，我是麗塔·霍普金斯。）

注意，不論是對方或自己都要用 this 表示。

註解

1 另外像人稱代名詞 you、I，地方副詞 here、there，時間副詞 now、then 等都具「直指」功能。

2 另外，也正是因為 m. 句比的是兩國的「人口」，n. 句中相對照的是兩種人的「生活方式」，所以 m. 句中的 that 和 n. 句中的 those 不可任意省略。

誤 ① **This population of China is much larger than the United States.**

誤 ② **The living styles of Asians are very different from Europeans.**

注意，① 句和 ② 句的中譯──「中國的人口比美國多。」、「亞洲人的生活方式和歐洲人非常不同。」 ──對大多數以中文為母語的人而言，都是可以接受的中文句子，但就英文而言，①、② 句都有邏輯上的問題，即，population 應該跟 population 比，不應跟 the United States 比，而 living styles 應該跟 living styles 比，不應跟 Europeans 比。

3分鐘英文 搞懂易混淆字詞用法！

名詞 ㉛ table / desk

table 和 desk 都指「桌子」，但前者指「餐桌」、「牌桌」等形狀、大小不一的桌子，而 desk 則指「書桌」、「辦公桌」等通常帶有抽屜的桌子。注意，front desk 指的是「服務台」或「櫃台」。

名詞 ㉜ dish / plate

dish 和 plate 都指「盤子」、「碟子」，但原則上 dish 較小，而 plate 較大。注意，dish 還可以指「菜餚」（如 a Chinese dish「一道中國菜」），而 plate 則除了指盤、碟外，還可以用來指「門牌」、「車牌」等。

名詞 ㉝ church / chapel

church 和 chapel 都是做禮拜的地方，但 church 指一般所謂的「教堂」，而 chapel 則指如學校、醫院、軍隊等所附屬的「小禮拜堂」。另，如法國 Notre Dame「聖母院」那樣規模的教堂則稱之為 cathedral，一般譯為「大教堂」。

名詞 ㉞ farm / ranch

farm 和 ranch 都可以指「農場」，但一般而言 farm 是規模較小的農場，而 ranch 則指大型的農場。另外，farm 也可指「養殖場」，如 chicken farm 即為「養雞場」，而 ranch 也常用來指「（北美的）大牧場」。（注意，現今相當常被提及的 wind farm 指的是「風力發電廠」。）

名詞 ㉟ tool / instrument

tool 與 instrument 都指「工具」，但是 tool 通常指的是拿在手中操作的工具（如錘子、鋸子等），而 instrument 則多指在科學、醫學、科技方面所使用的器具（如顯微鏡、內視鏡 (endoscope) 等）。注意，instrument 還可以指樂器 (musical instrument)，而由此義延伸出來的 instrumental 則指「演奏曲」。

第 5 章 關係代名詞

所謂關係代名詞 (relative pronoun) 是指用來代替前一子句中某一名詞，同時又作爲連接詞 (conjunction) 引導後一子句而使兩個子句產生「關係」的一種代名詞。包含被代替名詞之子句爲主要子句 (main clause)，由關係代名詞引導之子句（關係子句）則爲從屬子句 (subordinate clause)。英文的關係代名詞有三種：普通關係代名詞 (common relative pronoun)、複合關係代名詞 (compound relative pronoun) 及準關係代名詞 (quasi relative pronoun)。以下分別討論說明。

1 普通關係代名詞

普通關係代名詞分「表人」(human) 與「非表人」(non-human) 兩種，它們本身並無人稱、性別與數之差別，但有不同的「格」:

「表人」的關係代名詞

主格	所有格	受格
who	whose	whom

「非表人」（即表動物或事物）的關係代名詞

主格	所有格	受格
which	whose (of which) 註 1	which

另外，不論「表人」或「非表人」之關係代名詞，其主格或受格皆可用 that 來代替：

主格	所有格	受格
that	(whose)	that

有三點要注意：一、「非表人」的關係代名詞 which 並無主格與受格的差異；二、「表人」的 who 和「非表人」的 which 之所有格皆爲 whose；三、可用來代替 who、whom 和 which 的關係代名詞 that 本身並無所有格，因此若要表達「所有」亦須使用 whose。普通關係代名詞的主要功能就是用來引導所謂的關係子句 (relative clause)。接下來介紹由不同關係代名詞所形成的關係子句。

A. 關係子句

●「表人」的關係子句

關係代名詞與一般代名詞不同；關係代名詞本身同時具有代名詞和連接詞的功能。請看以下人稱代名詞與關係代名詞的使用之分析比較。

a This is the man. He stole the money.（這就是那個人。他把錢偷走。）

a1 This is the man who stole the money.（這就是把錢偷走的那個人。）

在 a. 裡第二個句子的主詞 He 爲人稱代名詞，代替第一個句子中的 the man 。在 a1. 裡 who 爲主格關係代名詞，做動詞 stole 的主詞，代替其先行詞 (antecedent) the man；包含先行詞 the man 的 This is the man 爲主要子句，由 who 引導的 who stole the money 則爲從屬子句。[註2] 雖然就邏輯意義而言，a. 和 a1. 是相等的，但是在文法的層次上，a. 裡有兩個句子，a1. 卻只有一個句子。從修辭學要求言簡易賅的角度來看，a1. 顯然優於 a.。

我們再看下面這一個例子：

b This is the man. I saw him.（這就是那個人。我看到他。）

b1 This is the man whom I saw.（這就是我看到的那個人。）

與上例相同，b. 裡有兩個句子，b1. 則只有一個句子。在 b. 裡第二個句子中的 him 爲動詞 saw 的受詞，代替前一個句子中的 the man；在 b1. 裡 whom 爲受格關係代名詞，做 saw 的受詞並代替其先行詞 the man。b1. 顯得比 b. 來得簡潔、流暢。

注意，除了及物動詞需要受詞之外，介系詞之後也必須跟受詞，而受格關係代名詞 whom 也可作爲介系詞的受詞。試比較：

c This is the man. I spoke to him.（這就是那個人。我跟他說話。）

c1 This is the man whom I spoke to.（這就是我跟他說話的那個人。）

c. 裡第二句中的 him 爲介系詞 to 的受詞，代替第一句中的 the man；c1. 裡的 whom 亦爲介系詞 to 的受詞，代替先行詞 the man。最後，我們來看人稱代名詞所有格與關係代名詞所有格的分析比較。

d This is the man. His son was kidnapped.（這就是那個人。他的兒子被綁架。）

d1 This is the man whose son was kidnapped.（這就是兒子被綁架的那個人。）

在 d. 中 His = the man's；在 d1. 中 whose = the man's。d. 裡有兩個句子，中間必須停頓；d1. 則只有一個句子，感覺一氣呵成，直接有力。

前面提到過，that 可以用來代替 who 或 whom，因此下列三句等同於前面的 a1.、b1. 和 c1.：

a2 This is the man that stole the money.

b2 This is the man that I saw.

c2 This is the man that I spoke to.

除此之外，在現代英語中常用 who 來取代 whom，因此 b1. 與 c1. 亦寫成或說成 b3. 和 c3.：

b3 This is the man who I saw.

c3 This is the man who I spoke to.

不過要注意，若將 c3. 中之介系詞 to 置於關係代名詞之前，則關係代名詞只能用 whom，而不可用 who 或 that：

c4 This is the man to whom I spoke.

誤 c5 This is the man to who I spoke.

誤 c6 This is the man to that I spoke.

又，在口語中受格的關係代名詞常被省略：

b4 This is the man I saw.

c7 This is the man I spoke to.

但是，如果介系詞置於關係代名詞之前，則不可將關係代名詞省略：

誤 c8 This is the man to I spoke.

●「非表人」關係子句

上面我們藉著與人稱代名詞的比較，討論了「表人」之關係代名詞的意義與功能。基本上，「非表人」之關係代名詞的形成方式與「表人」之關係代名詞相同。下面介紹「非表人」關係代名詞不同「格」的使用。請看例句：

e I like the book which is on your desk.（我喜歡在你書桌上的那本書。）

f I like the book which you bought yesterday.（我喜歡你昨天買的那本書。）

g I like the book which he talks about all the time.
（我喜歡他一直在談論的那本書。）

h I like the book whose cover is black.（我喜歡封面是黑色的那本書。）

在 e.、f. 和 g. 句裡關係代名詞 which 都指先行詞 the book，但在 e. 句中 which 為主格，在 f. 句中 which 為受格（做動詞 bought 的受詞），在 g. 句中 which 亦為受格（做介系詞 about 的受詞）；在 h. 句 which 的所有格 whose 則指 the book's。

e.、f. 和 g. 句中的 which 皆可用 that 取代：

e1 I like the book that is on your desk.

f1 I like the book that you bought yesterday.

g1 I like the book that he talks about all the time.

注意，g1. 句中的介系詞 about 若置於關係代名詞前則關係代名詞只能選擇用 which，而不可用 that：

g2 I like the book about which he talks all the time.

誤 g3 I like the book about that he talks all the time.

另，在句中作受詞的 which 可以省略：

f2 I like the book you bought yesterday.

g4 I like the book he talks about all the time.

但是，如果介系詞出現在關係代名詞之前，則不可省略關係代名詞：

誤 g5 I like the book about he talks all the time.

B. 限定與非限定關係子句

到目前爲止我們所看到由關係代名詞所引導的關係子句都是所謂的限定關係子句 (restrictive relative clause)。這種用法的關係子句原則上必須緊跟在關係代名詞的先行詞之後，且不可用逗號將其與先行詞分開。但是英文的關係子句還有另外一種用法，即所謂非限定關係子句 (non-restrictive relative clause)。非限定用法的關係子句就必須用逗號標開來。請看例句：

i I'm going to hire a man who can speak English and Japanese.
（我要雇用一個會講英語和日語的人。）

j I'm going to hire Bob, who can speak English and Japanese.
（我要雇用鮑伯，他會講英語和日語。）

在 i. 句中 who can speak English and Japanese 爲限定用法，用來限定其先行詞 a man，意即，說話者表明他要雇用的人必須會講英語和日語，或者說，會不會說英語和日語是能否被雇用的一個必要條件。在 j. 中 who can speak English and Japanese 則爲非限定用法（注意其前有逗號）。在這個句子中，會說英語和日語並非被雇用的必要條件，說話者只是在說明他要雇用鮑伯的原因。

注意，有時在其先行詞完全相同的情況下，關係子句也會有限定與非限定之分。試比較下列兩個句子：

k The girls <u>who know how to dance</u> are invited.
（懂得跳舞的女孩們被邀請了。）

l The girls<u>, who know how to dance,</u> are invited.
（女孩們被邀請了，她們懂得跳舞。）

k. 句中的 who know how to dance 爲限定用法；l. 句中的 who know how to dance 則爲非限定用法（注意其前後有逗號標開）。在 k. 句中懂跳舞是被邀請的必要條件；在 l. 句中懂跳舞則用來附帶說明女孩們受邀的原因。k. 句明顯地暗示有些女孩子沒有被邀請；l. 句卻表達所有的女孩都受到邀請，意即，k. 句表達的是

k1 <u>Only</u> the girls who know how to dance are invited.
（只有懂得跳舞的女孩們才被邀請。）

而 l. 句則指

l1 <u>All</u> the girls, who know how to dance, are invited.
（所有的女孩們都被邀請了，而她們都懂得跳舞。）

從文法功能的角度來看，所謂的限定用法就相當於形容詞，換句話說，限定關係子句就是形容詞子句。而非限定關係子句的功能則較接近同位語的用法，具補述的作用。有趣的是，非限定關係子句之關係代名詞的使用反而比限定關係子句之關係代名詞受到較多的「限制」。首先，非限定關係子句的關係代名詞不論「表人」或「非表人」皆不可用 that 來代替：

誤 m The driver, <u>that</u> is very young, got his license only two days ago.
（這個司機兩天前才拿到駕照，他非常年輕。）

誤 n The book, <u>that</u> is about art, is very interesting.
（這本書很有趣，是有關藝術方面的書。）

m. 句應改成

m1 The driver, <u>who</u> is very young, got his license only two days ago.

n. 句應改成

n1 The book, which is about art, is very interesting.

其次，非限定關係子句之關係代名詞縱使為受格用法亦不可省略：

誤 o The shop clerk, I had never seen before, insisted that he knew me.
（那個店員堅持說他認識我，我卻從來沒見過他。）

誤 p The watch, she had lost the day before, was found.
（那個手錶被找到了，她是在前一天把它弄丟的。）

o. 句應改成

o1 The shop clerk, whom/who I had never seen before, insisted that he knew me.

p. 句則應改成

p1 The watch, which she had lost the day before, was found.

不過，雖然在關係代名詞的使用上非限定用法的關係子句受較多的限制，但是非限定用法的關係子句在用法上卻比限定用法的關係子句來得自由。比如，除了介系詞外，非限定用法關係子句的關係代名詞前也可出現表數量的代名詞或數字詞：

q The children, some of whom had never left home before, cried on their first night out.
（那些孩子在外面的第一晚都哭了，他們當中有幾個之前從來沒離開過家。）

r He owns several cars, two of which are Ferraris.
（他有好幾輛車子，其中兩輛是法拉利。）

而與限定用法關係子句最不同的地方是非限定用法的關係代名詞 which 除了代替先行之名詞之外，還可用來代替前一子句中的其他字詞，如片語或甚至整個子句：

s I told him to shut up, which he did.
（我叫他閉嘴，他就把嘴閉上。）

t He quit school without consulting with anyone, which made his father really mad.
（他沒有跟任何人商量就休學了，這使得他父親大為光火。）

最後，在結束普通關係代名詞的討論之前，我們來看一下關係代名詞 that 的幾個特殊用法。

C. 關係代名詞 that 的特殊用法

前面提到過，that 可以用來取代 who、whom 和 which，[註3] 但是在以下這些情況下關係代名詞只能用 **that**。

★ 先行詞之前有 the only、the very、the same、the first、the last 等，或最高級形容詞時：

u1 Arthur was the only student that passed that test.
（亞瑟是唯一通過那個測驗的學生。）

u2 This is the very book that I've been looking for.
（這正是我一直想找的那本書。）

u3 That is the same man that I saw yesterday.
（那就是我昨天看到的那個人。）

u4 Sally was the first woman that swam across this river.
（莎莉是第一位游過這條河的女子。）

u5 When is the last train that goes to London?
（往倫敦的最後一班火車是幾點？）

★ 先行詞為 all、everything、nothing，或先行詞被 all、every、any、no 等修飾時：

u7 All that you see here belongs to him.
（你在這裡看到的一切都是他的。）

u8 You can buy anything that you want in the Internet.
（你可以在網路上買任何你想要的東西。）

u9 I have given you every penny that I had.
（我已經把我所有的每一分錢都給你了。）

u10 No one that knows him will ever believe his story.
（認識他的人沒有一個會相信他說的話。）

★ 先行詞為【人＋動物】或【人＋事物】時：

u11 Did you see the guy and his dog that were crossing the street just now?
（你剛才有沒有看到在過街的那個傢伙和他的狗？）

u12 He told us about the people and places that he had visited.
（他告訴我們有關他拜訪過的人和地方的事。）

2 複合關係代名詞

所謂複合關係代名詞指的是由普通關係代名詞 who、whom、which、whose 加上 ever 所形成之關係代名詞：whoever、whomever、whichever 及 whosever。而複合關係代名詞本身兼含先行詞與關係代名詞的功能，因此在其前不須出現先行詞，意即

whoever = any person who
whomever = any person whom
whichever = any one which [註4]
whosever = any person whose/any one whose

另外，從兼含先行詞與關係代名詞功能的角度來看，whatever 這個字也應視為複合關係代名詞，意即

whatever = anything that

事實上，一般視為引導名詞子句的 what 也同樣具有這種「先行詞＋關係代名詞」的功能：

what = the thing(s) that/which

由複合關係代名詞所引導的子句與由普通關係代名詞所引導的子句功能不同。原則上由普通關係代名詞所引導的子句，如前述，作形容詞或補述用，而由複合關係代名詞所引導的子句則作為名詞。例如：

v1 Whoever comes first will get a present.（不論是誰最先來，都會得到一份禮物。）

v2 You can give it to whomever you like.
（你可以把它送給任何一個你喜歡的人。）

v3 Choose whichever you want.（你要哪一個就選哪一個。）

v4 Whosever car is parked outside should move it immediately.
（不論是誰把車子停在外面，應該立刻移走。）

在 v1. 句裡 Whoever comes first 是該句的主詞；在 v2. 句裡 whomever you like 是介系詞 to 的受詞；在 v3. 句裡 whichever you want 是動詞 choose 的受詞；在 v4. 句裡 Whosever car is parked outside 是該句的主詞。

由 whatever 或 what 所引導的子句同樣也當名詞用：

v5 Whatever you're going to say now will be used against you.
（不論你現在要說什麼都會被用來做為對你不利的證據。）

v6 I really don't understand what he is talking about.
（我真的不懂他在說些什麼。）

v5. 句中的 Whatever you're going to say 是句子的主詞；v6. 句中的 what he is talking about 則爲動詞 understand 的受詞。

注意，從複合關係代名詞內含的先行詞來看，因爲它們都包括 了"any"這個字，所以這幾個關係代名詞的指稱都是「不特定」的，也因此複合關係代名詞也叫做「不定關係代名詞」(indefinite relative pronoun)。如果把 v1.、v2.、v3.、v4. 和 v5. 句代換成「先行詞＋關係代名詞」的形式，這一點就可以看得更清楚：

v1' Any person that comes first will get a present.

v2' You can give it to any person that you like.

v3' Choose any one that you want.

v4' Any person whose car is parked outside should move it immediately.

v5' Anything that you're going to say now will be used against you.

3 準關係代名詞

所謂準關係代名詞指的是 as、than 和 but 這三個連接詞。我們之所以稱它們爲

「準」(quasi) 關係代名詞是因為這三個字雖然有部分關係代名詞的特徵，但又不完全等同於一般的關係代名詞。請看以下的分析說明。

A. 準關係代名詞 as

作為準關係代名詞，as 必須與 the same、such 和 as 並用：

w1 This is the same watch as I lost last week.
（這個錶和我上個禮拜弄丟的錶一樣。）

w2 Don't eat such food as will make you fat.
（不要吃會讓你變胖的食物。）

w3 He is as great a thinker as ever lived.
（身為一個思想家，他和史上其他思想家一樣偉大。）

w1. 句表達的是

w1' This is the same watch as the watch that I lost last week.

w2. 句表達的是

w2' Don't eat such food as the food that will make you fat.

w3. 句表達的則是

w3' He is as great a thinker as the thinkers that ever lived.

換言之，as 雖為關係代名詞，但並非直接代替其先行詞。以 w1. 為例，句中提到的其實是兩支錶。試拿 w1. 句與下面的 x. 句做一比較：

w1 This is the same watch as I lost last week.
x This is the same watch that I lost last week.

在 w1. 句中提到的是兩支「款式相同」的錶，但是 x. 句中說的卻是同樣的一支錶。

B. 準關係代名詞 than

準關係代名詞 than 與上面討論的 as 情況相同。請看例句：

[y1] We have more money than is needed.（我們有超過需要的錢。）

[y2] There were more people than they had expected.（人比他們預期的還要多。）

y1. 和 y2. 表達的就是

[y1'] We have more money than the money that is needed.

[y2'] There were more people than the people that they expected.

同樣地，準關係代名詞 than 並不直接代替其先行詞。

C. 準關係代名詞 but

準關係代名詞 but 是本身含否定意思的關係代名詞：

but = that...not / who...not

請看例句：

[z1] There is no rule but has exceptions.（沒有沒有例外的規則。）

[z2] I know of no kid but loves Harry Potter.
（據我所知沒有不喜歡哈利波特的小孩。）

z1. 相當於

[z1'] There is no rule that does not have exceptions.

z2. 相當於

[z2'] I know of no kid that does not love Harry Potter.

關係代名詞在各種英文考試的題目中出現的頻率相當高，讀者一定要確實瞭解各個關係代名詞的形成與用法。在本單元裡我們針對英文的三種關係代名詞分別作了詳盡的探討。希望能對讀者有所助益。

註解

1 of which 較 whose 正式，今一般較少用。請看下面 of which 和 whose 在句中使用的例句：

The professor mentioned a book <u>the title of which</u> / <u>whose title</u> I've forgotten.
（教授提到一本書名我已經忘掉了的書。）

2 注意，雖然關係代名詞本身沒有人稱、數量的變化，但是其意義必須依先行詞而定。試比較下列兩句話中 who 所代表的意涵及其與其後動詞間的關係：

① **This is <u>the man</u> <u>who</u> <u>is</u> married to the president's daughter.**
（這就是和總裁女兒結婚的那個人。）

② **These are <u>the two women</u> <u>who</u> <u>are</u> married to the president's two sons.**
（這兩個就是和總裁的兩個兒子結婚的女子。）

3 是否要用 that 來取代 who、whom 或 which 基本上要看個人習慣，但有時為了避免 who ... who 或 which ... which 這類的重複，以使用 that 作為關係代名詞為宜。例如：

① **<u>Who</u> was the girl <u>that</u> called you yesterday?**
（昨天打電話給你的那個女孩是誰？）

② **<u>Which</u> is the car <u>that</u> you bought?**（哪一輛是你買的車？）

4 我們剛提到，如果先行詞被 any 修飾，關係代名詞應使用 that。此處僅在說明 whoever、whomever 及 whichever 等三字的意涵。

3分鐘英文 搞懂易混淆字詞用法！

名詞㊱ wire / cable

wire 指一般的「電線」，如 telephone wire 就是「電話線」，而 cable 則指較粗的「電纜線」，如 fiber optic cable 就是「光纖電纜」。另外，現在一般人家中常用的「無線電話」叫 wireless phone，而「有線電視」則是 cable TV。

名詞㊲ mailman / courier

mailman 和 courier 都是送信件的人，但前者是「郵差」（英國用 postman），後者則指「快遞」。（注意，courier 還可以指「快遞公司」。）

名詞㊳ cashier / teller

cashier 和 teller 中文都可以譯成「出納」，但 cashier 指的是在商店、賣場等操作收銀機 (cash register) 的出納員（即「收銀員」），而 teller 則指在銀行櫃台工作的出納員（或「櫃員」）。（注意，我們一般說的「自動提存款機」ATM (Automated Teller Machine) 原意就是「自動櫃員機」。）

第 6 章 疑問代名詞

到目前爲止我們所討論過的代名詞，包括人稱代名詞、所有代名詞、反身代名詞、指示代名詞以及關係代名詞，不論是用來代替人、事或物，基本上都有明確、特定的指稱對象 (referent)。但是如果某指稱對象是我們不知道的人、事、物，這時我們就必須用所謂的疑問代名詞來代替他／它／牠（們）。我們可以這麼說，疑問代名詞就是用在疑問句裡代替被質詢其指稱對象的一種代名詞。

由於疑問代名詞的指稱對象爲未知的人、事、物，因此疑問代名詞並無人稱、性別或數的變化。英文的三個主要疑問代名詞爲：who、what 和 which；其中 who 用來指「人」，what 和 which 則可指人或事物。注意，雖然這三個代名詞沒有人稱、性別和數的變化，但在使用時卻有「格」的差異，尤其是表「人」的 who，依其「格」的不同，拼法亦不同：

主格	所有格	受格
who	whom	whose
what	what	*
which	which	*

對於使用中文的人而言，英文疑問代名詞最特別的地方在於它們必須置於句首。例如：

a Who are you?（你是誰？）
b What makes you so excited?（什麼事讓你這麼興奮？）
c Which did you choose?（你選了哪一個？）

所謂「置於句首」的意義在於，不論疑問代名詞原本在句子中是主詞、受詞或補語，皆必須移至句首位置。這一點和中文的使用習慣非常不同。例如，a. 句中 Who 原是主詞 you 的補語，b. 句中的 What 原本就是主詞，而 c. 中的 Which 則是 choose

的受詞。（請注意與這幾個英文疑問代名詞相對應的中文疑問代名詞在中文句子中的位置。）

以下分別介紹疑問代名詞 Who、What 和 Which 的用法。

1 疑問代名詞 who

A. 主格 who 作為句子的主詞或主詞之補語：

d Who is going to the meeting tomorrow?（誰明天要去參加會議？）

e Who was the guy sitting next to Judy last night?
（昨天晚上坐在茱蒂旁邊的那個傢伙是誰？）

在 d. 句中 Who 是動詞 is going to 的主詞；在 e. 句中 Who 是主詞 the guy sitting next to Judy last night 的補語。這一點可以從與這兩句相對應的平述句看得很清楚：

d1 Benny is going to the meeting tomorrow.（班尼明天要去參加會議。）

e1 The guy sitting next to Judy last night was Dennis.
（昨天晚上坐在茱蒂旁邊的那個傢伙是丹尼斯。）

值得注意的是，d. 句的 Who 既是主詞，原本就佔據了句首的位置，因此緊跟其後的動詞並不須做任何改變；反觀 e. 句中的 Who，雖然佔據了句首主詞的位置，但是其實是由句尾補語位置（即 e1. 句中 Dennis 之位置）往前移的，此原句的主詞 The guy sitting next to Judy last night 必須和動詞 was 調換位置（倒裝），形成 Who（補語）＋ was（動詞）＋ the guy ...（主詞）的特殊結構。

B. 受格 whom 作為及物動詞的受詞或介系詞的受詞：

f Whom do you love?（你愛誰？）

g Whom did you give my book to?（你把我的書給了誰？）

在 f. 句中，Whom 是動詞 love 的受詞；在 g. 句中，Whom 則為介系詞 to 的受詞。換言之，f. 句與 g. 句的原始詞序 (word order) 應為：

PART 3 代名詞篇

f1 You love whom?

g1 You gave my book to whom?

如前所述，英文的疑問代名詞必須置於句首，但是一旦把非主詞的疑問代名詞移至句首位置，如前面的 e. 句，原本的主詞和動詞就必須採倒裝形式。由於 f1. 與 g1. 裡的動詞不是 be 動詞，因此在倒裝前必須先加上助動詞 do（第二人稱、現在式）和 did（過去式），形成：

f2 You do love whom?

g2 You did give my book to whom?

在把疑問詞 whom 移至句首後，再將主詞和助動詞對調，就形成 f. 句與 g. 句。

注意，在現代英文中，尤其是口語，多用 who 來代替 whom：

f3 Who do you love?

g3 Who did you give my book to?

但是，如果把介系詞和 whom 一起移至句首，即，whom 仍置於 to 之後，則不可用 who：[註 1]

g4 To whom did you give my book?

不過，這種用法在現代英文中愈來愈少見，特別是在動詞與介系詞構成所謂的片語動詞 (phrasal verb)，時。例如：

h Who are you looking for?（你在找誰？）

i Who did you run into this morning?（你今天早上碰到了誰？）

C. 所有格 whose 可與人稱代名詞所有格相同，後接名詞；或與所有代名詞相同，其後不用名詞：

j Whose pen is this?（這是誰的筆？）

k Whose is this pen?（這枝筆是誰的？）

j. 句可以 j1. 句回答：

j1 **That is my pen.**（那是我的筆。）

k. 句可以 k1. 句回答：

k1 **That pen is mine.**（那枝筆是我的。）

注意，j. 句中的 Whose pen 和 k. 句中的 Whose 都是主詞補語，因此主詞（j. 句中爲 this，k. 句中爲 this pen）與動詞 is 採倒裝形式。下面 l. 句中的 Whose pen 原爲動詞 (found) 的受詞，因此主詞與動詞也必須倒裝：

l Whose pen **did you find?**（你找到誰的筆？）

但是在下面 m. 句中的 Whose pen 原本就是主詞，故動詞的形式與位置不變：

m Whose pen **dropped on the floor?**（誰的筆掉在地板上？）

2 疑問代名詞 what

疑問代名詞 what 之主格與受格同形，無所有格；若在句子中作主詞或主詞補語即爲主格，若在句子中作及物動詞或介系詞的受詞則爲受格。請看例句：

n What **is bugging you?**（什麼事在煩你？）
o What **is that thing over there?**（那邊那個是什麼東西？）
p What **will you do this weekend?**（這個週末你會做什麼？）
q What **are you talking about?**（你在說什麼？）

在 n. 句中 What 爲主詞；在 o. 句中 What 爲主詞 that thing over there 的補語；在 p. 句中 What 爲動詞 (will) do 的受詞；在 q. 句中 What 爲介系詞 about 的受詞。除了 n. 句之外，其他三句中的主詞與動詞皆爲倒裝形式。

一般而言，疑問代名詞 what 用來代替事物，但也可以用來問人的職業或地位。例如：

r What is Ms. Ross?（羅絲女士是做什麼的？）

r. 句可用 r1. 或 r2. 句作爲回應：

r1 She is a businesswoman.（她是個女企業家。）

r2 She is the CEO of our company.（她是我們公司的執行長。）

相對於這種用法的 what，疑問代名詞 who 則通常用來問人的姓名或身份。例如：

s Who is that man?（那個人是誰？）

s. 句可用下列兩句作爲回應：

s1 That is Mr. Jones.（那位是瓊斯先生。）

s2 He is our teacher.（他是我們的老師。）

3 疑問代名詞 which

與 what 相同，疑問代名詞 which 的主格與受格同形，也沒有所有格。請看例句：

t Which is more important?（哪一個比較重要？）

u Which is your younger brother?（你弟弟是哪一個？）

v Which do you prefer?（你比較喜歡哪一個？）

w Which are you waiting for?（你在等哪一個？）

t. 句的 Which 爲句子的主詞；u. 句的 Which 爲主詞 your younger brother 的補語；v. 句的 Which 爲動詞 prefer 的受詞；w. 句的 Which 爲介系詞 for 的受詞。

一般來說，which 用來問兩個或兩個以上的人、事、物中的「哪一個」[註2] 因此在問句中，常會附加供選擇的對象，例如：

t1 Which is more important, wealth or health?（財富與健康，哪一個比較重要？）

u1 Which of those boys is your younger brother?
（那些男孩中，哪一個是你弟弟？）

v1 Which do you prefer, coffee or tea?（咖啡和茶，你比較喜歡哪一個？）

w1 Which are you waiting for, the train or the bus?
（你在等哪一個，火車還是公車？）

事實上，除了以上當代名詞用之外，which 還可以作爲限定詞 (determiner)，限定其後之名詞。例如：

x Which color do you want, black or blue?（你要哪一個顏色，黑色還是藍色？）

注意，不要把限定詞用法的 which 和也可以當作限定詞用的 what 混淆。試比較下列的 y1. 與 y2. 這兩個句子。

y1 Which bus should we take?（我們該搭哪一號公車？）

y2 What bus should we take?（我們該搭什麼公車？）

y1. 句應用於需從已知的數個選擇中挑出一個的情況，例如看著公車站牌，要選擇站牌上所列出的其中一號公車時。相對地，y2. 句則用在完全不知道搭什麼車的情況，例如有人提議要到陽明山，但是不知道有什麼公車可以搭時。

以上介紹的是疑問代名詞 who、what、which 構成一般疑問句——直接問句——的用法。疑問代名詞其實也可作連接詞引導所謂的間接問句。最後我們就來看間接問句的形成與其功能。

4 間接問句

間接問句並不是疑問句，而是在句子中當作名詞用的一種從屬子句。它的功能與一般名詞相同，即，可作爲主詞、受詞與補語。任何一個直接問句都可以轉變成間接問句。例如，先前的 a.、b.、c. 三個問句可分別轉變作爲下列三句話中的主詞、受詞、補語。

z1 Who you are is not important.（你是誰並不重要。）

z2 I know what makes you so excited.（我知道是什麼事讓你這麼興奮。）

z3 The important thing is which you chose.（重要的是你選了哪一個。）

Who you are 爲 z1. 句的主詞；what makes you so excited 爲 z2. 句動詞 know 的受詞；which you chose 爲 z3. 句主詞 The important thing 的補語。需要注意的是，除了因爲作爲連接詞引導子句的疑問代名詞必須置於子句之首外，該子句的主詞與動詞並不需要採倒裝形式。試將 a.、b.、c. 三句與 a1.、b1.、c1.（即 z1.、z2.、z3. 句中的劃底線部分）做一比較。

a Who are you? / a1 Who you are

b What makes you so excited? / b1 what makes you so excited

c Which did you choose? / c1 which you chose

注意，一、因爲 b. 句疑問代名詞 What 原本就是主詞，不須倒裝，所以變成間接問句後詞序並不需要改變；二、由於並未採倒裝形式，由 c. 句轉變成的間接問句 c1. which you chose 並不需要助動詞 did，而動詞須維持原來的過去式 chose。

註解

1 這一點與關係代名詞 who 的用法相似。

2 當然，which 也可用來指複數的「哪些（個）」，例如：

① **Which of you are Chinese and which are Japanese?**
（你們當中哪幾個是中國人，哪幾個是日本人？）

同樣地，who 和 what 也可代替複數的名詞，例如：

② **Who are those people?**（那些是什麼人？）

③ **What are some of the things you have brought?**（你都帶了些什麼東西？）

不過，當疑問代名詞為主詞時，通常用單數形動詞：

④ **Who says so?**（誰說的？）

⑤ **What is making such noise?**（什麼東西噪音這麼大？）

⑥ **Which costs more?**（哪一個比較貴？）

3分鐘英文 搞懂易混淆字詞用法！

名詞 39 motorcycle / scooter

motorcycle 和 scooter 在台灣都可稱為「機車」，但是嚴格講前者指的應該是「摩托車」，而後者則應為「速克達」，二者的簡單區別就是摩托車並不像速克達在前座之前有放腳的空間。（另注意，「重機」可以用 heavy motorcycle 表達（雖然外國人並不常這麼說，因為他們的機車一般都很「重」，而 scooter 也可以用來指「滑板車」。）

名詞 40 truck / van

truck 和 van 都可用來載貨，而 truck 指的是「卡車」，van 則為「廂型車」。一般而言，truck 較大型，只用來運送貨品，而 van 較小，可用來載貨或載人。注意，在台灣我們常說的「胖卡」、「保姆車」或是幼稚園的「娃娃車」、郵局的「郵務車」其實都屬 van。另外，「水泥車」叫 cement truck，「垃圾車」叫 garbage truck，而「救火車」叫 fire truck。

名詞 41 train / streetcar

雖然現代的 train 基本上都使用電，但並不能叫作「電車」。真正的「電車」是像在高雄「街道上」行駛的那種列車，英文稱之為 streetcar（英式英文稱為 train），而包括台鐵、捷運的列車還是應該叫作 train。

PART 3 代名詞篇

第 7 章 不定代名詞

所謂不定代名詞 (indefinite pronoun) 指的是用來代替指稱對象爲不特定之人、事、物的代名詞。英文的不定代名詞數量相當多，本書將它們分成三類：單數不定代名詞、複數不定代名詞、單複數雙用不定代名詞，以便於討論。單數不定代名詞可用來代替單數之可數名詞或不可數名詞，若作爲主詞，其後之動詞用單數。複數不定代名詞用來代替複數之可數名詞，若作爲主詞，其後動詞用複數。單複數雙用不定代名詞可用來代替複數之可數名詞或不可數名詞，作爲主詞時，依所代替之名詞選擇複數或單數動詞。以下依序介紹這三類不定代名詞。

1 單數不定代名詞

A. one

不定代名詞 one 可以用來代表一般的人，意思就是「(一個) 人」，例如：

a1 **One should not be selfish.**（〔一個〕人不應該自私。）

原則上若以 one 爲主詞而後面出現指稱相同的代名詞時，應該使用 one、one's 以及 oneself，例如：

a2 **One should respect one's own parents.**（〔一個〕人應該尊敬自己的父母。）

但是近代的英文，尤其是美語，則常用 he、him、his 和 himself 來表示：

a3 **One should not eat only the things he enjoys eating.**
（〔一個〕人不應該光吃自己喜歡吃的東西。）

另外，也有人為了要表示尊重女性而採用 he or she、him or her、his or her、himself or herself 的方式：註1

a4 One should always try to keep himself or herself happy.
（〔一個〕人應該經常盡量讓自己保持愉快。）

除了用來代表一般人之外，one 還可以用來代替先前提到過的不特定之單數可數名詞，以避免重複。例如：

a5 A: Do you have a calculator? B: Yes, I've got one here.
（A：你有沒有計算機？ B：有，我這裡有一個。）

a6 I need a computer, but I don't have enough money to buy one.
（我需要一台電腦，可是我沒有足夠的錢可以買。）

上面 a5. 句中的 one 用來代替 a calculator；a6. 句中的 one 則代替 a computer。

注意，one 可以和限定詞（如 the、this、which 等）並用，但是不可用於所有格之後：

a7 A: Which one do you want? B: I want the one on the right.
（A：你要哪一個？ B：我要右邊的那一個。）

誤 a8 His house is bigger than your one.（他的房子比你的房子大。）

a8. 句應改為：

a9 His house is bigger than yours.

此外，注意 one 有複數形 ones。請看例句：

a10 He has only three shirts — a blue one and two white ones.
（他只有三件襯衫——一件藍的，兩件白的。）

ones 也可以和限定詞並用：

a11 Go get some other chairs; these ones are not comfortable enough.
（去拿幾張別的椅子；這些個不夠舒適。）

同樣，ones 也不能置於所有格之後：

誤 a12 Your children are older than <u>Joe's ones</u>.
（你的小孩比喬的小孩大。）

a12. 句中 Joe's 之後的 ones 應去掉；Joe's 即可代表 Joe's children。

B. everyone、anyone、someone、no one 註 2

這四個不定代名詞都用來指人，意思分別是「每個人」、「任何人」、「某個人」、「無人」，在文法上皆視為單數。請看例句：

b1 Everyone should do <u>his or her</u> best.（每個人都應該盡自己最大的力量。）

b2 Anyone can buy that house as long as <u>he or she</u> has the money.
（只要有足夠的錢，任何人都可以買下那棟房子。）

b3 Someone <u>has</u> taken your seat.（有個人坐了你的位子。）

b4 No one <u>has</u> ever been there before.（從來沒有人到過那裡。）

C. everybody、anybody、somebody、nobody

這四個不定代名詞在意思與用法上等同於 B. 的四個不定代名詞：

c1 Everybody (= Everyone) should do <u>his or her</u> best.

c2 Anybody (= Anyone) can buy that house as long as <u>he or she</u> has the money.

c3 Somebody (= Someone) <u>has</u> taken your seat.

c4 Nobody (= No one) <u>has</u> ever been there before.

D. everything、anything、something、nothing

這四個不定代名詞用來指事物，意思分別是「每件事」、「任何事」、「某件事」；「無事」，在文法上一律視為單數。請看例句：

d1 <u>Is</u> everything done in accordance with the regulations?
（是不是每件事都依照規定做好了？）

d2 Is there anything I can do for you?
（有沒有任何我可以為你做的事？）

d3 There is something I want you to know.
（有件事我想讓你知道。）

d4 Nothing is going to stop him from going abroad.
（沒有任何事可以阻止他出國。）

E. each

不定代名詞 each 的意思是「每一個」，可用來指人或事物。例如：

e1 Each of the children has his or her own room.
（孩子們每一個都有他或她自己的房間。）

e2 Each of these buildings has its own entrance.
（這些建築物每一棟都有自己的入口。）

each 也可以當形容詞用，表達同樣的意思，也同樣為單數的概念。試比較 e1.、e2. 與 e3.、e4.：

e3 Each child has his or her own room.（每一個小孩都有他或她自己的房間。）

e4 Each building has its own entrance.（每一棟建築物都有自己的入口。）

● **each 和 every 的差異：**

值得注意的是，當 each 作形容詞用時和另一個也譯為「每一個」的形容詞 every 在意義上有些差異。一般而言，each 著重於「個體」，而 every 則重「全體」。試比較 e5. 與 e6.：

e5 Every kid got a present.（每一個小孩都得到一份禮物。）

e6 Each kid got a different present.（每一個小孩得到不同的禮物。）

上面 e5. 句中的 Every kid 就邏輯意義而言，指的其實是 All kids；也就是說，這句話指的是「所有的」小孩都「同樣」獲得了一份 禮物。e6. 句的重點則在於「每一個」小孩得到的是一份「不同的」禮物。

each 和 every 除了在意義上有差異外，在用法上也有區別。首先，each 可用於兩者或兩者以上的人事物，而 every 只能用於三者以上的狀況：

e7 He has a cut on each foot. 正

He has a cut on every foot. 誤

（他的雙腳各有一道傷口。）

由於一個人只有兩隻腳，因此在本句中只能用 each 而不可用 every 來修飾 foot.。

其次，若其後跟有 other 或數詞 (two、three、four ...) 時，只可用 every 而不能用 each。

e8 They come to see us every other day / every three days.

（他們每隔一天／三天來看我們一次。）

如前所述，用 every 時表達的是「同樣」的情況，而本句要表達的正是每隔一天／三天都會發生「同樣」的事，因此不可使用 each。最後，也是最重要的，each 可作代名詞或形容詞，而 every 只能當形容詞。試比較

e9 Each of the students has three storybooks. 正

Each student has three storybooks. 正

e10 Every of the students has three storybooks. 誤

Every student has three storybooks. 正

（這些學生每一個 / 每一個學生有三本故事書。）

也正是因爲 each 可以當代名詞而 every 不可以，所以 e9. 可簡化成 e11.，但是 e12. 卻不合文法。

e11 Each has three storybooks. 正

e12 Every has three storybooks. 誤

（每一個〔學生〕有三本故事書。）

F. another

不定代名詞 another 用來代替「另一個」或「再一個」人、事、物。例如：

f1 He is a fool. You are another.（他是傻瓜。你是另一個。）

f2 Knowing is one thing; doing is another.（知道是一回事；做又是另外一回事。）

another 也可以當形容詞用，例如：

f3 Would you like to have another cup of coffee?（您要不要再來一杯咖啡？）

其實從字面上就可以看出來，another 這個字是 an 和 other 的結合。因爲 an 爲不定代名詞，所以 another 當然指「不特定」的人事物。相對於 another 的是 the other。[註3] the other 的意思是「另外那一個」；由定冠詞 the 就可以判斷它指的是「特定」的人事物。試比較 f4. 和 f5.：

f4 I don't like this one. Show me another (one).
（我不喜歡這一個。請拿另一個給我看看。）

f5 I don't like this one. Show me the other (one).
（我不喜歡這一個。請拿另外那一個給我看看。）

在 f4. 裡說話者使用 another，這表示他／她認爲東西應該有三個以上或至少有三個，因此除了這一個之外，還有其他「不特定」的選擇。在 f5. 裡說話者用了 the other，這意味他／她知道東西只有兩個，所以除了這一個之外，只剩另外那一個「特定」的選擇。

另外，注意在常見片語 one another 和 each other 的使用上也有相同的限制。one another 表達的是「三者或三者以上」之間的「彼此」或「互相」，而 each other 則指「兩者」之間的「彼此」或「互相」：[註4]

f6 The four brothers help one another.（這四個兄弟彼此互助。）

f7 The two sisters hate each other.（這對姊妹相互討厭。）

G. either

不定代名詞 either 用來指「兩者之任一」，可代替人或事物。

g1 You can talk to either of the (two) consultants.
（你可以跟這兩個顧問任何一個談談。）

g2 You can choose either of the (two) book.（這兩本書你可以任選一本。）

因爲 either 指的是單數的人事物，所以作爲主詞時應使用單數動詞：註 5

g3 Either (of them) is good enough for you.
（對你而言〔他們〕兩個任何一個都夠好。）

另外，either 也可以當形容詞用，修飾單數名詞：

g4 Either way is going to be costly.（兩個方法的任何一個都會很花錢。）

either 還可以和 or 連用，形成連接詞組，表示「不是……就是……」：註 6

g5 Either his father or his mother always comes with him.
（不是他爸爸就是他媽媽總是和他一起來。）

最後，either 還可當作副詞用，表示「也」的意思，不過只限於用在否定句中：

g6 Josh hasn't read the report, and I haven't either.
（喬許還沒有看報告，我也還沒有。）

H. neither

不定代名詞 neither 用來表示「兩者（任一）皆不」的意思，可指人或事物，例如：

h1 I have seen neither of the (two) brothers.（那兩兄弟我一個也沒看到。）
h2 Neither of the (two) roads is good.（那兩條路〔任一條〕都不好。）

與 either 相同，neither 亦指單數的人事物，故作爲主詞時，動詞應取單數：註 7

h3 Neither (of them) is here.（〔他們〕兩個一個都沒有來。）

neither 亦可當形容詞，修飾單數名詞：

h4 **Neither road is well maintained.**（兩條路都沒有好好地維護。）

neither 還可和 nor 連用，形成連接詞組，表示「……和…… 皆不」：註 8

h5 **Neither Lynn nor Olivia wants go to the game.**
（琳恩和奧莉維亞都不想去看比賽。）

neither 也可以當副詞，用來表達「也不」之意：

h6 **I don't like sports, and neither does my boyfriend.**
（我不喜歡運動，我男朋友也不喜歡。）

注意，與 either 不同，副詞用法的 neither 需採「倒裝」形式。試比較前面的 g6. 與下面的 h7.：

g6 **Josh hasn't read the report, and I haven't either.**

h7 **Josh hasn't read the report, and neither have I.**

這兩句話的意思相同；換言之，neither have I 等同於 I haven't either。

另外，注意副詞用法的 neither 可採「簡略」式表達：

h8 **A: I don't drink coffee. B: Me neither.**（A：我是不喝咖啡的。B：我也不喝。）

h8. 中的 Me neither 就相當於 Neither do I，也就等同於 I don't either。

I. much

不定代名詞 much 用來代替不可數的名詞（物質名詞與抽象名詞），意思是「很多」、「大量」。例如：

i1 **Much of the food has been wasted.**（很多食物被浪費掉了）

i2 Mr. Gates turns much of his attention to the new business.
（蓋茲先生把許多注意力轉移到新的事業上。）

注意，因爲 much 代替的是不可數的名詞，所以一律視爲單數，若爲主詞時應使用單數動詞（如 i1. 句）。

much 也可以作形容詞用，修飾不可數的名詞：

i3 Hurry up! We don't have much time.（快一點！我們並沒有很多時間。）

一般而言，much 較少用於肯定句，而較常用於否定句或疑問句中。試比較

i4 Does he have much money?（他是不是有很多錢？）

i5 No, he doesn't have much money.（不，他並沒有很多錢。）

i6 Yes, he has much money.（是的，他有很多錢。）

i6. 句雖然在文法上沒有錯，但是通常都會用 a lot of、lots of、a great deal of、plenty of 等來代替：

i7 Yes, he has a lot of / lots of /... money.

much 也可以當副詞用，表示「非常」或程度上的「很多」。例如：

i8 I like English very much.（我非常喜歡英文。）

i9 You're getting much too fat.（你變得太過度肥胖了。）

J. little

與 much 相同，little 用來代替不可數名詞，但是意思卻相反，指「少許」、「不多」：

j1 Little is known about what actually happened.
（對於實際上發生了什麼事，被知道的並不多。）

就邏輯而言，little 就等於 not much，因此 j1. 就相當於 j2.：

j2 Not much is known about what actually happened.

little 也可當作形容詞用，後接不可數名詞：

j3 There was little wine left in the bottle.（瓶子裡剩的酒不多。）

同樣地，這裡的 little 就是 not much：

j4 There wasn't much wine left in the bottle.

不過，little 較少單獨使用；為了讓意思更明確，little 常會和 very 連用：

j5 She drank a lot of water but ate very little bread.
（她喝了很多水，但是麵包吃得很少。）

在 j5. 句中 very little 的意思就相當於 hardly any 或 almost none，即「幾乎沒有」。

little 還可以當副詞用，表達「幾乎不」、「一點兒也不」：

j6 I slept very little last night.（我昨天晚上睡得很少。）

j7 The suspect little knew that he was being watched.
（嫌疑犯一點兒也不知道自己被監視。）

注意，當副詞的 little 可以被移至句首來強調，但是這時主詞與動詞必須倒裝：

j8 Little did the suspect know that he was being watched.

j7. 與 j8. 意思相同，但是為了要突顯副詞 little，在 j8. 句中它被調到句首位置。

K. a little

a little 為 little 之變化形，也用來代替不可數名詞，但是與 little 不同，a little 表達的乃「肯定」之概念，意思爲「一點」、「一些」：

k1 **A little of that vinegar is enough.**（那種醋只要加一點就夠了。）

許多人在使用 little 和 a little 時所遭遇到的最大困擾是無法拿捏究竟多少叫 little、多少叫 a little。其實這兩者間的差異並不在於量的多寡，而在於說話者所抱持的態度。如上所述，a little 表達的是一種「肯定」的意涵，意即，不論多寡，只要你認爲是「有」一些，就用 a little。例如：

k2 **A: Do you speak French? B: Yes, I speak a little.**
（A：你會說法文嗎？ B：會，我會說一些。）

反之，不論量的大小如何，如果你認爲「不」多，也就是說你心裡想的是「否定」的意念，就用 little。例如：

k3 **A: Do you have time? B: No, I have very little.**
（A：你有時間嗎？ B：沒有，我幾乎沒有時間。）

請特別注意 k2. 與 k3. 中 B 做回應時使用的 Yes 和 No。

與 little 同，a little 也可用來修飾不可數名詞：

k4 **There is a little hope for peace in that area.**
（那個地區有些和平的希望。）

這句話表達的是和平「有」望，換句話 k4. 就相當於

k5 **There is some hope for peace in that area.**

也就是說，a little 就等於 some。

注意，若是把 k4. 句中的 a little 換成 little，結果就會大不相同：

k6 **There is little hope for peace in that area.**
（那個地區的和平是沒什麼希望了。）

這句話就相當於：

k7 There isn't much hope for peace in that area.

最後，a little 也可當副詞用，表示「有些」或「有點」，例如：

k8 She seemed a little frightened.（她似乎有些驚恐。）

k9 The soup is a little too salty.（湯有點太鹹。）

2 複數不定代名詞

L. both

不定代名詞 both 用來代替複數的可數名詞，但是只能指「二」個，意思爲「兩者」或「雙方」。例如：

l1 A: Which one do you like? B: I like both.
（A：你喜歡哪一個？ B：我兩個都喜歡。）

因爲 both 指的是複數的人事物，所以作爲主詞的時候應該用複數形動詞：

l2 Both of his parents are teachers.（他的父母都是老師。）

both 最特別的地方是，它可以出現在限定詞（如 the、his、those 等）前，作所謂的「前置限定詞」(predeterminer) 用。例如：

l3 Both the twins love spaghetti.（這對雙胞胎兩個都喜歡義大利麵。）

前面的 l2. 句也可省略介系詞 of，成爲：

l4 Both his parents are teachers.

both 也可以當形容詞，修飾其後的複數名詞；

I5 Both parties are willing to settle the dispute.（雙方都願意解決爭議。）

注意，both 可直接置於名詞或代名詞後作為修飾語，例如：

I6 The (two) little girls both have blond hair.
（那兩個小女孩都有金黃色的頭髮。）

I7 I know them both.（他們兩個我都認識。）

both 還可以出現在 be 動詞或助動詞之後：

I8 They are both doctors.（他們兩個都是醫生。）

I9 They can both ski.（他們兩個都會滑雪。）

最後，both 還可以和 and 連用，構成連接詞組，意思為「兩者皆」、或「既……又……」。例如：

I10 Both he and his wife are from Japan.（他和他太太都來自日本。）

I11 She is both kind and understanding.（她既和藹又善解人意。）

I12 Professor King can both speak and write Finnish.
（金恩教授會說也會寫芬蘭文。）

注意，用 both ... and ... 所引導的兩個項目，在文法結構上必須對等，但不限於單字，片語或子句亦可。例如：

I13 There are people protesting both in the building and on the street.
（建築物內和街上都有人在抗議。）

I14 I know both who you are and what you are.
（我知道你是誰也知道你是幹什麼的。）

M. many

不定代名詞 many 用來代替可數的複數名詞，可指人或事物，意思為「許多」、「很多」。例如：

m1 Among those who participated in the peace march, many are veterans.
（參加和平遊行的人群中，有許多是退伍老兵。）

m2 Many of the crops were damaged by the frost.
（那些農作物很多都受到霜害。）

many 也可以當形容詞，修飾可數複數名詞；

m3 Many people find it hard to learn English.（許多人覺得學英文很難。）

m4 There are many books on the shelf.（架子上有很多書。）

PART 3 代名詞篇

在 many 前可加 a good 或 a great 表示「許許多多」或「很多很多」：

m5 We receive a good many letters every day.
（我們每一天都收到許許多多的信件。）

m6 There are a great many wild animals in this forest.
（這座森林裡有很多很多的野生動物。）

另外，要特別注意片語 many a 的用法。雖然 many a 也表示「許多」，但是在形式上視為單數。試比較 m7. 與 m8.：

m7 Many a reporter was present at the press conference.
（有許多記者出席那場記者招待會。）

m8 Many reporters were present at the press conference.
（有許多記者出席那場記者招待會。）

這兩句話意思相同，但是 m7. 句的主詞 Many a reporter 視為單數，故動詞用單數的 was；m8. 句的主詞 Many reporters 為複數，故動詞用複數 were。

在較正式的英文中，many 可以用於肯定句、否定句與疑問句。在一般的口語會話中，many 多用於否定句與疑問句，肯定句中則常用 a lot of 和 lots of 來取代：

m9 Do you have many friends?（你是不是有很多朋友？）

m10 I don't have many friends.（我並沒有很多朋友。）

m11 I have a lot of / lots of friends.（我有很多朋友。）

注意，原則上 many 和 much 爲相對的兩個字（一個用來指可數（複數）名詞，一個用在指不可數名詞），而這兩個字都可以當代名詞和形容詞，但是只有 much 有副詞的用法（見本章 i8、i9. 句），many 則無。

N. few

與 many 相同，few 用來代替可數複數名詞，但是意思卻相反，指「少數」、「不多」：

n1 **Few understood what the speaker was talking about.**
（很少人懂演講人在說些什麼。）

在邏輯上，few 就相當於 not many，故 n1. 等於 n2.：

n2 **Not many understood what the speaker was talking about.**

當然，few 也可以代替事物：

n3 **Of all the books he bought, few were in Chinese.**
（他買的所有書當中，沒幾本是中文的。）

few 也可以當形容詞，後接可數的複數名詞：

n4 **There were few customers in the restaurant.**（餐廳裡沒幾個客人。）

因爲 few = not many，所以 n4. 就相當於：

n5 **There weren't many customers in the restaurant.**

另外，爲了讓意思更明確，可以在 few 前加上副詞 very：

n6 **There were very few customers in the restaurant.**
（餐廳裡幾乎沒有客人。）

n6. 句中的 very few 就是 hardly any，即 n6. 等於 n7.：[註9]

n7 There were hardly any customers in the restaurant.

注意，few 和 little 都表否定概念 (few = not many；little = not much)，二者皆可作代名詞與形容詞，但是 little 可作副詞用，few 則不行。

O. a few

a few 爲 few 的變化形，也用來代替可數之複數名詞，但與 few 不同，a few 表達的是「肯定」的概念，意思是「幾個」、「一些個」：

o1 A lucky few were chosen.（有幾個幸運者被選上。）
o2 A few of the flowers have faded.（花朵中有一些已經凋謝了。）

與 little 和 a little 之間的差別相似，few 和 a few 之間的不同不在於數目的多少，而在於說話者的態度。請比較回應

o3 Did many teachrers show up at the party?（派對上有沒有很多老師現身？）

這個問題的兩個可能的答案：

o4 Yes, quite a few did.（有，有不少老師現身。）
o5 No, very few did.（沒有，幾乎沒有老師現身。）

須知，同一個數（或量）算是大還是小（是多還是少），見仁見智，因爲每一個人的感受、經驗、標準、詮釋皆不盡相同，所以在選擇使用 few / a few (little / a little) 時，千萬不要在幾個（或多少）上打轉，而應從「肯定」或「否定」的角度切入。如上面 o4. 句中的 a few 和 o5. 句中的 few（或上一節中 k2. 的 a little 和 k3. 的 little），前者與 Yes 呼應，爲肯定之意，後者與 No 一致，具否定內涵。

與 few 相同，a few 也可作形容詞，修飾可數的複數名詞：

o6 There are a few cookies left in the jar.（罐子裡還剩下幾片餅乾。）

這句話表達的是罐子裡「有」剩下一些餅乾；換言之，o6. 就相當於

o7 There are some cookies left in the jar.

也就是說，a few = some。[註10] 不過，如果將 o6. 句中的 a few 改成 few，邏輯意義就會有相當的差異：

o8 There are few cookies left in the jar.（罐子裡沒剩幾片餅乾。）

這句話等於

o9 There aren't many cookies left in the jar.

若拿 o6. 和 o8. 做一比較，說 o6. 這句話的人似乎是在告訴聽話者，因爲罐子裡還「有」餅乾，所以可以吃他幾片；相反地，說 o8. 的人似乎是在告訴聽話者，因爲罐子裡已經「沒」多少餅乾了，所以最好不要再吃。

最後，雖然 a few 和 a little 都用來表肯定的概念（二者都等於 some），而且都可以當代名詞和形容詞，但是要注意，只有 a little 可作副詞用，a few 不可以。

P. others

在上一節單數不定代名詞中我們提到用來代替「另一個」人事物的 another，這裡的 others 即爲其複數形，用來代替「另一些個」人、事、物。請看例句：

p1 Some of the residents say yes; others say no.
（有些居民贊成；另外一些則反對。）

p2 These pens are not good. Give me some others.
（這些筆不好。再給我另外幾枝。）

注意，由於 others 是加上複數字尾 -s 的複數形（猶如普通名詞般），因此不可以作形容詞：

誤 p3 Give me others pens.（給我另外幾枝筆。）

p3. 句應改成

p4 Give me other pens.

另外，others 代替的是「不特定」的複數名詞，不可與用來指「特定」複數人事物的 the others 混淆。the others 為 the other 的複數形，指的是在某一群體中除了一個或多個之外的「其餘那些個」。例如：

p5 Here are five pens. Nora needs only one/two, so you can have the others.
（這裡有五枝筆，諾拉只需要一／兩枝，所以其餘的那幾枝你都可以拿去。）

換句話說，the others 就等於 the rest：

p6 Here are five pens. Nora needs only one/two, so you can have the rest.

再看一個例子：

p7 Some of the residents say yes, but the others say no.
（有些居民贊成，但是其餘的都反對。）

如果拿 p7. 和前面的 p1. 做比較，很明顯地 p7. 句告訴我們的是，「那些居民」只有兩種意見：贊成或反對；但是 p1. 句表達的則是，「居民們」有些贊成、有些反對，還有些可能沒意見、沒有參加討論……。雖然 p1. 沒有明白告訴我們除了贊成和反對的意見外，當他的居民還有什麼其他想法，但是由句中使用的「不定」代名詞 others，我們就能知道還有其他的可能性。

最後，請注意不定代名詞 others 的一個特殊用法：others 可以直接用來表示「他人」(other people)。請看例句：

p8 You should learn to respect and care for others.
（你應該學習尊重並關心他人。）

Q. several

不定代名詞 several 用來代替複數的人或事物，意思是「幾個」、「數個」，例如：

q1 Several of the students were absent yesterday.
（學生當中有幾個昨天缺席。）

q2 If you want to read Hemingway's novels, there are several in the school library.
（如果你想看海明威的小說，學校圖書館裡有幾本。）

從意思上來看，其實 several 相當於 a few，即 q1. 等於 q3.，q2. 等於 q4.：

q3 A few of the students were absent yesterday.

q4 If you want to read Hemingway's novels, there are a few in the school library.

在用法上 several 也與 a few 相同，除了作代名詞之外，也可當形容詞：

q5 Severl cars were stolen last night.（昨天晚上有幾輛車遭竊。）

而 q5. 就等於 q6.：

q6 A few cars were stolen last night.

同理，下面 q7. 句與前面的 o6. 句亦同：

q7 There are several cookies left in the jar.

另外，前面我們提到過 a few 等於 some，因此 several 當然也就相當於 some。例如 q5. 既等於 q6.，也等於 q8.：

q8 Some cars were stolen last night.

而 q1. 除了相當於 q3. 之外，也相當於 q9.：

q9 Some of the students were absent yesterday.

不過要注意，作形容詞用的 several 可置於限定詞（如 the、my、these 等）之後：

q10 Jeff is one of my several nephews.（傑夫是我幾個姪子中的一個。）

q11 They finally came up with these several plans.
（他們最後終於提出了這些個計劃。）

但是 a few 和 some 卻沒有這種用法：

誤 q12 Jeff is one of my a few / my some nephews.

誤 q13 They finally came up with these a few / these some plans.

3 單複數雙用不定代名詞

R. all

不定代名詞 all 可用來代替可數名詞，也可以用來代替不可數名詞，意思是「全部」、「所有」。用來代替可數名詞時，all 視爲複數並取複數形動詞；用來代替不可數名詞時，則視爲單數，取單數形動詞。例如：

r1 All of his ideas were rejected.（他的所有點子全部被打回票。）

r2 All of his time was wasted.（他的所有時間全都浪費了。）

all 可以用來指人或事物：

r3 I invited all of them.（他們我全都邀請了。）

r4 I bought all of them.（它們我全部買了。）

與 both 相同，all 也可以作「前置限定詞」，即出現在一般限定詞（the、those、your 等）之前。例如：

r5 All those workers are from Thailand.（那些工人全都來自泰國。）

r6 We've spent all our money.（我們已經花光了所有的錢。）

前面的 r1. 和 r2. 也可改成 r7. 和 r8.：

r7 All his ideas were rejected.

r8 All his time was wasted.

all 也可當形容詞直接修飾其後的名詞：

r9 All people are supposed to be equal.（所有的人應該都是平等的。）

r10 They gave up all hope.（他們放棄了所有希望。）

也與 both 相同，all 可直接置於名詞或代名詞之後，作修飾語：

r11 The guests all had a good time.（賓客們全都玩得很愉快。）

r12 He ate it all.（他把東西全吃光了。）

all 還可以出現在 be 動詞或助動詞之後：

r13 The kids are all very excited.（孩子們都非常興奮。）

r14 Their furniture has all been given away.（他們的傢俱全都送人了。）

由以上的說明我們可以發現，除了也可以指不可數名詞這一點之外，all 和 both 的用法基本上是相同的。all 和 both 還有另外一個共通點，那就是與否定詞 not 連用時，會產生所謂「部分否定」(partial negation) 的狀況。值得注意的是，不論 not 是出現在 all 和 both 的前面還是後面，結果都會形成部分否定。[註 11] 請看例句：

r15 All of the locals are not friendly.
= Not all of the locals are friendly.
（不是所有的本地人都很友善。）

r16 Both of his secretaries are not young.
= Not both of his secretaries are young.
（他的兩個秘書並不是都很年輕。）

r15. 句的意思相當於

r17 Some of the locals are friendly, but some are not.
（有些本地人很友善，但是有些不友善。）

r16. 句的意思相當於

r18 One of his secretaries is young, but the other is not.
（他的兩個秘書之一很年輕，但是另一個並不年輕。）

若是要表示 all 的「全部否定」(complete negation)，需要用 none；要表示 both 的「全部否定」則用 neither：

r19 None of the locals is friendly.（沒有一個本地人很友善。）

r20 Neither of his secretaries is young.（他的兩個秘書都不年輕。）

all 和 both 最大的不同在於，all 有副詞的用法，但 both 沒有：

r21 The old lady lives all alone.（那個老太太一個人獨居。）

r22 He has traveled all over the world.（他已經遊遍了全世界。）

S. some

不定代名詞 some 可以用來代替可數名詞，也可以用來代替不可數名詞。some 代替可數名詞時，意思是「幾個」、「一些」，取複數形動詞；代替不可數名詞時，意思爲「一些」，取單數動詞。例如：

s1 Some of my friends are from America.（我的一些朋友來自美國。）

s2 Some of the information is classified.（有些情報被列為機密。）

some 可以指人，也可以指事物；

s3 I talked to some of those people.（我跟那些人當中的幾個談過。）

s4 I've read some of these books.（這些書我已經看了幾本。）

除了作代名詞外，some 也可以當形容詞，修飾複數名詞或不可數名詞。例如：

s5 She brought us some apples.（她帶了幾個蘋果給我們。）

PART 3 代名詞篇

s6 We gave her some cheese in return.（我們回送她一些乳酪。）

some 也可以用來修飾單數的可數名詞，指「某一個」：

s7 She married some guy she met in her trip to Europe.
（她嫁給了一個她在到歐洲的旅途上遇到的男人。）

一般而言，some 多用於肯定句（如以上各例句），或期待對方做肯定回應的問句。例如：

s8 Would you like some soup?（你要不要來點湯？）

s9 Will you please lend me some money?（能不能請你借我一些錢？）

s10 Haven't you seen some of the Harry Potter movies?
（你沒看過一些哈利波特的電影嗎？）

最後，some 還可以當副詞用，表示「大約」（通常用於數字前）或「稍微」（多用於動詞後）：

s11 There were some five hundred people gathering in front of the city hall.
（市政府前聚集了大約五百個人。）

s12 The patient's condition has inproved some.
（病人的情況已經稍微好轉了。）

T. any

不定代名詞 any 和 some 相同，可以用來代替可數名詞，也可以用來代替不可數名詞。但是，如前所述，some 多用於肯定句，而 any 則多用於否定句；some 的意思是「一些」，any 則爲「任何」之意。請看例句：

t1 I haven't read any of Mark Twain's books.
（我還沒讀過馬克吐溫寫的任何書。）

t2 The teacher looked around for chalk, but there wasn't any in the classroom.
（老師四處找粉筆，但是教室裡卻沒有任何粉筆。）

當然，除了指事物之外，any 也可以用來指人，例如：

t3 **She didn't see any of her friends at the party.**
（她在派對上沒有看到她的任何朋友。）

與 some 相同，any 也可以當形容詞，修飾複數名詞或不可數名詞。例如：

t4 **I don't have any brothers or sisters.**（我沒有任何兄弟姊妹。）
t5 **He doesn't have any time for fun.**（他沒有任何時間可以玩樂。）

若要強調任何「一個」，在 any 後可以使用單數名詞，例如：

t6 **There isn't any passenger on the bus.**（巴士上並沒有任何一個乘客。）

一般而言，any 除了用於否定句之外，也常出現在疑問句或條件句裡。例如：

t7 **Are there any messages for me?**（有沒有我的留言？）
t8 **If you need any help, just let me know.**（如果你需要幫忙，儘管告訴我。）

注意，any 有時也用在肯定句中，後接單數名詞，表達「任何一個……都」之意，例如：

t9 **Any child knows how to answer that question.**
（任何一個小孩都知道如何回答那個問題。）

any 還可以當副詞用，同樣也多用於否定句、疑問句與條件句中。例如：

t10 **I tried very hard, but it didn't seem to help any.**
（我很努力，但是似乎沒什麼用。）
t11 **Does my room look any different to you?**
（你看不看得出來我的房間有什麼不同？）
t12 **If you want to go any further, you will have to get the manager's approval first.**
（如果你想採取更進一步行動，必須先獲得經理的許可。）

U. none

不定代名詞 none 可用來指可數名詞的「無一」，或不可數名詞的「全無」。請看例句：

u1 None have succeeded in solving this problem.（沒有人成功解決過這個問題。）

u2 I'm afraid I can't offer you coffee; there's none left.
（很抱歉不能請你喝咖啡，因為已經喝光了。）

注意，雖然用來表示「無一」的 none 之邏輯意義爲 not any one，但是作爲主詞時卻常視爲複數，尤其是如果在 none 之後出現複數名詞時，例如：

u3 None of the guests have arrived.（客人們都還沒有到。）

換言之，none 常被詮釋成 not any persons/things。不過，若是要強調連「一個」都沒有時，也可以使用單數動詞：

u4 None of the guests has arrived.（客人連一個都還沒到。）

同理，前面的 u1. 也可改成：

u5 None has succeeded in solving this problem.
（從來沒有任何一個人成功解決過這個問題。）

當然，如果 none 是被用來代替不可數名詞，就不會有這個問題，因爲不可數名詞一律得視爲單數。

none 也可以當副詞，表示「一點也不」，常與 too 或 the ＋ 比較級連用：

u6 To tell the truth, we are none too happy about the result.
（說實話，我們對結果一點都不滿意。）

u7 She felt none the better after her husband admitted his mistake.
（在她丈夫承認自己的錯誤之後，她的心情一點也沒有變得更好。）

V. more

不定代名詞 more 指「更多」，可以用來代替複數名詞，取複數動詞，也可以代替不可數名詞，取單數動詞。例如：

v1 They have built fifty houses, but more are needed.
（他們已經蓋了五十棟房子，但是還需要更多。）

v2 If that money is not enough, here is more.
（如果那些錢不夠，這裡還有更多。）

more 可以指人或事物：

v3 More are volunteering to join our campaign.
（有更多的人志願要加入我們的運動。）

v4 I don't want to hear more of your lies.（我不想再聽你更多的謊言。）

除了作為代名詞外，more 也可作形容詞用，修飾複數名詞或不可數名詞。例如：

v5 We need to hire more workers this year.（今年我們需要多雇用一些工人。）

v6 Let's go get more beer.（咱們去多拿些啤酒。）

注意，在 more 之前常會出現數字或表數量的形容詞，例如：

v7 We need ten more (workers).（我們還需要十個〔工人〕。）

v8 Go get some more (beer).（再去拿一些〔啤酒〕。）

more 還可當副詞用，例如：

v9 You're putting on weight; you should exercise more.
（你發福了；你應該多運動。）

v10 If you don't mind, we'd like to come more often.
（如果你不介意，我們想更常來。）

事實上，more 為 many 和 much 的比較級，若與 than 合用就可形成比較結構：

v11 Mrs. Jones has given birth to more children than Mrs. Stevenson.
（瓊斯太太生的小孩比史蒂芬太太多。）

v12 Mr. Stevenson has more money than Mr. Jones.
（史蒂芬先生的錢比瓊斯先生多。）

因為 more 可以當副詞，所以也可以用來表示形容詞、副詞或動詞的比較：

v13 This problem is more complicated than that one.
（這個問題比那個問題複雜。）

v14 Tim works more diligently than Paul.（提姆工作比保羅勤奮。）

v15 The vocalist actually danced more than she sang.
（那個歌手事實上跳的比唱的多。）

W. most

不定代名詞 most 指「大多數」或「大部分」可以代替複數可數名詞，也可以代替不可數名詞。例如：

w1 Most of the employees here are part-timers.
（這裡大多數的員工是兼職人員。）

w2 Most of his childhood was spent in New York.
（他大部分的童年是在紐約度過的。）

如 w1. 句所示，most 可用來指「人」；如 w2. 句所示，most 也可用來指「事物」。但是注意，most 還可特別用來指「大多數人」，例如：

w3 Life is too short for most.（生命對大多數人而言太短暫。）

除了當代名詞用之外，most 還可以當形容詞，修飾複數可數名詞或不可數名詞：

w4 Most children love to read comic books.（大多數小孩都很喜歡看漫畫書。）

w5 Most petroleum is formed from organic matter.
（石油大部分是由有機物質所形成。）

上面的 w3. 句 也可代換成：

w6 **Life is too short for most people.**

most 也可作副詞，表示「非常」、「很」：

w7 **It was most stupid of you to tell him that.**
（你真是有夠笨，竟然跟他講那件事。）

w8 **They'll most probably get married in June.**
（他們非常有可能會在六月結婚。）

事實上，most 是 many 和 much 的最高級形式：

w9 **Owen has won the most prizes.**（歐文贏得了最多的獎項。）

w10 **Mr. Rogers owns the most land.**（羅傑斯先生擁有最多的土地。）

注意，這時需在 most 前加定冠詞 the。the most 常用來表群體中之最，例如：

w11 **Donna is the most beautiful girl in her class.**
（唐娜是她班上最漂亮的女孩。）

w12 **Kyle is the most intelligent boy of all.**
（凱爾是全部男生中最聰明的。）

注意，若是用 most 直接修飾形容詞、副詞或動詞，the 可以省略：

w13 **Which question do you think is (the) most difficult?**
（你認為哪一道問題最難？）

w14 **All those students are good at English, but Martha seems to speak it (the) most fluently.**
（那些學生的英文都很棒，但是瑪莎似乎說得最流利。）

w15 **What bothers me (the) most is that my son is not interested in anything at all.**
（最讓我傷腦筋的是我兒子對任何事都毫無興趣。）

X. a lot / lots

不定代名詞 a lot 或 lots 可用來代替可數名詞，也可以用來代替不可數名詞，意思爲「很多」。例如：

x1 A: Do you have any questions? B: Yes, I have a lot / lots.
（A：你有沒有問題？ B：有，我有很多。）

x2 A: Do you have any paper? B: Yes, I have a lot / lots.
（A：你有沒有紙？ B：有，我有很多）

a lot 和 lots 也可用來指人：

x3 A: Are there any applications for that job?
B: Yes, there are a lot / lots.
（A：那個工作有沒有人申請？ B：有，有很多。）

a lot 和 lots 最常見的用法是在其後加介系詞 of，再接名詞：

x4 We do a lot / lots of experiments.（我們做很多實驗。）

x5 He has a lot / lots of experience.（他有很多經驗。）

如第二節中所述，若 a lot / lots of 接可數複數名詞，就相當於 many；若接不可數名詞，則相當於 much。

a lot 和 lots 的用法大體相同，但是作副詞用時，多取 a lot 而不取 lots：

x6 I like chemistry a lot / ? lots.（我很喜歡化學。）

x7 My mother worries a lot / ? lots.（我媽媽很會擔心。）

Y. plenty

不定代名詞 plenty 可以代替可數名詞，也可以代替不可數名詞，表示「很多」或「充足」。例如：

y1 A: Do you need any more chairs? B: No, we've got plenty.
（A：你們需要更多椅子嗎？　B：不需要，我們有很多。）

y2 A: Is there enough food? B: Yes, there's plenty for everyone.
（A：食物夠不夠？ B：夠，每個人都有充分的食物。）

與 a lot 和 lots 相同，plenty 之後也常加介系詞 of，再接名詞：

y3 Plenty of Taiwanese companies have set up factories in Mainland China.
（許多台灣公司都已經在中國大陸設廠。）

y4 You'll have plenty of time to work on this project.
（你會有充足的時間來做這個企劃案。）

注意，plenty 也可以用來指「人」：

y5 Plenty of people would be very happy to have your job.
（許多人會很高興擁有你這份工作。）

另外，plenty 也可以當形容詞，表示「很多的」、「足夠的」。例如：

y6 Three tomatoes will be plenty.（三顆蕃茄就夠多了。）

y7 Food is never too plenty in that area.（在那個地區食物永遠不會太充足。）

最後，plenty 還可作副詞用，表示「相當地」、「充分地」。例如：

y8 I'm plenty tired after working the whole day.
（工作了一整天，我覺得好累。）

y9 He talks plenty, but that's all he does.（他話講得不少，可是光說不練。）

Z. such

不定代名詞 such 用來指「這樣的人、事、物」，例如：

z1 Such is our coach — strict but very kind.
（我們的教練就是這樣——嚴格但是很仁慈。）

z2 Such is life.（人生就是這樣。）

注意，such 也可用來指複數名詞，例如：

z3 Such are the rules of the game.（遊戲規則就是這樣。）

such 可以當前置限定詞，用於限定詞（不定冠詞）a 之前，表示「如此的」之意。請看例句：

z4 He is such a fool.（他是如此的一個笨蛋。）

而在 such a 後的名詞還可以再用形容詞修飾：

z5 He is such a big fool.（他是如此的一個大笨蛋。）

such 之後也可接複數名詞或不可數名詞：

z6 They are such good friends.（他們是如此的好朋友。）
z7 Don't talk such nonsense.（不要說如此無意義的話。）

此時不論名詞前有無形容詞，such 皆可視爲限定詞。另外，such 還常與介系詞 as 連用，表示「例如」：

z8 She likes animals such as cats and dogs.（她喜歡動物，例如貓和狗。）

注意，such 和 as 亦可分開使用，形成 such ... as 的結構，用來表達「像……之類的」之意；

z9 I love such wild animals as tigers and wolves.
（我非常喜歡像老虎和狼之類的野生動物。）

最後，注意 such as 的一個非常特殊的用法：such as 可用來表示「那些……的人」(those who)。請看例句：

z10 Such as wish to leave may do so.（凡是想離開的人都可以離開。）

英文的不定代名詞為數眾多，本書中共納入常用（也常考）的 26 個／組。我們刻意將這些代名詞分成「單數不定代名詞」、「複數不定代名詞」、「單複數雙用不定代名詞」三類來討論；之所以這麼做的目的在於幫助讀者確實了解並正確掌握各個不定詞的用法。另外，由於不定代名詞常可做其他詞類使用（如形容詞或副詞），在本單元中我們也特別做了詳細的說明。再次提醒讀者，學習文法絕對不可以囫圇吞棗；讀者只要按本書所提供的解說，以理解的方式來學習，相信許多與不定代名詞有關的問題皆可迎刃而解。

註解

1 有些人則更進一步，直接用 she、her、herself 來表示。不過有更多的人選擇用第三人稱複數的 they、them、their 和 themselves。這樣做有兩個理由。第一，雖然說的是「一個人」，但是所指涉的對象卻是「所有人」。第二，既然對象是「所有人」，自然包括了男性與女性，用 they 等字既可避免紛爭，又簡單明瞭。注意，這種情況也可擴及到我們接下來要討論的 everyone、anyone、everybody、each 等字。

2 注意，no one 為兩個字，不應該與本章第三節中討論的單複數雙用不定代名詞 none 混淆。

3 注意，another 為一個字，the other 則為兩個字。

4 在現代英文裡，有越來越多的人擴大了 each other 的使用範圍，用 each other 來取代 one another。

5 也有人選擇使用複數動詞。

6 注意，以 Either A or B 作為主詞時，動詞應與後項（即 B）一致。

7 與註 5 同。

8 Neither A nor B 作主詞時，用法與 Either A or B 同。

9 有關 any 的用法，請見本章第三節「單複數雙用不定代名詞」。

10 有關 some 的用法，亦請見本章第三節。

11 部分否定也會出現在形容詞 every 與 not 連用時：

① **<u>Not every</u> employee is willing to work overtime.**（不是每一個員工都願意加班。）

意即，① 句與下面 ② 句同義：

② **<u>Every</u> employee is not willing to work overtime.**

不過因為多數人會覺得 ② 句的意思不夠清楚，容易產生誤解，所以 ① 句為較佳選擇。

3分鐘英文 搞懂易混淆字詞用法！

名詞㊷ station / stop

station 和 stop 都可以指「車站」，但前者指的是具較大規模之建築物的車站，如台北火車站、高鐵站，而 stop 則用來指規模較小（如只有一個候車亭）的「招呼站」，如路邊的公車站。

名詞㊸ elevator / escalator

二者都叫「電梯」，但 elevator 指的是上下升降的電梯（英國叫 lift），而 escalator 則為「電扶梯」。另外，機場等地方所有的「自動步道」英文叫 moving walkway、autowalk 或 travelator。

名詞㊹ road / street

廣義而言，road 可以指任何用來連接兩地的道路，而雖然在台灣有許多市區道路用 road 來命名，但嚴格講市區內（特別是兩旁有商店、住屋）的道路應叫 street。至於 road 則可用來指地區與地區之間所使用的公路。

PART 4

形容詞篇

【前言】

形容詞用得愈精確，就能讓句子愈達意！

1. 何謂形容詞？

形容詞的英文是 adjective，由字首 ad- (to)、字根 -ject- (throw) 與字尾 -ive (tending to) 組合而成，意思是 a word thrown next to a noun，也就是說，形容詞乃加諸於名詞之詞也。換成一般的說法即，形容詞指的是必須緊跟名詞並用來修飾名詞的詞類，而所謂的「修飾」(modify) 則包含 limiting、identifying、quantifying、qualifying、specifying、describing 等功能，意即，形容詞主要用來表示一個名詞的指稱、數量、性質及特性等。有了形容詞的「加油添醋」，一個名詞就更能明確地表達出它所指涉的人、事、物為何。注意，由於代名詞可用來代替名詞而其功能基本上等同於名詞，因此有時英文的形容詞也被用來修飾代名詞。

2. 形容詞的重要性

雖然在本書的前面幾個部分中我們提到，在英文五大句型中最基本的元素是動詞和名詞，但是我們必須了解動詞與名詞只組成了英文句子的基本架構，若要使一個句子生動、活潑，則必須倚賴形容詞。比如，假設有個人從來沒到過台北而希望我介紹一下這個城市，於是我跟他／她說：Well, Taipei is a city.（嗯，台北是一個都市。），對方不以為我是神經病，也會認為我太沒有誠意，因為說「台北是一個都市」等於是說了一句廢話。但是如果我說：Taipei is a big city.（台北是一個大都市。），相信對方對台北就會有一個基本的認識。而如果我說：Taipei is a big busy city.（台北是一個繁忙的大都市。），對方肯定能進一步了解台北可能的狀況。如果我說：Taipei is a big beautiful busy city.（台北是一個美麗、繁忙的大都市。），對方甚至可以想像出台北繁華的景象。* 由此看來，我們可以這麼說：形容詞猶如名詞的化妝師，專門為名詞「打理門面」，形容詞用得愈精確就能讓句子愈達意。在本篇我們將依序討論形容詞的種類、形容詞的功能與位置、形容詞的排列順序、形容詞的比較、形容詞的特殊用法、形容詞片語以及形容詞子句。在說明時除了將傳統文法的精華保留下來之外，在比較難懂的地方（如形容詞片語和形容詞子句）都特別加入一般文法書沒有的分析說明，提供讀者一個不強調死記而著重理解的一個新的學習方式。

---

* 嚴格講，以上各句中所使用的不定冠詞也是形容詞的一種。

第 1 章 形容詞的種類

形容詞可分爲「限定形容詞」(limiting adjective) 和「性狀形容詞」(qualifying adjective) 兩大類。我們先看限定形容詞。

1 限定形容詞

限定形容詞即一般所謂的「限定詞」(determiner)，主要用來表示名詞的指稱或數量。限定形容詞包括：

A. 定冠詞 (definite article) 和不定冠詞 (indefinite article)

定冠詞 the；不定冠詞 a / an。請看例句：

a Terry is a student.（泰瑞是個學生。）

b He never listens to the teacher.（他從不聽老師的話。）

B. 指示形容詞 (demonstrative adjective)

單數 this 和 that；複數 these 和 those。請看例句：

c This restaurant is not good.（這家餐廳不好。）

d I prefer those cafés.（我比較喜歡那些咖啡廳。）

C. 所有形容詞 (possessive adjective)

如 my、your、his、her、our、their、its 及 John's、Mr. Smith's 等。請看例句：

[e] My car is cheap.（我的車子很便宜。）

[f] John's cars are all very expensive.（約翰的車子都很貴。）

D. 疑問形容詞 (interrogative adjective) 與關係形容詞 (relative adjective)

包括 which、what、whose。請看例句：

[g] Which bicycle is yours?（哪一輛腳踏車是你的？）

[h] I have given you what money I had.（我已經把我所有的錢都給你了。）

[i] He is the one whose bicycle was stolen.（他就是那個腳踏車被偷的人。）

E. 數字形容詞 (numeral adjective)

基 數 (cardinal number) 如 one、two、three、ten、twentyfive、one hundred、three thousand、six million 等；序 數 (ordinal number) 如 first、second、third、tenth、twenty-fifth、one hundredth、three thousandth、six millionth 等。請看例句：

[j] He owns three houses.（他擁有三棟房子。）

[k] Leo was the first person to arrive.[註 1]（李歐是第一個到達的人。）

F. 數量詞 (quantifier)

如 all、many、much、a lot of、(a) few、(a) little、some、any、each、every、most、both、either、neither、no 等。[註 2] 請看例句：

[l] I don't have much time.（我沒有很多時間。）

[m] Most people like to travel.（大多數的人都喜歡旅行。）

由於使用限定形容詞的目的主要是要表達名詞的指稱與數量，因此在使用它們時應注意被「限定」之名詞爲特定或不特定、可數或不可數，以及數或量的問題。請看以下例句：

[n] He is the man we want.【特定】（他就是我們要的人。）

o We want to hire some workers.【不特定】（我們想雇用幾個工人。）

p Her sons have all grown up.【可數】（她的兒子都已經長大了。）

q Her hair has turned gray.【不可數】（她的頭髮已經變得斑白。）

r These people are very friendly.【複數】（這些人非常友善。）

s There is little time left.【少量】（剩下沒多少時間了。）

接下來，我們討論性狀形容詞。

2 性狀形容詞

性狀形容詞用來描述人、事、物的性質或狀態，包括：

A. 記述形容詞 (descriptive adjective)

大多數形容詞都屬這一類形容詞，例如：large、small、tall、short、old、young、beautiful、smart、honest、hungry、dirty、dangerous、useful、easy、fast、valuable、noisy、strong、cruel、dead、proud、confi dent、sunny、dark 等等。

B. 專有形容詞 (proper adjective)

由專有名詞轉變而來的形容詞稱爲專有形容詞，例如：

China → Chinese
Japan → Japanese
America → American
Canada → Canadian
England → English
France → French
Germany → German
Spain → Spanish
Italy → Italian
Russia → Russian

C. 物質形容詞 (material adjective)

物質形容詞指由物質名詞直接轉用的形容詞，例如：

an iron bridge「一座鐵橋」
a gold watch「一只金錶」
a silver ring「一枚銀戒指」
a water bed「一張水床」
an air bag「一個氣囊」
a stone wall「一片石牆」
a paper cup「一個紙杯」
a tea pot「一個茶壺」
a coffee table「一張咖啡桌」
an oxygen mask「一個氧氣罩」

注意，英文裡還有一類與物質相關的形容詞是經由物質名詞變化而來的，例如：

gold → golden「金色的；貴重的」
wood → wooden「木製的；死板的」
water → watery「水分多的；淡的」
air → airy「空氣的；通風的；空洞的」
sand → sandy「沙質的；多沙的」
salt → salty「含鹽的；鹹的」
oil → oily「油質的；油膩的」
smoke → smoky「冒煙的；煙霧瀰漫的；有煙味的」
meat → meaty「多肉的；內容豐富的」
glass → glassy「似玻璃的；光滑透明的」

一般而言，由物質名詞直接轉用的形容詞表達的是被修飾之名詞的「材質」，而經由字尾變化的物質形容詞則較接近記述形容詞。試比較：

a gold watch（一只金錶）
與
a golden opportunity（一個大好的機會）

另外，比方我們可以說：

t This soup is very watery.（這湯非常淡。）

卻不能說：

誤 u This soup is very water.

D. 分詞形容詞 (participial adjective)

分詞形容詞包括現在分詞形容詞，例如：interesting、exciting、boring、disgusting、embarrassing、pleasing、confusing、satisfying、surprising、tiring 等；過去分詞形容詞：interested、excited、bored、disgusted、embarrassed、pleased、confused、satisfied、surprised、tired 等。原則上，現在分詞形容詞具主動的意涵，過去分詞形容詞則表達被動的概念。[註3]

試比較下列各句中現在分詞形容詞與過去分詞形容詞的意義與用法。

v This book is interesting, but I'm not interested.
（這本書很有趣，但是我沒有興趣。）

w What he did was disgusting, and we all felt disgusted.
（他做的事很噁心，我們都覺得很倒胃口。）

x The instructions were very confusing; everyone was confused.
（那些指示非常混亂，每個人都被搞糊塗了。）

E. 名詞形容詞 (nominal adjective)

名詞形容詞指的是用來修飾另一名詞而本身原屬名詞的形容詞，[註4] 例如：

morning news「晨間新聞」
city traffic「都市交通」
office furniture「辦公室家具」
a boy student「一個男學生」
a woman teacher「一位女教師」

a flower pot「一個花盆」
a fruit tree「一棵果樹」
a bird cage「一個鳥籠」
a dinner party「一場晚宴」
a telephone booth「一個電話亭」

傳統上，以上這些由兩個名詞所構成的名詞被稱爲複合名詞 (compound nouns)，但是就功能而言，這些所謂複合名詞中的第一個名詞其實都應視爲形容詞。試比較：

a good student「一個好學生」
與
a boy student「一個男學生」

在結構上，boy 和 good 相同，都占據了「形容詞」的位置；就功能而言，boy 明顯也與 good 相同，都用來「修飾」其後的名詞 student。而將複合名詞的第一個名詞視爲形容詞最重要的理由是，當複合名詞爲複數時，只有第二個名詞使用複數形，第一個名詞，即使爲可數名詞，亦不可使用複數形。[註5] 例如：「兩個男學生」應說成：

two boy students

而不可說成：

誤 two boys students

換句話說，在 two boy students 這個名詞片語中，boy 是形容詞而非名詞。注意，英文的形容詞並無複數形：

two good students「兩個好學生」

註解

1 序數作形容詞用時須與定冠詞 the 連用，但作副詞時則否，例如 k. 句可改寫成：Leo arrived first。

2 數量詞即為不定代名詞之形容詞用法。不定代名詞之詳細用法請參見本書「代名詞篇」。

3 現在分詞與過去分詞之比較分析請見本書「動詞篇」。

4 從這個角度來看，原為物質名詞的形容詞亦可包括在內。

5 只有在前一個名詞為 man 和 woman 時，此規則才不適用，例如：

two <u>men</u> doctors「兩位男醫師」
three <u>women</u> judges「三位女法官」

當然，若一複合名詞的第一個名詞原本就是複數形時，亦不受此限。例如：

a <u>sales</u> clerk / two sales clerks「一／兩個售貨員」
a <u>sports</u> car / three sports cars「一／三輛跑車」
a <u>savings</u> account / four savings accounts「一／四個儲蓄帳戶」

3分鐘英文 搞懂易混淆字詞用法！

名詞 45 lane / alley

lane 和 alley 都可以用來指「小巷」，但 lane 還可指馬路上的「車道」。注意，在台灣地址中的「巷」用 lane 表示，而「弄」則用 alley 表達。另外，「死巷」英文叫 blind alley。

名詞 46 overpass / pedestrian bridge

overpass 和所謂的 pedestrian bridge 都屬於「高架」的道路，但前者基本上是給車輛走的，也就是我們說的「高架橋」，而後者則是行人走的「陸橋」或「天橋」（也可以叫作 foot bridge）。另外，可供人通行的「地下通道」或可供車輛行駛的「地下道路」叫作 underpass，而「隧道」則叫作 tunnel。至於現在相當流行的「空中步道」稱之為 skywalk。

名詞 47 university / college

university 大家都知道指「大學」，但是 college 其實也可以用來指大學，不過精確地說，college 應指一所大學中的各個「學院」，例如 college of science、college of law、college of business 等。另外，台灣的「專科學校」也可以用 college 表示，而「職業學校」則叫 vocational school。注意，「上大學」英文一般會說 go to college，而不須說 go to university。

名詞 48 diploma / certificate

diploma 和 certificate 都指「證書」，但是 diploma 是「學位證書」，也就是「畢業文憑」之意，而 certificate 指的是「考試及格證書」或「資格證明」。另外，一般商品的「保證書」則為 warranty。

名詞 49 student / pupil

student 和 pupil 都是「學生」的意思，但 student 通常用來指「中、大學生」，而 pupil 則多用來指「小學生」。另外，「學徒」叫 apprentice，而「門徒」則叫 disciple。

第 2 章 形容詞的功能與位置

形容詞主要有兩大功能：一、修飾名詞；二、作爲名詞的補語。修飾名詞時，形容詞通常置於被修飾之名詞前；作爲補語時，則出現在不完全不及物動詞之後（主詞補語）或不完全及物動詞的受詞之後（受詞補語）。我們先看第一種情況。

1 直接修飾名詞的形容詞

直接用來修飾名詞的形容詞稱爲「屬性形容詞」(attributive adjective)，通常置於名詞之前。例如：

a The naughty boy was punished.（那個調皮的男孩被處罰。）

b He likes expensive cars.（他喜歡昂貴的車子。）

c This is an urgent matter.（這是個緊急事件。）

但是，在下列幾種情況下，形容詞則必須置於被修飾的名詞之後。

A. 形容詞本身為片語形式時

請看例句：

d A room full of people can be stuffy.（一個擠滿了人的房間可能會很悶。）

e He is a man capable of almost everything.（他是一個幾乎什麼事都會做的人。）

f She has six children dependent on her.（她有六個小孩靠她撫養。）

注意，這類片語形式的形容詞有可能爲否定式，例如：

g They mentioned a couple of names not familiar to me.
（他們提了幾個我不熟悉的人名。）

B. 形容詞與表「單位」的字詞連用時

請看例句：

h A man twenty years old is considered an adult.（一個二十歲的人被視為成人。）

i He fell into a well thirty feet deep.（他跌落一口三十英呎深的井裡。）

注意，這類後置的修飾語 (post-modifier) 也可以移至名詞之前，但是必須用連字號 (hyphen) 連結，而且單位詞不可使用複數形：

j A twenty-year-old man is considered an adult.

k He fell into a thirty-foot-deep well.

C. 數字形容詞具「指定」功能時

例如：

Act one, Scene two「第一幕，第二景」

Chapter six, paragraph three「第六章，第三段」

World War Two (II)「第二次世界大戰」

但是，如果使用序數作爲形容詞，序數則須置於名詞之前，且必須與定冠詞 the 連用：

the First Act, the Second Scene

the fifth chapter, the third paragraph

the Second World War

D. 形容詞之修飾對象為不定複合代名詞時

所謂不定複合代名詞 (indefinite compound pronoun) 指的是 something、everything、anything、nothing、somebody、everybody、anybody、nobody、someone、everyone、anyone 等字。請看例句：

l As usual, there's nothing new in the news.

(一如往常，新聞裡並沒有什麼新鮮事。)

m She plans to marry somebody rich.(她打算嫁個有錢人。)

n Anyone interested is welcome.(任何有興趣的人都歡迎。)

E. 固定之特殊用法

有些形容詞保留了古體或是因爲受到法文的影響，必須置於名詞之後。[註1] 例如：

God Almighty「全能的上帝」

Amnesty International「國際特赦組織」

a notary public「一位公證人」

a poet laureate「一個桂冠詩人」

the heir apparent「法定繼承人」

the sum total「總額」

accounts payable「應支付帳目」

另外，有些「名詞 + 形容詞」的組合之間則必須使用連字號，例如：

court-martial「軍事法庭」

secretary-general「祕書長」

president-elect「總統當選人」

接下來，我們來看形容詞作爲名詞補語的情況。

2 作為名詞之補語的形容詞

形容詞可以作主詞補語 (subject complement) 或受詞補語 (object complement)，而具補語功能的形容詞稱之爲「述語形容詞」(predicative adjective)。[註2]

A. 作主詞補語的形容詞

作爲主詞補語的形容詞出現在不完全不及物動詞 (incomplete intransitive verb)，

即連綴動詞 (linking verb) 之後。例如：

o Professor Brown is sick.（布朗教授生病了。）

p Jenny looks sad.（珍妮看起來很悲傷。）

q Does my pronunciation sound right?（我的發音聽起來正確嗎？）

B. 作受詞補語的形容詞

作爲受詞補語的形容詞出現在不完全及物動詞 (incomplete transitive verb) 的受詞之後。例如：

r They made the teacher angry.（他們使得老師生氣。）

s I consider him honest.（我認為他是誠實的。）

事實上，大多數形容詞皆兼具屬性形容詞與述語形容詞的功能，意即，既可作修飾語用亦可作補語用。

3 可作修飾語或補語的形容詞

在英文裡爲數最多的形容詞是記述形容詞，而絕大部分的記述形容詞都可作修飾語或補語。以"happy"這個常見的形容詞爲例，它可直接修飾名詞：

t Anna is a happy girl.（安娜是個快樂的女孩。）

也可以作主詞補語：

u Anna seems happy.（安娜似乎很快樂。）

還可以當受詞補語：

v We find Anna happy.（我們覺得安娜很快樂。）

但是，要特別注意，有些形容詞只能用來直接修飾名詞，不可當補語用；相反地，有些形容詞卻只能作補語，而不可以直接修飾名詞。

4 只能直接修飾名詞，不可作補語的形容詞

此類形容詞包括：main、chief、principal、only、mere、very「(強調用)正是」、elder「年長的」、former「在前的」、latter「在後的」、inner「內部的」、outer「外部的」、upper「上面的」、drunken「酒醉的」註3 等。以 main 爲例，以下句中的用法即爲錯誤：

誤 w This point is main.（這一點是主要的。）

我們只能說：

x This is the main point.（這就是要點。）

5 只能作補語，而不可直接修飾名詞的形容詞

這類形容詞包括：unable、(un)well「(不)健康的」、content「滿足的」、liable「有責任的；易患……的；傾向於……的」、subject「受支配的；容易受……的；以……爲條件的」、exempt「(責任、義務等)免除的；豁免的」，以及一些以字母“a”起頭的形容詞，如 afraid、alike、alive、alone、asleep、awake、aware 等。以 alike 爲例，下句中的用法爲錯誤：

誤 y These are alike problems.（這些是相似的問題。）

應改成：

z These problems are alike.（這些問題是相似的。）

註解

1 事實上，在拉丁語系的語言裡，如法文、西班牙文和義大利文，大多數的形容詞都出現在名詞之後，例如：

une table carrée「一張方桌」(法文)

una niña guapa「一個漂亮的小女孩」(西班牙文)

un professore simpatico「一位和藹可親的教授」(義大利文)

2 所謂的「述語」(predicate) 指的是一個句子中針對主詞所做的相關陳述，包括動詞及受詞、補語等。例如：

① She likes dogs.(她喜歡狗。)

② This flower smells good.(這朵花聞起來很香。)

③ He is driving me crazy.(他快讓我抓狂了。)

3 與 drunken 同源的形容詞 drunk 則可作修飾語與補語：

① Drunk driving is illegal in many countries.(酒駕在許多國家都是違法的。)

② Don't drink so much, or you will get drunk.(不要喝這麼多，否則你會醉。)

3分鐘英文 搞懂易混淆字詞用法！

名詞 50 test / examination

test 和 examination（或 exam）都可以指「考試」，不過 test 一般指「測驗」，而 examination 則通常為較正式或重要的考試（如台灣的 College Entrance Examination「大專聯考」）另外，「小考」叫 quiz，而老師未先通知的「隨堂測驗」叫 pop quiz。

名詞 51 expert / specialist

二者皆為「專家」，但 expert 通常是指精通某一方面技術或對其所知甚詳的「行家」，而 specialist 則指在某一領域之所學、訓練或經驗特別突出的「專業人士」。

名詞 52 psychologist / psychiatrist

這兩種人士的專業都與「心裡」有關，而 psychologist 指的是「心理學家」，psychiatrist 指的則是「精神科醫師」。另外，「心理治療師」叫 psychotherapist。

名詞 53 writer / author

writer 和 author 都指「作者」，不過 writer 較為廣義，只要是「寫」出一本書、一篇文章或任何文藝作品的人都叫 writer，但是 author 必須是構思並創作一項作品的人。有時 author 和 writer 是同一人（如自傳作者），但有時 author 和 writer 為不同人（如傳記作者）。

名詞 54 journalist / reporter

二者皆可指「記者」，但 journalist 含義較廣，一般用來泛指「新聞從業人員」（包括 reporter）。另外，電視台的新聞「主播」叫 anchorman / anchorwoman，或直接叫 anchor。

第 3 章 形容詞的排列順序

我們在第 1 章中把形容詞分為限定形容詞與性狀形容詞兩類，原則上若作為名詞修飾語，限定形容詞應置於性狀形容詞之前，即：

限定形容詞 | 性狀形容詞 | 名詞

然而，由於不論是限定形容詞或是性狀形容詞本身都不只有一種，因此一旦一個名詞受超過一個的限定形容詞或性狀形容詞修飾，就必須注意這些形容詞的排列順序。我們先看限定形容詞的正確排列順序。

1 限定形容詞的排列順序

依其前後排列順序，限定形容詞還可細分為前位、中位和後位三種。[註1]

A. 前位限定形容詞

前位限定形容詞必須置於中位與後位限定形容詞之前。前位限定形容詞包括：

- **數量詞 all 與 both**

以及

- **表「倍數」或「部分」的 twice、half 等**

B. 中位限定形容詞

中位限定形容詞指必須置於後位限定形容詞之前，而不屬於前位限定形容詞之限定形容詞，包括：

- **定冠詞 the 與不定冠詞 a / an**
- **指示形容詞 this、that、these、those**
- **所有形容詞 my、your、our、their 等**
- **數量詞 some、many、several、every 等**

C. 後位限定形容詞

後位限定形容詞必須置於前位與中位限定形容詞之後，包括：

- **數字形容詞之基數與序數**

以及

- **表「順序」的 next、last 等**

一個名詞可以用一種、兩種或三種限定形容詞來「限定」。如果只使用一種限定形容詞則無所謂的順序問題，如：

both brothers「兩兄弟（都）」（前位限定形容詞）
that man「那個人」（中位限定形容詞）
ten boys「十個男孩」（後位限定形容詞）

但是，如果一個名詞受一種以上限定形容詞的限定，就必須注意這些形容詞的排列順序。例如，使用兩種限定詞時，以下排列即為錯誤：

誤 my twice age「我年齡的兩倍」
誤 three those apples「那三個蘋果」

應改為：

twice my age
those three apples

如果一個名詞有三個限定詞，更需要注意它們的排列順序。例如，「所有那三十個人」不可說成：

誤 all thirty those people
誤 those all thirty people
誤 those thirty all people
誤 thirty all those people
誤 thirty those all people

而應說：

all those thirty people

接下來，我們討論性狀形容詞的正確排列順序。

2 性狀形容詞的排列順序

用來修飾名詞的性狀形容詞亦有其排列順序。大體而言，**與被修飾之名詞關係愈密切之形容詞愈靠近該名詞，較為一般性的描述則距離被修飾之名詞較遠**。性狀形容詞的排列依序為：表述形容詞 (epithet)、記述形容詞、專有形容詞、物質形容詞、名詞形容詞。

A. 表述形容詞

表述形容詞實屬記述形容詞，用來表達說話者對某人、事、物的感受或評斷，此類形容詞距離被修飾的名詞最遠。表述形容詞包括多數以 -y、-ous、-ful、-ive、-ent 等結尾的記述形容詞，如 funny、happy、famous、delicious、beautiful、wonderful、expensive、active、excellent、different。另外，分詞形容詞，如常見的 interesting、charming、exciting、boring、satisfi ed、surprised、confused 等等，亦應視為表述形容詞。[註 2]

B. 記述形容詞

在表述形容詞之後爲其他記述形容詞。依順序先是表示「大小」的形容詞，如 large、small；其次爲表「形狀」的形容詞，如 round、square；再來是表「新舊」的形容詞，如 new、old；最後是表「顏色」的形容詞，如 red、blue 等。

C. 專有形容詞

專有形容詞，如 Chinese、Japanese、French 等，應置於表「大小」、「形狀」等的記述形容詞之後。[註3]

D. 物質形容詞

物質形容詞，如 gold、silver、aluminum、plastic 等，以及 golden、wooden、woolen 等相關的形容詞須置專有形容詞之後。

E. 名詞形容詞

與被修飾之名詞關係最近的修飾語爲本身原爲名詞（包括動名詞）的名詞形容詞，即，構成複合名詞的前一個名詞。注意，一個複合名詞的前後兩個名詞之間不可再加入任何修飾語；也就是說，名詞形容詞爲最靠近被修飾名詞之形容詞：

college **students**「大學生」
movie **theaters**「電影院」
video **equipment**「錄影設備」
dining **tables**「餐桌」
running **shoes**「慢跑鞋」
writing **paper**「書寫用紙」

其他的修飾語，依前後順序，一律應置於名詞形容詞之前，例如：

promising young college **students**「有前途的年輕大學生」
famous old movie **theaters**「有名的古老電影院」
expensive new video **equipment**「昂貴的新錄影設備」
large round Chinese dining **table**「大的圓形中國式餐桌」

dirty old brown running shoes「骯髒破舊的咖啡色慢跑鞋」
excellent white Japanese writing paper「優質的白色日本製書寫用紙」

事實上，一個名詞不應使用過多的性狀形容詞作爲修飾，過多的修飾語會使得一個名詞片語顯得冗長、不自然。以下即爲一不良範例：

beautiful large round old blue Chinese porcelain flower vases
「又大又美麗的圓形古老藍色的中國瓷器花瓶」

這個名詞片語中一共用了八個修飾語，讓人覺得相當累贅，非常不自然。別忘了在性狀形容詞前常常還需要使用限定形容詞；一旦我們把三種限定形容詞全都加上去，整個名詞片語更會顯得冗長不堪，甚至令人覺得不知所云：

all these three beautiful large round old blue Chinese porcelain flower vases
「所有這三個又大又美麗的圓形古老藍色的中國瓷器花瓶」

一般而言，性狀形容詞以不超過三個、限定形容詞以不多於兩個爲佳，例如：

all these beautiful Chinese porcelain vases「所有這些美麗的中國瓷器花瓶」

或者：

three beautiful flower vases「三個美麗的花瓶」

最後，我們將本章中所討論的形容詞之排列製成一覽表供讀者參考。

3 形容詞排列順序一覽表

限定形容詞			性狀形容詞					
前位限定形容詞	中位限定形容詞	後位限定形容詞	表述形容詞	記述形容詞	專有形容詞	物質形容詞	名詞形容詞	被修飾之名詞

註解

1 此即所謂的「前位限定詞」(predeterminer)、「中位限定詞」(central determiner) 及「後位限定詞」(postdeterminer)。

2 注意，有時會出現一個以上的表述形容詞。若出現兩個表述形容詞時，可用對等連接詞 and 做連結，例如：

beautiful and intelligent「美麗又聰明」

或用逗號作分隔：

beautiful, intelligent「美麗、聰明」

若出現三個（或以上）時，則以下列方式呈現：

beautiful, intelligent(,) and easygoing「美麗、聰明又隨和」

3 一些以 -ic、-ical、-al、-ial 等結尾，用來表示某特殊功能或目的的性狀形容詞亦應置於這個位置。這類形容詞包括：automatic、electric、mechanical、geological「地質的」、conventional「傳統的」、experimental「實驗的」、commercial、industrial 等等。

PART 4 形容詞篇

3分鐘英文 搞懂易混淆字詞用法！

名詞 55 paper / report

paper 和 report 都可以用來指「報告」，但在學術上或學校所寫的報告基本上應該叫 paper（如 research paper「研究報告」、term paper「期末報告」），而 report 則多指向大衆所做或向上級呈遞的報告（如 weather report「氣象報告」、sales report「業務報告」）。

名詞 56 page / leaf

page 和 leaf 常都譯成「頁」，但其實 page 指的才是書籍的「頁」，而 leaf 則指書紙的「張」，換句話說，一張 leaf 是兩個 pages。

名詞 57 picture / photograph

picture 和 photograph（或 photo）都可以指「照片」，但前者的意思較廣，除了指照片外，還可以指「圖片」、「畫作」。另外，「照相」一般說 take a picture，也可以說 take a photograph，而「自拍」則說 take a selfie。

名詞 58 word / character

word 可用來指英文的單字（如 train 就是一個 English word），但卻不適合用來指中文的「字」。比方說，「火車」就不能說是一個中文字，而應該說是兩個 Chinese characters，就是兩個「漢字」或「方塊字」。不過我們可以說「火車」是一個詞，換句話說，英文的 word 除了指所謂的「單字」之外，也可能指的是一個「詞」。

名詞 59 survey / poll

survey 和 poll 都可以指「民意調查」，但 survey 除了指民調之外，還可以指「（對地形等的）勘測」或是「（對房屋等的）鑑定」。poll 則專指民調，例如 Gallup Poll 就是著名的「蓋洛普民意測驗」。

第 4 章 形容詞的比較

形容詞的比較形式共分爲三級：原級 (positive degree)、比較級 (comparative degree)、最高級 (superlative degree)。[註1] 我們首先討論原級的比較形式。

1 原級比較

同等比較 (equal comparison) 時使用形容詞的原級。同等比較可爲肯定同等比較或否定同等比較。

A. 肯定同等比較

肯定之同等比較用 as ... as 表達。例如：

a Bernie is as tall as his brother.（伯尼和他哥哥一樣高。）
b Sandy is as intelligent as her sister.（珊蒂和她姐姐一樣聰明。）

B. 否定同等比較

否定之同等比較用 not as ... as 或 not so ... as 表示。例如：

c Billy is not as / so strong as Bernie.（比利沒有伯尼那麼強壯。）
d Susan is not as / so beautiful as Sandy.（蘇珊沒有珊蒂那麼漂亮。）

注意，so ... as 的結構只能用於否定，而不可用於肯定，因此下列兩句爲錯誤：

誤 a' Bernie is so tall as his brother.（伯尼和他哥哥一樣高。）
誤 b' Sandy is so intelligent as her sister.（珊蒂和她姐姐一樣聰明。）

PART 4 形容詞篇

當然，表達否定概念的字眼不僅限於上面提到的 not，也包括 never、hardly、seldom、rarely、barely、scarcely 等字，故下列兩句亦爲正確：

e **He will never be so good as you.**（他永遠不會和你一樣棒。）

f **I have rarely been so happy as I am today.**（我很少像今天一樣這麼快樂。）

另外，如 a.、b.、c.、d. 四句所示，as ... as 既可用於肯定亦可用於否定。換言之，若將 e.、f. 兩句改成 e'.、f'. 亦爲正確。

e' **He will never be as good as you.**

f' **I have rarely been as happy as I am today.**

2 比較級比較

比較級比較分爲兩種：優等比較 (superior comparison) 與劣等比較 (inferior comparison)。我們先看優等比較。

A. 優等比較

優等比較用 more ... than 表達。例如：

g **Nora is more beautiful than her sister.**（諾拉比她姐姐漂亮。）

h **Jimmy is more diligent than his brother.**（吉米比他哥哥用功。）

但是如果形容詞本身是單音節或是以 -y、-ow、-le、-er、-re 結尾的雙音節形容詞時，則在形容詞的字尾加 -er，然後同樣用 than 來引導比較結構中的第二項。註 2 例如：

i **Mary is taller than Nora.**（瑪麗比諾拉高。）

j **Johnny is naughtier than Jimmy.**（強尼比吉米頑皮。）

在形成單音節形容詞之比較級時，原則上是在字尾加 -er，但必須注意一些拼法上的變化。

● **若字尾為短母音＋單子音時，必須重複子音字母再加 -er：**

big（大的） → bigger　　sad（悲傷的） → sadder
hot（熱的） → hotter　　wet（溼的） → wetter
fat（胖的） → fatter　　thin（薄／瘦的）→ thinner

● **若字尾為 e 時，只須加 r 即可形成比較級：**

brave（勇敢的） → braver　　wide（寬的） → wider
large（大的） → larger　　close（近的） → closer
nice（好的） → nicer　　true（真實的） → truer

● **若字尾為子音＋y 時，將 y 改成 i，再加 -er：**

dry（乾燥的） → drier　　shy（害羞的） → shier[註 3]
wry（歪曲的） → wrier　　sly（狡猾的） → slier[註 4]

● **其他拼法的單音節形容詞則直接加 -er：**

great（偉大的） → greater　　strong（強壯的） → stronger[註 5]
deep（深的） → deeper　　short（短的） → shorter
cool（涼的） → cooler　　thick（厚的） → thicker
poor（貧窮的） → poorer　　small（小的） → smaller
high（高的） → higher　　kind（仁慈的） → kinder

形成雙音節形容詞 -er 形式之比較級時，則須注意下列幾個狀況。

● **若字尾為 le 或 re 時，只須加 r 即可形成比較級：**

simple（簡單的） → simpler　　sincere（誠心的） → sincerer
noble（高貴的） → nobler　　severe（嚴重的） → severer
gentle（溫和的） → gentler　　austere（嚴厲的） → austerer

● 若字尾為 **y** 時，須將 **y** 改成 **i**，再加 **-er**：

happy（快樂的）	→	happier	dirty（骯髒的）	→	dirtier
easy（容易的）	→	easier	noisy（吵鬧的）	→	noisier
busy（忙的）	→	busier	crazy（瘋狂的）	→	crazier
lazy（懶惰的）	→	lazier	ugly（醜陋的）	→	uglier
heavy（重的）	→	heavier	early（早的）	→	earlier

● 字尾為 **ow** 與 **er** 時則直接加 **-er**：

narrow（窄的）	→	narrower	clever（聰明的）	→	cleverer
shallow（淺的）	→	shallower	bitter（苦的）	→	bitterer
hollow（空洞的）	→	hollower	tender（柔嫩的）	→	tenderer

● 下列雙音節形容詞可於字尾加 **-er** 或在其前用 **more** 形成比較級：[註6]

quiet（安靜的） → quieter / more quiet
common（普通的） → commoner / more common
handsome（英俊的） → handsomer / more handsome
stupid（愚蠢的） → stupider / more stupid
pleasant（愉快的） → pleasanter / more pleasant

大多數雙音節形容詞以及三音節與三音節以上形容詞之比較級皆在原級前加 more 形成。

● 以 **-ful**、**-ous**、**-ive**、**-ish**、**-ile**、**-less**、**-ic** 等結尾之雙音節形容詞：

useful（有用的） → more useful
painful（痛苦的） → more painful
famous（有名的） → more famous
anxious（焦急的） → more anxious
active（活躍的） → more active
passive（消極的） → more passive

foolish（愚笨的） → more foolish
sluggish（緩慢的） → more sluggish
fertile（肥沃的） → more fertile
mobile（移動的） → more mobile
senseless（無意義的） → more senseless
careless（不小心的） → more careless
basic（基本的） → more basic
toxic（有毒的） → more toxic

● 三音節及三音節以上之形容詞：

important（重要的） → more important
difficult（困難的） → more difficult
terrible（可怕的） → more terrible
dangerous（危險的） → more dangerous
comfortable（舒適的） → more comfortable
responsible（負責的） → more responsible
ridiculous（荒謬的） → more ridiculous
intelligent（智能高的） → more intelligent
satisfactory（令人滿意的） → more satisfactory
enthusiastic（熱心的） → more enthusiastic

最後請注意，由分詞轉變而來的形容詞，不論音節多寡，一律在其前加 more 形成比較級。

● 現在分詞形容詞：

boring（無聊的） → more boring
tiring（累人的） → more tiring
surprising（令人驚訝的） → more surprising
exciting（令人興奮的） → more exciting
embarrassing（令人尷尬的） → more embarrassing

● 過去分詞形容詞：

bored（覺得無聊的） → more bored
tired（疲倦的） → more tired
surprised（吃驚的） → more surprised
excited（興奮的） → more excited
embarrassed（覺得尷尬的） → more embarrassed

以上我們所看到的是形容詞比較級形成之所謂的「規則變化」。事實上，有些形容詞比較級的形成並不能歸類在這些規則之下；也就是說，有些形容詞的比較級屬「不規則變化」。常見的不規則形容詞比較級包括：

good（好的） → better
bad（壞的） → worse
many（許多—可數） → more
much（許多—不可數） → more
little（少許—不可數） → less [註7]

另外，還有些形容詞的比較級有規則和不規則兩種，所代表的意義各不相同。例如：

old（老的）→ older（年齡或新舊）/ elder（兄弟姊妹之長幼）
late（晚的 → later（時間）/ latter（順序）
far（遠的）→ farther（距離）/ further（程度）[註8]

B. 劣等比較

劣等比較不論形容詞的音節多寡一律用 less ... than 來表達。例如：

k Andrew is less strong than Albert.（安德魯比艾伯特不強壯。）
l Alice is less friendly than Angela.（愛麗絲比安琪拉不友善。）
m Peter is less responsible than Paul.（彼得比保羅不負責任。）
n Rita is less enthusiastic than Rose.（麗塔比蘿絲不熱心。）

在邏輯上 k.、l.、m.、n. 就相當於 k'.、l'.、m'.、n'：

k' **Albert is stronger than Andrew.**（艾伯特比安德魯強壯。）
l' **Angela is friendlier than Alice.**（安琪拉比愛麗絲友善。）
m' **Paul is more responsible than Peter.**（保羅比彼得負責任。）
n' **Rose is more enthusiastic than Rita.**（羅絲比麗塔熱心。）

k.、l.、m.、n. 也相當於 k''.、l''.、m''.、n''：

k'' **Andrew is not as / so strong as Albert.**（安德魯沒有艾伯特強壯。）
l'' **Alice is not as / so friendly as Angela.**（愛麗絲沒有安琪拉友善。）
m'' **Peter is not as / so responsible as Paul.**（彼得沒有保羅負責任。）
n'' **Rita is not as / so enthusiastic as Rose.**（麗塔沒有羅絲熱心。）

PART 4 形容詞篇

在結束本節的討論之前，針對英文形容詞比較級比較之結構與用法，還有幾點必須特別說明。

● **勿將具比較意涵但不屬於英文之比較結構的詞組與真正的比較結構混淆。**

英文裡有幾個源自拉丁文的形容詞，包括 superior「較優的」、inferior「較劣的」、senior「年長的」、junior「年幼的」等，這些字本身雖然具有比較的意義，但是並非英文的「比較級」，因此若有「比較」的對象，並不由 than 來引導，而必須使用介系詞 to。請看例句：

o **In experience, she is superior / inferior to him.**
（在經驗方面，她優／劣於他。）
p **He is senior / junior to her by three years.**（他大／小她三歲。）

不過，雖然結構不同，但就意思而言，o. 與 p. 相當於 o'. 與 p'.：

o' **In experience, she is better / worse than him.**
p' **He is older / younger than her by three years.**

● **比較級形容詞絕不可用 very 作為修飾語。**

表示程度時，一般原級形容詞可用 very 來修飾，但是比較級形容詞必須用 much 修飾：

q My house is very small.（我的房子很小。）

r My house is much smaller than his.（我的房子比他的小很多。）

除了用 much 之外，比較級形容詞還可以用 far、even、still、a lot、a little 等或是表倍數的詞語來修飾。[註9] 例如：

s His house is far bigger than mine.（他的房子遠比我的大。）

t His house is five times bigger than mine.（他的房子比我的大五倍。）

● **比較級形容詞有時可作代名詞用。**

在比較級形容詞之前加上定冠詞 the，可轉作代名詞用。例如：

u Luke looks older, but actually he is the younger of the two.
（路克看起來比較老，但是事實上他是兩個當中比較年輕的。）

本句中的 the younger 代替了 the younger one。

3 最高級比較

與比較級形容詞形成的方式相似，若形容詞爲單音節或是以 -y、-ow、-le、-er、-re 結尾的雙音節字，最高級以在該字字尾加 -est 表示；[註10] 若形容詞本身爲其他雙音節或三音節與三音節以上的字時，則在其前加 most。例如：

big	→ biggest	narrow	→ narrowest
brave	→ bravest	useful	→ most useful
dry	→ driest	active	→ most active
great	→ greatest	basic	→ most basic

simple → simplest　　important → most important
happy → happiest　　intelligent → most intelligent

另外，也與比較級形容詞相同，有些最高級形容詞屬不規則變化：

good → best
bad → worst
many → most
much → most
little → least

也有些最高級形容詞有規則與不規則變化兩種：

old → oldest / eldest
late → latest / lattest
far → farthest / furthest

一般而言，英文的最高級有兩種表現方式：the most (-est) / least ... of 和 the most (-est) / least ... in。例如：

v　Joey is the tallest / least tall boy of the three.
（喬伊是三個男孩中最高／不高的。）

w　Joyce is the most / least active girl in her class.
（喬伊斯是她班上最活躍／不活躍的女孩。）

從 v. 句可看出，表同等人事物中之最高級者時，介系詞用 of；從 w. 句則可知，表一群體中之最高級者時，介系詞用 in。

另，注意在使用最高級形容詞時原則上必須在其前加定冠詞 the，但如果最高級形容詞並非用來修飾名詞而是當作補語時，可以省略 the。例如：

x　She is (the) happiest when alone.（她一個人的時候最快樂。）

最後，與比較級形容詞相同，最高級形容詞也可作代名詞用。例如：

PART 4 形容詞篇

y His car is the fastest of all.（他的車是所有車中最快的。）

y. 句中的 the fastest 指的就是 the fastest car。

註解

1 注意，並非所有的形容詞都有比較級和最高級。比如，就邏輯而言，指示形容詞、所有形容詞、疑問形容詞等不可能（也不需要）被拿來做比較。原則上，只有有程度分別的形容詞 (gradable adjectives)，如 high、low、large、small 等，才有比較級和最高級，而這類形容詞絕大部分屬於記述形容詞。

2 但若原來應以 -er 形成比較級的形容詞被拿來做同一人事物之不同性質之比較時，應改以 more 來表示。例如：

Mary is more vain than proud.（與其說瑪麗驕傲倒不如說她是虛榮。）

3 shy 的比較級也可拼寫成 shyer。

4 sly 的比較級也可拼寫成 slyer。

5 注意，形容詞 strong 加上比較級字尾 -er 之後的發音為 [ˋstrɔŋgɚ]。這與動詞 sing 加上表「人」的名詞字尾 -er 之發音方式不同：singer 念成 [ˋsɪŋɚ]，在 [sɪŋ] 之後並不加子音 [g]。類似 stronger 發音的比較級形容詞還包括 longer [ˋlɔŋgɚ] 和 younger [ˋjʌŋgɚ]。

6 現在似乎有越來越多人較偏向使用 more。這個現象也出現在以 -ow、-le、-er、-re 結尾的雙音節形容詞上，例如，說 more shallow 而不說 shallower，或是說 more clever 而不說 cleverer 等。

7 表「可數」的 few 之比較級則為規則變化：fewer。

8 現代英文中 farther 用得漸少，有以 further 取代 farther 的趨勢。

9 倍數詞也可用來修飾同等比較，例如：

His new house is twice as big as his old one.（他的新房子是舊房子的兩倍大。）

10 與比較級的情況相同（見註解 6），現代英文有將雙音節形容詞（以 -y 結尾者除外）之最高級簡單化皆以 most 形成的現象。

3分鐘英文 搞懂易混淆字詞用法！

名詞 60 **difference / distinction**

這兩個字都用來指「差別」，但 difference 著重事物間的「差異點」或「不同之處」，而 distinction 則重事物間的「區別」。另外，兩事物之間的「不一致」（如帳目數字）叫作 discrepancy，而兩事物之間所產生的「矛盾」則為 contradiction（注意，若是「自相矛盾」則叫 self-contradiction）。

名詞 61 **personality / character**

這兩個字都與一個人的「特質」有關。personality 指的是一個人的「個性」或「性格」，而 character 則指一個人的「品格」、「品德」；前者易於判讀，後者則需較長的時間觀察。

名詞 62 **effect / efficacy**

effect 和 efficacy 都跟「結果」、「效果」有關，但前者指的是某人、事、物對其他人、事、物所造成的「改變」或「影響」，而 efficacy 則指做某事或使用了某事物之後所產生的「功效」。換言之，effect 不一定是好的，但 efficacy 則一定是正面的。

名詞 63 **method / means**

二者都可以指「方法」，method 指一般做事的「方式」、「辦法」，而 means 則常用來指為達到某種目的而使用的「手段」。（注意，means 為單、複數同形字。）另一意思相近的字 measure 則指為了處理問題所採取的「措施」。

第 5 章 形容詞的特殊用法

英文的形容詞除了用來修飾名詞外，其實還有兩種特殊的用法：有些形容詞可作名詞用，有些則可作副詞用。我們首先討論形容詞的名詞用法。

1 作為名詞用的形容詞

作爲名詞用的形容詞必須在其前加定冠詞 the。以下我們分四種狀況來說明這種用法。

A. the + 形容詞 = 複數名詞（指某一群人）

常見的例子包括：

the rich = rich people
the poor = poor people
the young = young people
the old = old people
the blind = blind people
the deaf = deaf people
the sick = sick people
the dead = dead people
the English = English people
the French = French people
the Dutch = Dutch people

請看例句：

a The rich are not necessarily happier than the poor.
（富人不見得比窮人快樂。）

b The English have always been competing with the French.
（英國人一直以來都在和法國人競爭。）

B. the + 形容詞 = 單數名詞（指某一類事物）

常見的例子包括：

the impossible「不可能的事」
the unthinkable「不可想像的事」
the unmentionable「說不出口的事」
the supernatural「超自然現象」

請看例句：

c The impossible is now possible.（不可能的事現在變可能了。）

d The supernatural is beyond the ken of science.
（超自然現象超越了科學知識的範圍。）

C. the + 形容詞 = 抽象名詞

常見的例子包括：

the beautiful = beauty
the true = truth
the good = goodness
the bad = badness
the false = falsehood

請看例句：

e I believe in the true, the good, and the beautiful.（我相信真、善、美。）

D. the + 分詞形容詞

「the + 分詞形容詞」有三種情況：視為單數名詞、視為複數名詞，以及可視為單數或複數名詞。

● 以下「**the + 分詞**」作複數名詞用：

the living = living people
the dying = dying people
the starving = starving people
the missing = missing people
the wounded = wounded people
the injured = injured people
the disabled = disabled people「殘障人士」
the disadvantaged = disadvantaged people「弱勢族群」

請看例句：

f The living often do not cherish life.（活著的人常不珍惜生命。）

g Remember, the disabled have their rights too.
（記住，殘障人士也有他們的權利。）

● 以下「**the + 分詞**」作單數名詞用：

the unknown「未知之事物」
the unexpected「未預料之事物」
the untold「未說出之事物」
the unanswered「未解答之事物」
the unsolved「未解決之事物」

請看例句：

h The unknown is usually scary.（未知之事物通常令人覺得恐懼。）

i The unsolved now has been solved.（未解決之事物現在已經解決了。）

● 以下「**the + 分詞**」可作單數或複數名詞解：註1

the accused「被告」
the deceased「死者」

the condemned「被定罪之人」
the insured「受保人」

請看例句：

j The accused was / were brought to the court.（被告被帶到了法庭。）
k The insured is / are entitled to receive comprehensive medical services.
（受保人有權利獲得全面的醫療服務。）

注意，除了以上這四種在句子中當作名詞用的特殊形容詞外，有些出現在慣用語 (idiom) 中的形容詞依文法分析的角度來看，也被視爲名詞。例如：

in short「簡而言之」	at last「最後」
in general「一般而言」	at random「隨意地」
in common「共同的」	at large「逍遙法外」
before long「不久」	for long「長久」
by far「遠超過」	for good「永遠」
at first「最初」	for sure「一定」

由於介系詞之後應接受詞而受詞須爲名詞，因此上列慣用語中之形容詞皆應視爲名詞。

另外，有些慣用語中會出現比較級或最高級的形容詞。例如：

(change) for the better「好轉」	at best「充其量」
(change) for the worse「惡化」	at worst「在最壞的情況下」
for better or worse「（將來）不管好壞」	at most「至多」
(do) one's best「盡全力」	at least「至少」
(make) the most / best of「盡量利用」	at the earliest「最快」
not in the least「一點也不」	at the latest「最遲」

最後，讀者還可以留意一下以下這幾個慣用語中形容詞作名詞的用法：

(be) in the right「正確；有理」	in the thick of the debate「在激辯中」
(be) in the wrong「錯誤；應受譴責的」	in the thick of the battle「在激戰中」

PART 4 形容詞篇

in the dead of night「在深夜」
in the dead of winter「在隆冬」
through thick and thin「同甘共苦」

2 作為副詞用的形容詞

作副詞用的形容詞有三種功能：修飾動詞、修飾副詞、修飾其他形容詞。

A. 修飾動詞的形容詞

修飾動詞的形容詞置於動詞之後，通常用來表示「狀態」。請看例句：

l The prisoner broke loose[註2] and fled.（犯人掙脫束縛逃走了。）
m The thief tried to crack open the safe.（竊賊試圖撬開保險箱。）
n The mother picked up her baby and held him tight.
（那位母親抱起她的寶寶並把他摟得緊緊地。）

其他的例子還包括：

fall ill / sick「生病」
stand still「站著不動」
lie quiet「安靜躺著」
drop dead「猝死」
open wide「敞開」
stop short「突然停止」
dig deep「深入挖掘」
play fair「公平競爭」

注意，有些這類「動詞 + 形容詞」的組合也可用「動詞 + 副詞」的結構表達。[註3]例如：

breathe deep = breathe deeply「深呼吸」
drive slow = drive slowly「慢慢開」
fly direct = fly directly「直飛」
sell cheap = sell cheaply「便宜賣」
cost dear = cost dearly「付出昂貴的代價」

B. 修飾副詞的形容詞

用來修飾副詞的形容詞應置於副詞之前。請看例句：

o These two outlets are too close together.（這兩個經銷點挨得太近了。）

p You'd be better off if you moved to the country.
（如果你搬到鄉下，日子會快活些。）

類似的例子還包括：

deep down「在（心靈）深處」
high up「在高處」
close by「在近處」
far away「在遠處」
worse off「生活過得更差」
further ahead「在前方更遠處」

注意，上列的這些修飾副詞的形容詞也可以用來修飾具副詞功能的介系詞片語。例如：

q He was so deep in thought that he didn't notice that I came in.
（他陷入沉思，以致沒注意到我進來。）

r There is a diner further down the road, if you're hungry.
（如果你餓了的話，這條路再往前有一家小餐館。）

類似的例子還有：

deep into the night「直至深夜」
high on the mountain「在高山上」
close at hand「近在手邊」
far below average「遠低於平均水準」
early in the morning「一大早」
late at night[註4]「深夜時」

C. 修飾其他形容詞的形容詞

形容詞有時也可以當作副詞來修飾其他的形容詞。請看例句：

s You can laugh, but I'm dead serious.（你可以笑，但我可是非常認真的。）

t Johnny wore a dark green jacket yesterday.（強尼昨天穿了一件深綠色的夾克。）

PART 4 形容詞篇

類似的例子還包括：

dead drunk「酩酊大醉」
great big「非常大的」
stark naked「一絲不掛」
a good / great many「非常多的」
light blue「淺藍色的」

原則上用來修飾另一形容詞的形容詞應出現在被修飾的形容詞之前，但是有時例外。試比較 u. 句與 v. 句：

u I'm dead tired.（我累死了。）
v I'm worried sick.（我擔心得要命。）

u. 句中的 dead 用來修飾形容詞 tired，是屬於前位修飾 (premodifying)；v. 句中的 sick 則用來修飾形容詞 worried，爲後位修飾 (postmodifying)。我們再看一個採後位修飾的例子。

w He was scared witless.（他嚇得不知所措。）

事實上除了一般記述形容詞 (descriptive adjective) 之外，分詞形容詞也常用來修飾其他的形容詞。例如：

x It's freezing cold outside.（外面簡直凍死人了。）
y His father was steaming mad about what he had done.
（對於他的所作所為他爸爸氣得七竅生煙。）

其他的例子還有：

burning hot「炙熱」
shining bright「亮得發光」
soaking wet「溼透透」
shocking bad「極壞的」
sparkling white「白得發亮」

由於分詞皆由動詞變化而來，因此用它們來修飾其後描述「狀態」的形容詞能使這些狀態較爲「生動」。這是英文修辭的一種表現。

註解

1 這一類的用字常與法律有關。

2 這一類的形容詞常具補語的功能。試比較下面這兩個句子：

① **The prisoner broke loose.**（犯人掙脫了束縛。）

② **The prisoner turned pale.**（犯人臉色發白。）

上面第二個句子中的 turned 屬連綴動詞，意即，形容詞 pale 為主詞 The prisoner 的補語。（有關補語的用法，請參閱本書「動詞篇」之第 2 章「完全動詞與不完全動詞」。）

3 當然，並不是所有「動詞 + 形容詞」的組合都等同於「動詞 + 副詞」的結構。例如以下這兩個句子所表達的意思就不相同。

① **You should play safe.**（你們應該小心行事。）

② **You should play safely.**（你們玩耍時應該注意安全。）

4 事實上，本節中所列出的形容詞（特別是與時間和地方有關者，例如：late、early、close、far）本身亦常作副詞用。

3分鐘英文 搞懂易混淆字詞用法！

名詞 64 sign / omen

sign 指「跡象」，omen 則指「預兆」，二者皆可以是好的或是壞的，但注意 omen 的形容詞 ominous 指「不祥的」，具負面意義，而 sign 則為一多義字，除了表示「跡象」外還常用來指「招牌」、「信號」、「符號」等。另，symptom 亦可作「徵兆」或「跡象」解，但更常用來指疾病的「症狀」，而另一醫學用字 syndrome 則用來指「徵候群」。也可以留意的是 phenomenon 這個字，它通常用來表示已存在的「現象」。

名詞 65 danger / hazard

這兩個字都指「危險」，但嚴格講 danger 指的是可能造成傷害的任何情況，而 hazard 則指「極可能」造成危害的狀況或導致傷亡之事務，如一般說的 fire hazard、health hazard、traffic hazard 等。

名詞 66 movie / film

movie 和 film 都可以指「電影」」，但是電影從業人員或是專做電影相關報導或討論的人比較偏好用 film 這個字，而一般大眾則多用 movie。另，美國人似乎比較常用 movie，而英國人有較多人喜歡用 film。

名詞 67 drama / play

drama 和 play 都是戲劇的意思，而雖然有些時候二者可互換，但狹義地說 drama 應指劇作家 (playwright) 寫出的戲劇，而 play 則可指劇本或由演員們演出的戲劇。另外，「腳本」一般叫 script。

名詞 68 comedy / farce

comedy 是相對於 tragedy「悲劇」的「喜劇」，通常都有 happy ending「圓滿結局」。須注意的是 comedy 並不等於內容常是荒誕不經、充滿嘻笑怒罵的 farce「鬧劇」。

第 6 章 形容詞片語

我們在第 2 章「形容詞的功能與位置」中就曾提到，形容詞有時會以片語的形式出現；也就是說，形容詞不一定只是單字，而有可能是兩個或兩個以上單字的組合結構。在本章中我們將討論形容詞片語 (adjective / adjectival phrase) 的種類、形成方式，以及其出現位置。另外，我們也將順便討論一下所謂複合形容詞 (compound adjective) 的各種組成方式及其用法。

形容詞片語分兩種。第一種是以一個形容詞爲重心，再加上其他相關字所形成。另外一種形容詞片語則由非形容詞之文法結構，因其在句中之功能爲名詞的修飾語之故，權宜而成。我們先討論以一形容詞爲主體所形成的形容詞片語。

1 以形容詞為主體的形容詞片語

精確地說，所謂以形容詞爲主體的形容詞片語指的是以一個性狀形容詞爲中心 (head adjective) 加上該形容詞之修飾語所形成的一個片語結構。注意，這類形容詞片語中形容詞之修飾語可能出現在形容詞之前 (pre-head modifier)，也可能出現在形容詞之後 (post-head modifier)。試比較：

a Sue is very smart.（蘇非常聰明。）

與

b Sue is fond of music.（蘇喜歡音樂。）

在 a. 句中形容詞修飾語副詞 very 出現在其修飾的形容詞 smart 之前；在 b. 句中修飾語介系詞片語 of music 則出現在形容詞 fond 之後。我們再看兩個句子。

c Joe is rather capable.（喬蠻有能力的。）

d Joe is able to handle this.（這件事喬有能力處理。）

c. 句中的 rather 用來修飾其後的形容詞 capable，d. 句中的 to handle this 則用來修飾其前的形容詞 able。

由以上 a.、b.、c.、d. 四句我們可以看出，在以形容詞爲主體的形容詞片語中，若修飾語爲單字（副詞）即應置於形容詞之前，若修飾語爲片語形式（副詞片語）則應置於被修飾的形容詞之後。[註1]

在「形容詞的功能與位置」一章中我們提到，形容詞的主要功能是用來修飾名詞及作爲補語，形容詞片語也具同樣的功能。在前面的 a.、b.、c.、d. 四句中的形容詞片語皆爲主詞補語，請看下列句中形容詞片語作名詞修飾語的用法。

e Robin Clark is an extremely talented man.（羅賓．克拉克是個極有天分的人。）

f He is a man capable of working independently.（他是個有能力獨立工作的人。）

我們發現，當形容詞片語中形容詞之修飾語爲前位修飾時，整個形容詞片語出現在名詞之前，如 e. 句中的 extremely talented；但是當形容詞片語中的修飾語爲後位修飾時，該形容詞片語則出現在名詞之後，如 f. 句中的 capable of working independently。例句 e. 顯然違反了我們在「形容詞的功能與位置」中所說的，形容詞若爲片語形式時應置於被修飾的名詞之後這個常規。這是爲什麼呢？

其實，只要讀者仔細觀察就可以發現，e. 句中的 extremely talented 雖然在結構上屬於形容詞片語，但是中心形容詞 talented 的修飾語副詞 extremely 只是用來表達形容詞 talented 的程度 (degree)，並未改變 talented 的基本意涵或賦予 talented 額外的內容。試拿 e. 句與下列幾句做一個比較。

e1 Robin Clark is a slightly talented man.（羅賓．克拉克是個略有天分的人。）

e2 Robin Clark is a fairly talented man.（羅賓．克拉克是個相當有天分的人。）

e3 Robin Clark is an absolutely talented man.（羅賓．克拉克是個絕對有天分的人。）

雖然 e. 句中的 extremely talented 與 e1. 句中的 slightly talented、e2. 句中的 fairly talented 以及 e3. 句中的 absolutely talented 在程度上有所差異，但是四句話都表達了同一個事實，那就是：

e4 Robin Clark is a talented man.（羅賓．克拉克是個有天分的人。）

換言之，像這類出現在名詞前面用來修飾名詞的形容詞片語只是該形容詞本意的延伸。我們可以這麼說，這類名詞修飾語雖然在形式上是片語，但是實際功能相當於單字，因此在句中還是置於名詞之前。

而相對於 e. 句中的 extremely talented，f. 句中的 capable of working independently 的情況就大不相同了。如果我們把 capable 的修飾語 of working independently 改成別的介系詞片語，那意思可能會天差地別。例如：

g He is a man capable of murder.（他是個殺人的事都幹得出來的人。）

再看這個句子：

h He is a man capable of solving a murder case like this.
（他是個有能力偵破像這樣的謀殺案的人。）

f.、g. 及 h. 句中都用到了形容詞 capable，但是由於其後的修飾語不同，三句話在意思上大相逕庭。換句話說，像 f. 句中的 capable of working independently、g. 句中的 capable of murder、h. 句中的 capable of solving a murder case like this 在功能上與形式上皆符合形容詞片語的條件，故應置於其修飾的名詞之後。註 2

在結束本節的討論之前，我們還要介紹兩種極為特殊的形容詞片語。第一種是在中心形容詞之後接「受詞」的形容詞片語；第二種是在中心形容詞後接 that 子句的形容詞片語。我們先看「形容詞 + 受詞」形式的形容詞片語。

●「形容詞 + 受詞」之形容詞片語

在英文中有少數的形容詞必須在其後加上名詞、代名詞或動名詞其意思才完整。請看例句：

i That hotel is near the airport.（那家旅館靠近機場。）
j His daughter is like him.（他的女兒像他。）
k This book is worth reading.（這本書值得一讀。）

i. 句中的 near、j. 句中的 like 以及 k. 句中的 worth 常被稱之為「及物形容詞」(transitive adjective)，因為其後必須接受詞。也就是因為這些形容詞之後有受詞，所以這三個句子中劃底線的部分自然就形成了片語。

事實上，有許多文法書和字典把 near、like、worth 這幾個字歸類爲介系詞（因爲介系詞後必須接受詞），但是我們還是有足夠的理由把它們視爲形容詞。首先，這幾個字都可以用副詞來修飾：

i1 That hotel is very near the airport.（那家旅館很靠近機場。）

j1 His daughter is quite like him.（他的女兒頗像他的。）

k1 This book is really worth reading.（這本書非常值得一讀。）

其次，這幾個字都可用在比較結構中：

i2 That hotel is nearer the airport (than my house is).
（那家旅館〔比我家〕更靠近機場。）

j2 His daughter is more like him (than his son is).
（他的女兒〔比他的兒子〕更像他。）

k2 This book is more worth reading (than that one).
（這本書〔比那本〕更值得一讀。）

● 「形容詞 + that 子句」之形容詞片語

在某些形容詞後，爲了讓意思更清楚，會出現具有補充說明功能的 that 子句。例如：

l I'm sorry that you feel that way.（我很遺憾你那樣覺得。）

m I'm sure that he didn't mean it.（我確定他不是有意的。）

n I'm glad that you could make it.（我很高興你可以趕來。）

由於這樣的 that 子句是用來修飾其前之形容詞的，因此應被視爲一種特殊的副詞子句，[註3] 而事實上 that 是可以省略不用的：

l' I'm sorry you feel that way.

m' I'm sure he didn't mean it.

n' I'm glad you could make it.

其他有類似用法的形容詞還有：afraid、certain、happy、angry、thankful、grateful、worried、disappointed、satisfied、surprised 等。

接下來我們討論本身不包含形容詞，但具備形容詞功能的片語結構。

2 功能性形容詞片語

功能性形容詞片語包括介系詞片語、分詞片語以及不定詞片語。分別說明於下。

A. 介系詞片語

介系詞片語由介系詞加上受詞而形成，若置於名詞之後當作名詞修飾語，即爲功能性形容詞片語。註4 請看例句：

o The book on the desk is mine.（書桌上的那本書是我的。）

p Look at the man in the picture.（你看照片裡的那個男人。）

q He likes girls with long hair.（他喜歡長頭髮的女生。）

B. 分詞片語

分詞由動詞轉化而來，若一分詞帶有原動詞的受詞、補語或修飾語就形成了分詞片語，而若此一分詞片語出現在名詞之後作爲其修飾語，就形成功能性形容詞片語。當然，分詞片語也分爲現在分詞片語與過去分詞片語兩種。我們先看現在分詞片語的例子：

r The woman sitting over there is Mrs. White.
（坐在那邊的那位女士就是懷特太太。）

s Did you see a man holding a baby?
（你有沒有看到一個抱著寶寶的男人？）

現在分詞片語表達的是主動、進行的概念。

以下是兩個過去分詞片語的例子：

t Whose is the car parked outside?（停在外面的車子是誰的？）

u The money hidden under his mattress was found by the police.
（藏在他床墊下的錢被警方找到了。）

過去分詞片語通常表達被動、完成的概念。

注意，單獨的分詞也可作形容詞用，但必須置於名詞之前。試比較：

the sleeping baby「熟睡的寶寶」

與

the baby sleeping in the crib「在嬰兒床上熟睡的寶寶」

以及

a broken glass「一個破玻璃杯」

與

a glass broken into pieces「一個破成碎片的玻璃杯。」

C. 不定詞片語

由於英文的不定詞是由 to 加上原形動詞而成，因此嚴格來說，不論原動詞有無受詞、補語或修飾語，任何一個不定詞都屬於片語的結構。例如下列兩個句子中的不定詞皆爲片語：

v **I have nothing to say.**（我沒有什麼可說的。）

w **I have nothing to say to you.**（我沒有什麼可跟你說的。）

也正是因爲 v. 句中的 to say 與 w. 句中的 to say to you 皆爲片語形式，因此皆應置於被修飾的代名詞 nothing 之後。[註5] 我們再看兩個以不定詞（片語）作爲形容詞片語的例子：

x **He is the man to choose.**（他就是你該選擇的人。）

y **He is the man to talk to.**（他就是你該與之對話的人。）

3 複合形容詞

複合形容詞指的是由兩個或兩個以上單字所組合而成的形容詞，但是它們不能算是片語，因爲在單字與單字之間有連字號連結，甚至有些必須連寫成一個字。換句話說，所謂複合形容詞應視為單字，作形容詞用，置於被修飾的名詞之前。

英文複合形容詞的形成方式非常多元，基本上可分成下列十類。

A. 名詞 + 現在分詞

例如：

time-consuming「耗時的」 money-making「能賺錢的」
heartbreaking「令人心碎的」

B. 名詞 + 過去分詞

例如：

air-conditioned「有空調的」 self-educated「自學的」
state-run「國營的」

C. 形容詞 + 現在分詞

例如：

good-looking「好看的」 nice-sounding「好聽的」
sweet-talking「甜言蜜語的」

D. 形容詞 + 過去分詞

例如：

cold-blooded「冷血的」 old-fashioned「老式的」
short-lived「短命的」

E. 副詞 + 現在分詞

例如：

hard-working「工作努力的」 slow-moving「移動緩慢的」
close-fitting「緊身的」

F. 副詞 + 過去分詞

例如：

well-known「著名的」

far-fetched「牽強的」

ready-made「現成的」

G. 名詞 + 形容詞

例如：

fire-retardant「耐火的」

duty-free「免稅的」

hands-off「不干涉的」

H. 形容詞 + 名詞

例如：

high-speed「高速的」

low-key「低調的」

heavyweight「重量級的」

I. 數字 + 名詞

例如：

one-piece「整件式的」

two-story「兩層樓的」

first-class「一流的」

second-hand「二手的」

J. 數字 + 單位詞 + 形容詞

例如：

forty-year-old「四十歲的」

seven-foot-tall「七呎高的」

事實上，除了依循上列十種常見的組合方式之外，英文複合形容詞的形成並沒有絕對的限制，只要言之成理，各式各樣的組合都是可能的，而且也不僅限於兩、三個字。例如常用的 state-of-the-art「最先進的」就是一個很好的例子。另外，像常聽到的 " Take it or leave it." 這類的句子，在適當的情況下也可能變成一個複合形容詞。比方：

z The shopkeeper adopts a take-it-or-leave-it attitude when customers start to bargain.
（當顧客開始討價還價的時候，這個店老闆就會採取「要不要隨你便」的態度。）

英文的複合形容詞確實是一個很有趣的語文現象。讀者在學習英文的過程中不妨多聽、多看，或許在不久的將來您也能夠創造出一些具有個人色彩的複合形容詞。

註解

1 這點與修飾名詞之形容詞的情況相同，即單字形容詞置於被修飾的名詞之前，片語形容詞置於被修飾的名詞之後。

2 注意，這類形容詞片語中之中心形容詞的修飾語當然不僅限於介系詞片語，例如前面例句 d. 中的不定詞片語 (to handle this) 也是常見的修飾語。下面再提供兩個不定詞片語修飾中心形容詞的例子。

① I was happy to see him.（我很高興看到他。）
② He is a man always ready to help others.（他是個隨時都準備好要幫助別人的人。）

3 我們將在本書「副詞篇」中詳細討論副詞子句。

4 注意，這裡討論的介系詞片語與前一節中提到的介系詞片語形式相同但功能不同。我們將在「連接詞、介系詞與冠詞篇」中詳細說明介系詞片語的用法。

5 不定詞的相關用法請參閱「動詞篇」第 8 章中之說明。

3分鐘英文 搞懂易混淆字詞用法！

名詞 69 novel / fiction

二者都可以用來指「小說」，但其實 novel 才是一般我們讀的小說，而 fiction 嚴格說應指「虛構」的故事（這也正是為什麼「科幻小說」叫 science fiction）。不過由於小說中的故事常是杜撰出來的，因此 fiction 也會被用來泛指小說類的作品。

名詞 70 role / character

這兩個字經常被混淆。role 指的是在電影、戲劇中由演員所扮演的「角色」，而 character 則指出現在書、電影或故事中的「人物」、「角色」。

名詞 71 monologue / soliloquy

monologue 和 soliloquy 都常被譯成「獨白」，但是精確地說前者指的應該是其他人插不上話的「獨角戲」，而後者則指四下無人時一個人的「自言自語」。（史上最著名的 soliloquy 就是 Hamlet 的 To be or not to be ...。）

名詞 72 irony / sarcasm

irony 和 sarcasm 都指「諷刺」，但二者的意涵不盡相同。irony 一般指事情發生後所產生的「反諷」效果（例如，抓酒駕的警察自己酒駕被抓），而 sarcasm 則指刻意挖苦人的「譏諷」（例如，跟一個說錯話的人說你從來不知道他那麼會說話）。

第 7 章 形容詞子句

形容詞子句 (adjective clause) 顧名思義就是整個子句作爲名詞修飾語的文法結構。也就是因爲形容詞子句是一整個子句被用來當形容詞，因此包含這個形容詞子句的句子 (sentence) 一定是個複雜句 (complex sentence)。一般的情況是：形容詞子句爲從屬子句 (subordinate clause) 用來修飾主要子句 (main clause) 中的某一個名詞（主詞、受詞或補語）。在本章中我們將針對形容詞子句的形成方式與種類，以及功能與用法做詳細的說明。

1 形容詞子句的形成方式與種類

任何一個形容詞子句都必須由一關係詞 (relative) 來引導。[註1] 而引導形容詞的關係詞可以是關係代名詞 (relative pronoun)、關係形容詞 (relative adjective) 或關係副詞 (relative adverb)。我們首先討論以關係代名詞引導的形容詞子句。

A. 由關係代名詞引導的形容詞子句

任何一個代名詞都必須要有先行詞 (antecedent)，關係代名詞當然也不例外。一般而言，關係代名詞的先行詞可以分人或事物兩種。若先行詞是人則關係代名詞用 who；若先行詞爲事物則關係代名詞用 which。請看例句：

a I know the man who is talking to Mr. Owen.
（我認識正在和歐文先生說話的那個人。）

b The car which he bought yesterday was a Toyota.
（他昨天買的那輛車是一台豐田汽車。）

從形容詞子句的角度來看，在 a. 句中由關係代名詞 who 引導的子句 who is talking to Mr. Owen 用來修飾先行詞 the man，而 the man 爲主要子句中動詞 know 的受詞。在

b. 句中由關係代名詞 which 所引導的子句 which he bought yesterday 用來修飾主要子句之主詞 The car。從關係代名詞的角度來看，a. 句中的 who 代替的是主要子句中的 the man，而 b. 句中的 which 則代替主要子句中的 The car；換言之，a. 句中的 who = the man，而 b. 句中的 which = The car。也就是說，藉由代名詞這種特殊的「替代」方式，a.、b. 兩句中的主要與從屬子句之間於是產生了一種聯結的「關係」。

注意，當表人的關係代名詞在該子句中作動詞的受詞時，理論上關係代名詞應用受格 whom，例如：

c I know the man whom you hit.（我認識被你揍的那個人。）

但是由於關係代名詞爲連接詞，必須置於子句之首，即，由原本的 you hit whom 變成了 whom you hit，換句話說，whom 已非置於受詞位置，因此許多母語人士事實上是捨棄受格的 whom 不用，依然使用屬於主格的 who：

c1 I know the man who you hit.

另外，也正由於 whom 爲受詞，也有人乾脆將之省略不用，形成沒有連接詞的形容詞子句：[註2]

c2 I know the man you hit.

至於表事物的關係代名詞 which，則無主格與受格之變化，也就是，不論在原子句中爲主詞或受詞，一律使用 which。試拿下面的 d. 句與前面的 b. 句做一比較。

d The car which broke down yesterday was a Toyota.
（昨天拋錨的那輛車是一台豐田汽車。）

b The car which he bought yesterday was a Toyota.

d. 句中的 which 爲動詞 broke (down) 的主詞，b. 句中的 which 則爲動詞 bought 的受詞。

最後，注意以上各句中的關係代名詞，不論表人或事物，皆可用 that 來取代：[註3]

a' I know the man that is talking to Mr. Owen.

b' The car that he bought yesterday was a Toyota.

c I know the man that you hit.

d' The car that broke down yesterday was a Toyota.

B. 由「介系詞 + 關係代名詞」引導的形容詞子句

由介系詞加上關係代名詞所引導的形容詞子句其實是前一種形容詞子句的變化形。關係代名詞前之所以會有介系詞是因爲原子句中與先行詞相同指稱的 (co-referential) 名詞爲介系詞的受詞，在以關係代名詞取代後與介系詞一併移置該子句之首之故。

請看例句：

e This is the person to whom I talked.（這一位就是我跟他說話的那個人。）

f This is the house in which he was born.（這一棟就是他在裡面出生的那間房子。）

在 e. 句中 to whom I talked 爲形容詞子句，用來修飾關係代名詞 whom 的先行詞 the person；在 f. 句中 in which he was born 爲形容詞子句，修飾 which 的先行詞 the house。e. 句中的 whom = the person，f. 句中的 which = the house；換言之，e. 句中的 to whom I talked 指的是 I talked to the man，而 f. 句中的 in which he was born 指的是 he was born in the house。事實上，我們也可以只將關係代名詞往前移，而將介系詞留在原處，形成：

e1 This is the person whom I talked to.

f1 This is the house which he was born in.

注意，由於 e1. 句中的 whom 並未直接出現在介系詞 to 之後，因此也可以用 who 來取代 whom：

e2 This is the person who I talked to.

另外，由於 e1. 句中 whom 與 f1. 句中的 which 皆爲該子句中（介系詞）之受詞，所以皆可省略：

e3 This is the person I talked to.

f2 This is the house he was born in.

不過要注意，若要以 that 來取代 whom 或 which，只能用在 e1. 和 f1. 這種句式中，而不可用在 e. 與 f. 這種句式裡。也就是，當關係代名詞與介系詞同時置於子句之首時，不可用 that 作爲關係代名詞：

e1' This is the person that I talked to.

f1' This is the house that he was born in.

誤 e' This is the person to that I talked.

誤 f' This is the house in that he was born.

C. 由關係形容詞引導的形容詞子句

所謂關係形容詞主要指的是關係代名詞 who 和 which 的所有格 whose。由 whose 所引導的子句在句中亦作形容詞用。請看例句：

g I know the woman whose son was kidnapped.
（我認識兒子被綁架的那位女士。）

h The book whose cover is broken is mine.（書皮破損的那本書是我的。）

在 g. 句中 whose son was kidnapped 爲形容詞子句，用來修飾其先行詞 the woman；在 h. 句中 whose cover is broken 爲形容詞子句，修飾先行詞 The book。g. 句中的 whose = the woman's，h. 句中的 whose = the book's。注意，關係形容詞 whose 不但是表人之關係代名詞 who 的所有格，也是表事物之關係代名詞 which 的所有格。雖然 h. 句亦可用

i The book the cover of which is broken is mine.

來表達，但是這樣的句式已較爲過時，如今說起來感覺有些彆扭、不自然，因此除了在某些正式的文件中之外，一般多使用 whose（如 h. 句）來表示事物先行詞之所有格。

D. 由關係副詞引導的形容詞子句

由關係副詞所引導的形容詞子句用來修飾表示時間、地方、原因或理由，以及方法或狀態的先行詞。請看例句：

j We didn't know the time when the train would arrive.
（我們並不知道火車將抵達的時間。）

k This is the place where I used to live.
（這就是我以前住過的地方。）

l Do you know the reason why she didn't marry him?
（你知不知道她沒有嫁給他的原因？）

m That is the way how they finished the job.
（那就是他們完成該項工作的方法。）

以上四句中的 when、where、why 和 how 之所以爲關係「副詞」是因爲它們所代替的並不是先行詞 the time、the place、the reason 和 the way 本身，而是由這些名詞所表達的時間、地方、原因和方法的副詞概念：at the time「在那個時間」、at the place「在那個地方」、for the reason「因爲那個原因」和 in the way「以那個方法」。但是，也就是因爲 when、where、why 與 how 這幾個字本身就具時間、地方、原因、方法的意涵，以致在意思上與它們的先行詞有所重複，因此在現代的英文中常將它們省略：

j1 We didn't know the time the train would arrive.
k1 This is the place I used to live.
l1 Do you know the reason she didn't marry him?
m1 That is the way they finished the job.

另外一個避免意思重複的方法是用 that 來取代 when、where、why 和 how：

j' We didn't know the time that the train would arrive.
k' This is the place that I used to live.
l' Do you know the reason that she didn't marry him?
m' That is the way that they finished the job.

但是因為這樣的 that 很容易與作為關係代名詞的 that 混淆，所以一般母語人士並不常這麼做。

事實上，有些母語人士也會覺得上面的 j1.、k1.、l1. 和 m1. 這四個句子並不是很自然，這些人可能會採取第三種避免重複的方式，那就是把 j.、k.、l.、m. 句中的先行詞 the time、the place、the reason、the way 拿掉，變成：

n We didn't know when the train would arrive.

o This is where I used to live.

p Do you know why she didn't marry him?

q That is how they finished the job.

如此一來不但句子變得簡潔，意思也較清楚，不過需要注意的是，n.、o.、p.、q. 四個句子中劃底線的部分已不再是形容詞子句（因為沒有了被修飾的先行詞），而成了名詞子句（n.、p. 兩句中為動詞 know 的受詞，o.、q. 兩句中為主詞 This 及 That 的補語）。

前面我們提到過，關係副詞之所以是副詞是因為它們並不直接代替先行詞，而是相當於「介系詞 + 先行詞」所表達的表時間、地點、原因、方法等的副詞概念。而當我們在討論由關係代名詞所引導的形容詞子句時，我們也明白地說過，關係代名詞代替的就是它的先行詞。換句話說，如果我們用關係代名詞來代替「介系詞 + 先行詞」中的先行詞，那麼關係副詞就會等於「介系詞 + 關係代名詞」了。的確，在許多例子中，特別是與時間和地方有關者，這兩者是相通的。例如：

r That was the day when they got married.（那一天就是他們結婚的日子。）

就相當於：

r1 That was the day on which they got married.

同理

s This is the church where they got married.（這一間就是他們結婚的教堂。）

就等同於：

s1 This is the church in which they got married.

另外，由於表原因和表方法的用字一般較爲固定（即 reason 與 way），因此介系詞通常也固定使用 for 和 in：

the reason why = the reason for which
the way how = the way in which

2 形容詞子句的功能與用法

形容詞子句與形容詞和形容詞片語相同，都用來修飾名詞。但是與形容詞和形容詞片語不同，形容詞子句修飾的對象是另外一個子句中的名詞；換言之，只要一個句子裡有一個形容詞子句當修飾語，該句子一定至少有兩個子句——主要子句與從屬子句，而形容詞子句一定是從屬子句。從屬子句（包括名詞子句、形容詞子句和副詞子句）的特徵是必須由一個從屬連接詞來引導，[註4] 而引導形容詞子句的連接詞，如前所述，叫做關係詞，因此所有的形容詞子句，包括本章至目前所例舉的每一個例子，都是所謂的關係子句 (relative clause)。然而，必須注意的是，並非所有的關係子句都被用來當名詞的修飾語（也就是作形容詞子句用）。事實上，關係子句還有另一種不同的功能，那就是，作爲先行名詞的同位語（意即具名詞子句的功能）。這兩種不同作用的關係子句就是所謂的「限定關係子句」(restrictive relative clause) 和「非限定關係子句」(non-restrictive relative clause)。請看以下說明。

A. 限定關係子句

限定關係子句（或關係子句的限定用法）指的就是形容詞子句。例如我們前面所學的：

a I know the man who is talking to Mr. Owen.
b The car which he bought yesterday was a Toyota.

兩個句子中劃底線部分就是典型的限定關係子句，作形容詞用，分別修飾其前的先行名詞 the man 和 The car。這一類關係子句之所以被稱爲「限定」，關鍵就在於它們具「修飾」的功能。須知，當我們使用任何一個形容詞來修飾一個名詞時，我們就是在限定這個名詞所指之人、事、物的範圍。試想，假如我要求你描述一下你父親，而你的回應是：My father is a man.，我是不是會覺得你說的是一句廢話？當然會，因爲從你的話裡我完全無法得知關於你父親的任何資訊，包括他的長相、性格、年齡、職業等等我仍然一無所知。對我而言，他僅僅是世界上幾十億人當中的一位。但是，如果你跟我說：He is a handsome man.，那我腦海中必須搜尋的範圍是不是縮小了一圈（因爲這個世界上畢竟不是每一個人都是帥哥）。如果你跟我說：He is a handsome man with some gray hair.，範圍是不是又再縮小了一圈（因爲畢竟不是每一位帥哥都有華髮）。如果你跟我說：He is a handsome man with some gray hair who teaches at a university.，我是不是更能想像出你父親的模樣（因爲並不是每一位有華髮的帥哥都在大學教書）。

從上面的說明相信每一位讀者都能理解到，形容詞的功能除了在於修飾名詞外，它們同時也具有限定名詞的作用。〔別忘了，這裡所謂的「形容詞」包括字（如 handsome）、片語（如 with some gray hair）和子句（如 who teaches at a university）〕。

當然，關係子句的限定用法並不僅限於以關係代名詞所引導的子句，也適用於以「介系詞 + 關係代名詞」、關係形容詞以及關係副詞所引導的子句，例如前面提過的 e.、f.、g.、h. 和 j.、l. 等句中的關係子句皆爲限定關係子句：

- e This is the person to whom I talked.
- f This is the house in which he was born.
- g I know the woman whose son was kidnapped.
- h The book whose cover is broken is mine.
- j We didn't know the time when the train would arrive.
- l Do you know the reason why she didn't marry him?

B. 非限定關係子句

我們在前面說明過，所謂限定關係子句其實就是一般所說的形容詞子句。反之，所謂非限定關係子句當然就「非」形容詞子句了。因此，在這裡我們要特別提醒讀者注意，有些文法書裡（和某些英語教師）提到的「形容詞子句的非限定用法」這種說法是錯誤的，因爲只要是「形容詞」子句，它就具「限定」名詞之功能，而如果爲「非限定」用法，該子句就不具「修飾」功能，也就不是「形容詞」子句了。正確的說法應該是「關係子句的非限定用法」。那麼關係子句非限定用法的眞正功能是什麼呢？簡單講，非限定關係子句的主要功用在於作爲同位語，來補充說明意思已經夠清楚、指稱夠明確的先行詞，例如：

t **My wife, who has gone to Japan, will be back next Monday.**
（我太太去了日本，她會在下星期一回來。）

由於 t. 句中 who 的先行詞 My wife 所指的人物已經非常明確，不需要再被「限定」，因此其後只須使用「非限定」的同位關係子句 (appositive relative clause) 作補述即可。

C. 限定與非限定關係子句之比較

首先要注意的是，與限定關係子句不同，補述用的非限定關係子句必須使用逗號與主要子句分開。註 5 試比較：

u **We're going to hire a man who can speak French.**
（我們打算要雇用一個會講法文的人。）

v **We're going to hire Frank, who can speak French.**
（我們打算雇用法蘭克，他會講法文。）

很明顯的，u. 句中沒有用逗號標開的關係子句 who can speak French 爲限定用法，而 v. 句中用了逗號標開的 who can speak French 則爲非限定用法。

而就這兩個不同種類之關係子句的功能而言，u. 句中的 who can speak French 用來限定其先行詞 a man，也就是說，說話者表明他們要雇用的人「必須」會講法文，或者說，會不會說法文是能否被雇用的一個「限定」條件。相對地，v. 句中的 who can speak French 只是用來「附帶說明」他們要雇用的 Frank 會說法文，意即，能說法文並非被錄用的必要條件。另外，注意 v. 句中的 Frank 爲專有名詞，指稱非常明確，本無須再加以限定。反觀 u. 句中的 a man，其後若無形容詞子句加以限定，主要子句 We're going to hire a man 的內容就會顯得空洞了。

不過，有時在先行詞相同的情況下，關係子句也會有限定與非限定之分。試比較下面這兩個句子：

w **Don has two sons who are working in Mainland China.**
（唐有兩個在中國大陸工作的兒子。）

x Don has two sons, who are working in Mainland China.

（唐有兩個兒子，他們在中國大陸工作。）

w. 句中的 who are working in Mainland China 爲限定關係子句，用來修飾其先行詞 two sons；x. 句中的 who are working in Mainland China 則爲非限定關係子句，用來作爲其先行詞 two sons 之同位補述語。由於 w. 句中的 two sons 之後有形容詞子句的「限定」，讓人覺得唐的兒子應該不只兩個，比方說，可能還有兩個在台灣工作，還有一個未成年等等；但是在 x. 句中 two sons 之後卻用了一個具名詞功能的同位語作補述，由此我們可以判斷，唐只有兩個兒子。換言之，關係子句的限定與非限定用法可能導致邏輯意義上的差異，因此在使用它們時不可不慎。

以上爲了說明上的方便，我們只以由關係代名詞所引導的關係子句做非限定用法的討論。無庸置疑，由其他關係詞所引導的關係子句當然也有限定與非限定之分，例如在我們先前討論由關係副詞所引導的形容詞子句時曾舉出：

k This is the place where I used to live.

句中 where I used to live 就屬於關係子句的限定用法，而在下面 y. 句中的 where I used to live 則爲非限定用法。

y Kaohsiung, where I used to live, is a beautiful city.

（我以前住在高雄，它是個美麗的城市。）

換句話說，k. 句中的 where I used to live 爲形容詞子句，用來修飾其先行詞 the place，而 y. 句中的 where I used to live 則爲先行詞 Kaohsiung 的同位語，用來作補充說明。

註解

1 關係詞是使兩個子句產生聯繫關係的一種特殊詞類，屬從屬連接詞 (subordinate conjunction)。

2 同樣地，b. 句中的 which 亦可省略：

The car he bought yesterday was a Toyota.

3 事實上，有些母語人士並不喜歡或不習慣用 that 來取代表人的 who 或 whom。

4 當然有些時候從屬連接詞可以省略，例如上面註解 2 中提到的 which。

5 而口說時，則必須在先行詞之後停頓一下。

3分鐘英文 搞懂易混淆字詞用法！

名詞 73 chance / opportunity

chance 和 opportunity 都指「機會」，但 chance 雖常用來指「好機會」，卻也可指需要碰運氣的機會，而 opportunity 則基本指的是「好時機」（雖然也常聽到 good opportunity、great opportunity 等說法）。

名詞 74 luck / fortune

luck 和 fortune 都可指「運氣」，而 luck 一般雖常用來指「好運氣」，卻也可指中性的「機運」；fortune 則多指「幸運」。（注意，fortune 也常用來指「財富」。）

名詞 75 instinct / intuition

許多母語人士將這兩個字混著使用，而中文翻譯也都可以是「直覺」，但其實二者真正的意涵並不相同。instinct 指的是碰到事情時的一種自然反應能力，也就是一般說的「本能反應」，而 intuition 則指解決問題時所依靠的一種無關理性探討的「直觀洞察力」。事實上，instinct 或 intuition 在口語上都可以叫作 gut feeling。另外，字意相關的所謂「第六感」英文叫 the sixth sense，而「預感」則是 hunch。

名詞 76 fool / idiot

fool 和 idiot 都可以指「笨蛋」，但一般在使用上前者似乎沒有後者那麼強烈：fool 常指「傻瓜」（做錯事情者），而 idiot 則指「白痴」（智商低者）。此外，moron 和 jerk 也具有類似的意思，且常被用來罵人，前者指「行為舉止愚蠢的人」，後者指「做出惹人厭之蠢事的人」。

★ Verbs ★ Nouns ★ Pronouns ★ Adjectives ★ Adverbs ★ Conjunctions ★ Prepositions
Articles ★ Grammar and Rhetoric ★ Verbs ★ Nouns ★ Pronouns ★ Adjectives ★ Adverbs
Conjunctions ★ Prepositions ★ Articles ★ Grammar and Rhetoric ★ Verbs ★ Nouns
Pronouns ★ Adjectives ★ Adverbs ★ Conjunctions ★ Prepositions ★ Articles ★ Gramma
and Rhetoric ★ Verbs ★ Nouns ★ Pronouns ★ Adjectives ★ Adverbs ★ Conjunctions
Prepositions ★ Articles ★ Grammar and Rhetoric ★ Verbs ★ Nouns ★ Pronouns ★ Adjective
★ Adverbs ★ Conjunctions ★ Prepositions ★ Articles ★ Grammar and Rhetoric ★ Verbs
Nouns ★ Pronouns ★ Adjectives ★ Adverbs ★ Conjunctions ★ Prepositions ★ Articles
Grammar and Rhetoric ★ Verbs ★ Nouns ★ Pronouns ★ Adjectives ★ Adverbs
Conjunctions ★ Prepositions ★ Articles ★ Grammar and Rhetoric ★ Verbs ★ Nouns
Pronouns ★ Adjectives ★ Adverbs ★ Conjunctions ★ Prepositions ★ Articles ★ Gramma
and Rhetoric ★ Verbs ★ Nouns ★ Pronouns ★ Adjectives ★ Adverbs ★ Conjunctions
Prepositions ★ Articles ★ Grammar and Rhetoric ★ Verbs ★ Nouns ★ Pronouns ★ Adjective
★ Adverbs ★ Conjunctions ★ Prepositions ★ Articles ★ Grammar and Rhetoric ★ Verbs
Nouns ★ Pronouns ★ Adjectives ★ Adverbs ★ Conjunctions ★ Prepositions ★ Articles
Grammar and Rhetoric ★ Verbs ★ Nouns ★ Pronouns ★ Adjectives ★ Adverbs
Conjunctions ★ Prepositions ★ Articles ★ Grammar and Rhetoric ★ Verbs ★ Nouns
Pronouns ★ Adjectives ★ Adverbs ★ Conjunctions ★ Prepositions ★ Articles ★ Gramma
and Rhetoric ★ Verbs ★ Nouns ★ Pronouns ★ Adjectives ★ Adverbs ★ Conjunctions
Prepositions ★ Articles ★ Grammar and Rhetoric ★ Verbs ★ Nouns ★ Pronouns ★ Adjective
★ Adverbs ★ Conjunctions ★ Prepositions ★ Articles ★ Grammar and Rhetoric ★ Verbs
Nouns ★ Pronouns ★ Adjectives ★ Adverbs ★ Conjunctions ★ Prepositions ★ Articles
Grammar and Rhetoric ★ Verbs ★ Nouns ★ Pronouns ★ Adjectives ★ Adverbs
Conjunctions ★ Prepositions ★ Articles ★ Grammar and Rhetoric ★ Verbs ★ Nouns
Pronouns ★ Adjectives ★ Adverbs ★ Conjunctions ★ Prepositions ★ Articles ★ Gramma
and Rhetoric ★ Verbs ★ Nouns ★ Pronouns ★ Adjectives ★ Adverbs ★ Conjunctions
Prepositions ★ Articles ★ Grammar and Rhetoric ★ Verbs ★ Nouns ★ Pronouns ★ Adjective
★ Adverbs ★ Conjunctions ★ Prepositions ★ Articles ★ Grammar and Rhetoric ★ Verbs
Nouns ★ Pronouns ★ Adjectives ★ Adverbs ★ Conjunctions ★ Prepositions ★ Articles
Grammar and Rhetoric ★ Verbs ★ Nouns ★ Pronouns ★ Adjectives ★ Adverbs
Conjunctions ★ Prepositions ★ Verbs ★ Nouns ★ Pronouns ★ Adjectives ★ Adverbs
Conjunctions ★ Prepositions ★ Articles ★ Grammar and Rhetoric ★ Verbs ★ Nouns
Pronouns ★ Adjectives ★ Adverbs ★ Conjunctions ★ Prepositions ★ Articles ★ Gramma
and Rhetoric ★ Verbs ★ Nouns ★ Pronouns ★ Adjectives ★ Adverbs ★ Conjunctions
Prepositions ★ Articles ★ Grammar and Rhetoric ★ Verbs ★ Nouns ★ Pronouns ★ Adjective
★ Adverbs ★ Conjunctions ★ Prepositions ★ Articles ★ Grammar and Rhetoric ★ Verbs
Nouns ★ Pronouns ★ Adjectives ★ Adverbs ★ Conjunctions ★ Prepositions ★ Articles
Grammar and Rhetoric ★ Verbs ★ Nouns ★ Pronouns ★ Adjectives ★ Adverbs
Conjunctions ★ Prepositions ★ Articles ★ Grammar and Rhetoric ★ Verbs ★ Nouns
Pronouns ★ Adjectives ★ Adverbs ★ Conjunctions ★ Prepositions ★ Articles ★ Gramma
and Rhetoric ★ Verbs ★ Nouns ★ Pronouns ★ Adjectives ★ Adverbs ★ Conjunctions
Prepositions ★ Articles ★ Grammar and Rhetoric ★ Verbs ★ Nouns ★ Pronouns ★ Adjective
★ Adverbs ★ Conjunctions ★ Prepositions ★ Articles ★ Grammar and Rhetoric ★ Verbs

PART 5

【前言】

只要一個修飾語不是形容詞，它就是副詞！

1. 何謂副詞？

副詞英文叫 adverb，由字首 ad- 和字根 -verb 所組成，ad- 的意思是 to，-verb 則指 word，* 加在一起的意思就是 added word「被加上的字」，也就是說，副詞是被加諸於其他字的字。因此，與形容詞相同，副詞的主要功能也是用來修飾；不過與形容詞不同，副詞的修飾對象並非名詞，而是除了名詞之外的另外三種實詞 (content words)，# 即，動詞、形容詞及（其他）副詞。換言之，副詞的使用範圍比形容詞還要廣。的確，事實上除了當作動詞、形容詞及副詞的修飾語之外，副詞有時也被拿來修飾片語、子句或句子，有些副詞甚至可以用來修飾名詞或代名詞。這也正是爲什麼有些文法學家把副詞定義成「只要一個修飾語不是形容詞，它就是副詞」的原因。

2. 副詞的重要性

副詞的第一個功能就是用來修飾動詞。如果說形容詞是裝飾名詞的紅花，那麼副詞就是陪襯動詞的綠葉了。動詞就像一棵樹的樹幹，沒了樹幹樹就沒了生命，但是光有樹幹沒有葉子的樹縱使是活的，看起來也像死的。假設有人問你昨天晚上的派對玩得如何，而你回答：We danced.（我們跳舞。），對方是不是會覺得你答得很沒有誠意？但是你如果回答：Well, we danced wildly on the rooftop until the neighbors called the police.（嗯，我們在屋頂上瘋狂地跳舞，一直跳到鄰居打電話叫警察。），對方肯定會覺得昨晚沒去參加那場派對是一大損失。爲什麼？因爲你在句子中用了一個副詞 (wildly)、一個副詞片語 (on the rooftop) 和一個副詞子句 (until the neighbors called the police) 來修飾動詞 danced。在聽了你如此這般的敘述後，對方的腦海中絕對會浮現一個熱鬧又精采的畫面。

當然，副詞也可以用來修飾形容詞和其他的副詞。修飾形容詞或副詞的副詞通常被用來表達某種狀態所達到或呈現的程度。比如，當你要描述你那聰明絕頂的弟弟時，光說：He is smart.（他聰明。），顯然「詞不達意」；如果你說：He is extremely smart.（他極聰明。），是不是鮮活了許多？同樣地，如果你想告訴人家你的某某朋友爲什麼英年早逝，而你只說：He worked hard.（他辛苦工作。），雖然不能說你說錯了，但總覺得有那麼點不痛不癢的。但是，如果你說的是：He simply worked too hard.（他就是工作太過辛苦了。），是不是就會讓人覺得比較感嘆？有了像 extremely 和 too 這類的副詞，就可讓原來也用來修飾的形容詞和副詞更加生動。

至於被用來修飾片語、子句和句子，以及可用來修飾名詞與代名詞的副詞同樣具畫龍點睛之效。比方像所謂的連接副詞，就有助於文句間的起承轉合。另外像所謂的強調副詞，就能夠凸顯某些人、事、物的獨特性或重要性。

在這個部分中，我們將分六章依次討論副詞的種類、副詞的功能與位置、副詞的比較、易混淆及須注意的副詞、副詞片語，以及副詞子句。與第一部分形容詞相同，除了保存一般文法書所列出的重點之外，我們也會提供必要的分析說明，以幫助讀者徹底理解英文的副詞。

---

* 英文的動詞 verb 亦從同一字源而來。

\# 實詞指的是具清楚、明確語意內涵 (semantic import) 的字詞，包括名詞、動詞、形容詞與副詞。相對於實詞則為功能詞 (function words)，包括代名詞、連接詞、介系詞及冠詞。

第 1 章 副詞的種類

我們在前言中提到，副詞所修飾的對象相當多，使用範圍也很廣，爲了幫助讀者清楚了解各種副詞的功能並掌握正確的用法，我們將主要的副詞分成一般副詞 (simple adverb) 和特殊副詞 (special adverb) 兩大類來討論。首先我們看一般副詞。

1 一般副詞

所謂一般副詞指的是在句中的功能簡單明瞭，直接用來修飾動詞、形容詞或其他副詞的副詞。一般副詞包括：情態副詞 (adverb of manner)、時間副詞 (adverb of time)、地方副詞 (adverb of place)、頻率副詞 (adverb of frequency) 以及程度副詞 (adverb of degree)。

A. 情態副詞

情態副詞多用來描繪動作發生的「情況與狀態」。情態副詞之於動詞猶如記述形容詞之於名詞，一個動詞有了情態副詞的修飾，讀者或聽者就可以較精準地感受或體會該動作發生時的狀況。例如：

a1 Joe talked angrily.
（喬很生氣地說話。）

a2 We met Ann accidentally.
（我們意外地碰到安。）

在所有的副詞中就以情態副詞的數量最龐大，而絕大多數的情態副詞都是由記述形容詞加上字尾 -ly 而來，但是須注意在加上 -ly 之前有些形容詞的字尾會產生變化。請看以下分析說明。

● 形容詞字尾不變化，直接加 -ly，例如：

sad「悲傷的」 → sadly「悲傷地」
wise「明智的」 → wisely「明智地」
correct「正確的」 → correctly「正確地」
regular「規律的」 → regularly「規律地」
dangerous「危險的」 → dangerously「危險地」
diligent「勤奮的」 → diligently「勤奮地」
beautiful「美麗的」 → beautifully「美麗地」

● 形容詞字尾為 le 時，將 e 去掉，再加 -y，[註1] 例如：

simple「簡單的」 → simply「簡單地」
gentle「溫和的」 → gently「溫和地」
humble「謙卑的」 → humbly「謙卑地」
suitable「合適的」 → suitably「合適地」

● 形容詞字尾為 ue 時，將 e 去掉，再加 -ly，例如：

due「正當的」 → duly「正當地」
true「真實的」 → truly「真實地」

● 形容詞字尾為 ll 時，只加 -y，例如：

full「充分的」 → fully「充分地」
dull「遲鈍的」 → dully「遲鈍地」

● 形容詞字尾為 y 時，將 y 改為 i，再加 -ly，[註2] 例如：

happy「快樂的」 → happily「快樂地」
easy「容易的」 → easily「容易地」
busy「忙碌的」 → busily「忙碌地」
crazy「瘋狂的」 → crazily「瘋狂地」

● 形容詞字尾為 ic 時，先加 al，再加 -ly，[註3] 例如：

automatic「自動的」 → automatically「自動地」
scientific「科學的」 → scientifi cally「科學地」
basic「基本的」 → basically「基本地」

● 形容詞原本就以 ly 結尾時，將 y 改成 i，再加 -ly，[註4] 例如：

lively「活潑的」 → livelily「活潑地」
lonely「孤獨的」 → lonelily「孤獨地」
friendly「友善的」 → friendlily「友善地」

● 具記述功能的分詞形容詞直接加 -ly，例如：

interesting「有趣的」 → interestingly「有趣地」
exciting「令人興奮的」 → excitingly「令人興奮地」
pleasing「令人愉快的」 → pleasingly「令人愉快地」
repeated「反覆的」 → repeatedly「反覆地」
worried「擔心的」 → worriedly「擔心地」
confused「困惑的」 → confusedly [註5]「困惑地」

另外，有少數情態副詞與其相對應的記述形容詞同形，即，不加 -ly，例如：

fast「快速的」 → fast「快速地」
hard「辛苦的」 → hard「辛苦地」

有些則可加 -ly，可不加 -ly，例如：

slow「緩慢的」 → slowly / slow「緩慢地」
loud「大聲的」 → loudly / loud「大聲地」

但是要注意，有些加了 -ly 與不加 -ly 的副詞意思不同，例如：

wide「廣闊地」⟷ widely「普遍地」
high「高高地」⟷ highly「盛大地」

雖然我們說大多數的情態副詞用來修飾動詞，但是也有些可以轉而修飾形容詞或是副詞。請看例句：

a3 We are terribly sorry about that.
（對於那件事我們感到非常抱歉。）

a4 They are not brothers, but they look strikingly alike.
（他們並不是兄弟，但是兩個人看起來超像的。）

a5 The train is moving painfully slow.
（火車開得慢得要命。）

a6 Kevin has been working awfully hard these days.
（這些日子以來凱文一直極辛勤地工作。）

a3. 句中的副詞 terribly 用來修飾其後的形容詞 sorry；a4. 句中的 strikingly 則修飾形容詞 alike；a5. 句中的副詞 painfully 修飾其後的副詞 slow；a6. 句中的 awfully 則修飾另一副詞 hard。事實上，以上各句中以 -ly 結尾的情態副詞皆具有強化詞 (intensifier) 的功能，也就是，它們都被用來強調其後形容詞或副詞所表達的一種狀態。（有關強化詞的進一步說明，請見稍後之「程度副詞」一節。）

B. 時間副詞

時間副詞一般用來表達某個動作發生的時間。常見的時間副詞包括：now、then、today、tomorrow、yesterday、early、late、soon、already、recently「最近」、lately「近來」、immediately「立即」等。請看例句：

b1 The boss is coming back tomorrow.（老闆明天就會回來。）

b2 They got married yesterday.（他們昨天結婚。）

b3 I have already seen the movie.（那部電影我已經看過了。）

時間副詞有時是由兩個或甚至兩個以上的字形成，例如：

last night「昨晚」
last week「上星期」
last year「去年」
next week「下星期」
every day [註6]「每一天」
every night「每一晚」
every other day「每隔一天」
the day after tomorrow「後天」

next month「下個月」　　　　　　　　the day before yesterday「前天」
next year「明年」

請看例句：

b4 We went to Kenting last week.（我們上星期去了墾丁。）
b5 He watches TV every night.（他每天晚上都看電視。）
b6 You will have to report to me every other day.（你每隔一天必須向我做報告。）

注意，以上各句中套色字的部分雖然呈片語形式，但是在此我們仍把它們視爲簡單的時間副詞，因爲它們所表達的時間概念非常直接明確，而且作爲動詞修飾語的功能也一目了然。事實上，在英文中的確常用片語，甚至子句，來表示時間，這一點我們會在「副詞片語」與「副詞子句」兩章中詳加說明。

C. 地方副詞

地方副詞用來表達動作發生的地點、位置、方向等。常見的地方副詞有：here、there、far、near、inside、outside、away、back、forth、forward(s)、backward(s)、upward(s)、downward(s)、upstairs、downstairs、aboard「在車、船、飛機等上」、abroad「在國外」、apart「分開地」、astray「迷途地」、left「向左」、right「向右」、east「向東」、west「向西」、home「在家、到家」等等。請看例句：

c1 It began to rain, so we went inside.（因為開始下雨，所以我們就進到屋內。）
c2 Please step backward.（請向後退。）
c3 Terry is studying upstairs.（泰瑞在樓上念書。）
c4 Turn left at the next traffic light.（在下一個紅綠燈左轉。）

須要注意的是，有些地方副詞常被誤用爲名詞，如下列兩個句子就是不正確的：

誤 c5 I like here.（我喜歡這裡。）
誤 c6 I hate there.（我討厭那裡。）

因爲 here 和 there 爲副詞，所以不能直接置於及物動詞 like 和 hate 之後，也就是說，不能當受詞（名詞）用。c5. 和 c6. 句應改爲 c7. 和 c8.：

c7 I like it here.

c8 I hate it there.

另外，注意有些地方副詞也可作名詞甚至形容詞用。例如 home 這個字就有三種用法：

c9 It's snowing outside, so we'd better stay home.
（外面在下雪，所以我們最好待在家裡。）

c10 He was born in Taipei, but he's made Tainan his home.
（他在台北出生，但是他已以台南為家。）

c11 I miss my mother's home cooking very much.
（我非常想念我媽媽做的家常菜。）

c9. 句中的 home 爲副詞，修飾動詞 stay；c10. 句中的 home 爲 his 的所有名詞；c11. 句中的 home 則爲形容詞，用來修飾 cooking。

D. 頻率副詞

頻率副詞用來表達動作或狀態發生頻率的多寡。常見的頻率副詞包括：always、often、frequently「經常」、usually、sometimes、occasionally「偶爾」、seldom、rarely「鮮少」、never 等。請看例句：

d1 He always comes to class on time.（他總是準時來上課。）

d2 I have never played golf.（我從來沒打過高爾夫球。）

d3 It's usually very hot here in the summer.（這裡夏天的時候通常都很熱。）

d4 Luke is seldom late for work.（路克上班很少遲到。）

d1. 與 d2. 中的頻率副詞用來指動作，d3. 與 d4. 中的頻率副詞則指狀態。

注意，相對於其他一般副詞，頻率副詞的位置較爲固定，它們通常出現在句中，較少出現在句首或句尾，而且如上列四句所示，它們必須置於普通動詞之前 (d1.) 或助動詞和 be 動詞之後 (d2.、d3.、d4.)。（有關副詞的位置問題請見之後的「副詞的功能與位置」一章。）

E. 程度副詞

程度副詞用來表達某一種狀態或情況所達到或呈現出的程度。常見的程度副詞包括：very、pretty、so、too、quite、rather、somewhat、(a) little、enough、almost 等。請看例句：

e1 His English is pretty good.（他的英文蠻好的。）

e2 Don't drive too fast.（車子不要開太快。）

e1. 句中的程度副詞 pretty 修飾其後的形容詞 good，e2. 句中的程度副詞 too 則用來修飾其後的副詞 fast。

如 e1. 與 e2. 所示，通常程度副詞應置於被修飾的形容詞或副詞之前，但 enough 爲例外，它必須出現在被修飾的形容詞或副詞之後：

e3 Is this bag big enough?（這個袋子夠大嗎？）

e4 I don't think you're working hard enough.（我認為你並不夠努力。）

e3. 句中的 enough 修飾其前的形容詞 big，e4. 句中的 enough 則修飾其前的副詞 hard。但是注意，enough 其實也可以當形容詞用；若作形容詞，enough 須置於其修飾的名詞之前：

e5 We don't have enough money to buy a house.（我們沒有足夠的錢買房子。）

所謂程度副詞除了前面我們列出的那些字之外，事實上也有許多以 -ly 結尾的副詞（包括某些情態副詞）同樣用來表程度，例如：extremely「極端地」、exceedingly「過度地」、completely「完全地」、partly「部分地」、fairly「相當」、nearly「幾乎」、hardly「幾乎不」、barely「勉強地」、terribly「非常地」、dreadfully「極其」、painfully「令人痛苦地」、excruciatingly「折磨人地」、overwhelmingly「勢不可擋地」等。請看例句：

e6 The manager is an extremely difficult person to deal with.
（經理是一個極度難以應付的人。）

e7 As an amateur, she sings fairly well.
（作為業餘歌手，她歌唱得相當好。）

e6. 句中的 extremely 修飾形容詞 difficult；e7. 句中的 fairly 修飾副詞 well。

注意，有些程度副詞可以用來或通常用來修飾動詞，例如：

e8 I completely forgot that I needed to work overtime tonight.
（我完全忘了我今天晚上得加班。）

e9 We've been working in the same office for ten years, but I hardly know him.
（我們在同一間辦公室工作了十年，但是我幾乎不認識他。）

e8. 句中的 completely 是用來修飾動詞 forgot，e9. 句中的 hardly 則修飾動詞 know。

從以上的分析說明我們可以得到一個結論，那就是：雖然各個程度副詞所表達的「程度」不一，但是它們對於所修飾的對象（不論是形容詞、副詞或是動詞）都產生了一種強化 (intensify) 的效果（包括正面的和負面的）。正因如此，所以許多現代的文法學家和語言學家常把傳統上的程度副詞稱為「強化詞」(intensifier 或 intensive)。而一個情態副詞被拿來當作程度副詞使用時，它不但可以產生強化效果還同時具有修辭的功能。例如：

e10 Professor Johnson's speech was excruciatingly long.
（強森教授的演講又臭又長。）

注意，這個句子中所使用的 excruciatingly 不但強調了強森教授的演說很長，也讓我們感覺到他的演說內容必定相當無趣。另外，像我們先前舉過的 a5. 中的 painfully 也同樣兼具強化與修辭的作用：

a5 The train is moving painfully slow.

painfully 這個副詞不但強調了火車行駛的緩慢，也道出了說話者心中的不快（或許他趕著去上班，也或許他急著到醫院探視他的父親）。

2 特殊副詞

特殊副詞指的是非直接用來修飾動詞、形容詞、副詞，或是本身具備其他功能的一些副詞，包括疑問副詞 (interrogative adverb)、關係副詞 (relative adverb)、連接副詞 (conjunctive adverb)、替代副詞 (substitutive adverb)、介副詞 (prepositional adverb)、焦點副詞 (focusing adverb) 以及句副詞 (sentential adverb)。

F. 疑問副詞

英文有四個疑問副詞：when、where、why 和 how。一般而言，when 用來問動作發生的時間，where 用來問動作發生的地點，why 用來問原因、理由，how 則用來問方法、手段。請看例句：

f1 **When will he leave?**（他什麼時候會離開。）
f2 **Where have you been?**（你上哪兒去了？）
f3 **Why did he say that?**（他為什麼那麼說？）
f4 **How did you do it?**（你是怎麼做的？）

注意，雖然這四個疑問詞並未直接修飾動詞，但是它們卻都對動詞所表達的動作提出了「疑問」，因此在文法上自應被歸類爲副詞。

另外，事實上疑問副詞 how 除了被用來問方法、手段外，還可以用來問時間或距離的長短，以及動作發生的頻率。請看例句：

f5 **How long have you been waiting?**（你等多久了？）
f6 **How far is it to the airport?**（到機場有多遠？）
f7 **How often do they eat out?**（他們多常到外面吃飯？）

最後，how 也常被用來問「程度」，例如：

f8 **How bad is the situation?**（情況有多糟？）
f9 **How fast can you run?**（你能跑多快？）

注意，f8. 句中的 How 用來「修飾」其後的形容詞 bad，f9. 句中的 How 則「修飾」副詞 fast。

G. 關係副詞

在本書「形容詞篇」的「形容詞子句」一章中我們曾提到，關係副詞用來引導形容詞子句，修飾其前表示時間、地方、原因或理由，以及方法或狀態的先行名詞，但是它們本身並非代名詞，而是副詞。英文的關係副詞與疑問副詞相同，即，when、where、why、how。請看例句：

g1 **We waited until the moment when the bus arrived.**
（我們一直等到巴士來的那一刻。）

g2 **Do you have the key to the room where they keep old files?**
（你有沒有他們存放舊檔案那間房間的鑰匙？）

g3 **The reason why he quit was unknown.**
（他辭職的原因不明。）

g4 **I'm impressed with the way how they treat their customers.**
（我對他們對待顧客的方式印象深刻。）

上列 g1. 句中的 when = at the moment；g2. 句中的 where = in the room；g3. 句中的 why = for the reason；g4. 句中的 how = in the way。

除了上面提到的四個關係副詞，其實英文中還有三個「複合」關係副詞 (compound relative adverb)：whenever、wherever 和 however。雖然同爲關係副詞，但是複合關係副詞與一般關係副詞不同，因爲它們沒有先行詞。請看例句：

g5 **He may leave whenever he wants.**（他想什麼時候離開就什麼時候離開。）

g6 **You can sit wherever you like.**（你喜歡坐哪兒就坐哪兒。）

g7 **I can arrange the furniture however I want.**（我高興怎麼擺這些家具就怎麼擺。）

g5. 句中的 whenever 不需要先行詞，因爲它相當於 at any time when；g6. 句中的 wherever 不需要先行詞，因爲它相當於 at any place where；g7. 句中的 however 不需要先行詞，因爲它相當於 in any way how。

H. 連接副詞

連接副詞的主要功能在於「啓」、「承」、「轉」、「合」，常用來表達兩個獨立子句之間的因果、對照、比較、讓步、時間等關係或用來顯示附加、補充、總結等概念。常見的連接副詞有：therefore、hence「因此」、however、instead、otherwise、still、nevertheless / nonetheless「然而」、meanwhile「在此同時」、then、furthermore、moreover、besides、likewise「同樣地」、indeed、thus「如此」等。請看例句：

h1 This is a very delicate situation; therefore, we need to go about it very carefully.
（這是個非常微妙的局面，因此我們必須非常小心地處理。）

h2 His company is losing money; however, he doesn't seem to care.
（他的公司在虧錢，然而他似乎並不在意。）

h3 You'd better study harder this time; otherwise, you will flunk the course.
（你這次最好用功些，否則你這一科會被當掉。）

h4 This apartment is too small; furthermore, the rent is too high.
（這間公寓太小，而且租金過高。）

h5 I'll tell you what I know; likewise, you should tell me what you know.
（我會把我知道的告訴你，同樣地，你也應該把你知道的告訴我。）

h6 This new machine works much faster than the old one; thus, we can save a lot of time and money.
（這台新機器的速度比舊的快得多，如此一來我們可以省下許多時間和金錢。）

須要注意的是，連接副詞並非連接詞，因此在連接副詞之前不可用逗號，而必須用分號。另外，在連接副詞之後通常加逗號，但若句子較短可以不加逗號。

雖然連接副詞在文法上不等於連接詞，但是在意義表達上常可代換成連接詞。例如上列的 h1.、h2.、h3. 句就相當於 h1'.、h2'.、h3'.：

h1' This is a very delicate situation, so we need to go about it very carefully.

h2' His company is losing money, but he doesn't seem to care.

h3' You'd better study harder this time, or you will flunk the course.

注意，h1'. 句中的 so、h2'. 句中的 but 和 h3'. 句中的 or 都是對等連接詞，而當然，由連接副詞所表達的起承轉合也可能由從屬連接詞來顯示。試比較 h7. 與 h7'. 以及 h8. 與 h8'.：

h7 The result was not unexpected; nevertheless, we were disappointed.
（這個結果我們並不是沒有預料到，然而我們還是很失望。）

h7' Although the result was not unexpected, we were disappointed.
（雖然這個結果我們並不是沒有預料到，但是我們還是很失望。）

h8 The mayor was holding an emergency meeting; meanwhile, an angry crowd was gathering outside the city hall.
（市長正在召開緊急會議，在此同時一群憤怒的群眾在市政府外集結。）

h8' While the mayor was holding an emergency meeting, an angry crowd was gathering outside the city hall.
（當市長在召開緊急會議的時候，有一群憤怒的群衆在市政府外集結。）

h7'. 句中的 Although 及 h8'. 句中的 While 即為從屬連接詞。[註7]

I. 替代副詞

替代副詞的主要功能在於代替句子前面提到的時間、地點、動作、方法等。常用的替代副詞有：then、there、so 和 thus。請看例句：

i1 Meet me tonight, and I'll tell you everything then.
（今晚跟我碰頭，到時我會把所有的事都告訴你。）

i2 If you look in the lab, you'll probably find him there.
（如果你到實驗室看看，可能會在那兒找到他。）

i3 He said he would leave, and he actually did so.
（他說他會離開，而他就真的走了。）

i4 The manufacturer will raise the prices, thus increasing their profits.
（製造商會提高價錢，藉此來增加他們的利潤。）

i1. 句中的 then 指前面的 tonight；i2. 句中的 there 指前面的 in the lab；i3. 句中的 so 指前面的 leave；i4. 句中的 thus 指前面的 raise the prices。

J. 介副詞

所謂介副詞指的是本身為介系詞形式但是作為副詞用的一種質詞 (particle)。[註8] 與介系詞不同，介副詞後不接受詞，它們主要的功能在於修飾動詞。試比較：

j1 John came in.（約翰進來。）

j2 John was in the house.（約翰在屋內。）

j1. 句中的 in 為介副詞，修飾其前的動詞 came；j2. 句中的 in 為介系詞，其後接 the house 作為其受詞。[註9]

我們再看幾個介副詞的例子。

j3 Please sit down.（請坐下。）

j4 We went out last night.（昨天晚上我們出去了。）

j5 Get up, you lazybones!（起床了，你這懶骨頭！）

j6 Can you come over right now?（你可以現在過來嗎？）

注意，介副詞常與一些簡單的動詞（多為單音節動詞）連用，構成所謂的雙字動詞 (two-word verb) 或片語動詞 (phrasal verb)，例如：

j7 Their car broke down.（他們的車子拋錨了。）

j8 The plane has taken off.（飛機已經起飛了。）

j9 Our plan fell through.（我們的計畫失敗了。）

j10 Hurry up, or you'll be late.（快一點，要不然你會遲到。）

j11 Look out! A car is coming this way.（小心！有一輛車朝這邊開過來了。）

j12 Stick around! Wait until he comes back.（待著！等到他回來。）

K. 焦點副詞

焦點副詞為極特殊的副詞，它們主要用來凸顯句子中的某一個字（包括動詞、形容詞、副詞、名詞、代名詞）或某一個結構（如介系詞片語或從屬子句）。常見的焦點副詞有：only、just、simply、merely、especially、particularly、even、mainly、chiefly、exactly 等。請看例句：

k1 I only hope he can return safely.（我只希望他能夠安全地歸來。）

k2 She is not just beautiful; she is very competent.
（她不僅只是漂亮，她非常地能幹。）

k3 He's working especially hard today.
（他今天特別賣力工作。）

k4 Most people, particularly children, are afraid to go see a dentist.
（大部分的人，尤其是小孩，都害怕去看牙醫。）

k5 Even they, who are usually punctual, were late.
（連通常都很準時的他們也遲到了。）

k6 We arrived exactly at 9:00 a.m.（我們在早上九點整抵達。）

k7 I didn't go with them mainly because I didn't feel very well.
（我沒有跟他們一起去主要是因為我覺得身體不太舒服。）

k1. 句中的 only 修飾其後的動詞 hope；k2. 句中的 just 修飾其後的形容詞 beautiful；k3. 句中的 especially 修飾其後的副詞 hard；k4. 句中的 particularly 修飾名詞 children；k5. 句中的 even 修飾代名詞 they；k6. 句中的 exactly 修飾表時間的介系詞片語 at 9:00a.m.；k7. 句中的 mainly 修飾表原因的從屬子句 because I didn't feel very well。

注意，上面舉出的焦點副詞原則上並不限定於修飾某一種詞類或某一種結構，例如 only 也可用來修飾代名詞：

k8 **Only you can do this.**（這件事只有你能做得到。）

或如 especially 也可用來修飾形容詞：

k9 **My brother is not especially smart.**（我弟弟並不特別聰明。）

再如 even 也可用來修飾片語：

k10 **That guy always wears a coat, even in hot summer.**
（那個傢伙總是穿著外套，連在炎熱的夏天時都如此。）

又，only 也可用來修飾子句：

k11 **We will cancel the picnic only if it rains or snows.**
（只有在下雨或下雪的情況下，我們才會取消野餐。）

而 mainly 也可用來修飾名詞：

k12 **Our customers are mainly office workers.**
（我們的顧客主要是上班族。）

L. 句副詞

所謂句副詞指的是用來修飾整個句子的副詞。最常見的句副詞就是用來表示肯定和否定的 yes 和 no：

I1 Yes, we are going to New Zealand tomorrow.
（是的，我們明天要去紐西蘭。）

I2 No, I don't like Japanese food.（不，我不喜歡日本料理。）

注意，有許多以 -ly 結尾的副詞也常作句副詞用，例如：

I3 Fortunately, no one was hurt.（幸運地，沒有人受傷。）

I4 Naturally, we were disappointed that our team lost.
（當然，我們的球隊輸了我們很失望。）

I5 Obviously, Jessica's father doesn't like Roger.
（很明顯地，潔西卡的爸爸並不喜歡羅傑。）

以 -ly 結尾常用來作句副詞的字還有：actually「事實上」、undeniably「不可否認地」、unfortunately「不幸地」、unexpectedly「意料之外地」、frankly「坦白地」、honestly「誠實地」、generally「一般地」、certainly「當然地」、absolutely「絕對地」、luckily「幸運地」、happily「令人高興地」、sadly「令人難過地」等等。

注意，也有些文法學家把發語詞也視爲句副詞，例如：

I6 Well, I think I've had enough to eat.（嗯，我想我已經吃得差不多了。）

I7 Now, what exactly do you mean by that?（那麼，你那句話到底是什麼意思？）

I8 So, you're quitting?（這麼說，你不幹了？）

一般而言，句副詞多置於句首且最好用逗號標開：

I9 Unfortunately, our request was denied.（不幸地，我們的要求未被獲准。）

而並非所有出現在句首的副詞都是句副詞，例如：

I10 Occasionally we go visit him.（偶爾我們會去拜訪他。）

I11 Gradually the economy recovered.（逐漸地經濟復甦了。）

I10. 句中的 Occasionally 爲頻率副詞，I11. 句中的 Gradually 則屬情態副詞。注意，在這兩個副詞之後並不需加逗號。

註解

1 以下幾個字為例外：

sole「唯一的」 → solely「唯一地」　　agile「敏捷的」 → agilely「敏捷地」
whole「完全的」→ wholly「完全地」

2 以下幾個字為例外：

shy「害羞的」 → shyly「害羞地」　　dry「枯燥的」 → dryly「枯燥地」
coy「忸怩的」 → coyly「忸怩地」

3 下面這個字為例外：

public「公開的」→ publicly「公開地」

4 有些母語人士並不喜歡這樣的形式，他們會選擇其他方式來表達副詞的功能。例如，他們不說：

She acted friendlily.（她表現出友善的樣子。）

而說：

She acted <u>in a friendly manner</u>.

5 注意，由過去分詞轉變成副詞時，原念成 [d] 的 -ed 通常要念成 [ɪd]，再加 -ly。例如：

① confused [kən`fjuzd] → confusedly [kən`fjuzɪdlɪ]
② supposed [sə`pozd] → supposedly [sə`pozɪdlɪ]

6 若將 every 和 day 寫成一個字，則為形容詞。試比較：

① Traffic accidents occur <u>every day</u>.（交通事故每天都會發生。）
② Traffic accidents are an <u>everyday</u> occurrence.（交通事故是每天發生的事。）

7 有關對等連接詞與從屬連接詞的用法，請參閱「連接詞篇」。
8 所謂「質詞」指的是無詞形變化的字詞，例如：介系詞、連接詞和冠詞。
9 注意，因副詞屬「實詞」而介系詞為「功能詞」，故 j1. 中的 in 在口說時須重讀，j2. 中的 in 則輕讀即可。

3分鐘英文 搞懂易混淆字詞用法！

名詞 77 football / soccer

二者皆可指「足球」，但 football 是英國用法，soccer 則為美國用法。另外，一般譯為「美式足球」的 American football 其實是一種「橄欖球」，而英式的橄欖球叫作 rugby。

名詞 78 referee / umpire

referee 和 umpire 都指球賽中的 judge「裁判」，但 referee 指的是像籃球、足球等比賽時必須跟著球員移動的裁判，而 umpire 則指像棒球、網球等的裁判，原則上這類球賽的裁判會在固定的地方而不隨著球員移動位置。

名詞 79 earphone / headphone

earphone 和 headphone 都指「耳機」，但 earphone 指的是「耳塞式」耳機，而 headphone 指的是「頭戴式」耳機。(注意，現在也有人用 earbud 來表示「耳塞式耳機」。

第 2 章 副詞的功能與位置

從第 1 章對副詞種類所做的討論中我們知道，不同的副詞有不同的修飾對象。在本章中我們將針對不同功能的副詞與其相對應的位置做較深入的分析探討。另外，我們也會就與副詞相關的「倒裝句」做適當的說明。

1 修飾動詞之副詞及其位置

英文的副詞與動詞之間的關係最為密切。除了五種一般副詞外，屬特殊副詞的疑問副詞、替代副詞、介副詞與焦點副詞也都和動詞有關。一般而言，特殊副詞的位置較為固定，而一般副詞則可能出現在句子的不同位置。我們先看修飾動詞之一般副詞在句子中的位置。

一般副詞可出現在一個句子裡的三個不同位置：句尾、句首或句中。

A. 句尾位置

原則上，所有的一般副詞都可以出現在句尾：

a1 They are singing happily.（他們正快樂地唱著歌。）
a2 I'm leaving tomorrow.（我明天動身。）
a3 They decided to stay home.（他們決定待在家裡。）
a4 She jogs often.（她常慢跑。）
a5 He has recovered completely.（他已經完全康復。）

a1. 句中的 happily 為情態副詞；a2. 句中的 tomorrow 為時間副詞；a3. 句中的 home 為地方副詞；a4. 句中的 often 為頻率副詞；a5. 句中的 completely 為程度副詞。不過，雖然說所有的一般副詞都可以出現在句尾，但是真正常出現在句尾位置的卻只有情態副詞、時間副詞和地方副詞；事實上，頻率副詞與程度副詞置於句尾的狀況並不多見。而若情態副詞、時間副詞與地方副詞皆出現在句尾時，原則上依「地方副詞 + 情態副詞 + 時間副詞」的順序排列。例如：

a6 He came back angrily last night.（他昨晚氣沖沖地回來。）

a7 She went upstairs quietly just now.（她剛剛靜靜地上樓去了。）

但是這個順序並非絕對，例如 a6. 句也能說成：

a6' He came back last night angrily.

而 a7. 句也可以改成：

a7' She went quietly upstairs just now.

B. 句首位置

較常出現在句首的一般副詞為情態副詞、時間副詞和頻率副詞。請看例句：

b1 Carefully he put the Ming vase back on the shelf.
（他小心翼翼地把那個明代的花瓶放回架子上。）

b2 Yesterday we went to Taichung to visit Grandpa.
（昨天我們到台中探望爺爺。）

b3 Sometimes I drive to work.（我有的時候會開車去上班。）

地方副詞與程度副詞較少置於句首位置。若將地方副詞置於句首，主詞與動詞必須對調位置。[註 1] 例如：

b4 Here comes the teacher.（老師來了。）

b5 There sat an old man.（那裡坐了一個老人。）

若將程度副詞置於句首，也須採用倒裝句型，例如：

b6 Hardly did I notice that it was getting so late.
（我幾乎沒注意到時間已經那麼晚了。）

b7 Little did he know that he was being followed.
（他並沒有意識到他被跟蹤。）

事實上當某些頻率副詞被置於句首時，也同樣需要用倒裝句，例如：

b8 Never have I done such a thing before.（我以前從來沒幹過這種事。）

b9 Seldom do we see a design like this.（我們很少看到像這樣的設計。）

（關於本節中所提及之倒裝句型的分析說明，請參見本章最後一節「與副詞相關之倒裝句」。）

C. 句中位置

較常出現在句中的副詞爲情態副詞、頻率副詞和程度副詞。情態副詞可置於動詞之前或之後，例如：

c1 He willingly accepted the new assignment.（他欣然地接受了新指派的工作。）

c2 She walked slowly towards us.（她慢慢地朝我們走過來。）

頻率副詞須置於普通動詞之前，例如：

c3 We often order pizza for lunch.（我們常叫披薩當午餐。）

c4 She rarely wears jewelry.（她很少戴珠寶首飾。）

但若動詞爲 be 動詞或帶有助動詞，頻率副詞則置於 be 動詞或第一個助動詞之後，例如：

c5 He is often the first to arrive at the office.（他經常是第一個到辦公室的人。）

c6 She is always talking about her boyfriend.（她總是在說她男朋友的事。）

c7 We will never come to this restaurant again.（我們永遠不會再到這家餐廳了。）

c8 I have rarely been invited to a dancing party.（我很少被邀請參加舞會。）

與頻率副詞相同，程度副詞亦常置於普通動詞之前，助動詞之後，例如：

c9 I totally agree with you.（我完全贊成你的意見。）

c10 We could barely hear what the speaker was saying.
（我們幾乎聽不見演講人在說什麼。）

地方副詞與時間副詞較少置於句中，但是若句尾有其他的修飾語，則另當別論，例如：

c11 She went downtown with her mother.
（她和她母親一起到市中心去。）

c12 He left immediately without saying a word.
（他一句話都沒說立刻就離開了。）

接下來，我們看與動詞相關之特殊副詞的位置。

D. 疑問副詞

與英文的其他疑問詞相同，疑問副詞基本上應置於句首：

d1 When did you see her?（你什麼時候看到她？）

d2 Where do you want to sit?（你要坐哪裡？）

d3 Why didn't you come?（你為什麼沒有來？）

d4 How would you explain this?（這你要如何解釋？）

但如果以疑問副詞引導的是「間接問句」，則疑問副詞會出現在句中位置：

d5 Tell me when you saw her.（告訴我你什麼時候看到她。）

d6 I know where you want to sit.（我知道你要坐哪裡。）

d7 Does he know why you didn't come?（他知道你為什麼沒有來嗎？）

d8 I wonder how you would explain this.（我不知道這你要如何解釋。）

E. 替代副詞

用來代替動詞的替代副詞是 so，通常出現在句尾：

e1 **He threatened to let go, and I'm afraid he might actually do so.**
(他威脅說要鬆手，恐怕他真的會這麼做。)

但是，so 有時會出現在句中，例如：

e2 **He threatened to let go, and if he actually did so, then we would all be in big trouble.**
(他威脅說要鬆手，如果他真的鬆手，那我們就會全遭殃。)

有時候也會出現在句首，[註2]例如：

e3 **A: He actually let go.** (他真的鬆手。)
B: So did she. (她也是。)

F. 介副詞

原則上介副詞應跟在動詞之後，若動詞後無其他修飾語，則介副詞出現在句尾；若動詞後有其他修飾語，則介副詞會在句中位置。請看例句：

f1 **He sat down.** (他坐下。)
f2 **He sat down beside me.** (他在我旁邊坐下來。)

由簡單動詞與介副詞構成的雙字動詞情況亦同：

f3 **The plane is going to take off.** (飛機要起飛了。)
f4 **The plane is going to take off in five minutes.** (飛機五分鐘之後要起飛。)

注意，有時雙字動詞可接受詞，此時介副詞可緊跟著動詞或置於受詞之後。[註3]例如：

f5 **Put on your coat.** (穿上你的外套。)
f6 **Put your coat on.** (把你的外套穿上。)

PART 5 副詞篇

G. 焦點副詞

修飾動詞的焦點副詞通常會置於被修飾的動詞之前，也就是，居句中位置。請看例句：

g1 I just wanted to take a look.（我只是想看一眼。）

g2 He even bought her a diamond ring.（他甚至買了一只鑽戒給她。）

2 修飾形容詞之副詞及其位置

最常用來修飾形容詞的一般副詞爲程度副詞，它們通常出現在被修飾的形容詞之前，例如：

h1 Tammy is a very happy little girl.（泰咪是一個非常快樂的小女孩。）

h2 For a first-grader, Tommy is quite tall.（就一個小一生而言，湯米蠻高的。）

注意，enough 爲例外，它必須置於被修飾的形容詞之後：

h3 I don't think I'm good enough.（我認為我不夠好。）

另外，由情態副詞轉變而成的程度副詞同樣也應置於形容詞之前，例如：

h4 The view is breathtakingly beautiful.（這景緻真是美得令人驚嘆。）

h5 He is an overwhelmingly popular candidate.（他是個超級受歡迎的候選人。）

可以用來修飾形容詞的特殊副詞爲疑問副詞和焦點副詞。我們先來看疑問副詞的例子。

h6 How old are you?（你幾歲？）

h7 How many people came?（有多少人來？）

下面是焦點副詞的例子：

h8 You are even younger than me.[註4]（你甚至比我還年輕。）

h9 What he said wasn't exactly right.（他說的並非完全正確。）

從以上四個例句可知，修飾形容詞的特殊副詞與一般副詞相同，皆置於形容詞的前面。

3 修飾副詞之副詞及其位置

原則上修飾副詞的副詞與修飾形容詞的副詞相同，即，程度副詞（包括由情態副詞轉用者）、疑問副詞以及焦點副詞。請看例句：

i1 They treat him rather cruelly.（他們相當殘忍地對待他。）

i2 Their team played incredibly well last night.
（他們的球隊昨晚打得令人難以置信地好。）

i3 How soon can you get here?（你多快可以到這裡？）

i4 Your answer is simply too short.（你的回答實在是太簡短了。）

從上列四個例句可看出，修飾副詞的副詞應置於被修飾的副詞之前。

4 修飾名詞與代名詞之副詞及其位置

能夠用來修飾名詞或代名詞的副詞原則上爲焦點副詞，例如：

j1 Asian peoples, particularly the Chinese, regard filial obedience as a virtue.
（亞洲人，特別是中國人，視孝順為一種美德。）

j2 Only you know how to deal with a guy like him.
（只有你知道如何應付像他那樣的傢伙。）

而事實上有一些所謂的強化詞與焦點副詞相同，同樣具有「凸顯」句中某些字詞的功效，而部分強化詞即可用來修飾名詞，例如：

j3 Lawrence is quite a gentleman.（勞倫斯相當地有紳士風度。）

j4 It's almost time to leave.（差不多是動身的時候了。）

另外，像用來表示否定的 not，有時也可用來修飾名詞或代名詞，例如：

j5 A: Who did this?（這是誰幹的？）
B: Not Jim / me.（不是吉姆／我。）

還有，用來表達「亦；也」的 too 同樣也可拿來修飾名詞或代名詞，例如：

j6 Ted / You too will have to go.[註5]（泰德／你也必須得去。）

最後，有些表地方和時間的副詞有時也具「聚焦」之功能，例如：

j7 People there are all very nice.（那邊的人都很好。）

j8 The hotels downtown are very expensive.（市中心的旅館很貴。）

j9 In the discussion yesterday we didn't touch upon this issue.
（在昨天的討論中我們並沒有觸及這個議題。）

j10 I saw him an hour ago.（我一個鐘頭之前看到他。）

注意，一般而言用來修飾名詞或代名詞的焦點副詞以及強化詞多置於名詞或代名詞之前，但是表示「亦；也」的 too 和地方及時間副詞須置於名詞或代名詞之後。

5 修飾片語或子句之副詞及其位置

可用來修飾片語或子句的副詞為焦點副詞。請看例句：

k1 I called just to remind you of our appointment.
（我打電話來只是想提醒你別忘了我們有約。）

k2 He stood right in the middle of the street.
（他站在街道的正中央。）

k3 She didn't come simply because she didn't want to come.
（她之所以沒有來只是因為她不想來。）

k4 He goes home only when he needs money.
（他只有在需要錢的時候才回家。）

上列 k1. 句中的 just 用來修飾其後的不定詞片語；k2. 句中的 right 用來修飾其後的介系詞片語；k3. 句中的 simply 用來修飾其後表原因的副詞子句；k4. 句中的 only 用來修飾其後表時間的副詞子句。

6 修飾全句之副詞及其位置

修飾全句的副詞爲句副詞，最常見於句首位置：

l1 **Happily, he did not accept their offer.**
（令人高興的是，他並沒有接受他們的提議。）

l2 **Actually, I would like to discuss this with my lawyer first.**
（事實上，我想先和我的律師討論一下這件事。）

l3 **Frankly, I don't think your chances are very good.**
（坦白說，我認為你的機會並不大。）

有時句副詞也會出現在句中或句尾。試比較下列三句：

l4 **Unfortunately, all their hard work ended in failure.**
（不幸地，他們所有的努力全部付諸東流。）

l5 **All their hard work, unfortunately, ended in failure.**
（他們所有的努力，很不幸，全部付諸東流。）

l6 **All their hard work ended in failure, unfortunately.**
（他們所有的努力全部付諸東流，真是不幸。）

但是注意，由於許多句副詞是由情態副詞轉用，爲了避免誤解，使用句中或句尾句副詞時應該謹慎。例如，若將 l1. 句中的 Happily 置於句中或句尾時就會產生不同的解讀：

l7 **He did not happily accept their offer.**（他並沒有很高興地接受他們的提議。）

l8 **He did not accept their offer happily.**（他並不是很高興地接受他們的提議。）

另外，同樣爲了避免錯誤解讀，用來修飾全句的句副詞最好用逗號標開。試比較 l9. 句與 l10. 句：

l9 Happily, they came.（令人高興的是，他們來了。）

l10 Happily they came.（他們很高興地來了。）

由於 l9. 句中的 Happily 之後有逗號，讀者可以很明確的知道這是個修飾全句的副詞；註6 反之，因爲 l10. 句中的 Happily 之後並未使用逗號，讀者極有可能將其視爲修飾動詞 came 的情態副詞。

7 用來引導形容詞子句的關係副詞及其位置

由於形容詞子句的功用在於修飾其先行詞，因此關係副詞只會出現在句中位置：

m1 We are looking forward to the day when it will finally stop raining.
（我們在期待老天爺終於不再下雨的那一天。）

m2 My son is working at the company where I used to work.
（我兒子現在在我以前服務的公司上班。）

m3 Give me one good reason why you don't want to go to college.
（給我一個你不想上大學的好理由。）

m4 Show me the way how this should be done.
（把該如何做這件事的方法示範給我看。）

8 用來聯結兩個獨立子句的連接副詞及其位置

連接副詞的主要功能在於聯結兩個原本各自獨立的子句，因此很自然地應置於這兩個子句之間，也就是，句中。例如：

n1 Kate was sick; therefore, she didn't go with them.
（凱特生病了，因此她沒跟他們一起去。）

n2 He sat down silently; then, to everyone's surprise, started to cry.
（他一言不發地坐下來，然後，令每一個人都很驚訝地，開始哭了起來。）

n3 We did everything we could do to help him; still, he failed.
（我們做了所有我們能夠做的來協助他，但他還是失敗了。）

但是偶爾會看到連接副詞出現在句尾的情況，例如：

n1' Kate was sick; she didn't go with them, therefore.

這是因為連接副詞本身並非連接詞，它們主要的功能在於語氣的「起承轉合」；n1'. 句中的分號（切記不可使用逗號）即具連接前後兩個句子的功能。

另外，我們也會看到連接副詞被置於句首的情況，例如：

n2' He sat down silently. Then, to everyone's surprise, started to cry.
（他一言不發地坐下來。然後，令每一個人都很驚訝地，開始哭了起來。）

n3' We did everything we could do to help him. Still, he failed.
（我們做了所有我們能夠做的來協助他。但，他還是失敗了。）

這是因為有些人喜歡或習慣利用連接副詞來作為句子與句子之間語氣的轉折。

9 與副詞相關之倒裝句

除了一般的疑問句之外，英文裡還有一種主詞與動詞位置對調的句型，在文法上稱為「倒裝句」，而有一類倒裝句與副詞的位置息息相關。在本節中我們將針對這一類的倒裝句型做深入的分析與探討。[註7]

由我們在前幾節的討論中可以看出，雖然副詞在句子中可能出現在句首、句中或句尾位置，但是對大多數副詞而言，句中或句尾還是比較自然的位置，因為大多數的副詞都是用來修飾動詞、形容詞與其他副詞，而這些詞類通常並不出現在句首。然而就修辭而言，句首卻是最容易引起讀者或聽者注意的位置，因此為了要強調某些副詞的重要性，我們可以將它們由原來的位置移至句首。有趣的是，有些副詞可直接移至句首（如情態副詞）而不會影響原句中其他字詞的排列順序，但是有另外一些副詞（如部分程度副詞與頻率副詞）一旦被移至句首，原句的主詞與動詞就必須調換位置，而形成所謂的「倒裝句」。

依照母語人士使用英文的習慣，我們可以歸納出以下幾種必須使用倒裝句型的情況：A. 表「否定」概念的副詞移至句首時；B. 程度副詞 so 移至句首時；C. 焦點副詞 only 移至句首時；D. 地方副詞移至句首時。

A. 表「否定」概念的副詞移至句首

表否定意涵的字詞通稱為「否定詞」(negator)，而其中有許多都是副詞或可以作副詞用，包括no、not、never、hardly、scarcely、rarely、seldom、little、neither等，而當這類表否定的副詞被置於句首時，其後句子的主詞和動詞就必須倒裝。請看例句：

o1 Never have I seen him smoke or drink.
= I have never seen him smoke or drink.
（我從來沒看過他抽菸或喝酒。）

o2 Hardly do I go to the movies.
= I hardly go to the movies.
（我是幾乎不去看電影的。）

o3 Rarely has he experienced anything like this.
= He has rarely experienced anything like this.
（他鮮少經歷像這樣的事。）

注意，所謂的倒裝句型僅限於與被前移之副詞直接相關的子句，而不及於其他子句，例如：

o4 No sooner had I left the office than the phone started to ring.
= I had no sooner left the office ....
（我才一離開辦公室電話就開始響了。）

o5 Not only did she make the promise, but she also kept it. 註8
= She not only made the promise ....
（她不僅做了承諾而且也履行了那個承諾。）

o6 Little did he know how his secretary treated the new employee.
= He little knew ....
（他並不知道他的祕書是怎麼對待那個新員工的。）

B. 程度副詞 so 移至句首

程度副詞 so 也可移至句首來做強調，例如：

p1 So happy was he to have passed the exam.
= He was so happy to have passed the exam.
（他非常高興通過了考試。）

另外，so 也常與 that 連用構成連接詞組"so ... that"，同樣地，這個 so 也可移至句首，而相關子句需採倒裝句型，如：

p2 So hungry was he that he finished the big hamburger in just fifteen seconds.
= He was so hungry ....
（他肚子非常餓以致於才十五秒鐘就把那個大漢堡給吃完了。）

C. 焦點副詞 only 移至句首

焦點副詞 only 也常被置於句首來加強語氣，例如：

q1 Only through hard work and determination can you succeed in this business.
= You can succeed in this business only through hard work and determination.
（只有憑藉努力和決心你才能在這個行業中出人頭地。）

q2 Only when he had his own children did he realize how much his parents had scarified for him and his brothers.
= He realized ... only when he had his own children.
（只有在他有自己的小孩之後，他才了解他的父母曾為他和他的兄弟們做了多少犧牲。）

注意，q2. 句裡一共有三個子句，only when he had his own children 應視爲一副詞結構，修飾主要子句的動詞 realized，故該主要子句必須採用倒裝句型。

D. 地方副詞移至句首

常被置於句首的地方副詞是 here 和 there：

r1 Here is the list you requested.（這是你要求的清單。）
r2 There stands the monument.（那兒矗立著紀念碑。）

注意，地方副詞置於句首時所採用的倒裝句型與其他一般的倒裝句不同；此時，不論動詞爲何種動詞，只要將主詞與動詞直接對調位置即可。

另外注意，事實上常移至句首的地方副詞多爲介系詞片語，例如：

r3 Inside the room were two chairs and a broken bed.
（房間裡面有兩張椅子和一張壞掉的床。）

r4 On the other side of the mountain lies the old village.
（那個舊村落就位於山的那一邊。）

同樣地，原句的主詞和動詞直接對調。
（介系詞片語作爲地方副詞的相關說明請見第 5 章「副詞片語」。）

註解

1 注意，若主詞為人稱代名詞時則不需與動詞對調：

① Here she comes.（她來了。）
② There he sat.（他坐在那裡。）

2 表否定的 neither 亦同：

A: He didn't let go.（他沒鬆手。）
B: Neither did she.（她也沒有。）

3 但若受詞為代名詞則介副詞只能置於受詞之後：

Put it on.（把它穿上。）

4 注意，在本例中焦點副詞 even 修飾的是比較級的形容詞。

5 注意，表否定的 either 卻不能直接放在句中名詞或代名詞之後：

誤 ① The / You either will not have to go.（泰德／你也不必去。）

而必須置於句尾：

② Ted / You will not have to go either.

但是在做簡短回應時則可：

③ A: I don't want to go.（我不想去。）
B: Me either.（我也不想。）

6 在口說時則應在 Happily 之後稍微停頓一下。

7 在本書的最後一部分「文法與修辭」中，我們將進一步探討各類的倒裝句。

8 若 Not 原本就在句首則無所謂倒不倒裝的問題，如

Not only you but also he made the promise.（不僅是你連他也做了承諾。）

事實上，本句中的 Not only you but also he 是動詞 made 的主詞。

3分鐘英文 搞懂易混淆字詞用法！

名詞 80 smell / scent

smell 和 scent 都指「氣味」，但前者的意思較廣，可以用來指任何的氣味（如芬芳或惡臭），而 scent 則通常指「香味」（因此可用來指 perfume「香水」）。另外，也常用來指「芳香」的還有 fragrance 和 aroma，而多用來指「臭味」的則是 odor，一定指「惡臭」的則有 stench 和 stink。

名詞 81 taste / flavor

taste 和 flavor 都指「味道」，但 taste 用來指食物的各種味道，包括酸 (sour)、甜 (sweet) 、鹹 (salty) 、苦 (bitter) 、辣 (spicy) 等，而 flavor 則多用來指食品（如冰淇淋、餅乾、蛋糕等）的不同「口味」，如 strawberry flavor「草莓口味」、vanilla flavor「香草口味」、chocolate flavor「巧克力口味」等等。

名詞 82 holiday / vacation

holiday 指的是一般的「國定假日」（不包括週六、日），而 vacation 則指較長的「假期」，如學校的 summer vacation「暑假」、winter vacation「寒假」（注意，為期較短的「春假」叫 spring break），或是較長的「休假」。另外，「彈性放假日」叫 bridge holiday，「連假」叫 long weekend，「補假日」叫 make-up holiday，而「補班日」則是 make-up workday。

第3章 副詞的比較

與形容詞相同，副詞也有比較的形式，而且同樣也分成三級：原級、比較級、最高級；另外，副詞之比較級與最高級的形成方式大致上也與形容詞之比較級與最高級相似。請看以下說明。

1 原級比較

同等之比較使用副詞的原級，但有肯定與否定之分。

A. 肯定同等比較

同等比較用 as ... as 表達：

a Lucy sings as well as her sister (does).（露西歌唱得和她姐姐一樣好。）

b Henry runs as fast as his brother.（亨利跑得跟他哥哥一樣快。）

B. 否定同等比較

否定同等比較用 not as / so ... as 表示：

c Linda doesn't dance as / so well as Lucy.（琳達舞跳得沒有露西那麼好。）

d Harvey doesn't study as / so hard as Henry.（哈維念書沒有亨利那麼用功。）

2 比較級比較

副詞的比較級比較也分優等比較和劣等比較兩種。

A. 優等比較

優等比較大多用 more ... than 來表達：

e Jerry drives more carefully than Terry (does).（傑瑞開車比泰瑞小心。）

r Sarah dresses more elegantly than Sally.（莎拉穿著比莎麗優雅。）

但若副詞爲單音節字，則在其後加 -er，然後用 than：

g Sally runs faster than Terry.（莎麗跑得比泰瑞快。）

B. 劣等比較

劣等比較不論副詞音節多寡，一律使用 less ... than 表達：

h Jody speaks less eloquently than Judy.（裘蒂的口才沒有茱蒂流利。）

i Judy acts less warmly than Jody.（茱蒂的表現沒有裘蒂熱心。）

j Sarah works less hard than Jerry.（莎拉工作沒有傑瑞努力。）

3 最高級比較

副詞的最高級比較有兩種表現方式：the most (-est) / least ... of 和 the most (-est) / least ... in。請看例句：

k Darren jumps the highest / least high of all the boys.
（達倫是所有男孩中跳得最高／不高的。）

l Martin plays the most / least seriously in the team.
（馬丁是全隊中打得最認真／不認真的。）

但是，如果句子中沒有明顯比較的對象，定冠詞 the 可以省略不用。註1 例如：

m This medicine works most effectively when taken after meal.
（這種藥在飯後服用效果最好。）

4 副詞比較級與最高級的形成方式

● 單音節及少數雙音節副詞在字尾加 **-er** 形成比較級，加 **-est** 形成最高級：

原級	比較級	最高級
fast（快速地）	faster	fastest
hard（努力地）	harder	hardest
high（高地）	higher	highest
low（低地）	lower	lowest
late（遲地）	later	latest
soon（早／快地）	sooner	soonest
long（久地）	longer	longest
near（近地）	nearer	nearest
early（早地）	earlier	earliest
often（時常）	oftener	oftenest[註2]

● 大多數雙音節副詞及多音節副詞在其前加 **more** 形成比較級，加 **most** 形成最高級：

原級	比較級	最高級
quickly（迅速地）	more quickly	most quickly
kindly（親切地）	more kindly	most kindly
safely（完全地）	more safely	most safely
bravely（勇敢地）	more bravely	most bravely
easily（容易地）	more easily	most easily
frequently（經常地）	more frequently	most frequently
carefully（小心地）	more carefully	most carefully
beautifully（美麗地）	more beautifully	most beautifully
specifically（明確地）	more specifically	most specifically
satisfactorily（滿意地）	more satisfactorily	most satisfactorily

● 不規則變化之副詞

原級	比較級	最高級
well（好地）	better	best
badly（壞地）	worse	worst
much（多地）	more	most
little（少地）	less	least
far（遠地）	farther	farthest[註 3]
	further	furthest

註解

1 事實上 most 本身就是個強化詞，除了用來表達最高級的比較之外，還可以用來表「非常」(= very)，例如：

① **It's <u>most</u> kind of you to come over yourself.**（你人真好，願意親自過來一趟。）

② **He'll <u>most</u> probably get married this June.**（他非常有可能在今年六月結婚。）

在第一個句子中，most 用來修飾其後的形容詞 kind；在第二個句子中，most 則修飾其後的副詞 probably。

2 often 的比較級和最高級也可以用 more often 和 most often 表示，而且許多母語人士也比較喜歡這麼用。

3 與形容詞用法相同，farther 與 farthest 原則上是表「距離」，further 與 furthest 表「程度」。

3分鐘英文 搞懂易混淆字詞用法！

名詞83 salary / wage

salary 和 wage 都是「薪資」的意思，但 salary 一般指上班族固定領取的薪水（如月薪、年薪），而 wage 則指打工族或臨時人員領取的報酬（可能為時薪、日薪或週薪）。注意，其實不論是何種薪資在口語上都可以用 pay 來表示。

名詞84 coupon / voucher

coupon 和 voucher 都屬於優待票券，但前者指的是「優惠券」、「折價券」（通常是商店、超市等為了促銷而發送，voucher 則指「抵用券」、「兌換券」（如飯店、旅館贈送客人的 breakfast voucher「早餐券」）。另外，百貨公司等的「禮券」則稱為 gift certificate。

名詞85 license / permit

license 和 permit 都可以指「許可證」，但 license 一般多譯成「執照」，例如 driver's license 就是「駕駛執照」。有趣的是，我們所謂的「學習駕照」英文叫作 learner's permit。（注意，permit [ˋpɝmɪt] 在此為名詞用法，重音位置與作動詞用的 permit [pɚˋmɪt] 不同，應置於第一音節。）另外，商業上的「經銷許可」或「加盟權」叫作 franchise。

名詞86 argument / debate

argument 可指「爭論」、「爭辯」，也可以指說理時所提出的「論證」，debate 則指針對議題所做的「辯論」。另外，dispute 指的是「爭端」。

名詞87 fight / quarrel

fight 除了指「打架」、「戰鬥」之外，還可以用來指「爭吵」、「吵架」，而 quarrel 則指「爭吵」、「爭辯」。另外，因為一些瑣事而產生的「口角」英文叫 bickering。

第 4 章 易混淆及須注意的副詞

在英文裡有許多副詞語意相近但用法不同，也有些副詞字形相似但意義不同，很容易產生混淆，在本章中我們將以對照比較的方式，分析說明這些副詞的差異與正確用法。另外，我們也將討論幾個因字形特殊或因具特別用法，而容易造成錯誤或誤解的重要副詞。

1 易混淆的副詞

A. ago 與 before

ago 與 before 都表示「之前」，但是 ago 表達的是從「現在」算起的之前，而 before 表達的則是從「過去某一時間點」算起的之前。請看例句：

a1 He came back two days ago.（他是兩天前回來的。）

a2 He told me yesterday that he had come back two days before.
（他昨天告訴我他是兩天之前回來的。）

注意，因為 a1. 句中的動詞表達的是「過去」的動作，所以用過去式 came；a2. 句中的動詞表達的是「過去的過去」之動作，因此使用過去完成式 had come。

B. already 與 yet

already 與 yet 都常與完成式連用，表達「已經」之意，但是 already 通常用於肯定句，而 yet 則須用於疑問句：

b1 She has already finished her homework.（她已經做完功課了。）

b2 Has she finished her homework yet? 註1（她已經做完功課了嗎？）

另外，yet 也常用於否定句中，與否定詞 not 一起表達「尚未」之意：

b3 She hasn't finished her homework yet.（她還沒有做完功課。）

C. ever 與 once

在疑問句裡表「曾經」應用 ever，在肯定句中則用 once：[註2]

c1 Have you ever been to Paris?（你有沒有去過巴黎？）

c2 I have been to Paris once.（我曾經去過巴黎。）

注意，once 原意爲「一次」，但是在此亦作「曾經」解。切記，不可使用下面這種句子：

誤 c3 I have ever been to Paris.

我們再看一個以 once 表「曾經」的例子：

c4 He once lived in Paris.（他曾經住過巴黎。）

除了用在疑問句外，ever 也可用在否定句，例如：

c5 I have never (= not ever) seen him before.（我以前從來沒見過他。）

c6 I hardly ever see him come out of his house.（我幾乎沒有看過他走出家門。）

c7 It seems that nothing ever interests him.（似乎從來沒有任何事會讓他感興趣。）

另外，ever 也可用在條件句中：

c8 If you are ever in Taipei, do come and see us.
（如果你有到台北來的話，一定要來看我們。）

D. sometimes 與 sometime[註3]

sometimes 指「有時候」；sometime 指「某個時候」。試比較下面兩個句子：

d1 I go to the movies sometimes.（我有的時候會去看電影。）

d2 I'll go to the movies sometime next week.（我下禮拜某個時候會去看電影。）

注意，sometimes 也常出現在句首或句中：

d3 Sometimes I walk to school, but usually I take a bus.
（有時候我會走路上學，但是通常我都搭公車。）

d4 I sometimes eat at the school cafeteria.
（我有時候會在學校的自助餐廳吃飯。）

sometime 則多出現在句尾：

d5 Let's get together sometime.（咱們哪一天聚一聚。）

而在 sometime 之後常接其他的時間副詞：

d6 He left sometime between 5 p.m. and 6 p.m.
（他大約是下午五、六點的時候離開的。）

PART 5 副詞篇

E. just 與 just now

副詞 just 用來表時間時可指「正要」、「正在」、「恰好」、「剛剛」等義，常與現在進行式、過去進行式、過去式與現在完成式連用。請看例句：

e1 I'm just getting started.（我正要開始。）

e2 We were just talking about you.（我們才正在談你呢。）

e3 You just missed him—he left only a moment ago.
（你恰巧錯過了他——他才剛離開。）

e4 I have just spoken to her.（我剛剛才跟她說過話。）

just now 可用來指「此刻」或「剛才」，常與現在式、現在進行式、過去式或過去進行式連用。請看例句：

e5 He is busy just now, but he'll be free this afternoon.
（他此刻正在忙，但是他下午會有空。）

e6 I'm having lunch with my boss just now—I'll call you back later.
（我此刻正在和老闆吃午餐——我待會兒再打給你。）

e7 I saw her in the lobby just now.（我剛才在大廳看到她。）

e8 What were you saying just now?（你剛才說什麼？）

F. late 與 lately

late 指「遲；晚」，而 lately 指「近來；最近」。請看例句：

f1 I got up late this morning.（我今天早上較晚起床。）

f2 I haven't seen him much lately.（我最近不常看到他。）

注意，lately 只能作副詞，但是 late 可以當形容詞用：

f3 They returned in the late afternoon.（他們傍晚的時候才回來。）

G. near 與 nearly

near 指「接近；靠近」，nearly 指「幾乎；差不多」。請看例句：

g1 The final examinations are drawing near, so study harder.
（期末考快到了，所以用功一點。）

g2 He fell into the river and nearly drowned.
（他掉到河裡，差一點淹死。）

nearly 只能當副詞，但是 near 可以作形容詞、介系詞或動詞用：

g3 We're planning to buy a house in the near future.
（我們正計畫在不久的將來買一棟房子。）

g4 Don't go near the water.
（不要太靠近水邊。）

g5 The new bridge is nearing completion.
（新的橋已將近完工。）

H. high 與 highly

high 指「高」、「高高地」或「在／向高處」；highly 指「評價極高地」、「極為重視地」或是作強化詞用指「非常」、「高度地」。請看例句：

h1 How high can you jump?（你可以跳多高？）
h2 The eagle is soaring high in the sky.（老鷹在高空中翱翔。）
h3 They speak highly of you.（他們對你極為讚賞。）
h4 Dolphins are highly intelligent animals.（海豚是非常聰明的動物。）

當然，highly 僅能當副詞，而 high 除了還可作形容詞用之外，有時還可以當名詞用：

h5 He is trying to climb over that high wall.（他正努力想爬過那堵高牆。）
h6 The oil price has reached a new high.（油價已創新高。）

I. very 與 much

very 和 much 都作程度副詞用，但是二者修飾的對象不同。首先，very 用來修飾原級形容詞或副詞，而 much 則用來修飾比較級形容詞或副詞：

i1 This room is very big.（這個房間很大。）
i2 This room is much bigger than that one.（這個房間比那一間大得多。）
i3 He doesn't drive very carefully.（他開車不是很小心。）
i4 He drives much less carefully than his wife.（他開車比他太太不小心得多。）

修飾最高級時可用 the very 或 much the：

i5 This one is the very / much the best of all.（這一個是所有當中最好的。）

其次，very 不可用來修飾動詞，但是 much 可以：註4

i6 You haven't changed much over the years.（這些年來你並沒有多大改變。）

注意，千萬不可使用下面這樣的句子：

誤 i7 I very like basketball.（我非常喜歡籃球。）

另外，雖然 very 不能直接修飾動詞，但是卻可以用來修飾 much：

i8 He likes baseball very much.（他非常喜歡棒球。）

最後，very 除了用來修飾一般形容詞外，也用來修飾完全形容詞化的分詞，包括現在分詞和過去分詞：

i9 This is a very boring novel.（這是本很無聊的小說。）

i10 I'm very surprised that you like it.（我很驚訝你喜歡它。）

而 much 或 very much 則用來修飾未形容詞化的過去分詞：註 5

i11 He was a much loved and respected person.（他是個深受喜愛和尊敬的人。）

i12 Your efforts are very much appreciated.（非常感謝你所做的努力。）

J. too 與 enough

too 和 enough 皆為程度副詞，但是 too 應置於被修飾的形容詞或副詞之前，而 enough 則須置於被修飾的形容詞或副詞之後：

j1 He is too old.（他年紀太大了。）

j2 He is old enough.（他年紀夠大了。）

j3 You drove too fast.（你車開太快了。）

j4 You drove fast enough.（你車開夠快了。）

有趣的是，如果在 too 和 enough 之後接不定詞的結構，會有「否定」結果和「肯定」結果的差異。試比較下面兩句話：

j5 He is too old to drive.（他年紀太大不能開車了。）

j6 He is old enough to drive.（他年紀夠大可以開車了。）

同樣的 to drive 在這兩個句子中表達完全相反的意思：在 j5. 裡 to drive 是「不能開車」，在 j6. 句裡卻指「可以開車」。

K. a little 與 little

a little 和 little 都可作爲程度副詞，但是必須注意，a little 表達的是「肯定」的意思，而 little 則具「否定」意涵。試比較下列兩個句子：

k1 **I slept a little this afternoon.**（我今天下午小睡了一會兒。）
k2 **I slept little last night.**（我昨天晚上沒睡什麼覺。）

k1. 句相當於：

k1' **I slept some this afternoon.**

而 k2. 句則等同於：

k2' **I didn't sleep much last night.**

L. too 與 either

too 和 either 都可用來表「亦；也」的概念，但若前文是「肯定」時應用 too，若前文爲「否定」時則必須用 either；也就是說，either 其實表達的是「亦非；也不」之否定意涵。例如：

l1 **A: I love Italian food.**（我非常喜歡義大利菜。）
B: I love Italian food too. / Me too.
（我也非常喜歡義大利菜。／我也是。）
l2 **A: I don't like Japanese food.**（我不喜歡日本料理。）
B: I don't like Japanese food either. / Me either.
（我也不喜歡日本料理。／我也不喜歡。）

注意，下面這個句子是錯的：

PART 5 副詞篇

誤 l3 I don't like Japanese food too.（我也不喜歡日本料理。）

M. so 與 neither

so 和 neither 皆可作爲替代副詞，但 so 用在肯定句，而 neither 用在否定句：

m1 I was there, and so were you.（我當時在那兒，而你也在。）
m2 I wasn't there, and neither were you.（我當時不在那兒，而你也不在。）

so 和 neither 都可用來接續對方的談話：

m3 A: We went to the concert last night.（昨晚我們去聽了那場演唱會。）
B: So did I.（我也去了。）
m4 A: We didn't go to the concert last night.（昨晚我們沒有去聽那場演唱會。）
B: Neither did I.（我也沒去。）

N. yes 與 no

yes 和 no 可能是最簡單、最常使用的兩個副詞，但是對於以中文爲母語的人而言，必須特別注意否定疑問句的應答。例如，在回答以下句子時：

n1 Aren't you Japanese?（你不是日本人嗎？）

若以“Yes”作答，則對方會認爲你是日本人；如果你不是日本人，就應該答“No”。英文的使用習慣是，若答“Yes”，則跟在其後的句子須爲肯定句；若答“No”，則其後的句子就應爲否定句：

n2 Yes, I am Japanese.（是，我是日本人。）
n3 No, I am not Japanese.（不，我不是日本人。）

記得，不可使用下面這樣的句子，雖然它符合中文的使用習慣：

誤 n4 Yes, I am not Japanese.（對，我不是日本人。）

2 須注意的副詞

O. every day

我們在第 1 章「副詞的種類」中就曾提到，作爲副詞用時 every 和 day 必須分開，若寫成一個字 everyday，就成了形容詞了。試比較下面兩句話：

o1 We do these things every day.（我們每天都做這些事。）

o2 These are our everyday routines.（這些是我們每天的例行公事。）

P. nowadays

nowadays 指「時下；現今」，許多人都沒有注意字尾有 s，而常誤拼爲 nowaday。nowadays 屬時間副詞，一般置於句尾：

p1 Cellphones are widely used nowadays.（現今手機被廣泛地使用。）

也常置於句首：

p1' Nowadays cellphones are widely used.

也可置於句中：

p1" Cellphones nowadays are widely used.

Q. indoors、outdoors

indoors 和 outdoors 皆屬地方副詞，用法如：

q1 Since it is raining, the children have to stay indoors.
（因為在下雨，所以孩子們只得待在屋內。）

q2 The rain has stopped, so they can play outdoors now.
（雨已經停了，所以他們現在可以到屋外玩了。）

注意，如果不加字尾的 s，這兩個字就成了形容詞：

q3 Table tennis is an indoor game.（乒乓球是一種室內運動。）

q4 Tennis is an outdoor game.（網球是一種戶外運動。）

R. overseas、upstairs

overseas 和 upstairs 可作副詞也可作形容詞。註 6 下面兩例是副詞的用法：

r1 They lived overseas for many years.（他們在國外住了很多年。）

r2 He ran upstairs to get his book.（他跑上樓去拿他的書。）

以下兩句為形容詞用法：

r3 The exhibition attracted many overseas visitors.
（該展覽吸引了許多國外的參觀者。）

r4 She stayed in her upstairs room for hours.
（她在她樓上的房間裡待了好幾個鐘頭。）

S. forward(s)、backward(s)

forward 和 backward 可作副詞或形容詞用，但 forwards 和 backwards 一般則只作副詞：

s1 Please move forward(s).（請往前移動。）

s2 He stepped backward(s).（他向後退。）

s3 She made a forward movement.（她做了一個向前的動作。）

s4 I took a backward step.（我往後退了一步。）

T. maybe

maybe 為副詞，意思是「也許」。注意，maybe 是一個字，若拼寫成 may be 則成為助動詞 may 加上 be 動詞，指「可能是」。試比較：

t1 Maybe he is sick.（也許他生病了。）

t2 He may be sick.（他可能是生病了。）

U. anymore

現今的英文多把 any 和 more 合寫成一個字作爲副詞用：

u1 Mr. Owen doesn't work here anymore.
（歐文先生已經不在這兒工作了。）

但是還是有些人習慣把它們分開寫，例如：

u2 The Owens don't live here any more.
（歐文一家人已經不住這裡了。）

不過，若分開寫則不一定當副詞用，例如：

u3 I don't have any more time.（我已經沒有多餘的時間了。）

u3. 句中的 any more 爲形容詞用法，修飾其後的 time。

V. altogether、already

altogether 和 already 皆爲副詞，不可與片語 all together 和 all ready 混淆。altogether 指「完全地」；all together 指「全部一起」：

v1 You were not altogether wrong.（你並非完全不對。）

v2 Let's sing the national anthem all together.（我們大家一起唱國歌。）

already 是「已經」的意思，而 all ready 是「全部準備好」：

v3 They have already checked the engines.（他們已經檢查過引擎了。）

v4 The planes are all ready to take off.（飛機全部都準備好要起飛了。）

W. alright

副詞 alright 基本上與片語 all right 同義，但有些人認爲 alright 不夠正式而較喜歡用 all right。試比較：

w1 Alright, let's go!（好，咱們走吧！）
w2 All right, let's go!（好，咱們走吧！）

但是注意，作形容詞用時 all right 可以指「全部正確」，而 alright 則無此義：

w3 These figures are all right.（這些數字全部正確。）
w4 These figures are alright.（這些數字可以接受。）

X. this、that

我們在本書之「代名詞篇」中曾提到，this 和 that 爲指示代名詞 (demonstrative pronoun)，在本書「形容詞」部分中我們則提到，this 和 that 可作爲指示形容詞 (demonstrative adjective)，而事實上 this 和 that 還可以當指示副詞 (demonstrative adverb) 用。請看例句：

x1 I have never stayed up this late before.（我以前從來沒熬夜到這麼晚。）
x2 As a matter of fact, he wasn't that bad.（事實上，他並沒有那麼糟。）

x1. 句中的 this 修飾其後的副詞 late；x2. 句中的 that 修飾其後的形容詞 bad。

Y. the

大家都知道 the 在英文裡基本上作定冠詞用，但事實上 the 也可作爲程度副詞。例如：

y1 We love him all the better for his faults.（正因為他有缺點，我們反而更愛他。）
y2 They tried hard to make me understand, but I was none the wiser.
（他們努力地想讓我了解，但是我就是弄不明白。）

y1. 句中的 the 用來修飾其後的比較級副詞 better；y2. 句中的 the 用來修飾其後的比較級形容詞 wiser。

程度副詞 the 也常出現在所謂雙重比較 (double comparative) 的特殊句型當中：

y3 The higher you climb, the colder it gets.（你爬得越高，天氣就越冷。）

y4 The less we know, the happier we are.（我們知道得越少，就越快樂。）

注意，雙重比較中前一個子句的 The 一般視爲關係副詞，第二個子句的 the 則爲程度副詞。[註7]

Z. there

在「副詞的功能與位置」一章中我們曾提到，地方副詞 there 可移至句首，但句子的主詞與動詞必須對調位置：

z1 There is the man with the gun.（帶著槍的那個人在那裡。）

注意，不可將這類地方副詞 there 置於句首的句子與下面這種所謂的「存在句」(existential sentence) 混淆。

z2 There is a man with a gun.（有一個人帶著一把槍。）

存在句指的是以虛字 (expletive) there 加上 be 動詞，置於句首，用來表達「(在某處) 有某人、事、物存在」的句子。[註8] 由於這個 there 爲虛字，本身並無意義，只是用來作爲句子的「假主詞」(dummy subject)，故不可與 z1. 句中的地方副詞 there（指「那裡」）相提並論。[註9] 正因如此，若我們在 z2. 句句尾加上地方副詞，可使句意更加完整，例如：

z3 There is a man with a gun here.（這裡有一個人帶著一把槍。）

z4 There is a man with a gun there.（那裡有一個人帶著一把槍。）

z5 There is a man with a gun at the door.（門口有一個人帶著一把槍。）

反之，如果我們在已經表明地方（那裡）的 z1. 句之後再加上地方副詞，句子就會很奇怪，甚至產生矛盾：

z6 There is the man with the gun here.（？）

z7 There is the man with the gun there.（？）

z8 There is the man with the gun at the door.（？）

這三個句子會讓讀者或聽者弄不清到底帶槍的人在哪裡。z6. 最爲矛盾——先說在「那裡」(There)，又說在「這裡」(here)；z7. 則沒有必要地重複了「那裡」(there)；z8. 稍好一些，但仍然不理想，如稍加調整成爲下句則可接受：

z9 There is the man with the gun—at the door.（帶著槍的人在門口那裡。）

因爲如此一來 there 與 at the door 就不會衝突了。我們可以說介系詞片語 at the door 用來補充修飾 there；也就是說，在句尾加上的 at the door 清楚地指出 there 的精確位置。

註解

1 當說話者對所發生的事表示「驚訝」或感到「意外」時，則會以 already 來取代 yet：

Has she finished her homework already?（她已經做完功課了？！）

2 但若句子涉及「比較」時，則不在此限：

① He is as great a statesman as ever lived.【原級】（他是前所未有的偉大政治家。）

② You look more beautiful than ever.【比較級】（妳看起來比以往還美麗。）

③ She's the smartest girl I've ever met.【最高級】（她是我碰到過最聰明的女孩。）

3 注意，這兩個字都不可分開寫，否則會產生誤解：

some times →「幾次」　　some time →「一些時間」

4 此時 much 多用於否定句（如 i6. 句所示），但有時也可用在肯定句：

I would much prefer to stay at home.（我更希望待在家裡。）

5 形容詞化與未形容詞化分詞之相關說明請參見本書「動詞篇」之第 9 章「分詞」。

6 英式英文裡也有以 oversea 作副詞與形容詞的用法；另外，有些人會用 upstairs 作副詞，而用 upstair 作形容詞。

7 我們將會在本書最後一篇「文法與修辭」中詳細討論「雙重比較」的相關問題。

8 有關「存在句」的進一步討論請見「文法與修辭」篇。

9 職是之故，在口說時 z1. 句中的 There 應念重，而 z2. 句的 There 輕讀即可。

3分鐘英文 搞懂易混淆字詞用法！

名詞 88 demonstration / protest

demonstration 是「示威」的意思，protest 則指「抗議」。注意，march 常用來指「示威遊行」，而 sit-in 則可指「靜坐抗議或示威」。另外，「罷工」叫 strike。

名詞 89 war / battle

war 一般指大規模的「戰爭」（如 the Second World War「第二次世界大戰」、Sino-Japanese War「中日戰爭」等），而 battle 則指「戰役」（一場 war 中可能會發生多次的 battles）。另外，combat 指實際上面對面的「戰鬥」。

名詞 90 bomb / missile

bomb 是「炸彈」的意思，一般可定點爆炸或由空中投下，missile 則指「飛彈」，可由地面、飛機上或船艦上發射。我們在電視、電影中常聽到的 time bomb 是「定時炸彈」的意思，而 ballistic missile 則指「彈道飛彈」、cruise missile 指「巡弋飛彈」。

第 5 章 副詞片語

在前幾章的說明中，我們一直把重點放在「副詞」本身的功能與用法上，而刻意避開「副詞片語」及「副詞子句」的討論。這當然不表示副詞片語與副詞子句不重要；相反地，由於副詞在句中所扮演之角色的多元性，連帶使得副詞片語與副詞子句的種類與內涵更加豐富。在以下兩章中我們將分別就這兩種結構做詳盡的分析討論。我們先看副詞片語。

副詞片語可分成三類。第一類副詞片語由一個副詞為中心，加上其他相關修飾語而形成。第二類副詞片語為所謂功能性副詞片語，即由非副詞之結構依其在句中之功能而成之。最後一類副詞片語則為慣用語，這些慣用語的文法結構不一，但與第二類副詞片語相同，它們在句子中扮演的是副詞的角色。

1 以副詞為主體的副詞片語

以副詞為主體的副詞片語以一個中心副詞 (head adverb) 為重心，加上其修飾語而成。一般而言，修飾語多出現在副詞之前 (pre-head modifier)，例如：

a1 His new book is extremely well written.（他的新書寫得極佳。）

a2 Ever so carefully, the policeman took the bomb out of the restaurant.
（極度小心地，那名警察把炸彈拿出那家餐廳。）

在 a1. 句中修飾中心副詞的 extremely 出現在中心副詞 well 之前；在 a2. 句中修飾中心副詞的 Ever so 出現在中心副詞 carefully 之前。

但是有時修飾語也會出現在副詞之後 (post-head modifier)，例如：

a3 This computer is not good enough for office use.
（這台電腦作辦公用途不夠好。）

a4 Unfortunately for him, he lost another son.
（對他而言很不幸地，他又失去了一個兒子。）

a3. 句中修飾中心副詞的 for office use 出現在中心副詞 enough 之後；a4. 句中修飾中心副詞的 for him 出現在中心副詞 unfortunately 之後。

2 功能性副詞片語

具副詞功能的片語有：介系詞片語、不定詞片語與分詞片語。我們先看介系詞片語的用法。

A. 介系詞片語

介系詞片語可用來修飾動詞、形容詞、副詞及全句。下列各句中的介系詞片語為動詞修飾語：

b1 The game will start at 3 p.m.（球賽將於下午三點開始。）
b2 Come sit beside me.（過來坐我旁邊。）
b3 He is talking to his wife.（他正在和他太太說話。）
b4 We're ready to die for our country.（我們已經準備好為國捐軀了。）
b5 He paints with his fingers.（他用手指作畫。）

下列幾句中的介系詞片語修飾形容詞：

c1 Julie is good at singing.（茱莉很會唱歌。）
c2 I'm not interested in math.（我對數學不感興趣。）
c3 She's not suitable for you.（她不適合你。）
c4 Little Willie is afraid of big dogs.（小威利很怕大狗。）
c5 He's not satisfied with his grades.（他對自己的成績不滿意。）

下列幾句中的介系詞片語修飾副詞：

d1 The plane arrived late at night.（飛機深夜才抵達。）
d2 We left early in the morning.（我們一大早就動身了。）
d3 Stay away from me.（離我遠一點。）
d4 He is running ahead of us.（他跑在我們前面。）

d5 They went out into the garden.（他們走出去到花園裡。）

下列各句中的介系詞片語則用來修飾全句：

e1 To everyone's surprise, he failed the test.
（令大家非常驚訝地，他考試竟然沒有通過。）

e2 For all I know, their team will win.（就我所知，他們那一隊會贏。）

e3 In your opinion, what should we do?（依你看，我們該怎麼做？）

e4 On second thought, maybe I should go with you.
（我再想想，或許我應該跟你一起去。）

e5 With that in mind, let's move on to the next item.
（把這一點擱在心頭的同時，讓我們進行下一個項目的討論。）

B. 不定詞片語

不定詞片語可以用來修飾動詞、形容詞、副詞及全句。以下句中之不定詞片語用來修飾動詞：

f1 He came to see my brother.（他來看我哥哥。）

f2 I ran to catch the bus.（我跑著去趕公車。）

f3 I'm calling to confirm my reservation.（我打電話來確認我的訂房。）

以下句中之不定詞片語修飾形容詞：

g1 This car is easy to drive.（這輛車很好開。）

g2 I'm sorry to bother you.（很抱歉打擾你。）

以下句中之不定詞片語修飾副詞：

h1 He is old enough to decide for himself.（他夠大了，可以自己做決定。）

h2 It is too cold to swim.（天氣太冷了，不能游泳。）

以下句中之不定詞片語則用來修飾整個句子：

i1 To be honest, I really don't like him.（老實說，我真的很不喜歡他。）

i1 To begin with, you need to know who you're dealing with.
（首先，你必須知道跟你交手的是什麼人。）

注意，並非所有出現在句首用逗號標開的不定詞片語都用來修飾全句。有些句首的不定詞片語其實是由句尾移至句首的，這種前移的不定詞多用來表示「目的」，註 1 例如：

i3 (In order) to succeed, you must work hard.（為了要成功，你必須努力工作。）

是從

i4 You must work hard (in order) to succeed.

轉變而來，而 (in order) to succeed 即 work hard 的「目的」；也就是說，(in order) to succeed 修飾的是 work hard 而非全句。

C. 分詞片語

分詞片語通常不直接用來修飾動詞、形容詞或副詞，但是有些特殊的分詞片語可用來修飾整個句子。例如：

j1 Strictly speaking, she is not fully qualified.
（嚴格講，她並不完全合格。）

j2 Provided that you pay me back tomorrow, I'll lend you the money.
（如果你明天就還我，我可以把錢借給你。）

注意，不可將這類分詞片語與所謂的「分詞構句」(participial construction) 混淆。分詞構句是由副詞子句減化而成，可用來表「時間」、「原因」、「條件」、「讓步」等，例如：

j3 Opening the door, he saw a strange man sitting on the couch.
（他一打開門，看見一個陌生人坐在長沙發上。）

是由

j4 When he opened the door, he saw a strange man sitting on the couch.

減化而來。又，

j5 Compared with the old one, the new model is a lot lighter.
（與舊的相比，新的機型輕得多。）

是由

j6 If it is compared with the old one, the new model is a lot lighter.

減化而來。註 2

3 慣用語

英文裡有許多用來作副詞用的習慣用語，例如：

k1 I'll be working full-time from now on.（從現在開始我將全職工作。）

k2 The car flipped in the air and landed upside down.
（車子在空中翻滾，然後掉下來，四輪朝天。）

k3 We will do it step by step.（我們會一步一步地做。）

慣用語的形成方式很多，在文法上很難規範，不過從它們所表達的意涵來看，大致可分爲下列三大類。

A. 與「時間」有關的慣用語

例如：

(every) now and then「時而」、「有時」
once in a while「偶爾」、「間或」
once upon a time「從前」
day after day「日復一日」
day in, day out「天天地」
all of a sudden「突然地」
as soon as possible「盡快地」

B. 與「地方」有關的慣用語

例如：

up and down「上下」
back and forth「前後」
face to face「面對面」
back to back「背靠背」、「連續地」
inside out「裡朝外」
all the way「從頭到尾」
the other way around「顛倒過來」

C. 與「方法、方式」有關的慣用語

例如：

hand in hand「手牽手地」
(from) door to door「挨家挨戶地」
head over heels「倒栽蔥地」
on and on「持續不斷地」
again and again「一次又一次地」
one by one「一個接一個地」
all in all「總的來說」、「從各方面來看」

註解

1 詳見本書「動詞篇」之「不定詞」一章。

2 分詞構句與副詞子句之相關說明請見「動詞篇」之「分詞」一章及本篇最後一章「副詞子句」。

3分鐘英文 搞懂易混淆字詞用法！

名詞 91 pollution / contamination

二者都是「污染」的意思，但 pollution 指的是一般對環境所造成的污染（如 air pollution「空氣污染」、water pollution「水質污染」、noise pollution「噪音污染」等），contamination 則指有害物質（如某些 chemicals「化學物質」、industrial wastes「工業廢料」、radiation「輻射」等）對某些地區所造成的污染。而在台灣是否應重啓「核四」(the fourth nuclear power plant) 的議題之所以會引起爭論主要就是因為許多人擔心 nuclear contamination「核污染」的問題。

名詞 92 climate / weather

climate 指的是某一區域長時間的氣象形態，也就是所謂的「氣候」，而 weather 則指某一地區短期間大氣變化，意即一般較關注的「天氣」。

名詞 93 typhoon / hurricane

typhoon「颱風」和 hurricane「颶風」都屬 tropical storm「熱帶風暴」，差別在於發生的地點。在太平洋西北所形成的風暴叫 typhoon，在北大西洋和太平洋東北所形成的則叫 hurricane。另注意，cyclone 指「氣候」、tornado 指「龍捲風」，waterspout 則是「水龍捲」。

名詞 94 sea / ocean

在講海洋的時候許多人並不太區分 sea 和 ocean，但嚴格來說，sea 的範圍比 ocean 小，而且通常與土地相鄰近，例如位於歐洲、北非與西亞間的地中海 (the Mediterranean Sea)、位於蘇俄與伊朗間的裏海 (the Caspian Sea)、位於非洲與亞洲間的紅海 (the Red Sea) 等；ocean 則用來指面積廣大的海面，例如太平洋 (the Pacific Ocean)、大西洋 (the Atlantic Ocean)、印度洋 (the Indian Ocean) 等。

名詞 95 river / stream

river 通常指較大的河流，如黃河 (the Yellow River)、尼羅河 (the Nile River)、密西西比河 (the Mississippi River) 等，而 stream 則指較小的河。另外，我們一般說的「溪流」叫 creek 或 brook。

第 6 章 副詞子句

在一個句子裡被用來作副詞用的子句就稱之為副詞子句 (adverbial clause)。與名詞子句及形容詞子句相同，副詞子句也屬從屬子句，通常用來修飾主要子句中的動詞、形容詞或副詞。在本章中我們將針對副詞子句的功能與位置及副詞子句的分類，做詳細的分析說明。另外，我們也將就上一章中提到的副詞子句之減化做較深入的探討。

1 副詞子句的功能與位置

在句子中以從屬連接引導，用來修飾主要子句中的動詞、形容詞或副詞之從屬子句即為副詞子句。例如：

a We waited until the rain stopped.（我們一直等到雨停。）

b Although he is poor, he is happy.（雖然他很窮，但是他很快樂。）

c I was so angry that I didn't want to talk to anyone.（我氣得不想跟任何人說話。）

a. 句中由從屬連接詞 until 所引導的副詞子句用來修飾主要子句的動詞 waited；b. 句中由從屬連接詞 Although 引導的副詞子句修飾主要子句中的形容詞 happy；c. 句中由從屬連接詞 that 引導的副詞子句則修飾主要子句中的副詞 so。

一般而言，副詞子句最常出現的位置是在句尾：

d Ask him to come to my office when he returns.
（他回來的時候，叫他到我辦公室來。）

e I didn't go to school because I was sick.
（因為我生病了，所以沒有去上學。）

f You won't pass the exam unless you study harder.
（除非你更努力用功，否則考試不會通過。）

PART 5 副詞篇

但是如果要強調副詞子句，可將副詞子句置於句首，同時可在其後加上逗號與主要子句分隔，例如 d.、e.、f. 句可改成：

d' When he returns, ask him to come to my office.

e' Because I was sick, I didn't go to school.

f' Unless you study harder, you won't pass the exam.

不過，並非所有的副詞子句都合適移至句首。例如前面 c. 句中的 that I didn't want to talk to anyone 就不應置於句首：

誤 c' That I didn't want to talk to anyone, I was so sorry.

這是因為該句中使用了所謂的相關字組 (correlative) so ... that「如此……以致於」，我們並沒有理由將之任意拆解。另外，像表達「比較」的副詞子句也不適合前移。試比較：

g The car cost more than I had expected.（那輛車比我預期的要貴。）

誤 g' Than I had expected, the car cost more.

最後，在極少數的情況下，副詞子句偶爾會出現在句中。出現在句中的副詞子句通常屬臨時性的插入，因此前後必須用逗號標開，例如：

h You may, after you've finished your homework, go out and play.
（你可以，在你把功課做完之後，出去外面玩。）

i He was, as we remember him, a man of integrity.
（他是個，正如我們所記得的，非常正直的人。）

2 副詞子句的分類

由於副詞子句與主要子句之間所呈現的邏輯關係極富變化，因此一般都會依照引導副詞子句之連接詞所表達的不同意涵來區分副詞子句種類。在此我們將副詞子句分成十種類型，分別介紹於下。

A. 表時間的副詞子句

用來引導表時間之副詞子句的從屬連接詞包括：when、while、as、before、after、until、since、once 等。請看例句：

j1 The children were sleeping when he got back.
（他回來的時候，孩子們正在睡覺。）

j2 The police came while I was having my supper.
（我正在用晚餐的時候，警察找上門來。）

j3 The guys all whistled as Lisa walked past.
（麗莎走過的時候，男生們都大吹口哨。）

j4 Don't forget to shut down the computer before you leave the office.
（你離開辦公室之前，別忘了把電腦關掉。）

j5 We went out for a walk after we finished the work.
（工作做完之後，我們出去散了個步。）

j6 They won't start until you get here.
（等你來的時候，他們才會開始。）

j7 Kyle has been very unhappy since he left his hometown.
（自從離開家鄉之後，凱爾一直都很不快樂。）

j8 You'll feel better once you get used to it.
（一旦你習慣了，你就會覺得好多了。）

有兩點要注意。第一，上列各句中的時間副詞子句皆可移至句首：

j1' When he got back, the children were sleeping.

j2' While I was having my supper, the police came.

j3' As Lisa walked past, the guys all whistled.

j4' Before you leave the office, don't forget to shut down the computer.

j5' After we finished the work, we went out for a walk.

j6' Until you get here, they won't start.

j7' Since he left his hometown, Kyle has been very unhappy.

j8' Once you get used to it, you'll feel better.

第二，雖然以上每一個句子中的副詞子句都表時間，但是必須注意每一個連接詞所表達的邏輯內涵不盡相同。我們特別要說明的是由 when、while 和 as 這個連接詞所引導的子句。由 when 所引導之子句所表達的時間較為廣義，可用來指一特定時間或一段期間，例如：

j9 When I got to the station, they had already left.
（我到車站的時候，他們已經離開了。）

j10 When I was in Hong Kong, I met many old friends.
（我在香港的期間，碰到了許多老朋友。）

用 while 所引導的子句則強調持續的時間，例如：

j11 While I was staying in Hong Kong, I met many old friends.
（在我待在香港的那段期間，碰到了許多老朋友。）

職是之故，j10. 中的 When 事實上可以用 While 代替：

j10' While I was in Hong Kong, I met many old friends.

反過來說，j11. 中的 While 亦可用 When 來取代：

j11' When I was staying in Hong Kong, I met many old friends.

但是 j9. 句中的 When 卻不可代換成 While：

誤 j9' While I got to the station, they had already left.

由連接詞 as 所引導的子句則多用於表達「同時性」：

j12 As I listened to his story, I grew more and more absorbed.
（聽著他說故事，我愈聽愈入神。）

j13 As he was washing the car, his wife was preparing a meal.
（在他洗車的同時，他太太在做飯。）

注意，由於 j13. 句中的 As he was washing the car 表達的是動作的「持續」狀態，因此可以用 While 來代替 As：

j13' <u>While</u> he was washing the car, his wife was preparing a meal.

另，也因持續的動作會維持「一段時間」，故也可用 When 來代替 As：

j13" <u>When</u> he was washing the car, his wife was preparing a meal.

時間子句除了用上面介紹的單純連接詞來引導外，還可以使用複合連接詞 whenever 和片語連接詞 as soon as、as long as 等。例如：

j14 You can come whenever you want.
（你隨時都可以來。）

j15 As soon as I hear from him, I'll contact you.
（我一有他的消息，就會跟你聯絡。）

j16 We will continue to fight as long as we live.
（只要我們活著，我們就會繼續奮鬥。）

PART 5 副詞篇

另外，也要注意幾個包含連接詞的相關字組，如 no sooner ... than、hardly ... when、not ... until 等。請看例句：

j17 We had no sooner reached the mountain top than it began to snow.
（我們一到達山頂就開始下雪。）

j18 I had hardly entered the office when the phone rang.
（我才進辦公室電話就響了。）

j19 The mother did not leave until the baby fell asleep.
（一直到寶寶睡著那位母親才離開。）

有趣的是，以上三句中的副詞部分皆可移至句首，但正如我們在第 2 章中提過的，一旦這些副詞被移前，則該子句須採倒裝：

j17' No sooner <u>had we reached</u> the mountain top than it began to snow.

j18' Hardly <u>had I entered</u> the office when the phone rang.

j19' Not until the baby fell asleep <u>did the mother leave</u>.[註1]

B. 表地方的副詞子句

用來引導表地方之副詞的連接詞主要是 where 和 wherever。請看例句：

k1 They live where we used to live.（他們住在我們以前住的地方。）

k2 He was followed by reporters wherever he went.
（不管他到哪裡都有記者跟著他。）

表地方的副詞子句也會出現在句首，例如：

k3 Where there is no electricity, life can be very inconvenient.
（沒有電的地方，生活會很不方便。）

k4 Wherever there was trouble, Joey was sure to be there.
（只要是有麻煩的地方，總是看得到喬伊。）

另外，也有將 everywhere、anywhere、somewhere 等複合字當連接詞的用法。請看例句：

k5 The little boy goes everywhere his mother goes.
（他媽媽去哪裡這個小男孩就到哪裡。）

k6 You may sit anywhere you like.（你喜歡坐哪就坐哪。）

k7 Let's go somewhere we can talk.（咱們找個可以說話的地方。）

C. 表原因或理由的副詞子句

常用來引導表原因或理由之副詞子句的從屬連接詞為 because、since 和 as。請看例句：

l1 The Changs had to move because their house was to be torn down.
（張家人必須搬家，因為他們的房子要被拆掉。）

l2 We won't be able to buy the house since we don't have enough money.
（我們沒辦法買那棟房子，因為我們沒有足夠的錢。）

l3 You can't leave without an umbrella as it is raining hard outside.
（你要走可不能不帶把傘，因為外面雨下得很大。）

表原因、理由的副詞子句經常置於句首：

I1' Because their house was to be torn down, the Changs had to move.
（因為他們的房子要被拆掉，所以張家人必須搬家。）

I2' Since we don't have enough money, we won't be able to buy the house.
（因為我們沒有足夠錢，所以沒辦法買那棟房子。）

I3' As it is raining hard outside, you can't leave without an umbrella.
（因為外面雨下得很大，所以你要走可不能不帶把傘。）

注意，雖然 because、since 和 as 都用來表原因，但是三者的用法不完全相同。一般而言，because 多用來回答 why，例如：

I4 A: Why did you get up so early?（你為什麼那麼早起床？）
B: (I got up early) because I have a plane to catch.
（〔我早起床〕因為我要趕飛機。）

since 和 as 則通常用來表達對方已知的原因，因此常作「既然」解：[註2]

I5 Since we have finished everything, why don't we all go home and rest?
（既然我們把所有的事都做完了，大家何不回家休息？）

I6 As you have heard the story so many times, I will not repeat it.
（既然這個故事你們聽過那麼多次，我就不再重複了。）

另外，我們也可以注意以下幾個用來引導表原因或理由之副詞子句的片語或連接詞：for the reason that、on the ground that、now that、seeing that。請看例句：

I7 He was expelled from school for the reason that he had missed too many classes.
（他因為缺太多課而遭學校開除。）

I8 Her application was rejected on the ground that her English was not good enough.
（她的申請被拒絕，理由是她的英文不夠好。）

I9 Now that you are here, I guess we can start the meeting.
（既然你來了，我想我們可以開始開會了。）

I10 Seeing that nobody wanted to watch TV, he just turned it off.
（由於沒有人想看電視，所以他就把它關了。）

D. 表條件的副詞子句

肯定的條件一般用 if 引導，[註3] 否定的條件則用 unless 引導：

m1 I'll tell him you're looking for him if I see him.
(如果我看到他會告訴他你在找他。)

m2 We'll go biking tomorrow unless it rains.
(除非明天下雨，否則我們會去騎腳踏車。)

條件子句亦經常置於句首：

m1' If I see him, I'll tell him you're looking for him.

m2' Unless it rains, we'll go biking tomorrow.

注意，unless 相當於 if ... not，[註4] 故 m2. 相當於：

m3 We'll go biking tomorrow if it does not rain.

而 m2'. 則相當於：

m3' If it does not rain, we'll go biking tomorrow.

除了 if 和 unless 之外，以下幾個片語連接詞也可以用來引導表條件的副詞子句：in case、on condition (that)、in the event (that)、provided / providing (that)、as / so long as。請看例句：

m4 Take a coat with you in case it gets colder at night.
(帶件外套以防晚上會變冷。)

m5 I'll let you go on condition (that) you come home before 10:00.
(如果你十點前回家，我就讓你去。)

m6 In the event (that) the meeting is called off, we'll notify you.
(如果會議取消的話，我們會通知你。)

m7 I'll go to the game provided / providing (that) I can get somebody to cover for me.[註5]
(如果我能找到人幫我代班，我就會去看比賽。)

m8 As / So long as you're happy, do whatever you want.
（只要你高興，你想做什麼就做什麼。）

E. 表讓步的副詞子句

所謂「讓步」(concession) 指的是「退一步說」之意。最常用來引導讓步子句的連接詞為 though 和 although。請看例句：

n1 I couldn't fall asleep though I was very tired.
（雖然我很累，但是卻睡不著。）

n2 This car is in excellent condition although it is very old.
（雖然這輛車很老舊，但車況相當好。）

一般而言 though 等於 although，[註6] 而且兩者皆可置於句首：

n1' Though I was very tired, I couldn't fall asleep.

n2' Although it is very old, this car is in excellent condition.

另外，用片語連接詞 even though 引導的讓步子句也相當普遍：

n3 He likes her a lot even though he wouldn't admit it.
（縱使他不願承認，但是他非常喜歡她。）

而且 even though 亦可置於句首：

n3' Even though he wouldn't admit it, he likes her a lot.

但是要注意，雖然 though 等於 although，但是並沒有 even although 這種用法：

誤 n4 He likes her a lot even although he wouldn't admit it.

接下來介紹兩個常被用來引導對比性較強的讓步子句之連接詞：while 與 whereas。請看例句：

PART 5 副詞篇

n5 While some people enjoy eating fat meat, many people hate it.
（雖然有一些人喜歡吃肥肉，然而卻有許多人討厭肥肉。）

n6 Whereas some people are getting richer, more people are getting poorer.
（儘管有些人越來越有錢，但是有更多的人卻是越來越窮。）

最後，我們來看兩組具分詞形式的片語連接詞，它們是 granted / granting (that) 和 admitted / admitting (that)。

n7 Granted / Granting (that) you had a good reason to do that, it was still an illegal action.
（縱使你那麼做是合情理的，但那仍然是違法的行為。）

n8 Admitted / Admitting (that) what you say is true, we still cannot make an exception.
（即使承認你所說的都是真的，我們還是不能破例。）

F. 表程度或範圍的副詞子句

常用來引導表程度範圍之子句的連接詞為 as。請看例句：

o1 It gets bigger as we come nearer.
（隨著我們愈靠近，那個東西就變得愈大。）

o2 As he gets older, he becomes more and more like his father.
（隨著年齡增長，他愈來愈像他父親。）

如 o1.、o2. 句所顯示，由 as 所引導的子句可置於句尾，也可以置於句首。

as 也可以跟 so 連用，形成相關字組 as ... so：

o3 As you sow, so shall you reap.（種瓜得瓜，種豆得豆。）

as 還可與其他字組合，構成片語連接詞：as / so far as、in so far / insofar as。請看例句：

o4 As / So far as I can see, he has done a good job.（依我看，他幹得不錯。）

o5 We'll help you in so far / insofar as we can.（我們會盡可能地幫助你。）

以下兩個片語連接詞也常用來引導表程度或範圍的副詞子句：to the degree that、to the extent that。請看例句：

o6 Actions are right to the degree that they promote the greatest good for the greatest number.
（能夠促進最大多數人之最大利益的行動就是對的行動。）

o7 Do you agree that the study of history has value only to the extent that it is relevant to our daily lives?
（你同不同意只有在能與我們的日常生活產生關聯性的狀況下學習歷史才有價值？）

G. 表狀態的副詞子句

從屬連接詞 as 除了用來引導表程度與範圍的子句之外，也可用來引導表狀態的子句，例如：

p1 Do in Rome as the Romans do.（入境隨俗。）

p2 You'd better do as I say.（你最好照我的話做。）

在一般情況下，用 as 引導的狀態子句較少置於句首，但是若該子句具修飾全句的意涵時則可置於句首，甚至句中。試比較：

p3 He passed away last night, as you may have already heard.
（或許你已經聽說了，他昨天晚上過世。）

p3' As you may have already heard, he passed away last night.

p3'' He, as you may have already heard, passed away last night.

除了 as 本身之外，包含 as 的片語連接詞 as if 與 as though 也常用來引導表狀態的副詞子句。請看例句：

p4 It looks as if it's going to rain.（看起來好像要下雨了。）

p5 He acts as though he knows everything.（他表現得好像什麼都知道的似的。）

基本上 as if 與 as though 在意思上和用法上並無差異。除了像上面兩個句子中使用一般動詞外，事實上在 as if 和 as though 子句中也可使用假設語氣的動詞，例如：

p6 They treat her as if she were a goddess.（他們對待她彷彿她是個女神似的。）

p7 You look as though you had just seen a ghost.（你看起來像是剛見到鬼似的。）

H. 表目的的副詞子句

表目的之副詞子句多用片語連接詞 so that 或 in order that 來引導。請看例句：

q1 He is saving money so that he may buy a house.
（他正在存錢以便可以買一棟房子。）

q2 She studied really hard in order that she could get into a good university.
（為了能夠進一所好大學，她非常用功念書。）

表目的的副詞子句多置於句尾，但有時爲強調移至句首，例如 q2. 句就可改成：

q2' In order that she could get into a good university, she studied really hard.

另外，注意 so that 和 in order that 的 so 和 in order 有時可以省略不用：

q1' He is saving money that he may buy a house.

q2" She studied really hard that she could get into a good university.

事實上，以上句子中的 so that 和 in order that 所引導的是所謂的「肯定」目的子句；連接詞 lest 和片語連接詞 for fear that 則用來引導「否定」目的子句。請看例句：

q3 He walked fast lest he (should) be late for school.
（他走得很快以免上學遲到。）

q4 They issued the statement in writing for fear that a spoken message might be misunderstood.
（怕口頭訊息可能會被誤解，他們用書面發表了那項聲明。）

與 q2'. 相同，由 for fear that 所引導的子句也可置前：

q4' For fear that a spoken message might be misunderstood, they issued the statement in writing.

I. 表結果的副詞子句

英文中表結果的子句指的是由相關字組 so ... that 和 such ... that 所形成之句構中連接詞 that 所引導的子句。請看例句：

r1 She is so likable that everybody wants to make friends with her.
（她如此可人，所以每個人都想跟她做朋友。）

r2 She is such a likable person that everybody wants to make friends with her.
（她是個如此可人的人，所以每個人都想跟她做朋友。）

注意，由於 so 爲副詞，故其後應接形容詞或副詞；而因爲 such 爲形容詞，所以後面必須要有名詞：

r3 He ran so fast that nobody could catch up with him.
（他跑得那麼快，以致沒有人可以追得上他。）

r4 He was such a (fast) runner that nobody could catch up with him.
（他是那麼樣的一個〔快速的〕跑者，以致沒有人可以追得上他。）

r3. 句中的 fast 爲副詞，r4. 句中的形容詞 fast 則可不用。有趣的是，若將 r4. 句的 fast 移至冠詞 a 之前，則 such 必須換成 so：

r5 He was so fast a runner that nobody could catch up with him.
（他是那麼快速的跑者，以致沒有人可以追得上他。）

另外，若將 r5. 句中的 so fast 移至句首來強調，則主詞與動詞必須倒裝：

r6 So fast (a runner) was he that nobody could catch up with him.
（他是那麼地快速〔的跑者〕，以致沒有人可以追得上他。）

J. 表比較的副詞子句

表比較之副詞子句指的是同等比較中由連接詞 as 所引導的子句及優、劣等比較中由連接詞 than 所引導的子句。例如：

s1 She ate as much as you did.（她吃的跟你一樣地多。）

s2 He comes more frequently than I do.（他比我更常來。）

s1. 句中的 as you did 是用來修飾前面的副詞 as，s2. 句的 than I do 則是用來修飾副詞 more。

注意，口語中常將 s1. 與 s2. 說成：

s3 She ate as much as you.

s4 He comes more frequently than me.

但如此一來，you 之前的 as 和 me 之前的 than 就必須視爲介系詞而非連接詞了，因爲它們已經不是用來引導子句，而是接受詞。不過這種情況並不會發生在不同時態或不同動詞相比較的情況下，例如：

s5 He doesn't work as hard as he used to.（他工作沒有以前那麼努力。）

s6 They arrived a lot earlier than I had asked them to.
（他們到達的時間比我之前要求他們的要早許多。）

3 副詞子句之減化

英文副詞子句的減化基本上是基於修辭上的考量，即把句子中重複或不具意義的字刪除，讓句子變得較簡潔有力。可進行減化的副詞子句原則上必須包含與主要子句之主詞在指稱上相同的主詞。一旦把這相同的主詞省略，動詞部分也須做調整，而較常見的方式是把動詞改成分詞或不定詞的形式。另一種減化的方式是，除了將相同的主詞省略之外，也將該子句中作爲主要動詞的 be 動詞一併省略。請看以下的分析說明。

A. 使用分詞的減化

最普遍的副詞子句之減化是採分詞形式，例如：

t1 After she had done the laundry, Mary started to cook.【表時間】
（在瑪麗把衣服洗完之後，她便開始煮飯。）

t2 Improvements should be made wherever they are needed.【表地方】
（只要是有需要之處，就應該予以改善。）

t3 Since it was approved by the board of directors, the measure will be carried out.【表原因】
（因為這項措施是董事會通過的，所以將會被執行。）

t4 If he is running into difficulties, he will definitely give up.【表條件】
（如果他遭遇困難，一定會放棄。）

t5 Although she was working full-time, she still managed to finish her studies.【表讓步】
（雖然她做的是全職工作，但是還是有辦法完成學業。）

t6 Everything went as it was planned.【表狀態】
（一切都依照計畫進行。）

以上這幾個句子可減化成：

t1' After having done the laundry, Mary started to cook.

t2' Improvements should be made wherever needed.

t3' Since approved by the board of directors, the measure will be carried out.

t4' If running into difficulties, he will definitely give up.

t5' Although working full-time, she still managed to finish her studies.

t6' Everything went as planned.

事實上，如果句意夠清楚，有些句子還可以將連接詞也省去，讓句子更簡短，例如 t1'.、t3'.、t4'.、t5'. 句可變成：

t1'' Having done the laundry, Mary started to cook.

t3'' Approved by the board of directors, the measure will be carried out.

t4'' Running into difficulties, he will definitely give up.

t5'' Working full-time, she still managed to finish her studies.

t1''.、t3''.、t4''.、t5''. 句中劃底線的部分即所謂的分詞構句。

B. 使用不定詞的減化

有些副詞的減化必須採用不定詞的形式，例如：

u1 He sat in the front row in order that he could hear every word of the lecture. 【表目的】
（為了能夠聽到授課內容的每一個字，因此他坐在第一排。）

u2 She was so nice that she covered for me last night. 【表結果】
（她人非常好，昨天晚上幫我代班。）

可減化成：

u1' He sat in the front row (in order) to hear every word of the lecture.

u2' She was so nice as to cover for me last night.

注意，u1'. 句中的不定詞部分可移前：

u1'' (In order) to hear every word of the lecture, he sat in the front row.

C. 主詞與 be 動詞（主要動詞）一併省略的減化

有些包含 be 動詞作為主要動詞的副詞子句在減化時須將 be 動詞與主詞一併省略，例如：

v1 When he was in college, he played drums in a rock band. 【表時間】
（他在念大學的時候，曾在一個搖滾樂團擔任鼓手。）

v2 Add commas wherever they are necessary. 【表地方】
（只要是有需要的地方，就必須加逗號。）

v3 If it is a success, the negotiation could lead to a peaceful settlement. 【表條件】
（如果能成功，此次談判有可能促使和平解決爭端。）

v4 Although he is only a child, he talks like an adult. 【表讓步】
（雖然他只是個小孩，但是講起話來像個大人。）

v5 She walked out of the office as though she was very angry. 【表狀態】
（她走出辦公室，好像很生氣的樣子。）

可減化成：

v1' When in college, he played drums in a rock band.

v2' Add commas wherever necessary.

v3' If a success, the negotiation could lead to a peaceful settlement.

v4' Although only a child, he talks like an adult.

v5' She walked out of the office as though very angry.

註解

1 注意，除了 not 之外，時間子句 until the baby fell asleep 也被移前。

2 但一般認為，as 較為口語化，since 則較正式。

3 在本書中，我們將條件子句與假設子句分開處理（詳見「動詞篇」之第 5 章「條件式與假設語氣」），但作為副詞子句的功能二者是相同的。

4 注意，若 if not 連在一起使用則為一種省略式，例如在 You must follow the rules; if not, you'll be punished.（你必須遵守規則；否則的話，你會被處罰。）這個句子中，if not 指 if you do not follow the rules。

5 provided / providing that ... 可視為分詞片語形式的慣用語。

6 但是 though 較為口語化，although 較正式。

3分鐘英文 搞懂易混淆字詞用法！

名詞 96 coast / shore

coast 和 shore 都指「岸」或「濱」，但前者指的是「海岸」、「海濱」，而後者則除了「海岸」、「海濱」外還可以用來指「河岸」或「湖濱」。另外，beach 一般指「海灘」，但也可以指「湖濱」。

名詞 97 lake / pond

lake 指「湖」、「潭」，一般而言面積較大，如美國的 Lake Michigan「密西根湖」、台灣的 Sun Moon Lake「日月潭」，而 pond 則指面積較小的「池塘」，例如 fishpond 就是「魚池」的意思，而 lotus pond 就指「荷花池」。另注意，「游泳池」叫 swimming pool（pool 可指「水池」、「水塘」或「水坑」）。

名詞 98 waterfall / falls

waterfall 和 falls 都是「瀑布」的意思，但注意，falls 需為複數形，特別是與專有名詞一起用時，如 Niagra Falls「尼加拉瀑布」。另，「小瀑布」叫 cascade，而「大瀑布」叫 cataract（注意，cataract 亦可用來指「白內障」）。

PART 6

連接詞篇

【前言】

連接詞表達出兩個文法結構間明確的邏輯關係。

1. 何謂連接詞？

英文的連接詞叫作 conjunction，由字首 con- (together)、字根 -junct- (join) 加上表狀態的名詞字尾 -ion 所組成。由字面上就可以看出連接詞的功能就在於「連接」，而連接的對象可以是字 (words)、片語 (phrases) 或子句 (clauses)。在英文文法中所謂的「連接」其實分為兩個層次：對等連接 (coordinating) 和從屬連接 (subordinating)。對等連接指的是兩個文法地位相當的結構（包括字、片語及子句）間之聯結；從屬連接則指兩個文法位階不同，具主、從之分的結構（主要為子句）間之聯結。

2. 連接詞的重要性

連接詞為功能詞 (function words) 的一種；雖然它們本身並不具具體的語意內涵 (semantic import)，但是它們卻能夠表達出兩個文法結構間明確的邏輯關係 (logical relationship)，比如：相同、相反、對照、比較、因果、條件、讓步、目的等。正因有了連接詞，英文的使用得以更簡潔、有力。例如，以下這兩個句子

① **John is a teacher.**（約翰是老師。）
② **Mary is a teacher.**（瑪麗是老師。）

就可以藉由連接詞 and 的使用，合而為一：

③ **John and Mary are teachers.**（約翰和瑪麗是老師。）

也正因有了連接詞，英文的句意更清楚、明瞭。例如，以下這兩個句子

④ **He is rich.**（他很有錢。）
⑤ **He is not happy.**（他不快樂。）

可藉由連接詞 though，表達出兩者間看似矛盾的關係：

⑥ **Though he is rich, he is not happy.**
（雖然他很有錢，但是並不快樂。）

因此，我們可以這麼說，連接詞猶如語言的潤滑劑，它們能夠使語言的使用較爲流暢，使其更具效率。

本篇我們將依序討論英文兩大類連接詞（即對等連接詞與從屬連接詞）的功能與用法。在必要時，我們會針對各別的連接詞做特別的說明，以幫助讀者確實掌握英文連接詞的正確使用方式。

第 1 章 對等連接詞

正如我們在前言中提到的，英文的連接詞分爲對等連接詞 (coordinate conjunction) 和從屬連接詞 (subordinate conjunction) 兩大類。對等連接詞顧名思義指的是用來連接兩個文法地位對等的結構（單字、片語、子句）；[註1] 從屬連接詞則用來連接兩個文法位階不對等，有主、從之分的結構（子句）。我們首先討論對等連接詞。

英文的對等連接詞分簡單連接詞 (simple conjunction) 和關聯連接詞 (correlative conjunction) 兩種。

1 簡單連接詞

簡單的對等連接詞指的是單獨一個字的連接詞，包括 and、or、but、yet、so、nor 和 for。原則上這幾個對等連接詞都可以用來連接子句，但並非每一個都適合用來連接單字或片語。以下我們就以對等連接詞可聯結的不同文法結構來分析它們的用法。

A. 用來連接單字的對等連接詞

最常用來連接單字的對等連接詞爲 and 和 or。請看例句：

a1 **Those girls are <u>young</u> and <u>pretty</u>.**（那些女孩子們既年輕又漂亮。）

a2 **Are they <u>students</u> or <u>teachers</u>?**（他們是學生還是老師？）

a1. 句中的 and 用來連接兩個形容詞 young 和 pretty；a2. 句中的 or 用來連接兩個名詞 students 和 teachers。當然，用對等連接詞連接的單字並不限定詞類，只要對等即可。例如：

a3 **I'll let you know <u>if</u> and <u>when</u> we have reached an agreement.**
（如果而且只要我們達成了協議，我就會讓你知道。）

a4 You can choose to stay or leave.（你可以選擇留下來或離開。）

a3. 句中的 and 連接的是從屬連接詞 if 和 when；a4. 句中的 or 連接原形動詞 stay 和 leave。

除了 and 和 or 之外，有時 but 和 yet 也可用來連接單字，例如：

a5 She walked quickly but quietly.
（她走得很快但是腳步很輕。）

a6 He is a rich yet stingy person.
（他是個有錢卻很小氣的人。）

a5. 句中的 but 連接 quickly 和 quietly 這兩個副詞，而 a6. 句中的 yet 連接 rich 和 stingy 這兩個形容詞。[註 2]

B. 用來連接片語的對等連接詞

與連接單字的對等連接詞相同，較常用來連接片語的也是 and 和 or。請看例句：

b1 They came out of the house and danced in the garden.
（他們來到房子外頭，在花園裡跳舞。）

b2 You can come before 12:00 or after 1:30.
（你可以在十二點以前或一點半以後來。）

b1. 句中的 and 用來連接 came out of the house 和 danced in the garden 這兩個動詞片語；b2. 句中的 or 用來連接 before 12:00 和 after 1:30 這兩個介系詞片語。

另外，but 和 yet 偶爾也會用來連接片語，例如：

b3 She'd like to see but not to be seen.
（她想看但是不想被看。）

b4 Feeling tired yet not wanting to go to bed, he turned the TV on.
（覺得很累但是卻不想去睡，於是他就把電視打開。）

b3. 句中的 but 連接兩個不定詞片語 to see 和 not to be seen；b4. 句中的 yet 連接兩個分詞形式的構句 Feeling tired 和 not wanting to go to bed。

C. 用來連接子句的對等連接詞

原則上所有的對等連接詞都可以用來連接子句。請看例句：

c1 We're going to Kenting this weekend, and we'll stay there until Monday.
（我們這個週末要去墾丁，而我們會一直待到星期一。）

c2 Give me liberty or give me death.（不自由毋寧死。）

c3 I want to go but I can't.（我想去可是不能去。）

c4 He keeps making promises, yet he never keeps them.
（他不斷地做出承諾，但是卻從來不遵守自己的承諾。）

c5 I had a terrible headache, so I decided to call in sick.
（我頭很痛，所以決定打電話請病假。）

c6 Nobody has asked me to stay, nor do I intend to do so. [註3]
（沒有人要我留下來，我也沒打算這麼做。）

c7 You'd better fix the window, for a typhoon is coming.
（你最好把窗戶修一修，因為颱風快來了。）

以上各句中的對等連接詞皆用來連接前後的兩個子句。注意，原則上用對等連接詞連接子句時，應在對等連接詞前加逗號；但是，如 c2. 和 c3. 句所示，若所連接的子句較短時，可將逗號省略，讓句子顯得簡潔有力。

另外，注意 c7. 句之對等連接詞 for 的使用方式與時機。首先，須知 for 雖用來表「原因」，但它是對等連接詞，不可與也用來表達原因的從屬連接詞 because 混淆。由於 for 為對等連接詞，因此，如 c7. 句所示，一般必須置於句中；而由 because 所引導的子句則可置於句首或句尾：

c8 He did not come because he was sick. / Because he was sick, he did not come.
（因為他病了，所以沒有來。）

其次，because 一般用來表示產生某結果的必然原因，而 for 則常用來表達推測的原因。試比較：

c9 He did not come to work yesterday because he was sick.
（因為他病了，所以昨天沒有來上班。）

c10 He must have been sick yesterday, for he did not come to work.
（他昨天一定是病了，因為他沒有來上班。）

另外，在 for 與 because 都適用的情況下，一般認爲 for 較 because 來得正式。試比較：

c11 The boss told Jim to go home, for he looked exhausted.
（老闆叫吉姆回家去，因為他看起來非常疲憊。）

c12 The boss told Jim to go home because he looked exhausted.
（因為吉姆看起來非常疲憊，所以老闆叫他回家。）

事實上，除了以上介紹的 and、or、but、yet、so、nor、for 這七個對等連接詞外，許多母語人士在日常口語中也常會把介系詞 plus 當作對等連接詞來用，例如：

c13 This notebook has a bigger screen, plus it is much lighter.
（這台筆記型電腦螢幕比較大，而且重量輕許多。）

最後，要提醒讀者，對等連接詞除了用來連接對等的獨立子句之外，有時也會用來連接對等的從屬子句，例如：

c14 Since the job was boring and since he didn't really need the money, David decided to quit.
（因為那個工作很無聊而且他也不是真的需要賺那筆錢，所以大衛決定辭職不幹。）

c15 I don't know when he left or where he went.
（我不知道他是什麼時候離開的，也不知道他去了哪裡。）

c16 Lynn married a husband who was very smart and handsome, but who just stayed home and watched TV all day.
（琳恩嫁了一個聰明又英俊的丈夫，但是他成天就待在家裡面看電視。）

c14. 句中的 and 連接兩個表原因的副詞子句；c15. 句中的 or 連接兩個名詞子句；c16. 句中的 but 連接兩個形容詞子句。（注意，由於 c16. 句中的形容詞子句裡也用了對等連接詞“and”，因此 but 之前最好加上逗號，以避免產生混淆或誤解。）

2 關聯連接詞

關聯連接詞指的是由連接詞與其相關字詞所聯合組成的固定字組。與簡單連接詞相同，由關聯連接詞所連接的項目必須平行對等。常用的關聯連接詞爲：both ... and、not only ... but also、not ... but、either ... or 及 neither ... nor。以下分別說明各個關聯連接詞的用法及必須注意的事項。

A. both ... and

與簡單連接詞 and 的使用情況相同，由 both 和 and 所引導的兩個項目在文法結構上必須對等。請看例句：

d1 Both Justin and Elizabeth like music.
（賈斯丁和伊麗莎白兩個人都喜歡音樂。）

d2 I came both to see you and to congratulate you.
（我來的目的一方面是看你，一方面要恭喜你。）

d3 They hired him both because he is good and because he is the boss's son.
（他們之所以雇用他是因為他不錯，也因為他是老闆的兒子。）

有兩點需要注意，第一，當 both ... and 引導名詞作爲主詞時，動詞須用複數形，如 d1. 句所示。第二，both ... and 不可用在否定敘述中，例如下面 d4. 句即爲錯誤：

誤 d4 Both Justin and Elizabeth are not musicians.
（賈斯丁和伊麗莎白都不是音樂家。）

正確的說法應該是：

d5 Neither Justin nor Elizabeth is a musician.

（有關 neither ... nor 的詳細說明請見稍後 E. neither ... nor 一節。）

B. not only ... but also

not only ... but also 是各類英文測驗中最常考到的相關連接詞，而測試重點一般都在看考生是否能確實了解由 not only 和 but also 所引導的結構必須完全對等。請看例句：

e1 Not only you but also I was surprised to see him there.
(不只是你，我也非常驚訝在那兒看到他。)

e2 They not only made the rules but also enforced them.
(他們不僅訂定那些規則，而且還嚴格執行。)

e3 Not only did he invite us to his party, but he also gave us gifts.
(他不但邀請我們去參加他的派對，而且還給我們禮物。)

注意，由 not only 與 but also 所引導的兩個項目雖然在文法上必須對等，但是在語意上卻較著重第二項，因此若用來作爲主詞，動詞必須與第二個名詞一致，如 e1. 句所示。[註4] 另外，若 not only 和 but also 引導的是子句時，記得句首由 Not only 所引導的子句必須採倒裝形式，而第二個子句則應由簡單連接詞 but 來引導，副詞 also 必須置於靠近動詞的位置，不可置於主詞之前，如 e3. 句所示。[註5] 事實上，也正因爲 also 不是連接詞，所以可以省略不用；換言之，e1.、e2.、e3. 亦可寫成：

e1' Not only you but I was surprised to see him there.

e2' They not only made the rules but enforced them.

e3' Not only did he invite us to his party, but he gave us gifts.

PART 6 連接詞篇

C. not ... but

簡單連接詞 but 也常與 not 做聯結，形成對照組：not A but B。同樣地，A 項與 B 項必須對等平行。請看例句：

f1 It's not you but George who is to blame.
(該受責備的不是你，而是喬治。)

f2 The key was not on the table but in the drawer.
(鑰匙不是在桌上，而是在抽屜裡。)

f3 He quit not because he wanted to but because he had to.
(他之所以辭職並不是因為他想辭職，而是因為他必須辭職。)

注意，由於 not A but B 明白表達「主角」爲 B，故若涉及動詞，必須與 B 項一致，如 f1. 句所示。

D. either ... or

either ... or 表達的是「二擇一」的概念，當然被選擇的兩個項目在文法上必須對等。請看例句：

g1 Either you or your friend has to be responsible for this.
（不是你就是你的朋友必須為此負責。）

g2 He is either at home or at the office.
（他不是在家就是在辦公室。）

g3 Either answer my question directly, or shut up.
（要麼直接回答我的問題，否則就閉嘴。）

須要注意的是：若 either ... or 用來引導名詞作爲主詞時，動詞必須與 or 之後的名詞一致，如 g1. 句所示。[註6]

E. neither ... nor

neither ... nor 表達的是「既不……也不」（即「二者皆非」）的概念；也就是說，neither ... nor 的邏輯與 both ... and 的邏輯正好相反。請看例句：

h1 Neither you nor Louis needs to come.（你或路易士兩個都不用來。）

h2 I will neither call her nor write her.
（我不會打電話給她，也不會寫信給她。）

h3 I like him neither because he is good-looking nor because he is rich.
（我喜歡他並不是因為他長得帥，也不是因為他有錢。）

與 either ... or 相同，用 neither ... nor 引導主詞時，動詞應與 nor 之後的名詞一致，如 h1. 句所示。

註解

1 事實上，用對等連接詞連接的項目可以是兩個以上，例如：

There are two chairs, a desk(,) and a bed in the room.
（房間裡有兩張椅子、一張書桌和一張床。）

但是為說明上的方便，在本章的例句中我們原則上僅提供兩個項目。

2 but 和 yet 都用來表達「對照」或「相反」，但是在語氣上 yet 較 but 強烈。

3 注意，nor 之後的子句須採倒裝句型。

4 注意，若主詞中的兩個項目是由 as well as、no less than 及 together with 這三個慣用語來做聯結的時候，則應以第一項為重，意即，動詞必須與第一個名詞一致：

① He as well as his sons is supposed to come to the hearing.
（他還有他的兒子都應該來參加聽證會。）

② I no less than you was wrong.（我跟你一樣都錯了。）

③ The pilot together with two passengers was killed in the crash.
（駕駛員以及兩名乘客在飛機墜毀時喪生。）

5 also 通常置於一般動詞之前（如 e3. 句），be 動詞與助動詞之後：

① Not only was he a scientist, but he was also a novelist.
（他不僅是個科學家，還是個小說家。）

② Not only will he be there, but he will also give a speech.
（他不但會到場，而且還會發表演說。）

6 如註解 1 中提到的，有時對等連接詞可用來連接兩個以上的項目，因此較精確的說法應該是：動詞必須與最後一個名詞一致。例如：

Either you or I or John has to give up.
（不是你就是我，要不就是約翰，必須棄權。）

3分鐘英文 搞懂易混淆字詞用法！

名詞 99 forest / woods

forest 和 woods 都是指林木聚集生長的地方，而 forest 指範圍較大的「森林」，woods 則指範圍較小的「樹林」（注意，woods 為複數形）。此外，tropical rain forest 是「熱帶雨林」、jungle 指「（熱帶）叢林」，而 mangrove 則為「紅樹林」。

名詞 100 rock / stone

一般而言 rock 和 stone 皆可以用來指「石頭」、「石塊」，但嚴格說，rock 應指「岩石」，相對於 stone 體積大得多，且 rock 依不同種類會有不同的硬度，而 stone 則一定是堅硬的。另，常見的石類還有 pebble「鵝卵石」、granite「花崗岩」、marble「大理石」等，而鋪路用的「碎石」或「砂礫」則叫 gravel。

名詞 101 clay / soil

clay 和 soil 都指「土」，但 clay 一般指的是可以用來製作器皿的「黏土」，而 soil 則指可以用來耕作的「土壤」。另，「泥巴」則為 mud。

名詞 102 earth / land

earth 和 land 都可以指「土地」，但 earth 常用來指我們所居住的「大地」（注意，指「地球」時一般加定冠詞並大寫：the Earth），而 land 則多指可耕作或可用來建築的「土地」。注意，「地震」為 earthquake，而「山崩」叫 landslide。另，「土石流」為 mudslide。

第 2 章 從屬連接詞

從屬連接詞主要的功能在於引導從屬子句 (subordinateclause) 並將其與主要子句 (main clause) 聯結起來，形成所謂的複雜句 (complex sentence)。[註 1] 而由從屬連接詞所引導的從屬子句，依其在句中的功能，可分爲名詞子句 (noun clause)、形容詞子句 (adjective clause) 和副詞子句 (adverb clause) 三種。以下我們就依所引導之子句的不同，分別說明扮演不同角色的三種從屬連接詞。

1 引導名詞子句的從屬連接詞

可用來引導名詞子句的從屬連接詞包括：純連接詞 that、疑問代名詞、疑問形容詞、疑問副詞、複合關係代名詞以及表「是否」之意的連接詞 whether。請看以下分析說明。

A. 純連接詞 that

用來引導名詞子句的從屬連接詞 that 是最純粹的連接詞，因爲它本身並不具任何語意，它的功能純粹就在於引導名詞子句。請看例句：

a1 That he has resigned is true.（他已經辭職這件事是真的。）

a2 I know that he has resigned.（我知道他已經辭職了。）

a3 The fact is that he has resigned.（事實是，他已經辭職了。）

a4 The report that he has resigned is quite shocking.
（說他已經辭職的報導相當令人震驚。）

a5 Did you hear the rumor that he has resigned?
（你有沒有聽到傳聞說他已經辭職了？）

a1. 句中的 that 子句爲該句的主詞；a2. 句中的 that 子句是動詞 know 的受詞；a3. 句

PART 6 連接詞篇

中的 that 子句是主詞 The fact 的補語；a4. 句中的 that 子句是主詞 The report 的同位語；a5. 句中的 that 子句是受詞 the rumor 的同位語。

注意，由於 a1. 句是以 That he has resigned 這整個子句作爲主詞，相對於其後的「述語」（"predicate"，即動詞 is 與主詞補語 true）而言，顯得太長，因此可將其移至句尾，而原主詞位置則由假主詞 It 來塡補，但意思不變：

a6 It is true that he has resigned.

另外，有些及物動詞有兩個受詞——直接受詞與間接受詞，而 that 子句也可作爲這類動詞的直接受詞：

a7 They told me that he has resigned.（他們告訴我他已經辭職了。）

在 a7. 句中 me 爲間接受詞，that he has resigned 則爲直接受詞。[註 2]

前面提到，純連接詞 that 本身並不具語意，因此在討論它的用法時，常會碰到這個問題：that 可不可以省略。原則上，that 是可以省略不用的，但是前提是：不可因而產生誤解。就 a1. ~a7. 句而言，會產生誤解的是 a1. 句，因爲一旦把句首的 That 省去，聽者（甚至讀者）有可能會以爲 He has resigned 是主要子句或是一個句子，因而造成溝通上的障礙：

誤 a1' He has resigned is true.

而 a2. ~ a6. 句則不致產生這種困擾：

a2' I know he has resigned.
a3' The fact is he has resigned.
a4' The report he has resigned is quite shocking.
a5' Did you hear the rumor he has resigned?
a6' It is true he has resigned.
a7' They told me he has resigned.

一般而言，that 子句愈簡短，that 被省略的機率就愈高。不過，有時 that 的省略與否也與個人使用英文的習慣有關，例如，有些母語人士並不喜歡把作爲同位語之 that

子句的 that 省略；換言之，他們會選擇 a4. 與 a5. 句，而不用 a4'. 或 a5'. 這種句子。

B. 疑問代名詞

疑問代名詞 who / whom、what、which 可作爲從屬連接詞引導間接問句作爲句子的主詞、受詞、補語等。請看例句：

b1 Who / Whom you like is none of my business. 註 3
（你喜歡誰不關我的事。）

b2 I don't know what made him so angry.
（我不知道是什麼事讓他那麼生氣。）

b3 The most important question is which is more suitable for us.
（最重要的問題是哪一個比較適合我們。）

b1. 句中由 Who / Whom 引導的間接問句爲主詞名詞子句；b2. 句中由 what 引導的間接問句爲動詞 know 的受詞名詞子句；b3. 句中由 which 引導的間接問句爲主詞 The most important question 之補語名詞子句。註 4

PART 6 連接詞篇

C. 疑問形容詞

疑問形容詞 which、what、whose 也可用來引導作名詞子句用的間接問句，例如：

c1 Which one you chose does not make too much difference.
（你選了哪一個並沒有多大的差別。）

c2 Please tell me what time it is.（麻煩你告訴我現在幾點。）

c3 My problem is whose car I should wash first.
（我的問題是我應該先洗誰的車子。）

c1. 中由 Which 引導的間接問句爲句子的主詞；c2. 中由 what 引導的間接問句爲動詞 tell 的直接受詞；c3. 中由 whose 引導的間接問句爲主詞 My problem 的補語。

D. 疑問副詞

與疑問代名詞和疑問形容詞相同，當疑問副詞 when、where、why、how 用來引導間接問句時，亦視為從屬連接詞。請看例句：

d1 When or where he was born is still unknown to us.
（他是什麼時候或在哪裡出生的我們還是不知道。）

d2 You never talk about why you divorced her.
（你從來沒有談過你為什麼和她離婚。）

d3 What I'd like to know is how you got there without a car.
（我想知道的是沒有車子你是怎麼到那個地方的。）

d1. 句的主詞為由 When or where 引導的子句；d2. 句中由 why 引導的子句為介系詞 about 的受詞；d3. 句的 how 子句則為主詞 What I'd like to know 的補語。

E. 複合關係代名詞

由複合關係代名詞 whoever / whomever、whatever 以及 whichever 所引導的子句一般都作名詞子句用，因此複合關係代名詞也應視為從屬連接詞。請看例句：

e1 Whoever needs this can come and get it. 註5
（任何需要這個東西的人都可以來拿。）

e2 You may do whatever you want to do.（你可以做你想做的任何事。）

e3 You can attend whichever of the three classes you like best.
（你可以上這三堂課中你最喜歡的任何一堂。）

e1. 句中的 Whoever 子句為主詞；e2. 句中的 whatever 子句為動詞 do 的受詞；e3. 句中的 whichever 子句為 attend 之受詞。

F. 表「是否」的連接詞 whether

由從屬連接詞 whether 引導的名詞子句也屬間接問句，不過與以疑問詞引導的間接問句不同：以疑問詞引導的間接問句是以原問句的疑問詞直接作為連接詞，但是由 whether 引導的間接問句原本是所謂的 Yes-No 問句，也就是沒有疑問詞的問句，因此在轉變成間接問句時必須加上表達「是否」的連接詞 whether。與一般名詞子句相同，whether 子句也可作為主詞、受詞、補語等。請看例句：

f1 Whether the disease is contagious is an important matter.
（這種疾病會不會傳染是個很重要的問題。）

f2 Nobody knows whether the disease is contagious.
（沒有人知道這種疾病會不會傳染。）

f3 The question is whether the disease is contagious.
（問題是這種疾病會不會傳染。）

f4 The question whether the disease is contagious remains unanswered.
（這種疾病會不會傳染的這個問題依然沒有答案。）

f1. 句中的 Whether 子句是該句的主詞；f2. 句中的 whether 子句是該句動詞 knows 的受詞；f3. 句中的 whether 子句是該句主詞 The question 的補語；f4. 句中的 whether 子句則是該句主詞 The question 的同位語。

注意，雖然 whether 本身就具有「是否」之意，但是有時爲了要強調「是」和「否」，也可以在 whether 子句之後或 whether 之後加上“or not”，例如：

f1' Whether the disease is contagious or not is an important matter.
f2' Nobody knows whether or not the disease is contagious.
f3' The question is whether the disease is contagious or not.
f4' The question whether or not the disease is contagious remains unanswered.

另外，有時 whether 可以用 if 來取代，但是僅限於兩種情況。第一，當該子句是動詞的受詞時，例如：

f5 I'm wondering whether / if they will arrive on time this time.
（我在想，不知道他們這一次會不會準時抵達。）

第二，當該子句出現在表「不確定」意涵的形容詞之後時，例如：

f6 We're not sure whether / if he will come today.
（我們不確定他今天會不會來。）

在以下幾種情況下則不可用 if 來代替 whether。首先，爲了避免讓讀者或聽者誤以爲是條件句，因此當表「是否」的子句爲句子的主詞時，不可用 If 引導，例如：

誤 f7 If he gets promotion doesn't concern me.（他是不是能獲得升遷與我無關。）

其次，若表「是否」的子句爲名詞之同位語時亦不可使用 if：

誤 f8 The argument if she is beautiful seems meaningless to me.
（對我而言爭論她美不美是沒有意義的。）

再者，若「是否」子句爲介系詞之受詞時同樣不應使用 if：

誤 f9 There was a lot of discussion about if we should continue with the project.
（對於我們是否應該繼續執行這個案子有許多的討論。）

最後，若「是否」子句簡化成不定詞形式時，只能用 whether 而不可用 if 來引導，例如：

誤 f10 They can't decide if to get married now or wait until next year.
（他們不能決定該現在結婚還是要等到明年。）

由以上的說明可知，若要用來表達「是否」，if 的使用其實是相當受限制的。而事實上，縱使在可以使用 if 的情況下，還要注意前面我們提到的 "or not" 的擺放位置。我們在前面說過，or not 可以置於 whether 子句之後或緊跟著 whether。但是，若是使用 if 來引導「是否」子句，則 or not 只能置於該子句之尾，而不可直接置於 if 之後。試比較以下四句：

f11 I don't know whether this is true or not.（我不知道這是不是真的。）

f12 I don't know whether or not this is true.

f13 I don't know if this is true or not.

誤 f14 I don't know if or not this is true.

另外，作爲慣用語表達「不論……或不……」時，只能用 "whether ... or not"，而不可用 "if ... or not"：

f15 You'll have to leave now whether you like it or not.
（不管你喜不喜歡，你現在都得離開。）

誤 f16 You'll have to leave now if you like it or not.

2 引導形容詞子句的從屬連接詞

用來引導形容詞子句的從屬連接詞有關係代名詞、關係形容詞以及關係副詞。請看以下分析說明。

A. 關係代名詞

關係代名詞包括：who、whom、which 和 that；在句子中關係代名詞作為連接詞，引導形容詞子句來修飾其先行詞。請看例句：

g1 **There's the guy who stole my wallet.**（偷走我皮夾的那個傢伙在那兒。）

g2 **He paid the vender from whom he had bought the hot dog.**
（他付錢給賣他熱狗的小販。）

g3 **The chair which you broke has been repaired.**
（你弄壞的那張椅子已經修好了。）

g4 **Taipei 101 is the tallest building that I have ever seen.**
（台北 101 是我所看過的最高的建築物。）

g1. 句中由 who 引導的形容詞子句用來修飾其先行詞 the guy；g2. 句中由 (from) whom 引導的形容詞子句修飾先行詞 the vender；g3. 句中由 which 引導的形容詞子句修飾先行詞 The chair；g4. 句中由 that 引導的形容詞子句則修飾先行詞 the tallest building。

原則上若先行詞為「人」時，關係代名詞用 who（如 g1. 句所示）；若先行詞為事物，則關係代名詞用 which（如 g3. 句所示）。但是須注意以下幾點。第一，若表人的關係代名詞 who 之前有介系詞，則應用受格形式的 whom（如 g2. 句所示），[註6] 但若介系詞未移前，則用主格 who 即可，例如：

g2' **He paid the vendor who he had bought the hot dog from.**

第二，一般而言 that 可以用來代替 who 或 which，[註7] 例如：

g1' **There's the guy that stole my wallet.**

g3' **The chair that you broke has been repaired.**

PART 6 連接詞篇

但是若先行詞前出現強調性的字眼（如最高級形容詞）時，則不論 who 或 which 皆必須改爲 that，例如 g4. 句或

g5 Armstrong was the first human that has ever set foot on the moon.
（阿姆斯壯是第一個踏上月球的人類。）

第三，若先行詞爲「人 + 事物」時，則關係代名詞應用 that：

g6 Do you know the story about a girl and her dog that traveled around the world?
（你知不知道那個關於一個女孩和她的狗環遊世界的故事？）

最後，注意若關係代名詞在該子句中爲動詞或介系詞的受詞時，可省略不用，例如：

g7 She is the girl I like.
（她是我喜歡的女孩。）

g8 The company I worked for is going bankrupt.
（我以前工作的那家公司快倒閉了。）

g7. 句中省略了關係代名詞 who / whom；g8. 句中省略了關係代名詞 which。

B. 關係形容詞

關係形容詞 whose 其實是關係代名詞 who 和 which 的所有格，在句子中也視爲引導形容詞子句的從屬連接詞。請看例句：

h1 An orphan is a child whose parents have died.
（孤兒就是父母雙亡的小孩。）

h2 He drives a car whose bumpers are coming off.
（他開著一輛保險桿都快脫落的車子。）

h1. 句中由 whose 引導的形容詞子句用來修飾先行詞 a child；h2. 句中的 whose 子句則修飾先行詞 a car。

C. 關係副詞

關係副詞包括：when、where、why 和 how，分別用來引導修飾表時間、地方、原因及方法之先行詞的形容詞子句，因此也視為從屬連接詞。請看例句：

i1 1912 was the year when the Republic of China was established.
（西元 1912 年是中華民國建立的那一年。）

i2 The apartment house where I used to live has been torn down.
（我以前曾住過的那一棟公寓已經拆掉了。）

i3 The reason why they did that was stated in the report.
（他們之所以那麼做的原因報告裡有說明。）

i4 I was shocked at the way how he treated his employees.
（他對待員工的方式令我非常震驚。）

i1. 句中的 when 子句用來修飾先行詞 the year；i2. 句中的 where 子句用來修飾先行詞 The apartment house；i3. 句中的 why 子句用來修飾 the reason；i4. 句中的 how 子句用來修飾 the way。[註 8]

注意，由於關係副詞與先行名詞之間常在意思上有重疊 (when = time、where = place、why = reason、how = way)，因此有時會省略不用。以上面四個例句來說，i1. 與 i2. 句中的先行名詞 the year 和 The apartment house 雖然分別表示某個時間與某個地方，但是因為並未直接使用 time 和 place 這兩個字，所以其後的關係副詞 when 和 where 並不顯得累贅；反之，i3. 與 i4. 句中的先行名詞卻正是 the reason 和 the way，因此關係副詞 why 和 how 就顯得多餘。換言之，i1.、i2. 句相對地較 i3.、i4. 句來得通順、自然。職是之故，如果將 i3.、i4. 句中的關係副詞拿掉，句子就會較為簡潔、流暢：

i3' The reason they did that was stated in the report.

i4' I was shocked at the way he treated his employees.

事實上，為了避免重複，也可以將先行名詞省略而保留 why 與 how：

i3'' Why they did that was stated in the report.

i4'' I was shocked at how he treated his employees.

不過要注意，這麼一來 i3". 句中的 Why 子句與 i4". 句中的 how 子句就變成了「名詞」子句，而非形容詞子句了——Why 子句爲該句的主詞，how 子句則爲介系詞 at 的受詞。

3 引導副詞子句的從屬連接詞

相較於名詞子句與形容詞子句這兩種從屬子句，副詞子句這種從屬子句與主要子句之間的關係要來得複雜得多。依照其功能，副詞子句可分別爲表時間、表地方、表原因或理由、表條件、表讓步、表程度或範圍、表狀態、表目的、表結果，及表比較等十種。以下我們就依其所引導的不同副詞子句，分別介紹十種不同的從屬連接詞。

A. 引導時間子句的從屬連接詞

引導表時間之副詞子句的從屬連接詞有：when、whenever、while、as、before、after、until、till、since、once，以及片語形式的 as soon as 和 as / so long as。請看例句：

j1 My parents had gone to bed when I got home last night.
（昨晚我回到家的時候，我爸媽都已經上床睡覺了。）

j2 She gets nervous whenever she is on stage.
（不論何時只要上台表演，她都很緊張。）

j3 I'll mop the floor while you cook.
（你煮飯的時候，我會拖地板。）

j4 I saw her as she was going into the department store.
（在她要進百貨公司的時候，我看到了她。）

j5 You'd better finish your homework before you go out and play.
（在你出去玩之前，最好先把功課做完。）

j6 He left town after he quit the job.
（在辭職不幹之後，他就離開了這個城鎮。）

j7 We waited there until they arrived.
（我們在那裡一直等到他們到達。）

j8 I'll keep this for you till you come back.
（我會幫你把這個保存到你回來。）

j9 She hasn't found a job since she graduated last year.
（自從她去年畢業之後，一直沒找到工作。）

j10 You'll like him once you get to know him.
（只要你認識他之後，你就會喜歡他。）

j11 The students started to talk as soon as the teacher left.
（老師一離開，學生們就開始講話。）

j12 You'll be safe as / so long as you stay here.
（只要你待在這裡，就會很安全。）

一般而言，時間副詞子句多用來修飾主要子句中之動詞，表達該動詞所呈現之動作或狀態發生的時間。與時間副詞相同，事實上時間副詞子句也可以置於句首：

j1' When I got home last night, my parents had gone to bed.
j2' Whenever she is on stage, she gets nervous.
j3' While you cook, I'll mop the floor.
j4' As she was going into the department store, I saw her.
j5' Before you go out and play, you'd better finish your homework.
j6' After he quit his job, he left town.
j7' Until they arrived, we waited there.
j8' Till you come back, I'll keep this for you.
j9' Since she graduated last year, she hasn't found a job.
j10' Once you get to know him, you'll like him.
j11' As soon as the teacher left, the students started to talk.
j12' As / So long as you stay here, you'll be safe.

注意，當時間副詞子句先出現時，一般多在其後才上逗號（如 j1'. ~ j12'. 句所示）；反之，若主要子句在前，則通常不加逗號（如 j1. ~ j12. 句所示）。

除了以上介紹的十二個引導時間子句的連接詞之外，我們也必須注意三個與時間子句息息相關的字組，這三個字組皆由具否定意涵的副詞搭配從屬連接詞而成，它們分別是 hardly ... when、no sooner ... than 與 not ... until。請看例句：

j13 I had hardly touched the doorknob when the door opened suddenly.
（我才剛碰到門把，門就突然開了。）

j14 He had no sooner got into the taxi than the driver drove off.
（他才一上計程車，司機就把車開走了。）

j15 She did not know the importance of health until she fell seriously ill.

（一直到生了重病，她才知道健康的重要。）

事實上，與這三個字組相關的問題是許多英文考試裡的常客，其中最常考的是當這幾個字組中的否定詞置於句首時的情況。我們在本書之「副詞篇」中就曾提到過，當否定副詞移至句首時，相關子句中的主詞與動詞必須倒裝，這三個字組中的hardly、no 與 not 當然也不例外：

j13' Hardly had I touched the doorknob when the door opened suddenly.

j14' No sooner had he got into the taxi than the driver drove off.

j15' Not until she fell seriously ill did she know the importance of health.

除了句型上的變化外（注意 j15'. 句中 until 子句亦須前移），我們也要提醒讀者注意這幾個句子的意思。首先，j13'. 和 j14'.（j13. 與 j14. 亦同）兩句表面上的否定只是一種修辭手法，它們表達的其實是 j13''. 和 j14''. 的意涵：[註 9]

j13'' As soon as I touch the doorknob, the door opened suddenly.

j14'' As soon as he got into the taxi, the driver drove off.

其次，千萬不可把 j15'. 句中的“Not until”這兩個字直接譯成「不是一直到」，而應理解成「一直到」（見 j15. 句之中譯）。想要了解爲何如此，我們必須先確實掌握 until（till 亦同）這個連接詞所代表的邏輯意義。一般把 until 譯成「一直到」其實是不夠精確的，它眞正的意思是「一直到……才不」，試比較 j16. 句與 j17. 句：

j16 The little boy cried until his mother came.

（那個小男孩一直哭，到他媽媽來的時候才不哭。）

j17 The little boy did not cry, until his mother came.[註 10]

（那個小男孩一直沒有哭，到他媽媽來的時候才哭。）

換句話說，由於 until 本身具否定意涵，因此若在 until 之前出現否定詞 not，就會產生「負負得正」的結果。這一點需要特別注意。

B. 引導地方子句的從屬連接詞

引導表地方之副詞子句的從屬連接詞主要為 where 和 wherever。請看例句：

k1 **The road ends where the trail begins.**
（道路在小徑開始的地方就到了盡頭。）

k2 **The little girl takes her doll with her wherever she goes.**
（不管到哪裡那個小女孩都帶著她的娃娃。）

與時間子句相同，地方子句通常用來修飾主要子句的動詞，而且也可置於句首：

k1' **Where the trail begins, the road ends.**

k2' **Wherever she goes, the little girl takes her doll with her.**

另外，注意 everywhere、somewhere、anywhere、nowhere 等複合副詞加上 that 也可用來引導表地方的副詞子句：

k3 **His dog goes everywhere that he goes.**
（不論他到哪裡他的狗就跟到哪裡。）

k4 **Let's sit somewhere that we can have our lunch in peace.**
（咱們找個可以安安靜靜吃個午餐的地方。）

k5 **You can sleep anywhere that you like.**
（你喜歡睡哪兒就睡哪兒。）

k6 **He can go nowhere that he wouldn't be recognized.**
（他不管到哪裡都會被認出來。）

而事實上，以上各句中的 that 皆可省略：

k3' **His dog goes everywhere he goes.**

k4' **Let's sit somewhere we can have our lunch in peace.**

k5' **You can sleep anywhere you like.**

k6' **He can go nowhere he wouldn't be recognized.**

注意，一旦把 that 省略，everywhere、somewhere、anywhere 和 nowhere 等字的功

能就相當於從屬連接詞。

C. 引導原因／理由子句的從屬連接詞

引導表原因／理由之副詞子句的從屬連接詞有：because、since 和 as，以及片語形式的 now that、seeing that、in that、inasmuch / insomuch as、for the reason that、on the ground(s) that 等。請看例句：

I1 The game was canceled because it was raining.
（比賽因為下雨而取消。）

I2 We will comply since you insist.
（既然你堅持，那我們就照辦。）

I3 He went to bed early as he had nothing else to do.
（由於沒什麼其他的事幹，所以他就早早就寢。）

I4 You can stop worrying now that he is back.
（既然他回來了，你可以不用再擔心了。）

I5 They went inside seeing that it was getting dark.
（由於天色漸暗，所以他們就進屋裡去了。）

I6 Her solution is better in that it is simple and direct.
（她的解決方案比較好，因為又簡單又直接。）

I7 He had to give up inasmuch / insomuch as no one seconded his motion.
（由於他提的動議沒有人附議，他只好放棄。）

I8 They turned me down for the reason that I wasn't a member.
（因為我不是會員，所以遭到他們的拒絕。）

I9 She's filing for divorce on the ground(s) that he's having an affair.
（她正在訴請離婚，理由是他有外遇。）

原則上，表原因／理由的副詞子句皆可移至句首位置：

I1' Because it was raining, the game was canceled.

I2' Since you insist, we will comply.

I3' As he had nothing else to do, he went to bed early.

I4' Now that he is back, you can stop worrying.

I5' Seeing that it was getting dark, they went inside.

l6' In that it is simple and direct, her solution is better.

l7' Inasmuch / Insomuch as no one seconded his motion, he had to give up.

l8' For the reason that I wasn't a member, they turned me down.

l9' On the ground(s) that he's having an affair, she's filing for divorce.

D. 引導條件子句的從屬連接詞

用來引導表條件之副詞子句的從屬連接詞包括：if、unless (if ... not)，以及片語形式的 in case、as / so long as、on condition (that)、in the event (that)、provided / providing (that) 等。請看例句：

m1 Don't buy it if you don't like it.
（如果你不喜歡它，就不要買。）

m2 I won't go unless you come with me.（= I'll go if you come with me.）
（除非你跟我一起去，否則我不會去。）

m3 Please have the file ready in case they ask to see it.
（以防萬一他們要求要看檔案，請把它準備好。）

m4 We have nothing else to ask for as / so long as you do what you should do.
（只要你做該做的事，我們並沒有其他任何要求。）

m5 I'll come on condition (that) you send me a formal invitation.
（如果你們發正式邀請函給我，我就來。）

m6 What should I do in the event (that) I get sick?
（如果我生病了，該怎麼做？）

m7 We should be able to help you get the job done provided / providing (that) you give us all the necessary information.
（如果你們把所有必要的資訊都提供給我們，我們應該能夠協助你們把事情搞定。）

一般而言，條件子句都可以前移：

m1' If you don't like it, don't buy it.

m2' Unless you come with me, I won't go.（= If you come with me, I'll go.）

m3' In case they ask to see it, please have the file ready.

m4' As / So long as you do what you should do, we have nothing else to ask for.

m5' On condition (that) you send me a formal invitation, I'll come.

PART 6 連接詞篇

m6' In the event (that) I get sick, what should I do?

m7' Provided / Providing (that) you give us all the necessary information, we should be able to help you get the job done.

注意，有時表時間的 when(ever) 和 once 也可用來表示條件，例如：

m8 When(ever) it turns cold, his asthma acts up.
（只要天氣變冷，他的氣喘就會發作。）

m9 Once you have made your decision, you have to stick to it.
（一旦你做出決定，就必須堅守立場。）

m8. 句就相當於：

m8' If it turns cold, his asthma acts up.

而 m9. 句就等同於：

m9' If you have made your decision, you have to stick to it.

E. 引導讓步子句的從屬連接詞

用來引導表讓步之副詞子句的從屬連接詞有：though、although、while、whereas，以及片語形式的 even though、even if、granted / granting (that)、admitted / admitting (that) 等。請看例句：

n1 He decided to give it a try though he knew he might fail.
（雖然他知道可能會失敗，但是他還是決定一試。）

n2 She married him although she didn't love him.
（雖然她不愛他，但是還是嫁給了他。）

n3 I can't agree with you while I understand your position.
（儘管我了解你的立場，但是我還是無法贊同你。）

n4 He wants a daughter whereas his wife prefers a son.
（他想生女兒，然而他太太卻比較喜歡兒子。）

n5 They had to go out to work even though it was snowing.
（縱使在下雪，他們還是得外出工作。）

n6 You need to eat even if you don't feel like eating.
（即使你不想吃東西，你也得吃。）

n7 He can't be a great musician granted / granting (that) he does have some talent.
（就算他的確有些天分，他還是不能成為偉大的音樂家。）

n8 We can't accept your apology admitted / admitting (that) you have a good reason for what you have done.
（就算你的所作所為有合理的原因，我們還是不能接受你的道歉。）

基本上，表讓步的副詞子句都可以移至句首：

n1' Though he knew he might fail, he decided to give it a try.

n2' Although she didn't love him, she married him.

n3' While I understand your position, I can't agree with you.

n4' Whereas his wife prefers a son, he wants a daughter.

n5' Even though it was snowing, they had to go out to work.

n6' Even if you don't feel like eating, you need to eat.

n7' Granted / Granting (that) he does have some talent, he can't be a great musician.

n8' Admitted / Admitting (that) you have a good reason for what you have done, we can't accept your apology.

在結束本節的討論之前，我們要特別介紹一個非常有趣也是用來表示讓步的從屬連接詞 albeit（念成 [ɔl`biɪt]）。Albeit 這個字由"al(though) be it"變化而來，現今多用於正式的文章之中，在其後可以跟 that 也可以省略不用，例如：

n9 Albeit (that) we lost the battle, our morale remained high.
（雖然我們打輸了那場戰役，但是我們的士氣依然高昂。）

當然，由 albeit (that) 引導的子句也可以置於主要子句之後：

n9' Our morale remained high albeit (that) we lost the battle.

F. 引導程度／範圍子句的從屬連接詞

用來引導表程度／範圍之副詞子句的從屬連接詞主要是 as 以及包含 as 的片語 as / so far as 和 in so far / insofar as。請看例句：

o1 He became more ambitious as his business got more successful.
（隨著他的事業愈成功，他也變得愈有野心。）

o2 All parties gained in this deal as / so far as I know.
（據我所知，在這場交易中各方都獲利。）

o3 I will try to help in so far / insofar as it is within my power.
（只要是在我的權限範圍之內，我會盡力協助。）

以上各句的程度／範圍子句皆可移前：

o1' As his business got more successful, he became more ambitious.

o2' As / So far as I know, all parties gained in this deal.

o3' In so far / Insofar as it is within my power, I will try to help.

另外，下面兩句話中包含 degree 和 extent 這兩個字的片語也常用來引導表程度或範圍的副詞子句：

o4 Her back pain increased to the degree that it became unbearable.
（她的背部疼痛加劇，到了無法忍受的程度。）

o5 His health has deteriorated to the extent that he is no longer able to work.
（他的健康狀況已經惡化到讓他無法再工作的程度。）

G. 引導狀態子句的從屬連接詞

用來引導表狀態之副詞子句的從屬連接詞主要爲 as 以及包含 as 本身的片語式連接詞 as if 與 as though。請看例句：

p1 Mr. Wilson always does as his wife tells him.
（威爾遜先生總是照他老婆的指示行事。）

p2 You look as if you need some sleep.
（你看起來好像需要睡個覺。）

p3 He talked to me as though we had known each other for a long time.
（他跟我講起話來好像我們已經認識了很久的樣子。）

在一般情況下，表狀態的副詞子句較少置於句首，但是如果該子句是用來修飾整個主要子句時，則可出現在句首或句尾，甚至句中，例如：

p4 As you may have known, they got divorced last week.
（或許你已經知道，他們上個禮拜離婚了。）

p5 They got divorced last week, as you may have known.

p6 They, as you may have known, got divorced last week.

注意，除了上面提到的 as、as if 和 as though 之外，在日常口語中有許多母語人士會把介系詞 like 當作引導狀態子句的從屬連接詞用，例如：

p7 Like I said, she is not qualified for the position.
（就像我之前說的，她的資格並不足以擔任這個職務。）

p8 It looks like it's going to rain.（看起來像是快下雨了。）

p7. 句中的 Like I said 就是 As I mentioned before 的意思；p8. 句中的 like it's going to rain 就相當於 as if it's going to rain。

H. 引導目的子句的從屬連接詞

引導表目的之副詞子句的從屬連接詞包括片語形式的 so that、in order that、for fear that，以及單一字 lest。請看例句：

q1 He sold some of his land so that he might pay his debts.
（他賣了一些地以便還債。）

q2 She usually sits in the front row in order that she can see and hear better.
（為了能看能聽得比較清楚，她通常都坐第一排。）

q3 We didn't tell her the truth for fear that she might be devastated.
（因為怕她太難過，我們並沒有告訴她真相。）

q4 He studied hard lest he should be failed again.
（他用功念書以免又被當掉。）

有幾點必須說明。第一，q1. 句的 so that 和 q2. 句的 in order that 引導的是「肯定」目的子句；q3. 句的 for fear that 與 q4. 句的 lest 引導的是「否定」目的子句。第二，目的子句多置於句尾，但若要強調該目的時，可將其移至句首，比如 q2. 可改成：

q2' In order that she can see and hear better, she usually sits in the front row.

而 q3. 句可改成：

q3' For fear that she might be devastated, we didn't tell her the truth.

第三，有時 so that 的 so 和 in order that 的 in order 可省略不用：

q1' He sold some of his land that he could pay his debts.

q2'' She usually sits in the front row that she can see and hear better.

最後，注意 q4. 句裡 lest 子句中的 should 可以用 might 代替：

q4' He studied hard lest he might be failed again.

也可省略，即，動詞使用原形：

q4'' He studied hard lest he be failed again.

I. 引導結果子句的從屬連接詞

引導表結果之副詞子句的從屬連接詞爲 so ... that 和 such ... that 這兩個相關字組中的 that。需注意的是，so ... that 的 so 本身是副詞，因此其後須接形容詞或副詞；such ... that 的 such 則爲形容詞，故其後必須有名詞。請看例句：

r1 Annie is so hardworking that she always gets the highest grade.
（安妮是如此地用功，所以總是拿到最高分。）

r2 Annie works so hard that she always gets the highest grade.
（安妮如此用功地讀書，所以總是拿到最高分。）

r3 Annie is such a hardworking student that she always gets the highest grade.
（安妮是如此用功的一個學生，所以總是拿到最高分。）

r4 Annie is such a student that she always gets the highest grade.
（安妮就是如此的一個學生，所以總是拿到最高分。）

r1. 句中的 so 之後爲形容詞 hardworking；r2. 句中的 so 之後爲副詞 hard；r3. 句中的 such 之後有被形容詞 hardworking 修飾的名詞 student；r4. 句中的 such 之後則直接跟名詞 (a) student。

一般而言，結果子句通常不置於句首，但是必須注意以下這幾種強調的句型：

r5 So hardworking is Annie that she always gets the highest grade.

r6 So hardworking a student is Annie that she always gets the highest grade.

r7 Annie is so hardworking a student that she always gets the highest grade.

在 r5.、r6. 句中主詞與動詞倒裝；在 r7. 句中冠詞 a 與形容詞 hardworking 對調位置。

J. 引導比較子句的從屬連接詞

引導表比較之副詞子句的從屬連接詞爲 as（同等比較）和 than（優、劣等比較）。請看例句：

s1 Henry is as tall as his older brother is.（亨利和他哥哥一樣高。）

s2 He runs a lot faster than I do.（他跑得比我快得多。）

s3 I ate less than she did.（我吃得比她少。）

注意，在口說時 s1.、s2. 與 s3. 常會講成：

s1' Henry is as tall as his older brother.

s2' He runs a lot faster than me.

s3' I ate less than her.

也就是說，把 as 和 than 當作介系詞用。但這種用法並不適用於動詞的比較，例如：

s4 Take as much as you need.（你需要多少就拿多少。）

s5 This bag costs more than I thought.（這個袋子比我原來想的貴。）

註解

1 以對等連接詞聯結的子句則構成複合句 (compound sentence)。

2 有關與格動詞的相關說明請參考「動詞篇」之第 1 章「及物動詞與不及物動詞」。

3 在現代英文中較少使用 whom。相關說明請見「代名詞篇」之第 5 章「疑問代名詞」。

4 注意，若疑問代名詞在原直接問句中為主詞時，轉變為間接問句時詞序 (word order) 不變，如 b2. 句及 b3. 句。

5 與註解 3 所提相同，在現代英文中較少使用 whomever，即使在該子句中作為受詞亦然，例如：

Whoever you want to marry is fine by me.（不管你要娶／嫁誰我都沒意見。）

6 表事物的關係代名詞 which 則無此變化：

This is the ATM from which I withdrew the money.
（這一台就是我提錢時使用的提款機。）

7 但是，如果 who 或 which 之前出現介系詞則不可：

誤 ① He paid the vendor from that he had bought the hot dog.

誤 ② This is the ATM from that I withdrew the money.

8 針對由關係副詞所引導的形容詞子句，在本書之「形容詞篇」第 7 章「形容詞子句」中有較詳盡的說明。

9 與修辭相關的各種問題我們將會在本書最後一篇「文法與修辭篇」中做分析討論。

10 注意，在本句的主要子句之後我們特別加上了逗號。我們如此做的原因是為了避免讓這個句子產生歧義 (ambiguity)。如果不加逗號，這個句子有可能被解讀成：那個小男孩並沒有一直哭到他媽媽來（才不哭）。（歧義屬修辭問題，我們將在「文法與修辭篇」中做探討。）

3分鐘英文 搞懂易混淆字詞用法！

名詞 103 product / produce

大家都知道 product 指的是「產品」、「製品」，但是可能忽略了指蔬菜、水果等「農產品」的 produce。（注意，與動詞用法的 produce 不同，名詞的 produce 重音在第一音節。）

名詞 104 bean / pea

bean 和 pea 都指「豆子」，而 bean 是一個比較大的範疇，我們可以說 pea 是一種 bean。pea 的形狀通常是圓的，顏色則為綠的，bean 的形狀不定，顏色不一。一般把 pea 譯作「豌豆」，而 bean 之種類極多，例如 broad bean 為「蠶豆」，soy bean 為「黃豆」（或「大豆」），green bean 為「四季豆」等等。注意，green bean 並不是「綠豆」，「綠豆」叫 mung bean（mung 源自北印度語）。另外，「紅豆」叫 azuki bean（azuki 源自日文）。

名詞 105 pepper / chili

pepper 與 chili 都可以指「辣椒」，但 pepper 較為廣義，可用來指甜椒、胡椒和辣椒，而 chili 只指辣椒（若要特別指「辣」椒，可用 chili pepper 來表示）。另，「甜椒」的英文是 sweet pepper 或 bell pepper，而黑、白胡椒則分別為 black pepper 和 white pepper。

★ Verbs ★ Nouns ★ Pronouns ★ Adjectives ★ Adverbs ★ Conjunctions ★ Prepositions
Articles ★ Grammar and Rhetoric ★ Verbs ★ Nouns ★ Pronouns ★ Adjectives ★ Adverbs
Conjunctions ★ Prepositions ★ Articles ★ Grammar and Rhetoric ★ Verbs ★ Nouns
Pronouns ★ Adjectives ★ Adverbs ★ Conjunctions ★ Prepositions ★ Articles ★ Gramm
and Rhetoric ★ Verbs ★ Nouns ★ Pronouns ★ Adjectives ★ Adverbs ★ Conjunctions
Prepositions ★ Articles ★ Grammar and Rhetoric ★ Verbs ★ Nouns ★ Pronouns ★ Adjectiv
★ Adverbs ★ Conjunctions ★ Prepositions ★ Articles ★ Grammar and Rhetoric ★ Verbs
Nouns ★ Pronouns ★ Adjectives ★ Adverbs ★ Conjunctions ★ Prepositions ★ Articles
Grammar and Rhetoric ★ Verbs ★ Nouns ★ Pronouns ★ Adjectives ★ Adverbs
Conjunctions ★ Prepositions ★ Articles ★ Grammar and Rhetoric ★ Verbs ★ Nouns
Pronouns ★ Adjectives ★ Adverbs ★ Conjunctions ★ Prepositions ★ Articles ★ Gramma
and Rhetoric ★ Verbs ★ Nouns ★ Pronouns ★ Adjectives ★ Adverbs ★ Conjunctions
Prepositions ★ Articles ★ Grammar and Rhetoric ★ Verbs ★ Nouns ★ Pronouns ★ Adjectiv
★ Adverbs ★ Conjunctions ★ Prepositions ★ Articles ★ Grammar and Rhetoric ★ Verbs
Nouns ★ Pronouns ★ Adjectives ★ Adverbs ★ Conjunctions ★ Prepositions ★ Articles
Grammar and Rhetoric ★ Verbs ★ Nouns ★ Pronouns ★ Adjectives ★ Adverbs
Conjunctions ★ Prepositions ★ Articles ★ Grammar and Rhetoric ★ Verbs ★ Nouns
Pronouns ★ Adjectives ★ Adverbs ★ Conjunctions ★ Prepositions ★ Articles ★ Gramma
and Rhetoric ★ Verbs ★ Nouns ★ Pronouns ★ Adjectives ★ Adverbs ★ Conjunctions
Prepositions ★ Articles ★ Grammar and Rhetoric ★ Verbs ★ Nouns ★ Pronouns ★ Adjective
★ Adverbs ★ Conjunctions ★ Prepositions ★ Articles ★ Grammar and Rhetoric ★ Verbs
Nouns ★ Pronouns ★ Adjectives ★ Adverbs ★ Conjunctions ★ Prepositions ★ Articles
Grammar and Rhetoric ★ Verbs ★ Nouns ★ Pronouns ★ Adjectives ★ Adverbs
Conjunctions ★ Prepositions ★ Articles ★ Grammar and Rhetoric ★ Verbs ★ Nouns
Pronouns ★ Adjectives ★ Adverbs ★ Conjunctions ★ Prepositions ★ Articles ★ Gramma
and Rhetoric ★ Verbs ★ Nouns ★ Pronouns ★ Adjectives ★ Adverbs ★ Conjunctions
Prepositions ★ Articles ★ Grammar and Rhetoric ★ Verbs ★ Nouns ★ Pronouns ★ Adjective
★ Adverbs ★ Conjunctions ★ Prepositions ★ Articles ★ Grammar and Rhetoric ★ Verbs
Nouns ★ Pronouns ★ Adjectives ★ Adverbs ★ Conjunctions ★ Prepositions ★ Articles
Grammar and Rhetoric ★ Verbs ★ Nouns ★ Pronouns ★ Adjectives ★ Adverbs
Conjunctions ★ Prepositions ★ Verbs ★ Nouns ★ Pronouns ★ Adjectives ★ Adverbs
Conjunctions ★ Prepositions ★ Articles ★ Grammar and Rhetoric ★ Verbs ★ Nouns
Pronouns ★ Adjectives ★ Adverbs ★ Conjunctions ★ Prepositions ★ Articles ★ Gramma
and Rhetoric ★ Verbs ★ Nouns ★ Pronouns ★ Adjectives ★ Adverbs ★ Conjunctions
Prepositions ★ Articles ★ Grammar and Rhetoric ★ Verbs ★ Nouns ★ Pronouns ★ Adjective
★ Adverbs ★ Conjunctions ★ Prepositions ★ Articles ★ Grammar and Rhetoric ★ Verbs
Nouns ★ Pronouns ★ Adjectives ★ Adverbs ★ Conjunctions ★ Prepositions ★ Articles
Grammar and Rhetoric ★ Verbs ★ Nouns ★ Pronouns ★ Adjectives ★ Adverbs
Conjunctions ★ Prepositions ★ Articles ★ Grammar and Rhetoric ★ Verbs ★ Nouns
Pronouns ★ Adjectives ★ Adverbs ★ Conjunctions ★ Prepositions ★ Articles ★ Gramma
and Rhetoric ★ Verbs ★ Nouns ★ Pronouns ★ Adjectives ★ Adverbs ★ Conjunctions
Prepositions ★ Articles ★ Grammar and Rhetoric ★ Verbs ★ Nouns ★ Pronouns ★ Adjectives
★ Adverbs ★ Conjunctions ★ Prepositions ★ Articles ★ Grammar and Rhetoric ★ Verbs

PART 7

介系詞篇

【前言】

雖然介系詞是功能詞，但其所產生的作用是無法取代的。

1. 何謂介系詞？

英文的介系詞叫作 preposition，由字首 pre- (before)、字根 -posit- (put) 加上字尾 -ion (condition) 所組成，意思是「放在其他字詞之前的字詞」。的確，英文的介系詞必須置於名詞或代名詞之前，也正因如此，有些文法學家把我們一般所說的介系詞稱之爲「前置詞」。* 介系詞主要的功能在於作爲兩個事物之間的一種「媒介」，點出二者之間所呈現的「關係」，而所謂的「關係」則包括各種時、空關係及不同的邏輯關聯性，例如前後、上下、內外、因果、目的、手段、來源、所有等。介系詞與及物動詞相同，其後必須接受詞，而介系詞加上其受詞即構成所謂的介系詞片語 (prepositional phrase)，在句子中經常作爲名詞或動詞的修飾語；也就是說，介系詞片語常具形容詞或副詞的功能。

2. 介系詞的重要性

介系詞爲功能詞，雖然不能像名詞、動詞等實詞明確指出某人事物或動作，但是人事物之間的各種關係或由人事物所做出的動作與其他人事物所產生的關聯卻常須藉由介系詞來表達。例如，「書在桌子上」這個命題中的兩個項目「書」與「桌子」之間的關係就必須利用介系詞 on 來呈現：

The book is on the desk.

或像「老師正走進教室」這個陳述中，老師所做的動作「走」和「教室」這個地點之間的關聯則必須藉由介系詞 into 來表示：

The teacher is walking into the classroom.

除此之外，就如我們在「何謂介系詞」中所言，由介系詞加上受詞所形成的片語常可作爲修飾語用，表達出一般形容詞或副詞所無法表達的一些狀態或情況，例如：

the picture on the wall（牆上那幅畫）

中的 on the wall。又如：

handle with care（小心地處置）

中的 with care。

也正因爲介系詞之後須接受詞，所以介系詞另一個重要的作用就是：可以接在不及物動詞之後，使不及物動詞具有及物動詞的功能。最常見的兩個例子就是 look at 和 listen to：

① **He is looking at us.**（他正在看我們。）
② **I like to listen to music.**（我喜歡聽音樂。）

從以上幾點說明來看，我們可以做出如下的結論：雖然介系詞只是功能詞，但是它們所能產生的作用卻是無法取代的。它們猶如人體的關節，沒有關節的手腳是發揮不了任何正常功能的。

在本篇中，我們將分五章依次討論介系詞的種類、片語介系詞、介系詞片語的功能與位置、介詞動詞與片語動詞，以及含介系詞的慣用語。

---

* 事實上，並非所有語言的介系詞都為前置詞，比如日文的介系詞就屬所謂的「後置詞」(postposition)：六時 に “ at six o'clock”。

第 1 章 介系詞的種類

介系詞可分爲兩大類：一般介系詞 (common preposition) 和片語介系詞 (phrasal preposition)。一般介系詞指的是常見的單一字介系詞；片語介系詞指的是由兩個字或兩個以上的字所組成的介系詞。由於介系詞（一般介系詞與片語介系詞皆然）所表達的意涵相當廣泛，爲了能清楚地說明每一種介系詞的用法，我們將兩大類介系詞分兩個章節來討論。在本章中我們先討論一般介系詞。

依所表達之意涵的不同，我們將一般介系詞分成表時間、表地方、表方向、表方法或工具、表目的、表所有、表關係、表狀態、表材質、表來源或起源、表相似或類例、表分離、表讓步、表例外，以及表加減功能等十五種，分別介紹於下。

1 表時間的介系詞

表時間的介系詞有：at、on、in、within、during、through、for、since、from、between、before、after、until、by、around、about 等。

A. 介系詞 at 的用法

at 通常用來表示短暫的時間，例如：

a1 He became the CEO of the company at the age of 25.
（他二十五歲時就當上了公司的執行長。）

a2 You will receive the check at the end of this month.
（這個月底你會收到支票。）

at 也可用來表示某個時間點，例如：

a3 We don't have any vacancy at the moment.（目前我們並沒有空缺。）

a4 I have lunch meeting to attend at noon.（正午時我有個午餐會議要參加。）

at 還可用來指出精確的時刻，例如：

a5 The game is going to start at 3:00.（比賽將在三點開始。）

a6 I went to bed at 11:30 last night.（昨天晚上我十一點半上床睡覺。）

B. 介系詞 on 的用法

on 通常用來表示某一天，例如：

a7 He was born on July 4.（他是七月四日生的。）

a8 Let's meet on Monday to discuss it.（咱們禮拜一碰個面討論討論。）

注意，on 也可用來指某一天的上午、下午或晚上：

a9 She's leaving on Friday morning.（她將在星期五早上動身。）

a10 What do you usually do on Saturday evenings?（你星期六晚上通常都做什麼？）

C. 介系詞 in 的用法

in 通常用來表達較長的時間，如月、季節、年、世紀等。請看例句：

a11 Laura will be transferred to the marketing department in May.
（蘿拉五月的時候會被調到行銷部。）

a12 It's very hot here in summer.（這裡夏天的時候非常熱。）

a13 Professor Davis retired in 1998.（戴維斯教授在一九九八年的時候退休。）

a14 This temple was built in the 18th century.（這座廟是十八世紀的時候興建的。）

除此之外，in 也可以用來指一天中的早上、下午和晚上：

a15 Most people go to work in the morning.
（大部分的人都是在早上去上班。）

a16 We normally take a coffee break in the afternoon.
（我們通常會在下午的時候休息一下喝個咖啡。）

a17 Sometimes I have to work in the evening.
（有時候我晚上得工作。）

但是，在下列幾個句子中用來表達一天中不同時間的單字前須用 at：

a18 They got up at dawn.（他們在拂曉的時候起床。）

a19 I never drink coffee at night.（我從不在晚間喝咖啡。）

a20 The pub closes at midnight.（這家酒館在午夜十二點打烊。）

另外，注意在 dawn、night、midnight（以及前面 a4. 句中的 noon）之前不用加冠詞，但是在 a15. 句中的 morning、a16. 句中的 afternoon 和 a17. 句中的 evening 前須用 the。

D. 介系詞 within 的用法

within 用來表達「在某一段時間之內」的概念，例如：

a21 I'll be back within an hour.（我會在一個小時之內回來。）

a22 This job must be done within this week.
（這項工作一定要在這個星期之內完成。）

注意，介系詞 in 也具有類似的功用。試比較 a21. 與 a23. 句：

a23 I'll be back in an hour.（我一個小時後會回來。）

但是，正如中譯所示，in 著重在「時間的經過」。

E. 介系詞 during 的用法

during 表達的是「某動作或狀態在某一段時間內發生或斷斷續續發生」的意涵，例如：

a24 Some animals sleep during the day.（有些動物在白天裡睡覺。）

a25 He called me several times during my absence.
（我不在的時候，他打了幾次電話給我。）

注意，有時用 in 與 during 意思相仿，例如：

a26 The birth rate declined in / during the last decade.（過去十年生育率下降。）

要用 in 或 during 端視說話者把生育率下降看成過去十年中發生的一件事，還是在過去十年間呈現的一個過程。

F. 介系詞 through 的用法

through 用來表達「自始至終」的概念，例如：

a27 These students studied very hard through the summer vacation.
（這些學生從暑假開始到暑假結束都非常用功。）

試比較 a27. 與 a28.：

a28 These students studied very hard during the summer vacation.
（這些學生在暑假期間非常用功。）

如前所述，during 用來表達「在一段期間內」所發生的動作或狀態，而 through 則強調該動作或狀態的發生在某段期間內「自始至終」皆然。

事實上，為了讓這種「從頭到尾」的意涵更加明確，我們還可以使用複合介系詞 throughout，例如：

a29 It rained throughout the night.（雨下了一整個晚上。）

G. 介系詞 for 的用法

for 通常用來表示動作或狀態持續的時間，例如：

a30 I waited for two hours.（我等了兩個鐘頭。）

a31 We haven't seen him for a long time.（我們已經好久沒看到他了。）

注意，在口說時 for 可以省略，例如：

a30' I waited two hours.

不過，這時的 two hours 應視為時間副詞，而非 waited 的受詞。

H. 介系詞 since 的用法

since 用來表達「自……以來」或「自……之後」之意，例如：

a32 We've been living here since 2001.
（自 2001 年以來，我們一直都住在這裡。）

a33 He had been president of the company since 1985.
（自 1985 年之後，他一直擔任公司的總裁。）

有三點須要注意。第一，由於 since 表達的是「自某時間以來或之後」的概念，因此相對應的動詞多用現在完成（進行）式（如 a32. 句所示）或是過去完成（進行）式（如 a33. 句所示）。第二，在 since 之後應接一「過去時間」，而非「一段時間」。試比較下列兩個句子。

a34 He hasn't eaten anything since the day before yesterday.
（從前天開始，他一直都沒有吃東西。）

誤 a35 He hasn't eaten anything since two days.
（他已經兩天沒有吃東西了。）

a35. 句應改為：

a36 He hasn't eaten anything for two days.

第三，since 也常當連接詞用，其後接表達「過去」動作或狀態的子句，例如：

a37 I haven't seen him since we met last month.
（自從上個月碰過面之後，我就沒再見到他了。）

a38 He had been staying with his grandparents since he was five.
（自從五歲之後，他一直跟著祖父母住。）

I. 介系詞 from 的用法

from 用來表示時間的起點，常與 to（表迄點）連用，例如：

a39 The store is open from 10:00 a.m. to 8:00 p.m.
（這家店的營業時間是上午十點到下午八點。）

from 也常與 now、then、this day、that day 等時間連用，但其後通常須接副詞 on，例如：

a40 Things around here will be different from now on.
（這裡的情況從現在開始將會有所不同。）

a41 We haven't talked to each other from that day on.
（從那天開始之後，我們就沒有再說過話。）

J. 介系詞 between 的用法

between 用來表示「介於兩個時間之間」，故須與 and 連用，例如：

a42 The library will be closed between Christmas and New Year.
（聖誕節至新年期間圖書館將不開放。）

a43 I have classes between 9:00 and 12:00.
（我九點到十二點之間有課。）

注意，between ... and 常可用 from ... to 代換，例如 a43. 就相當於：

a44 I have classes from 9:00 to 12:00.
（我從九點到十二點有課。）

K. 介系詞 before 的用法

before 用來表達在某一時間之前，例如：

a45 Please have this done before Wednesday.
（請在星期三之前把這件事辦妥。）

before 也常作連接詞用，引導時間子句，例如：

a46 I had finished my homework before I went out.
（在我出去之前已經先把功課做完了。）

L. 介系詞 after 的用法

after 用來表達在某一時間之後，例如：

a47 The director will have time after 10:00.（主任十點之後會有時間。）

與 before 相同，after 也可作連接詞用：

a48 I got a call from the boss after you'd left.
（在你離開之後，我就接到老闆打來的電話。）

M. 介系詞 until 的用法

until 用來表達時間的終止點，例如：

a49 Can you wait until noon?（你可不可以等到中午？）

在口說時常用 till 來取代 until：

a49' Can you wait till noon?

另外，until 常當連接詞用：

a50 We stayed in the hotel room until it cleared up.
（我們在旅館的房間裡待著，直到天氣放晴。）

同樣，在口說時可以用 till 來代替 until：

a50' We stayed in the hotel room till it cleared up.

N. 介系詞 by 的用法

by 用來表達「不遲於」(no later than) 之意，例如：

a51 Applications should be submitted by May 31.
（申請書必須在五月三十一日前提交。）

而 a51. 句與 a52. 句在意思上並無太大差異：

a52 Applications should be submitted before May 31.

O. 介系詞 around 的用法

around 用來表達「約略」的時間，例如：

a53 We'll arrive around 10:30.（我們大約會在十點半左右抵達。）

P. 介系詞 about 的用法

與 around 相同，about 也用來表示大約的時間，例如：

a54 It's now about midnight.（現在大約是午夜。）

另外，about 也常用來表約略的時間長短，例如：

a55 It takes about twenty minutes to get there.（到那裡大約要二十分鐘的時間。）

當然，也可以用 around 來表達相同的意思：

a55' It takes around twenty minutes to get there.

2 表地方的介系詞

表地方的介系詞包括：at、in、on、over、above、under、below、beneath、underneath、before、behind、after、beside、by、near、between、among、around、across、opposite、against、beyond、inside、outside、within 等。

A. 介系詞 at 的用法

一般而言，at 大約相當於中文的「在……」，例如：

b1 Billy is at the library.（比利在圖書館。）

b2 They are staying at the Hilton.（他們住在希爾頓大飯店。）

at 也常用來指較明確、特定的位置，例如：

b3 Jenny is standing at the door.（珍妮站在門口。）

b4 There's a telephone booth at the intersection.（十字路口的地方有個電話亭。）

B. 介系詞 in 的用法

in 通常用來表示「在……內」，例如：

b5 Stay in the house.（待在房子裡。）

b6 He sat in the car and waited.（他坐在車子裡等。）

相對於 at，in 通常用來指較大的地方，例如：

b7 I'll meet you at the front desk in the lobby.（我會在大廳的櫃檯處和你碰頭。）

b8 She works at Yangming Hospital in Taipei.（她在台北的陽明醫院工作。）

C. 介系詞 on 的用法

on 一般用來指「在……上面」，例如：

b9 Your book is on the desk.（你的書在書桌上。）
b10 He is lying on the floor.（他躺在地板上。）

注意，在較大型的交通工具上，如公車上、火車上、飛機上、輪船上等，要用 on 來表示：

b11 He met her on the train to Tainan.（他在往台南的火車上遇見她。）
b12 We all slept on the plane.（我們都在飛機上睡了覺。）

另外，也要特別注意在街道名稱前應用 on：

b13 She lives on Jinhua Street.（她住在金華街。）

但若有門牌號碼則用 at 表示：

b14 She lives at 125 Jinhua Street.（她住在金華街一百二十五號。）

D. 介系詞 over 的用法

over 用來指「在……上方」，例如：

b15 There's a lamp hanging over the dinner table.（餐桌上方吊著一盞燈。）
b16 His office is directly over mine.（他的辦公室在我的辦公室正上方。）

E. 介系詞 above 的用法

above 指的是「（高於）……之上」，例如：

b17 The airplane is flying above the clouds.（飛機在雲層之上飛行。）

b18 The town is only ten feet above sea level.
（那個城鎮只超過海平面十英呎。）

F. 介系詞 under 的用法

under 指「在……下方」，例如：

b19 We hid his present under the table.（我們把他的禮物藏在桌子下面。）

b20 Never stand under a tree when it thunders.
（打雷的時候千萬不要站在樹下。）

G. 介系詞 below 的用法

below 用來指「（低於）……之下」，例如：

b21 The sun has sunk below the horizon.
（太陽已經落到了地平線之下。）

b22 The temperature will drop below zero tonight.
（今天晚上氣溫會降到零度以下。）

H. 介系詞 beneath 的用法

beneath 用來表達「在……底下」之意，例如：

b23 We can feel the heat beneath our feet.（我們可以感覺到腳下的高溫。）

b24 They slept beneath the stars at night.（晚上他們就在繁星之下入眠。）

I. 介系詞 underneath 的用法

underneath 表達的是「在……下面」，例如：

b25 She left her key underneath the mat.（她把鑰匙放在踏墊下面。）

b26 He wore a T-shirt underneath the sweater.
（他在毛衣下面穿了一件運動衫。）

J. 介系詞 before 的用法

before 指「在……前面」，例如：

b27 Your name comes before mine on the list.
（在名單上你的名字排在我的前面。）

b28 He stood before the window looking out at the street.
（他站在窗戶前面看著外面的街道。）

K. 介系詞 behind 的用法

behind 指「在……後面」，例如：

b29 Jerry always sits behind me in class.
（傑瑞上課的時候總是坐在我的後面。）

b30 She put the broomstick behind the door.
（她把掃把放在門的後面。）

L. 介系詞 after 的用法

after 指的是「在……之後」，例如：

b31 We went into the house after him.（我們在他之後走進屋內。）

b32 The post office is three blocks after the department store.
（郵局在百貨公司之後的三個街區處。）

M. 介系詞 beside 的用法

beside 指「在……旁邊」，例如：

b33 Emma is standing beside her husband.
（愛瑪站在她丈夫旁邊。）

b34 He put his bag beside the sofa and sat down.
（他把他的袋子放在沙發旁邊，然後坐下來。）

N. 介系詞 by 的用法

by 也可以用來表示「在……旁邊」，例如：

b35 I was sitting by the telephone when you called.
（你打電話來的時候我就坐在電話旁邊。）

b36 His children were all there by his sick bed.
（他的小孩都在他的病床邊。）

O. 介系詞 near 的用法

near 表示「在……附近」，例如：

b37 He lives near the school.（他住在學校附近。）

b38 Don't go near the water.（不要靠近水邊。）

P. 介系詞 between 的用法

between 用來指「在兩者之間」，例如：

b39 There's no secret between us.（我倆之間沒有祕密。）

between 經常和 and 連用：

b40 He travels regularly between Taipei and Shanghai.
（他經常往返於台北和上海兩地。）

Q. 介系詞 among 的用法

among 用來表達「三者或三者以上的之間」，[註 1] 例如：

b41 They divided the money among the five of them.（他們五個人平分那筆錢。）

b42 You need to choose three among them.（你必須從他們當中選出三個。）

R. 介系詞 around 的用法

around 指「在……的周圍」，例如：

b43 There are many trees around the house.（那棟房子的周圍有許多樹。）

around 也可指「在……附近」，例如：

b44 She lives somewhere around Shilin.（她住在士林附近。）

S. 介系詞 across 的用法

across 指「在……的另一邊」，例如：

b45 There is a convenience store across the street.（對街有一家便利商店。）

across 也常用來指「從一邊到另一邊」，例如：

b46 There are actually three bridges across this river.
（事實上共有三座橋跨越這條河。）

T. 介系詞 opposite 的用法

opposite 用來表示「在……的對面」，例如：

b47 The library is opposite the museum.（圖書館在博物館的對面。）
b48 He took the seat opposite her.（他在她對面的那個位子坐了下來。）

U. 介系詞 against 的用法

against 用來表示「倚、靠著」，例如：

b49 He was leaning against the wall.（他靠著牆壁站著。）
b50 I saw a bicycle propped against the tree.（我看到一輛腳踏車靠著那棵樹擺著。）

V. 介系詞 beyond 的用法

beyond 用來指「越過……的另一邊」，例如：

b51 Do you know what lies beyond the mountains?
（你知不知道山的那一邊是什麼？）

beyond 還可用來指「在……之外」，例如：

b52 His reputation has spread far beyond his own country.
（他的名氣已經傳到了他自己國家以外的許多地方。）

W. 介系詞 inside 的用法

inside 用來指「在（某空間）裡面」，例如：

b53 What's inside this envelope?（這個信封裡裝的是什麼？）

一般而言，inside 比 in 強調「裡面」的意涵。試比較 a53. 與 a54.：

b54 What's in this envelope?（這個信封裡有什麼？）

X. 介系詞 outside 的用法

outside 爲 inside 的相反詞，用來指「在……的外面」，例如：

b55 They sat at a table outside the café.（他們坐咖啡廳外面的桌子。）

b56 Let's go somewhere outside the city.
（我們到市區外的什麼地方去吧！）

Y. 介系詞 within 的用法

within 用來指「在……範圍之內」，例如：

b57 This pass can only be used within the facility.
（這張通行證僅限於在廠區內使用。）

b58 There were no hotels within twenty miles of the airport.
（在機場周圍二十英哩內沒有旅館。）

3 表方向的介系詞

用來表示方向的介系詞包括：to、toward、for、up、down、around、about、through、across、over、along、past、by、out、into、onto、upon，及 via 等。

A. 介系詞 to 的用法

to 用來表達「向、往、到」，例如：

c1 He's going to London tomorrow.（他明天要去倫敦。）

to 常和 from 連用，例如：

c2 I drove to the airport from my office.（我從辦公室開車到機場。）

B. 介系詞 toward[註2] 的用法

toward 表達「朝、向」之意，例如：

c3 They were hurrying toward the village.（他們匆匆地朝那個村落而去。）

c4 She's walking toward us.（她正朝我們走來。）

C. 介系詞 for 的用法

for 用來表示「目的地」，例如：

c5 He left for Tokyo yesterday.（他昨天動身前往東京。）

c6 I'm heading for the library.（我正要去圖書館。）

D. 介系詞 up 的用法

up 用來指「向上」之意，例如：

c7 The old man walked up the stairs slowly.（那個老人慢慢地走上樓梯。）

c8 The ship sailed up the river.（那艘船向河的上游駛去。）

E. 介系詞 down 的用法

down 為 up 的相反詞，指「向下」，例如：

c9 The children ran down the hill.（孩子們跑下山去。）

c10 He fell down the stairs.（他從樓梯上摔下來。）

F. 介系詞 around[註3] 的用法

around 用來表達「環繞」之意，例如：

c11 The Earth moves around the Sun.（地球繞著太陽轉。）

around 也可用來表示「四處」，例如：

c12 We drove around the city looking for a hotel.（我們開車在市區內四處找旅館。）

G. 介系詞 about 的用法

about 可用來指「周圍」，例如：

c13 She wore a scarf about her neck.（她的脖子上圍了一條圍巾。）

about 也可指「到處」，例如：

c14 Those kids are running about the yard.（那些小鬼在院子裡跑來跑去。）

H. 介系詞 through 的用法

through 用來指「穿過」，例如：

c15 The train has just passed through a tunnel.
（火車剛剛穿過一個隧道。）

c16 He threw my book out through the window.
（他把我的書從窗戶扔了出去。）

I. 介系詞 across 的用法

across 指的是「橫越」，例如：

c17 They swam across the river.（他們游泳過河。）

c18 He came across the street when he saw me.
（他看到我，於是走過街來。）

J. 介系詞 over 的用法

over 用來指「越過（高處）」，例如：

c19 He hurt his foot when trying to jump over the fence.
（在他試圖跳過籬笆時弄傷了腳。）

c20 They climbed over the mountain and reached their destination.
（他們越過那座山，到達了目的地。）

K. 介系詞 along 的用法

along 指「沿著」，例如：

c21 Just walk along this road and you will find the place.
（只要沿著這條路走，你就會找到那個地方。）

c22 They sailed along the east coast.
（他們沿著東海岸航行。）

L. 介系詞 past 的用法

past 用來指「經過」，例如：

c23 He walked past my house without stopping.
（他走過了我家，並沒有停下來。）

c24 We drove past several gas stations on our way to the airport.
（在我們開車到機場的路上經過了幾個加油站。）

M. 介系詞 by 的用法

與 past 相同，by 也用來指「經過」，例如：

c25 She passed by me without noticing me. [註 4]
（她經過我身邊可是沒注意到我。）

c26 I go by the florist's every day.
（我每天都經過那家花店。）

N. 介系詞 out 的用法

out 指「向……外面」，例如：

c27 He has just gone out the door.（他剛剛才走出門外。）

c28 She's looking out the window.（她正往窗外望去。）

O. 介系詞 into 的用法

into 指「進到……裡面」，例如：

c29 It started to rain, so they went into the house.
（因為下起雨來，所以他們就進到屋內。）

c30 He got into his car and drove away.
（他上了車然後就開走了。）

P. 介系詞 onto 的用法

onto 指「到……之上」，例如：

c31 He jumped onto the moving train.
（他跳上了已經開動的火車。）

c32 Mr. Wilson climbed onto the roof to fix the chimney.
（威爾遜先生爬到屋頂上去修理煙囪。）

Q. 介系詞 upon 的用法

upon 可用來指「到……上」，意思相當於 onto，例如：

c33 The lamp fell upon / onto the floor.
（燈掉到了地板上。）

但是，upon 也可指「在……上」，與 on 同義，例如：

c34 He fell down upon / on his knees.
（他雙膝著地摔倒了。）

R. 介系詞 via 的用法

via 指「經由」，例如：

c35 They flew to Australia via Singapore.
（他們經由新加坡飛往澳洲。）

via 也可指「透過」，例如：

c36 You can check your bank account via the Internet.
（你可以透過網際網路查看你的銀行帳戶。）

4 表方法或工具的介系詞

常用來表示方法或工具的介系詞爲 by 和 with。

A. 介系詞 by 的用法

by 多用來表「方法、手段」，例如：

d1 She earns her living by teaching.（她以教書維生。）

d2 Some people get rich by lying and cheating.（有些人靠說謊和欺騙致富。）

另外，by 常用來指所使用的交通工具，例如：

d3 I go to school by bus.（我搭公車上學。）

d4 You can get there by MRT.（你可以搭乘捷運到那兒。）

但是，注意下面的用法：

d5 He goes to work on foot.（他走路上班。）

B. 介系詞 with 的用法

with 常用來指使用的工具，例如：

d6 She cut the meat with a sharp knife.（她用一把鋒利的刀子來切肉。）

d7 The old man walks with a stick.（那個老人走路要拄枴杖。）

5 表目的的介系詞

常用來表示「目的」的介系詞是 for。請看例句：

e1 She went out for a walk.（她出去外面散步。）

e2 They went to China for sightseeing.（他們到中國觀光旅遊。）

但是，請注意下面兩句的用法：

e3 Mr. Davis is away on business.（戴維斯先生出差去了。）

e4 He dropped the cup on purpose.（他故意把杯子弄掉。）

6 表所有或擁有的介系詞

介系詞 of 常用來表「所有」，with 則用來表「擁有」。

A. 介系詞 of 的用法

f1 He is the father of the two children.
（他就是這兩個小孩的父親。）

f2 I ran into an old friend of mine at the post office. 註 5
（我在郵局巧遇了我的一位老朋友。）

B. 介系詞 with 的用法

f3 The man with the silver hair is actually pretty young.
（有著一頭銀白頭髮的那個人其實蠻年輕的。）

f4 We're looking for a real estate agent with many years of experience.
（我們在尋找一個擁有多年經驗的房地產經紀人。）

7 表關係的介系詞

常用來表示「關係」的介系詞是 to 和 with。

A. 介系詞 to 的用法

g1 Are you related to him in any way?
（你跟他有任何親戚關係嗎？）

g2 This computer is not connected to the main system.
（這台電腦和主要系統並不連線。）

B. 介系詞 with 的用法

g3 They keep very good relations with the police.
（他們跟警方保持非常好的關係。）

g4 This issue is connected with the one we discussed last week.
（這個議題和我們上禮拜討論的議題有關聯。）

8 表狀態的介系詞

用來表「狀態」的介系詞有 at、in 和 into。

A. 介系詞 at 的用法

h1 They are at dinner right now.（他們此刻正在用晚餐。）

h2 These two countries have been at war for three years.
（這兩個國家已經打了三年的仗。）

B. 介系詞 in 的用法

h3 Do you realize that you're in great danger here?
（你知不知道你在這裡很危險？）

h4 Many of them were in tears when they heard the news.
（當他們聽到那個消息的時候，很多人都哭了。）

C. 介系詞 into 的用法

h5 Don't get yourself into trouble.（不要讓你自己惹上麻煩。）

h6 The water has turned into ice.（水已經結成了冰。）

9 表材質的介系詞

用來表「材質」的介系詞有 of 和 from。

A. 介系詞 of 的用法

製成產品後材料的本質不變時用 of，例如：

i1 This table is made of wood.
（這張桌子是木頭做的。）

i2 That teapot is made of iron.
（那只茶壺是鐵製的。）

B. 介系詞 from 的用法

製成產品後材料的本質經過變化則用 from，例如：

i3 Our wine is made from local grapes.
（我們的酒是用本地的葡萄所釀造的。）

i4 Their new carpet is made from recycled PET bottles.
（他們的新地毯是利用回收的寶特瓶製造的。）

10 表來源或起源的介系詞

表「來源或起源」可以用 from 或 of。

A. 介系詞 from 的用法

j1 Where are you from?（你是哪裡人？）

j2 The water here comes directly from the reservoir.
（這裡的水直接從水庫引過來。）

B. 介系詞 of 的用法

j3 She was born of a wealthy family.
（她出身於一戶有錢人家。）

j4 He was a man of a noble origin.
（他是出身名門的人。）

11 表相似或類例的介系詞

可用來表「相似或例子」的介系詞有 like 和 as。

A. 介系詞 like 的用法

k1 He lives like a king.
（他過著帝王般的生活。）

k2 We are not allowed to keep pets like cats and dogs in the dorm.
（在宿舍裡我們不准養像貓、狗這類的寵物。）

B. 介系詞 as 的用法

as 常用在同等比較中，例如：

k3 She is as smart as her sister.
（她跟她姐姐一樣聰明。）

as 也常與 such 連用，例如：

k4 I like outdoor sports such as jogging, hiking, and bicycling.
（我喜歡諸如慢跑、健行和騎腳踏車等這些戶外運動。）

12 表分離的介系詞

表「分離」之意的介系詞有 from 和 with。

A. 介系詞 from 的用法

l1 He was forced to be separated from his family.
（他被迫與家人分離。）

l2 Two prisoners escaped from jail last night.
（昨天晚上有兩個犯人從看守所脫逃。）

B. 介系詞 with 的用法

l3 She did not want to part with her children.
（她不願意和她的孩子們分開。）

l4 He was reluctant to part with any of his possessions.
（他不願意捨棄任何的財物。）

13 表讓步的介系詞

表「讓步」的介系詞包括 despite 和 notwithstanding；前者較口語，後者則較正式。請看例句：

m1 The game went on despite / notwithstanding the heavy rain.
（縱使雨下得很大，比賽繼續進行。）

m2 Despite / Notwithstanding public opposition, they went ahead with the policy.
（儘管大衆反對，他們依然實施了那項政策。）

14 表例外的介系詞

用來表「例外」的介系詞爲 but 和 except，意思都是「除……之外」。請看例句：

n1 Everyone went but / except Tim.
（除了提姆之外，每一個人都去了。）

n2 He wouldn't talk to anyone but / except you.
（除了你之外，他不想跟任何人說話。）

15 表加減功能的介系詞

表示「加」的介系詞爲 plus，表示「減」的介系詞爲 minus。請看例句：

o1 Three plus four is / equals seven.（三加四等於七。）

o2 Nine minus five is / equals four.（九減五等於四。）

註解

1 事實上也有人接受在三者或三者以上之間使用 between，尤其是在下列這種多數之間也有「兩兩個別相互」意涵的句子：

There's fierce competition between John, George and Paul.
（在約翰、喬治和保羅之間有激烈的競爭。）

2 英式英文拼寫成 towards。

3 英式英文用 round。

4 注意，passed 為動詞 pass 之過去式，但發音與介系詞 past 相同。

5 本句中的 "an old friend of mine" 屬「雙重所有格」，相關用法請見本書「代名詞篇」中之「所有代名詞」一章。

3分鐘英文 搞懂易混淆字詞用法！

名詞 106 pumpkin / squash

pumpkin 和 squash 都是「南瓜」，但 squash 的範疇較廣，pumpkin 是一種 squash，而 pumpkin 通常為黃橘色（萬聖節的南瓜燈就是 pumpkin 做的）。事實上，squash 的種類繁多，有白色、綠色、黃色、橘色，甚至有的還帶有條紋或斑點，而形狀則有長條形、球形、葫蘆形等。

名詞 107 turnip / radish

turnip 與 radish 都可指「蘿蔔」，一般人在使用時常會混淆。我們平常吃的「白蘿蔔」（菜頭）可說成 Chinese turnip（不過注意，turnip 也可指「蕪菁」，也就是我們一般說的「大頭菜」），而 radish 則有許多種，且形狀、大小、顏色不一，比如日本人的 daikon「大根」就是一種 radish。另，carrot 為「紅蘿蔔」，beet 則為「糖蘿蔔」，也就是「甜菜」。

名詞 108 orange / tangerine

orange 和 tangerine 經常被混淆，orange 指的應該是「柳橙」，而我們吃的「橘子」則叫 tangerine。事實上 orange 和 tangerine 都為 citrus「柑橘屬」，而常見的柑橘屬水果還包括 lemon「檸檬」、lime「萊姆」、pomelo「柚子」、grapefruit「葡萄柚」等。

第 2 章 片語介系詞

我們在第一章中提到，所謂片語介系詞 (phrasal preposition) 指的是由兩個或兩個以上的字所形成的介系詞。與一般介系詞的用法相同，在片語介系詞之後也必須接受詞，構成所謂的介系詞片語 (prepositional phrase)。要特別提醒讀者注意的是，不可將片語介系詞與介系詞片語搞混。記得，片語介系詞是「介系詞」，介系詞片語則是「片語」。在本章中我們要介紹的是各種不同的片語介系詞，在下一章中我們則將討論介系詞片語的用法。

依所表達之意涵的不同，我們把片語介系詞分成十三種：表地方的片語介系詞、表方向的片語介系詞、表原因或理由的片語介系詞、表目的的片語介系詞、表條件的片語介系詞、表讓步的片語介系詞、表方法或手段的片語介系詞、表程度或範圍的片語介系詞、表關於的片語介系詞、表附加的片語介系詞、表代替的片語介系詞、表例外的片語介系詞，以及表時間的片語介系詞。

請看以下分析說明。

1 表地方的片語介系詞

表地方的片語介系詞有 in front of、in back of、ahead of、next to 和 close to。

A. in front of 的用法

in front of 指「在……的（正）前方」，例如：

a1 He walked up and stood in front of the audience.
（他走上前去然後站在觀眾前面。）

a2 She sits in front of the TV all day long.
（她整天都坐在電視機前。）

in front of 常可用 before 來替代：

a1' He walked up and stood before the audience.

a2' She sits before the TV all day long.

B. in back of 的用法

in back of 爲美式英語，指「在……的後方」，例如：

a3 He was hiding in back of the house.
（他躲在房子後面。）

a4 There's a parking lot in back of this building.
（在這棟建築物之後有一個停車場。）

in back of 相當於 behind：

a3' He was hiding behind the house.

a4' There's a parking lot behind this building.

C. ahead of 的用法

ahead of 指「在……之前」，例如：

a5 He is running ahead of us.（他跑在我們前面。）

a6 Our company is ahead of others in the field.
（在業界本公司領先其他的公司。）

D. next to 的用法

next to 指「緊靠、貼近……」，例如：

a7 His room is right next to mine.（他的房間就在我的隔壁。）

a8 Owen is sitting next to Donna.（歐文坐在唐娜的旁邊。）

next to 可用 beside 代替：

a7' His room is right beside mine.

a8' Owen is sitting beside Donna.

E. close to 的用法

close to 指「靠近……」，例如：

a9 My bed is close to the window.（我的床靠近窗戶。）

a10 Don't get close to me — I have a cold.（別靠近我——我感冒了。）

以上兩句中的 close to 可用 near 來代替：

a9' My bed is near the window.

a10' Don't get near me — I have a cold.

2 表方向的片語介系詞

表方向的片語介系詞包括 out of、away from、up to、as far as 和 by way of。

PART 7 介系詞篇

A. out of 的用法

out of 指「從……裡面出來」，例如：

b1 He walked out of the office angrily.（他很生氣地走出辦公室。）

b2 We're moving out of this apartment.（我們將搬出這棟公寓。）

一般把 out of 視爲 into 的相反詞。試比較 b1.、b2. 與 b3.、b4.：

b3 He walked into the office angrily.（他很生氣地走進辦公室。）

b4 We're moving into this apartment.（我們將搬入這棟公寓。）

B. away from 的用法

away from 表達的是「從……離開」，例如：

b5 She walked away from the crowd.（她走離人群。）

b6 The enemy troops were moving away from this town.
（敵軍部隊正撤離這個城鎮。）

away from 可視爲 toward 的相反詞。試比較 b5.、b6. 與 b7.、b8.：

b7 She walked toward the crowd.（她朝群衆走去。）

b8 The enemy troops were moving toward this town.
（敵軍部隊正朝這個城鎮挺進。）

C. up to 的用法

up to 指「直到……」，例如：

b9 We went only up to the old farm and then turned back.
（我們只到了舊農場就折返了。）

b10 I can drive you up to the first intersection.
（我可以開車送你到第一個十字路口。）

D. as far as 的用法

as far as 指「一直到……」，用法大體與 up to 相同，例如：

b11 She walked me as far as the post office.（她陪我一直走到郵局。）

b12 The streetcar only goes as far as the 36th street.（電車只到第三十六街。）

E. by way of 的用法

by way of 指「取道」，例如：

b13 They traveled to Tibet by way of Nepal.
(他們取道尼泊爾到西藏旅行。)

by way of 也可指「經由」，例如：

b14 He came to California by way of Panama.（他經由巴拿馬來到了加州。）

b14. 句等同於：

b14' He came to California via Panama.

3 表原因或理由的片語介系詞

表原因或理由的片語介系詞包括 because of、due to、owing to、on account of、thanks to 等。

A. because of 的用法

because of 表示「因爲」，例如：

c1 The picnic was canceled because of the rain.（野餐因為下雨而取消。）

c2 Because of his poor health, he had to retire early.
(因為身體不好，所以他必須提前退休。)

B. due to 的用法

due to 指「由於」，與 because of 的意思及用法皆相仿。註 1
請看例句：

c3 The company went bankrupt due to poor management.
(該公司由於經營不善而倒閉。)

c4 Due to the budget cut, we were forced to stop providing the service.
(由於預算被刪減，我們被迫停止提供那項服務。)

C. owing to 的用法

與 because of 和 due to 相同，片語介系詞 owing to 也用來表原因、理由。請看例句：

c5 The baseball game was postponed owing to bad weather.
（棒球賽因為天候不佳而延期。）

c6 Owing to rising gasoline prices, more and more people are using public transport.
（由於汽油價格不斷上揚，因而有越來越多的人搭乘大眾運輸工具。）

D. on account of 的用法

on account of 同樣也用來表達「因為」、「由於」之意。請看例句：

c7 She decided not to divorce her husband on account of the children.
（她因為小孩的緣故，所以決定不跟她丈夫離婚。）

c8 On account of the huge order we received, everyone had to work overtime.
（由於我們收到龐大的訂單，所以每個人都得加班。）

E. thanks to 的用法

thanks to 是用來表達原因、理由的一個慣用語。請看例句：

c9 Thanks to their help and support, the benefit concert was a great success.
（由於他們的協助與支持，這場慈善音樂會非常成功。）

c10 Now she doesn't even talk to me, thanks to your stupidity.
（因為你的愚蠢，她現在連話都不跟我說了。）

thanks to 有時可指「幸虧」，例如：

c11 Thanks to him, everyone was safe and sound.
（幸虧有他，每一個人都安然無恙。）

4 表目的的片語介系詞

表目的的片語介系詞有 for the purpose of、with a view to、for the sake of、for fear of。

A. for the purpose of 的用法

for the purpose of 指「目的是爲了……」，例如：

d1 They came to Taiwan for the purpose of setting up a branch office here.
（他們到台灣來的目的是為了要在這裡設立一間分公司。）

d2 For the purpose of their research, they decided to move to that area.
（為了要做研究，他們決定搬到那個地區。）

B. with a view to 的用法

with a view to 也用來表達目的，意思是「爲了（做）……」，例如：

d3 He moved to Taipei with a view to getting a better job.
（為了找一份比較好的工作，他搬到了台北。）

d4 With a view to helping local children with their English, he opened a small bushiban in that remote town.
（為了要幫助當地的孩童學習英語，他在那個偏遠的小鎮開設了一家小補習班。）

C. for the sake of 的用法

for the sake of 指「爲了……（的目的）」，例如：

d5 We didn't do this for the sake of money.（我們並不是為了錢而做這件事。）

注意，for the sake of 也用來表達「爲了……（的緣故）」，例如：

d6 For the sake of her family, she has made a lot of sacrifices.
（為了她的家庭，她做了很多犧牲。）

D. for fear of 的用法

for fear of 用來表達「否定」的目的，意思是「生怕……」，例如：

d7 I didn't tell her the truth for fear of upsetting her.
（我沒有告訴她實情，因為怕她難過。）

for fear of 也可指「以免……」，例如：

d8 He avoids going out for fear of being recognized.
（他避免外出，以免被認出來。）

5 表條件的片語介系詞

常用來表示條件的片語介系詞是 in case of 和 in the event of。

A. in case of 的用法

in case of 指「要是……」，例如：

e1 Close the window in case of rain.
（要是下雨，就把窗戶關上。）

e2 In case of an emergency, you can call this number.
（要是有緊急狀況，你可以打這個電話。）

B. in the event of 的用法

in the event of 也用來表示條件，指「如果……」，例如：

e3 What should we do in the event of an accident?
（如果發生意外，我們該怎麼做？）

e4 In the event of bad weather, the ceremony will be held indoors.
（如果天候不佳，典禮將會在室內舉行。）

6 表讓步的片語介系詞

用來表示讓步的片語介系詞爲 in spite of 和 regardless of。

A. in spite of 的用法

in spite of 指「儘管……」，例如：

f1 In spite of my objections, they put me on the list.
（儘管我反對，他們還是把我列在名單上。）

f2 He has achieved a lot in spite of his disabilities.
（儘管他是殘障，他還是有許多成就。）

注意，in spite of 相當於 despite：

f1' Despite my objections, they still put me on the list.

f2' He has achieved a lot despite his disabilities.

B. regardless of 的用法

regardless of 指「不顧……」，[註2]例如：

f3 He went ahead with his experiment regardless of all warnings.
（他不顧所有的警告，依然進行他的實驗。）

f4 Regardless of our protests, they stuck to their original decision.
（他們不顧我們的抗議，堅持他們原來的決定。）

7 表方法或手段的片語介系詞

常用來表方法或手段的片語介系詞是 by means of。請看例句：

g1 We usually express our thoughts by means of words.
（我們通常藉由語言文字來表達我們的思想。）

g2 She worked her way up to the top by means of hard work.
（她靠努力爬到了最高的位置。）

一般而言，by means of 可以直接用 by 來代替：

g1' We usually express our thoughts by words.

g2' She worked her way up to the top by hard work.

8 表程度或範圍的片語介系詞

可以用來表程度或範圍的片語介系詞有 according to、in accordance with，以及 as for。

A. according to 的用法

according to 指「根據……」，例如：

h1 According to Freud, our dreams represent our hidden desires.
（根據佛洛伊德的說法，我們所作的夢代表了我們潛在的慾望。）

according to 也可指「按照……」，例如：

h2 If everything goes according to the plan, we should be able to finish the job by this Friday.
（如果一切按照計畫進行，這個禮拜五之前我們就應該可以完成這項工作。）

B. in accordance with 的用法

in accordance with 指「依照……」，例如：

h3 In accordance with the law, you have the right to remain silent.
（依照法律，你有權保持緘默。）

h4 You are required to act in accordance with the contract.
（你必須依照合約行事。）

C. as for 的用法

as for 指「至於……」，例如：

h5 As for the cost, that's a separate issue.（至於成本，那是另外一個議題。）

h6 As for the rest of you, just be here before nine o'clock.
（至於你們其他的人，只要在九點前到這兒就可以了。）

9 表關於的片語介系詞

表關於的片語介系詞有 as to、as regards、in / with regard to、with respect to 等。

A. as to 的用法

as to 指的是「關於」，例如：

i1 We will soon make a decision as to whether to accept your terms.
（關於是否要接受你們的條件，我們很快會做出決定。）

i2 There's reasonable doubt as to whether he is guilty.
（關於他是否有罪有可議之處。）

B. as regards 的用法

as regards 亦指「關於」，但較爲正式，多用於商業書信中，例如：

i3 As regards your subscription, we are not sure why it was canceled.
（關於您的訂閱，我們並不確定為何被取消。）

i4 As regards your recent inquiry, we are happy to inform you that we are opening a new outlet in the downtown area next month.
（關於您最近的詢問，我們很高興地跟您報告，我們即將在下個月在市中心設立一個新的經銷點。）

注意，as regards 可用 regarding 來代替：

i3' Regarding your subscription, we are not sure why it was canceled.

i4' Regarding your recent inquiry, we are happy to inform you that we are opening a new outlet in the downtown area next month.

C. in / with regard to 的用法

in / with regard to 同樣用來表達「關於」、「至於」之意，例如：

i5 In / With regard to the price, there's no disagreement between us.
（至於價錢，我們雙方的看法並沒有不一致。）

i6 In / With regard to your application, I'm afraid we're unable to offer you the job at the present moment.
（關於您的申請，恐怕此刻我們沒辦法提供您這項工作。）

D. with respect to 的用法

另一個可以用來表達「關於」、「至於」的片語介系詞是 with respect to。請看下面例句：

i7 With respect to your proposal, I'm sorry to say that we cannot agree with it.
（關於你的提案，很抱歉我必須說我們並不認同。）

i8 They have expressed concern with respect to the new policy.
（有關於新的政策，他們已經表示了關切。）

10 表附加的片語介系詞

表附加的片語介系詞包括：in addition to、as well as、together with，以及 along with。

A. in addition to 的用法

in addition to 用來表「除了……之外還……」，例如：

j1 In addition to heavy rain, there were also gusty winds.
（除了大雨之外，還有強陣風。）

j2 In addition to giving a general introduction, this new book also provides practical knowledge.
（除了有一般性的概論之外，這本新書還提供了實用的知識。）

B. as well as 的用法

as well as 也可用來表達「除了……之外還……」。請看例句：

j3 She has ability as well as beauty.（除了美貌之外，她還有能力。）

as well as 也可表達「以及」之意：

j4 Chris as well as his two younger brothers was arrested by the police last night. 註 3
（克里斯以及他的兩個弟弟昨天晚上遭警方逮捕。）

C. together with 的用法

together with 指「與……一起」，例如：

j5 The coach together with his team is coming to the party tonight. 註 4
（教練和他的球隊今晚將一起來參加派對。）

together with 亦可表達「連同」之意：

j6 Mail this letter together with the parcel.（把這封信連同包裹一起寄出去。）

D. along with 的用法

along with 的意思與用法大體和 together with 相同。請看例句：

j7 There was a letter along with the parcel.（隨同包裹一起寄來的還有一封信。）

j8 The driver along with three passengers was killed in the accident. 註 5
（司機連同三個乘客在那場事故中喪生。）

11 表代替的片語介系詞

用來表代替的片語介系詞有 instead of、in place of，以及 in lieu of。

A. instead of 的用法

instead of 指「代替……」，例如：

k1 Cathy will go to the meeting instead of me.（凱西將代替我去開會。）

instead of 也常用來表達「而不（做）……」，例如：

k2 You should be studying instead of watching TV.
（你該是在念書，而不是在看電視。）

B. in place of 的用法

in place of 也用來指「代替」，例如：

k3 In place of our regular class, we're going to watch a film today.
（我們今天將看一段影片來代替正課。）

k4 Todd volunteers to go in place of her.（陶德自願代替她去。）

C. in lieu of 的用法

in lieu of 同樣也用來指「代替」。請看例句：

k5 The company offered us extra holidays in lieu of overtime pay.
（公司提供我們額外的假日來代替加班費。）

k6 He gave us a check in lieu of cash.（他給了我們一張支票代替現金。）

12 表例外的片語介系詞

表例外的片語介系詞有 except for、with the exception of、apart from、aside from。

A. except for 的用法

except for 指「除了……之外」，例如：

I1 This is a good essay except for a few spelling errors.
（除了幾個字拼錯了之外，這篇文章寫得蠻好的。）

I2 Everyone came except for Jason and Irene.
（除了傑生和艾琳之外，每一個人都來了。）

注意，except for 有時可用 except 代替，但是僅限於當 except for 指「排除某群體中的一個或數個」時。換句話說，就上面的兩句話而言，只有 I2. 符合這個條件；也就是，I2. 等於 I2'：

I2' Everyone came except Jason and Irene.

但是下面的 I1'. 為錯誤：

誤 I1' This is a good essay except a few spelling errors.

我們再看一組句子：

I3 It was a wonderful trip except for one minor traffic accident.
（除了發生了一場小小的交通事故外，這是一趟很棒的旅程。）

I4 He answered all the questions except (for) the last one.
（除了最後一個問題之外，他回答了所有的問題。）

B. with the exception of 的用法

with the exception of 也指「除了……之外」，等於上面我們提到的 except。請看

例句：

I5 Everyone passed the examination with the exception of / except Frank.
（除了法蘭克之外，每一個人考試都通過了。）

I6 All our bags were found with the exception of / except Jane's.
（除了珍的包包之外，我們所有人的包包都找到了。）

C. apart from 的用法

apart from 亦可指「除了……之外」，相當於前面 except for 的第一種用法。請看例句：

I7 Apart from / Except for a couple of slight defects, this picture is basically a pretty good piece of work.
（除了有幾處小瑕疵外，這幅畫基本上是一件相當好的作品。）

注意，apart from 有時也用來表達「除了……之外還……」：

I8 Apart from baseball, he also plays tennis.
（除了棒球之外，他還打網球。）

指「除了……之外還……」時，apart from 相當於 in addition to：

I8' In addition to baseball, he also plays tennis.

D. aside from 的用法

aside from 的意思和用法大體與 apart from 相同。請看例句：

I9 The night was quiet aside from the occasional barking of dogs.
（除了偶爾有狗叫聲外，那晚相當平靜。）

I10 Aside from the barking of the dogs, there were other noises.
（除了那些狗的叫聲之外，還有其他的噪音。）

13 表時間的片語介系詞

可用來表時間的片語介系詞有 prior to、ahead of 和 up to / until。

A. prior to 的用法

prior to 指「在……之前」，例如：

m1 The agenda should be distributed to the participant <u>prior to the meeting</u>.
（議程在會議開始之前就應該分發給與會者。）

m2 The plane caught fire <u>prior to taking off</u>.（飛機在起飛前著火。）

prior to 為正式用語，在口語時可用 before 來取代：

m1' The agenda should be distributed to the participant <u>before</u> the meeting.

m2' The plane caught fire <u>before</u> taking off.

B. ahead of 的用法

ahead of 亦指「在……之前」。請看例句：

m3 They arrived ten minutes <u>ahead of the scheduled time</u>.
（他比預定的時間早到十分鐘。）

m4 Registration must be completed one week <u>ahead of the specified date</u>.
（註冊登記手續必須在規定日期的一個星期前完成。）

ahead of 可用 before 代替：

m3' They arrived ten minutes <u>before</u> the scheduled time.

m4' Registration must be completed one week <u>before</u> the specified date.

C. up to / until 的用法

up to / until 指「直到……」，例如：

m5 Rita was here up to / until five minutes ago.
（麗塔一直到五分鐘之前都在這裡。）

m6 Up to / Until this day, I haven't received any call from them.
（直到今日，我還沒有接到他們打來的任何電話。）

註解

1 有些文法學家認為 due to 只能作形容詞用，而且必須用在 be 動詞之後，例如：

His failure was due to his carelessness.
（他的失敗是因為粗心大意而造成的。）

2 注意，有些人會使用 irregardless of，而不是 regardless of，但是在正式英文中 irregardless of 被視為錯誤。

3 注意，以 A as well as B 作為主詞時，動詞應與 A 一致。

4 同樣，以 A together B 為主詞時，動詞與 A 一致。

5 以 A along with B 為主詞時，動詞亦應與 A 一致。

3分鐘英文 搞懂易混淆字詞用法！

名詞 109 date / jujube

date 和 jujube 都叫「棗子」，但是 date 指的是「椰棗」，而我們一般在台灣吃的「蜜棗」則為 jujube。至於所謂的「紅棗」則有人稱之為 red date，但也有人仍叫它作 jujube。

名詞 110 shrimp / prawn

許多人將 shrimp 和 prawn 混合使用，但事實上這兩種「蝦」並非同種。一般而言，shrimp 多來自海洋，而 prawn 則較多為淡水蝦，而通常 shrimp 體形較小，prawn 則較大。最重要的是 shrimp 的五對腳中有兩對有爪，而 prawn 則有三對有爪。我們平常吃的「蝦子」多為 shrimp，prawn 的正確翻譯應為「明蝦」。另外，「龍蝦」為 lobster，而 crayfish 或 crawfish 則為「螯蝦」，也就是一般人說的「小龍蝦」。

名詞 111 frog / toad

frog 和 toad 都為「兩棲」動物，雖都屬「蛙」類，但為不同典型的蛙。frog 是一般我們所說的「青蛙」，表皮光滑、濕潤，四肢纖細並善於跳躍，toad 則為「蟾蜍」(「癩蝦蟆」)，皮膚粗糙，四肢粗短，行動緩慢。另注意「蝌蚪」英文叫 tadpole。

第3章 介系詞片語的功能與位置

介系詞最重要的特徵在於它們不可單獨使用，而必須在其後面接名詞或代名詞作為其受詞，以介系詞片語的形式在句子中出現。在本章中我們將針對介系詞片語在句中所扮演的功能及其出現的位置做深入的探討。我們先看介系詞片語在句子中的功能。

1 介系詞片語的功能

介系詞片語在句子中可以作為名詞、形容詞或副詞用。

A. 作名詞用的介系詞片語

介系詞片語可作為其他介系詞的受詞，例如：

a1 We won't open until after the Chinese New Year holidays.
（我們一直要到春節假期過後才會開門。）

a2 She took the hidden money out from under the rug.
（她把藏起來的錢從地毯下拿出來。）

a3 He slept for about twelve hours.
（他睡了大約十二個鐘頭。）

a4 There are forty seats in between the two aisles.
（在那兩個走道之間有四十個座位。）

在 a1. 句中 after the Chinese New Year holidays 作介系詞 until 的受詞；在 a2. 句中 under the rug 為介系詞 from 的受詞；在 a3. 句中 about twelve hours 為介系詞 for 的受詞；在 a4. 句中 between the two aisles 則是介系詞 in 的受詞。

另外，在口語中介系詞片語也可作為句子的主詞，例如：

a5 After midnight is too late to be out.（午夜之後出去太晚了。）

a6 From 10:00 to 10:30 is a good time for us to meet.
（十點到十點半是我們碰頭的好時間。）

B. 作形容詞用的介系詞片語

介系詞片語常作爲名詞的修飾語，例如：

b1 The man in the red shirt is my friend Johnny.
（那個穿著紅襯衫的人是我的朋友強尼。）

b2 Did you see a girl with a dog walk by?
（你有沒有看到帶著一隻狗的女孩走過去？）

b3 This is a picture of my old house.
（這是一張我那棟舊房子的照片。）

b4 He told me a story about the Second World War.
（他跟我講了一個有關第二次世界大戰的故事。）

b1. 句中的 in the red shirt 用來修飾該句的主詞 The man；b2. 句中的 with a dog 用來修飾動詞 see 的受詞 a girl；b3. 句中的 of my old house 修飾主詞補語 a picture；b4. 句中的 about the Second World War 則修飾動詞 told 的直接受詞 a story。

C. 作副詞用的介系詞片語

作副詞用的介系詞片語可以修飾動詞、形容詞和副詞。下列四句爲介系詞片語修飾動詞的例子。

c1 I teach at a university.（我在一所大學教書。）

c2 The baseball game continued in spite of the rain.
（儘管在下雨，棒球賽仍繼續進行。）

c3 She never works on weekends.（她週末時從不工作。）

c4 He joined the swimming team because of her.
（因為她的緣故，所以他加入了游泳隊。）

c1. 句中的 at a university 用來修飾動詞 teach；c2. 句中的 in spite of the rain 用來修

飾動詞 continued；c3. 句中的 on weekends 修飾動詞 works；c4. 句中的 because of her 則修飾 joined。下列四句為介系詞片語修飾形容詞的例子。

c5 He is famous for his cooking skills.（他以烹飪技巧出名。）

c6 She is jealous of her sister.（她嫉妒她的姐姐。）

c7 You were absent from class yesterday.（你昨天上課缺席。）

c8 I'm not familiar with the new software.（我並不熟悉新的軟體。）

在 c5. 句中 for his cooking skills 修飾形容詞 famous；在 c6. 句中 of her sister 修飾形容詞 jealous；在 c7. 句中 from class 修飾 absent；在 c8. 句中 with the new software 修飾 familiar。以下四句為介系詞片語修飾副詞的例子。

c9 Soon in the future man will be able to travel in space.
（很快地在未來人類就可以到太空旅行。）

c10 I remember I put the cup there on the table.
（我記得我把杯子放在那邊的桌上。）

c11 My car was towed away to the garage.
（我的車子被拖到修車廠去。）

c12 This computer is not good enough for office use.
（這台電腦拿來作辦公用途不夠好。）

c9. 句中的 in the future 用來修飾副詞 Soon；c10. 句中的 on the table 用來修飾副詞 there；c11. 句中的 to the garage 修飾副詞 away；c12. 句的 for office use 修飾副詞 enough。

在結束介系詞片語之功能的討論之前，我們要再次強調，介系詞片語與片語介系詞是兩個不同的結構。介系詞片語由介系詞加上受詞而形成，在句子中可作為名詞、形容詞或副詞用。片語介系詞雖然也具片語形式，但是它們只是「介系詞」，與一般介系詞相同，其後必須加上受詞形成介系詞「片語」之後，才能在句子中使用。（本節中的例句 c2. 與 c4. 即使用了由片語介系詞形成的介系詞片語。）

另外，由於有些介系詞與部分從屬連接詞具有相當接近的邏輯意涵，因此在使用上很容易產生混淆。這一點也必須特別的注意。記得，介系詞之後接的是「受詞」，而連接詞後面接的是「子句」。試比較下列 c13.、c14.、c15. 句與其後的 c16.、c17.、c18. 句。

c13 During his speech, many people fell asleep.
(在他演講的時候，很多人都睡著了。)

c14 The barbecue was postponed because of the rain.
(因為下雨，所以烤肉活動延期。)

c15 Despite her failure, she still looked very confident.
(儘管她失敗了，她看起來還是非常有自信。)

注意，以上三句中劃底線的字爲介系詞，故其後接受詞。

c16 While he was giving his speech, many people fell asleep.
(當他在演講的時候，很多人都睡著了。)

c17 The barbecue was postponed because it was raining.
(因為在下雨，所以烤肉活動延期。)

c18 Although she failed, she still looked very confident.
(儘管她失敗了，但是她看起來還是很有自信。)

以上三句中劃底線的字爲連接詞，故其後接的是子句。

2 介系詞片語的位置

基本上作名詞與形容詞用的介系詞片語在句子中的位置較爲固定，但作爲副詞的介系詞片語則因其修飾對象之不同及修辭上的需要會出現在句子中不同的位置。

A. 名詞介系詞片語的位置

介系詞片語若作爲主詞就出現在句首；若作爲介系詞之受詞則須緊跟在該介系詞之後。請看例句：

d1 Over the top is over the top.
(太超過就太超過了。)

d2 The noise is coming from behind the truck.
(聲音是從卡車後面傳出來的。)

B. 形容詞介系詞片語的位置

作爲形容詞用的介系詞片語應跟在被修飾的名詞之後，例如：

e1 I have read all the books on the shelf.（書架上所有的書我都看過。）

當然，介系詞片語中的名詞也可以用介系詞片語來修飾：

e2 I have read all the books on the shelf in my room.
（我房間書架上所有的書我都看過。）

e1. 句和 e2. 句中的 on the shelf 都用來修飾 books，而 e2. 句中的 in my room 則用來修飾 shelf。[註1]

C. 副詞介系詞片語的位置

修飾形容詞和副詞的介系詞片語通常跟著被修飾的形容詞或副詞，例如：

f1 He is not satisfied with the result.（他對結果並不滿意。）

f2 She always gets up very early in the morning.（她早上都很早起床。）

f1. 句中的 with the result 修飾其前的形容詞 satisfied；f2. 句中的 in the morning 修飾其前的副詞 early。

相對於用來修飾形容詞和副詞的介系詞片語，用來修飾動詞的介系詞片語的位置變化較多。一般而言，修飾動詞用的介系詞片語仍以出現在句尾最爲普遍，例如：

f3 I usually get up at six.（我通常六點起床。）

f4 He works at a bank.（他在一家銀行上班。）

f5 She went by car.（她開車去。）

f6 They came on business.（他們來出差。）

但是有三點須要注意。 第一，若介系詞片語涉及「單位大小」時，小單位片語置前，大單位片語置後，例如：

f7 I usually get up at six in the morning.（我通常早上六點起床。）

f8 He works at a bank in the city.（他在城市裡的一家銀行上班。）

第二，原則上表地方的片語應置於表時間的片語之前，註 2 例如：

f9 He works at a bank in the daytime.（他白天在一家銀行上班。）

第三，若還有其他介系詞片語（如表方法、目的等者），則可置於表地方之後，表時間之片語之前，例如：

f10 She went to Tainan by car on Wednesday.（她星期三開車去台南。）

f11 They came to Taiwan on business in 2019.（他們 2019 年的時候來台灣出差。）

不過，以上幾點只是通則，並非絕對，比如表時間的片語就常出現在句首位置：

f12 In 2019 they came to Taiwan on business.

甚至在句中：

f12' They came in 2019 to Taiwan on business.

除了表時間的片語之外，較常出現在句首位置的是具啓承轉合功能的片語，特別是由片語介系詞（如 due to、in spite of 等）所引導者。請看例句：

f13 Due to the power failure, tonight's performance has been canceled.
（由於停電，今天晚上的表演已經取消了。）

f14 In spite of his nervousness, he gave a brilliant speech.
（儘管很緊張，他的演說還是非常地精采。）

當然這類的介系詞片語還是可以出現在句尾：

f13' Tonight's performance has been canceled due to the power failure.

f14' He gave a brilliant speech in spite of his nervousness.

也可以出現在句中：

f13" Tonight's performance, due to the power failure, has been canceled.

f14" He, in spite of his nervousness, gave a brilliant speech.

註解

1 注意，有時一個名詞會有一個以上的片語修飾語，例如：

I have read all the books about politics on the shelf.
（書架上所有有關政治的書我都看過。）

但是，在一個句子裡應該盡量避免連續使用過多的片語修飾語，以免造成語意不清、理解困難的情況。下面這個句子就容易造成困擾：

I have read all the books about politics in Taiwan on the shelf in my room.（？）
（我房間書架上所有有關台灣政治的書我都看過。）

2 事實上，這與一般副詞的情況相同，即，先出現地方副詞，再出現時間副詞：

He goes there every day.（他每天都去那裡。）

3分鐘英文 搞懂易混淆字詞用法！

名詞 112 turtle / tortoise

turtle 可用來泛指「烏龜」，但嚴格講 turtle 應指「海龜」或「淡水龜」，而只在陸地上活動的烏龜，即所謂的「陸龜」則為 tortoise。另，可用來食用的鱉叫 softshell turtle。

名詞 113 rabbit / hare

rabbit 和 hare 都是「兔子」，但是是兩種不同的兔子。一般而言，rabbit 的體形比 hare 小，而 rabbit 喜歡住在地下洞穴中，hare 則多獨來獨往。注意，rabbit 可做為寵物飼養，因此常用來指「家兔」（小兒用語為 bunny），而 hare 則常指「野兔」。

名詞 114 sheep / goat

sheep 和 goat 都是「羊」，但前者為「綿羊」，後者則是「山羊」。另外，「小綿羊」叫 lamb，而「小山羊」則叫 kid。

名詞 115 chimpanzee / gorilla

chimpanzee 和 gorilla 都是「猩猩」，但 chimpanzee 指「黑猩猩」，gorilla 則為「大猩猩」，二者皆屬無尾猿類。常見的猿類還有 orangutan「紅毛猩猩」和 gibbon「長臂猿」。另外，「狒狒」叫 baboon，而「台灣獼猴」則叫 macaque。

名詞 116 wolf / coyote

wolf 和 coyote 都是「狼」，但是 wolf 指的是一般較常見、體形較大的「灰狼」，而 coyote 則指北美洲的「郊狼」。另外，常見於非洲的 jackal 為「胡狼」，hyena 則為「土狼」（或譯作「鬣狗」）。

第 4 章 介詞動詞與片語動詞

在本章中我們要討論的是兩種與介系詞相關的動詞：介詞動詞和片語動詞。因爲這兩種動詞有時很難區分，所以常會造成學習者的困擾。的確，在許多相關的學習書中經常把這兩類動詞混爲一談。從記憶學習的角度來看，或許區分它們並不是很重要；但是就文法理解而言，應有釐清的必要性。所謂介詞動詞 (prepositional verb) 指的是其後加上特定介系詞而成爲及物用法的動詞組合。而所謂片語動詞 (phrasal verb) 則指加上一個介系詞或副詞而形成一個與原來動詞意義不同的動詞結構。我們先看介詞動詞。

1 介詞動詞

英文裡有一些不及物動詞其後若要接受詞，則必須先加上特定的介系詞，例如在 belong 之後必須接 to：

a This house belongs to Mrs. Brown.（這棟房子屬於布朗太太所有。）

其他常見的例子包括：

b I don't agree with you.（我不同意你的看法。）
c You should concentrate on your studies.（你應該專注在課業上。）
d This committee consists of five members.（這個委員會由五個成員所組成。）
e Let's listen to some music.（我們聽點音樂吧！）
f He is looking at the road sign.（他正看著那個路標。）
g Many people suffer from high blood pressure.（許多人都患有高血壓。）
h Please wait for me here.（請在這裡等我。）

注意，以上各例句中的動詞並未因加上了介系詞而改變了它們原來的意思。就文法的層次而言，我們也可以說這些動詞之後的介系詞片語作副詞用，修飾它們前面的動詞。

2 片語動詞

前面提到過，片語動詞由動詞加上介系詞或是副詞[註1]而成，因此也常被稱爲雙字動詞 (two-word verb)。[註2] 片語動詞與介詞動詞最大的差異在於片語動詞的意思與原動詞的意思不同；也就是說，它們屬全新的字詞。英文裡有相當多的片語動詞，而絕大多數的片語動詞皆屬所謂的「慣用語」(idiom)。一般而言，片語動詞多用於日常對話中，常可用來取代較正式的用語，例如用 call up 來指 telephone，用 put off 來指 postpone 等。以下我們將就與文法相關的幾個角度來探討英文的片語動詞。

A. 及物與不及物片語動詞

有些片語動詞後可接受詞，有些則不接受詞。試比較 i. 句與 j. 句：

i　She brought up ten children.（她養育了十個小孩。）

j　He suddenly showed up.（他突然現身。）

i. 句中的 brought up 爲及物片語動詞，而 ten children 爲其受詞；j. 句中的 showed up 則爲不及物片語動詞，故無受詞。我們再看一組對照句：

k　I can't figure out why he did that.（我搞不懂他為什麼那麼做。）

l　Do you know why he dropped out?（你知不知道他為什麼輟學？）

k. 句中的 figure out 爲及物，以 why he did that 爲受詞；l. 句中的 dropped out 爲不及物，不須接受詞。

常用的及物片語動詞還包括：

turn off「關掉」　　stand for「代表」
call off「取消」　　rule out「排除」
draw up「起草」　　run into「巧遇」

PART 7 介系詞篇

give up「放棄」　　tear down「拆除」
work up「鼓起」　　put together「組裝」

常用的不及物片語動詞還包括：

back down「退縮」　　stay up「熬夜」
hold on「稍候」　　let up「減弱」
catch on「流行」　　come about「發生」
pass out「暈厥」　　stick around「逗留」
go out「熄滅」　　fall apart「散掉」

B. 可分離與不可分離片語動詞

有些及物片語動詞的受詞可以置於動詞與介／副詞之間，例如前面我們列出的 turn off、tear down 就屬可分離之片語動詞 (separable phrasal verb)。請看例句：

m He turned the light off.（他把燈關掉。）
n They torn the house down.（他們把房子拆掉。）

當然，如果一個片語動詞「可」分離，我們也可以選擇「不」分離；也就是說，上面的 m.、n. 兩句可寫／說成：

m' He turned off the light.
n' They torn down the house.

但是要注意，有少數及物片語動詞的受詞永遠必須置於動詞與介／副詞之間，例如：

o My mother talked my father into buying a car for me.
（我媽媽說服我爸爸買了一輛車給我。）
p The gatekeeper let that reporter through.
（看門的人讓那個記者進去。）

而下面的寫／說法為錯誤：

誤 o' My mother talked into my father buying a car for me.

誤 p' The gatekeeper let through that reporter.

不過，有趣的是當這些片語動詞被改爲被動式時，它們就「不需」分離了：

o'' My father was talked into buying me a car by my mother.

p'' That reporter was let through by the gatekeeper.

這是因爲原來片語動詞的受詞已經移置句首變成了主詞。

相對於可分離的片語動詞當然就是不可分離片語動詞 (inseparable phrasal verb)，而所謂不可分離片語動詞指的是受詞必須置於介／副詞之後的及物片語動詞，註 3 例如我們前面列出的 stand for、run into 即屬不可分離之片語動詞。請看例句：

q A national flag stands for a country.（國旗代表國家。）

r I ran into an old friend the other day.（前兩天我碰到一個老朋友。）

以下兩句爲錯誤：

誤 q' A national flag stands a country for.

誤 r' I ran an old friend into the other day.

常見的可分離片語動詞還包括：

carry out「執行」 pay off「付清」
find out「發現」 use up「耗盡」
turn on「打開」 clear up「釐清」
put on「穿上」 hand over「交付」
cut off「切斷」 put away「收好」

常見的不可分離片語動詞還包括：

care for「喜歡」 see to「辦理」
go for「追求」 stick to「堅守」

call for「需要」
count on「依靠」
pick on「找碴」
come across「偶遇」
look after「照料」
look into「調查」

C. 較長的受詞與代名詞受詞的位置

雖然可分離片語動詞的受詞可置於動詞與介／副詞之間或介／副詞之後，但是有兩種情況必須注意。第一，當受詞較長、結構較複雜時，爲了防止意思不清或造成理解上的困擾，一般都會把這樣的受詞放在介／副詞之後，例如：

s They turned down the man who made the request that he be exempt from military service.
（他們拒絕了那個提出免除兵役要求的人。）

這麼做的目的在於讓對方（特別是聽者）明確知道這個句子的主要動詞是個片語動詞 (turned down)，而不致於像下面 s'. 句一樣，讓人可能先誤解以爲主要動詞是 turned，或不知是 turned ... in、turned ... into、turned ... off 等，而要一直到句子結尾時才發現原來是 turned ... down。

s' They turned the man who made the request that he be exempt from military service down. (？)

我們再看一組對照句：

t She put on the dress that she wore on her first date with her first boyfriend twenty years ago.
（她穿上了那件二十年前她第一次和第一個男朋友約會時穿的洋裝。）

t' She put the dress that she wore on her first date with her first boyfriend twenty years ago on. (？)

很明顯地，t. 句要比 t'. 句來得清楚、容易了解得多。

與片語動詞之受詞有關的第二個須注意的狀況是，若受詞爲代名詞則一定得置於動詞與介／副詞之間。比如，如果我們把 s. 句中的受詞 the man who made the request that he be exempt from military service 換成代名詞 him 的話，則該句應寫／說成：

u They turned him down.（他們拒絕了他。）

而不可寫／說成：

誤 u' They turned down him.

同樣，如果把 t. 句中的 the dress that she wore on her first date with her first boyfriend twenty years ago 換成 it 的話，該句會是：

v She put it on.

而不應是：

誤 v' She put on it.

這一點請務必留意。

D. 三字片語動詞

如我們在註解 2 中所提到的，事實上片語動詞並不限於兩個字，有些片語動詞是由三個字所組成。一般而言，三字片語動詞 (three-word phrasal verb) 多是由動詞加副詞再加上介系詞所形成，例如 come up with、run out of、look forward to 等。請看例句：

w After thinking for one whole week, he finally came up with a solution.
（在想了一整個禮拜之後，他終於想出了解決之道。）

x We are running out of money.（我們的錢快用完了。）

y I am looking forward to hearing from you soon.（我期待很快能得到你的回音。）

有時，三字片語動詞可由雙字動詞加上介系詞而形成，例如我們前面列出的 give up

可變成 give up on：

z His parents gave up on him a long time ago.
（他的父母早就放棄對他的希望了。）

常見的三字片語動詞還有：

look down on「鄙視」
look up to「敬仰」
get along with「相處」
get away with「逃脫」
put up with「忍受」
catch up with「趕上」
get around to「處理」
boil down to「終歸」
go back on「食言」
close in on「包圍」

註解

1 片語動詞中的副詞常是所謂的介副詞。（有關介副詞的形成與用法，請參閱本書「副詞篇」之第 1 章「副詞的種類」。）

2 事實上，片語動詞不僅限於兩個字，有些片語動詞包含了三個字（相關討論請見本章最後一節「三字片語動詞」），因此在本書中我們基本上不使用「雙字動詞」這個詞彙。

3 由於不及物片語動詞沒有受詞，因此並無可分離或不可分離的問題。

3分鐘英文 搞懂易混淆字詞用法！

名詞 117 leopard / cheetah

leopard 和 cheetah 都是「豹」，但是 leopard 指的是「花豹」，而 cheetah 則是「獵豹」，前者會爬樹，後者跑得快。另外，「美洲豹」叫 jaguar，而台灣的「石虎」則叫 leopard cat。（注意，leopard cat 也譯作「豹貓」。）

名詞 118 lizard / gecko

lizard 和 gecko 皆為四足的爬蟲類，lizard 指「蜥蜴」，gecko 則為「守宮」。事實上，「守宮」是「蜥蜴」的一種，而我們居家中常見的「壁虎」就是一種「守宮」，英文可叫 gecko 或 house lizard。另外，世界上最大的 lizard 是 komodo dragon「科摩多龍」，而許多人喜歡當寵物養的「變色龍」也是一種 lizard，英文叫 chameleon。

名詞 119 crocodile / alligator

crocodile 與 alligator 都是「鱷魚」，但二者並不相同。crocodile 指的是多見於亞洲和非洲的「長吻鱷」，而 alligator 則是美洲的「短吻鱷」。另外，中南美洲的「凱門鱷」則是 caiman。

名詞 120 bald eagle / vulture

bald eagle 並非字面上呈現的「禿鷹」之意，它指的其實是美國的國鳥「白頭鷹」，而真正禿頭（也禿頸）的鷹是 vulture（一般譯作「禿鷲」或「兀鷹」）。注意，屬鷹類的鳥除了大型的 eagle 和中型的 hawk 之外，還有體型較小的 falcon（一般譯作「獵鷹」或「隼」）。

第 5 章 含介系詞的慣用語

英文的介系詞除了在文法上扮演「媒介」的功能之外，在日常口語中它們還是慣用語中不可或缺的要角。在上一章中我們已經看到它們在片語動詞中所擔當的「重責大任」，本章中我們將看它們如何與其他詞類「合作」，形成母語人士經常使用的非動詞慣用語。

一般而言，較容易與介系詞產生關聯的除了動詞外，當然就是名詞了。的確，在包含介系詞的慣用語中絕大多數與名詞有關。但是，也有些慣用語中卻是介系詞與形容詞，甚至是副詞的組合。我們先討論由介系詞與名詞所組成的慣用語。

1 介系詞與名詞的組合

大部分由介系詞與名詞組合而成的慣用語呈現的是介系詞與受詞的關係，例如 at once、at times、by accident、for a change、in advance、in fact、on duty、on time、out of control、out of order、to the point、under arrest 等。請看例句：

a You'd better come at once.（你最好馬上過來。）

b At times I feel like a fool.（有時候我覺得自己像個傻瓜。）

c We found him purely by accident.（我們能找到他純屬偶然。）

d Why don't we have some Japanese food for a change?（咱們何不吃些日本料理換換口味？）

e You need to pay us in advance.（你必須先付錢給我們。）

f In fact, I haven't seen her for years.（事實上我已經好幾年沒看到她了。）

g Who's on duty tonight?（今天晚上誰值班？）

h He is never on time for work.（他從不準時來上班。）

i The situation is getting out of control.（情勢正逐漸失控。）

j The elevator is out of order.（電梯故障了。）

k I don't understand what you're talking about–please get to the point.
（我不知道你在說些什麼——請講重點。）

l " You're under arrest," the policeman said.（那個警察說：「你被逮捕了。」）

介系詞與名詞也可以其他的組合方式出現，例如：

m They fought side by side.（他們並肩作戰。）

n We go to see them from time to time.（我們偶爾會去看他們。）

o I'm trying to get in touch with him.（我正試圖和他聯繫。）

另外，注意介系詞也可與代名詞組合成慣用語，例如：

p After all, they were good friends.（畢竟，他們是好朋友。）

q She was sitting in the corner by herself.（她孤零零地一個人坐在角落裡。）

其他常見的介系詞與名詞／代名詞組合而成的慣用語還有：

at first / last「最初／後」
at a loss「不知所措」
at present「目前」
(not) at all「全然（不）」
by all / no means「當然／絕不」
by the way「順便一提」
for good「永遠」
for the sake of「為了……的緣故」
from scratch「從零開始」
in common「共同的」
in particular「尤其」
in the long run「長遠來看」
in time「及時」
on behalf of「代表」
on hand「手頭上有」
on schedule「按預定時間」
out of date「過時的／地」
out of the question「不可能」
under age「未成年」
within limits「在有限範圍之內」

2 介系詞與形容詞的組合

相對於後接名詞的情況，在介系詞之後加形容詞或副詞顯得相當特別。我們先看幾個介系詞與形容詞的組合。

r Those bank robbers are still <u>at large</u>.（那幾個銀行搶匪仍然逍遙法外。）

s He did not say <u>for sure</u> whether he would come or not.
（他並沒有明確地說要來或不來。）

t <u>In general</u>, boys are taller than girls.（一般來說，男孩子比女孩子高。）

u I tried to persuade him, but <u>in vain</u>.（我試圖說服他，但是徒勞無功。）

3 介系詞與副詞的組合

在介系詞之後使用副詞的情況較少。請看以下的例子：

v We looked at them <u>from afar</u>.（我們從遠處看他們。）

w He pushed me <u>from behind</u>.（他從後面推我。）

注意，也有在介系詞之前出現副詞的慣用語，例如：

x <u>How about</u> some coffee?（來點咖啡如何？）

y <u>Away with</u> him!（把他帶走！）

在本章中，我們嘗試從文法分析的角度來看英文的慣用語，但須知，既然是「慣用語」，它們本身就不須受嚴格文法的限制。這一點讀者可以稍加留意。

3分鐘英文 搞懂易混淆字詞用法！

名詞 121 crow / raven

crow 和 raven 都可指「烏鴉」，但基本上 crow 的體型小於 raven。事實上，crow 是一個較大的範疇，所有 ravens 都可以算是 crows，但不是所有的 crows 都叫 ravens，也因此有人把 raven 譯成「渡鴉」以作為區分。

名詞 122 pigeon / dove

pigeon 和 dove 都指「鴿子」，有些人認為二者相同，可互換使用，但也有些人認為二者之間有所差異，例如 pigeon 的體形比 dove 來得大，而且羽毛多為灰色或棕色，而 dove 則全身為白色（因此被當作「和平」的象徵）。不論如何，將我們常在公園、廣場等看到的成群鴿子或是特別養來比賽用的鴿子稱之為 pigeon 應該沒有問題。另外注意，在台灣相當普遍的「斑鳩」英文叫作 turtle dove。

名詞 123 bug / worm

bug 和 worm 都是「蟲」，但 bug 通常指有腳的蟲（如 beetle「甲蟲」），而 worm 則指無腳的蟲（如 earth worm「蚯蚓」）。注意，外形像蚯蚓但有許多腳的「馬陸」叫 millipede。另外，「蜈蚣」為 centipede，「蠍子」叫 scorpion，而「毛毛蟲」則為 caterpillar，「蠶」則叫 silkworm。

名詞 124 cocoon / pupa

cocoon 指蠶吐絲所結成的「繭」，而 pupa（複數為 pupae）則指在毛毛蟲蛻變成蝴蝶的過程中所形成的「蛹」。注意，「蝴蝶蛹」常用 chrysalis 表示。

名詞 125 grasshopper / locust

grasshopper 與 locust 的外形相似，前者為「蚱蜢」，後者則是「蝗蟲」。二者相較，grasshopper 常單獨活動，但 locust 則多成群結隊，經常造成農作物的大量損失。順便一提，會叫的「蟋蟀」叫 cricket，而更會叫的「蟬」則叫 cicada。

★ Verbs ★ Nouns ★ Pronouns ★ Adjectives ★ Adverbs ★ Conjunctions ★ Prepositions
Articles ★ Grammar and Rhetoric ★ Verbs ★ Nouns ★ Pronouns ★ Adjectives ★ Adverbs
Conjunctions ★ Prepositions ★ Articles ★ Grammar and Rhetoric ★ Verbs ★ Nouns
Pronouns ★ Adjectives ★ Adverbs ★ Conjunctions ★ Prepositions ★ Articles ★ Gramma
and Rhetoric ★ Verbs ★ Nouns ★ Pronouns ★ Adjectives ★ Adverbs ★ Conjunctions
Prepositions ★ Articles ★ Grammar and Rhetoric ★ Verbs ★ Nouns ★ Pronouns ★ Adjective
★ Adverbs ★ Conjunctions ★ Prepositions ★ Articles ★ Grammar and Rhetoric ★ Verbs
Nouns ★ Pronouns ★ Adjectives ★ Adverbs ★ Conjunctions ★ Prepositions ★ Articles
Grammar and Rhetoric ★ Verbs ★ Nouns ★ Pronouns ★ Adjectives ★ Adverbs
Conjunctions ★ Prepositions ★ Articles ★ Grammar and Rhetoric ★ Verbs ★ Nouns
Pronouns ★ Adjectives ★ Adverbs ★ Conjunctions ★ Prepositions ★ Articles ★ Gramma
and Rhetoric ★ Verbs ★ Nouns ★ Pronouns ★ Adjectives ★ Adverbs ★ Conjunctions
Prepositions ★ Articles ★ Grammar and Rhetoric ★ Verbs ★ Nouns ★ Pronouns ★ Adjective
★ Adverbs ★ Conjunctions ★ Prepositions ★ Articles ★ Grammar and Rhetoric ★ Verbs
Nouns ★ Pronouns ★ Adjectives ★ Adverbs ★ Conjunctions ★ Prepositions ★ Articles
Grammar and Rhetoric ★ Verbs ★ Nouns ★ Pronouns ★ Adjectives ★ Adverbs
Conjunctions ★ Prepositions ★ Articles ★ Grammar and Rhetoric ★ Verbs ★ Nouns
Pronouns ★ Adjectives ★ Adverbs ★ Conjunctions ★ Prepositions ★ Articles ★ Gramma
and Rhetoric ★ Verbs ★ Nouns ★ Pronouns ★ Adjectives ★ Adverbs ★ Conjunctions
Prepositions ★ Articles ★ Grammar and Rhetoric ★ Verbs ★ Nouns ★ Pronouns ★ Adjectives
★ Adverbs ★ Conjunctions ★ Prepositions ★ Articles ★ Grammar and Rhetoric ★ Verbs
Nouns ★ Pronouns ★ Adjectives ★ Adverbs ★ Conjunctions ★ Prepositions ★ Articles
Grammar and Rhetoric ★ Verbs ★ Nouns ★ Pronouns ★ Adjectives ★ Adverbs
Conjunctions ★ Prepositions ★ Articles ★ Grammar and Rhetoric ★ Verbs ★ Nouns
Pronouns ★ Adjectives ★ Adverbs ★ Conjunctions ★ Prepositions ★ Articles ★ Gramma
and Rhetoric ★ Verbs ★ Nouns ★ Pronouns ★ Adjectives ★ Adverbs ★ Conjunctions
Prepositions ★ Articles ★ Grammar and Rhetoric ★ Verbs ★ Nouns ★ Pronouns ★ Adjectives
★ Adverbs ★ Conjunctions ★ Prepositions ★ Articles ★ Grammar and Rhetoric ★ Verbs
Nouns ★ Pronouns ★ Adjectives ★ Adverbs ★ Conjunctions ★ Prepositions ★ Articles
Grammar and Rhetoric ★ Verbs ★ Nouns ★ Pronouns ★ Adjectives ★ Adverbs
Conjunctions ★ Prepositions ★ Verbs ★ Nouns ★ Pronouns ★ Adjectives ★ Adverbs
Conjunctions ★ Prepositions ★ Articles ★ Grammar and Rhetoric ★ Verbs ★ Nouns
Pronouns ★ Adjectives ★ Adverbs ★ Conjunctions ★ Prepositions ★ Articles ★ Grammar
and Rhetoric ★ Verbs ★ Nouns ★ Pronouns ★ Adjectives ★ Adverbs ★ Conjunctions
Prepositions ★ Articles ★ Grammar and Rhetoric ★ Verbs ★ Nouns ★ Pronouns ★ Adjectives
★ Adverbs ★ Conjunctions ★ Prepositions ★ Articles ★ Grammar and Rhetoric ★ Verbs
Nouns ★ Pronouns ★ Adjectives ★ Adverbs ★ Conjunctions ★ Prepositions ★ Articles
Grammar and Rhetoric ★ Verbs ★ Nouns ★ Pronouns ★ Adjectives ★ Adverbs
Conjunctions ★ Prepositions ★ Articles ★ Grammar and Rhetoric ★ Verbs ★ Nouns
Pronouns ★ Adjectives ★ Adverbs ★ Conjunctions ★ Prepositions ★ Articles ★ Grammar
and Rhetoric ★ Verbs ★ Nouns ★ Pronouns ★ Adjectives ★ Adverbs ★ Conjunctions
Prepositions ★ Articles ★ Grammar and Rhetoric ★ Verbs ★ Nouns ★ Pronouns ★ Adjectives
★ Adverbs ★ Conjunctions ★ Prepositions ★ Articles ★ Grammar and Rhetoric ★ Verbs

PART 8

冠詞篇

【前言】

英文冠詞使用錯誤
極可能立即產生溝通障礙！

1. 何謂冠詞？

什麼叫冠詞？冠者，帽也；簡單地說，冠詞就是「戴在名詞上的帽子」。英文把冠詞稱之為“article”，由字根 arti (joint) 加上字尾 -cle (small；little) 所組成，指的也正是「必須連帶在名詞上的小字」，而這裡所謂的「小字」指的是相對於名詞這種「大字」（具明確語意內涵的「實詞」）的「功能詞」。那，為什麼英文的名詞要戴「小帽」呢？也就是說，英文的冠詞到底具備什麼功能呢？

須知，英文的名詞前常需要用限定詞 (determiner)，如“this”、“that”、“my”、“your”、“some”、“any”等，來表示該名詞的「指稱」(reference)。這一點對於以中文為母語的人而言，應該也會認為理所當然，因為中文都有相對應的字詞，且功能與意義皆相仿。但是，英文卻比中文多了兩個限定詞──定冠詞 (definite article) 與不定冠詞 (indefinite article) 。有趣的地方在於，英文的名詞，如果沒有上列那些限定詞「明確地」表達出其指稱時，就需要「戴個帽子」。換個方式說，縱使說話者認為某個名詞的指稱無須特別明白表示時，他／她還是得在該名詞之前「貼個標籤」，至少標示一下這個名詞是「定」(definite) 還是「不定」(indefinite)。而這一點對於沒有冠詞的中文使用者而言，就很容易造成困擾。試比較下面這兩個例子中的英文與中文：

① **<u>The teacher</u> is coming!**（老師來了！）
② **He is <u>a teacher</u>.**（他是老師。）

就英文的使用者而言，由於第一個例子裡的 teacher 是指特定的一位老師，因此必須在其前加上定冠詞“the”；而在第二個例子裡的 teacher 只是用來說明主詞 He 的身分，並不具特定的意涵，所以加上不定冠詞“a”。反過來講，對於使用中文的人來說，既然「老師」的指稱不須特別表明，那又何必畫蛇添足地加標示呢？＊

2. 冠詞的重要性

一般學習英文的人可能會有一種錯覺，認爲反正英文的冠詞只有兩個，隨便猜一下也有百分之五十「對」的機率。就考試而言，做錯做對幾道題目或許不致影響大局，但是在眞正使用英文的時候，一個錯誤冠詞的使用卻極可能立即產生溝通上的障礙 (communication breakdown)。比方說，你在一個陌生的地方，因爲身體不適想找家藥房買些成藥吃，於是你就問某路人：Where is the drugstore?「(那家）藥房在哪裡？」對方肯定會覺得莫名其妙，而反問你一句：What drugstore?「什麼藥房？」你應該說的是：Is there a drugstore around here?「這附近有沒有藥房？」如此，對方便可以回答：Yes, there's one ....「有，……有一家。」或 No, there's no drugstore around here.「沒有，這附近沒有。」

又比如說，你我同在一個辦公室上班，我因爲內急所以站起來跟你說：I'm going to a bathroom.「我要去上（某間）廁所。」你一定覺得很奇怪，認爲我頭殼壞去，不知道我要跑到哪裡去上廁所，因爲我們平常都是“go to the bathroom together”「一起去上廁所」。

從以上兩個例子我們可以明顯感受到英文冠詞的使用在溝通時的重要性。切不可因爲英文只有兩個冠詞而忽略了它們的存在。

在本篇中，我們將先說明「特定」與「不特定」這兩個概念，再依次討論定冠詞的用法、不定冠詞的用法，以及零冠詞與冠詞的省略。

---

* 或許這正反映出中、西在文化與思想上的差異：中國人較「善解人意」，既然「心照」也就「不宣」了；西方人重邏輯，實事求是，一是一，二是二，縱使麻煩也要把話說清楚、講明白。

第 1 章 「特定」與「不特定」

一般文法書在討論冠詞時通常僅觸及表面，讀者學習到的大概就是諸如「如果一個名詞指的是特定的人事物時，其前就必須使用定冠詞；反之，則使用不定冠詞。」、「定冠詞用於特定名詞之前，不定冠詞則用於不特定名詞前。」等這類模糊籠統的「規則」了。對於什麼叫「特定」、什麼叫「不特定」的說明常常不夠清楚、明確，甚至付之闕如。因此，在我們討論定冠詞與不定冠詞的用法之前，有必要先釐清「特定」與「不特定」這兩個概念。

在前面「何謂冠詞」的說明中我們提到，英文的名詞前常用限定詞來表示「指稱」，[註 1]而所謂的指稱最基本的兩個概念就是「特定」與「不特定」。

1 特定的指稱

所謂特定的指稱 (definite reference) 指的是當說話者使用一個名詞時，該名詞的指稱對象 (referent) 非常明確，也就是說，不論說話者或聽話者都知道該名詞指的是哪一個／些人事物。能夠用來表示特定指稱最典型的限定詞就是指示詞 (demonstrative)。請看例句：

a This book is mine.（這本書是我的。）
b That one is yours.（那本是你的。）

當然，指示詞也有複數形：

c Who are these people?（這些人是誰？）
d Those guys are my friends.（那幾個人是我的朋友。）

人稱代名詞的所有格形式 (possessive form) 也常用來表達特定的指稱。例如：

e My son is in college now.（我兒子現在在念大學了。）

f Her daughter is still in elementary school.（她的女兒還在念小學。）

g I've never met your parents.（我從來沒見過你／你們的父母。）

h Their children have all grown up.（他們的小孩都已經長大了。）

2 不特定的指稱

所謂不特定指稱 (indefinite reference) 是指當說話者使用一個名詞時，該名詞並沒有明確之指稱對象的情況。常用來表示不特定指稱的限定詞爲數量詞 (quantifier)，例如 any、some、many，或數字詞 (cardinal number)，例如 one。請看例句：

i Are there any letters for me?（有沒有我的信？）

j She bought some apples.（她買了幾顆蘋果。）

k Many women think they are overweight.（很多女人認為自己過重。）

l He lost one tooth in the fight.（他在打鬥中掉了一顆牙齒。）

另外，有些疑問詞 (interrogative)，例如 what、which、whose，也可當作限定詞，用來表達不特定的指稱。請看例句：

m What bus should we take?（我們該搭什麼公車？）

n Which one do you prefer?（你比較喜歡哪一個？）

o Whose car is this?（這是誰的車子？）

在了解了「特定」與「不特定」這兩個概念之後，接下來我們就來看英文冠詞與兩者之間的關係。

3 由冠詞表達之「特定」與「不特定」

由冠詞所表達的「特定」或「不特定」與由其他限定詞所表達的「特定」和「不特定」基本上是相同的邏輯。不過，如前所述，由於中文沒有冠詞，因此國人在理解由英文冠詞所表達的指稱時，很容易產生困擾。最明顯的例子就是不知道該不該或該如何把定冠詞和不定冠詞「翻譯」出來。比如，“He is in the house.” 是應該譯成「他在屋子裡。」還是「他在這／那間屋子裡。」？又比如，"My father is a doctor." 該譯成「我爸爸是醫生。」亦或「我爸爸是一個醫生。」？

其實，上面這兩個問題應該分兩個層次來看。首先，從理解以至於翻譯的角度，把 "the" 詮釋爲「這個」(this) 或「那個」(that) 並非錯誤，因爲中文沒有相對應的定冠詞，既然是一間「特定」的房屋，對中文的使用者而言，不是「這間」就是「那間」(端視說話者所在的位置)。至於把 "a" 當成「一個」也不能說不正確，因爲 "a" 只能用在單數的可數名詞之前；換個方式說，在邏輯上 "a" 與 "one" 並不衝突。問題在於，我們可否就因此做以下的推論：

the = this / that；a = one

答案當然是否定的。雖然從語用 (pragmatics) 的角度來看，the、this、that、a、one 都是「限定詞」，但是在文法上，this、that、one 屬於形容詞，具「修飾」名詞的功能；the 和 a 則爲冠詞，基本的功能僅在於「標示」一個名詞的指稱（即，特定或不特定)。在確定冠詞與其他限定詞不同之後，接著我們就來看該如何正確使用冠詞。

4 冠詞的使用時機與條件

我們在前面提到過，如果說話者認爲一個名詞具特定的指稱但未用如 this、that、my、your 等限定詞來「限定」時，就必須使用定冠詞來標示；反之，若一個名詞的指稱不特定但無其他表達「非限定」之限定詞時，則需要用不定冠詞標示之。問題是，在不用或不適合使用明確的限定詞的情況下，說話者該如何做出判斷，使用正確的冠詞而不致產生溝通上的障礙呢？

首先，請比較一下下面兩個例子中的情境。

p **There is a dog outside. The dog looks big and fierce.**
（外面有隻狗。那隻狗看起來又大又凶猛。）

q **Excuse me, where is the library?**（對不起，請問圖書館在哪裡？）

在 p. 例中說話者先告知對方在外面「有一隻狗」(There is a dog)，然後再告訴對方該隻狗 (The dog) 如何如何；在 q. 例中說話者直接問對方圖書館 (the library) 在哪裡。從語用的觀點來看，顯然 p. 例的說話者「知道」聽話者並不知道外面有一隻狗的存在，因此他先利用不定冠詞 "a" 製造了一個語境 (context)，而後在他使用定冠詞

“the” 之時，對方自然知道他指的就是前面提到的那隻狗；而 q. 例中的說話者既然直接了當地使用了定冠詞，一定是因爲他認爲聽話者知道他指的是哪一個圖書館（比如，兩人是同校的學生，而說話者是在跟聽話者問路）。換句話說，在 p. 例中說話者先用 “a” 來標示對方不知情況下的「不特定」指稱，再用 “the” 標示對方已知情狀況下的「特定」指稱；在 q. 例中，在說話者「認定」對方知情的情況下，他直接就使用了表「特定」指稱的 “the”。

我們再看一組對照的例子。

r　**Let's find a boy to play this role. But the boy has to know how to sing and dance.**
（咱們找一個男孩子來演這個角色。但是這個男孩一定得會唱歌、跳舞。）

s　**Look, the bride is so beautiful.**
（你瞧，新娘好漂亮。）

r. 例與上一組的 p. 例相同，說話者先建立一個他與聽話者間共通的語境——「找一個男孩」(find a boy)，然後再針對對方已經有了概念的「這個男孩」(the boy) 提出他認爲應有的條件。s. 例則與上面的 q. 例一樣，說話者在 bride 之前直接用 “the”，顯然他認爲對方知道他在講哪一個新娘（可能的情況是：說話者與聽話者參加同一場婚禮，在一起喝喜酒）。

但是，不知道讀者是否注意到了，事實上 r. 例與 p. 例並不完全相同。而這兩例的不同之處在於：p. 例的發話者說 “a dog” 時本身是知道自己指的是哪隻狗的（比如，他有可能是一面看著那隻狗一面講話），但是 r. 例的發話者本身並不知道他自己說的 “a boy” 究竟是哪一個男孩（因爲還沒有去找）。在語用學上，p. 例中不定冠詞 “a” 的用法稱爲「有所指」(specific)，[註 2] 而 r. 例中不定冠詞 “a” 的用法則叫做「無所指」(non-specific)。[註 3] 不過，不論說話者使用 “a” 時有所指或無所指，只要聽話者不知其所指就構成所謂的「不特定」指稱。

綜合以上的討論說明，我們可以清楚、簡單地歸納出英文冠詞的指稱與使用條件如下：

定冠詞	特定指稱	← 我知、你知
不定冠詞	不特定指稱	← A. 我知、你不知 (specific) ← B. 我不知、你不知 (non-specific)

注意，冠詞的選擇取決於說話者；說話者必須判斷他即將使用的名詞指稱對方是否知曉。一旦判斷錯誤，結果不是產生誤解，就是造成溝通的中斷。

註解

1 限定詞的相關用法請參閱本書「名詞篇」之第 8 章「名詞片語」，以及「形容詞篇」之第 1 章「形容詞的種類」。

2 不定冠詞「有所指」的用法多出現在已知事實的陳述中，例如：

① **He owned a company before.**（他以前擁有一家公司。）

② **I have a son and a daughter.**（我有一個兒子、一個女兒。）

3 不定冠詞「無所指」的用法常出現在疑問、假設、否定等文句中，例如：

① **Is there an ATM near here?**（這附近有沒有提款機？）

② **If I were a king, I would ....**（假如我是個國王的話，我會⋯⋯。）

③ **She doesn't have a boyfriend.**（她沒有男朋友。）

3分鐘英文 搞懂易混淆字詞用法！

名詞 126 dragonfly / damselfly

dragonfly 與 damselfly 外貌相似，但體形大小不同。dragonfly 為「蜻蜓」，體形較大，damselfly 則為「豆娘」，體形較小。注意，同樣名字中有 –fly 的昆蟲還包括大家都認識的「蝴蝶」butterfly（「蛾」則叫 moth），「螢火蟲」firefly，以及本身就叫 fly 的「蒼蠅」。

名詞 127 bee / wasp

bee 和 wasp 皆為蜂類，bee 是「蜜蜂」，而 wasp 則為「胡蜂」或「黃蜂」。二者相較，bee 的體形短胖而 wasp 較為瘦長。另外，bee 的顏色沒有 wasp 來得鮮豔，而雖然兩種蜂都會螫人，但 wasp 比 bee 具攻擊性。注意，hornet 則為比 wasp 體形更大的「大黃蜂」，一旦被 hornet 叮到會相當疼痛。

名詞 128 ant / termite

ant 和 termite 都是「蟻」，但是屬不同的物種，ant 為「螞蟻」，而 termite 則是「白蟻」。一般而言，ant 的體形比 termite 小，而 ant 多為深咖啡色，termite 的顏色則較淺，呈透明狀（也正因其顏色淡，甚至偏白，所以被稱之為「白蟻」）。注意，已入侵台灣的「紅火蟻」英文叫 fire ant 或 red ant。另外，居家中常有的「塵蟎」叫作 dust mite。

名詞 129 bacterium / germ

bacterium（複數為 bacteria）和 germ 都可指「細菌」，但是前者可用來指「好菌」或「壞菌」，而 germ 則只能指會引起疾病的「病菌」。另外注意，「濾過性病毒」叫 virus。

名詞 130 the Milky Way/ galaxy

the Milky Way 和 galaxy 都譯作「銀河」，不過前者只能指包含我們這個太陽系 (the Solar System) 的銀河，而 galaxy 則指在浩瀚宇宙 (the universe) 中無數的「銀河系」（包括 the Milky Way）。

第 2 章 定冠詞的用法

在上一章中我們從語用的角度討論了定冠詞與不定冠詞的使用原則，在本章中及下一章中我們將從傳統文法的角度分別審視定冠詞和不定冠詞的用法及應該注意的事項。

以下我們分三部分來探討英文定冠詞的用法：「定冠詞的發音」、「定冠詞的一般用法」，及「定冠詞與專有名詞」。

1 the 的發音

定冠詞 the 有三種可能的發音：[ðə]、[ðɪ]、[ði]。

A. 出現在以子音起頭的字前

當 the 出現在以子音起頭的字前時念成 [ðə]，例如：

the [ðə] man、the [ðə] dog、the [ðə] stupid man、the [ðə] big dog

B. 出現在以母音起頭的字前

當 the 出現在以母音起頭的字前時念成 [ðɪ]，例如：

the [ðɪ] apple、the [ðɪ] orange、the [ðɪ] official name、the [ðɪ] average height

C. 被強調而重讀時

當 the 被強調而重讀時念成 [ði]，例如：

the [ði] President、the [ði] only one

2 定冠詞的一般用法

除了我們在前一章提到的「語境」用法之外，下面幾個需要使用定冠詞的情況也必須特別注意。(許多考試都以它們為出題重點。)

A. 在獨一無二的事物前必須用 the

例如：

the earth「地球」、**the sun**「太陽」、**the moon**「月亮」、**the universe**「宇宙」、**the world**「世界」、**the sky**「天空」

B. 在方向或方位前必須用 the

例如：

the east「東邊」、**the west**「西邊」、**the right**「右邊」、**the left**「左邊」、**the front**「前面」、**the back**「後面」

C. 在最高級形容詞前必須用 the

例如：

the greatest「最偉大的」、**the happiest**「最快樂的」、**the most beautiful**「最美麗的」

D. 在序數前必須用 the

例如：

the first「第一」、**the second**「第二」、**the third**「第三」

E. 在焦點形容詞前必須用 the

例如：

the only「唯一的」、**the very**「正是（那一個）」、**the same**「相同的」

F. 在表達時間點或時間區隔的名詞前必須用 the

例如：

the beginning「開始」、**the end**「結尾」、**the past**「過去」、**the present**「現在」、**the future**「未來」

G. 在表達以十年為期的年代時，必須用 the

例如：

the sixties「六〇年代」、the early seventies「七〇年代初期」、the late nineties「九〇年代末期」、the 1930's「一九三〇年代」、the 2010's「二〇一〇年代」

H. 在特定名詞前用 the 表群體、團體

例如：

the public「大衆」、the middle class「中產階級」、the police「警方」、the military「軍方」、the media「媒體」、the press「新聞界」

I. 在表國民的名詞前用 the 表全體

例如：

the Chinese「中國人」、the Japanese「日本人」、the French「法國人」、the English「英國人」、the Americans「美國人」、the Italians「義大利人」、the Germans「德國人」[註1]

J. 在單數普通名詞前用 the 可表該類之全體

例如：

the dog「狗」、the horse「馬」、the lion「獅子」、the tiger「老虎」[註2]

K. 在單數普通名詞前用 the 可表該事物之抽象意義

例如：

the pen「文」、the sword「武」、the head「理性」、the heart「溫情」

L. 在某些形容詞前加 the 可指某一群人

例如：

the rich「富人」、the poor「窮人」、the young「年輕人」、the old「老年人」、the dead「死人」

M. 在某些形容詞前加 the 可指某一類事物

例如：

the impossible「不可能的事」、the unthinkable「不可想像的事」、the supernatural「超自然現象」

N. 在某些形容詞前加 the 可表抽象概念

例如：

the true「真」、the good「善」、the beautiful「美」

O. 在某些分詞前用 the 可作複數名詞用

例如：

the living「活著的人」、the dying「垂死的人」、the starving「挨餓的人」、the wounded「受傷的人」、the disabled「殘障人士」、the disadvantaged「弱勢族群」

P. 在某些分詞前用 the 可作單數名詞用

例如：

the unknown「未知之事物」、the unexpected「未預料之事物」、the untold「未說出之事物」、the unsolved「未解決之事物」

Q. 在某些分詞前用 the 可作單數或複數名詞用

例如：

the accused「被告」、the deceased「死者」、the insured「受保人」

R. 在某些名詞前加 the 以作為計量單位

例如：

by the hour「以小時計算」、by the month「以月計算」、by the pound「以磅計算」、by the gallon「以加侖計算」、by the yard「以碼計算」、by the dozen「以打計算」

S. 指彈奏樂器時，樂器名稱前須用 the[註 3]

例如：

play the piano「彈鋼琴」、play the violin「拉小提琴」、play the trumpet「吹喇叭」

T. 指廣播（節目）時，radio 前須加 the

例如：

listen to the radio「聽廣播」、listen to the news on the radio「收聽廣播新聞」[註 4]

U. 指身體部位時，常須用 the

例如：

injured in the leg「腿受傷」、hit in the head「打到頭」、a pain in the chest「胸口疼痛」

V. 在雙重比較結構中之比較級形容詞或副詞前須用 the

例如：

The more, the merrier.「多多益善。」The sooner, the better.「愈快愈好。」

W. 在以下與時間有關的慣用語中必須用 the

例如：

in the morning「早上」、in the afternoon「下午」、in the evening「晚上」、in the daytime「日間」、in the meantime「在此同時」、at the present time「目前」、at the moment「此刻」、for the time being「暫時」、all the time「始終」、all the while「一直」、in the long run「終究」

3 定冠詞與專有名詞

一般而言，專有名詞前不需要用冠詞，但是必須注意以下這些常與定冠詞 the 連用的專有名詞。

A. 海、海洋之名稱

例如：

the Black Sea「黑海」、the Dead Sea「死海」、the Mediterranean Sea「地中海」、the Pacific Ocean「太平洋」、the Atlantic Ocean「大西洋」

B. 海灣、海峽之名稱

例如：

the Gulf of Mexico「墨西哥灣」、the Persian Gulf「波斯灣」、the English Channel「英吉利海峽」、the Taiwan Strait「台灣海峽」、the Strait of Gibraltar「直布羅陀海峽」

C. 河流名稱

例如：

the Yellow River「黃河」、the Mississippi River「密西西比河」、the Nile「尼羅河」、the Amazon「亞馬遜河」

D. 山脈名稱[註5]

例如：

the Rocky Mountains（the Rockies）「落磯山脈」、the Himalaya Mountains（the Himalayas）「喜馬拉雅山脈」、the Alps「阿爾卑斯山脈」、the Andes「安地斯山脈」

E. 群湖之名稱[註6]

例如：

the Great Lakes「五大湖」、the Finger Lakes「芬格湖」、the Virginia Lakes「維吉尼亞湖」、the Blue Lakes「藍湖」

F. 群島之名稱[註7]

例如：

the Philippines「菲律賓群島」、the Pescadores「澎湖群島」、the West Indies「西印度群島」、the Bahamas「巴哈馬群島」、the Fiji Islands「斐濟群島」

G. 半島名稱

例如：

the Balkan Peninsula「巴爾幹半島」、the Iberian Peninsula「伊比利半島」、the Korean Peninsula「朝鮮半島」、the Shandong Peninsula「山東半島」

H. 沙漠名稱

例如：

the Sahara (Desert)「撒哈拉沙漠」、the Gobi Desert「戈壁沙漠」、the Taklamakan「塔克拉瑪干沙漠」、the Mojave「莫哈維沙漠」

I. 地理位置名稱

例如：

the North Pole「北極」、the Equator「赤道」、the Northern Hemisphere「北半球」、the Middle East「中東」

J. 國家名稱

例如：

the United States (of America)「美國」、the Republic of China「中華民國」、the Netherlands「荷蘭」、the Sudan「蘇丹」

K. 城市名稱

例如：

the Hague「海牙」、La Paz「拉巴斯（波利維亞首都）」、El Paso「艾爾帕索（美國德州之城市）」[註 8]

L. 國際組織名稱

例如：

the United Nations「聯合國」、the European Union「歐盟」、the Red Cross「紅十字會」、the Rotary Club「扶輪社」

M. 機關、單位等之名稱

例如：

the Legislative Yuan「立法院」、the Ministry of Education「教育部」、the State Department「國務院」、the Federal Bureau of Investigation「聯邦調查局」、the Central Intelligence Agency「中央情報局」

N. 建築物、橋樑等之名稱[註 9]

例如：

the Empire State Building「帝國大廈」、the Statue of Liberty「自由女神像」、the Golden Gate Bridge「金門大橋」、the Brooklyn Bridge「布魯克林大橋」、the Eiffel Towel「艾菲爾鐵塔」

O. 博物館、圖書館等之名稱

例如：

the Metropolitan Museum「大都會博物館」、the Louvre (Museum)「羅浮宮」、the National Palace Museum「故宮博物院」、the Library of Congress「（美國）國會圖書館」、the National Central Library「（台灣）國家圖書館」

P. 大學名[註 10]

例如：

the University of Michigan「密西根大學」、**the University of Pennsylvania**「賓州大學（賓夕法尼亞大學）」、**the University of London**「倫敦大學」、**the University of Tokyo**「東京大學」、**the University of Notre Dame**「聖母大學」

Q. 旅館名[註 11]

例如：

the Ritz-Carlton Hotel「麗池卡爾登飯店」、**the Spring Hotel**「春天酒店」、**the Ambassador Hotel**「國賓大飯店」、**the Grand Hotel Taipei**「圓山大飯店」

R. 船名、火車名

例如：

the Mayflower「五月花號」、**the Titanic**「鐵達尼號」、**the Queen Elizabeth**「伊莉莎白皇后號」、**the Oriental Express**「東方特快車」、**the Taroko Express**「太魯閣號」

S. 時代、朝代等之名稱

例如：

the Stone Age「石器時代」、**the Middle Ages**「中世紀」、**the Victorian Era**「維多利亞時代」、**the Han Dynasty**「漢朝」、**the Sung Dynasty**「宋朝」

T. 戰爭、運動等之名稱

例如：

the Civil War「南北戰爭」、**the Sino-Japanese War**「中日（甲午）戰爭」、**the French Revolution**「法國大革命」、**the Women's Liberation Movement**「婦女解放運動」、**the Renaissance**「文藝復興」

U. 經典名

例如：

the Bible《聖經》、***the Koran***《可蘭經》、***the Book of Odes***《詩經》、***the Doctrine of the Means***《中庸》

V. 報紙名[註12]

例如：

the New York Times《紐約時報》、***the Washington Post***《華盛頓郵報》、***the Baltimore Sun***《巴爾的摩太陽報》、***the China Post***《中國郵報》、***the China Times***《中國時報》

註解

1 注意，Americans、Italians 及 Germans 為複數形。

2 注意，man「男人」與 woman「女人」為例外，即使用來代表全體亦不加冠詞：

<u>Man</u> differs from <u>woman</u> in many ways.（男人和女人在許多方面都不相同。）

3 注意，球類運動之前不用定冠詞，例如：play baseball「打棒球」、play tennis「打網球」、play football「踢足球」。

4 在 watch TV「看電視」、on TV「電視上」等片語中，不用定冠詞。

5 獨座的山則不須用 "the"，例如：Mount Everest「埃弗勒斯峰」、Mount Ali「阿里山」、Mount Fuji「富士山」。

6 單獨的湖不須用 "the"，例如：Lake Michigan「密西根湖」、Lake Superior「蘇必略湖」、Taihu Lake「太湖」、Sun Moon Lake「日月潭」。

7 單獨的島不須用 "the"，例如：Taiwan Island「台灣島」、Long Island「長島」、Bali Island「峇里島」、Puji Island「普吉島」。

8 La Paz 中的 La 與 El Paso 中的 El 分別為西班牙文中的陰性及陽性冠詞，在英文中沿用原文。

9 有些建築物則不用定冠詞，例如：Carnegie Hall「卡內基（音樂）廳」、Rockefeller Center「洛克斐勒中心」、Sears Tower「希爾斯大廈」、Taipei 101「台北 101」。

10 有些大學名字不用 "the"，例如：Harvard University「哈佛大學」、Stanford University「史丹佛大學」、New York University「紐約大學」、Fu Jen Catholic University「輔仁大學」、National Taiwan University「台灣大學」。

11 有些旅館名字不用 "the"，例如：Shangri-La Hotel「香格里拉飯店」、Sheraton Hotel「喜來登飯店」、Hotel Royal「老爺酒店」、Grand Hyatt Taipei「台北君悅大飯店」。

12 注意，新聞性雜誌名多不用 "the"，例如：*Time*《時代雜誌》、*Newsweek*《新聞週刊》、*U.S. News & World Report*《美國新聞與世界報導》、*China Times Weekly*《時報週刊》。

3分鐘英文 搞懂易混淆字詞用法！

形容詞❶ large / big

large 和 big 都指「大」，但一般而言 large 主要用於表示「體積」或「數量」的龐大，而 big 則除了也可以用來表達這些較「具體」的大之外，還可以用來指較「抽象」的大，例如，a big problem、a big chance、a big favor 等。注意，a large mouth 和 a big mouth 的意思並不相同，前者指的是台語說的「闊嘴」，後者則指所謂的「大嘴巴」（嘴巴不牢靠的人），而當然「大嘴巴」的嘴巴不一定大！

形容詞❷ small / little

small 與 little 都是「小」的意思，但 small 指的是「體積」小、「數量」小，而 little 則除了在多數情況下可以等同於 small 外，還可以用來指「年紀」、「重要性」等的小，例如 a little boy 指的是「年紀小的男孩」（注意，a small boy 則指「個子小的男孩」），而 little thing 則是「不重要的事」之意。

形容詞❸ tall / high

二者都指「高」，但 tall 多用來指會長高的事物，包括人、樹木等，而 high 則一般用於指固定離地有段相當距離的東西，如山、天花板等。另外注意，只有 high 可用來指「價錢」、「程度」、「地位」等較抽象的高，如 a high price、a high level、a high position。

形容詞❹ fat / obese

fat 和 obese 都指「肥胖」，但一般人在使用 fat 時並無絕對的標準（甚至可能是相當主觀的看法），但 obese 則為「精確」的用詞──若一個人的 BMI (body mass index) 指數過高就是 obese。另注意，overweight「體重過重」其實也可以用來表示一個人的肥胖，但聽起來可能會讓人覺得舒適一些。

第 3 章 不定冠詞的用法

在本章中我們將分四個部分討論英文的不定冠詞：不定冠詞的拼法與發音、不定冠詞的一般用法、不定冠詞的特殊用法，以及包含不定冠詞的慣用語。

1 不定冠詞的拼法

在以子音開頭的字前，不定冠詞拼成“a”，例如：

a book、a cat、a table、a great man、a strange woman

在以母音開頭的字前，不定冠詞拼成“an”，例如：

an apple、an orange、an egg、an important day、an ugly chair

注意，有些字在拼寫時以母音字母起頭，但是念以來卻是以子音開始，此時應用 a 而不用 an，例如：

a unit、a university、a European、a one-way street、
a useful tool、a unique（「獨一無二的」）**building、**
a unianimous（「全體一致的」）**decision**

相反地，有些字在拼寫時是以子音起頭，但是在念的時候卻是以母音開始，此時應用 an 而不用 a，例如：

an hour、an honor、an M.A. [ˌɛmˋe]、**an X-ray** [ˋɛksˌre]、**an honest person、an honorary**（「榮譽的」）**degree、an MP3 player**

2 不定冠詞的發音

A. a 的發音

一般弱讀時 a 念成 [ə]：

a [ə] pen、a [ə] car、a [ə] teacher

當 a 被強調而重讀時念成 [e]：

a [e] civilian、a [e] wonderful picture

B. an 的發音

一般弱讀時 an 念成 [ən]：

an [ən] idea、an [ən] engine、an [ən] author

要強調時 an 則念成 [æn]：

an [æn] accident、an [æn] unbelievable story

3 不定冠詞的一般用法

A. 在無特定指稱之單數可數名詞前必須用 a 或 an

這種用法的 a 或 an 通常只用來表示某一人事物的屬性，而無其他特殊意義。請看例句：

a John is a scientist.（約翰是個科學家。）
b A meeting is going to be held on Monday.（星期一有一場會議要召開。）
c Amy ate an apple.（艾咪吃了一顆蘋果。）

B. 以 a 或 an 來代替數字「1」

不定冠詞 a 或 an 可以用來表示「一」，例如：

d He paid a hundred NT for the parking.
（他付了一百元新台幣的停車費。）

e We waited an hour.（我們等了一個鐘頭。）

C. 以 a 或 an 表示同類的全體

不定冠詞 a 或 an 可用來表示同一類的人事物。請看例句：

f A soldier must obey orders.[註1]（軍人必須服從命令。）

g An eagle has very sharp eyes.[註2]（老鷹的眼睛非常銳利。）

4 不定冠詞的特殊用法

A. 不定冠詞與不可數名詞

有時不可數名詞可轉作普通名詞用，若其意思指「一個」、「一種」等，則其前可用不定冠詞。[註3] 例如：

h Can I have a coffee, please?【物質名詞】
（麻煩你，我可不可以來杯咖啡？）

i She showed an expected friendliness that surprised me.【抽象名詞】
（她展現出一種令我驚訝的友善態度。）

j He bought a Ford last week.【專有名詞】
（他上禮拜買了一台福特。）

另外，有時專有名詞加上不定冠詞可指「某一（位）」：

k A Mr. Liu called you this morning.
（今天早上有個姓劉的先生打電話找你。）

B. 不定冠詞 a 可與 most 連用，表示 very「很」

例如：

l We spent a most enjoyable weekend in Yilang.
（我們在宜蘭度過了一個很愉快的週末。）

C. 不定冠詞用來指 the same

例如：

m Birds of a feather flock together.（相同羽毛的鳥聚集在一起。／物以類聚。）

5 含不定冠詞的慣用語

英文的慣用語中常包含不定冠詞，而這些慣用語可分成「動詞 + a + 名詞」與「介系詞 + a + 名詞」兩類。

A. 動詞 + a + 名詞

例如：

make a living「謀生」、make a difference「使不同」、take a break「休息」、take a picture「照相」、do a favor「幫個忙」、give a hand「協助」、catch a cold「感冒」、have a headache「頭痛」、pay a visit「拜訪」、play a trick on「捉弄（人）」

B. 介系詞 + a + 名詞

例如：

in a hurry「匆忙地」、in an instant「一瞬間」、all of a sudden「突然地」、as a rule「照例地」、as a result「結果」、as a whole「整體而言」、at a loss「茫然」、on a diet「節食」、for a while「一會兒」、with a view to「為了（做）」

註解

1 這個句子相當於下面兩句：

① Any soldier must obey orders.
② All soldiers must obey orders.

2 這個句子等同於下面兩句：

① The eagle has very sharp eyes.
② Eagles have very sharp eyes.

3 不可數名詞轉作普通名詞用的相關說明請參閱本書「名詞篇」之第 3 章「不可數名詞」。

3分鐘英文 搞懂易混淆字詞用法！

形容詞 ❺ stupid / foolish

stupid 與 foolish 都指「笨」，但精確地說 stupid 指的是一個人缺乏「智力」、「理解力」，而 foolish 則用來指一個人缺乏好的「判斷能力」。一般而言，stupid 常被用來罵人，比 foolish 具冒犯人之意。另外，silly 則常用來指不太嚴重的笨，甚至是有點可愛的笨，如 a silly girl 就是「一個傻女孩」的意思。

形容詞 ❻ funny / humorous

funny 與 humorous 都可譯成「滑稽的」，但嚴格講 funny 指的是「好笑的」、「可笑的」，而 humorous 則指「幽默的」、「詼諧的」，二者並不完全相同。例如，小丑的動作很 funny，可是並不 humorous（不過，注意，一個故事可以同時又 funny 又 humorous）。另外，hilarious 這個字則可以用來表達「爆笑的」。

形容詞 ❼ practical / realistic

這兩個字都可以指「實際的」，但是 practical 表達的是「確實可行」、「實用」的意涵，而 realistic 則著重「面對現實」、「務實而不務虛」的一面。另外，pragmatism 就是「實用主義」的意思）。

形容詞 ❽ reasonable / rational

二者皆可作「合理的」解，但前者指的是「有理由」、「講道理」，而後者則重所謂的「理性」、「理智」（法國哲學家迪卡兒著名的「理性主義」就叫作 rationalism），注意，「無理的」是 unreasonable，而「不理性的」則為 irrational。

形容詞 ❾ foreign / exotic

這兩個字都與「外國」有關，前者指「外國的」或「從外國來的」，而後者則可指「外國產的」或「來自外國的」。須注意的是，foreign 還可作「陌生的」解，而 exotic 則常用來指「異國風情的」。另外，alien 這個字也可用來指「外國的」（注意，在美式英文中 alien 可指 foreigner「外國人」，特別是未歸化本國的外國人，而電影「異形」的英文片名亦為 *Alien*）。

第 4 章 零冠詞與冠詞的省略

在本書中我們把不需要冠詞的情況分成兩種：零冠詞 (zero article) 和冠詞的省略 (omission of articles)。[註 1] 我們先討論零冠詞的情況。

1 零冠詞

所謂「零冠詞」指的是名詞本身原來就不需要冠詞的狀況。不須使用冠詞的名詞有下列八種。

A. 複數的可數名詞[註 2]

請看例句：

a1 Dogs and cats have been domesticated for a long time.
（狗和貓已經被馴養了很長的一段時間。）

a2 There are tables and chairs in the room.
（房間裡有桌子和椅子。）

a3 Boys are usually more active than girls.
（男孩子通常比女孩子好動。）

B. 不可數的名詞[註 3]

請看例句：

b1 This bridge is made of iron.【物質名詞】（這座橋是鐵做的。）

b2 He did that out of Kindness.【抽象名詞】
（他那樣做是出於善心。）

b3 My name is Daniel.【專有名詞】（我叫丹尼爾。）

C. 學科、語言名稱

請看例句：

c1 She majors in biology and minors in chemistry.
（她主修生物，副修化學。）

c2 I'm interested in philosophy and psychology.
（我對哲學和心理學有興趣。）

c3 He can speaks English, Spanish and Chinese.
（他會說英語、西班牙語和中文。）

D. 運動名稱

請看例句：

d1 I play tennis twice a week.（我一星期打兩次網球。）

d2 Football and baseball are outdoor sports.（足球和棒球是戶外運動。）

E. 餐名[註 4]

請看例句：

e1 She sometimes skip breakfast.（她有時不吃早餐。）

e2 I always go home for dinner.（我都會回家吃晚飯。）

F. 疾病名稱[註 5]

請看例句：

f1 He contracted pneumonia and died.（他得了肺炎死了。）

f2 Many people in Taiwan have hepatitis.（台灣有很多人有肝炎。）

G. 顏色名

請看例句：

g1 My favorite color is blue.（我最喜歡的顏色是藍色。）

g2 She is dressed in red.（她身穿紅衣。）

H. 月、週日、假日名

請看例句：

h1 I was born in August.（我是八月生的。）

h2 The boss is coming back on Friday.（老闆禮拜五會回來。）

h3 Are you going home for Thanksgiving?（你要回家過感恩節嗎？）

2 冠詞的省略

在以下這些狀況下，縱使一個名詞原需冠詞亦應將其省略。

A. 用來直接稱呼對方的名詞前不用冠詞[註6]

請看例句：

i1 Waiter, can you get us some water?（服務生，可不可以幫我們拿些水？）

i2 Listen to me, young man.（聽我說，年輕人。）

B. 用來稱呼家人的名詞前不用冠詞

用來稱呼家人的名詞前不用冠詞，但通常第一個字母要大寫，請看例句：

j1 Father will be home soon.（爸爸很快就會回來。）

j2 I told Mother that I would be late.（我跟媽媽說我會晚一點。）

C. 用來表頭銜、身分的名詞前不用冠詞

用來表頭銜、身分的名詞前不用冠詞，尤其是當補語時，請看例句：

k1 They appointed her chairman of the board.（他們指派她擔任董事長。）

k2 He was elected president of our class.（他被選為我們班的班長。）

D. 用來表活動、行為而非指場地本身的名詞前不用冠詞

請看例句：

l1 I went to bed at 11:30 last night.（我昨晚十一點半就寢。）

l2 They are in class right now.（他們現在正在上課。）

l3 She goes to church every Sunday.（她每星期天都去做禮拜。）

l4 His father is in prison.（他的父親在坐牢。）

E. 在表示交通工具或運送方式的名詞前不用冠詞

在表示交通工具或運送方式的名詞前不用冠詞（注意，此時介系詞通常爲 by），請看例句：

m1 They traveled by train.（他們搭火車旅行。）

m2 I usually go to work by bus.（我通常都搭公車上班。）

m3 We will ship the goods by air.（我們會用空運運送這批貨。）

m4 Please send it by registered mail.（請用掛號郵寄。）

F. 置於 a / the / what kind of、a / the / what sort of、a / the / what type of 等之後的名詞不用冠詞

請看例句：

n1 What kind of drink would you like?
（你想喝哪一種飲料？）

n2 He is the sort of guy that you wouldn't like to work with.
（他是那種你不會想和他一起工作的傢伙。）

n3 She's a different type of girl.
（她是個不同型的女孩。）

G. 兩個或兩個以上的名詞並列用來指同一人或物時，只在第一個名詞前使用冠詞，其他名詞前則不用冠詞

請看例句：

o1 The actor, magician and novelist is coming to Taiwan.
（那位演員兼魔術師與小說家即將到台灣來。）

o2 A watch and chain is usually expensive.
（鏈錶通常很貴。）

注意，由於以上二例中之主詞指單一人或物，故動詞用單數。註7

H. 在採倒裝形式的讓步子句中，前移的補語不用冠詞

請看例句：

p1 Child as he was, he showed extraordinary courage.
（雖然只是個小孩，他卻展現出無比的勇氣。）

p2 Woman as she is, she's able to do whatever men soldiers can do.
（雖然她是個女人，任何男士兵能做到的她都能做到。）

I. 用對等連接詞或介系詞聯結，呈對照關係的兩個名詞不需使用冠詞

例如：

husband and wife「夫妻」、father and son「父子」、mother and child「母子」、question and answer「問答」、bow and arrow「弓與箭」、heart and soul「心靈」、day and night「日夜」、day after day「日復一日」、face to face「面對面」、man to man「男人對男人」、shoulder to shoulder「肩並肩」、hand in hand「手牽手」、word for word「逐字」、step by step「逐步」、from head to foot「全身上下」、from hand to mouth「僅能餬口」、from beginning to end「自始至終」

J. 在下列慣用語中的名詞前不需用冠詞

例如：

at noon「中午時」、at night「晚上」、at dawn「黎明時」、at sunset「日落時」、at home「在家」、at work「在工作」、on foot「步行」、on fire「著火」、in bed「在睡覺」、in fact「事實上」、make sense「有意義」、talk shop「談論本行」、take place「發生」、take part in「參加」、go to school「去上學」、come to class「來上課」、loose sight of「不再看得見」、give birth to「生（孩子）」

註解

1 多數文法書並不做如此區分。

2 當然，特定的名詞除外。

3 除非轉為普通名詞用，如前一章第四節中所提及之狀況。

4 當普通名詞用時除外。

5 但是在下列情況下需要冠詞：

① He has a cold / fever / headache.（他感冒／發燒／頭痛。）

② She has the flu / mealsles / mumps.（她得了流行性感冒／麻疹／腮線炎。）

6 在語言學上這樣用法的名詞稱為「呼格」(vocative)。

7 若每個名詞前皆有冠詞，則為複數主詞，意即

① The actor, the magician and the novelist are ....

② A watch and a chain are ....

3分鐘英文 搞懂易混淆字詞用法！

形容詞⑩ deep / profound

deep 和 profound 都跟「深」有關，deep 的用法較廣，可用來指一般的「深」（如水深、顏色深、傷口深、呼吸深等等），也可以指「深入的」（如 a deep conversation「深入的對話」）、「深刻的」（如 a deep impression「深刻的印象」）、「深奧的」（如 a deep question「深奧的問題」）；而 profound 則多用來指「高深的」（如 profound knowledge「高深的知識」）或「深邃的」（如 profound thoughts「深邃的思想」），有時也可用來表達「深遠的」（如 a profound influence「深遠的影響」）或「巨大的」（如 a profound change「巨大的改變」）。

形容詞⑪ shallow /superficial

二者皆與「淺」有關，shallow 可用來指事物（如河流、水池、盤子、碟子等）的「淺」，也可用來指所謂的「膚淺」（例如，a shallow person 就是「一個膚淺的人」之意），而 superficial 則指「表面的」（例如，a superficial wounds 指「皮外傷」、superficial similarities 指「表面上的相似處」），不過 superficial 也可以用來指「膚淺」（例如，superficial questions 就是「膚淺的問題」）。注意，其實要表示「膚淺」或許更直接的就是使用 skin-deep 這個字。

3分鐘英文 搞懂易混淆字詞用法！

形容詞⑫ positive / affirmative

這兩個字都指「肯定的」，但是 positive 還可用來表示「正面的」、「樂觀的」或「呈陽性反應的」（注意，「成陰性反應的」則用一般用來表「否定的」之意的 negative），而 affirmative 則主要用來指「確定的」、「肯定的」。

形容詞⑬ fast / quick

fast 和 quick 都表示「快」，在某些情況下二者可以互換，例如，a fast / quick learner 就指「學得快的人」，但嚴格講 fast 強調的是「速度」（通常表示「快速地進行」），而 quick 的重點則是在「時間」（通常指「匆匆地進行」）。正因如此，我們可以說 a fast car 但不能說 a quick car；相反地，我們可以說 a quick lunch，但不能說 a fast lunch。注意，許多人喜歡吃的「速食」因講求的是「快速」，所以叫作 fast food。

形容詞⑭ silent / quiet

silent 與 quiet 都可指「安靜」，但 silent 指的是完全沒有聲音的狀態（比如，「寂靜無聲」或「鴉雀無聲」），而 quiet 卻亦可指並非全然沒有聲音的狀況，包括「輕聲」、「寧靜」，甚至於是人的「文靜」。

PART 9

文法與修辭篇

【前言】

掌握文法與修辭，提升「用英文」的準確度！

在本書前幾篇中，我們分別針對動詞、名詞、代名詞、形容詞、副詞、連接詞、介系詞、冠詞等八大詞類相關的問題，做了詳盡的分析說明。在此最後一篇中，我們將從「實戰」的角度來探討英文句子的基本結構及一些重要的特殊句型與用法，希望可以幫助讀者更上一層樓，除了避免一般常犯的錯誤之外，還能夠寫出精湛洗鍊的句子。

本篇之所以命名爲「文法與修辭」，主要就是想跟傳統上所認知的「修辭」作出區分。一般坊間與修辭相關的書籍多數與本書將討論之內容有所不同。對許多人而言，修辭與說話方式或文學表現有關。例如，維基百科就把修辭定義爲：「增強言辭或文句效果的藝術手法」，而這些「手法」包括了譬喻、轉化、象徵、對照、比較、反諷、誇張等等。中國文學批評史上的名著——劉勰的《文心雕龍》，就被視爲是與修辭直接相關的典型書籍。在西方，修辭術則幾乎就是「雄辯術」的同義詞。在亞里斯多德所著的《修辭的藝術》(*The Art of Rhetoric*) 一書中，即把修辭學描述爲「辯證法」的相對物。古羅馬著名的演說家西塞羅 (Cicero) 也曾說：「修辭乃說服之藝術。」("Rhetoric is the art of persuasion.")

然而，這種傳統上認知的修辭並非本篇的要旨，也超出了「文法」討論的範圍。本篇的目的並不在於教導讀者文學的手法或辯論的技巧，而在於提升讀者使用英文的準確度，達到文句通順、言簡意賅的效果。對我們而言，修辭是文法的延伸，二者息息相關。更精確地說，我們的目標是幫助讀者寫出文法正確 (correct)、語意清楚 (clear)、文字簡潔 (concise) 的句子。本篇共分爲十六個單元，我們將分別討論基本句構、平行結構、存在句、分裂句、倒裝句、假主詞、假受詞、雙重比較、雙重主詞、雙重否定、孤懸修飾法、錯置修飾法、代名詞指稱、搭配字詞，以及句意不明和冗語贅詞等問題。

第 1 章 基本句構

在本書的「動詞篇」中我們曾分析過英文的五大句型，在本章中我們則要探討英文的基本句構。基本句構 (basic sentence structure) 是各種句型 (sentence pattern) 的基礎。徹底了解基本句構能讓我們更深一層體會各種句型的內涵，對於寫出正確的英文句子也有直接的助益。下面我們就來看構成英文句子的基本要素。

1 句子的基本要素

英文的句子基本上由主部 (SUBJECT) 和述部 (PREDICATE) 所構成：

SENTENCE → SUBJECT + PREDICATE

主部（即主詞部分）是一個句子的主題，述部（述語部分）則爲針對主部所做出的論述。下列各句中粗體字的部分爲主部，斜體字的部分爲述部：

a **Joe** *died*.（喬死了。）

b **She** *likes to draw*.（她喜歡畫畫。）

c **Little girls** *are usually shy*.（小女孩通常很害羞。）

d **The fat man sitting over there** *is my boss*.
（坐在那邊那個胖胖的男子是我的老闆。）

e **Professor Campbell** *knows why you didn't come to class yesterday*.
（康貝爾教授知道你昨天為什麼沒有來上課。）

f **My brother** *was talking to his wife on the phone when police come to our house*.
（警察到我們家的時候我哥哥正在和他老婆講電話。）

由以上幾個例句中我們發現，不論是主部或是述部，其結構似乎可簡可繁，而且長度不一。這是爲什麼呢？在以下兩節中，我們將分別針對這兩個結構作進一步的分析。

2 主部結構

主部是一個以主詞 (subject) 註1 為中心的結構，而主詞可以有也可以沒有修飾語 (modifier)：

SUBJECT → subject (modifier)

主詞必須是名詞、名詞片語、名詞子句，或是其他可作名詞使用的詞語，例如代名詞、不定詞、動名詞等：註2

f1 Air flows.【名詞】(空氣會流動。)

f2 When to leave is hard to decide.【名詞片語】(何時動身很難決定。)

f3 That he has resigned is true.【名詞子句】(他已經辭職這件事是真的。)

f4 She is a nurse.【代名詞】(她是護士。)

f5 To complete this won't take long.【不定詞】(要完成這個不需要很久。)

f6 Eating too fast is bad for one's health.【動名詞】(吃太快對健康不好。)

主詞修飾語須為形容詞、形容詞片語、形容詞子句，或是其他可作形容詞用的詞語，包括不定詞、現在分詞、過去分詞等：註3

g1 Friendly people are welcome everywhere.【形容詞】
(友善的人到處受歡迎。)

g2 The book on the desk is mine.【形容詞片語】
(桌子上的那本書是我的。)

g3 The guy who talked to you was a cop.【形容詞子句】
(跟你講話的那傢伙是條子。)

g4 The thing to do now is to wait.【不定詞】
(現在該做的事就是等待。)

g5 The baby sleeping in the crib looks tiny.【現在分詞】
(睡在嬰兒床裡的那個寶寶看起來好小。)

g6 The money hidden under the floor was found.【過去分詞】
(藏在地板下面的錢被找到了。)

注意，主詞可有一個以上的修飾語，例如：

h1 The pretty girl dancing on the floor is my girlfriend.
（在舞池中跳舞的那個漂亮女孩是我女朋友。）

h2 The expensive oriental rug that I bought last year is torn already.
（我去年買的那一張昂貴的東方地毯已經破了。）

h1. 句中的主詞 (The) girl 有兩個修飾語：pretty 和 dancing on the floor；而 h2. 句中的主詞 (The) rug 則有三個修飾語：expensive、oriental 和 that I bought last year。當然，主詞的修飾語愈多，主部也就愈長。

3 述部結構

述語部分以動詞爲中心，而依動詞種類的不同[註4]，其後可以接受詞 (object)、補語 (complement) 及修飾語：

PREDICATE → verb (object) (complement) (modifier)

若動詞爲不及物，則其後不接受詞：

i Hannh cried.（漢娜哭了。）

若動詞爲及物，則須有受詞：

j He broke his arm.（他的手斷了。）

與主詞相同，受詞必須爲名詞或具名詞功能之詞語：

k1 Dogs eat bones.【名詞】（狗吃骨頭。）
k2 I heard that you got married.【名詞子句】（我聽說你結婚了。）
k3 They plan to go to America next year.【不定詞】
（他們計畫明年去美國。）

若動詞屬完全動詞，則其後不需補語（如上面 i. 句）。若動詞屬不完全動詞，則須有補語：

PART 9 文法與修辭篇

l Mrs. Li seems happy.（李太太似乎很開心。）

注意，補語也可以是名詞：

m My cousin is a vet.（我表哥是獸醫。）

在述語部分最有趣、變化最大的是修飾語。這個部分的修飾語有兩種：形容詞類與副詞類。形容詞類的修飾語可用來修飾受詞或名詞補語，副詞類的修飾語則可用來修飾動詞或形容詞補語。形容詞類的修飾語與主詞修飾語形式相同。請看例句：

n1 I saw a big bird.【形容詞修飾受詞】
（我看到一隻大鳥。）

n2 David is a great magician.【形容詞修飾名詞補語】
（大衛是個很棒的魔術師。）

n3 We need a man with red hair.【形容詞片語修飾受詞】
（我們需要一個有紅頭髮的男子。）

n4 Rachel is a woman of many talents.【形容詞片語修飾名詞補語】
（瑞秋是位多才多藝的女子。）

n5 The police have caught the men who robbed the bank.【形容詞子句修飾受詞】
（警方已經抓到了搶劫銀行的那幾個人。）

n6 That's the man who stole my car.【形容詞子句修飾名詞補語】
（那個就是偷走我車子的人。）

副詞類的修飾語包括副詞、副詞片語、副詞子句以及其他具副詞功能的詞語，如不定詞（構句）、分詞（構句）等。[註5] 我們先看動詞的修飾語：

o1 He failed miserably.【副詞】
（他敗得很慘。）

o2 The Jacksons left in the morning.【副詞片語】
（傑克森一家人在早上動身。）

o3 I'll go if you go.【副詞子句】
（如果你去，我就去。）

o4 To get there, you have to take an airplane.【不定詞構句】
（要到那裡去的話，你必須搭飛機。）

o5 Having finished supper, they went out for a walk.【分詞構句】
（吃過晚飯後，他們出去散步。）

接下來我們看形容詞補語的修飾語：

p1 Something is terribly wrong.【副詞】（出了大問題。）

p2 He's kind to others.【副詞片語】（他對人很和善。）

p3 Her father was angry because she talked back.【副詞子句】
（因為她頂嘴，所以她爸爸很生氣。）

p4 This money is enough to buy a house.【不定詞】
（這些錢夠買一棟房子。）

p5 Ted is short compared to my younger brother.【分詞】
（跟我弟弟比較起來，泰德算是矮的。）

事實上，關於副詞類修飾語還有三點必須補充說明。第一、它們還可用來修飾其他副詞，例如：

q This train runs really fast.（這列火車跑得真是快。）

r He's so fat that he can't even walk.（他胖得連走都走不動。）

在 q. 句中副詞 really 用來修飾另一個副詞 fast；在 r. 句中副詞子句 that he can't even walk 用來修飾副詞 so。

第二、副詞類修飾語的使用在數量上並無限制，例如：

s Jennifer went to the supermarket with her mother.
（珍妮佛和他媽媽一起去超市。）

t Tony came to the party alone because his girlfriend was sick.
（因為女朋友生病，所以東尼一個人來參加派對。）

在 s. 句中出現了兩個副詞片語；在 t. 句中則出現了一個副詞片語、一個副詞以及一個副詞子句。

第三、由於受詞的修飾語為形容詞，因此副詞也可以用來修飾受詞的修飾語，[註6] 例如：

u I've just read a very interesting novel.（我剛讀了一本非常有趣的小說。）

在此句中，副詞 very 被用來修飾受詞 (a) novel 的修飾語，即形容詞 interesting。

本章我們針對英文的基本句構做了詳盡的分析討論。英文句構可歸納成一條主規則和兩條次規則：

SENTENCE → SUBJECT + PREDICATE
SUBJECT → subject (modifier)
PREDICATE → verb (object) (complement) (modifier)

這一套規則的重要性在於：一般合乎文法的句子（不論繁簡、不論長短）皆可由它衍生而出。[註7]

註解

1 注意，我們用大寫的 SUBJECT 來表示「主部」，用小寫的 subject 表示「主詞」。
2 有關名詞用法的詳細說明，請參閱「名詞篇」。
3 有關形容詞用法的詳細說明，請參閱「形容詞篇」。
4 有關動詞分類的詳細說明，請參閱「動詞篇」。
5 有關副詞用法的詳細說明，請參閱「副詞篇」。
6 同理，由於主詞的修飾語亦為形容詞，因此應用副詞作為其修飾語，例如：

Very few people know her secret.（很少人知道她的秘密。）

7 此即所謂「衍生文法」(generative grammar) 的基本內涵。

3分鐘英文 搞懂易混淆字詞用法！

形容詞⑮ emotional / sentimental

二者皆與「感情」有關，emotional 多用來指「情緒激動的」、「易動感情的」，而 sentimental 則常表「多愁善感的」、「令人感傷的」。

形容詞⑯ mental / psychological

這兩個字都跟「心理」有關，mental 指的是「與心理疾病有關的」（例如，我們可以說某人有 mental problem），而 psychological 則是指相對於 physical「身體的」或 physiological「生理的」之「心理或精神的」。另注意，mental 還可指「智力的」、「思維的」，psychological 則不具這些意涵。

形容詞⑰ dangerous / risky

二者意思相近但不相同：dangerous 指「危險的」，risky 指「可能有危險的」，也就是，「有風險的」。另，相關字 precarious 則指「不保險的」、「岌岌可危的」。

形容詞⑱ poisonous / toxic

poisonous 與 toxic 都指「有毒的」，在某些情況下二者可互換使用，例如 poisonous / toxic gases「有毒氣體」，但是在其他情況下則須擇一使用，例如，「毒蛇」應是 poisonous snakes 而不可說成 toxic snakes，而「有毒廢料」通常說 toxic wastes 而不用 poisonous wastes 表示。另外，若指「可分泌毒液的」可用 venomous 表示，例如，「毒蠍」就是 venomous scorpions，而「毒蛇」也可以說成 venomous snakes。

第 2 章 平行結構

在第一章中我們介紹了英文的基本句構。依照這一套規則，理論上我們可以創造出無限的句子，但是在實際造句時，我們卻發現有許多「細節」問題無法用這幾條簡單的規則來規範。所謂的「平行」原則就是其中之一。本章我們將針對此問題作深入的分析探討。

1 何謂平行結構？

請先看下面這個句子：

誤 a **Jack is a taxi driver but very happy.**
（傑克是個計程車司機但是〔他〕很快樂。）

相信讀者都看得出來這個句子怪怪的。但是問題出在哪裡呢？如果稍加觀察不難發現 a. 句之所以怪，是因爲對等連接詞 but 所連接的 taxi driver 和 very happy 無法搭配——前者爲複合名詞，後者則爲形容詞片語。這點就違反了平行對稱 (parallelism) 的原則。

我們再看一個例子：

誤 b **I like to eat, sleep, and reading.**（我喜歡吃東西、睡覺和閱讀。）

這個句子同樣不順暢，因爲用對等連接詞 and 連接的 eat、sleep 和 reading 並不「平行」。如果要讓 a. 和 b. 成爲可接受的句子，我們必須做一些調整，例如把 a. 句改成：

a1 **Jack is a taxi driver but he is very happy.**

把 b. 句改成：

b1 I like to eat, sleep, and read.

a1. 的 but 連接的是兩個對等的子句 Jack is a taxi driver 和 he is very happy；b1. 的 and 則連接三個對等的動詞 eat、sleep 和 read。也就是說 a1. 句和 b1. 句中畫底線的部分即形成了所謂的「平行結構」。

事實上，平行結構可細分爲兩類：形式對稱與內容對稱。請看以下分析說明：

A. 形式對稱

形式對稱指的是文法結構上的對等。在一個句子中只要出現對等連接詞（如：and、or、but 等），[註1] 其所連結的項目，不論是單字、片語或子句，都必須平行對稱。例如：

誤 c She is tall, beautiful, and with elegance.
（她又高又美，而且很優雅。）

誤 d People usually go to work by bus, by train, or they drive.
（人們通常搭公車、搭火車，或開車上班。）

誤 e I know who you are, where you live, and your telephone number.
（我知道你是誰、你住哪裡，〔也知道〕你的電話號碼。）

c. 句中的 with elegance 爲片語形式，與前面的兩個形容詞 tall 和 beautiful 不能搭配；d. 句中的 they drive 爲一子句，與前面的兩個片語 by bus 和 by train 形式不符；e. 句中的 your telephone number 爲名詞片語，和前面的兩個名詞子句 who you are 和 where you live 有衝突。

c. 句應改成：

c1 She is tall, beautiful, and elegant.

d. 句應改成：

d1 People usually go to work by bus, by train, or by car.

e. 句應改成：

e1 I know who you are, where you live, and what your telephone number is.

注意，形式對稱也包括詞類之對稱。例如前面提到的 b. 句之所以有誤，就是因爲其中的動名詞 reading 與其前不定詞形式的 to eat、(to) sleep 不相符。在下面這個句子中也出現了詞類不對稱的情況：

誤 f This train is safe, comfortable but slowly.
（這列火車安全、舒適、但是比較慢。）

本句在 safe 和 comfortable 這兩個形容詞之後，很突兀地出現了一個副詞 slowly，因而違反了平行原則。f. 句應改成：

f1 This train is safe, comfortable but slow.

我們再看一個例子：

g *The Harry Potter* movies are interesting, exciting, and appeal to everyone.
（《哈利波特》系列電影很有趣、很刺激、非常吸引人。）

g. 句中的動詞 appeal 明顯與前面的形容詞 interesting 和 exciting 有衝突，應改成形容詞形式：

g1 *The Harry Potter* movies are interesting, exciting, and appealing to everyone.

B. 內容對稱

相對於形式對稱，內容對稱較不易掌握。有時縱使一個句子中的相關部分達到形式上的對稱，符合了文法上的要求，但是整體而言並不完善，讓人覺得仍有瑕疵。這又是怎麼回事？請看我們的分析說明。

首先，請讀者仔細檢視下面這個句子：

誤 h Inflation can affect the people, the government, and the economics of the country.
（通貨膨脹會影響一個國家的人民、政府與其經濟。）

乍看之下，h. 句似乎四平八穩，但是稍加留意就不難發現，這個句子的用字出了問題。的確，句中的三個名詞結構 the people、the government 和 the economics 完全符合平行原則，但是 economics 的意思爲「經濟學」，顯然不能與其他兩個名詞搭配。正確的用字應爲 economy：

h1 **Inflation can affect the people, the government, and the economy of the country.**

接下來，請檢視下面這個句子：

誤 i **The problems raised in the meeting includes the shortage of natural resources and the manpower lacking in the industry.**
（會議上提出的問題包括自然資源的短缺和該產業人力的不足。）

在 i. 句中動詞 includes 看似有完整且對等的兩個受詞——名詞片語 the shortage of natural resources 和 the manpower lacking in the industry。但是如果仔細觀察，我們會發現第二個受詞在語意上是有問題的。注意，本句的主詞爲 (The) problems，而 (the) shortage 當然是一個 problem，但是 (the) manpower 並非 problem，二者實際上並不「平行」。我們可以把 i 句改成：

i1 **The problems raised in the meeting includes the shortage of natural resources and the lack of manpower in the industry.**

如此一來，兩個受詞 the shortage of natural resources 和 the lack of manpower in the industry 不但結構更對稱，而且語意相仿（shortage 和 lack 皆爲 problems），二者皆可與主詞呼應。

最後，我們來看一個子句內容不對稱的例子：

誤 j **Many scientists predict that the next Ice Age is coming very soon, but that many others have predicted otherwise.**
（許多科學家預測下個冰河期很快就會到來，但是許多其他的科學家所預測的並非如此。）

表面上看來，這個句子的結構似乎符合平行對稱的原則——對等連接詞 but 連接前後兩個對等的名詞子句 that the next Ice Age is coming very soon 和 that many others have predicted otherwise。但是如果我們仔細看一下這兩個子句所表達的內容，就會發現這只是形式上達到的對稱，在語意上是不通的。按照原句，「正確」的翻譯應該是：「許多科學家預測下一個冰河期很快就會到來。但是他們也預測許多科學家所預測的並非如此。」本句若不加以調整，即可能傳達這樣怪異的訊息給讀者。j. 句的問題出在寫者畫蛇添足地在 but 之後加了一個 that，讓人誤以爲由 that 引導的名詞子句也是前半句之主要動詞 predict 的受詞。如果把 that 拿掉，讓前半句和後半句各自獨立，這個句子就通了：

j1 Many scientists predict that the next Ice Age is coming very soon, but many others have predicted otherwise.

以上我們所討論的平行結構，基本上是以句子中單一的對等連接詞爲中心，而事實上還有些對等連接詞會以複合的形式出現，即所謂的「關聯連接詞」，[註2]若句中使用了這類的連接詞，同樣必須注意平行對稱的原則。

2 關聯連接詞與平行結構

關聯連接詞有：both... and、either... or、neither... nor、not only ... but also 以及 not ... but 等。由這些相關字組所連接的項目必須平行對等，否則即爲錯誤用法。

誤 k I did that both to fulfill my dream and make a profit.
（我做那件事的目的一方面是為了實現我的夢想，一方面是為了賺錢。）

誤 l You can either call us or you can email us.
（你可以打電話給我們或寄電子郵件給我們。）

誤 m Neither his wealth nor position can satisfy him.
（不論是他的財富或地位都無法滿足他。）

誤 n Not only did I pay for the dinner, but also drove her home.
（我不但請她吃晚飯，還開車送她回家。）

誤 o I didn't go not because of you but because the weather.
（我沒有去不是因為你，而是因為天氣。）

在 k. 句中 both 之後爲不定詞結構 to fulfill my dream，and 之後卻只有動詞部分

make a profit，二者不對等。k. 句應改成：

k1 I did that both to fulfill my dream and to make a profit.

在 l. 句中 either 後只有動詞和受詞 call us，但是 or 之後卻出現了完整句子（子句）you can email us，故 l. 應改成：

l1 You can either call us or email us. 註3

在 m. 句中 neither 之後爲代名詞所有格加名詞 his wealth，但是 nor 之後只有名詞 position，明顯不對稱，後者應加上 his：

m1 Neither his wealth nor his position can satisfy him.

在 n. 句中 not only 引導的是一個子句 Not only did I pay for the dinner（注意，主詞與動詞必須倒裝），but also 之後卻是沒有主詞的結構 drove her home，因此整句應改成：

n1 Not only did I pay for the dinner, but I also drove her home.

最後，在 o. 句中 not 之後爲片語介系詞 because of 加上其受詞 you，但是 but 之後卻只有 because 加上名詞 the weather（注意，because 實爲從屬連接詞，應用來引導表原因、理由的從屬子句），故 o. 句應改成：

o1 I didn't go not because of you but because of the weather.

以上兩節的討論中，我們針對的是與對等連接詞相關的平行結構。在下一節的討論中，我們還要介紹另外一類需要注意平行對稱的句子：比較句型。請看以下說明。

PART 9 文法與修辭篇

3 比較句型與平行結構

任何被拿來做比較的人、事、物在形式與意義上必須對稱，否則無法進行比較。例如：

誤 p The area of New Taipei City is larger than Taipei City.
（新北市的面積比台北市〔的面積〕大。）

誤 q We care not so much about how it is done as when.
（我們在意的主要不是這事怎麼做，而是什麼時候〔做〕。）

誤 r Compared to his office, my is rather small.
（跟他的辦公室相比，我的蠻小的。）

誤 s The shoes in this store are very different from the other store.
（這家店的鞋子和另外那一家〔的〕很不一樣。）

誤 t Like John, the school kicked out George.
（像約翰一樣，喬治被學校開除了。）

p. 句的錯誤在於拿 Taipei City 這個「城市」與 The area of New Taipei City 新北市的「面積」相比。p. 句應改成：

p1 The area of New Taipei City is larger than that (= the area) of Taipei City.

q. 句錯在從屬連接詞 when 之後不當省略了主詞和動詞，也就是說，光是 when 並不能與 how it is done 相較，故 q. 句應改成：

q1 We care not so much about how it is done as when it is done.

r. 句的 my 爲代名詞所有格，不能當名詞用，因此也無法跟前面的 his office 做比較，應改爲所有代名詞 mine：

r1 Compared to his office, mine (= my office) is rather small.

s. 句拿鞋店 (the other store) 和鞋子 (The shoes) 相比也是錯誤，本句應改成：

s1 The shoes in this store are very different from the ones (= the shoes) in the other store.

t. 句中的 the school 和 John 被拿來相提並論，顯得非常荒謬，必須修改成：

t1 Like John, George was kicked out by the school.

最後，在結束本章的討論之前，讓我們來看一下幾個因不當省略而造成句子結構失衡的情況。

4 不當省略

由修辭的角度來看，經由省略 (ellipsis) 而讓一個句子變得較爲精簡原是一件好事，但是如果因此而造成錯誤或語意不清就得不償失了。下面幾個例子就是犯了不當省略的錯誤：

誤 u I have and will continue to support the local team.
（我一直都〔支持〕而且會繼續支持本地的球隊。）

誤 v The thief was careless and caught by the police.
（那個小偷很不小心，被警察抓到。）

誤 w Toni already showed a strong interest and a great talent for writing when she was only ten.
（冬妮才十歲的時候就已經顯露出她對寫作的熱愛與極大的天賦。）

誤 x I saw a man and woman enter the shop.
（我看到一男一女進到店裡。）

誤 y If you come late in the morning or you leave early in the afternoon, they will cut your pay.
（如果你早上遲到，或者是〔如果〕你下午早退的話，他們會扣你的薪資。）

誤 z This report indicates that the inflation rate has fallen, the average income has increased, and that people are now more willing to spend their money.
（這份報告顯示通貨膨脹率已經下降、平均所得已經增加，而人們如今比較願意花錢。）

u. 句的錯誤是不當省略掉第一動詞（現在完成式）的過去分詞，使得整句話的意思不清楚，應改成：

u1 I have supported and will continue to support the local team.

v. 句的錯誤在於不當省略掉第二個 be 動詞 was。雖然同樣爲 be 動詞，但是第一個 was 是主動詞（連綴動詞），而第二個 was 爲助動詞（幫助其後的 caught 形成被動式），因功能與第一個不同，故不可省略。v. 句應改爲：

v1 The thief was careless and was caught by the police.

w. 句中則不當地省略了一個介系詞。在 interest 之後應用介系詞 in，與 talent 之後接的 for 不同，不可任意省略：

w1 Toni already showed a strong interest in and a great talent for writing when she was only ten.

x. 句中 woman 之前的不定冠詞 a 不可省略，否則會變成「一個男女人」，不知所云。故 x. 句應改成：

x1 I saw a man and a woman enter the shop.

在 y. 句中出現了兩個不對稱的從屬子句，因爲在對等連接詞 or 之後應有的從屬連接詞 if 被省略掉了，應將之還原：

y1 If you come late in the morning or if you leave early in the afternoon, they will cut your pay.[註4]

z. 句之所以錯誤是因爲從前後文看來，indicates 應該有三個對等的受詞子句，但是用來引導第二個受詞子句的從屬連接詞 that 卻被省略掉了。故 z. 句應改成：

z1 This report indicates that the inflation rate has fallen, that the average income has increased, and that people now are more willing to spend their money.

註解

1 對等連接詞的相關說明請參閱本書「連接詞篇」。
2 關聯連接詞英文叫做 “correlative conjunction”，相關說明亦請見本書「連接詞篇」。
3 本句可進一步簡化成：You can either call or email us.。
4 本句亦可簡化成：If you come late in the morning or leave early in the afternoon, they will cut your pay.。

3分鐘英文 搞懂易混淆字詞用法！

形容詞⑲ terrible / horrible

terrible 與 horrible 都可以表「可怕的」、「很糟的」，但程度有別。簡單講，horrible 似乎比 terrible 還要 terrible。另外，若要指「極可怕」、「極糟糕」可以用 horrendous 這個字來表示。

形容詞⑳ possible / probable

possible 指「可能的」，probable 則指「很可能的」，也就是說，後者的發生機率高於前者。下面這個句子正好道出這個差異：That is not only possible; it is probable.「那不只是可能發生，而是很可能會發生。」另注意，一般將 probable 與 likely 視為同義。

形容詞㉑ suitable / appropriate

suitable 和 appropriate 都指「合適的」、「適當的」，但 suitable 可用於人或事，而 appropriate 則一般只用於事物。例如，「他不適合做這個工作。」只能說 He is not suitable for the job. 而不能說成 He is not appropriate for the job. 。注意，另一個也可表「合適」、「恰當」的單字 proper，用法與 appropriate 相近，但 proper 有時可用於「人」，但意思是「彬彬有禮」、「循規蹈矩」，例如，He is always formal and proper.「他總是一本正經、中規中矩。」

第 3 章 存在句

存在句的句型相當特殊，[註 1] 它們在英文裡也扮演了一種獨一無二的角色。在本章中我們將對存在句的意義、結構及其功能等做詳細的分析說明。

1 何謂存在句？

所謂的「存在句」(existential sentence) 指的是用來表達某處有某（些）人、事、物之存在的句子。例如：

a There is a fly in my soup.
（我的湯裡有一隻蒼蠅。）

b There are some differences between these two diagrams.
（這兩張圖表之間有些不同之處。）

c There were many important figures in the country's short history.
（在該國短暫的歷史中曾有許多重要的人物。）

d There will be a lot of food at the party tonight.
（今晚的派對上會有很多的食物。）

e There might still be a few aborigines where we are going.
（我們要去的地方可能還有些原住民。）

a. 句表達的是：

a' There exists a fly in my soup.

b. 句表達的是：

b' There exist some differences between these two diagrams.

c. 句表達的是：

c' There existed many important figures in the country's short history.

d. 句表達的是：

d' There will exist a lot of food at the party tonight.

而 e. 句表達的是：

e' There might still exist a few aborigines where we are going.

2 存在句的結構

由上節 a.、b.、c.、d.、e. 五句的字序排列，我們可以推斷出存在句的基本架構應爲：

There + be + noun + adverb of place.

也就是說，存在句是以 There 起頭，加上 be 動詞，然後接名詞，再接表地方的副詞。

從表面上看，這類句子的主動詞即爲 be 動詞，因此句子的主詞應是其前的 There。但是，如果我們仔細觀察 a.、b.、c.、d.、e. 這五句話，就會發現這樣的判斷並不正確。第一，作爲「主詞」的 There 似乎不具任何語意。第二，句子眞正的「主角」似乎是 be 動詞之後的名詞。以 a. 句爲例，說話者的重點很顯然是要告訴對方有「一隻蒼蠅」出現在他的湯裡，換句話說，a fly 似乎才是 a. 句的眞正主詞。

不過，從 a.、b.、c.、d.、e. 各句的結構來看，There 的確占據了主詞的位置。這應如何解釋呢？又，如果 There 不具意義卻又出現在句子中，那它是否扮演了某種功能？在我們做更詳細的說明前，請先再觀察其他幾個存在句：

f There is nobody here.（這裡並沒有人。）
g There are some more chairs over there.（那邊還有幾張椅子。）
h There has been an accident on the main road.（主要道路上發生了車禍。）

i There used to be a church where you're now standing.
（你現在站的地方以前曾有間教堂。）

j There must have been some misunderstanding between them.
（他們之間一定有些誤會。）

首先，由這幾個例句我們可以確定 there 的確不具意義。以 f. 句來說，there 絕對不會是「那裡」的意思，因爲句中明白表示沒有人的地方是 "here"「這裡」。以 g. 句來說，句中表明有椅子的地方是 "over there"「那邊」這個副詞片語，而非句首的 There 這個字。同樣地，在 h.、i.、j. 句中都有明確表示「地方」的副詞結構：在 h. 句中爲 on the main road，在 i. 句中爲 where you're now standing，在 j. 句中爲 between them。

不過，如果 There 不具意義，那它在句子中到底扮演什麼角色呢？我們發現它至少具有兩個功用：一、作爲句子的假主詞；[註2] 二、與其後的 be 動詞一起表達「有」（存在）的意涵。以前面提到的 a. 句來分析，眞主詞爲出現在動詞 is 之後的名詞 a fly，句首的假主詞 There 則與 is 共同表達出在 my soup 這個地方「有」a fly 存在的概念。但是，爲什麼需要用這麼「特殊」的句型來表達看來並不特別複雜的句意呢？比如，我們爲何不直接說 "A fly is in my soup." 或者 "The fly is in my soup." 呢？請看下一節的說明。

3 存在句的功能

前面我們說過，存在句用來表達「某處有某人、事、物存在」的意念。一般而言，當說話者要告知聽話者這樣的訊息的時候，該人、事、物應屬於所謂的「新資訊」(new information)，也就是聽話者原本不知道的訊息。在這種情況下，there 就可作爲一種「信號」(signal)，預告聽話者，說話者即將告知某項新的訊息。以 a. 爲例，假如說話者爲餐廳裡的客人，突然發現湯裡頭有蒼蠅（新資訊），而想告知服務人員，那麼如果他／她說：

a'' Waiter, there is a fly in my soup.（服務生，我的湯裡有一隻蒼蠅。）

相信一定可以順利達到目的。但是如果他／她說的是：

k Waiter, a fly is in my soup. (?)（服務生，一隻蒼蠅在我的湯裡。）

可能會換來服務人員一臉困惑的表情，因為他／她在沒有打信號的情況之下，直接切入新的資訊。k. 句雖然在文法上沒有錯誤，但是用在實際溝通時卻顯得彆扭、不自然。

而如果這個客人用的是這句話：

l Waiter, the fly is in my soup. (??)（服務生，那隻蒼蠅在我的湯裡。）

那對方肯定更是丈二金剛摸不著腦袋。須知，在名詞前使用定冠詞 the 時，表達的是說話者和聽話者雙方都已知道的「舊資訊」(old information)。[註3] 這顯然與原來的目的（告知新資訊）南轅北轍，不但無法產生效果，反而造成了溝通上的障礙 (communication breakdown)。注意，此時即使加上 There 這個信號，仍然於事無補：

m Waiter, there is the fly in my soup. (??)（服務生，我的湯裡有那隻蒼蠅。）

因為畢竟，存在句要表達的是新資訊，在句中使用用來指「舊」資訊的 the 與原來之目的有所扞格。

當然，新資訊一旦建立之後，在說話者與聽話者之間就成了舊資訊。我們就以 a. 句作為原始範本，來看一下新、舊資訊之間的變化：

a''' Waiter, there is a fly in my soup. Look, the fly is almost as big as a cockroach.
（服務生，我的湯裡有一隻蒼蠅。你瞧，這隻蒼蠅簡直跟蟑螂一樣大。）

我們從 a'''. 這句可以看出，在說話者以存在句告知對方有某不特定的蒼蠅 "a fly" 之存在（新資訊）之後，這隻蒼蠅的存在即成為雙方所共知之事實（舊資訊），因此，當說話者第二次提到蒼蠅時，便使用了表特定指稱之定冠詞── "the fly"。

以上是我們針對存在句之用法所做的完整說明。[註4] 在結束本章的討論之前，我們還要看一下其他形式的存在句。

4 包含其他動詞的存在句

截至目前，我們所介紹的存在句皆以 be 動詞為其主動詞。的確，在一般存在句中大多使用 be 動詞，但是有些文法學家在討論存在句時，還是會提及使用其他動詞的例子。這些動詞包括 appear、seem、arise、happen、occur、develop，以及我們前面提到過的 exist 等。請看例句：

n There **appears** a ship on the horizon.
（水平線上出現了一艘船。）

o There **seems** (to be) no ending to their quarrels.
（他們之間的爭吵似乎永無休止。）

p There **arose** another question about his proposal.
（關於他的提案又有了另外的質疑。）

q There **happened** to be a policeman in the crowd.
（群衆中碰巧有個警察。）

r There **occurred** an unexpected incident during the negotiation.
（在談判的過程中發生了一個預料之外的事件。）

s There **develop** a crisis in our relationship.
（我們的關係出現了危機。）

t There **exists** a huge gap between the two sides.
（雙方之間存在著一道鴻溝。）

綜合本章所有例句，我們可以得到一個結論，那就是，存在句除了必須以 There 起始之外，動詞一定得是不及物動詞（大多爲 be 動詞）或是動詞不及物的用法（如 s. 句中的 develop），而作爲眞主詞之名詞須爲指稱不特定之人、事、物（包括 b. 句中的 some differences 或 f. 句中的 nobody）。

註解

1 我們將在本篇中陸續介紹英文的各種特殊句型，包括第四章的分裂句、第五章的倒裝句等。

2 換言之，there 與 it 相同，作假主詞用時皆屬所謂的虛字 (expletive)。有關 it 作為假主詞之句型請見本篇第 6 章〈假主詞〉。

3 反之，如 k. 句中以不定冠詞 a 來引導名詞時，則通常傳達的是新資訊。有關定冠詞與不定冠詞之用法及其相關之指稱問題，請參考本書「冠詞篇」。

4 事實上，存在句在語言中屬普遍現象 (language universal)，也就是，在一般語言中都會有這種句型，例如「桌子上有一本書。」（此即中文之存在句）在西班牙文、法文、德文的說法分別是：

① Hay un libro sobre la mesa.
② Il y a un livre sur la table.
③ Es gibt ein Buch auf dem Tisch.

以上各句中畫底線的部分皆相當於英文的 There is，當然也就相當於中文的「有」。

3分鐘英文 搞懂易混淆字詞用法！

形容詞㉒ correct /exact

correct 與 exact 的意思接近，但不完全相同：correct 指「正確（無誤）的」，exact 則指「（完全）準確的」。換言之，就「正確度」而言，exact 似乎比 correct 要來得高一些。具類似意義的字還包括 precise「精確的」、accurate「精準的」。

形容詞㉓ considerate / thoughtful

considerate 與 thoughtful 都可以指「體貼的」、「考慮周到的」，但 thoughtful 還可以用來指「沉思的」、「深思熟慮的」，considerate 則無這些用法。

形容詞㉔ responsible / liable

二者都表「負責的」之意，但是 responsible 指的是一般對於人、事、物所發生之事「應承擔責任的」，而 liable 則指對造成的傷害或損害「負有法律責任的」。

形容詞㉕ careful / cautious

這兩個字都指「小心的」，但是 careful 指的是為了避免危險、傷害等的小心，而 cautious 則指出於害怕出錯或出狀況的小心，因此 cautious 更恰當的翻譯應該是「謹慎的」或是「小心翼翼的」。

第 4 章 分裂句

上一章我們介紹了具特殊句型的存在句，在本章中我們將介紹另一種特殊句型：分裂句 (cleft sentence)。我們在上一章的討論中提到，存在句的使用基本上是爲了避免在溝通時產生不必要的困擾，而本章要討論的分裂句則主要是爲了因應修辭上的需要。那，什麼是分裂句呢？請看下文的說明。

1 何謂分裂句？

在我們正式討論分裂句之前，請先觀察下面這個句子：

a Jeremy hung the picture on the wall with some wire yesterday because he couldn't find any string.
（昨天傑若米用電線把那張圖片掛在牆壁上，因為他找不到繩子。）

a. 句提供了以下幾個訊息：

① who hung the picture on the wall with some wire yesterday because he couldn't find any string → Jeremy
② what Jeremy hung on the wall with some wire yesterday because he couldn't find any string → the picture
③ where Jeremy hung the picture with some wire yesterday because he couldn't find any string → on the wall
④ how Jeremy hung the picture on the wall yesterday because he couldn't find any string → with some wire
⑤ when Jeremy hung the picture on the wall with some wire because he couldn't find any string → yesterday
⑥ why Jeremy hung the picture on the wall with some wire yesterday → because he couldn't find any string

⑦ what Jeremy did to the picture on the wall with some wire yesterday because he couldn't find any string → he hung it

以上幾點箭頭右邊的詞語稱爲「訊息焦點」(information focus)。

說話者可以將自身認爲是核心焦點的部分重讀，以凸顯其重要性：

a1 Jeremy hung the picture on the wall with some wire yesterday because he couldn't find any string.

a2 Jeremy hung the picture on the wall with some wire yesterday because he couldn't find any string.

a3 Jeremy hung the picture on the wall with some wire yesterday because he couldn't find any string.

a4 Jeremy hung the picture on the wall with some wire yesterday because he couldn't find any string.

a5 Jeremy hung the picture on the wall with some wire yesterday because he couldn't find any string.

a6 Jeremy hung the picture on the wall with some wire yesterday because he couldn't find any string.

a7 Jeremy hung the picture on the wall with some wire yesterday because he couldn't find any string.

但是，以重讀的方式來強調句子的某一部分，有其潛在的缺點。第一，重讀必須以口說表達，然而在各種主、客觀的因素（如說話者的音質、音量或背景的噪音等）影響下，正確的訊息不見得能很精準地傳達給聽話者。第二，書寫時無法用重讀的方式表達寫作者的意念。在這樣的情況下，分裂句就成了最佳解決之道。

我們可以用以下 b. ~ g. 句來取代上面的 a1. ~ a6.：[註 1]

b It was Jeremy that hung the picture on the wall with some wire yesterday because he couldn't find any string.

c It was the picture that Jeremy hung on the wall with some wire yesterday because he couldn't find any string.

d It was on the wall that Jeremy hung the picture with some wire yesterday because he couldn't find any string.

e It was with some wire that Jeremy hung the picture on the wall yesterday because he couldn't find any string.

f It was yesterday that Jeremy hung the picture on the wall with some wire because he couldn't find any string.

g It was because he couldn't find any string that Jeremy hung the picture on the wall with some wire yesterday.

以上 b. ~ g. 即所謂的分裂句。我們發現，a1. ~ a6. 中需要被強調的部分（焦點訊息）皆被置於 b. ~ g. 句中 It was 和 that 之間，也就是說，它們被與原句中剩餘的部分分離開來，此即所謂的「分裂」(cleaving)；而分裂的目的，很明顯與重讀的目的相同，就是要凸顯這些詞語的重要性。

接下來我們要探討的是分裂句的句型結構。除了分析分裂句的基本句型之外，我們也要審視分裂句中焦點部分之結構。最後，我們還要看一下分裂的機制在各種句構中如何呈現。

2 分裂句的結構

A. 基本句型

由 b. ~ g. 句我們可歸納出分裂句之基本句型為：

It + be + ... + that + ...

「...」部分應置入焦點訊息，原句剩餘之部分則置於「......」處。以下面 h. 這個簡單的句子為例：

h John loves Mary.（約翰愛瑪麗。）

我們若以主詞 John 為焦點，則 John 須置於「...」處，其餘部分則須照原句之結構寫在「......」處：

h1 It is John that loves Mary.

若以受詞 Mary 爲焦點，則將 Mary 置於「...」，其餘部分仍須依原句之字序先後列於「......」：

h2 It is Mary that John loves.

我們看另一個稍微複雜的例子：

i The patient passed away in the hospital last night.
（那個病人昨天晚上在醫院裡過世了。）

若以主詞 The patient 爲焦點，其對應之分裂句應爲：

i1 It was the patient that passed away in the hospital last night.

若以地方副詞爲焦點，其對應之分裂句應爲：

i2 It was in the hospital that the patient passed away last night.

若以時間副詞爲焦點，其對應之分裂句應爲：

i3 It was last night that the patient passed away in the hospital.

與上例相同，除了被分裂出去的部分之外，原句的剩餘部分不應該做任何更動，也就是，必須照抄於 that 之後。而且請注意，因爲本例原動詞 passed away 爲過去式，所以分裂句中的 be 動詞應用過去形式的 was。

從分裂句的基本句型本身來看，我們發現分裂句最特別的地方在於句首的代名詞 It 與句中的連接詞 that。然而，這兩個字並非唯一的選擇。以 It 來說，它除了作爲句子形式上的主詞之外，還必須扮演引導焦點訊息的角色，而由於 It 本身並不具太強的語意內涵 (semantic import)，因此在某些情況下，有些人會選擇用指示意涵較強烈的 That 來取代 It。試比較 j. 句和 k. 句：

j It was a cockroach that was swimming in my soup.
（在我的湯裡游泳的是一隻蟑螂。）

k That was a cockroach that was swimming in my soup.
（在我的湯裡游泳那玩意是一隻蟑螂。）

很明顯地，j. 句雖然是個分裂句，但是讓人覺得「平鋪直敘」，相反地，k. 句則讓人有「如臨現場」的感受。

在分裂句中負責引導原句剩餘部分的 that 也面臨類似的「窘境」，因為 that 除了用來引導其後的非焦點資訊外，同時必須作為連結其前之焦點訊息的橋樑。換言之，它與其前之字詞有著相當程度的「關係」。這正是為什麼有些人會用關係詞來取代 that 的原因。比如前面的 h1. 句可以改成：

h3 It is John who loves Mary.

而 h2. 也可用 h4. 來表達：

h4 It is Mary whom John loves.

有些人更進一步，用 where 和 when 來取代連結地方和時間的 that。例如把 i2. 句變成：

i4 It was in the hospital where the patient passed away last night.

或把 i3. 變成：

i5 It was last night when the patient passed away in the hospital.

不過，由於分裂句形成之目的與關係子句所代表的意義畢竟不同，為了不引起不必要的誤解，在分裂句中避免使用 who、where、when 等關係詞應該是較安全、穩當的作法。[註 2]

B. 分裂句中焦點部分的結構

分裂句中的焦點訊息可以單字（如 b. 句）、片語（如 d. 句）或子句（如 g. 句）的形式出現。而這些單字、片語或子句在原句中可能是作主詞用的名詞（如 b.、h1.

句）、作動詞之受詞用的名詞（如 c.、h2. 句）、表地方的副詞（如 d.、i2 句）、表時間的副詞（如 f.、i3. 句）、表方法的副詞（如 e. 句）、表原因的副詞（如 g. 句）。除此之外，我們發現介系詞的受詞與動詞受詞的補語也可以被分裂，作爲焦點訊息。例如下列兩句話中，被分裂的即爲介系詞之受詞：

l It was me that he lent the book to.（他那本書借的對象是我。）

m It was a stick that Martin beat the dog with.
（馬汀用的是一根棍子來打狗。）

下面兩句話中被作爲焦點訊息的則爲受詞補語：

n It was vice president that they made Mr. Dean.
（他們推舉迪恩先生擔任的是副總裁。）

o It is white that we paint our new house.（我們的新房子漆的是白色。）

有趣的是，雖然受詞補語可被分裂，主詞補語卻不可：

p I am a teacher. ↛ It is a teacher that I am.（我是老師。）

q Vera seems upset. ↛ It is upset that Vera seems.（維拉似乎不高興。）

另外，不能被分裂作爲焦點訊息的還有情態副詞和動詞：

r Father talked angrily. ↛ It was angrily that father talked.（爸爸生氣地說話。）

s He did a good job. ↛ It was did that he a good job.（他做得很好。）

C. 分裂句與各種句構

到目前爲止我們討論的都是平述句中的分裂情況。事實上，分裂句型也可用於疑問句、感嘆句，甚至從屬子句中。請看以下例子：

t Who do you like better? → Who is it that you like better?
（你比較喜歡誰？ → 你比較喜歡的那個人是誰？）

u What a nice car you have! → What a nice car it is that you have!
（你的車真棒！ → 你的那輛車真棒！）

v They said that they had to finish the project this month. → It was the project that they said that they had to finish this month.

（他們說他們必須在這個月完成那個案子。→他們說他們必須在這個月完成的就是那個案子。）

最後，在結束本章的討論之前，讓我們看一下分裂句在英文這個語言中除了「強調」的功能外，還有什麼其他的用途。

3 分裂句的其他功能

英文的分裂句除了用來明顯標示訊息焦點之外，至少還有其他兩項功能。

一、分裂句型可以用來釐清原本語意不明的句子。註3 例如下面的 w. 句即有兩種可能的意涵：

w He didn't go because of her.（因為她所以他沒去。／他並不是因為她才去的。）

但是 w1. 和 w2. 卻各只有一個意思：

w1 It was because of her that he didn't go.（就是因為她，所以他沒去。）

w2 It was not because of her that he went.（並不是因為她，所以他才去的。）

二、分裂句型可以用來要求聽話者提供較精確的回答。例如下面的 y. 句讓人覺得問話者並不十分確定對方是否眞的需要什麼；但是 z. 句卻顯示問話者知道對方想要某物品，因而直接問對方要的是什麼：

y What do you want?（你想要什麼？）

z What is it that you want?（你要的是什麼東西？）

註解

1 注意，動詞部分並不能用分裂句的方式來做強調。（見下節 2. 分裂句的結構之 B. 分裂句中焦點部分的結構。）一般而言，若要特別強調動詞可在該動詞前加上助動詞 do，例如 a7. 句可變成：

Jeremy <u>did</u> hang the picture on the wall with some wire yesterday because he couldn't find any string.

2 關係詞及關係子句的用法請見本書「形容詞篇」和「連接詞篇」。

3 語意不明或所謂歧義 (ambiguity) 的相關討論請見本篇第 15 章〈句意不明〉。

3分鐘英文 搞懂易混淆字詞用法！

形容詞㉖ jealous / envious

jealous 和 envious 都可以指「羨慕的」，但是 jealous 比 envious 似乎多了一分「不爽」的情緒，因此若譯作「嫉妒的」應該更為貼切。

形容詞㉗ proud / arrogant

proud 一般指「驕傲」，arrogant 則指「傲慢」，不過 proud 常用在表正面意義的情況，如「感到自豪」(proud of oneself)、「為某人感到驕傲」(proud of sb.)，而 arrogant 則基本上表達的是負面的意涵，因此也常譯成「自大的」、「目中無人的」，與另一相關字 haughty「高傲的」、「倨傲的」意思接近。

形容詞㉘ handy / convenient

handy 與 convenient 都有「方便的」之意涵，不過 handy 多指「便於使用的」、「在手邊的」，而 convenient 則除了「方便的」之外，還可指「提供便利的」、「近便的」，甚至是「合宜的」。

形容詞㉙ effective / efficient

effective 與 efficient 明顯為同源字，但意思卻不盡相同：effective 指方法、藥物等「有效的」，efficient 則指人或機器等「效率高的」。另注意，effective 還可以用來指法律或協定等「生效的」，例如，effective July 即指「自 7 月 1 日起生效」。

第 5 章 倒裝句

倒裝句是許多作家喜歡用的句型，也是許多考試中常見的題型之一。與我們討論過的存在句、分裂句一樣，倒裝句也屬於特殊句型，在修辭中相當重要。在本章中我們將針對倒裝句的意義、功能及各種類型的倒裝句做深入的探討。

1 何謂倒裝句？

一般所謂的「倒裝」(inversion) 指的是把句子（或子句）之主詞與動詞的位置對調。[註1] 最常見的倒裝句就是 yes-no 問句：

a He is crazy. → Is he crazy?（他瘋了。→ 他瘋了嗎？）

學過英文的人都知道，要把平述句改成 yes-no 問句時，必須將主詞與動詞倒裝。

另一種常見的倒裝句是用 so 或 neither 起始的簡短式回應句：

b Her brother is a police officer. → So am I.
（她哥哥是警察。→ 我也是。）

c He wouldn't say anything like that. → Neither would I.
（他不會講那種話。→ 我也不會。）

不過，以上這兩種倒裝句基本上是因爲文法的「規範」使然。以下我們要討論的倒裝句則與修辭的關係較爲密切。

2 倒裝句的功能

雖然倒裝句的使用與個人的寫作風格有關（倒裝句型讓人有「文言文」的感覺），但是純粹從修辭的角度來看，倒裝句主要的功能（與前一章討論過的分裂句的功能相同）在於「強調」原句中的某些資訊。例如：

d I will never speak to him again.（我再也不會跟他講話了。）

這句話的 never 就可以被強調，如 d1. 句：

d1 Never will I speak to him again.

由於句首位置是一個句子最顯眼的地方，因此把要強調的詞語置於此處可以說是最直接、有力的方式。問題是，把一個原本居於句中位置的字移到句首，不但破壞了原句正常的詞序 (word order)，也得冒上讓聽者（或讀者）以爲這個字是主詞的風險。還好，英文採取了「補救」措施，那就是，乾脆將主詞與動詞的位置也來個大挪移。在如此的「大破大立」之下，就形成了修辭的倒裝句，一方面達到強調的功用，一方面對於詞序也有所交代。在下節中我們就來看一下各種不同類型的倒裝句。

3 倒裝句的種類

在句中必須啓動主詞／動詞倒裝機制的有下列幾種情況。註 2

A. 原句中之否定詞移至句首時

前面提到的 d1. 句就屬這種情況。我們再看一個例子：

e I have never seen such an ugly painting.
→ Never have I seen such an ugly painting.（我從來沒有看過這麼醜陋的畫作。）

當然，英文的否定詞不只 never，其他常用的否定詞還有 hardly、seldom、little，以及組合形式的 no sooner、not only 等，而這些否定詞語同樣也可以移至句首。請看例句：

f I had hardly entered the house when I heard the scream.
→ Hardly had I entered the house when I heard the scream.
（我幾乎還沒進到屋內，就聽到尖叫聲。）

g It is seldom wise to invest in a shaky business venture.

→ Seldom is it wise to invest in a shaky business venture.

(投資不穩定的創投公司很少是明智的。)

h He knew little about her past.

→ Little did he know about her past.

(對於她的過去他知之甚少。)

i I had no sooner given him money than he asked for more.

→ No sooner had I given him money than he asked for more.

(我才給了他一些錢，他馬上就跟我要更多。)

j He not only passed the test but also got a good grade.

→ Not only did he pass the test but also get a good grade.

(他不但通過了考試，而且取得了高分。)

除了上面這種單純的否定詞前移之外，還有兩種稍微複雜一些的否定詞前移。第一種是將原句中的 not 與原句中的其他部分一起移至句首。例如：

k You don't get a chance like this every day.

→ Not every day do you get a chance like this.

(你不是每天都會獲得這樣的機會。)

l The President did not leave his office until the crisis was over.

→ Not until the crisis was over did the President leave his office.

(一直到危機解除，總統才離開他的辦公室。) 註3

k. 句中的否定詞 not 與時間副詞 every day 一起移至句首；l. 句中的 not 則與整個副詞子句 until the crisis was over 一起移前。

第二種較複雜的前移方式是，將原句中的 not 與其後出現的 any 組合在一起變成 no，然後再前移。例如：

m I would not lie under any circumstance.

→ Under no circumstance would I lie.

(不論在任何情況下我都不會說謊。)

n You will not find a cheaper house anywhere else.

→ Nowhere else will you find a cheaper house.

(你在其他任何地方都找不到更便宜的房子了。)

在 m. 句中 not ... under any circumstance 變成 Under no circumstance；在 n. 中 not ... anywhere else 則變成 Nowhere else。

B. 句中具強調功能之副詞移至句首時

具強調功能而常前移的副詞包括：焦點副詞 only、程度副詞 so、頻率副詞 often、情態副詞 well 等。請看例句：

o She eats only when she is very hungry.
→ Only when she is very hungry does she eat.
（她只有在肚子很餓的時候才吃東西。）

p He was so mad that he hung up on her.
→ So mad was he that he hung up on her.
（他氣到掛她的電話。）

q He has often asked about you.
→ Often has he asked about you.
（他經常打聽你的消息。）

r I remember well the day when you got engaged.
→ Well do I remember the day when you got engaged.
（我非常清楚地記得你訂婚的那一天。）

上列 q.、r. 兩例中的副詞 often 與 well 單獨前移；o.、p. 兩例中的 only 與 so 則與相關之詞語（o. 例中爲副詞子句 when she is very hungry，p. 句中爲形容詞 mad）一起前移。

C. 原句中之地方副詞移至句首時

最常出現在句首位置的兩個地方副詞是 Here 和 There：[註 4]

s Here is the boss.（老闆來了。）

t There goes my plan.（我的計畫泡湯了。）

事實上，可前移的地方副詞常爲介系詞片語：

PART 9 文法與修辭篇

u Mrs. Bourne sat behind her husband. → Behind her husband sat Mrs. Bourne.
（伯恩太太坐在她丈夫後面。）

v The old post office stands before us. → Before us stands the old post office.
（舊郵局矗立在我們面前。）

請特別注意，做這一類句型的倒裝句時，不論動詞為何種動詞，只要將主詞與動詞直接對調位置即可，不須加任何助動詞。試拿前面 h. 中的 knew 和 n. 中的 sat 之變化做一個比較：

h He knew little about her past. → Little did he know about her past.

u Mrs. Bourne sat behind her husband. → Behind her husband sat Mrs. Bourne.

另外也請注意，在 Here 和 There 出現於句首的句子中，若主詞為代名詞時，無須採用倒裝。例如，若把 s. 句與 t. 句中的主詞 the boss 和 my plan 改成代名詞 he 和 it，則動詞應保留在原位，即主詞之後：

s1 Here it is.

t1 There it goes.

D. 原句中之分詞結構移至句首時

為了達到修辭效果，有時候句子中的分詞結構會被移至句首，此時原句之主詞與動詞必須倒裝。請看下面兩個例子：

w The dog is lying at the front door.
→ Lying at the front door is the dog.
（那隻狗就躺在門口。）

x A check for $50 is enclosed with this letter.
→ Enclosed with this letter is a check for $50.
（隨信附寄一張五十美元的支票。）

注意，w. 例中的 lying 為現在分詞；x. 例中的 enclosed 為過去分詞。

以上我們介紹的 A.、B.、C.、D. 四類倒裝句都與句中某（些）部分移至句首有關。事實上，英文還有一種倒裝句的發生並非因為某些詞語移前，而是由於省略了某個關鍵字。我們指的是下面 E. 這種特殊狀況。

E. 假設句中將連接詞 If 省略時 [註5]

用來引導假設子句的 If 若被省略，該子句的主詞與動詞必須採倒裝模式。例如：

y If I were your father, I would never let you do this.

→ Were I your father, I would never let you do this.

（假如我是你爸爸，我絕不會讓你做這件事。）

z If he had been there, he would have talked to her.

→ Had he been there, he would have talked to her.

（假如當時他在那兒，他就會跟她說話了。）

省略 If 的假設句感覺較簡單、俐落，屬高級句型，讀者不妨多學習使用。

註解

1 並非所有的倒裝句都是將主詞與動詞對調。例如有一種倒裝句只是把述語部分的形容詞、名詞或動詞移至句首。這種情況通常出現在表示讓步的子句中。例如：

① Though he is poor, he is very honest.

→ Poor though / as he is, he is very honest.

（雖然他沒有錢，但是他很誠實。）

② Though he is a wise man, he still makes mistakes.

→ Wise man though / as he is, he still makes mistakes.

（雖然他是位智者，還是會犯錯。）

③ Though he works hard, he can't make ends meet.

→ Work hard though / as he does, he can't make ends meet.

（雖然他努力工作，還是無法維持生活開支。）

還有另一種倒裝句是把句子中冠詞和形容詞的位置對調。這類倒裝句通常出現在副詞 so、too、how 等之後。例如：

④ I'm afraid I won't able to finish this in so short a time.

（我恐怕沒辦法在這麼短的時間內完成這件事。）

⑤ The loss of so many life was too costly a price to pay.
（賠上這麼多條人命實在是太昂貴的代價。）

⑥ I had no idea how important an asset you were to the company.
（我並不知道對公司而言你是多麼重要的一項資產。）

2 有些倒裝句則非強制性的，例如以下這三種情況：

一、在比較句中

① Toyota has produced more cars than Honda has / has Honda over the years.
（多年來豐田比本田製造了更多的汽車。）

② This notebook computer costs as much as that desktop computer does / does that desktop computer.
（這台筆記型電腦和那台桌上型電腦一樣貴。）

二、在關係子句中

③ Joseph is the man on whom all the responsibility falls / falls all the responsibility.
（約瑟夫是必須扛起所有責任的人。）

④ This is a great antique shop in which many rare items can be found / can be found many rare items.
（這是一家可以找到許多稀世物品的超棒的古董店。）

三、在報導式談話中

⑤ "Please come in," Mr. Rich said / said Mr. Rich.（「請進。」李奇先生說。）

⑥ "Don't touch me," his wife shouted / shouted his wife.（「別碰我。」他老婆吼道。）

3 注意，until（一直到……才「不」）本身具否定意涵。因此本句話不可譯成：「不是一直到危機解除，總統才離開他的辦公室。」

4 請勿將此類句子與存在句混淆：存在句的 there 為虛字，但是這裡的 here 和 there 為地方副詞。不過存在句中的動詞與（真）主詞其實也屬倒裝形式，因為動詞出現在主詞前。

5 假設句相關的用法請見本書「動詞篇」。

3分鐘英文 搞懂易混淆字詞用法！

形容詞㉚ economic / economical

雖然這兩個字都是由 economy「經濟」變化而來，但一般而言 economic 指的是「經濟上的」或「經濟學的」，economical 則用來指「經濟實惠的」、「省錢的」、「節約的」。

形容詞㉛ personal / private

這兩個字相當容易令人混淆，例如 personal questions 常譯作「私人問題」，而不是「個人問題」。事實上，personal 著重「屬於個人」的意涵，例如，personal life 就是「個人的生活」、personal property 就是「個人的財產」的意思。另一方面，private 則多用來指「私人的」（例如，a private plane「私人飛機」）、「私下的」（例如，private life「私生活」）、「私有的」（例如，private property「私有財產」）、「私立的」（例如，a private school「私立學校」等）。

形容詞㉜ familiar / intimate

這兩個字意思接近，但不相同：familiar 指「熟悉的」，intimate 則指「親密的」。familiar 的對象可以是人、事、物、地方等等，而 intimate 則多用於如 intimate friends「親密的朋友」、intimate relationship「親密的關係」等與人有關的情況。

第 6 章

假主詞

相信大多數人都曾經在英文課堂上聽過老師提到「假主詞」這個文法術語。按字面來看，「假主詞」應該就是「假的主詞」的意思。但是，「假的主詞」指的究竟是什麼？它在句子中又扮演什麼樣的角色？亦或，它的功能爲何？在本章中我們將針對這些問題作深入的分析探討。

1 何謂假主詞？

在回答這個問題之前，請讀者先仔細觀察並比較以下這幾個句子。

a It's hot today.（今天很熱。）

b It's 10:30 now.（現在十點半。）

c It's right here.（它／牠就在這兒。）

d It's good to see you again.（很高興再次看到你。）

e It's important that you come earlier.（你早一點來很重要。）

f It's coming in about fifteen minutes.（它大約十五分鐘後會到。）

雖然以上 a.、b.、c.、d.、e.、f. 各句都用了代名詞 It 作爲其主詞，但是我們卻發現每一個 It 似乎都「指」不一樣的東西：a. 句的 It 指的應該是「天氣」；b. 句的 It 指的應該是「時間」；c. 句的 It 指的可能是某個「事物」或某隻「動物」；d. 句的 It 指的是後面的不定詞片語 to see you again；e. 句的 It 指的是後面的名詞子句 that you come earlier；f. 句的 It 指的則可能是某一班「火車」、「公車」、「接駁車」等。換句話說，a.、b.、c.、d.、e.、f. 六句話指的應該是：

a' The weather is hot today.

b' The time is 10:30 now.

c' The book / key / dog / cat /... is right here.

[d'] To see you again is good.

[e'] That you come earlier is important.

[f'] The train / bus / shuttle /... is coming in about fifteen minutes.

但是，如果我們進一步分析比較，就會發現其實眞正言之有「物」的 It 是 c. 與 f. 句中的 It。依照代名詞的「正常」用法，It 應該有一個先行詞 (antecedent)，也就是說，It 應該用來「代替」出現在其前的某一名詞。而我們發現，符合這個使用條件的只有 c. 和 f. 句。請看以下這兩則對話：

[g] A: Where is my book?（我的書呢？）

B: It's right here.（〔它〕就在這兒。）

[h] A: When is the next train?（下班火車是什麼時候？）

B: It's coming in about fifteen minutes.（〔它〕大約十五分鐘後會到。）

g. 句中 A 提到的 my book 在 B 發言時用 It 來代替；h. 句中 A 說到的 the next train 被 B 以 It 取代。但是類似的語境 (context) 卻不適用於 a.、b.、d.、e. 四句。事實上，這四句話根本不需要語境。以 a.、b. 句而言，用 It 來表示「天氣」、「時間」是「約定俗成」的用法；[註1] 以 d.、e. 句而言，It 指的是同句句尾的不定詞片語和名詞子句。

我們還是可以從另外一個角度來證明 c.、f. 兩句中 It 與其他四句中 It 確實大不相同。請先看下面這兩則對話：

[i] A: Where are those keys?（那些鑰匙呢？）

B: They're right here.（〔它們〕就在這兒。）

[j] A: When are those shuttles going to arrive?（那些接駁車什麼時候會抵達？）

B: They're coming in about fifteen minutes.（〔它們〕大約十五分鐘後會到。）

我們在上面這兩段對話中看到的是，當先行詞為複數名詞時，代名詞 It 也必須改為複數型 They。但是不論是 a.、b. 句的 It 或 d.、e. 句的 It 都不會有變成 They 的機會，因為它們並無所謂的「先行詞」。

從上述的討論，我們得到的結論是：如 c.、f. 句中具有實際指稱對象 (referent)，亦即先行詞，則 It 為實質主詞；像 a.、b.、d.、e. 四句中無先行詞亦無變化型的 It，只能說是形式上的主詞。而形式上的主詞是否就是所謂的「假主詞」呢？在回答這個問題之前，我們再檢視幾個句子：

k It is Mary that hates John.（討厭約翰的人是瑪莉。）

l It is John that Mary hates.（瑪莉討厭的人是約翰。）

m There is a spot on the wall.（牆壁上有一個斑點。）

n There are two spots on the wall.（牆壁上有兩個斑點。）

k.、l. 爲所謂的分裂句；m.、n. 爲所謂的存在句。很明顯地，k.、l. 句中的 It 和 m.、n. 句中的 There 亦爲「形式上的主詞」。那麼，我們所列舉的這麼多「形式主詞」到底算不算是「假主詞」呢？答案是肯定的，也是否定的。請看我們以下的說明。

首先爲了方便比較，我們將 a.、b.、d.、e. 及 k.、l.、m.、n. 等句一起列於下方：

a It's hot today.

b It's 10:30 now.

d It's good to see you again.

e It's important that you come earlier.

k It is Mary that hates John.

l It is John that Mary hates.

m There is a spot on the wall.

n There are two spots on the wall.

正如先前提到的，我們無法幫 a.、b.、k.、l. 中的 It 和 m.、n. 中的 There 找到一個明確的指稱對象，但是我們卻發現 d.、e. 兩句的 It 似乎並非全然無所指。雖然這兩個 It 也沒有先行詞，但是從 d' 和 e' 兩句：

d' To see you again is good.

e' That you come earlier is important.

我們可以推斷：d. 句的 It = To see you again，而 e. 句的 It = That you come earlier。換言之，在 d. 句中 It 即 to see you again，在 e 句中 It 即 that you come earlier。也就是說，d. 句的形式主詞 It 事實上「指」或用來「代替」句尾部分的不定詞片語，而 e. 句形式主詞則「指」或「代替」句尾部分的名詞子句。如果我們把 d. 句的不定詞片語與 e. 句的名詞子句稱爲眞主詞的話，那麼兩句句首的 It 就是「假主詞」了。

反觀 a.、b.、k.、l. 中的 It 和 m.、n. 中的 There，不但沒有明確的先行詞，也不是用來代替句中的任何一個部分。換句話說，這裡的 It 和 There 之所以被需要，純

粹是句法上 (syntactical) 的考量，因為每一個句子都必須有一個主詞。不過，既然這兩個「形式上」的主詞並不具實質的意涵，稱它們為「假的」主詞應無不當。註 2

綜合以上的討論，我們可以這麼說：所謂的「假主詞」有狹義和廣義兩種解釋。狹義的假主詞指相對於真主詞的形式（如 d.、e. 句的 It）；廣義的假主詞則還包括純句法上需要的形式主詞（如 a.、b.、k.、l. 句中的 It 和 m.、n. 句中的 There）。註 3

由於我們已經在本章、第 3 章（存在句）、第 4 章（分裂句）與本書「代名詞篇」中充分地說明過廣義假主詞的用法及功能，因此下一節的討論我們將把焦點放在狹義假主詞的用法與功能上。

2 假主詞的用法與功能

首先，請先觀察下列幾個句子：

o Having so many things to do and so many people to please is no fun.
（有這麼多事要做又得討好這麼多人挺無趣的。）

p To find a steady job with good pay at a time like this is difficult.
（要找到高薪又穩定的工作在目前這種時機點很困難。）

q Whether he will quit or continue to work for the company is not clear.
（他會辭職還是會繼續在公司工作並不明朗。）

o.、p.、q. 三句有一個共同點，那就是，主詞都很長，述語卻很短。從語用學 (pragmatics) 的角度來看，過長的主詞加上過短的述語，較不易理解以致於會造成溝通上的障礙。試想，當聽話者尚未弄清楚主詞為何之時，句子已嘎然中止，是不是會引起一些困擾。就修辭學的考量而言，像這樣「虎頭蛇尾」的句子會顯得笨拙、不俐落。因此較不具說服力。的確，當人腦在處理接收到的訊息時，若訊息的供給呈正金字塔狀（即由小訊息到大訊息或由簡單訊息到複雜訊息），效率較高。反之，若接收到的訊息呈頭重腳輕的反金字塔狀，則人腦較容易「當機」。

要解決上述問題最直接有效的方式，就是利用本章的主角假主詞 It。我們可以把 o.、p.、q. 三句改成：

o' It is no fun having so many things to do and so many people to please.

p' It is difficult to find a steady job with good pay at a time like this.

q' It is not clear whether he will quit or continue to work for the company.

正如我們在討論 d.、e. 句時提到的，這裡的 It 指的就是被移至句尾的動名詞片語 having so many things to do and so many people to please（o'. 句）、不定詞片語 to find a steady job with good pay at a time like this（p'. 句），和名詞子句 whether he will quit or continue to work for the company（g. 句）。而這種用法的 It 被稱爲「引導性的 It」（introductory "It"），其功能在於「循序漸進」地引導出句子的重點。如我們在 o'.、p'.、q'. 及 d.、e. 句中所見，It 之後先後出現原句中較簡短的訊息，告訴聽者或讀者「某件事」如何，然後再提供較長、較複雜的訊息，也就是，再詳述該事件本身的來龍去脈。

一般而言，會被移到句尾的「複雜訊息」分別出現在 o.、p.、q. 三句中的動名詞、不定詞[註4] 和名詞片語[註5] 這三種結構，而該結構愈長就愈需要後移。我們再看幾個例子：

r It is useless whining and whimpering behind the boss's back.
（在老闆背後抱怨、哀嘆是沒有用的。）

s It's a pleasure seeing Tseng Ya-ni win so many LPGA championships. (LPGA = Ladies Professional Golf Association)
（看到曾雅妮贏得那麼多女子職業高爾夫球冠軍真是一件快事。）

t It is advisable to pick up the pieces and start all over again.
（收拾殘局然後重新出發是明智的。）

u It is not easy to learn three totally different languages at one time and be successful.
（在同一個時間要學三個完全不同的語言且要學得好並不容易。）

v It was rumored that he had been forced to step down by the board of directors.
（據傳他是因為受到董事會的脅迫而下台的。）

w It makes no difference who is going to buy up all our farm land and build an amusement park here.
（是誰打算買下我們全部的農地並在這裡蓋一座遊樂園並沒有什麼差別。）

注意，像這樣將「眞主詞」後移，用「假主詞」It 在句首作爲引導的句型，在口語溝通時特別重要。因爲如果使用原句型，一旦發生理解上的障礙而必須「倒帶」，將會相當麻煩。當然，若是以文字敘述，則讀者可以看一下前後文以避免誤解。不過，無論如何，多學會一種句型從修辭的角度來看總是一件好事。

註解

1 It 的這類特殊用法請參閱本書「代名詞篇」。

2 多數文法學家的確把 It 和 There 視為「假主詞」。

3 絕大多數的文法書並不做此區分。由於本書以幫助讀者理解英文文法為宗旨，因此有必要做此分隔。

4 動名詞與不定詞的相關用法請參閱本書「動詞篇」。

5 名詞子句相關用法請參閱本書「名詞篇」及「連接詞篇」。

3分鐘英文 搞懂易混淆字詞用法！

形容詞 33 alone / lonely

alone 與 lonely 有時會令人混淆，但其實二者並不難區分：alone 指「單獨的」、「獨自的」，lonely 則指「孤單的」、「寂寞的」。有時「獨自」一個人並不覺得「孤單」(alone but not lonely)，但是有時並「非單獨」一個人卻感到「寂寞」(lonely though not alone)。

形容詞 34 expensive / costly

expensive 和 costly 都可以指「昂貴的」，但 expensive 較強調「價錢」的高昂，而 costly 則具「高價位」、「奢華」的意涵。

形容詞 35 cheap / inexpensive

cheap 與 inexpensive 基本上都可以指「便宜的」，但是因為 cheap 也可以用來指「劣質的」，所以如果買來的東西品質相當好但是價格很便宜（比如因為有折扣），此時可以選擇使用 inexpensive 這個字來避免誤解。

形容詞 36 free / liberal

大家都知道 free 是「自由」的意思，但是 liberal 也時常翻譯成「自由的」。其實這兩個字所表達的「自由」的概念是不同的：free 指的是「不受限制或約束」的自由，而 liberal 指的是「思想開放」的自由。有趣的是，liberal 這個字常被用於政黨的名稱當中，例如 英國的「自由黨」就叫 Liberal Party，而日本的「自（由）民（主）黨」則叫 Liberal Democratic Party。

第 7 章 假受詞

相對於我們在上一章討論的「假主詞」，相信多數讀者對於所謂的「假受詞」應該比較不熟悉。以筆者而言，在國中、高中，甚至於在大學念外文系時，都不曾聽過或看過「假受詞」這個術語。一直到就讀研究所時才在一些與語言學相關的書籍中看到這個專有名詞，進而對它所代表的意涵有所了解。在本章中就將針對「假受詞」這個概念作深入的分析探討，希望對讀者的英語學習有所助益。我們還是從「假受詞」的意義先談起，接著再討論它的用法與功能。

1 何謂假受詞？

「假受詞」(dummy object) 與假主詞相同，基本上並沒有先行詞作爲其指稱的對象，在句子中被用來作爲「形式上的受詞」。例如：

a He finally made it.（他終於成功了。）

b Don't you get it?（你不明白嗎？）

c I like it here.（我喜歡這裡。）

d Cool it, Bill.（比爾，冷靜點。）

e Damn it! [註 1]（該死！）

a.、b.、c.、d.、e. 中的動詞皆爲「及物」動詞（或及物的用法），因此在其後必須有受詞。[註 2] 但是請注意，雖然這些動詞都是及物動詞，它們所「及」的對象爲何卻不明確。此時，假受詞就派上了用場：a.、b.、c.、d.、e. 各句中的代名詞 it 即爲所謂之假受詞。

有時假受詞也會出現在介系詞之後，例如：

f His old man is really with it.（他老爸真的蠻時髦的。）

g Snap out of it!（打起精神來！）

與 a. ~ e. 句中及物動詞的受詞相同，f.、g. 句中介系詞 with 與 out of 的受詞亦不明確，故同樣必須在其後使用假受詞 it。

當然，出現在及物動詞與介系詞之後的 it 並非全部爲形式上的受詞。事實上，在大多數的情況 it 是「實質受詞」，也就是說，它有明確的指稱對象。試拿下列各句的 it 和 a. ~ g. 句中的 it 做一比較。

h I've seen it before.（我以前看過它。）

i He hid it under his bed.（他把它藏在床底下。）

j She cut it in half.（她把它切成兩半。）

k Let's talk about it tomorrow.（我們明天再討論〔它〕。）

l You put too much stuff in it.（你放太多東西在〔它〕裡面了。）

h.、i.、j. 句中的 it 爲動詞的受詞，k.、l. 句中的 it 爲介系詞的受詞。這幾句話中的 it 和 a. ~ g. 句中的 it 最大的差異就在於：h. ~ l. 句的 it 之前必須有先行詞，而後者則無需先行詞。以 h. 而言，該句中的 it 可能指某事物或某動物：

h' A: Look at this photo / that cat /....
（你瞧這張照片／那隻貓／……。）
B: I've seen it before.

同樣地，i 句中的 it 也可能指事物或動物：

i' A: Where is my wallet / the puppy ...?
（我的皮夾／那隻小狗狗／……呢？）
B: He hid it under his bed.

j. 句中的 it 則應該爲某事物：

j' A: What did she do with the cake / pizza / ...?
（那個蛋糕／比薩／……她怎麼處理了？）
B: She cut it in half.

k. 句的 it 則應該是某件事：

k' A: Do you know about his resignation / divorce / ... ?

（他辭職／離婚／……的事你知道嗎？）

B: Let's talk about it tomorrow.

l. 句的 it 可能指某件物品：

l' A: My suitcase / The box /... is really heavy.

（我的皮箱／這個盒子／……好重。）

B: You put too much stuff in it.

反觀 a. ~ g. 句中的 it，並沒有或並不需要明確的先行詞。事實上，許多假受詞 it 的用法都屬慣用語 (idiom)，包括 a. 句的 make it「成功」、b. 句的 get it「明白」、e. 句的 Damn it.「該死」、f. 句的 with it「時髦」等等。不過，請特別注意 c. 句中 it 的用法。這句話裡的 it 是典型的「形式受詞」，它並不代表任何事物，它的存在純粹是語法上的考量：

c' A: Why do you stay here?（你為什麼待在這裡？）

B: I like it here.

須知，here 爲地方副詞，不能作受詞，因此不可以直接放在及物動詞之後，而 like 既爲及物動詞就必須有受詞。在此雙重考量之下，我們只得用一個形式上的受詞來解套，而 it 就扮演了這個角色。

我們對「假的」受詞有初步的認識之後，現在請仔細觀察以下幾個句子中的 it：

m I consider it a mistake that you did not take his offer.

（我認為你沒有接受他的提議是一個錯誤。）

n I found it boring sitting there listening to his life story.

（我發覺坐在那兒聽他的人生故事很無聊。）

o She made it a daily routine to visit that website before work.

（工作前先上那個網站瀏覽一下成了她每天的例行公事。）

我們發現 m.、n.、o. 句中的 it 雖然沒有先行詞，但是卻非無所指。以 m. 句來說，it 指的應該是句尾的名詞子句 that you did not take his offer；n. 句中的 it 指的是句尾的動名詞片語 sitting there listening to his life story；o. 句的 it 則指句尾的不定詞片語 to visit that website before work。這意味什麼？

如果讀者沒忘，我們在上一章討論眞、假主詞時就曾看過類似的句子。下面我們將上一章中的 v.、r.、t. 三句改為本章的 p.、q.、r. 三句以方便讀者比較。

p It was rumored that he had been forced to step down by the board of directors.

q It is useless whining and whimpering behind the boss's back.

r It is advisable to pick up the pieces and start all over again.

p.、q.、r. 三句中的 It 分別指句尾的名詞子句、動名詞片語和不定詞片語。我們發現在 p.、q.、r. 三句中，It 占據的是句首主詞的位置，但是在 m.、n.、o. 三句中 it 卻出現在句中及物動詞 consider、found、made 之後，也就是受詞的位置。而如果我們說 p.、q.、r. 句中的 It 是「假主詞」，句尾的名詞子句、動名詞片語和不定詞爲「眞主詞」，我們當然就可以說 m.、n.、o. 中的 It 爲「假受詞」，而句尾的名詞子句、動名詞片語、不定詞片語則是「眞受詞」。

請依上面我們得到的結論反推，我們發現原來 m.、n.、o. 是從下面這三句變化而來：

m' I consider that you did not take his offer a mistake.

n' I found sitting there listening to his life story boring.

o' She made to visit that website before work a daily routine.

換句話說，當我們把 m'.、n'.、o'. 句中畫底線的部分（也就是動詞的受詞）後移之後，原受詞部分即空了下來，而爲了不讓受詞「從缺」，於是補上了 it。但是，爲什麼原受詞需要後移？又，爲什麼受詞後移之後需要塡上 it ？我們將在下一節「假受詞的用法與功能」中針對這些問題作詳細的說明。

在進入下一節的討論之前，我們先將本節的重點做一個整理。在本節中我們看到，事實上「假受詞」有兩種：一種是在 a. ~ g. 句中使用，無明確指稱對象之形式受詞；另一種則是在 m.、n.、o. 句中使用，用來代替「眞受詞」的形式受詞。仿照我們針對「假主詞」所做的區隔，我們可以稱第一種形式受詞爲「廣義的假受詞」，而把第二種叫做「狹義的假受詞」。[註 3]

2 假受詞的用法與功能

我們在上一章討論假主詞的用法與功能時曾提出的「金字塔」理論，事實上也適用於解釋狹義假受詞的用法與功能。讓我們回顧一下 m'.、n'.、o'. 三個句子：

m' I consider that you did not take his offer a mistake.

n' I found sitting there listening to his life story boring.

o' She made to visit that website before work a daily routine.

不論從語用或溝通的角度來看，這三個句子都顯得不順暢，甚至語意不清。在聽話者（或讀者）可能還沒完全弄清楚被認爲 (consider)、發覺 (found)、使……成了 (made) 的對象爲何之前，該對象被認爲、發覺、成了什麼或結果如何卻都已經出爐：一個錯誤 (a mistake)、無聊 (boring)、每天的例行公事 (a daily routine)。就修辭的層面而言，這三個句子中的受詞（子句或片語）相對於句尾的名詞或形容詞，都顯得冗長、笨重。要解決以上這些問題，最直接的方式就是將這些「礙手礙腳」的重量級受詞後移，不過必須在原處留下「記號」，也就是使用替代受詞 it：

m I consider it a mistake that you did not take his offer.

n I found it boring sitting there listening to his life story.

o She made it a daily routine to visit that website before work.

換句話說，說話者（或寫者）可利用假主詞 it 先「預先」點醒聽話者（ 或讀者）有某件事是 a mistake、boring、a daily routine，之後再詳述該件事爲何，如此即可避免上述的困擾。

事實上，爲了避免產生溝通障礙或理解困擾而將冗長之受詞後移的策略，也常應用在另一種句型中。請先觀察以下幾個句子：

s She has given her plan to study abroad up.
（她已經放棄了出國留學的計畫。）

t He took the hat that he bought in Malaysia off.
（他把他在馬來西亞買的帽子脫掉。）

u They tore the building in which I used to work down.
（他們把我以前曾在裡頭上過班的那棟大樓拆了。）

在 s.、t.、u. 三個句子中都使用了所謂的「可分離的片語動詞」(separable phrasal verb)：[註4] s. 句中的 give up 指「放棄」、t. 句中的 take off 指「脫掉」、u. 句中的 tear down 指「拆除」。但是我們發現這幾個動詞被分離的結果卻是語意不清，甚至語焉不詳、不知所云。為什麼？聰明的讀者應該已經看出來這跟片語動詞的「被分離」有關。如果 s.、t.、u. 三句中的片語動詞「不」被分離，我們看到的會是：

s' **She has given up her plan to study abroad.**

t' **He took off the hat that he bought in Malaysia.**

u' **They tore down the building in which I used to work.**

相信讀者都感覺得出來，這三個句子不但比 s.、t.、u. 流暢地多，而且意思也一目了然。這是因為片語動詞的兩個部分沒有受到冗長受詞干擾的緣故。我們也可以這麼說：若將 s.、t.、u. 句中的受詞 her plan to study abroad、the hat that he bought in Malaysia，以及 the building in which I used to work 後移，三個句子立即「撥雲見日、豁然開朗」。

不過，s'.、t'.、u'. 句中的受詞後移與 m.、n.、o. 句中的受詞後移有一個很大的差別，那就是，在 m.、n.、o. 句中的動詞之後我們必須添加一個假受詞，而在 s'.、t'.、u'. 等句中卻無須如此做。這又是為什麼呢？

細心的讀者應該會發現，雖然 m.、n.、o. 三句中的動詞 consider、found、made 和 s'.、t'.、u'. 三句中的動詞 has given up、took off、tore down 都是及物動詞，但是前三者卻屬不完全動詞，也就是，在受詞之後還必須加上受詞補語句意才能完整的一種動詞。[註5] 也正因為在受詞後面有受詞補語的關係，一旦受詞被往後移，聽者或讀者有可能在一時之間錯把受詞補語當成是受詞，所以有必要利用假受詞來「卡位」，以免產生誤解。下面我們再看幾個使用不完全及物動詞而在句中必須添加假受詞 it 的例子：

v **I thought it appropriate to wear jeans to that party.**
（我以為穿牛仔褲去參加那場派對很合適。）

w **I feel it my responsibility to tell everyone the truth.**
（我覺得把真相告訴大家是我的責任。）

x **You can't take it for granted that he will let you off the hook.**
（你不能理所當然地認為他會放你一馬。）

請注意，在這一類句子當中，一旦眞受詞後移而在原來的位置不使用假受詞的話，語句會被視爲不合文法 (ungrammatical)：

誤 v' I thought appropriate to wear jeans to that party.

誤 w' I feel my responsibility to tell everyone the truth.

誤 x' You can't take for granted that he will let you off the hook.

註解

1 請注意，本句屬禁語 (taboo)，使用時應謹慎。

2 及物動詞、不及物動詞的區別請參閱本書「動詞篇」。

3 與「廣義之假主詞」和「狹義之假主詞」同，一般文法書並不做此區分。

4「可分離片語動詞」與「不可分離片語動詞」之說明請見本書「介系詞篇」第 4 章。

5「完全動詞」與「不完全動詞」之區別請參閱本書「動詞篇」。

3分鐘英文 搞懂易混淆字詞用法！

形容詞 37 wrong / false

wrong 指的是相對於 correct「正確的」之「錯誤的」，而 false 則是相對於 true「真實的」之「虛假的」之意，但有時 false 亦可作「錯誤的」、「謬誤的」解，例如，a false impression 即可指「錯誤的印象」，a false inference 則為「謬誤的推論」。

形容詞 38 continuous / continual

這兩個字皆由動詞 continue「繼續」變化而來：continuous 指「連續的」、「不間斷的」(例如，a continuous flow of water「連續不斷的水流」)，而 continual 雖然也可以指「連續不斷的」，但是更常用來表「頻繁的」(例如，continual invitations「頻繁的邀約」)。注意，另一個也常譯為「連續的」之單字 consecutive 其實指的是「(依序) 一個接著一個」的連續，比如說，five consecutive days 就是「連續五天」的意思。

形容詞 39 compulsory / obligatory

compulsory 與 obligatory 基本上都可以用來指「必須做的」，差別在於 compulsory 表達的是因規定、法律而具「強制性」的意涵，而 obligatory 則指因法令或道德上的責任而具「義務性」之意。另一常用的相關字 mandatory 則用來指「規定的」、「法定的」。此外，表達因規則、法律、合約等要求而「必須做的」(如 a required course 就是「一堂必修課」之意) 也相當常見。

形容詞 40 critical / crucial

critical 與 crucial 都可以指「關鍵的」，但前者表達的是「如果不這麼做結果會很糟」的意涵，而後者則用來表達「這麼做的結果可能成功也可能失敗」的意思。另外注意，critical 也常用來指「批判的」、「危急的」、「審慎的」。

第8章 雙重比較

雙重比較句可以說是英文句型中最特別的一種。大家都知道每一個英文句子都必須有主詞和動詞，將主詞省略的祈使句 (imperative) 算是例外，但是當一個雙重比較句發揮到極致時連動詞都可以不用。事實上，從許多角度看，雙重比較的句型似乎都不受所謂「文法」的規範。這也難怪，因爲「雙重比較」主要就是因爲修辭上的需要才應運而生。那，什麼是「雙重比較」呢？「雙重比較」的結構又有哪些特別之處？它要表達的是什麼？主要用途爲何？請看本章分析說明。

1 何謂雙重比較？

所謂「雙重比較」(double comparison) 指的是在一個句子當中同時出現兩個比較級的情況。[註1] 例如：

a The harder he works, the happier he becomes.（他愈努力工作，就愈快樂。）

b The more you know, the better you do.（你懂得越多，就做得越好。）

請注意，所謂的雙重比較不可與一般的比較結構相提並論。在一般的比較結構中我們看到的是兩個對等之人、事、物的比較，例如：

c He works harder than you.（他比你努力工作。）

d Your computer is better than mine.（你的電腦比我的好。）

在雙重比較中則是拿兩個比較級來做對照。我們再看兩個例子：

e The sooner you finish it, the earlier you can go home.
（你愈快完成它，就可以愈早回家。）

f The more powerful a car is, the more it costs.
（車子的馬力越強，價錢就越高。）

另外，在雙重比較中出現的兩個比較級可以分屬不同值的比較（優等 [superior] 或劣等 [inferior]）。註2 例如：

g The <u>richer</u> he got, the <u>fewer</u> friends he had.
（他越是有錢，朋友就越少。）

h The <u>longer</u> a story is, the <u>less</u> interesting it becomes.
（一個故事愈長，就愈少趣味。）

而且，前後兩個比較級的主詞不一定要相同，例如：

i The harder <u>the students</u> study, the more pleased <u>the teacher</u> is.
（學生越用功讀書，那個老師就越開心。）

j The higher <u>the plane</u> flew, the more frightened <u>the little boy</u> become.
（飛機飛得越高，小男孩就越害怕。）

從以上 a.、b.、e.、f.、g.、h. 幾個例句可以看出：一、雙重比較句有其固定的句型；二、藉由句子前後的兩個比較級，這個句型呈現的是兩種不同狀況之間消長的關係。在以下兩節的討論中，我們就將分別針對這兩點做進一步的說明。

2 雙重比較的結構

在上一節中我們提到過，不可將雙重比較句與一般比較句混淆。雙重比較句的結構至少有三個地方與一般比較句不同。爲了方便比較，我們將前面看過的 c. 句和 a. 句並列於下：

c He works harder than you.

a The harder he works, the happier he becomes.

我們發現，第一、雙重比較結構中並不需要用到引導比較對象的 than；第二、雙重比較句前後兩個比較級前必須使用定冠詞 the；第三、雙重比較句前後所呈現的兩種狀態必須使用逗號作爲聯結。

由以上的比較與分析，我們可以推論出英文雙重比較之句型如下：

The + comparative + subject + verb, the + comparative + subject + verb.

也就是，雙重比較句是由中間以逗號連接的兩個相同結構的部分所組成，而這兩個部分都是由 the 引導出一個比較級，再加上主詞與動詞。

在了解了雙重比較的基本結構後，請讀者繼續觀察下列幾個句子：

k. **The more one has, the merrier one will be.**（一個人有的越多，就會越快樂。）

l. **The more one has, the merrier.**（一個人有的越多，越快樂。）

m. **The more, the merrier.**（越多，越快樂。／多多益善。）

k.、l.、m. 三句顯示的是，原來雙重比較結構中的主詞與動詞是可以省略的。換言之，剛才我們看到的句型應修正為：

The + comparative (+ subject) (+ verb), the + comparative (+ subject) (+ verb).

我們再看一組例句：

n. **The sooner you get here, the better it will be.**（你越快到這兒來，就會越好。）

o. **The sooner you get here, the better.**（你越快到這兒來，越好。）

p. **The sooner, the better.**（越快，越好。）

不過請注意，並非每一個主詞或動詞都適合省略，例如前面的 i. 句，若將第二部分的主詞和動詞省略掉的話，意思就會不清楚，不知道是誰會開心：

i'. **The harder the students study, the more pleased. (?)**

若將前一部分的主詞與動詞也省略，就會更不知所云：

i''. **The harder, the more pleased. (??)**

同樣地，j. 句中的主詞、動詞也不適合都省略掉：

j'. **The higher the plane flew, the more frightened. (?)**

j'' The higher, the more frightened. (??)

但是，有趣的是，若只將 i. 句中第二部分的動詞 is 省略掉，整句話卻是通的：

i''' The harder the students study, the more pleased the teacher.

j. 句中的動詞 become 也可以省略而不影響理解：

j''' The higher the plane flew, the more frightened the little boy.

這是因為 is 和 become 都是連綴動詞 (linking verb)，並不具明顯的語意內涵 (semantic import)，也非用來表示動作，它們所傳達的只是一個狀態。註3 換言之，只要該狀態夠清楚（在 i. 句中是 pleased「開心」，在 j. 句中為 frightened「害怕」），將這類動詞省略並不會影響句意，因此像 I'''. 和 j'''. 這樣的句子是可以接受的。

當然，如果雙重比較中第一部分的動詞是連綴動詞的話，也可以做同樣的省略。例如先前我們看到過的 f. 句就是一個例子，我們可以把它改成：

f' The powerful a car, the more it costs.

如果前後兩部分的動詞都是連綴動詞，那兩邊的動詞就都可以省略掉。例如：

q The bigger the prize (is / gets / ...), the stronger the motivation (is / becomes / ...).
（獎品越大，動機就越強。）

以上討論之主詞、動詞的省略，或是僅省略動詞的部分，似乎都符合我們修正版本的雙重比較句型。但是別忘了，依照這個版本光是把主詞部分省掉似乎也應該是可行的，但其實不然。比如以下這幾個句子都是錯誤的：

誤 b' The more know, the better you do.
誤 b'' The more you know, the better do.
誤 b''' The more know, the better do.

b'.、b''.、b'''. 是前面 b. 句的「變化形」。我們發現不論是將雙重比較中第一部分的主詞省略，或是將第二部分的主詞省略，或是將兩個主詞都省略，句子都是不通的。同樣地，下列 g. 句的「變化形」也無法被接受：

誤 g' The richer got, the fewer friends he had.
誤 g'' The richer he got, the fewer friends had.
誤 g''' The richer got, the fewer friends had.

由 b'.、b''.、b'''. 和 g'.、g''.、g'''. 等句，我們得到的結論是，修正版本的雙重比較句型還需要做進一步的修正。

以下即爲經再度修正的雙重比較句型：

The + comparative (+ subject [+ verb]), the + comparative (+ subject [+ verb])

這個重新修正的版本告訴我們的是：雙重比較句必須以逗號聯結兩個組成方式相同的結構，而這兩個結構至少必須包含 the 加上比較級字詞，至多可以包含 the 加比較級再加上主詞與動詞，但是動詞部分可以省略而主詞部分則不可省略，有了這樣的一個「公式」，我們就可以防止 b'.、b''.、b'''.、g'.、g''.、g'''. 這類「凸槌」句子的產生。

話雖如此，但是我們還有一個更基本的問題尚未解決，那就是，雙重比較中所使用的逗號爲何功能如此強大，居然可以用來連接兩個句子（如果前後兩個部分皆有主詞與動詞）？須知，這一點是違反英文文法規範的。根據英文文法，可以用來聯結兩個子句的只有連接詞或分號「；」。[註4] 爲了幫這個問題解套，有些文法學家就想出了一個方法。他們在出現於比較級之前的定冠詞 the 下功夫。他們的解釋是：句首的 The 實爲「關係副詞」（也就是一種連接詞），[註5] 而第二個 the 則爲「程度副詞」。這樣的說法明顯有「頭痛醫頭，腳痛醫腳」的嫌疑。也就是，這顯然是爲了解決無法依英文文法解釋雙重比較之特殊句構而「量身打造」出來的說辭。筆者認爲，我們無須爲因修辭之需應運而生的這種特殊句構去做看似合理但有「爲解釋而解釋」之嫌的解釋，因爲像這樣具極度針對性 (ad hoc) 的說法並不能眞正幫助想「理解」英文的人。更何況，人世間本來就「沒有無例外的規則」("There is no rule but has exceptions.")。對於修辭家而言，「規則本來就是訂下來被打破的」("Rules are made to be broken.")。如果說話者的每一句話、寫作者的每一個句子都完全「按牌理出牌」，那人類就不需要「雄辯術」、「修辭學」了，我們也不會有這麼多的偉大演說和這麼多的優秀的文學作品流傳於世。不是嗎？

最後，我們就來看一下雙重比較這個「修辭性」的句型到底要表達的是什麼，它的主要功能又是什麼。

3 雙重比較的意義與用途

我們在第一節中曾提到，雙重比較所呈現的是兩種不同狀況彼此間消長的關係。在本節中我們將做進一步的說明。請先觀察下面這個句子：

r **The less you give, the less you get.**（你付出的越少，得到的就越少。）

如果仔細地分析這句話的意思，我們會發現它所表達的就是：

s **If you give less, then you will get less.**（如果你付出的較少，你得到的就會較少。）

或是

t **When you give less, you get less.**（當你付出的較少，你得到的就較少。）

依此類推，前面出現過的 b. 句

b **The more you know, the better you do.**

所表達的應該就是 u. 和 v. 句：

u **If you know more, then you will do better.**
（如果你知道的比較多，那你就會做得比較好。）

v **When you know more, you do better.**
（當你知道的比較多時，你做得就比較好。）

以 s.、t.、u.、v. 四句話來看，我們可以這麼說：如果要主要子句所表示的狀況發生，從屬子句（If 和 When 子句）所呈現的條件就必須先成立。但是這樣的表達方式雖然「中規中矩」，卻總是令人覺得有些「拖泥帶水」。

而除了「條件式」這種句型本身不夠暢快俐落之外，像 s.、t.、u.、v. 這類句子與 r.、b. 等雙重比較句相比，還缺少一種節奏感。試將 u. 句與 b. 句並列作一個比較：

u **If you know more, then you will do better.**

b **The more you know, the better you do.**

更別忘了，當雙重比較簡潔的結構發揮到極致的時候，只需四個字就可成句：

w **The more, the better.**〔w. 句是我們將 b. 句簡化的結果。〕

「用最少字達到最大的效果」可以說是修辭學的最高指導原則，而雙重比較句可以在沒有主詞與動詞的情況下清楚明確地表達出兩個主題間的消長關係，眞可謂是終極之作。

註解

1 英文裡還有兩種也可稱為「雙重比較」的情況。第一種是在句中連續兩次使用比較級字眼的句型，例如：

① **Your English is getting better and better.**（你的英文越來越好。）

② **Lady Gaga is becoming more and more popular.**（女神卡卡愈來愈受歡迎。）

這樣的句子通常用來表達一種狀態不斷地朝某個方向改變的狀況。
第二種則用來指在加了 -er 之比較級字眼前又誤用 more 的情況，例如：

誤 ③ **Your English is more better than mine.**（你的英文比我的好。）

誤 ④ **Many people think Japanese is more easier to learn.**
（很多人認為日文比較容易學。）

注意，以上這兩種「雙重比較」英文稱為 “double comparative”，而我們要討論的「雙重比較」則叫 “double comparison”。

2 優等、劣等比較的相關說明請見本書「形容詞篇」第 4 章。

3 連綴動詞的相關說明請見本書「動詞篇」。

4 以分號聯結子句的相關說明請見本書「副詞篇」之連接副詞一節。

5 關係副詞的用法請參閱本書「副詞篇」及「連接詞篇」之關係副詞一節。

3分鐘英文 搞懂易混淆字詞用法！

形容詞㊶ necessary / indispensable

necessary 指「必要的」、「必需的」，而 indispensable 則是「不可或缺的」之意，二者意思相近，但程度有別。注意，另一也可表示「不可缺少的」之意的 essential 也相當常見（essential 原指「本質的」、「根本的」）。

形容詞㊷ premature / precocious

這兩個字都與某種狀況的「提早發生」有關：premature 可用於如 premature death「英年早逝」或 premature baby「早產兒」等例中，precocious 則多用於指「早熟的」（如 a precocious child「一個早熟的小孩」或「早成的」（如 precocious mathematical ability「早成的數學能力」）。

形容詞㊸ faithful / loyal

雖然 faithful 和 loyal 都指「忠誠的」、「忠實的」，但是前者多用於表達信徒、教徒的「虔誠」或夫妻、男女之間的「堅貞」，而後者則較常用來指對國家、國王、政黨等的「忠心耿耿」。

第 9 章 雙重主詞

首先我們必須說明，雙重主詞基本上是一種文法錯誤，在正式英文 (formal English) 裡是不被允許的，尤其是在考試時，只要出現雙重主詞一定不對，萬萬不可選之或用之。既然如此，那我們爲什麼要特別討論它呢？原因有二：一、因爲這是以中文爲母語的人很容易犯的錯誤；二、事實上在日常生活的對話中許多母語人士經常使用它。在本章中我們將針對這兩點做進一步分析討論。不過在討論這兩個問題之前，讓我們先釐清什麼叫雙重主詞。

1 何謂雙重主詞？

首先請仔細觀察以下這幾個句子：

誤 a **My brother he is now working for a computer company.**
（我哥哥他現在在一家電腦公司上班。）

誤 b **The girl sitting on that bench she is waiting for the bus.**
（坐在那張長椅上的那個女孩她正在等公車。）

誤 c **People who come to this restaurant they usually bring their own chopsticks.**
（到這家餐廳的客人他們通常都會帶自己的筷子。）

以上三句話之所以皆爲錯誤，就是因爲它們都使用了雙重主詞。我們看到，在 a. 句中主詞 My brother 之後跟了代名詞 he，在 b. 句中主詞 The girl sitting on that bench 之後也跟了一個代名詞 she，在 c. 句中同樣地在主詞 People who come to this restaurant 之後也用了代名詞 they。像這樣，在主詞之後又出現同一指稱的代名詞，就是所謂的「雙重主詞」(double subject)。

請注意，不可將主詞同位語[註1] (subject appositive) 與雙重主詞混爲一談。在以下幾句話中，跟在主詞後面的詞語就是同位語：

d My brother Timothy used to work for a bank.
（我哥哥提墨西以前在一家銀行上班。）

e Mandy, my ex-girlfriend, is sitting over there chatting with her new boyfriend.
（我的前任女友曼蒂正坐在那兒和她的新男友聊天。）

f The fact that these people bring their own chopsticks really embarrasses the owner.（這些人帶自己的筷子來的事實讓老闆很糗。）

主詞同位語與雙重主詞最大的不同在於，主詞同位語是針對主詞所做的補充說明，而雙重主詞則只是無謂地重複了主詞。換個方式說，主詞同位語是有內容的，具「畫龍點睛」的效果；相反地，雙重主詞中的「第二個」主詞不但無助於理解，反而是「畫蛇添足」。我們就拿主詞同爲 My brother 的 a. 句與 d. 句來做一個比較：

a My brother he is now working for a computer company.

d My brother Timothy used to work for a bank.

假設聽話者（或讀者）對於說話者（或寫作者）所提到的 My brother 認識不夠（比如說話者〔或寫作者〕有幾個兄弟），而他／她想做些說明，此時像 a. 句一樣在 My brother 之後用一個代名詞 he 是完全達不到效果的，而且有可能會讓對方覺得好笑，因爲一個人的兄弟不是 he 難道是 she 嗎？換句話說，在 My brother 之後加一個 he 就好像在告訴對方 " My brother is a male."（「我哥哥是男的。」）一樣，多此一舉，毫無意義。反觀 d. 句中的 Timothy 就不同了，它有好幾個可能的功用。比如，說話者可能是要利用它來先告訴對方他／她哥哥的名字叫 Timothy；或者，說話者是要利用它來告訴對方他／她說的是叫 Timothy 的那個哥哥，而不是，比方說，叫 Jack 的那個哥哥；又或者，說話者是想強調他／她哥哥就是 Timothy，等等。

同樣地，b.、c. 兩句話中的 she 和 they 完全不具任何功能，但是 e.、f. 句中的 my ex-girlfriend 和 that these people bring their own chopsticks（前者爲名詞片語，後者爲名詞子句）則明顯提供了一些有意義的資訊。

一般而言，構成雙重主詞的多爲人稱代名詞，因此很容易掌握，不過有時候會因爲其他因素而無法立即看出或避免使用它。例如下面幾個句子中的雙重主詞就比較容易被疏忽掉：

誤 g Mr. Hoffmann, our department manager transferred from Germany, he is said to have had three marriages.
（霍夫曼先生，我們從德國調過來的新部門經理，聽說有過三段婚姻。）

誤 h Mrs. Bailey, who has just come back from a trip to Ireland, now she is talking to her daughter about it.
(剛從愛爾蘭旅遊歸來的貝里太太現在正在跟她女兒述說經過。)

誤 i The guy over there who, as you can see, is wearing a black suit and carrying a leather briefcase in his right hand, well, he is my husband.
(那邊那個你可看到的穿著黑色西裝、右手拿著皮製公事包的傢伙，嗯，他就是我老公。)

g.、h.、i. 三句的共同特徵是主詞與主要動詞之間的距離較遠（尤其是 h. 句和 i. 句中還有 now 和 well 來「攪局」），在這種情況下很容易就「不小心」忘了有原主詞的存在，而「順勢」在主動詞之前加添了無實質意義的代名詞，以致犯下使用雙重主詞的錯誤。這點請讀者千萬特別注意。

話雖如此，但是對於本國人或以中文為母語的人而言，在所謂的主詞之後加上一個代名詞並不是一件特別奇怪的事，因為這是使用中文時的一種習慣，有許多人並不以為意，甚至認為本應如此，要了解這一點，請看我們在下一節中所做的說明。

2 中、英文語法的基本差異

根據許多中文語法的語言學者研究，中文的句型結構與英文的句型結構有一個很大的不同，那就是，中文的句子不像英文句子那樣以主詞為起始再加上述語，而是以某一個「主題」為焦點然後加上對這個主題所做出的「評論」：

sentence → Topic + Comment

我們看幾個例句：

甲、報告 我已經寫好了。

乙、小明 早就把功課做完了。

丙、教室裡 一個人都沒有。

丁、三點鐘 我有個會要開。

戊、不跟你爸媽說話 這是不對的。[註2]

在甲、乙、丙、丁、戊、五句話中，前面畫底線的部分就是「主題」，後面的部分就是「評論」。相信讀者都已經注意到：第一、「主題」不一定是「主詞」，例如甲句中的「報告」就是動詞「寫」的「受詞」；第二、「主題」不需要是「名詞」，例如丙句的「教室裡」是「地方副詞」、丁句的「三點鐘」是「時間副詞」；第三、「評論」部分可以是完整的句子（如丙、丁、戊三句），也可以是不完整的句子（如甲、乙兩句）。請讀者仔細看一下戊句，它除了是以片語「不跟你爸媽說話」作爲「主題」之外，「評論」中的「這」指的也正是「不跟你爸媽說話」這個「主題」。如果以英文語法的標準來看，這個句子就犯了使用雙重主詞的錯誤：

誤 j Not to talk to your mom and dad this is wrong.

另外，如果我們把乙句改成：

己、小明 他 早就把功課做完了。

也就是，「主題」部分不變，但是在「評論」最前端加上代名詞「他」。我們發現，在實質意義上乙句和己句並無太大的差異，更重要的是並不會有人質疑己句的「合法性」(grammaticality)。但是如果我們把它直譯成英文，如 k. 句，我們同樣地又得面對雙重主詞的問題：

誤 k Xiao Ming he has finished his homework a long time ago.

反過來看，當我們把含雙重主詞的錯誤英文句子直譯成中文時，結果卻是可以接受的。例如第一節 a.、b.、c. 三句的中譯：

庚、我哥哥 他 現在在一家電腦公司上班。
辛、坐在那張長椅上的那個女孩 她 正在等公車。
壬、到這家餐廳的客人 他們 通常都會帶自己的筷子。

我們的結論是：由於中文的基本句構是「主題 + 評論」，這與英文的「主詞 + 述語」有所不同，因此當「主題」碰巧也是「主詞」時，「評論」部分仍可以加上代名詞作爲該部分的「代理主詞」。當然，也就是因爲這一點，所以我們要提醒以中文爲母語而正在學習英文的人注意，不要把這個「習慣」帶到英文裡去。

我們在以上兩節中不斷強調雙重主詞在英文這個語言中的「不合法性」(ungrammaticality)，但是，就像在上一章中我們所提到的 "Rules are made to be broken."，有許多母語人士會在「非正式」的場合中「挑戰」這項規範。而所謂的

「非正式」場合，講白一點，就是不會留下「白紙黑字」記錄的情況，也就是在一般日常生活對談的時候。下一節我們就來討論這個問題。

3 非正式英文中的雙重主詞

首先，請先看下列幾個例子：

l **The book you asked about the other day, it has been sold out.**（非正式）
（你前幾天詢問的那本書，它已經賣光了。）

m **This totally crazy friend of mine, he jumped right into the freezing water naked.**（非正式）
（我這位頭殼完全壞去的朋友，他光著身子直接就跳入冰冷的水中。）

n **The old lady I saw walking around the mall mumbling every day, she turned out to be Derek's grandma.**（非正式）
（我每天看到的那個在購物中心閒逛、嘴裡唸唸有詞的老太太，她原來是戴瑞克的奶奶。）

像這樣把原句的主詞前移至句首，然後在原主詞位置使用代名詞的情況，在語言學上稱爲「左向脫位」(left-dislocation)。[註3] 一般在使用「左向脫位」時，會在「脫位」的主詞之後停頓一下；書寫時則用逗號來表示。

o **The book you asked about the other day, they've sold it already.**（非正式）
（你前幾天詢問的那本書，他們已經把它賣掉了。）

p **That totally crazy friend of yours, I saw him jumped into the freezing water naked.**（非正式）
（你那個頭殼完全壞去的朋友，我看到他光著身子直接就跳入冰冷的水中。）

q **The old lady you saw walking around the mall mumbling every day, I saw her at the park today.**（非正式）
（你每天看到的那個在購物中心閒逛、嘴裡唸唸有詞的老太太，我今天在公園看到她。）

但是，爲什麼明文禁止使用雙重主詞（受詞）的規範會遭破壞呢？我們發現至少有三個理由。第一、說話者利用主詞的「左向脫位」來告知聽話者有這麼一個人、事、物的存在。例如 m. 句的 This totally crazy friend of mine 的功能就相當於：There is this totally crazy friend of mine。第二、說話者利用「左向脫位」的主詞來提供「舊資訊」，例如 l. 句的 The book you asked about the other day。將舊資訊前移的好處在於，它不會與新資訊糾結在一起，如此有助於聽話者掌握該句話的重點，以 l. 句來說，就是 it (= the book) has been sold out。第三、說話者利用「脫位」的主詞來避免過長的主詞，例如 n. 句的 The old lady I saw walking around the mall mumbling every day。也就是說，將原句做「分段」處理，如此一來，對於聽話者而言負擔就減輕多了。

當然，雙重主詞（受詞）的使用也跟一個人的說話習慣有關。多年前筆者在美國求學時，經常收看一齣叫做 *Columbo* 的電視影集。[註4] 劇中的男主角 Lieutenant Columbo 每次為辦案在做查訪工作時，都會先跟嫌疑犯閒話家常一番，而他最愛用的開場白就是："My wife, she..." 在看了幾集之後，筆者發現他這麼做的目的是想拉近與當事人的距離，讓對方鬆懈心防，以便於破案。由於筆者的母語是中文，因此當時就覺得他這種 "My wife, she..." 的說話方式簡直就是中文「我太太她……」的英文版，也因此對他特別有好感。讓我們把個人的感覺擺一旁，從「學理」來看，Columbo 先生說的 "My wife, she..." 中的 My wife 就是被「向左脫位」的主詞。他這麼做除了可以傳達給對方 " I have a wife"、"I am a family man" 這類的訊息之外，還可以同時暗示對方 "therefore I am friendly"、"so you can trust me"。

從以上的討論，我們得到這樣的結論：禁用雙重主詞的規定雖然很嚴苛，但是卻有它極為「人性化」的一面。語言是活的，會不斷地變化，或許有一天英文會向中文看齊，朝 topic-prominent language「主題式語言」[註5] 的方向邁進，而不再侷限於 subjectpredicate 的窠臼。屆時，雙重主詞將不再是文法修辭中令人聞之色變的毒蛇猛獸。不過在那之前，還是要再次提醒讀者，在考試或寫作文時記得不可使用「雙重主詞」。

註解

1 同位語的相關用法請見本書「代名詞篇」。

2 有些漢語學家認為應在「主題」與「評論」間打逗號：

① 報告，我已經寫好了。

② 小明，早就把功課做完了。

③ 教室裡，一個人都沒有。

④ 三點鐘，我有個會要開。

⑤ 不跟你爸媽說話，這是不對的。

3 因為英文是從「左」向右書寫的語言。

4 此影集曾在台灣播映過，當時劇名譯為《神探可倫波》。

5「中文屬主題式語言」是多數漢語學家共同的看法，例如 Charles Li 和 Sandra Thompson 在他們合著的《漢語語法》(*Mandarin Chinese*) 一書中就持這個論點。而他們同時則把英文稱為「主詞式語言」(sentenceprominent language)。

3分鐘英文　搞懂易混淆字詞用法！

形容詞 44 handicapped / disabled

handicapped 與 disabled 基本上都指「殘障的」，但是由於有些人認為 handicapped 有歧視的意味，因此有越來越多的人選擇使用 disabled。（同樣地，在台灣有許多人避免使用「殘障」這個字眼，而用「身障」來取代。）

形容詞 45 pleasant / pleasing

pleasant 與 pleasing 皆是由動詞 please「使高興」變化而來，基本上這兩個字都指「令人愉快的」，但前者為較「客觀」的用字，而後者則較著重「個人」的感受。

形容詞 46 satisfactory / satisfying

satisfactory 與 satisfying 皆是由動詞 satisfy「使滿意」變化而來，二者基本上都指「令人滿意的」，但嚴格講前者表達的是「符合要求」甚至是「差強人意」的意涵（如考試及格），而後者則用於表達「令人心滿意足」的意涵（如考試一百分）。

第 10 章 雙重否定

與上一章我們討論的「雙重主詞」非常類似，「雙重否定」在英文這個語言裡的「處境」相當尷尬。雖然許多英文教師不斷地指出「雙重否定」的「不當性」(inappropriateness)，但是有不少人在日常生活的言談中卻照用不誤。而「雙重否定」問題的麻煩處還不僅於此，因爲在某些情況下使用「雙重否定」不但是「師出有名」，而且頗具修辭效果。到底「雙重否定」是怎麼一回事？它的用法有什麼限制？主要的功能又是什麼？這幾個問題正是本章要爲各位讀者解答的。

1 何謂雙重否定？

所謂的「雙重否定」(double negative) 指的是在同一個片語、子句或句子裡同時使用兩個否定字詞的情況。例如：

a I don't disagree.（我並沒有不同意。）

b Anne didn't want to seem unhappy.（安不想看起來不快樂。）

c He never said he was not willing to go.（他從來沒說過他不願意去。）

a.、b.、c. 三句話中都使用了兩個否定的字眼，但是卻都是「合法」的句子。

我們再看幾個句子：

誤 d I didn't see nobody.（我什麼人也沒看到。）

誤 e Carlos doesn't have nothing.（卡洛斯什麼都沒有。）

誤 f Laura can't hardly sing.（羅拉幾乎不會唱歌。）

d.、e.、f. 三句話也都使用了兩個否定詞，但是依照標準英文 (standard English) 的用法，這三個句子都「不合法」。這是爲什麼？這兩組句子之間有什麼不同嗎？如果你的答案是：

PART 9 文法與修辭篇

誤 g I don't see no difference.（我看不出有什麼不同。）

你的英文老師肯定會跟你說你的這個句子錯了，你應該說：

h I don't see any difference.

讀者現在知道 a.、b.、c. 三句與 e.、f.、g. 三句間有什麼不同了吧。原來英文這個語言是「符合邏輯」的！ e.、f.、g. 三句話之所以錯，就是因爲它們是「負負得負」，因此應該改成：

e' I didn't see anybody.

f' Carlos doesn't have anything.

g' Laura can hardly sing.

反觀 a.、b.、c. 三句就沒有這樣的問題。雖然說 "I didn't disagree." 並不一定表示 "I agree."，但是至少它不是 "I disagreed." 的意思。同樣地，"Anne didn't want to seem unhappy." 的意思雖然不見得是 "Anne wanted to seem happy."，但是它絕對不意謂 "Anne didn't want to seem happy." 或是 "Anne wanted to seem unhappy."。而 c. 句也一樣，雖然不見得是「負負得正」，但至少不是「負負得負」，也就是說，"He never said he was not willing to go." 不見得一定指 "He said he was willing to go."，但是它不會有 "He never said he was willing to go." 或是 "He said he was not willing to go." 的意涵。

從以上的討論我們得到的結論是：基本上「雙重否定」在英文裡是不被允許的，除非是用來表達「非負面」的結果。但是，對於「語言邏輯」較敏感的人一定會覺得像 a.、b.、c. 這幾個「合法」的雙重否定句似乎太「拐彎抹角」了。的確如此。就溝通的效果而言，「非負面」方式的表達永遠沒有用「正面」表達的方式來得有力。不過話說回來，懂得說話藝術的人在許多情況下卻會刻意使用這樣的技巧或修飾法，來避開一些尷尬的情況或甚至是「正面」的衝突。事實上使用中文的人都應該懂得這個道理。例如會說出以下這幾句話的人心裡多少都「懷抱」了這種思維：

甲. 這並不是不可能的事。

乙. 我這樣並不表示不愛你。

丙. 我沒有說你不好。

當然，使用雙重否定有時是可以達到「負負得正」的效果的。例如在以下兩句話中，說話者就是以「拐彎抹角」的方式來告訴對方眞「正」的情況：

h It's not right not to follow the rules.
（不遵守規則是不對的。）

i It's not the case that I didn't know what happened.
（我並不是不知道發生了什麼事。）

說 h. 這句話的人表達的其實就是：

h' It's right to follow the rules.（遵守規則是對的。）

而說 i. 這句話的人則在告訴對方：

i' I knew what happened.（我知道發生了什麼事。）

不過，截至目前爲止，我們所討論的是標準英文的規範。事實上，在「非」標準英文中「負負得負」的雙重否定是被允許的，而對於使用某些特定方言 (dialect) 而言，這樣的雙重否定其實是常態。接下來我們就來看非標準式英文中的雙重否定。

2 另類雙重否定

請讀者先看下面這兩個西班牙文的例句：

j Yo no vi a nadie.

k Carlos no tiene nada.

j.、k. 兩句其實是上一節中 d.、e. 兩句話的西班牙文版。我們在前面說過，像 d.、e. 這種句子在標準英文裡是不被接受的，但是請注意，j.、k. 兩句在西班牙文中卻是「標準」的否定句。對使用西語的人而言，所謂的「雙重」否定實際上具有「強化」(intensify) 否定的功能，也就是說，在西文中雙重否定的結果並不是「肯定」的，而是「更」否定。[註1]

有趣的是，有許多以英文爲母語的人（通常是社會階層較低者）[註2] 在言談中也會使用這種模式的雙重否定。在某些英語的方言裡（例如美國南部的英語、非裔美國人所使用的英語，以及英國某些地區的方言），這種雙重否定的用法也完全正確。以下是幾個這種「另類」雙重否定的例子：

l I don't have nothing to say.【非標準】（我無話可說。）

m She never talks to no one.【非標準】（她從不跟任何人說話。）

n You ain't no expert. [註3]【非標準】（你並不是什麼專家。）

更有趣的是，接受這種「另類」雙重否定的人，也會接受三重否定 (triple negative)，甚至四重否定 (quadruple negative)：

o I didn't see nobody nowhere.【非標準】
（不管什麼地方我什麼人都沒看到。）

p I ain't never gonna talk to nobody no more. [註4]【非標準】
（我從此以後再也不會跟任何人說話了。）

注意，與「另類」雙重否定的邏輯相同，三重否定和四重否定的結果都是「否定」的。[註5]

事實上，許多衛道人士以及堅持英語應該保持「純淨」的所謂 "language purist"，對於「另類」的雙重否定，以至於三重或四重否定，頗爲感冒。不過就像所謂的「髒話」(fowl language)，在眾多老師、家長、社會賢達的禁止、批判之下，要使用的人照樣使用。[註6] 筆者身爲英語教師，當然也免不了必須「提醒」正在學習英文的人，我們所謂的「另類雙重否定」是不見容於「標準」英文的。（一般學者會把這種雙重比較定位爲「非標準英文」[nonstandard English] 或「低於標準的英文」[substandard English]。）至於使不使用它，就請各位讀者自行斟酌。

3 雙重否定的功能

我們在第一節中已經詳細地說明「標準」雙重否定在修辭上的功效，在此不再贅述。那「另類」的雙重否定除了被認爲「不標準」之外，是否一點「正面」的功能都沒有呢？答案當然是否定的。別忘了，「另類雙重否定」在某些方言中是「制式」的否定。就跟我們到苗栗的時候講些客家話一樣，如果你身在紐約的哈林區 (Harlem) 而能夠使用當地非裔美國人認可的雙重否定模式，肯定較容易拉近彼此間的距離。

除了這個明顯的好處之外，也別忘了，縱使在許多「正派」人士的「高聲疾呼」之下，其實還是有不少人接受、甚至使用這種雙重否定。最有名也最具戲劇性的例子，是 1984 年時美國前總統雷根 (Ronald Reagen) 在競選連任時，對支持群眾許下的承諾："You ain't seen nothin' yet." 註7「你們什麼都還沒看到（好戲在後頭）」。雷根的意思是：再給我做四年，你們就會看到最美好的未來。身為世界最強大國家之總統，也曾是優秀演員的雷根，顯然非常懂得如何和一般民眾「零距離」。

註解

1 事實上，除了西班牙文之外，葡萄牙文、法文、俄文、希臘文、波斯文等也都有這種現象。

2 其實，就語言的本身來講，並無高低、貴賤之分。只要一個語言有固定的系統，能夠清楚、有效地用來表達使用者想表達的事物，就是一個好的語言。

3 本句中的 "ain't" 也屬不標準（或不正確）的英文。它可用來指 "am not"、"are not"，甚至 "have not" 和 "has not"。在本句中它指 "are not"。

4 本句中 "ain't" 指 "am not"；"gonna" 則為 "going to" 的口語說法。

5 筆者個人未曾見過有人使用「五重否定」(quintuple negative)，不過相信下面這個句子應該是一個可能的例子：

I ain't never gonna talk to nobody about nothing no more.
（我從此以後再也不會跟任何人討論任何事了。）

6 我們在電視、電影中不斷聽到或看到有人使用它，就是最好的證明。

7 本句中的 "ain't" 指 "have not"；"nothin'" 則為 "nothing" 之口語省略。

3分鐘英文 搞懂易混淆字詞用法！

形容詞㊼ skillful / skilled

skillful 和 skilled 意思相近，二者皆與 skill「技巧」、「技藝」有關但表達的意涵不盡相同：skillful 強調的是「技術性」（但不一定很有經驗），skilled 的重點則在於「訓練有素且經驗豐富」。

形容詞㊽ handsome / good-looking

handsome 一般用來指男性的「英俊」，但有時也用來指女性的「帥氣」，good-looking 則可泛指男生或女生的好看。

形容詞㊾ diligent / hard-working

二者皆指「勤奮的」，但 diligent 著重對於所做的事非常「認真、謹慎、專注」，hard-working 則著重「不辭辛勞」、「努力不懈」。

形容詞㊿ polite / well-mannered

polite 是「有禮貌」的意思，well-mannered 則是「彬彬有禮」、「行為端正」之意。相關字 courteous 則指「謙恭有禮的」。另注意，除了表示「有禮貌」之外，polite 也可以用來指「客氣的」。

第 11 章 孤懸的修飾語

修飾語的孤懸問題是每一本與文法修辭有關的書籍，或任何一個討論文法修辭的課程必須觸及的一個重點，各類的英文考試也都將這個問題作為必考的題型之一。事實上，我們曾在本書之「動詞篇」中討論過一些相關的議題，不過當時討論的重心在於動狀詞（不定詞與分詞）結構的正確使用方式。在本章中我們將針對所謂的「孤懸修飾語」做較深入、廣泛的探討。

1 何謂孤懸的修飾語？

「孤懸」這兩個字按字面上來看，應該就是「孤孤單單地懸掛或懸吊著」的意思。沒錯，所謂「孤懸的修飾語」(dangling modifier) 指的就是一個因為找不到修飾對象而被晾在一邊的修飾語。孤懸修飾語多出現於句首，有時也會出現在句尾或句中。請看以下例子：

誤 a **With a knife, the old landlady was brutally stabbed to death.**
（那位年邁的女房東被兇殘地用刀子刺死了。）

誤 b **To learn how to do bungee jumping, fear is probably the first thing to conquer.**
（要學習如何高空彈跳，恐懼感可能是首先必須克服的。）

誤 c **When only a little girl, her father took her to almost every place in the world.**
（在還只是一個小女孩的時候，她爸爸就帶她走遍幾乎世界各地。）

誤 d **A quick decision was made, seeing the whole ship was starting to sink.**
（看到整艘船開始往下沉，一個決定很快地被做出。）

誤 e **Brandon, interrupted only once by a call from his boss, slept soundly last night.**
（布蘭登昨晚睡得很沉，只被他老闆的電話打斷過一次。）

PART 9 文法與修辭篇

在 a.、b.、c.、d.、e. 句中我們都看到有一部分被用逗號與主句隔開，這個被分離的部分就是「孤懸的修飾語」。在 a. 句中被孤懸的是句首的 With a knife；在 b. 句中被孤懸的是句首的 To learn how to do bungee jumping；在 c. 句中被孤懸的是句首的 When only a little girl；在 d. 句中被孤懸的是在句尾的 seeing the whole ship was starting to sink；e. 句中被孤懸的則是句中的 interrupted only once by a call from his boss。當然，說這些部分被「孤懸」主要並不是因爲它們被用逗號分隔開來，而是因爲它們雖是「修飾語」，但是在句子中卻沒有修飾的對象。以 a. 句來說，With a knife 應該用來指「殺人者」所使用的工具（或方法），但是在句子中卻找不到這個人；以 b. 句來說，想 To learn how to do bungee jumping 的應該是某「人」，但是在句子中我們看到的唯一名詞卻是 "fear"「恐懼感」；以 c. 句來看，When only a little girl 用來說明的對象應該是 " she"，但是我們只看到 " her father" 和作受詞用的 "her"；就 d. 句而言，seeing the whole ship was sinking 的應該是「船長」，但是句中卻找不到這個字眼；就 e. 句而言，被 interrupted only once by a call from his boss 的應該是「睡眠」而不是 Brandon 這個「人」。因此，a.、b.、c.、d.、e. 五句話全部都是錯誤的。

請注意，在判斷 a. ~ e. 這類句子是否恰當、合理時，千萬不可因爲「意思看懂」而受影響，尤其是在用中文翻譯出來特別順暢的時候。例如上面 a. ~ e. 句的中譯，除了 c. 句和 d. 句有些「怪怪的」之外，其他三句對於以中文爲母語的人而言，應該都「蠻正常」的。中、英文爲什麼有這麼大的差異呢？爲什麼在英文中錯誤的句子譯成中文後可以被接受呢？是不是因爲中文比較「隨便」，而英文比較「嚴謹」？

要回答這幾個問題，我們必須從中、英文使用的習慣切入，然後再做比較分析。首先，我們發現對於使用中文的人而言，「默契」非常重要。請看以下這段對話：

甲：回來啦？

乙：回來了。

甲：吃過飯沒？

乙：吃過了。

甲：吃什麼？

乙：自助餐。

像這樣的對話在中文裡再普遍不過了。但是請注意，在這段對話中甲和乙一個「主詞」也沒用，卻不見有任何溝通上的障礙。這是因爲說話的雙方都知道對方講的是誰，而既然對方都有這樣的「共識」，自然就沒有必要「你呀」、「我呀」地那麼麻煩。注意，這正是爲什麼像 b. 句的中譯，一點都不會讓人覺得奇怪的原因。因爲在說「要學習如何高空彈跳」這個部分的時候，說話者和聽話者很自然地會認爲這當然是指「『你』或『我們』或『一個人』如果要學習高空彈跳的話」的意思，既然你知、我知，那就沒有必要講那麼「白」。又如 a. 句的譯文中雖然看不到「殺人者」三個字，但是人被殺，當然是被「殺人者」殺的，何必多此一舉提到這個人。

反觀英文，一切則都得「按部就班」。大家都知道，英文除了祈使句、命令句不需要主詞之外（其實它們之所以不用主詞也正因爲主詞是被「理解的」[understood]，也就是說，祈使句、命令句的對象一定是聽話者"you"，因此不必特別提），其他任何一個句子都應該以「主詞 + 動詞」的形式出現。以前面的 b. 句爲例，如果把它改成 f. 句就沒有問題了：

f **If you / we / one want(s) to learn how to do bungee jumping, fear is probably the first thing to conquer.**
（如果你／我們／一個人要學習如何做高空彈跳，恐懼感可能是首先必須克服的。）

換言之，原來「孤懸」的 To learn how to do bungee jumping 如今已名花有「主」，找到了歸宿，整個句子也就「名正言順」了。

不過，英文這個語言也不是絕對地僵化、不能變通。事實上，要讓 b. 句「就地合法」還有其他的方式。請看這個句子：

g **To learn how to do bungee jumping, you / we / one probably need(s) to conquer fear first.**
（要學習如何做高空彈跳，你／我們／一個人可能必須先克服恐懼。）

注意，g. 句中的 To learn how to do bungee jumping 並沒有「孤懸」，因爲它有修飾的對象"you / we / one"。請再看這個句子：

h **If you / we / one want(s) to learn how to do bungee jumping, you / we / one probably need(s) to conquer fear first.**
（如果你／我們／一個人要學習如何做高空彈跳，你／我們／一個人可能必須先克服恐懼。）

h. 句當然是個「合法」的句子，但是跟 g. 句或 f. 句比較起來就顯得不俐落，甚至有「拖泥帶水」的感覺。爲什麼？原因無他，就是因爲在前後兩個子句中出現了相同的主詞 you / we / one。從修辭的角度來看，縱使 h. 句合文法，但是不夠簡潔。我們在本書「副詞篇」中的「副詞子句」一章中，曾提到副詞子句減化的概念，而副詞子句之所以可以被減化，主要的原因之一就是要避免重複。以 h. 句而言，If 子句就是副詞子句，經過必要的刪減之後，結果就是 g. 句。至於 f. 句，由於其前後兩個子句中的主詞並不相同，因此不適用減化的機制。如果要「強渡關山」，得到的結果就是錯誤的 b. 句。

依此類推，前面 a.、c.、d.、e. 句也犯了同樣的錯誤，而最直接了當的改善方式就是把孤懸修飾語的「主」找回來，不要害這些修飾語成了「孤魂野鬼」：

i With a knife, the killer brutally stabbed the old landlady to death.
（那個殺人者用刀子兇殘地把那位年邁的女房東刺死了。）

j When only a little girl, she was taken by her father to almost every place in the world.（在還只是一個小女孩的時候，她就被她爸爸帶著幾乎走遍世界各地。）

k The captain made a quick decision, seeing the whole ship was starting to sink.
（看到整艘船開始往下沉，船長很快地做出一個決定。）

l Brandon's sleep, interrupted only once by a call from his boss, was sound last night.（布蘭登昨晚的睡眠很沉，只被他老闆的電話打斷過一次。）

以上是我們針對孤懸修飾語的「來龍去脈」所做的分析說明。下面在第二節中我們要探討的是英文中到底有哪幾種孤懸的修飾語。

2 孤懸修飾語的種類

常見的孤懸修飾語有分詞構句、不定詞片語、保留連接詞的省略副詞子句、介系詞片語、形容詞片語和名詞片語。

A. 分詞構句

分詞構句雖屬高級句型，但是一不小心就可能造成孤懸。請看以下例子：

誤 m Being a fine day, Ms. Philips decided to take her students out for a field trip.
（由於天氣很好，菲利普斯女士決定帶她的學生出去做戶外教學。）

誤 n Talking with his mouth full of food, nobody could understand what he was saying.
（他講話的時候嘴裡塞滿了食物，沒人聽得懂他在說些什麼。）

m. 句中 Ms. Philips 不能作爲 Being a fine day 的主詞，但是我們可以把 Being a fine day 改成所謂的「獨立分詞構句」(absolute participle construction)[註1]避免孤懸：

m' It being a fine day, Ms. Philips decided to take her students out for a field trip.

注意，m'. 句乃是由 m''. 句變化而來：

m'' Since it was a fine day, Ms. Philips decided to take her students out for a field trip.

n. 句中 nobody 當然不會是 Talking with his mouth full of food 的主詞。這句顯然是由 n'. 錯誤減化而來：

n' Because he was talking with his mouth full of food, nobody could understand what he was saying.
（因為他講話的時候嘴裡塞滿了食物，所以沒人聽得懂他在說些什麼。）

如果我們把 n. 句改成 n''. 句就可以避免 Talking with his mouth full of food 被孤懸了：

n'' Talking with his mouth full of food, he could not make anybody understand what he was saying.

當然，分詞有兩種，除了 m.、n. 句中的現在分詞外，還有過去分詞。[註2] 由過去分詞引導的構句也有可能被孤懸：

誤 o Broken many times by the employees, the manager felt the need to reiterate the importance of observing the company's dress code.
（被員工破壞了很多次，經理覺得有必要再次重申遵守公司服裝規定的重要性。）

誤 p Touched out by the first baseman twice in a roll, the coach scolded Kirk fiercely.

（連續兩次被一壘手刺殺，教練狠狠地罵了寇克一頓。）

o. 句可以改成：

o' The company's dress code broken many times by the employees, the manager felt the need to reiterate the importance of observing it.

（公司服裝規定被員工破壞了很多次，經理覺得有必要再次重申遵守它的重要性。）

也就是，將原來孤懸的 Broken many times by the employees 改成有獨立主詞的獨立分詞。

p. 句可改成：

p' Touched out by the first baseman twice in a roll, Kirk was fiercely scolded by the coach.

（因為連續兩次被一壘手刺殺，寇克被教練狠狠地罵了一頓。）

將 Touched out by the first baseman twice in a roll 的原主詞 Kirk 找回來做爲 p. 句的主詞。

B. 不定詞片語

容易成爲孤懸修飾語的不定詞片語，通常都是出現在句首用來表示目的或條件的不定詞片語，[註3] 例如：

誤 q To convince the jury of the defendant's innocence, more than twenty witnesses were brought to the court.

（為了要說服陪審團相信被告的無辜，二十多個證人被帶到了法庭。）

誤 r To enter a university here in Taiwan, some form of entrance examination must be taken.

（在台灣這個地方想進大學，某種形式的入學考試就必須參加。）

q. 句之所以不正確，是因爲要 To convince the jury 的人不是 witnesses；r. 句之所以

不恰當，則是因為想 To enter a university 的不會是 examination。如果把它們改成 q'. 和 r'.，句子就通了：

q' To convince the jury of the defendant's innocence, the attorney brought more than twenty witnesses to the court.
（為了要說服陪審團相信被告的無辜，律師帶了二十多個證人到法庭。）

r' To enter a university here in Taiwan, you must take some form of entrance examination.
（在台灣這個地方想進大學，你就必須參加某種形式的入學考試。）

注意，q'. 句是由下面這個 q''. 句變化而來的：

q'' In order that he could convince the jury of the defendant's innocence, the attorney brought more than twenty witnesses to the court.
（律師為了要說服陪審團相信被告的無辜，於是帶了二十多個證人到法庭。）

r'. 句則是由 r''. 句變化而來：

r'' If you want to enter a university here in Taiwan, you must take some form of entrance examination.
（如果你想在台灣這個地方進大學，就必須參加某種形式的入學考試。）

C. 保留連接詞的省略副詞子句

在前述兩節中我們看到的是由副詞子句減化的分詞構句與不定詞片語，但是由於這樣的減化是連連接詞也一起刪除，有時原句的「邏輯」會因此而不清楚，所以在說話者或寫作者認為可能會影響聽者或讀者理解的情況下，可以保留連接詞，讓句意較為明朗。不過，與分詞構句和不定詞片語的使用一樣，保留連接詞的省略子句也有可能變成孤懸。例如：

誤 s While living in Paris, many art galleries and museums were visited by Lee.
（住在巴黎的期間，很多藝廊和博物館都被莉參觀過。）

誤 t Although refused many times, Jacqueline was still asked out by Lawrence.
（雖然被拒絕很多次，賈桂琳還是受到勞倫斯邀約。）

以 s. 句來說，living in Paris 的應該是 Lee；以 t. 句而言，被 refused many times 的應該是 Lawrence。

因此，s. 句須改成：

s' **While living in Paris, Lee visited many art galleries and museums.**
（住在巴黎的期間，莉參觀過很多藝廊和博物館。）

而 t. 句則應改成：

t' **Although refused many times, Lawrence still asked Jacqueline out.**
（雖然被拒絕很多次，勞倫斯還是約了賈桂琳出去。）

注意，s'. 句是由 s''. 句省略而來：

s'' **While she living in Paris, Lee visited many art galleries and museums.**
（在她住在巴黎的期間，莉參觀過很多藝廊和博物館。）

而 t'. 則由 t''. 句省略而來：

t'' **Although he was refused many times, Lawrence still asked Jacqueline out.**
（雖然他被拒絕很多次，但是勞倫斯還是約了賈桂琳出去。）

D. 介系詞片語

容易變成孤懸的介系詞片語通常含有「動詞」的意涵，例如前面提到的 a. 句中介系詞片語 With a knife 就相當於 Using a knife。其實有一種常見的孤懸介系詞片語就是由介系詞加「動」名詞而組成的，[註4]例如：

誤 u **On hearing of the incident, an SNG van was sent to the scene immediately by the TV station. (SNG = Satellite News Gathering)**
（一聽說發生該事件，一輛 SNG 車立刻被電視台派到現場。）

誤 v **By cutting down the price, the item was sold out in less than a week.**
（藉由減價，該項商品不到一個禮拜就賣光了。）

u. 句的錯誤在於 an SNG van 不可能 hearing of the incident；v. 句則錯在讓人覺得 the item 做了 cutting down the price 的動作。

u. 句應改成：

u' On hearing of the incident, the TV station sent an SNG van to the scene immediately.
（一聽說發生該事件，電視台立刻派了一輛 SNG 車到現場。）

v. 句應改成：

v' By cutting down the price, they sold out the item in less than a week.
（藉由減價，他們不到一個禮拜就把該項商品賣光了。）

E. 形容詞片語 註5

形容詞片語就像任何修飾語一樣必須有修飾的對象，而用逗號分開的形容詞片語容易造成孤懸的情況。例如：

誤 w Available only to club members, they don't have to clean the washroom every few minutes.
（只開放給俱樂部的會員使用，他們不需要每幾分鐘就打掃一遍那間廁所。）

誤 x The doctor, unable to sleep at night, gave Rodney some pills.
（晚上無法入眠，醫生給了羅德尼一些藥。）

在 w. 句中 Available only to club members 的應該是 the washroom；在 x. 句中 unable to sleep 的應該是 Rodney。因此兩句應改為：

w' Available only to club members, the washroom doesn't need to be cleaned every few minutes.
（只開放給俱樂部的會員，那間廁所並不需要每幾分鐘就打掃一遍。）

x' Rodney, unable to sleep at night, was given some pills by the doctor.
（晚上無法入眠，羅德尼拿了一些醫生給的藥。）

F. 名詞片語

會被逗號分開的名詞片語通常都作爲同位語，註6 因此必須有清楚明顯的指涉對象，否則就成了孤懸的名詞片語：

誤 y An outstanding scholar, the university offered my brother a teaching job.
（身為一位傑出的學者，那所大學提供了我哥哥一份教職工作。）

誤 z The new machine we purchased can be used to do almost everything, a multi-purpose device.
（我們購買的新機器可以用來做幾乎所有事，這是一台多功能的裝置。）

y. 句的 An outstanding scholar 不可能指 the university，而 z. 句的 a multi-purpose device 也不會是指 everything，因此兩句都必須做修正：

y' An outstanding scholar, my brother was offered a teaching job by the university.
（身為一位傑出的學者，我哥哥被那所大學邀請擔任教職。）

z' A multi-purpose device, the new machine we purchased can be used to do almost everything.
（我們購買的新機器是一台多功能的裝置，可以用來做幾乎所有事。）

註解

1 分詞構句與獨立分詞構句的相關說明，請見本書「動詞篇」之第 9 章〈分詞〉。

2 分詞的分類與用法亦請見本書「動詞篇」之〈分詞〉一章。

3 不定詞用法之說明請見本書「動詞篇」之〈不定詞〉一章。

4 這一類的介系詞片語常可用副詞子句來代換，例如本節中 u'. 句的 On hearing of the incident 就相當於：As soon as the TV station heard of the incident；v'. 句的 By cutting down the price 則同於：Because they cut down the price。

5 本節中討論的形容詞片語可視為副詞子句的減略，例如 w'. 句的 Available only to club members 可以是 Since it is available only to club members 的減化；x'. 句的 unable to sleep at night 可以是 Because he was unable to sleep at night 的減化。

6 也有些人把它們視為是副詞子句減化的結果。例如 y'. 句中的 An outstanding scholar 是 As he is an outstanding scholar 的減略；z'. 句中的 A multi-purpose device 則為 Because it is a multi-purpose device。

3分鐘英文 搞懂易混淆字詞用法！

副詞❶ fast / soon

fast 與 soon 都指「快」，但是 fast 指的是「速度」上的快，例如，Don't drive too fast. 是「別開太快。」的意思；soon 則是指「時間」上的快，例如，I'll be there soon. 是「我很快就到。」之意。當然，車子開得「快」不見得能很「快」就到。

副詞❷ ago / before

ago 和 before 都指「之前」，但是 ago 表達的是「現在」之前，而 before 則用來表示「過去某一時間點」之前。比如說，「他是一週前回來的。」應說成：He came back a week ago.，而「他昨天告訴我他是一週前回來的。」則應用 He told me yesterday that he had come back a week before. 來表示。

副詞❸ farther / further

farther 與 further 都可以指「更遠」，但 farther 只能指「距離」上的更遠，而 further 則除了指距離的更遠之外，還可以用來指「程度」上的更遠，也就是「更進一步」之意，例如，investigate further 就指「進一步地調查」。

第 12 章 錯置的修飾語

「錯置修飾語」(misplaced modifier) 與上一章討論的「孤懸修飾語」在某種程度上有些關聯，但基本上是從兩個不同的角度來看事情。從字面上即可判斷，「錯置」修飾語指的應該就是「放錯位置」的修飾語，而所謂的「孤懸」修飾語，從上一章我們所做的分析討論可知，指的是「找不到對象」的修飾語。「錯置」的修飾語必須更換位置，「孤懸」的修飾語則必須找到對象。在上一章中，我們得到的結論是：只要幫被孤懸的情況找到正確的「主」（通常就是主句的主詞），「孤懸」的情況即可解除。在本章中，我們則要探討如何將被錯置的修飾語放回正確的位置。不過首先讓我們先確實了解，所謂的「錯置的修飾語」到底指的是什麼。

1 何謂錯置的修飾語？

我們剛才提到，「錯置修飾語」和「孤懸修飾語」有某種程度上的關聯。的確如此，以上一章中的 y. 句（在此改列爲 a. 句）爲例，其中的 An outstanding scholar 既可被視爲是「孤懸修飾語」，亦可被看成是「錯置的修飾語」：

誤 a An outstanding scholar, the university offered my brother a teaching job.
（身為一位傑出的學者，那所大學提供了我哥哥一份教職工作。）

從「孤懸」的角度看，An outstanding scholar 是「無主」的修飾語，所以 a. 句必須改成 b. 句，以確保 An outstanding scholar 不至被孤懸：

b An outstanding scholar, my brother was offered a teacher job by the university.
（身為一位傑出的學者，我哥哥被那所大學邀請擔任教職。）

但是，事實上我們也可以將 a. 句的錯誤歸罪於 An outstanding scholar 被錯置。如果把 a. 句改成：

c The university offered my brother, an outstanding scholar, a teaching job.
（那所大學提供我哥哥，他是一位傑出的學者，一份教職。）

也就是，把 An outstanding scholar 移至跟它「同位」(appositive) 的 my brother 之後，亦可改善原句的錯誤。

我們再看一個例子：

誤 d When young, their grandfather took care of Dale and his younger brother Todd.
（在年幼的時候，他們的爺爺照顧戴爾和他的弟弟陶德。）

如果我們把 When young 視爲孤懸的修飾語，d. 句就應改成：

e When young, Dale and his younger brother Todd were taken care of by their grandfather.
（在年幼的時候，戴爾和他的弟弟陶德被他們的爺爺照顧。）

而如果我們把 When young 看成是錯置的修飾語，則改成 f. 句即可以改善這個錯誤：

f Their grandfather took care of Dale and his younger brother Todd when young.
（他們的爺爺在戴爾和他的弟弟陶德年幼的時候照顧他們。）

下面這兩個錯誤則純粹在於修飾語的錯置：

誤 g I hung the oil painting on the bedroom wall which I had bought from a friend.
（我把那幅油畫掛在臥室的牆上，那幅畫是我跟一個朋友買的。）

誤 h The names all sound very familiar on this list.
（這些名字聽起來都很熟悉，在這張名單上的。）

g.、h. 句之所以不妥，是因爲兩句中各有一個修飾語（g. 句的 which I had bought from a friend、h. 句的 on this list）被「放錯地方」了。補救的辦法當然就是讓這些修飾語「歸位」：

i I hung the oil painting which I bought from a friend on the bedroom wall.
（我把那幅跟一個朋友買的油畫掛在臥室的牆上。）

j The names on the list all sound very familiar.
（這張名單上的名字聽起來都很熟悉。）

從以上所做的比較與說明我們發現，所謂的「錯置的修飾語」似乎比「孤懸的修飾法」來得單純些；也就是說，只要將錯置的修飾語放回原來正確的位置，問題就可以解決了。當然，前提是，我們必須知道哪一個修飾語應該用來修飾句子的哪一個部分。

2 修飾語的基本類型與修飾對象

一般而言，修飾語可分爲兩大類：一是用來修飾名詞的形容詞類修飾語，二是用來修飾動詞、形容詞及其他副詞的副詞類修飾語。形容詞類修飾語包括形容詞、形容詞片語和形容詞子句，副詞類修飾語則包括副詞、副詞片語和副詞子句。其中形容詞、形容詞子句、副詞、副詞子句的結構與功能皆較爲明顯、固定，但是形容詞片語與副詞片語則還包括原本與形容詞與副詞無直接關係的所謂「功能性」修飾語。註1 這些修飾語必須以在句中所扮演的角色，而不能以其本身的形式或結構，來決定其功能。這一類修飾語包括介系詞片語、分詞片語與不定詞片語。請仔細審視下列幾組例句中的前後兩個句子：

k The boy in the room is my son. /
The boy stayed in the room the whole night.
（房間裡的那個男孩是我兒子。／那個男孩一整晚都待在房間裡。）

l The girl playing the piano is my younger sister. /
She passed the evening playing the piano.
（在彈鋼琴的那個女孩是我妹妹。／她彈鋼琴度過了晚上。）

m This is the only place to see. / The point is not hard to see.
（這是唯一可看的地方。／這一點不難看出。）

k. 組第一句的介系詞片語 in the room 爲「功能性」形容詞片語，用來修飾其前的名詞 (The) boy；第二句話的介系詞片語 in the room 則爲「功能性」副詞片語，用來修飾其前的動詞 stayed。而 l. 組第一句的分詞片語 playing the piano 爲「功能性」

形容詞片語，用來修飾其前的名詞 (The) girl；第二句的分詞片語 playing the piano 則為「功能性」副詞片語，用來修飾其前的動詞 passed (the evening)。最後 m. 組第一句話的不定詞片語 to see 為「功能性」形容詞片語，用來修飾其前的名詞 (the only) place；第二句的不定詞片語 to see 則為「功能性」副詞片語，用來修飾其前的副詞 hard。

事實上，要避免修飾語的「錯置」其實很簡單，那就是，不論被修飾對象為名詞、動詞、形容詞或副詞，盡量將修飾語放在最靠近它們的地方。

接下來，讓我們來看一下有哪些修飾語較常被「錯置」。

3 常被錯置的修飾語

修飾語無論是形容詞類或副詞類，都可以是單字、片語或子句型態。以下我們就分這三個層面來探討常見的錯置修飾語。

A. 單字

在單字型態的修飾語中，形容詞較少發生被錯置的問題。這是因為形容詞的用法與位置較為固定。形容詞最常被用於名詞前作為該名詞的修飾語：

n She is a happy girl.（她是個快樂的女孩。）

或置於連綴動詞後作主詞補語：

o She looks happy.（她看起來很快樂。）

有時被用來作受詞補語：

p She makes herself happy.（她讓自己很快樂。）

至於副詞，由於可修飾的對象較多（除了基本的動詞、形容詞、副詞之外，副詞還可以被用來修飾名詞、代名詞，而且除了修飾單字外，副詞還可用來修飾片語、子句，甚至一整句話），位置也較不固定（副詞可出現在句首、句中或句尾），註2 因此較容易產生錯置的情況。我們以 only 為例，來看一下副詞的這種「多元性」：

q1 <u>Only</u> Eve said that she hated sushi.（只有伊芙說她討厭壽司。）

q2 Eve <u>only</u> said that she hated sushi.（伊芙只是說她討厭壽司。）

q3 Eve said <u>only</u> that she hated sushi.（伊芙只說她討厭壽司。）

q4 Eve said that <u>only</u> she hated sushi.（伊芙說只有她討厭壽司。）

q5 Eve said that she <u>only</u> hated sushi.（伊芙她只是討厭壽司。）

q6 Eve said that she hated <u>only</u> sushi.（伊芙說她討厭的只有壽司。）

q7 <u>Only</u>, Eve said that she hated sushi.（只不過，伊芙說她討厭壽司。）

由以上 q1. ~ q7. 句我們發現，一旦副詞被「錯置」，可能產生的後果就是說話者（或寫作者）的原意會受到「曲解」。[註 3]

另一種常見的副詞錯置是所謂的「雙向修飾」副詞。例如下面 r. 句中的 regularly 可以用來修飾其前的動詞 reminds，或其後的不定詞片語 to exercise：

r His doctor reminds him <u>regularly</u> to exercise.

這句話可能指：

r1 His doctors <u>regularly reminds</u> him to exercise.
（他的醫生經常提醒他要運動。）

也可能指：

r2 His doctor reminds him <u>to exercise regularly</u>.（他的醫生提醒他要經常運動。）

B. 片語

常見被錯置的片語多為「功能性」修飾語。例如：

誤 s The books all sell very well <u>written by Dan Brown</u>.
（那些書賣得都很好，是丹・布朗所寫的。）

誤 t His intention was obvious <u>to avoid her</u>.
（他的意圖很明顯要避開她。）

誤 u The school cafeteria <u>during the holidays</u> will be closed.
（放假期間學校自助餐廳將會關閉。）

s. 句的分詞片語修飾的是 The books，故應改成：

s' The books <u>written by Don Brown</u> all sell very well.
（那些丹．布朗所寫的書都賣得很好。）

t. 句的不定詞片語 to avoid her 修飾的是 His intention，故應改成：

t' His intention to avoid her was obvious.
（他想避開她的意圖很明顯。）

u. 句中的介系詞片語 during the holidays 應該用來修飾動詞 will be close，故應改成：

u' The school cafeteria well be closed <u>during the holidays</u>.
（學校的自助餐廳在放假期間將會關閉。）

注意，被錯置的片語也可能成爲「雙向」修飾語：

v They decided <u>on the Double Tenth Day</u> to get married.

v. 句可能指：

v1 <u>On the Double Tenth Day they decided</u> to get married.
（雙十節那天他們決定結婚。）

但也可能指：

v2 They decided <u>to get married on the Double Tenth Day</u>.
（他們決定在雙十節那天結婚。）

PART 9 文法與修辭篇

C. 子句

最常被錯置的子句爲形容詞子句，例如：

誤 w The bank robber shot and killed the manager who got away.
（那名銀行搶匪射殺了該名經理，那人逃走了。）

誤 x I saw the car stop at the traffic light that had been stolen.
（我看到那輛車在紅綠燈處停了下來，那輛車是被偷走的。）

w. 句的 who got away 指的應該是 The bank robber，而不可能是 the manager，因此應改成：

w' The bank robber who got away shot and killed the manager.
（逃走的那個銀行搶匪射殺了該名經理。）

x. 句的 that had been stolen 指的應該是 the car，不會是 the traffic light，故應該改成：

x' I saw the car that had been stolen stop at the traffic light.
（我看到那輛被偷走的車在紅綠燈處停了下來。）

由於副詞子句可被置於句首、句尾或句中，且句意基本上差異不大，註4 因此不太會發生所謂的「錯置」問題。例如以下三句話表達的幾乎是同樣的意思：

y1 Since their children have all grown up and left home, Mr. and Mrs. Tucker are planning to move back to the country.

y2 Mr. and Mrs. Tucker are planning to move back to the country since their children have all grown up and left home.

y3 Mr. and Mrs. Tucker, since their children have all grown up and left home, are planning to move back to the country.
（由於小孩都已經長大離家，塔克先生和太太打算搬回鄉下去。）

註解

1 與形容詞、副詞相關的說明請參閱本書「形容詞篇」與「副詞篇」。

2 相關說明詳見本書「副詞篇」之〈副詞的功能與位置〉一章。

3 有許多人認為以下這兩句話意思相同：

① I only have two dollars.

② I have only two dollars.

（我只有兩塊錢。）

不過第 ① 句比第 ② 句來得正式。

4 相關說明詳見本書「副詞篇」之〈副詞子句〉一章。

3分鐘英文 搞懂易混淆字詞用法！

副詞 ④ sometimes / sometime

這兩個字都跟時間有關，sometimes 較常見，指的是「有時候」(例如，We sometimes go to the movies.「我們有時候去看電影。」)，而沒有加 –s 的 sometime 則指「某個時候」(例如，Let's go to the movies sometime next week.「我們下禮拜哪個時候去看個電影吧。」)

副詞 ⑤ purposely / purposefully

這兩個字都由 purpose「目的」變化而來，但意思不同：purposely 指「故意地」、「蓄意地」(相當於 intentionally 或 deliberately)，purposefully 則指「有目的地」、「有決心地」。

副詞 ⑥ completely / thoroughly

這兩個字都可譯成「完全地」，但精確地講 completely 指的是「全部地」、「全然地」，而 thoroughly 則是指「徹徹底底地」、「仔仔細細地」。另注意，與這兩個字字義相近的還有 entirely「整個地」、「全部地」，totally「完全地」、「徹底地」，utterly「完全地」、「十足地」。

副詞 ⑦ usually / typically

若要表達「通常地」多數人一定立刻想到 usually，但事實上 typically 也可以用來指「通常」。需注意的是 typically 原指「典型地」，而因為這個字具有「一貫如此」的意涵，所以後來被用來表示「慣常地」、「通常地」。另外，原指「合規則的」normally 也常被用來表示「通常地」。

第 13 章 代名詞與指稱

就文法而言，代名詞似乎不是什麼「重量級」的問題，但是它卻是許多語意學家 (semanticist) 和修辭學者在相關書籍中著墨甚多的一個討論重點。理由無他，正是因為許多人輕忽了代名詞使用時的「精確性」。代名詞要用得精準無誤，就必須得確保每一個被使用的代名詞都有清楚明確的指稱對象 (referent)。在本章中，我們將分兩個部分來討論代名詞與指稱的問題。在第一部分，我們將審視代名詞使用時必須遵守的基本原則；在第二部分，我們則將提醒讀者使用代名詞應注意之事項。

1 代名詞的使用原則

使用代名詞時應謹記兩大基本原則：一、代名詞一定要有「先行詞」；二、一個代名詞只能有一個先行詞。所謂「先行詞」(antecedent) 指的是在文句中先出現，之後為了避免重複而被代名詞代替、但與該代名詞為「共同指稱」(co-referential) 之字詞。以下三個例句中，前一個畫底線的字詞為先行詞，後一個則為代替它之代名詞：

a I bought <u>a novel</u> a few days ago. <u>It</u> cost me 300NTD.
（我前幾天買了一本小說。它花了我三百元台幣。）

b When I saw <u>Earl</u>, <u>he</u> was talking to a girl.
（我看到厄爾的時候，他正在跟一個女孩講話。）

c <u>Mrs. Flemming</u> is always talking to <u>herself</u>.
（福雷明太太老是在喃喃自語。）

我們發現，只要指稱與先行詞相同，代名詞的使用是可以「跨句」（如 a. 句）或「跨子句」（如 b. 句）的，不須限定在同一個句子或子句中。但是，不論代名詞出現在什麼樣的結構中，一定要確定的一件事是：它必須有清楚明確的先行詞。以下兩個例子中的代名詞就沒有恰當的先行詞：

誤 d Because the janitor's mother is sick, he is on leave today.

（因為管理員的母親生病，所以他今天請假。）

誤 e My oldest brother is a psychologist, and this is what I want to study in college.

（我大哥是心理學家，而我在大學就是要念這個。）

d. 句中的代名詞 he 應該指的是 the janitor，但是句中並沒有 the janitor 只有 the janitor's mother；e. 句中的代名詞 this 應該指 psychology，但是句中並未出現這個字，只出現 a psychologist。因此，這兩個句子皆爲錯誤。若改成 d'.、e'. 句即可解決這個問題：

d' The janitor is on leave today because his mother is sick.

（因為他母親生病，所以管理員今天請假。）

e' My oldest brother is a specialist in psychology, and this is what I want to study in college.

（我大哥是心理學專家，而我在大學就是要念這個。）

不過請注意，在以下兩句中的代名詞並沒有「先行詞」，可是句子卻是「合法的」：

f When the police arrested him, Mr. Hyde was totally intoxicated.

（警察逮捕他的時候，海德先生已是酩酊大醉。）

g Looking at himself in the mirror, Ned saw a pathetic balding middle-aged guy.

（瞧著鏡中的自己，奈德看到的是個可悲、已經開始禿頭的中年男子。）

這是爲什麼呢？如果讀者仔細看，就會發現原來 f. 句中的 him 和 g. 句中的 himself 其實都「有所指」，只是它們指的不是「先」行詞，而是「後」行詞：him 指 Mr. Hyde，而 himself 指 Ned。這種「先」行詞變成「後」行詞的用法，事實上是修辭上的一個高招。如果我們把 f.、g. 兩句改成「正常」的 f'. 和 g'.：

f' When the police arrested Mr. Hyde, he was totally intoxicated.

（警察逮捕海德先生的時候，他已是酩酊大醉。）

g' When Ned looked at himself in the mirror, he saw a pathetic balding middle-aged guy.

（當奈德瞧著鏡中的自己，他看到的是個可悲、已經開始禿頭的中年男子。）

我們立刻可以感覺到句子的「平淡無奇」。像 f. 與 g. 句中那種「向後指」的代名詞用法在語言學上稱爲 "cataphora"，而像 f'. 和 g'. 句（以及先前的 a.、b.、c.、d'.、e'. 句）這種「向前指」而一般被視爲「正常」的代名詞用法則稱爲 "anaphora"。

雖然代名詞「指後」的用法相當特別，但是卻不是任何情況都可以使用這一招。例如前面的 a. 句就無法改成：

誤 a' I bought it a few days ago. A novel cost me 300NTD.
（我前幾天買了它。一本小說花了我三百元台幣。）

而 f. 或 f'. 句若改成：

f'' He was totally intoxicated when the police arrested Mr. Hyde.

就不是原來的意思了，也就是，若 f''. 成立的話，句首的 He 一定是「另有其人」而能用來指 Mr. Hyde：「警察逮捕海德先生的時候，他（另外一個人）已酩酊大醉。」

的確，代名詞 "cataphora" 的用法事實上是有限制的。它的使用條件是：先出現的代名詞必須放在「從屬子句」（如 f. 句）或「片語」結構（如 g. 句）當中。我們再看兩個例句：[註1]

h Although she had a bad cold, Linsay still went to work.
（雖然她重感冒，琳賽還是去上班了。）

i After being insulted by him in front of so many people, Patricia decided never to talk to Elliot again.
（在被他當著那麼多人面前侮辱之後，派翠西亞決定永遠不再跟艾略特說話。）

注意，下面兩句不等同於 h. 句和 i. 句：

j She still went to work although Linsay had a bad cold.
（雖然琳賽重感冒，她〔不指琳賽〕還是去上班了。）

k Patricia was insulted by him in front of so many people, so she decided never to talk to Elliot again.
（派翠西亞被他〔不指艾略特〕當著那麼多人面前侮辱，所以她決定永遠不再跟艾略特說話。）

以上是我們針對代名詞使用的第一個基本原則所做的說明。接下來我們要討論的是第二個原則：一個代名詞應只有一個先行詞。

首先，請檢視下面這兩個句子：

誤 l **Archie and my younger brother fight very often, and he always wins.**
（阿奇和我弟弟經常打架，而他總是贏。）

m **When the workers threatened to strike, the managers thought they would be in big trouble.**
（當工人們威脅要罷工的時候，經理們認為他們會有大麻煩。）

在 l. 句中代名詞 he 之前出現了兩個可能的先行詞 Archie 和 my younger brother；在 m. 句中代名詞 they 之前也出現了兩個可能的先行詞 the workers 和 the managers。聽話者或讀者根本無法判斷 he 和 they 到底指的是誰。會造成這種錯誤通常都是因爲說話者或作者本身「心有所屬」，他／她自己知道是誰 always wins、would be in trouble，而忽略了對聽話者或讀者做清楚交代的必要性。我們可以將 l. 句改成 l1. 或 l2.，來避免這種尷尬：

l1 **Archie and my younger brother fight very often, and he always ends up on top of my brother.**
（阿奇和我弟弟經常打架，而結果總是他壓騎在我弟弟身上。）

l2 **Archie and my younger brother fight very often, and he always ends up on top of Archie.**
（阿奇和我弟弟經常打架，而結果總是他壓騎在阿奇身上。）

如此一來，在 l1. 句中 he 只有一個先行詞 Archie，而 l2. 句中的 he 也只有一個先行詞 my younger brother。

m. 句也可改成 m1. 或 m2. 讓意思更清楚：

m1 **When the workers threatened to strike, the managers thought they would only get themselves into big trouble.**
（當工人們威脅要罷工的時候，經理們認為他們只會讓他們自己陷入大麻煩。）

m2 **When the workers threatened to strike, the managers thought they would not be able to avoid big trouble.**
（當工人們威脅要罷工的時候，經理們認為他們將無法避免大麻煩。）

m1. 句中 they 合理的先行詞應該是 the workers，而 m2. 句中 they 合理的先行詞則是 the manager。

在了解了使用代名詞時的兩個基本原則之後，下一節我們將討論使用代名詞時應注意的事項。

2 使用代名詞時應注意之事項

使用代名詞時除了必須遵守兩個基本原則外，還得注意以下 A、B、C、D、E 等五個要點。

A. 代名詞與先行詞之間的共同指稱關係必須夠清楚

以下列例句來說，雖然代名詞有先行詞，但是因爲二者間的關係會受句中其他字詞的干擾，因此句子本身必須做調整。

誤 n Robert Clifford and Henry Hopper, who owns the shopping mall in town, grew up together in Cleveland, Ohio.
（勞伯・克里福特和亨利・哈伯，城裡的購物中心就是他的，從小在俄亥俄州的克里夫蘭一起長大。）

誤 o It was getting dark in the valley, but it looked even more charming.
（山谷中天色漸漸暗了下來，但是它看起來甚至更加迷人。）

n. 句中的關係代名詞 who 的先行詞按理應該是 Henry Hopper，但是因爲 Henry Hopper 被用對等連接詞 and 與 Robert Clifford 聯結起來，容易讓人「先入爲主」地認爲這句話講的一定都是兩人「共同」的事，所以如果將它改成 n'. 句，意思就會更清楚、直接，也可免除修辭方面的困擾：註 2

n' Henry Hopper, who owns the shopping mall in town, and Robert Clifford grew up together in Cleveland, Ohio.
（亨利・哈伯，城裡的購物中心就是他的，和勞伯・克里福特從小在俄亥俄州的克里夫蘭一起長大。）

同樣地，o. 句中第二個句子的 it 指的應該是其先行詞 the valley，不過由於第一個子句也用到了代名詞 It，雖然它指的是「天色」，但是仍然會讓人猶豫一下，因為畢竟它們長的「一模一樣」。只要我們將它改成 o'. 句，便可排除這樣的疑慮：

o' **Darkness was falling on <u>the valley</u>, but it looked even more charming.**
（黑暗逐漸降臨山谷，但是它看起來甚至更加迷人。）

B. 代名詞與先行詞之間必須保持一致性

代名詞與其先行詞之形式（如單、複數）必須前後一致，不可任意變換。以下兩句中的代名詞與先行詞即缺乏一致性：

誤 p **The name of the swordfish comes from the shape of <u>their</u> long beak.**
（「劍魚」（旗魚）這個名稱來自牠們長形的嘴巴。）

誤 q **A citizen should fulfill <u>one's</u> duty and obligation.**
（一個公民應該盡其責任與義務。）

我們可以理解 p. 句中的 their beak 指的是劍魚「這種」動物的嘴巴，但是先行詞 the swordfish 在形式上是單數，因此應該把複數形的 their 改成 its：

p' **The name of <u>the swordfish</u> comes from the shape of <u>its</u> long beak.**
（「劍魚」〔旗魚〕這個名稱來自牠長形的嘴巴。）

q. 句的問題則是不定代名詞 one 與其先行詞 A citizen 之間的不一致。[註3] 由於 one 的指稱過於廣泛，因此 q. 句應改成：

q' **A citizen should fulfill <u>his / her</u> duty and obligation.**[註4]
（一個公民應該盡他／她的責任與義務。）

C. 同一個句子中應避免使用多重先行詞——代名詞之組合

在下面這個例子中，由於出現了一組以上的先行詞——代名詞，以至於在理解上造成了一些困擾：

PART 9 文法與修辭篇

誤 r The tourists and the locals were both happy because they thought they could help them improve their life.
（觀光客和本地人都很高興，因為他們認為他們可以幫助他們改善他們的生活。）

r. 句表達的到底是「誰」可以幫「誰」改善「誰」的生活呢？同樣地，在 s. 句中也很難釐清什麼人做了什麼事：

誤 s Students, teachers, office workers, and even housewives love to come to this joint, where they can eat and drink, where they can meet their friends, where they can talk shop, and where they can prepare for their next class.
（學生、老師、上班族、甚至家庭主婦，都喜歡到這家小酒館來，因為在這個地方他們可以用餐、喝飲料，他們可以跟他們的朋友見面，他們可以談公事，他們還可以準備他們的下一堂課。）

r. 句可以改爲 r1. 或 r2. 來避免這種困擾：

r1 The tourists and the locals were both happy because these outsiders thought they could help the local people improve their life.
（觀光客和本地人都很高興，因為這些外來的人認為他們可以幫助當地人改善他們的生活。）

r2 The tourists and the locals were both happy because these local people thought they could help the outsiders improve their life.
（觀光客和本地人都很高興，因為這些當地人認為他們可以幫助外來的人改善他們的生活。）

s. 句則改成 s1. 句以省去必須「對號入座」的麻煩：

s1 Students, teachers, office workers, and even housewives love to come to this joint, where they can eat and drink, meet with their friends, and go about their business.
（學生、老師、上班族、甚至家庭主婦，都喜歡到這家小酒館來，因為在這個地方他們可以用餐、喝飲料，約朋友見面，還可以辦自個兒的事。）

D. 避免使用指稱模糊的 It 或 They 作為句子的主詞

在較正式的場合中，特別是寫作時，應避免使用籠統空泛的 It 和 They 作爲句子主詞：

誤 t It says in the newspaper that CPC will lower their gasoline price next week. 註5 (CPC = Chinese Petroleum Corporation)
（在報紙上有說中油下星期將調降他們的油價。）

誤 u They say that gold price will continue to soar.（他們說金價會持續飆高。）

t. 句應改成：

t' The newspaper says that CPC will lower their gasoline price next week.
（報紙上說中油下星期將調降他們的油價。）

u. 句則可改成：

u' Some economists / experts say that gold price will continue to soar.
（一些經濟學家／專家說金價會持續飆高。）

E. 避免使用 this、that、it、which 來代替片語、子句或句子

在正式寫作時不應使用下列這些表達方式：

誤 v The accountant quit himself, and this made things a lot easier.
（會計自己辭職了，這讓事情好辦多了。）

誤 w His son married a rich girl. That pleased him so much.
（他的兒子娶了一個富家女。那使得他開心得不得了。）

誤 x Ursula said she would lend me her mink coat, and she actually did it.
（烏蘇拉說她會把她的貂皮大衣借給我，而她真的做它。）

誤 y He wishes to be as rich as Buffet, which is next to impossible.
（他希望能夠和巴菲特一樣有錢，這簡直是不可能的事。）

v. 句應改成：

v' The fact that the accountant quit himself made things a lot easier.
（會計自己辭職的事實讓事情好辦多了。）

w. 句應改成：

w' **His son married a rich girl. <u>The fact</u> pleased him so much.**
（他的兒子娶了一個富家女。這個事實使得他開心得不得了。）

x. 句應改成：

x' **Ursula said she would lend me her mink coat, and she actually did <u>so</u>.**
（烏蘇拉說她會把她的貂皮大衣借給我，而她真的這麼做了。）

y. 句應改成：

y' **He wishes to be as rich as Buffet, but <u>it</u> is next to impossible.**
（他希望能夠和巴菲特一樣有錢，但這簡直是不可能的事。）

注意，本句中的 it = to be as rich as Buffet，屬「合法」替代。

註解

1 當然，先出現於從屬子句或片語中的代名詞也可能指句子之外其他的人事物，但是這與我們討論的主題無關。

2 注意，如果關係子句中的動詞為過去式 (owned)，那就更可能引起誤解了。

3 一般而言，不定代名詞 one 的用法必須前後一致，例如：

① **One should love one's parents.**（一個人應該愛自己的父母。）

因此，q. 句可改成：

② **One should fulfill one's duty and obligation.**（一個人應該盡自己的責任與義務。）

4 "his / her" 也可寫成 "his or her"。另外，近年來有許多人直接用 "her" 來代表 "his" 和 "her"，但是筆者個人認為，這麼做事實上與舊時使用 "his" 來代表 "his" 和 "her" 同樣不合理。

5 注意，這裡的 It 並非假主詞。若使用假主詞，這個句子就沒問題了：

It is said in the newspaper <u>that CPC will lower their gasoline price</u>.

3分鐘英文 搞懂易混淆字詞用法！

副詞 ❽ frequently / constantly

frequently 指「經常地」、「頻繁地」，constantly 亦可指「經常」或「屢次」，也就是說，二者在字義上有所重疊，但是 constantly 還可以表示「持續不斷地」，此時卻與 always「總是」較為相近。

副詞 ❾ hardly / barely

hardly 與 barely 都可以用來指「幾乎不」，但 barely 還可以指「僅僅」（例如，a boy barely 10 years old 是「一個年僅十歲的男孩」的意思）或「勉強地」（例如，考試六十分就可以說是 barely passed the test「勉強通過」），而基本上表達的是「否定」意涵的 hardly 則不具此二義。

副詞 ❿ lately / recently

lately 與 recently 都可指「最近」、「近來」，但是 recently 還可以用來表達「不久前才」的意涵，而 lately 則不具此義，例如，「不久前才結婚的一對夫妻」只能說 a recently married couple，不可以說成 a lately married couple。

第 14 章 搭配字詞

所謂「搭配字詞」(collocation)，顧名思義指的就是必須相互搭配使用的一些字組。在本書中我們將搭配字詞分成兩類：第一類搭配字詞與文法息息相關，我們稱之為「文法搭配字詞」；第二類則與英文的使用習慣緊緊相繫，我們稱之為「慣用搭配字詞」。我們先看第一類搭配字詞。

1 文法搭配字詞

「文法搭配字詞」即所謂的「相關字組」(correlative)。這一類搭配字詞是英文考試中的常客，但是由於它們用法較固定且數量也相對較少，因此比較容易掌握。為了方便說明，我們將文法搭配字詞分為「功能詞組」與「實詞組」兩小類。

A. 功能搭配字組

使用功能詞搭配字組時最重要的當然就是：相互搭配的字詞必須同時出現，缺一不可。以下我們就以錯誤分析 (error analysis) 的方式，來提醒讀者避免許多常犯（因此也常考）的一些錯誤。請看第一個例子：

誤 a **Both Brazil as well as Argentina are in South America.**
（巴西和阿根廷都在南美洲。）

英文有一組「關聯連接詞」是 both... and，其中的 both 和 and 必須一起出現。雖然 as well as 的意思與 and 很接近，但是 both ... as well as 並不符合搭配字組的要求。故 a. 句應改成：

a' **Both Brazil and Argentina are in South America.**

接下來請看第二個例子：

誤 b He <u>not only</u> has been there <u>and</u> has seen many interesting things <u>too</u>.
（他不僅到過那兒，而且還看到了很多有趣的事物。）

這個句子同樣地意思是到位了，但是「關聯連接詞」的搭配有誤。正確的組合應該是 not only ... but also，故 b. 應改成：

b' He <u>not only</u> has been there <u>but also</u> has seen many interesting things.

我們再看一個「關聯連接詞」的例子：

誤 c Horatio's son is <u>not</u> smart <u>nor</u> stupid.
（何瑞修的兒子不聰明也不笨。）

以中文的邏輯來看 c. 句的話，這種說法似乎沒什麼不對的，但是此時英文需要的是另一組「關聯連接詞」：neither ... nor，故 c. 句應改成（請注意中譯）：

c' Horatio's son is <u>neither</u> smart <u>nor</u> stupid.
（何瑞修的兒子「既」不聰明「也」不笨。）

再看下面這個有趣的例子：

誤 d He blamed his failure <u>not so much</u> on his lack of effort <u>but rather</u> on his lack of luck.
（他不把他的失敗歸咎於自己不努力，而是怪運氣不佳。）

這個句子乍看之下似乎也沒有什麼不妥，至少它符合 not... but 這個「關聯連接詞」的形式。但是請注意，與其他所有「關聯連接詞」一樣，以 not... but 連結的兩個項目必須對等平行，[註1] 可是我們在 d. 句的 not 後面卻看到 so much 這兩個字，在 but 後面也看到令人覺得奇怪的 rather。如果我們再仔細看一遍 d. 句，應該會發現其實說話者或寫作者想使用的並不是 not ... but 這個對等連接詞組，而是可以用來表示「比較」的 not so much ... as。[註2] 換句話說，d. 句應改成：

d' He blamed his failure not so much on his lack of effort as his lack of luck.

我們再看兩個與「比較」有關的例子：

誤 e If not properly encouraged, low-achievement students are more likely to give up as to try harder.
（如果不適當地給予鼓勵，成績較差的學生很可能會放棄，而不會更努力。）

誤 f As rice is to the Chinese, similarly is bread to the westerners.
（米飯之於中國人，猶如麵包之於西方人。）

e. 句的錯誤是，在表「優等」比較的 more 之後不應該接表「同等」比較的連接詞 as；而 f. 句則錯在誤用副詞 similarly 來取代 (Just) as ..., so ...「正如……，猶如……」中之連接詞 so。

e.、f. 兩句應改成：

e' If not properly encouraged, low-achievement students are more likely to give up than to try harder.

f' As rice is to the Chinese, so is bread to the westerners.

接下來讓我們看兩個和「時間」有關的例子：

誤 g I had hardly got to the office then it started to rain.
（我才一到辦公室，就開始下雨。）

誤 h He had no sooner opened the door then she started to scream.
（他才一開門，她就開始尖叫。）

g.、h. 兩句似乎都使用了否定詞與從屬連接詞搭配用來表「時間」的字組，但是兩句的組合字詞都有誤。g. 句的正確說法應該是：

g' I had hardly got to the office when it started to rain.

而 h. 句的正確表達方式應為：

h' He had no sooner opened the door than she started to scream.

請注意，這兩個詞組表面上是否定，表達的確是肯定的意涵。

g'. 句相當於：

g'' **As soon as I got to the station, it started to rain.**

h'. 句則等同於：

h'' **As soon as he opened the door, she started to scream.**

由於 g'. 句中的 hardly 指「幾乎不」，因此該句的邏輯還算清楚，意即，I had hardly got to「我幾乎還沒到」表達的應該是：「其實我已經到了，不過差一點來不及」之意。h'. 句的邏輯就會令人較困擾了。因爲就字面的意思而言，no sooner ... than 指「不比……快」，也就是說，這個句子的表達的應該是：「他還沒開門，她就開始尖叫」(“He had not opened the door before she started to scream.”)。爲什麼這樣呢？答案是：修辭。事實上，中文也有類似的表達方式。不知道讀者有沒有注意過，「他好不威風」的意思就是「他好威風」；「我差一點沒氣死」就等於「我差一點氣死」。

下面我們來看幾個相關介系詞誤用的例子：

誤 i **The city museum is exhibiting paintings by <u>such</u> Impressionist masters <u>like</u> Monet, Renoir, and Degas.**
（市立博物館正在展出如莫內、雷諾瓦和竇加等這幾位印象派畫家大師的作品。）

誤 j **I guess he will arrive <u>between</u> 9:30 to 10:30.**
（我猜想他會在 9:30 至 10:30 之間到。）

誤 k **<u>In</u> 1985 <u>to</u> 1944 she worked as a consultant to our company.**
（1985 年至 1994 年間她擔任我們公司的顧問。）

i. 句錯誤在於不該將介系詞 like 與 such 連用，而應改用 as：

i' **The city museum is exhibiting painting by <u>such</u> Impressionist masters <u>as</u> Monet, Renoir, and Degas.**

j.、k. 兩句則誤用了相關介系詞組。正確的組合為 between ... and 和 from ... to：

j' I guess he will arrive between 9:30 and 10:30.

k' From 1985 to 1944 she worked as a consultant to our company.

注意，這兩個介系詞組常可互換，例如 k’. 可改成 k”.：

k'' Between 1985 and 1944 she worked as a consultant to our company.

最後，我們來看一個與相關代名詞使用錯誤有關的例子。

誤 l The two partners decided to part company because they found that each of them could not trust the other.
（這兩個合夥人決定分道揚鑣，因為他們發覺彼此不能信任對方。）

本句中用 each of them could not trust the other 來表達雙方無法互信並不妥當，l. 句應改成：

l' The two partners decided to part company because they found that they could not trust each other.

注意，若爲三者以上間之「互相」，則應用 one another 表示。例如：

m The three / four / five partners distrust one another.
（那三／四／五個合夥人彼此互不信任。）

B. 實詞搭配字組

在本節中我們要討論的是幾個常被誤用的實詞與搭配字詞的組合。請看第一例：

誤 n What makes your product different than the ones we see on the market?
（是什麼讓你們的產品與市面上我們看到的不同呢？）

different than 是一些美國人的口語用法，正式且較正確的用法是 different from：

n' What makes your product different from the ones we see on the market?

請看下一個例子：

誤 o I don't believe she is capable to do such a cruel thing.
（我不相信她會做出這種殘忍的事。）

顯然說話者或寫作者將 be able to 和 be capable of 混淆了，此句應改成：

o' I don't believe she is capable of doing such a cruel thing.

下面這個例子變化較多，請特別留意：

誤 p Lady Gaga is known for a creative singer.
（女神卡卡以創作型歌手而為人所知。）

know for（或 famous for）是指「以……而聞名」，known as（或 famous as）則指「以……爲人所知」。故 p. 句應改成：

p' Lady Gaga is known as a creative singer.

另外，也有 known to be 的用法，例如 p'. 句也可以說成：

p'' Lady Gaga is known to be a creative singer.

我們再看看一個與形容詞之搭配字詞相關的例子：

誤 q All scheduled flights are subject of change if the weather turns from bad to worse.
（如果天氣更加惡化，所有排定的班機都可能會有變動。）

be subject to「受制於……」爲固定用法，不可任意更改。q. 句應改成：

q' All scheduled flights are subject to change if the weather turns from bad to worse.

注意，此用法的 to 爲介系詞，q". 爲錯誤：

誤 q" All scheduled flights are subject to be changed if the weather turns from bad to worse.

接著，我們來看動詞與搭配字詞問題。請看第一例：

誤 r The heavy snow prevented / discouraged people to go out.
（大雪阻斷了人們的外出。）

「阻止人不去做……」英文可用 prevent / discourage people from doing ... 來表達。r. 句錯用了不定詞 to go，應改成：

r' The heavy snow prevented / discouraged people from going out.

下列中動詞 distinguish 或 differentiate 的用法特別值得注意，因爲這是許多英文測驗中的必考題。

誤 s Can you distinguish / differentiate an ape and a monkey?
（你能不能分辨猿與猴？）

要表達「辨別；區分」可以用 distinguish / differentiate between A and B 或是 distinguish / differentiate A from B。這個句子明顯地將這兩種用法「混淆」了，這是不允許的，應改成：

s' Can you distinguish / differentiate between an ape and a monkey?

或是：

s" Can you distinguish / differentiate an ape from a monkey?

接下來我們來看 consider 和 regard 這兩個動詞的用法。我們先看 t. 句：

誤 t Everyone considers Ella as their best friend. [註 3]
（每個人都認為艾拉是他們最要好的朋友。）

許多人把 consider 和 regard 混爲一談。的確，它們的意思非常接近，但是用法卻不同。consider 當「認爲；視爲」時一般作不完全及物動詞用，也就是，在其受詞後直接接受詞補語，而不須加介系詞 as：

t' **Everyone considers Ella their best friend.**

不過，也有人在受詞補語前加上 to be：

t'' **Everyone considers Ella to be their best friend.**

眞正需要與 as 連用的是 regard：

u **Everyone regard Ella as their best friend.**
（每個人都把艾拉視為他們最要好的朋友。）

最後，我們來看三個難度稍高一些的動詞。我們先看 substitute 的用法，下面的句子爲誤：

誤 v **Lemon juice is sometimes substituted as vinegar in cooking.**
（在烹調時，有時檸檬汁會被用來取代醋。）

substitute 有兩種用法：substitute A for B 或 substitute B with A「以 A 代替 B」。因此，v. 句應該改成 v'. 或 v''.：

v' **Lemon juice is sometimes substituted for vinegar in cooking.**
v'' **Vinegar is sometimes substituted with lemon juice in cooking.**

〔請特別注意兩句中 lemon juice 和 vinegar 的位置。〕

接下來請看 attribute 的用法。w. 句爲錯誤：

誤 w **Smoking is often attributed as the cause of many diseases.**
（抽菸常被認為是許多疾病的起因。）

attribute 的正確用法是：attribute A to B「將 A 歸因於 B」，故 w. 應改成：

w' **Many diseases are often <u>attributed to</u> smoking.**

我們要討論的最後一個動詞是 estimate。下面句子中 estimate 的用法是錯的：

x **The bronze article excavated yesterday is <u>estimated at</u> 5,000 years old.**
（昨天挖掘出土的那一件青銅器估計已有五千年歷史。）

estimate 有兩個用法：estimate sth. at 或 estimate sth. to be「估計某物爲……」。乍看這個句子似乎符合第一種用法，但是如果我們仔細分析，就會發現其實不然。請注意，at 爲介系詞，其後應接名詞結構作爲其受詞，但是 x. 句中在 at 之後出現的 5,000 years old 並非名詞，而是一個形容詞片語。因此，應將 x. 句改成：

x' **The bronze article excavated yesterday is <u>estimated to be</u> 5,000 years old.**

下面這個句子裡的 at 則爲正確用法：

y **The total cost of the new project is <u>estimated at</u> $15,000,000.**
（新企劃案的總花費估計要一千二百萬美元。）

2 慣用搭配詞

曾有學生問筆者爲什麼 “do the dish”「洗碗盤」要用 do，“make the bed”「鋪床」要用 make，“pay a visit” 要用 pay。筆者於是反問他爲什麼「吹冷氣」要用「吹」、「開車子」爲什麼要用「開」、「曬太陽」爲什麼要用「曬」。他想了一會兒，然後回答說：「這是中文的習慣說法。」沒錯，語言裡有許多東西是無法用「文法」來規範的。中文有中文的「慣用語」，英文有英文的 “idiom”。有些慣用語可以考證，找出其出處，有些則無法這麼做。學習慣用語就像學習單字一樣，需要一個一個地記起來。在本節中我們要介紹的是與最常見的幾個動詞搭配使用的慣用語。這些動詞包括 do、make、take、have、give、keep。我們將直接列出這些慣用語，而不再使用例句。

A. 與 do 有關的搭配詞語

do damage「造成損壞」
do drugs「吸食毒品」
do harm「造成傷害」
do one (no) good「對人有（無）好處」
do one justice「公正評價一個人」
do one's duty「盡責」
do one's hair「梳頭」
do sb. a favor「幫某人一個忙」
do the laundry「洗衣服」
do time「坐牢」

B. 與 make 有關的搭配詞語

make a choice「做出選擇」
make a deal「達成協議」
make a decision「做出決定」
make a fortune「賺大錢」
make a reservation「預定」
make an appointment「約定見面」
make an attempt「試圖」
make an effort「努力」
make fun of「嘲弄」
make progress「有進展」
make room「騰出空間」
make sense「有道理」
make trouble「製造麻煩」
make use of「利用」

C. 與 take 有關的搭配詞語

take a break「休息一會兒」
take a look「瞧一眼」
take a picture「照相」
take a rest「休息」
take a walk「散步」
take an interest in sth.「對某事有興趣」
take notes「記筆記」
take pity on sb.「同情某人」

D. 與 have 有關的搭配詞語

have a baby「生小孩」
have a good time「玩得愉快」
have a look「看一眼」
have a nice day「祝（你）有愉快的一天」
have fun「玩得開心」
have it one's way「隨某人之意」

E. 與 give 有關的搭配詞語

give an explanation「做說明」
give it a go / try / shot「試一試」
(Don't) give me that「(別) 跟我來這一套」
give permission「准予」
give sb. a hand「幫某人忙」
(I'll) give you that「這一點 (我) 同意」

F. 與 keep 有關的搭配詞語

keep a diary / journal「寫日記／日誌」
keep an eye on「留意」
keep it up「保持下去」
keep one's promise「信守承諾」
keep one's word「說話算話」

以上我們僅列出一些常見的搭配詞語。如果讀者對這個主題有興趣，可以找一本專門的辭典參考研究。

註解

1 平行結構的相關討論請見本篇第 2 章。

2 not so ... as 為「否定同等比較」之形式。詳見本書「形容詞篇」與「副詞篇」之〈形容詞的比較〉與〈副詞的比較〉兩章。

3 本句主詞 Everyone 雖為單數，但是因為其本身所表達的意涵為複數，因此其後代名詞用 they 並無不妥。

3分鐘英文 搞懂易混淆字詞用法！

副詞⑪ obviously / apparently

obviously 與 apparently 意思相近：obviously 指的是「明顯地」，而 apparently 則指「顯然地」；obviously 有「事實擺在眼前就是如此」的意涵，apparently 則表達「就已知情況推斷是如此」的意思。

副詞⑫ presently / currently

二者皆可用來指「目前」，也就是 at the present time 之意，但是 presently 還可用來表 shortly「不久」或是 soon「很快」，而 currently 則不具這些意涵。

副詞⑬ instantly / instantaneously

這兩個字明顯與 instant「片刻」有關，前者與 immediately 相似，指「立即」、「馬上」，後者則是指「瞬間地」、「即時地」（例如，communicate instantaneously 就是「即時通訊」之意）。

第 15 章 句意不明

句意不明或所謂的「歧義」(ambiguity) 指的是，當一個句子有兩個甚至兩個以上不同的含義，因而使得整個句子的意思模稜兩可或曖昧不明的情況。這種情況一旦發生，對聽者或讀者而言，當然會造成理解上的困擾，使雙方的溝通不能順暢進行，甚至全面中斷。因此，在學習造句的同時，也應該學習如何避免「歧義」的發生。在本章中我們將探討幾種容易造成歧義的句型，同時也將教導讀者如何消除這個「魔障」。

1 歧義形成的原因

會造成句意不明有兩種原因：第一、因爲句中出現「同音異義字」(homonym)，而由於這樣「一詞多義」(polysemy) 所產生的歧義稱爲「字詞歧義」(lexical ambiguity)；第二、因爲句中的某一部分在結構上可用一種以上的方式解析，這種因句型結構的多重性而導致的歧義稱爲「結構歧義」(structural ambiguity)。下面三句爲「字詞歧義」的例子：

a I was surprised to see that he came with a bat.
（看到他帶著一支棒球／一隻蝙蝠來我好驚訝。）

b It was a gay party that we went to.
（我們參加的是一個同志／歡樂派對。）

c They say that Mrs. Pitt can't bear children.
（他們說比特太太不能生／忍受小孩。）

a. 句之所以有歧義，是因爲 bat 這個名詞有兩個意思：「球棒」和「蝙蝠」；b. 句之所以有歧義，是因爲 gay 這個字有兩個意思：「同性戀」和「歡樂的」；c. 句之所以有歧義，則因爲 bear 這個動詞有兩個意思：「生（小孩）」和「忍受」。[註 1]

另外，下面三句則爲「結構歧義」的例子：

d My grandparents ask us to visit them frequently.
（我祖父母常叫我們／叫我們常去探望他們。）

e Moving trucks can be dangerous.
（移動卡車／在移動的卡車可能會有危險。）

f They sold the picture in the store.
（他們把店裡的那幅畫賣掉了。／他們在店裡把那幅畫賣掉了。）

d. 句之所以產生歧義，是因為句中的副詞 frequently 可用來修飾動詞 ask，也可用來修飾不定詞 to visit；e. 句之所以產生歧義，是因為主詞 Moving trucks 中的 Moving 可以是動名詞，也可以是現在分詞；f. 句之所以產生歧義，則是因為介系詞片語 in the store 可用來修飾受詞 the picture，也可用來修飾動詞 sold。

由於「字詞歧義」的發生純粹因為單字的多義性，與文法和修辭無直接關聯，因此在接下來的討論中，我們將把焦點放在「結構歧義」的討論上。

2 容易造成歧義的句型

經常容易導致句子歧義的情況有：雙向修飾語、雙先行詞關係子句、動名詞與現在分詞混淆、不當比較結構，以及否定範圍不明確。

A. 雙向修飾語

雙向修飾語 (two-way modifier) 為錯置修飾語的一種。註 2 由於被置於不當的位置，雙向修飾語可能會被解讀成修飾句中不同的兩個字詞，因而造成歧義。請看下面例句：

g He hit the man with a crutch.
（他用枴杖打那個人。／他打那個拄著枴杖的人。）

h People who drink wine occasionally may feel excited.
（偶爾喝酒的人可能會覺得興奮。／喝酒的人偶爾可能會覺得興奮。）

i Ms. Shimada said in 2010 he would come to Taiwan again.
（島田先生 2010 年時說他還會再到台灣來。／島田先生說他 2010 年時還會再到台灣來。）

g. 句中的 with a crutch 可能會被解讀成修飾動詞 hit，也可能被解讀為受詞 the

man 的修飾語，因此我們可以把它改寫成 g1. 或 g2.，以消除歧義：

g1 **With a crutch, he hit the man.**（他用柺杖打那個人。）

g2 **He hit the man who was walking with a crutch.**（他打那個拄著柺杖走路的人。）

h. 句中的 occasionally 可能被解讀成修飾動詞 drink，也可能被解讀成修飾另一動詞 (may) feel，因此可以改成 h1. 或 h2.：

h1 **People who occasionally drink may feel excited.**
（偶爾喝酒的人可能會覺得興奮。）

h2 **People who drink may occasionally feel excited.**
（喝酒的人偶爾可能會覺得興奮。）

i. 句中的 in 2010 同樣也可能被認為是用來修飾前一個動詞 said 或第二個動詞 (would) come，故亦應作調整。i. 句可改成 i1. 或 i2. 以避開這個困擾：

i1 **In 2010 Mr. Shimada said he would come to Taiwan again.**
（2010 年時島田先生說他還會再到台灣來。）

i2 **Mr. Shimada said he would come to Taiwan again in 2010.**
（島田先生說他 2010 年還會再到台灣來。）

B. 雙先行詞關係子句

在一個名詞之後如果出現一個介系詞片語，又緊跟著出現一個關係子句，很容易造成關係代名詞有兩個可能的先行詞的狀況。例如：

j **Did you read the book on the desk that I bought yesterday?**
（你有沒有看到放在我昨天買的書桌上的那本書？／你有沒有看到放在書桌上那本我昨天買的書？）

k **I really like the armchair in the room in which my grandfather always sits down to read.**
（我真的很喜歡放在我爺爺經常坐下來看書那個房間裡面的那張扶手椅。／我真的很喜歡放在那個房間裡我爺爺經常坐下來看書的那張扶手椅。）

j. 句中關係代名詞 that 有兩個可能的先行詞：the desk 和 the book，也就是說，由 that 所引導的關係子句可能修飾介系詞 on 的受詞 the desk，也可能修飾動詞 read 的受詞 the book。因此，j. 句應做調整。我們可以把它改成 j1. 或 j2.，以確保歧義的情況不會發生：

j1 **Did you read the book I put on the desk that I bought yesterday?**
（你有沒有看到我放在我昨天買的書桌上的那本書？）

j2 **Did you read the book that I bought yesterday and put on the desk?**
（你有沒有看到我昨天買的放在書桌上的那本書？）

k. 句也有同樣的問題。關係代名詞 which 可能修飾介系詞 in 的受詞 the room，也可能修飾動詞 like 的受詞 the armchair。k. 句可改成 k1. 或 k2.：

k1 **I really like the armchair in the room where my grandfather always sits down to read.**
（我真的很喜歡放在我爺爺經常坐下來看書那個房間裡面的那張扶手椅。）

k2 **I really like the armchair in which my grandfather always sits down in the room to read.**
（我真的很喜歡我爺爺經常喜歡在那個房間裡坐下來看書的那張扶手椅。）

C. 動名詞與現在分詞混淆

由於動名詞與現在分詞的「長相」一模一樣，因此當它們出現在同一個位置作爲名詞修飾語的時候，很容易造成混淆而導致歧義。請看例句：

l **Visiting relatives can be a real hassle.**
（探望親戚這件事有時會很麻煩。／來訪的親戚有時會很麻煩。）

m **Boiling water is dangerous if you are not careful.**
（如果你不小心的話，燒開水／滾燙的水會有危險。）

l. 句的 Visiting 若爲動名詞，Visiting relatives 便指「探望親戚」這件事；若爲現在分詞，Visiting relatives 則指「來訪的親戚」。要消除歧義，可以把 l. 句改成 l1. 或 l2.：

l1 To visit relatives can be a real hassle.（去探望親戚這件事有時會很麻煩。）

l2 Relatives that are visiting can be a real hassle.（來訪的親戚有時會很麻煩。）

m. 句的 Boiling 若作動名詞，Boiling water 就是「燒開水」的意思；若作現在分詞 Boiling water 就是「滾燙（沸騰）的水」。要區分兩者，就必須把 m. 句改成 m1. 或 m2.：

m1 To boil water is dangerous if you are not careful.
（如果你不小心的話，燒開水就會有危險。）

m2 Water that is boiling is dangerous if you are not careful.
（如果你不小心的話，在沸騰的水會有危險。）

當然，動名詞與分詞混淆不清的情況不僅會出現在主詞位置，也會出現在句中其他位置。例如：

n The money was collected by frightening people.
（這些錢是靠嚇唬人／嚇人的人收來的。）

n. 句中的 frightening 可作動名詞，也可作現在分詞（形容詞）用。若 frightening 作動名詞，frightening people 便指「嚇唬人」；若 frightening 作現在分詞（形容詞），frightening people 則指「嚇人（可怕）的人」。要把意思表達清楚，可以把 n. 句改成 n1. 或 n2.：

n1 The money was collected by way of frightening people.
（這些錢是靠嚇人的方式收來的。）

n2 The money was collected by people who are frightening.
（這些錢是靠那些嚇人的人收來的。）

D. 不當之比較結構

在使用比較結構的時候，如果 than 後面跟的是名詞，就必須注意文法功能（作主詞還是受詞）是否清楚。一旦交代不清，就有可能產生歧義。例如：

o May likes April better than June.
（梅比瓊恩還喜歡艾普洛。／梅比較喜歡艾普洛，比較沒那麼喜歡瓊恩。）

o. 句可能表示：

o1 **May likes April better than June does.**（梅比瓊恩更喜歡艾普洛。）

也可能表示：

o2 **May likes April better than she likes June.**
（梅比較喜歡艾普洛，而沒那麼喜歡瓊恩。）

我們再看一個例子：

p **He worries more about his son than his wife.**
（他比他太太還擔心他兒子。／他比較擔心他兒子，比較不那麼擔心他太太。）

p. 句表達的可能是：

p1 **He worries more about his son than his wife does.**（他比他太太更擔心他兒子。）

也可能是：

p2 **He worries more about his son than (he worries) about his wife.**
（他比較擔心他兒子，而沒那麼擔心他太太。）

E. 否定範圍不明確

所謂「否定範圍」(scope of negation) 指的是否定詞（如 not）在句中所涵蓋的部分。如果疏忽了這一點，就有可能導致歧義的產生。例如：

q **I was not listening the whole time.**
（整段時間我都沒有在聽。／我並沒有整段時間都在聽。）

q. 句中的 not 否定的可以是 listening，也可以是 the whole time。換句話說，q. 句可能指：

q1 I was <u>not listening</u> at all the whole time.（整段時間我完全沒有在聽。）

也可能指：

q2 I was listening, but <u>not the whole time</u>.（我有在聽，但不是整段時間都在聽。）

下面這個例子也有同樣的情況：

r Ida did <u>not</u> marry Grant because he was rich.
（因為葛蘭特很有錢，所以艾達沒有嫁給他。／艾達嫁給葛蘭特並不是因為他很有錢。）

r. 句中的 not 可能否定 marry，也可能否定 because he was rich：

r1 Because Grant was rich, Ida did <u>not marry</u> him.
（因為葛蘭特很有錢，所以艾達並沒有嫁給他。）

r2 Ida married Grant, but <u>not because he was rich</u>.
（艾達嫁給葛蘭特，但是不是因為他很有錢。）

我們再看一個例子：

s We did <u>not</u> sleep until Father came home.
（我們都沒睡，一直到爸爸回來才去睡。／我們並沒有一直睡到爸爸回來。）

s. 句中的 not 可以否定 sleep，也可以否定 until Father came home：

s1 Until Father came home, we did <u>not sleep</u>.
（一直到爸爸回來之前，我們都沒睡。）

s2 We slept, but <u>not until Father came home</u>.
（我們有睡，但不是一直睡到爸爸回來。）

註解

1 事實上，bear 這個字的意思非常多。除了這裡提到的「生（小孩）」和「忍受」之外，bear 還可以指「搬運」、「承載」、「支撐」、「佩帶」、「處身」、「舉止」、「使勁」、

「用力」等。另外，別忘了英文的「熊」也叫 bear。

2「錯置修飾語」相關的討論請見本篇第 12 章。

3分鐘英文 搞懂易混淆字詞用法！

副詞⑭ relatively / comparatively

這兩個字意思相近：relatively 指「相對地」，而 comparatively 則指「比較上」。一般而言，在使用時 relatively 比較模糊、籠統，也就是說「相對」的對象不明顯，只是用來表示「並非絕對」，而使用 comparatively 時基本上應該要有明確的「比較」對象。例如，在 Relatively speaking, this is not important.「相對來說，這個並不很重要。」這句話中，this 的相對對象並不明顯，但是在 comparatively speaking, this is much more important than that.「比較上，這個比那個重要得多。」中，this 明顯被用來與 that 做比較。

副詞⑮ individually / respectively

這兩個字的字義很容易混淆：individually 指的是「個別地」、「單獨地」，respectively 則指「各自地」、「分別地」。更精確地說，individually 的意思是「一個一個分開來地」(例如，The police talked to them individually.「警察跟他們個別談話。」)，而 respectively 則表「依順序分別地」(例如，John, Paul and George are 11, 12 and 13 respectively.「約翰、保羅和喬治分別為 11、12 和 13 歲。」)

副詞⑯ especially / specially

基本上，especially 與 specially 都可以指 particularly「特別地」、「尤其」，但是 especially 比較正式，而 specially 則較口語。不過 specially 還可以用來指「專門地」(例如，specially trained dogs「專門訓練的狗」) 或「特殊地」(例如，a specially treated fabric「一種經特殊處理的布料」)。

第 16 章 冗語與贅詞

有些人在寫英文句子的時候會不經意地（或故意，比方說為了湊字數）把它們拉長，以為句子寫得愈長就表示英文愈好。殊不知，這麼做其實是犯了修辭要求「簡潔」之大忌。句子過於冗長有兩個主要原因，一是使用了冗語來表簡單的意思，二是在句子中添加了不必要的贅詞。在本書最後這一章中，我們就將針對這兩個問題作深入的探討。首先我們要看的是冗語的問題。

1 冗語

所謂的冗語 (pleonasm) 簡單地講就是，在句子中使用了比實際上真正需要的字還多的字來表達。以下面幾個句子來看，雖然它們都表達了同樣的意思，但是只有 e. 句達到「言簡意賅」的要求：

a He was sick, and that was why he could not come to the meeting. 註 1

b He was sick; therefore, he could not come to the meeting.

c He was sick, so he could not come to the meeting.

d Because he was sick, he could not come to the meeting.

e Being sick, he could not come to the meeting.

（因為他生病了，所以不能來開會。）

在以上各句中，He was sick 和 he could not come to the meeting 之間的「因果」關係其實相當清楚，因此除非有必要（比如要特別強調），否則並不需要「勞師動眾」地請出那些表示因果關係的字眼，如 a. 句中的 why、b. 句中的 therefore、c. 句中的 so、d. 句中的 because。另外，a. ~ d. 句中都重覆了相同的主詞 he。從修辭的角度來看，能夠「直搗黃龍」的 e. 句因此為最佳選擇。

一般而言，最能讓句子顯得「短小精悍」(compact) 的方式就是將子句簡化成片語的形式。以下我們就來看一下各類子句，在不影響句意的前提下，可以如何減化。

A. 名詞子句 註2

名詞子句最常被減化成不定詞的形式。例如：

[f] I really don't know what I should do.

可減化成：

[f'] I really don't know what to do.（我真的不知道該怎麼辦。）

又如：

[g] We had no idea at all where we could find a good restaurant in such a big city.

也可以減化成：

[g'] We had no idea at all where to find a good restaurant in such a big city.
（我們完全不曉得在這麼一個大城市裡可以去哪裡找一家好餐廳。）

有時名詞子句也可以減化成動名詞的形式。例如：

[h] The students were protesting that one of their classmates was expelled from school.

可被減化成：

[h'] The students were protesting the expelling of one of their classmates from school.
（學生們在抗議班上的一位同學遭學校開除。）

又如：

[i] Mr. Murdock is facing the charge that he murdered his wife.

可以減化成：

i' Mr. Murdock is facing the charge of murdering his wife.
（莫達克先生正面臨謀殺他太太的指控。）

B. 形容詞子句[註3]

形容詞子句最常被減化成分詞的形式。例如 j. 句即可減化成 j'.：

j Do you see the girl who is wearing a huge hat over there?

j' Do you see the girl wearing a huge hat over there?
（你有沒有看到那邊那個帶著一頂巨大帽子的女孩？）

而下面 k. 句也可以改成 k'：

k The mug which was broken into pieces was a gift from my ex-girlfriend.

k' The mug broken into pieces was a gift from my ex-girlfriend.
（那個破成碎片的馬克杯是我前女友送我的禮物。）

形容詞子句也可以減化成不定詞的形式。例如下面的 l. 句可減化成 l'.：

l Neil Armstrong was the first human that set foot on the moon.

l' Neil Armstrong was the first human to set foot on the moon.
（尼爾・阿姆斯壯是第一個踏上月球的人類。）

m. 句則可減化成 m'.：

m The last thing on the agenda that needs to be discussed is the hiring of Mr. Levis as our new CFO. (CFO = Chief Financial Officer)

m' The last thing on the agenda to be discussed is the hiring of Mr. Levis as our new CFO.
（議程上最後一項需要討論的事情是，聘請李維士先生擔任我們的新財務長。）

C. 副詞子句 註4

副詞子句最常被減化成分詞構句。例如：

n After he had worked for five hours straight, he was more than happy to take a break.

可減化成：

n' Having worked for five hours straight, he was more than happy to take a break.
（在連續工作五個小時之後；他很高興可以休息一下。）

o. 句則可減化成 o'.：

o Since he found no one was paying attention to him, Mel decided to sneak out.
o' Finding no one was paying attention to him, Mel decided to sneak out.
（發覺沒有人在注意他，梅爾決定偷偷溜出去。）

有些副詞子句可以減化成不定詞形式。例如：

p I turned down the volume on the stereo in order that I could hear what he said.

可減化成：

p' I turned down the volume on the stereo in order to hear what he said.
（我把音響的音量關小，以便聽清楚他說的話。）

又比如：

q Ray was so angry that he punched me in the face.

可以被減化成：

q' Ray was so angry as to punch me in the face.

（雷氣到在我臉上打了一拳。）

注意，有些副詞子句可減化成介系詞片語。例如 r. 句即可減化成 r'.：

r Because she was sloppy, the teacher asked Carol to rewrite her paper.

r' Because of her sloppiness, the teacher asked Carol to rewrite her paper.

（因為卡洛很草率，老師要她重寫報告。）

s. 句亦可減化成 s'.：

s As soon as I heard the news, I gave him a call.

s' Upon / On hearing the news, I gave him a call.

（我一聽到那個消息，就打了通電話給他。）

在以上討論中，所有列出的原始句（f. ~ s. 句）皆較爲冗長，句型也較複雜（全部爲複雜句 [complex sentence]）。相形之下，所有經過減化的句子（f'. ~ s'. 句）皆較爲簡潔，句型也都變成了簡單句（只剩一個子句）。在無特殊理由的情況下，建議讀者盡量使用減化的句子，以提升修辭的層次。

接下來，我們要討論的是贅詞的問題。

2 贅詞

「贅詞」(redundancy) 最簡單的定義就是：累贅之字詞。許多人在寫作時經常「畫蛇添足」而不自知。請觀察下面這個句子：

誤 t Some people say that oil price will continue to rise up.

（有些人說油價會繼續往上升。）

這個句子看似無辜，但是卻犯了使用「累贅之字詞」的毛病。須知，rise 這個字本來就有「上」升的意思，因此說 rise up 就等於是說「上升上」。這不是有點好笑嗎？同樣地，在 u. 句中的 down 也屬多此一舉：

誤 u The number of the people who are buying gold is decreasing down recently.
（最近購買黃金的人數在往下降。）

decrease 本身的意思就是「下」降，所以不需要再加 down。

筆者發現本國人似乎特別容易犯這類的錯誤。原因不外乎：把使用中文時的一些習慣帶到英文裡來。相信所有的讀者都用過（至少聽過或看過）像「持續不斷」、「彼此互相」、「人爲縱火」等這一類看似四平八穩的語詞。但是讀者可曾發現這些話語中其實都有「贅詞」：「持續」就是「不斷」，「彼此」即「互相」，「縱火」一定是「人爲」。中文裡其實還有一種更奇特的習慣，那就是將某些字或詞重疊起來用：「開開玩笑」、「動動腦筋」、「快快樂樂」、「跌跌撞撞」、「比劃比劃」、「遛達遛達」等等，不一而足。顯然「贅詞」這個詞的定義，在中文裡和英文裡有很大的不同。不過再怎麼說，當中文老師聽到「他是家中唯一的獨子。」這類話語時，應該都會從椅子上跳起來吧。玩笑擺一邊，那讀者覺得「非常完美」、「騙人的謊言」這類組合如何？請看下列這兩個例子：

誤 v She gave a very perfect performance.（她的演出非常完美。）

誤 w That was a cheating lie.（那是個騙人的謊言。）

v. 句的 vary 和 w. 句中的 cheating 都是多餘的。

其實，使用英文時必須注意而應避免的贅詞相當多。以下列出一些常見的錯誤供讀者參考：

a stupid fool「一個笨蛋」（stupid 為贅詞）
absolutely and positively「絕對地；肯定地」（二字意思重疊，擇一即可）
advance forward「前進」（forward 為贅詞）
and etc.「等等」（etc. = and so on；and 為贅詞）
common and ordinary「普通的」（二字意思重疊，擇一即可）
easily and readily「容易地」（二字意思重疊，擇一即可）
frank and honest「坦率；誠實」（二字意思重疊，擇一即可）
happy and glad「快樂」（二字意思重疊，擇一即可）
help and assist「幫忙；協助」（二字意思重疊，擇一即可）
male actors「男演員」（male 為贅詞）
may perhaps「可能會」（perhaps 為贅詞）

new innovation「創新」(new 為贅詞)

old antiques「古董」(old 為贅詞)

poisonous and toxic「有毒的」(二字意思重疊，擇一即可)

pretty and beautiful「漂亮；美麗」(二字意思重疊，擇一即可)

quickly and fast「迅速」(二字意思重疊，擇一即可)

red in color「紅色的」(in color 為贅詞)

repeat again「重覆」(again 為贅詞)

return back「回來」(back 為贅詞)

sufficient enough「足夠」(二字意思重疊，擇一即可)

terrible and awful「糟糕地」(二字意思重疊，擇一即可)

very extremely「極端地」(very 為贅詞)

very unique「獨一無二的」(very 為贅詞)

wise intelligence「才智」(wise 為贅詞)

註解

1 若將本句寫成 "He was sick, and that was the reason why he could not come to the meeting." 會更冗長，其中的 the reason 與其後的 why 意思重疊，形成下一節我們要討論的「贅詞」。

2 名詞子句之減化請參考本書之「名詞篇」。

3 形容詞子句之減化請參考本書「動詞篇」及「形容詞篇」。

4 副詞子句之減化亦請參考本書「動詞篇」及「副詞篇」。

3分鐘英文 搞懂易混淆字詞用法！

副詞⑰ virtually / literally

virtually 可指「幾乎」，而 literally 則可指「簡直」，二者意思接近但是 virtually 又可作「實際上」解，literally 則亦可表「確實地」、「照字面意義地」。另注意，在口語上許多人喜歡用 pratically（原意為「實際上」）來表示「幾乎」、「差不多」。

副詞⑱ absolutely / definitely

二者皆可作「絶對地」解，特別是用於附和他人意見、以單一個字作為回應時。在其他情況下，absolutely 則著重「完完全全」的意涵（例如，I have absolutely no idea how this happened.「這件事是如何發生的我完全不了解。」，而 definitely 著重的則是「明確」、「肯定」（例如，I'm definitely not going to his party.「我是肯定不會參加他的派對的。」）

副詞⑲ originally / previously

這兩個字都與「過去」有關：originally 指「起初」、「原本」，previously 則指「先前」。一般而言，originally 的意思和用法與 initially「最初」、「原先」相似，previously 則與 formerly「以前」、「從前」很接近。

副詞⑳ finally / eventually

finally 和 eventually 都指「最後」、「終於」，但是注意，在說明自己目前的狀況時只能用 finally 而不可以用 eventually，例如，I have finally reached an agreement with them.「我終於跟他們達成了一項協議。」再者，若要表示「最後要做的事」時應用 finally 而不用 eventually，例如，Finally, I'd like to thank all of you for coming tonight.「最後，我想謝謝各位今晚的光臨。」相反地，eventually 可用來表達「終究」，但是 finally 並不具此意，例如，I'll eventually get married and have children.「我終究會結婚生子的。」

★ Verbs ★ Nouns ★ Pronouns ★ Adjectives ★ Adverbs ★ Conjunctions ★ Prepositions ★
Articles ★ Grammar and Rhetoric ★ Verbs ★ Nouns ★ Pronouns ★ Adjectives ★ Adverbs ★
Conjunctions ★ Prepositions ★ Articles ★ Grammar and Rhetoric ★ Verbs ★ Nouns ★
Pronouns ★ Adjectives ★ Adverbs ★ Conjunctions ★ Prepositions ★ Articles ★ Grammar
and Rhetoric ★ Verbs ★ Nouns ★ Pronouns ★ Adjectives ★ Adverbs ★ Conjunctions ★
Prepositions ★ Articles ★ Grammar and Rhetoric ★ Verbs ★ Nouns ★ Pronouns ★ Adjectives
★ Adverbs ★ Conjunctions ★ Prepositions ★ Articles ★ Grammar and Rhetoric ★ Verbs ★
Nouns ★ Pronouns ★ Adjectives ★ Adverbs ★ Conjunctions ★ Prepositions ★ Articles ★
Grammar and Rhetoric ★ Verbs ★ Nouns ★ Pronouns ★ Adjectives ★ Adverbs ★
Conjunctions ★ Prepositions ★ Articles ★ Grammar and Rhetoric ★ Verbs ★ Nouns ★
Pronouns ★ Adjectives ★ Adverbs ★ Conjunctions ★ Prepositions ★ Articles ★ Grammar
and Rhetoric ★ Verbs ★ Nouns ★ Pronouns ★ Adjectives ★ Adverbs ★ Conjunctions ★
Prepositions ★ Articles ★ Grammar and Rhetoric ★ Verbs ★ Nouns ★ Pronouns ★ Adjectives
★ Adverbs ★ Conjunctions ★ Prepositions ★ Articles ★ Grammar and Rhetoric ★ Verbs ★
Nouns ★ Pronouns ★ Adjectives ★ Adverbs ★ Conjunctions ★ Prepositions ★ Articles ★
Grammar and Rhetoric ★ Verbs ★ Nouns ★ Pronouns ★ Adjectives ★ Adverbs ★
Conjunctions ★ Prepositions ★ Articles ★ Grammar and Rhetoric ★ Verbs ★ Nouns ★
Pronouns ★ Adjectives ★ Adverbs ★ Conjunctions ★ Prepositions ★ Articles ★ Grammar
and Rhetoric ★ Verbs ★ Nouns ★ Pronouns ★ Adjectives ★ Adverbs ★ Conjunctions ★
Prepositions ★ Articles ★ Grammar and Rhetoric ★ Verbs ★ Nouns ★ Pronouns ★ Adjectives
★ Adverbs ★ Conjunctions ★ Prepositions ★ Articles ★ Grammar and Rhetoric ★ Verbs ★
Nouns ★ Pronouns ★ Adjectives ★ Adverbs ★ Conjunctions ★ Prepositions ★ Articles ★
Grammar and Rhetoric ★ Verbs ★ Nouns ★ Pronouns ★ Adjectives ★ Adverbs ★
Conjunctions ★ Prepositions ★ Articles ★ Grammar and Rhetoric ★ Verbs ★ Nouns ★
Pronouns ★ Adjectives ★ Adverbs ★ Conjunctions ★ Prepositions ★ Articles ★ Grammar
and Rhetoric ★ Verbs ★ Nouns ★ Pronouns ★ Adjectives ★ Adverbs ★ Conjunctions ★
Prepositions ★ Articles ★ Grammar and Rhetoric ★ Verbs ★ Nouns ★ Pronouns ★ Adjectives
★ Adverbs ★ Conjunctions ★ Prepositions ★ Articles ★ Grammar and Rhetoric ★ Verbs ★
Nouns ★ Pronouns ★ Adjectives ★ Adverbs ★ Conjunctions ★ Prepositions ★ Articles ★
Grammar and Rhetoric ★ Verbs ★ Nouns ★ Pronouns ★ Adjectives ★ Adverbs ★
Conjunctions ★ Prepositions ★ Verbs ★ Nouns ★ Pronouns ★ Adjectives ★ Adverbs ★
Conjunctions ★ Prepositions ★ Articles ★ Grammar and Rhetoric ★ Verbs ★ Nouns ★
Pronouns ★ Adjectives ★ Adverbs ★ Conjunctions ★ Prepositions ★ Articles ★ Grammar
and Rhetoric ★ Verbs ★ Nouns ★ Pronouns ★ Adjectives ★ Adverbs ★ Conjunctions ★
Prepositions ★ Articles ★ Grammar and Rhetoric ★ Verbs ★ Nouns ★ Pronouns ★ Adjectives
★ Adverbs ★ Conjunctions ★ Prepositions ★ Articles ★ Grammar and Rhetoric ★ Verbs ★
Nouns ★ Pronouns ★ Adjectives ★ Adverbs ★ Conjunctions ★ Prepositions ★ Articles ★
Grammar and Rhetoric ★ Verbs ★ Nouns ★ Pronouns ★ Adjectives ★ Adverbs ★
Conjunctions ★ Prepositions ★ Articles ★ Grammar and Rhetoric ★ Verbs ★ Nouns ★
Pronouns ★ Adjectives ★ Adverbs ★ Conjunctions ★ Prepositions ★ Articles ★ Grammar
and Rhetoric ★ Verbs ★ Nouns ★ Pronouns ★ Adjectives ★ Adverbs ★ Conjunctions ★
Prepositions ★ Articles ★ Grammar and Rhetoric ★ Verbs ★ Nouns ★ Pronouns ★ Adjectives
★ Adverbs ★ Conjunctions ★ Prepositions ★ Articles ★ Grammar and Rhetoric ★ Verbs ★

APPENDIX

這樣說 O 不 OK？

許多以中文爲母語的人士總會「不由自主」地受到母語的影響，說出令英文母語人士聽得霧煞煞的中式英文，不但鬧了笑話，也讓英語溝通效果大打折扣。爲此，筆者彙整出 **100** 個典型的中式英文單句，除了點出關鍵錯誤，也提供正確的說法，希望能幫助讀者突破盲點，徹底擺脫中式英文！

⊗ **My English is not very OK.**

這句話明顯是「我的英文不是很 OK。」的英文直譯。須注意的是，在英文裡 OK 基本上是「不好不壞」之意，本身並沒有「程度」的問題，因此 very OK 這樣的說法是不成立的。若要表達自己的英文不是很好，可以直接說：

☑ **My English is not very good.**

若要表示自己英文很爛則可以說：

☑ **My English sucks.**

⊗ **It's very perfect.**

這句話應該就是「（某事）非常完美。」的英文版，但是與 OK 的情況類似，英文的 perfect 表達的是「十全十美」的意思，而既然是「十全十美」就沒有「程度」的問題，因此我們只能說：

☑ **It's perfect.**

也就是，perfect 之前的 very 必須拿掉。

⊗ **My girlfriend is very unique.**

unique 這個字基本上是「獨一無二」的意思，就邏輯而言，unique 就是 unique，沒有理由再用 very 來修飾，但事實上有人把 unique 視為「獨特」之意，換句話說，very unique 可以用來表示 highly unusual「極為獨特」。因此，雖然有些文法學家認為 very unique 無法成立，但是有些人還是會使用這個表達方式。不過為了「安全」起見，若要告訴人家你的女朋友很獨特，說：

☑ **My girlfriend is unique.**

就非常清楚明白了。

⊗ **She is very fashion.**

這句話明顯不合文法，因為 fashion 是「名詞」，不可以用副詞 very 作為其修飾語，而且作為主詞 She 的「補語」意思也不通。要說一個人「時髦」應該使用的是「形容詞」fashionable，也就是說，上面那句話應改成：

☑ **She is very fashionable.**

⊗ **My boyfriend is very gentleman.**

與上例中的 fashion 相同，本句中的 gentleman 為「名詞」，不可以用 very 來修飾，但是與 fashion 不同，gentleman 可以作為主詞 My boyfriend 的「補語」，不過由於 gentleman 為

「可數」名詞，因此必須在其前加上「不定冠詞」a：

☑ **My boyfriend is a gentleman.**

而若要表達「很」紳士，則可加上 perfect 這個字：

☑ **My boyfriend is a perfect gentleman.**

⊗ **He is very humor.**

與第 4 例中的 fashion 情況相同，humor 亦為「名詞」，除了不應用 very 修飾外，也不適合作為「主詞補語」。而要表達一個人幽默，正確的用詞是 have a sense of humor，例如：

☑ **My father has a sense of humor.**

若要表示一個人「蠻」幽默的，則可說：

☑ **He has a good sense of humor.**

若要表示他「非常」幽默，就說：

☑ **He has a very good sense of humor.**

但是，如果只是要表示一個人很會講笑話，說

☑ **He is very funny.**

其實更達意。

⊗ **You are too over.**

這句話明顯是「你太超過了。」的英文直譯版。須知，在英文裡 over 作「超過」解時，基本上屬「介系詞」的用法，除了必須明確指出超過了「什麼」之外（例如，over 50 years「超過五十年」），也不應用 too 來修飾。換言之，說 “You are too over.” 是沒有意義的。「你太超過了。」正確的表達方式應是：

☑ **You are way out of line.**

⊗ **She's so poor.**

中文的使用者常會說某個人很「可憐」，換成用英文表達時就必須小心，不可像本句中用 poor 這個形容詞作為主詞 She 的「補語」來表示「可憐」。須知，作為「補語」用的 poor 只能用來指「貧窮」，換言之，She's so poor. 這個句子如果成立，只能用來指「她很窮」，若要用英文表達「她好可憐」可以直接說

☑ **Poor girl.**

或

☑ **Poor woman.**

也就是說，只有在用 poor 作為修飾語直接修飾其後的名詞時，該形容詞才能用來表示「可憐的」。

⊗ **You've very on time.**

on time 這個片語是「準時」的意思，而一個人 on time 就是 on time，not on time 就是 not on time，如本句中用表「程度」的 very 來修飾 on time 並不符合英文的邏輯，因此本句應該改成：

☑ **You're on time.**

不過，如果一定要強調「很」準時，可以這樣說：

☑ **You're right on time.**

注意，right 表達的並非「程度」，而是「準確度」。另外，要表示一個人「準時」，其實可以使用 punctual 這個形容詞，而此時即可使用 very 來強調：

☑ **You're very punctual.**

⊗ **I am very shock.**

shock 這個字可以作「名詞」也可以作「動詞」，但是不論作名詞或動詞，用 very 來修飾都不合理。若要表達「我非常震驚」應該說：

☑ **I am very shocked.**

也就是，使用動詞 shock 的「過去分詞」來表示「受到驚嚇」。注意，因為是「被」驚嚇到，所以用具被動意涵的過去分詞。但是，如果要表達「某事令人感到震驚」則應該使用「現在分詞」：

☑ **It's very shocking.**

⊗ **I'm very boring.**

延續上例中對於「過去分詞」與「現在分詞」的討論，此句中的現在分詞 boring 表達的應該是「令人覺得無聊」之意，而說自己「令人覺得無聊」不太合理（但並非不可能），因此本句要表達的應該是「我覺得很無聊」，也就是，說話者是「被」使得感到無聊，故正確的英文應該是：

☑ **I'm very bored.**

⊗ **It very fits you.**

fit 當「及物動詞」用且以「人」作為其「受詞」時表達的是「合身」之意。但由於 very 不能用來修飾動詞，因此本句為誤，應將 very 去掉：

☑ **It fits you.**

若要表達「非常合身」，可以使用 well 作為動詞 fits 的修飾語。

☑ **It fits you well.**

另外，如果要表達某事物「適合」某人時，動詞則用 suit，例如：

☑ **It suits you.**

同樣地，若要表達「很」合適，也可以使用 well：

☑ **It suits you well.**

⊗ **I very enjoyed the game.**

與前例相同，本句的錯誤在於使用 very 作為動詞 enjoyed 的修飾語。正確的說法是：

☑ **I enjoyed the game.**

或是

☑ **I enjoyed the game very much.**

⊗ **It's so hurt.**

此例為相當常見的錯誤。須知，在英文中用 hurt 來表示某個部位疼痛時，hurt 是「動詞」而非「形容詞」，例如，

☑ **My head hurts.**

就是「我頭痛」的意思。而如果要表達「我的頭很痛」就可以說：

☑ **My head hurts a lot.**

當然，如果不明示哪個部位疼痛，可以直接說：

☑ **It hurts (a lot).**

⊗ **It doesn't worth it.**

這個句子要表達的應該是「（某事）不值得」之意，但是句中 worth 並非「動詞」，因此使用 does not 來表示「否定」是錯誤的。事實上，在指「值得……的」之意時，worth 為「形容詞」（worth 的另一用法為「名詞」，指「價值」，但與本句無關），所以應該用 is not 來表「否定」：

☑ **It's not worth it.**

⊗ **I really appreciate.**

英文中有許多方式可以用來表達「感謝」，若使用 appreciate 就必須注意，這是個「及物動詞」，其後一定要有「受詞」，例如：

☑ **I really appreciate your help.**

就是「我真的很感謝你的幫忙。」的意思。而在不使用明確受詞時，一般就使用「代名詞」it 來代替：

☑ **I really appreciate it.**

如原句中光是使用 appreciate 是不合乎文法的。

⊗ **I like here.**

like「喜歡」是「及物動詞」，也就是，其後一定要有被喜歡的人、事、物等作為其「受詞」。本句要表達的顯然是「我喜歡這裡」之意，但是句中的 here 在英文裡屬「副詞」，不可作「受詞」使用，因此本句為誤。「我喜歡這裡。」正確的英文應該是：

☑ **I like it here.**

注意，it 在這個句子中為「功能性」受詞，本身並無明確意義，只是被用來「填補」受詞的位置。

☆☆ 事實上，「功能性」的 it 也可以出現在「主詞」位置，例如，在「下雨了。」的英文翻譯 It's raining. 這個句子中的 It 就是「功能性」的主詞。

⊗ **Please don't laugh me.**

本句明顯為「請不要笑我。」的英文直譯。須知，laugh 一般的用法指「笑」，為「不及物動詞」，例如：

☑ **Don't laugh.**

就是「不要笑。」的意思。而事實上，在「請不要笑我。」這個句子中的「笑」並非指「笑」，而是「嘲笑」的意思，英文必須用片語 laugh at 來表示。因此，「請不要（嘲）笑我。」的正確英文應該是：

☑ **Please don't laugh at me.**

⊗ **My parents are very concerned my grades.**

本句要表達的應該是「我的父母很擔心我的成績」之意，但是要用 concerned 這個「過去分詞形容詞」表示「擔心……」時，完整的表達方式應該是使用 be concerned about 這個片語，也就是說，本句須改成這樣才正確：

☑ **My parents are very concerned about my grades.**

⊗ **Someone is knocking the door.**

本句顯然是「有人在敲門。」英譯版，但事實上用 knock the door 來表示中文的「敲門」並不正確。雖然 knock 可作「及物動詞」用，但是表達的基本上是「碰」、「撞」之意；換言之，Someone is knocking the door 如果成立，比較合理的中譯應是「有人在撞門」，而不是「有人在敲門」。要表示「敲門」應將 knock 視為「不及物動詞」，並在其後接「介系詞」on，因此「有人在敲門。」的正確英文說法應該是：

☑ **Someone is knocking on the door.**

⊗ **I don't believe God.**

believe 這個動詞可作「及物」也可作「不及物」用。若作「及物動詞」，believe 指的是「相信」，例如，「我不相信他。」英文就說：

☑ **I don't believe him.**

若作「不及物動詞」並在其後使用「介系詞」in，則用來指「信仰」，因此「我不信上帝。」正確的英文應該是：

☑ **I don't believe in God.**

⊗ **I'm preparing the exam.**

本句話的直譯是「我在準備考試。」，但是須知 prepare 作「及物動詞」用時，其受詞應為「被準備」的事物，例如：

☑ **I'm preparing a report.**

就是「我在準備一份報告」的意思。因此，如果是學生說 "I'm preparing the exam." 的話，就不合理了。這句話如果成立，應該是指「我（老師）在出考卷」。而「我在準備考試」就邏輯而言，應該是指「我在為考試做準備」，因此正確的英文說法應該是：

☑ **I'm preparing for the exam.**

⊗ **I don't agree your idea.**

agree 作「及物動詞」用時，一般指「同意」，而其後常接「不定詞」作為其「受詞」，例如，「他同意讓我開他的車子。」這句話的英文就可以說：

☑ **He agreed to let me drive his car.**

另外，「及物」用法的 agree 也可以指「贊成」，而其後則常用「that 子句」作為其「受詞」，例如，「我們都贊成應該開除他。」的英文就是：

☑ **We all agree that we should fire him.**

須要注意的是，若要表達「贊同」某人或某人的想法時，應將 agree 當作「不及物動詞」並在其後加上「介系詞」with，例如：

☑ **I agree with you.**

就是「我贊同你」的意思，而

☑ **I don't agree with your idea.**

表達的則是「我不贊同你的想法」。

⊗ **He arrived Taipei yesterday.**

arrive「到達」、「抵達」是「不及物動詞」，若是要表達到了哪裡，其後必須先接「介系詞」，再接「地方」。須注意的是，一般而言若到達、抵達之處屬於「較大」的地方，如國家、城市，則「介系詞」應使用 in，例如，「他們終於抵達日本。」的英文就是：

☑ **They finally arrived in Japan.**

而「他昨天抵達台北。」則應說成：

☑ **He arrived in Taipei yesterday.**

另外，若抵達的地方屬於相對「較小」的地點，如機場、車站、醫院、辦公室等，則使用「介系詞」at，例如：

☑ **We arrived at the airport on time.**

就是「我們準時到達機場。」

⊗ **Do you know the answer of the question?**

本句為「你知不知道問題的答案？」的英文直譯。須知，就邏輯而言，這個問題本身並沒有答案。更精確地說，任何的答案都「不屬於」這個問題，因此在句中使用表達「所有、所屬」的「介系詞」of 即為錯誤。而因為答案是用來「應對」問題的，所以正確的「介系詞」應該是 to：

☑ **Do you know the answer to the question?**

注意，同樣的錯誤也容易出現在要用英文表達「門的鑰匙」、「總經理的祕書」等之時，也就是說，the key of the door 或 the secretary of the general manager 這樣的說法是錯誤的，應改成 the key to the door、the secretary to the general manager。

⊗ **She is smiling to me.**

「她正對著我笑。」應是本句要表達的中文意思，但是就英文的邏輯而言，接收微笑的並非只是一個「對象」，而應該更像是一個被鎖定的「目標」，因此應與 aim at「瞄準」一樣，在 smile 之後使用 at 作為其「介系詞」，而不應使用 to。換言之，「她正對著我笑。」的正確英譯應該是：

☑ **She is smiling at me.**

不過，有些母語人士則認為 smile to a person 也是成立的，比如說，在「向人微笑致意」時：

☑ **She smiled to me when she saw me.**

話雖如此，在 smile 之後使用 at 應該是較保險的。另外注意，與 smile at 具同樣邏輯的「動詞 + 介系詞」之組合還包括 look at「看……」、point at「指……」、throw at「丟……」等。

⊗ **I bought a second-hand bicycle with NT$500.**

「我用台幣伍佰元買了一輛二手腳踏車。」顯然是本句要表達的中文意思。的確，英文的「介系詞」with 可以指「用……」，不過這個「用」指的是使用工具的「用」，例如：

☑ **We eat with chopsticks.**

就是「我們用筷子吃飯」的意思。但是在本句中的 NT$500 並非「工具」，因此「介系詞」不應使用 with，而應選擇具有「交換」意涵的 for。也就是說，在本句中說話者表達的是，他以 NT$500 的價錢「換取」了賣家的 bicycle，因此正確的英譯應是：

☑ **I bought a second-hand bicycle for NT$500.**

注意，對於賣方而言，他 / 她則是以 bicycle「換得」了買方所支付的 NT$500：

☑ **He / She sold the bicycle for NT$500.**

⊗ **The music is too noisy.**

本句表達的應該是「音樂太吵了。」，不過就英文而言，noisy 這個單字並不適合用來指 music。須知，noisy 精確的翻譯應該是「嘈雜的」、「喧鬧的」，比如我們可以說「某餐廳很嘈雜」：

☑ **The restaurant is very noisy.**

或是「孩子們太過喧鬧」：

☑ **Those kids are too noisy.**

但是說「音樂嘈雜、喧鬧」就不合理了。要表示「音樂太吵」正確的英文應該是：

☑ **The music is too loud.**

也就是說，就英文的邏輯而言，音樂只能說是「太大聲」，而不應說是「太吵」。

⊗ **The wind is very big today.**

「今天的風很大。」是一句常聽到的中文，也似乎是一個相當合理的句子，但是在英文中 big 是不可以用來描述 wind 的。要表示風「大」，正確的形容詞應該使用 strong，也就是，本句應改成：

☑ **The wind is very strong today.**

另外，中文說的「雨很大」、「霧很大」當中的「大」也同樣不能隨意用 big 來直譯。「雨很大」可以這樣表示：

☑ **The rain is very heavy.**

「霧很大」則應該說：

☑ **The fog is very thick.**

最後請注意，我們也常聽到的「太陽好大。」更不可直譯成 The sun is so big.（除非是在講太陽的體積）。事實上，以英文為母語的人士通常不會就「太陽」本身來討論天氣，而是會就個人在當時的感受表示意見，比如說，有人可能覺得太陽大時很熱：

☑ **It's very hot.**

有人可能覺得很晴朗：

☑ **It's very sunny.**

等等。

⊗ That's a cold joke.

中文的「冷笑話」若直譯成 cold joke 相信一般的老外都會丈二金剛摸不著頭腦，搞不清楚 cold 指的到底是什麼。其實最適合用來表示笑話「不好笑」的英文單字就是原意為「跛腳的」lame。注意，lame 這個字後來被引伸用來指「站不住腳的」、「無說服力的」，而在口語中則常被用來表達「差勁的」、「拙劣的」，甚至是「不好玩的」、「無趣的」。因此，用 lame 來形容 joke 正好可符合中文「不好笑的笑話」，也就是所謂的「冷笑話」的意涵。換言之，本句應改成：

☑ **That's a lame joke.**

才能夠達意。

⊗ Sorry, I lost your call.

lost 似乎是本地人非常喜歡的一個英文單字。許多人常習慣把這個字穿插在中文句子當中使用，不過意思常偏離正確的用法。例如本句應該就是「抱歉，我 lost 掉你的電話。」的英文「直譯」。這裡所謂的「lost 掉」應該就是「錯過了」、「沒接到」的意思，而要正確表達此意，英文的動詞應使用 missed。因此本句應改成：

☑ **Sorry, I missed your call.**

（注意，lost（原形為 lose）正確的意思是「遺失」、「損失」、「喪失」。例如，「她的鑰匙弄丟了。」的英文是：She lost her key.；而「我損失了三千美元。」就是：I lost three thousand dollars.；「他失去了記憶。」就說：He lost his memory.。）

⊗ **How many languages can you say?**

學過英文的人應該都學過「說／講英文」的英文是 speak English。同樣地，「說／講」其他任何語言也都應該用 speak，因此本句應改成：

☑ **How many languages can you speak?**

這一點在「說／講」英文時應留意，不要犯錯。

⊗ **Did he talk the truth?**

talk 指「說話」、「講話」時為「不及物動詞」，而作「及物動詞」用的 talk 則指「討論」、「商談」。本句要表達的應該是「他有沒有說實話？」，但是在 talk 之後使用 the truth 當受詞明顯違反 talk 的正確用法。本句的 talk 應改成 tell：

☑ **Did he tell the truth?**

與 talk 不同，tell 一般作「及物動詞」用，意思就是「說」。例如，「說謊話」就是 tell a lie、「說故事」就是 tell a story、「說笑話」就是 tell a joke 等等，而本句中的 tell the truth 當然就是「說出實情」、「說實話」的意思。

⊗ **Don't dig your nose.**

dig 的確是「挖」的意思，不過此「挖」非彼「挖」：一般而言，你可以 dig a hole「挖個洞」或 dig a pit「挖個坑」，卻不能 dig your nose「挖鼻子」，因為鼻子已經有兩個洞，無須再「挖」！事實上，「挖鼻子」正確的英文說法是 pick one's nose，因此本句應改成：

☑ **Don't pick your nose.**

注意，pick 除了指「挑」、「摘」之外，還可以用來指「摳」、「掏」、「剔」；換句話說，pick your nose 所表達的意涵應該是：把你鼻孔裡的鼻屎摳出來。（順便一提，「鼻孔」的英文不叫 nose hole(s)，而是 nostril(s)，而「鼻屎」更不叫 nose shit，而是 booger。）

⊗ **Open the light.**

相信許多人都知道「開」電燈、電視、收音機等英文應該用 turn on 這個片語來表示，但是有些人一不小心就會受中文的影響而錯用 open 這個單字。本句話應該就是在這種情況下脫口說出的。記得，「開燈」的英文是：

☑ **Turn on the light.**

另外也要注意，相反的「關」燈、電視、收音機等當然不可以用 close，而應用 turn off。

⊗ **I'm finding Professor Lin's office.**

本句為誤，因為 find 是「找到」的意思，而「找到」就是「找到」，沒有理由用「現在進行式」；也就是說，說「我正在找到⋯⋯」邏輯是不通的。真正能夠表達「尋找」之意的是 look for 這個片語，而如果要表示「正在尋找」則可以使用 look for 的「現在進行式」。例如，將本句改成：

☑ **I'm looking for Professor Lin's office.**

就是「我正在找林教授的辦公室。」

⊗ I like to hear classical music.

很多人都以為 hear 和 listen 都是「聽」的意思，但其實這是錯誤的。須知，hear 真正的意涵是「聽見」或「聽到」。因此，如果本句成立，意思應該是：「我喜歡聽到古典音樂」。如果要表示「我喜歡聽古典音樂」則應將 hear 改成 listen to，因為 listen 才是「聽」的意思，但因為它是個「不及物動詞」，所以若要表示「聽」什麼，必須先在其後加上「介系詞」to 才能接「受詞」：

☑ **I like to listen to classical music.**

⊗ How did you know your wife?

這句話明顯是「你是怎麼認識你老婆？」的英文直譯版。注意，雖然 know 可以指「認識」，但是它表達的是與某人相識的「狀態」，而不是去認識某人的「動作」。換言之，know 是一個所謂的「靜態動詞」。比如說，下面這個句子：

☑ **I know Mr. Chen.**

指的是「我與 Mr. Chen 是相識的」，至於我是如何「認識」他的並不是重點。但是本句問的卻正是「如何認識某人」，因此需要的是具動作意涵的「動態動詞」。正確的用字應該是 meet：

☑ **How did you meet your wife?**

⊗ Would you please brush card here?

本句的發話者明顯是在要求對方「刷卡」，而「刷」卡的「刷」不可使用表「刷洗」的 brush。正確的動詞應使用 swipe。另外，因為 card 屬「可數名詞」，所以應在其前使用「冠詞」或「代名詞」所有格等來表示其「指稱」，而適合本句情境的應該是 the 和 your：

☑ **Would you please swipe the / your card here?**

⊗ Are you over?

本句中的 over 常用來指「結束」、「完畢」，但是主詞必須是「事情」、「事件」、「情況」等。另一個具類似意涵的 through 主詞則通常是「人」。through 一般用來表達主詞所做的

「活動」或「工作」等已經「結束」或「完畢」。而本句的主詞為 you，因此 over 並不適用，應改用 through：

☑ **Are you through?**

事實上這個句子除了可用來表示「你做完（某事）沒？」之外，常被用來表達「你說夠沒？」、「你有完沒完？」等顯示對說話者不耐煩的意思。另外注意，若要問對方「你說／寫／吃／用等完了嗎？」也可以用

☑ **Are you done?**

或

☑ **Are you finished?**

來表示。

⊗ Have you ever been to abroad?

本句中的 abroad 意思已經是「在國外」、「到國外」，而且因為它是一個「副詞」，所以沒有理由在其前再使用「介系詞」。本句應改成：

☑ **Have you ever been abroad?**

注意，本句的意思是「你有沒有到過國外」，如果要強調「去」到國外，也就是「出國」這個動作，可以 go 來取代原來所使用的 be 動詞：

☑ **Have you ever gone abroad?**

這句話就是「你有沒有出過國？」的意思。

⊗ I have ever been to Japan.

本句話明顯表達的是「我曾經到過日本。」，但是句中的 ever 卻為誤用。須知，ever 雖然是「曾經」的意思，但是並不可以用在「肯定句」中，一般只能出現在「疑問句」中，例如上一例中提到的：

☑ **Have you ever been abroad?**

或是用於「否定句」中，例如：

☑ **He hasn't ever (= has never) left Taiwan.**

就是「他不曾（= 從未）離開過台灣之意。至於本句則應改成：

☑ **I have been to Japan once.**

須特別說明的是，once 這個字除了可以指「一次」之外，還可以用在「肯定句」中表示「曾經」（事實上只要是去過「一次」在邏輯上就是「曾經」去過）。

ⓧ **I don't like to travel too.**

本句明顯是中文「我也不喜歡旅行。」的英譯，但是句中的 too 卻是誤用。事實上，英文中有兩個能表示「也」的字：too 與 either，前者用來指「肯定」的「也」，後者則表「否定」的「也」。因此，若是要表達「我也喜歡旅行」，就說：

☑ **I like to travel too.**

至於本句則應該改成：

☑ **I don't like to travel either.**

（其實英文中還有一個較不受「肯定」、「否定」約束的「也」，那就是 also 這個字，特別是用於句中時。例如，I also like to travel. 與 I also don't like to travel. 這兩個句子都可以被接受。）

ⓧ **Because of the typhoon, so we canceled the trip.**

本句要表達的明顯是「因為颱風，所以我們取消了行程。」，但是在句中卻錯誤地使用了 so，須知，so 是一個「對等連接詞」，必須用來連接前後兩個「對等子句」，而本句逗號之前的 Because of the typhoon 是個表「原因」的「介系詞片語」，並不是一個「子句」，因此無法與 so 之後的表「結果」的子句形成「對等」結構，因此本句為誤。修正的方式就是直接將 so 刪除：

☑ **Because of the typhoon, we canceled the trip.**

（注意，即使將本句的「介系詞片語」Because of the typhoon 換成子句形式：Because there was a typhoon，句子仍為錯誤，因為 because 這個字屬「從屬連接詞」，與「對等連接詞」so 明顯有衝突。解決方式就是刪除其中之一：☑ Because there was a typhoon, we canceled the trip. 或 ☑ There was a typhoon, so we canceled the trip.）

ⓧ **We should ask road first.**

這句話明顯為「我們應該先問路。」的英文直譯。注意，「問路」正確的英文是 ask for directions，不可直譯為 ask road，因此本句應改成：

☑ **We should ask for directions first.**

注意，事實上也有許多母語人士不用「介系詞」for，直接用 ask directions 來表示「問路」：

☑ **We should ask directions first.**

不過可以確定的是，不論選擇 ask for 或是 ask，其後一定要用「複數」的 directions.

ⓧ **Where is this road going?**

本句的中譯是：「這條路正要去哪裡？」，明顯不合邏輯。說話者想問的應該是這條路「通」

哪裡，而不是「去」哪裡，而且本句主詞 this road 為「無生物」，不可能做出 is going 這樣「正要進行」的動作。事實上，go 這個動詞除了大家都知道的可以用來指「去」之外，還可以用來指路、橋、隧道等的「通往」何處。換句話說，只要把本句改成「簡單式」的

☑ **Where does this road go?**

就可以正確表達「這條路通哪裡？」

⊗ **We decided to live in a hotel.**

「住旅館」是中文的正常說法，但是就英文而言，所謂的 live 指的是「居住」而不是「暫住」。因此，我們可以說：

☑ **We live in Taipei.**

卻不能說：

We live in a hotel.

除非你把 hotel 當作「家」來住。要表示「暫住」英文應用 stay 這個字，例如：

☑ **I'm staying in Taipei this month.**

就是「我這個月暫時住在台北」的意思。而「住旅館」應屬「暫住」的行為，因此本句應改成：

☑ **We decided to stay in a hotel.**

⊗ **What is this sign talking about?**

與上句情況相同，說「這個標示牌正在說什麼？」是不合邏輯的，因為「標示牌」是不會說話的，更不可能用到「現在進行式」。事實上，要說明「標誌」、「招牌」等「說」什麼可以用 say 這個動詞來表示，但當然還是不可用「進行式」：

☑ **What does this sign say?**

注意，say 在此表達的是說明的「說」，而不是說話的「說」。這樣的用法其實相當常見，例如，The weather report says ...「氣象報告說……」、The Bible says ...「聖經上說……」、The rules say …「規則中說……」等等。

⊗ **Where do you come from?**

本句話是許多本地人想知道外國人「從哪裡來」時常用的英文問句。其實這個句子的文法結構並沒有錯，但是在語意的表達上卻不夠清楚。嚴格講，come 屬「動態動詞」，所以如果要問對方是從哪裡「來」的時候，按理說 come 應該使用「過去式」，因為對方「來」的動作是發生在過去，而不是現在。換言之，正確的用句應該是：

⚠ **Where did you come from?**

不過事實上，一般母語人士在同樣情境下多會使用：

☑ **Where are you from?**

也就是說，用表「狀態」的 be 動詞來取代表「動作」的 come。但是話雖如此，還是有些人認為 Where do you come from? 是可以接受的，因為在這個句子中所使用的 come 並非指「動作」的 come，而是可用來表示「來源」的 come，就如在 Where does this word come from? 中所使用的 come。不論如何，為了避免產生任何不必要的誤解，要問人家是從哪裡來的之時，使用 Where are you from? 還是比較穩當的。

⊗ **Have you used to the food here?**

本句發話者想問的應該是：「你已經習慣這裡的食物了嗎？」但是句中的動詞部分卻是錯誤的。須知，have used 這個「現在完成式」動詞表達的是「已經使用」，明顯與句意扯不上關係。事實上，要表示「已經習慣……」理論上可以使用 be used to 或 get used to 這兩個動詞片語的現在完成式。但是 have been used to 只能用來表達到目前為止習慣於某事的「狀態」，而 have gotten used to 則具有「由不習慣已變成習慣」於某事的意涵，因此較合適用於本句中。故本句應改成：

☑ **Have you gotten used to the food here?**

⊗ **This store is very delicious.**

本句是相當典型的中式英文，表達的是：「這家店很好吃。」不過對母語人士而言，a store is delicious 這種說法完全是不知所云。首先，a store 指的是什麼店完全不清楚。再者，就算聽話者知道說話者說的 store 是指「餐廳」（不過 store 當然不能與 restaurant 劃上等號）也不會理解為什麼餐廳會「好吃」。英文母語人士的邏輯很簡單：好吃的是餐廳的食物。因此，本句應改成：

☑ **The food at this restaurant is very delicious.**

⊗ **I feel uncomfortable.**

feel uncomfortable 是「覺得不舒服」的意思，不過通常是指「感受」上的不舒服，例如：

☑ **What he said made me feel uncomfortable.**

就是「他說的話讓我覺得不舒服」之意。若是要表達「身體不適」基本上不應說：I feel uncomfortable，而應該說

☑ **I don't feel well.**

或是

☑ **I feel sick.**

以免產生誤解。

⊗ **That party was very funny.**

本句如果成立的話，意思會是「那個派對非常好笑」，但是說話者想表達的應該是「那個派對非常好玩。」換言之，本句中的 funny 為誤用。一般而言，活動的「好玩」應該用「名詞」fun 來表達，例如說

☑ **That party was fun.**

就是「那個派對蠻好玩的」之意。如果是要強調「非常」好玩的話，可以在 fun 之前加上 a lot of：

☑ **That party was a lot of fun.**

（注意，fun 有時可作「形容詞」用，但依文法，僅能用於名詞之前，例如，That was a fun party.「那是個好玩的派對。」不過近年來有越來越多母語人士似乎不願意受到此項「規則」的限定，而使用像 The party was really fun. 甚至是 The party was very fun. 這樣的句子。）

⊗ **How many girlfriends have you made?**

本句發話者想問的明顯為：「你交過幾個女朋友？」這個問題。的確，「交朋友」的英文是 make friends，但是這個片語卻不適用於「交女朋友」之時。事實上，英文裡並沒有與中文「交女朋友」完全相等的說法。最接近「你交過幾個女朋友？」的英文句子應該是：

☑ **How many girls have you dated?**

這句話的意思是：「你跟幾個女孩子約會過？」，但是一般的母語人士不見得會這樣子問別人。比較可能的問法應該是：

☑ **How many girlfriends have you had?**

⊗ **I never respond private questions.**

本句要表達的應該是：「我從不回應私人問題。」，但是句中出現了兩個錯誤。首先，要表示「針對……做回應」時，應在 respond 之後先加上「介系詞」to，才能接受詞。第二，「私人問題」的正確說法是 personal questions 而不叫 private questions。換句話說，要表達「我從不回應私人問題。」應該用這個句子：

☑ **I never respond to personal questions.**

不過須要注意，respond to 較適合用來指「書面」的回應。如果指「口頭」的回應，直接用 answer 這個動詞即可：

☑ **I never answer personal questions.**

⊗ **I have to overwork tonight.**

本句看似合文法，但是意思不通。依字面翻譯這句話是「今天晚上我必須過度工作」之意，令人覺得不知所云。說話者想表達的應該是：「今天晚上我必須加班。」，而「加班」正確英文是 work overtime，因此本句應改成：

☑ **I have to work overtime tonight.**

另外，有些人可能會用 work extra hours 來表示「加班」：

☑ **I have to work extra hours tonight.**

但是其實母語人士在日常生活當中不見得會特別使用表示「加班」的字眼來表示要加班。例如，當我們聽到有人這麼說：

☑ **I have to work late tonight.**

就應該可以理解說話者的意思就是他 / 她今天晚上得加班。

⊗ **I used walking to come here.**

「用 + 動詞 + 的」是中文非常常用的一種表示「方法」的結構組合，例如，「用看的」、「用聽的」、「用說的」、「用寫的」、「用偷的」、「用搶的」、「用騙的」、「用沖的」、「用洗的」等等，當然也包括在本句中所表達的「用走的」。但是這樣的結構英文並不能用 use + Ving 來直譯，換句話說，本句為誤。要表達「我用走的來這裡」，英文應該說：

☑ **I came here on foot.**

而事實上，直接用動詞 walk 來表達更為簡潔：

☑ **I walked here.**

⊗ **My work needs to use English.**

本句明顯為「我的工作需要用到英文。」的直譯。句子看起來合文法，但是就英文的邏輯而言，意思完全不通，因為 work 本身是不會 use English 的，需要 use English 的應該是說話者。因此，本句應改成：

☑ **I need to use English at work.**

也就是，必須把 use English 的主詞換成是能「使用」英文的說話者自己。

⊗ **I have become fatter.**

本句合乎英文文法，意思也可以理解，但並非英文一般的表達方式。「我變胖了」較正確的說法是：

☑ **I have gained some weight.**

或是

☑ **I have put on some weight.**

換句話說，英文的使用者會用「增重」的說法來表示「變胖」。須知，fat 其實是許多母語人士會避免使用的一個字，他們通常喜歡用比較「委婉」的方式來表達這個意思。

⚠ **He has become darker because of the sun.**

本句的發話者明顯想表達「他晒黑了」，可是英文並沒有「因為太陽的關係，所以他變得比較黑」這樣的說法（雖然母語人士可以聽懂意思）。「他晒黑了」英文應該這麼說：

☑ **He's got a suntan.**

所謂的 suntan 指的是「被太陽晒成的古銅色皮膚」。

⊗ **Don't speak dirty words.**

本句要表達的明顯是：「不要講髒話」。的確，「髒話」可以叫 dirty words，但「講髒話」卻不可以用 speak dirty words 來表示。叫人「不要講髒話」正確的說法是：

☑ **Don't swear.**

或是

☑ **Don't curse.**

注意，swear 和 curse 除了可分別指「發誓」和「詛咒」外，這兩個字還被用來指 use offensive language「使用冒犯他人的言語」，也就是我們一般所謂的「講髒話」。另外，原本指「褻瀆神明之字詞」的 swear words 和 curse words 如今也與 dirty words 劃上了等號。（順便一提，中文的髒話常被叫作「三字經」，而英文的 swear words 或 curse words 或 dirty words 則常用 four-letter words 來表示，因為有許多這類的字眼都由四個字母所組成，例如，hell, damn, shit, fuck 等等。）

⊗ **I'm going to the hospital to check my body.**

「我要去醫院檢查身體」明顯是說話者想表達的中文意思，但是就英文的邏輯而言，像本句這樣的說法是不通的，因為做「檢查」這個動作的人並非說話者自己。合理的邏輯應該是說話者的身體「被」檢查，也就是說，本句似乎應改成：

⚠ **I'm going to the hospital to have my body checked.**

但是這並不是一般母語人士會使用的表達方式。事實上，正確的說法是：

☑ **I'm going to the hospital to get a ckeckup.**

注意，這個句子中的 checkup 是「名詞」，意思就是「身體檢查」。

⊗ **This trip we should prepare more clothes.**

本句應該是「這次旅行我們應該多準備一些衣服。」的英文直譯版，但是句中出了兩個錯誤。首先，This trip 與 we 明顯違反了英文不可使用「雙重主詞」的規定。其次，prepare more clothes 是蠻奇怪的表達方式。「這次旅行我們應該多準備一些衣服」正確的英文應該這麼說：

☑ **We should bring more clothes on this trip.**

如此一來，不但避免了使用「雙重主詞」，也用了較自然的 bring more clothes「多帶一些衣服」來取代奇怪的 prepare more clothes「多準備一些衣服」。

⊗ **We are very rush.**

本句話的發話者明顯是要表達「我們很趕」之意，只可惜句子並不符合英文文法。句中所使用的 rush 並非「形容詞」，而是「名詞」或「動詞」，當然不可以用 very 來修飾。若要表示「我們很趕」可以使用 rush 的「名詞」：

☑ **We are in a rush.**

而如果要使用 rush 的「動詞」，則只能這麼說：

☑ **We really need to rush.**

事實上，要表達「我們很趕」最好的說法是：

☑ **We are in a big hurry.**

⊗ **They are very match.**

本句要表達的應該是：「他們很配」，但是與上一句相同，重點字 match 的使用方式不合文法。須知，match 這個字只能作「名詞」或「動詞」用，不可當「形容詞」，因此也不可使用 very 作為其修飾語。如果把這個句子改成使用「形容詞」的

⚠ **They are very suitable for each other.**

雖然就合文法，但是這個說法並不道地，而且說他們「彼此很合適」似乎並不完全是「很速配」的意思。其實要表示兩個人很相配，應該這麼說：

☑ **They make a great couple.**

而如果要「浪漫」一點的話，還可以這樣說：

☑ **They are made for each other.**

或是

☑ **They are meant for each other.**

這兩句話的意思是：「他們是天造地設的一對。」

⊗ **This is really too exaggerating.**

「這真的太誇張了」明顯是本句要表達的中文意思，但是 exaggerate 這個動詞的用法有誤。須知，exaggerate 指的是「言過其實」、「誇大其詞」之意，如果要表達某個人說的話很「誇張」的話，可以這麼說：

☑ **He / She is exaggerating.**

但是因本句想表達的「誇張」顯然指的是某件事或是某種狀態，所以不應使用 exaggerate 這個通常必須以「人」作為主詞的動詞。「這真的太誇張了。」可以這樣表示：

☑ **This is really too much.**

或是

☑ **This way over the top.**

⊗ **I live outside.**

「我住外面。」是許多本地人要表示並沒有與家人同住時常使用的中文句子，但是如果跟使用英文的人說 I live outside. 一定會令對方一頭霧水，以為你是個無家可歸而必須流浪街頭的人。其實若是要表示你「住外面」，可以跟對方說：

☑ **I don't live with my parents.**

也就是，「我沒有跟父母同住。」當然，你也可以進一步說明：

☑ **I rent a room near the school / company.**

意思是：「我在學校／公司附近租了一個房間。」

⊗ **Where is this?**

當我們被帶到一個不認識的地方時，常會問：「這是什麼地方？」，而如果用英文直譯就會是 Where is this?，但是 Where is this? 並不能用在這種情況下。一種可能用到這個英文句子的情況是：某人指著地圖的某處而想知道該處是什麼地方。如果我們是被帶到某地而想知道身處何處，則應問：

☑ **Where are we?**

而如果你是一個人，則應說：

☑ **Where am I?**

⊗ **We had no one late.**

本句明顯是「我們沒有一個遲到。」的英文直譯，但是句子中出現了兩個錯誤。首先，「我們沒有一個」表達的其實應該是「我們當中沒有任何一個」的意思，因此只要用 none of us 表示即可（注意，none = no one），完全不需要扯到「有」（即句中的 had）這個動詞。其次，相反地「遲到」其實具動詞的意涵，不可僅僅使用「形容詞」late 來表示，而在沒有明顯「動態」動詞（如 come, arrive 等）的情況下，至少要使用 be 動詞。因此，「我們沒有一個遲到。」正確的英譯應該是：

☑ **None of us was late.**

⊗ **My hair keeps dropping.**

說話者想表達的應該是：「我的頭髮一直在掉」，但是卻用錯了動詞。就字面上看，本句話表達的其實是：「我的頭髮一直在往下掉。」，而要正確表示頭髮「脫落」，應該用 fall out 這個片語，換句話說，本句應改成：

☑ **My hair keeps falling out.**

不過，這樣的修改雖然正確，但是一般母語人士要表示自己不斷掉頭髮時，其實多會這樣說：

☑ **I'm losing my hair.**

⊗ **We almost have no money already.**

本句明顯可以斷定是「我們幾乎已經沒有錢了。」的英文直譯，句子雖然不能說是不合文法，但是英文並沒有這樣的表達方式。依句意，說話者應該是想表示「錢快用光了」，因此本句可改成：

☑ **We're using up all our money.**

或是

☑ **We're running out of money.**

⊗ **What is your meaning?**

本句可說是中式英文的經典例子之一。「你的意思是什麼？」用 What is your meaning? 直譯當然不是道地的英文表達方式。正確的說法是：

☑ **What do you mean?**

也就是，應使用「動詞」mean 來表「意思是……」之意，而句子的主詞則用 you，而不是原句中的 your meaning。

⊗ **My loading is very heavy.**

「我的 loading 很重。」是一句常聽到本地上班族抱怨工作量太大時所說的話，而本句則為其英文版。須提醒的是，其實英文裡並沒有這樣的說法。所謂的「工作量」正確的英譯應是 workload，而原句中使用的 loading 只是動詞 load「裝載」的「動名詞」，雖可轉作「名詞」用，但意思並非「工作量」，而是指「裝貨」、「載荷」。因此本句為誤。要表達「我的工作量很大。」應該說：

☑ **I have a very heavy workload.**

⊗ **The CP value is very high.**

「CP 值很高」是許多本地人在表達某事物「物超所值」時相當喜歡且相當常使用的一種說法，而本句明顯是這個說法的全英文版。須知，所謂的「CP 值」其實源自經濟學裡的一個術語：cost-performance ratio，中文譯成「性價比」（性能與價格的比例），但是一般母語人士並不會在日常生活當中使用這個字詞。要表達某事物「很划算」可以這樣說：

☑ **It's a very good bargain.**

要強調某事物「物超所值」則可以這麼說：

☑ **It's great value for the money.**

⊗ **Are you still remembering your childhood clearly?**

說話者想問的應該是：「你還清楚地記得你的童年嗎？」，但句中的動詞部分卻錯誤地使用了「現在進行式」。須知，remember 屬於所謂的「靜態動詞」，也就是說，它基本表達的是一種「狀態」，而不是一個「動作」。事實上，只有「動態動詞」才可以使用「進行式」，例如，我們可以說：

☑ **I'm trying to remember his name.**

卻不應說：

⊗ **I'm remembering his name.**

正因如此，問對方是否仍然「正在」清楚地記得他 / 她的童年是不通的。本句應改成：

☑ **Do you still remember your childhood clearly?**

⊗ **I have graduated for three years.**

本句的字面意思是：「我已經畢業三年了。」，不過句中動詞 graduate 所使用的「時態」並不正確。須知，graduate 屬所謂的「瞬間動詞」，也就是說，它所表示的「動作」在相當短暫的時間內即可完成，因此不應使用一般用來指一個動作從過去一直做到目前為止的「現在完成式」。如果本句成立，就等於在說說話者一直在畢業，而且畢業到現在為止一共畢業了三年。但事實應該是，一個人只要一畢業就畢業了，沒有理由「一直在畢業」。因此，本句的時態應該選擇「過去簡單式」：

☑ **I graduated three years ago.**

換句話說，中文中「已經畢業多久」的說法在英文裡只能用「什麼時候畢業」這樣的方式來表示。

⊗ Professor Wang gave me an advice.

「王教授給了我一個建議」很清楚是本句要表達的意思，但是說話者在句中犯了一個常見的錯誤。許多人都沒有注意 advice 這個字其實是個「不可數」名詞。因此，不可以像本句中直接在其前使用「不定冠詞」an 來表示「一個」。修正的方式是將 an 改成 a piece of：

☑ **Professor Wang gave me a piece of advice.**

注意，piece 在文法中屬於所謂的「量詞」（意即，用來幫助不可數名詞表示其「數量」之詞），而「量詞」是「可數」的。例如，如果要表達「我給了他三個建議。」就可以說：

☑ **I gave him three piece of advice.**

（附帶一提，常被誤以為是「可數」名詞而犯下與本句相同錯誤的「不可數」名詞還包括 information「資訊」、furniture「家具」、luggage「行李」等。記得，若要表示這些名詞的「數量」時，一定要使用「量詞」piece。）

⊗ His girlfriend is a woman police.

本句是「他的女朋友是個女警。」的英文直譯，但是用 woman police 來表示「女警」並不正確。首先要了解的是，police 這個字指的並非「單一」的警察，而是指警察的總稱。因此，「一個警察」不可說成 a police，正確的說法為 a policeman。而「一個女警察」當然不可說成 a woman policeman，正確的表示方式是 a policewoman。不過請注意，由於近年來性平等觀念的普及，事實上不論是男或女警察，用 police officer 來表示皆非常恰當。如本句，若選擇用

☑ **His girlfriend is a police officer.**

來表達，不但意思清楚、文法正確，也可以表示出對女性的尊重。

⊗ I don't like deep blue color.

本句中的 deep blue color 明顯被用來指「深藍色」，但是這個表達方式並不正確。首先，「深藍色」的「深」不可用 deep 而應用 dark 來表示。其次，在指「顏色」時，不論是 red、blue、green、yellow、white 等，這些字本身就可作「名詞」，直接用來指「紅色」、「藍色」、「綠色」、「白色」。換言之，在其後加上 color 這個字反而是多此一舉。因此，本句應改成：

☑ **I don't like dark blue.**

⊗ My most favorite color is purple.

說話者要表達的明顯是：「我最喜歡的顏色是紫色。」，可惜句中的 most favorite 這個說法犯了語意重疊的錯誤。須知，favorite 表達的是 best liked 之意，也就是說，它本身就具「最高級」之意涵，因此不應在其前再使用另一表示「最高級」的字詞 most。因此，本句應改成：

☑ **My favorite color is purple.**

注意，事實上相同的句意內容也可以用下面的方式來表達：

☑ **I like purple the best / most.**

⊗ **Please raise up your right hand.**

本句想表達的是：「請把你的右手舉起來。」，但是句中的 raise up 卻有意義重疊的問題。須知，raise「舉起」本身就包含「向上」的意涵，因此無須在其後再加上表達「向上」之意的 up。換言之，本句中的 up 應予刪除：

☑ **Please raise your right hand.**

注意，雖然 up 在本句中是多餘的，但是在英文中其實有一個可表示「舉起」的片語卻用到了 up，那就是 put up。例如，我們可以說：

☑ **Put up your hand first if you want to speak.**

這句話的意思是：「如果你要發言，請先舉手。」不過，put up your hand（或 put your hand up）這個說法多用於發言、提問、點名、投票等情況，一般情況的「舉手」，用 raise your hand 即可。

⊗ **Can you repeat again?**

「你可以再重複一遍嗎？」在中文裡是相當正常的一個問句，但是把它直譯成 Can you repeat again? 就會有意義重疊的情況，因為 repeat「重複」這個字已含「再一次」的意涵，所以自然沒有必要在句中再使用 again，故理論上本句應改成：

☑ **Can you repeat?**

不過事實上，一般在要求對方「重複一遍」時不外乎是要對方「再說一次」或是「再做一次」，因此直接問對方：

☑ **Can you say that again?**

或

☑ **Can you do that again?**

或許更自然、合理。當然我們還是可以使用 repeat 來要求對方「重複」他 / 她所說或做的，但是應該說成：

☑ **Can you repeat that?**

也就是，與 say 和 do 相同，應該在 repeat 之後用「代名詞」that 作為「受詞」來表示對方所說或所做的事。

⊗ **I made just one copy only.**

這句話要表達的應該是：「我只影印了一份而已。」但是句中卻同時使用了 just 和 only 這兩個同義詞。須知，雖然「只……而已」的表達方式在中文裡可以被接受，但是英文卻不允許 just 和 only 同時出現。因此，應將本句改成：

☑ **I made just one copy.**

或

☑ **I made one copy only.**

但是注意，由於 just 和 only 為「副詞」，因此出現的位置並非絕對，也就是說，除了上面兩個句子之外，下面這幾句也可表達類似的意思（雖然在每個句子中 just 與 only 所強調的重點不盡相同）：

☑ **I just made one copy.**

☑ **I only made one copy.**

☑ **I made only one copy.**

⊗ **He is only but a child.**

本句為「他只不過是個孩子。」的英文直譯，但句子中出現了重複使用同義字的錯誤。很明顯地，本句中的 only but 被用來表達「只不過」的意思。須知，英文的 only 與 but 都可以用來指 only，也就是，二者皆可表「只」或「僅」，因此同時使用這兩個字就會造成意思上的重疊。修正的方法當然就是將其中之一刪除，把句子改成：

☑ **He is just a child.**

或

☑ **He is but a child.**

當然，說 He is only a child . 也是通的。

⊗ **Perhaps he may come tomorrow.**

本句說話者想表達的應該是：「或許他明天會來。」，但是句中的「助動詞」卻用錯了。須知，may 這個「助動詞」表達的是「可能」、「也許」之意，明顯與句首的「副詞」Perhaps 有意思上的重疊。本句正確的「助動詞」應選擇純表「未來」的 will：

☑ **Perhaps he will come tomorrow.**

當然我們也可以選擇保留 may，而將 Perhaps 省略掉：

☑ **He may come tomorrow.**

⊗ **I hardly cannot breathe.**

本句非常清楚是「我幾乎不能呼吸。」的英文直譯版，但是句中犯了一個嚴重的錯誤。須知，hardly 這個字屬於所謂的「否定詞」，也就是，它本身就具「否定」的意涵。（事實上，我們從 hardly 的中譯「幾乎不」就可以明確掌握這一點。）正因如此，本句在語意邏輯上就顯得相當不合理，因為從字面上看，本句表達的意思應該是：「我幾乎不是不能呼吸」，這與說話者的原意完全背道而馳。要正確表達「我幾乎不能呼吸。」這句話，應將本句改成：

☑ **I can hardly breathe.**

如此即可避免「負負得正」的錯誤語意。

⊗ **Her age is older than him.**

「她的年紀比他大。」就中文的比較句而言應屬正常的表達方式，但是以相對較為嚴謹的英文比較結構而言，本句就顯得突兀。須知，在英文的比較句中被比較的項目必須「對等」，而本句中被拿來做比較的 Her age 與 him 卻明顯不對等，因此本句為誤。事實上，用英文來表示年齡的差異時，並不需要用到 age 這個字。本句修正的方式很簡單，那就是，直接把「人」拿來做比較，並用「比較級」的 older 來顯示二者的年齡差異：

☑ **She is older than him.**

⊗ **The price of this motorcycle is more expensive than a car.**

首先，與上句相同，本句犯了比較項目不對等的錯誤：「這輛摩托車的價錢」與「一輛車子」無從比較，而真正可拿來相比的應該是「這輛摩托車的價錢」與「一輛車子的價錢」。其次，一般在談論價錢的高低時，不應使用 expensive 和 cheap 這兩個字，而應用 high 和 low 來表達。因此，本句應改成：

☑ **The price of this motorcycle is higher than that of a car.**

注意，為了避免重複，在這個句子中使用了「指示代名詞」that 來取代 the price。

⊗ **I'm very afraid of cold.**

「我很怕冷。」是常聽到的一句中文，但是如果直譯成 I'm very afraid of cold. 卻很不妥當。須知，afraid 這個字的對象應該是會引起「恐懼」的人、事、物。例如，你可以說：

☑ **She's afraid of her father / being alone / cockroaches.**

意思是：「她怕她爸爸／孤單／蟑螂。」但是，cold 這個字就英文的語意邏輯而言，並不屬於「會引起恐懼」之事物，因此本句不通。不過也正因如此，英文並無法直接表達中文的「我很怕冷。」這句話。較接近此意的英文說法或許是：

☑ **I'm very sensitive to cold.**

也就是，「我對冷非常敏感。」但是，這並不是一般母語人士會常掛在嘴邊的一個句子。要表示「怕冷」，母語人士可能會這麼說：

☑ **I can't stand cold weather.**

即，「我受不了冷天氣。」或是說：

☑ **I hate cold weather.**

意思是：「我討厭冷天氣。」（注意，這個句子中所使用的 hate 是「不喜歡」，也就是「討厭」的意思。）

⊗ **I'm very easy to catch a cold.**

「我很容易感冒。」也是一句很常聽本地人說的話，且與上句相同，本句所使用的英文並不恰當。須知，easy 這個字所指涉的基本上為「事物」，而非「人」。事實上，中文「我很容易感冒。」這個句子真正表達的是說話者很容易「罹患」感冒，因此句中的 easy 應改成 susceptible「容易罹患……的」：

☑ **I'm very susceptible to colds.**

（注意，因為 susceptible 本身就包含「患病」的意涵，所以句中不需要再使用動詞 catch。另注意，由於此句表達的是經常的狀態，因此 cold 使用的是複數形。）不過，這種說法並非母語人士在日常生活中會使用的句子。比較自然的說法是：

☑ **I'm always getting colds.**

或

☑ **I catch colds very often.**

⊗ **He is possible to need to operate.**

本句明顯為「他可能需要動手術。」的英文直譯版，但是句子中犯了兩個錯誤。第一，與前兩句相同，本句中也出現「形容詞」使用不當的情況。須知，就英文的語意邏輯而言，「人」是沒有 possible 與否的問題的。第二個錯誤是，句中提到的 to operate 表達的其實是「主動」的意涵，也就是說，若不予以修正，意思會是「去幫他人動手術」。（注意，「幫某人動手術」完整的說法是：to operate on sb.。）因此，本句應改成：

☑ **He may need an operation.**

或是

☑ **He might need an operation.**

注意，may 與 might 在所表示的「可能性」上有所差異：前者高於後者。

⊗ **He doesn't want to let his families worry.**

「他不想讓他的家人擔心」應該是說話者想表達的意思，但是句中出現兩個錯誤。首先，英文裡並沒有 let sb. worry 這樣的說法。要表達「不想讓某人擔心」，直接用 not want sb. to worry 即可，也就是，不需特別使用 let 這個字來指「讓」。第二個問題是，family 這個單字屬於所謂的「集合名詞」，它本身就可以指「家人」；若使用複數的 families 則應指「好幾個家庭」或「好幾家的人」。因此，本句須修正為：

☑ **He doesn't want his family to worry.**

⊗ **My parents hope me to get married soon.**

很清楚本句表達的中文意思是：「我爸媽希望我趕快結婚」，可惜句子中的動詞 hope 卻錯誤地以 me 作為其「受詞」。這很明顯是因為說話者逐字直譯的結果。事實上，依本句句意，說話者的父母希望的應該是「說話者能趕快結婚」這件事，而因為這件事牽涉到「主事者」與「動作」，也就是，必須有「主詞」與「動詞」，所以應用一個「子句」來表示：

☑ **My parents hope that I get married soon.**

注意，此句中的 that I get married soon 為一「名詞子句」。用來作為 hope 的「受詞」。

⊗ **I suggest you to talk to them first.**

說話者要表達的應該是：「我建議你先和他們談一談。」，而與上句相同，本句明顯也受直譯的影響，錯誤地把 you 當作動詞 suggest 的「受詞」。須知，suggest 這個動詞能接的「受詞」基本上是「事」而不是「人」。例如，你可以說：

☑ **I suggest eating out tonight.**

也就是，以 eating out tonight 這個「動名詞片語」來表示「今天晚上到外面吃」這件事，並作為 suggest 的「受詞」。而本句中說話者所建議的「你先和他們談一談」則因涉及「主詞」與「動詞」，因此應用一個「名詞子句」來作 suggest 的「受詞」：

☑ **I suggest that you talk to them first.**

⊗ **According to my point of view, the death penalty should be canceled.**

「根據我的觀點，死刑應該被廢除」應該是本句說話者想表達的意思，不過句中有兩個錯誤。首先，一般而言，在 according to 之後可以接某個人或是某個資訊來源（如書、報、研究等），但是不可以說話者自己作為資訊來源。其次，說話者在句子中錯誤地使用 cancel 這個字來表示「廢除」，然而事實上 cancel 指的是「取消」，而非「廢除」。（注意，可以被 canceled 的應該是事先安排或計畫好的事，如 meeting「會議」、appointment「約見」、wedding「婚禮」等。）本句可修正如下：

☑ **In my opinion, the death penalty should be abolished.**

注意，in my opinion 是「依我的看法」的意思，而 abolish 則是一般用來指「廢除」或「廢止」某一制度、法律等的動詞。

（順便一提，「死刑」除了 the death penalty〔注意，必須使用「定冠詞」the〕之外，也可稱為 capital punishment。）

⊗ **In a word to sum up, mercy killing is something I cannot approve.**

本句說話者想表達的應該是：「一言以蔽之，安樂死是我不能夠贊同的事。」，不過句中有兩個不妥之處。第一個問題是，說話者同時使用了兩個表示要做結論的片語：in a word 與 to sum up。須知，in a word 本身就是「一言以蔽之」之意，並不需要在其後再加上 sum up「總而言之」。第二個問題是 approve 這個動詞的誤用。Approve 單獨使用時，指的是「批准」，而若要用來指「贊同」則需在其後加上「介系詞」of。因此本句應修正為：

☑ **In a word, mercy killing is something I cannot approve of.**

（順便注意，「安樂死」除了 mercy killing 外，也可以用 euthanasia 來表示。）

⊗ **I will do as possible as I can to help.**

按字面翻，本句應該譯成：「我會盡我所能地盡可能幫忙。」，但是「盡某人所能地盡可能」這樣的中文並不通，而事實上英文也沒有 as possible as one can 這種表達方式。說話者應該是把

☑ **I will do as much as I can to help.**

和

☑ **I will do as much as possible to help.**

這兩個句子「混搭」在一起，因而產生這樣的錯誤。其實中文也一樣，說話者只能說「我會盡量幫忙。」或是「我會盡可能幫忙。」，而不可將兩個句子胡亂「送做堆」。

⊗ **No matter it rains or not today, you had better not to be late again.**

「不論今天下不下雨，你最好不要再遲到了」明顯為本句要表達的意思，但是句中有兩個錯誤。首先，若要用 no matter ... 來表示「不論⋯⋯」，其後必須接「疑問詞」，如 what、who、how 等，而本句中接在 No matter 之後的卻是一個「主詞＋動詞」的結構（it rains ...），故為誤；本句應使用 whether 這個「從屬連接詞」來表「不論」，同時引導 it rains or not today 以構成一正確的「從屬子句」。其次，had better 屬「助動詞」，因此在其後應使用「原形動詞」，也就是說，在本句中 had better not 之後的 to 應予刪除。本句應修改成：

☑ **Whether it rains or not today, you had better not be late again.**

（注意，事實上 had better 多以縮寫的形式出現，例如，You'd better ...、I'd better ...、He'd better ...、They'd better ... 等。）

⊗ I wish I can go with them, but I have too many works to do.

本句明顯是「我希望我可以跟他們一起去，可是我有太多工作要做。」的直譯，但是說話者犯了兩個錯誤。雖然說話者正確地使用了 wish 這個動詞來表達「不可能」發生的希望（另一個表希望的動詞 hope 則用來表「可能」發生的情況），但是卻沒有相對應地使用表示「假設」狀態的過去式助動詞 could，而是用了原形的 can，這是第一個錯誤。第二個錯誤是，說話者將 work 當作「可數」名詞，並使用 many 來修飾它；事實上，work 在指「工作」時屬「不可數」名詞（注意，指「作品」時則可數），因此要表示「許多工作」時必須說成 much work，而非 many works。換句話說，本句應改成：

☑ **I wish I could go with them, but I have too much work to do.**

才能真正達意。

⊗ I think he must be sick yesterday, or he would come to the meeting.

「我想他昨天一定是生病，否則他就會來開會了」應該是本句說話者想表達的意思，但是他／她卻忽略了兩件事。第一，由於說話者所做的猜測是針對「昨天」所發生的事，因此必須在助動詞 must 之後使用「現在完成式」來表示「過去」（因為在助動詞之後無法使用「過去式」）；須知，此時若使用原形動詞，會變成對於「現在」的猜測。第二個問題與第一個問題有直接關連：是因為當事人「沒有」來開會，所以說話者才會猜想他是生病了，而正因如此，句中原本應該是用來表「簡單過去未來」的 would come 必須改成表示「與過去事實相反」的 would have come。故，本句應修正成：

☑ **I think he must have been sick yesterday, or he would have come to the meeting.**

國家圖書館出版品預行編目(CIP)資料

王復國理解文法：典藏版／王復國作：
-- 初版. -- 臺北市：波斯納, 2020.10
面： 公分

ISBN 978-986-98329-9-1（精裝）

1. 英語 2. 語法

805.16 109013347

王復國理解文法〈典藏版〉
Understanding English Grammar

作　　者／王復國
執行編輯／朱曉瑩

出　　版／波斯納出版有限公司
地　　址／台北市 100 館前路 26 號 6 樓
電　　話／(02) 2314-2525
傳　　真／(02) 2312-3535
客服專線／(02) 2314-3535
客服信箱／btservice@betamedia.com.tw
郵撥帳號／19493777
帳戶名稱／波斯納出版有限公司

總 經 銷／時報文化出版企業股份有限公司
地　　址／桃園市龜山區萬壽路二段 351 號
電　　話／(02) 2306-6842

出版日期／2020 年 10 月初版一刷
定　　價／820 元
I S B N／978-986-98329-9-1

貝塔網址：www.betamedia.com.tw